소설

추사 **김정희**

낙조(落照)편

權五旭 著

10

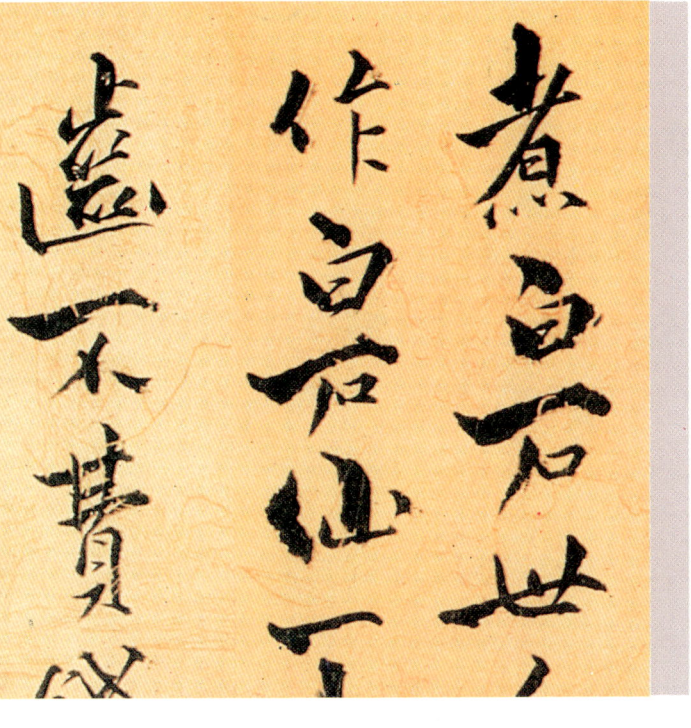

명문당

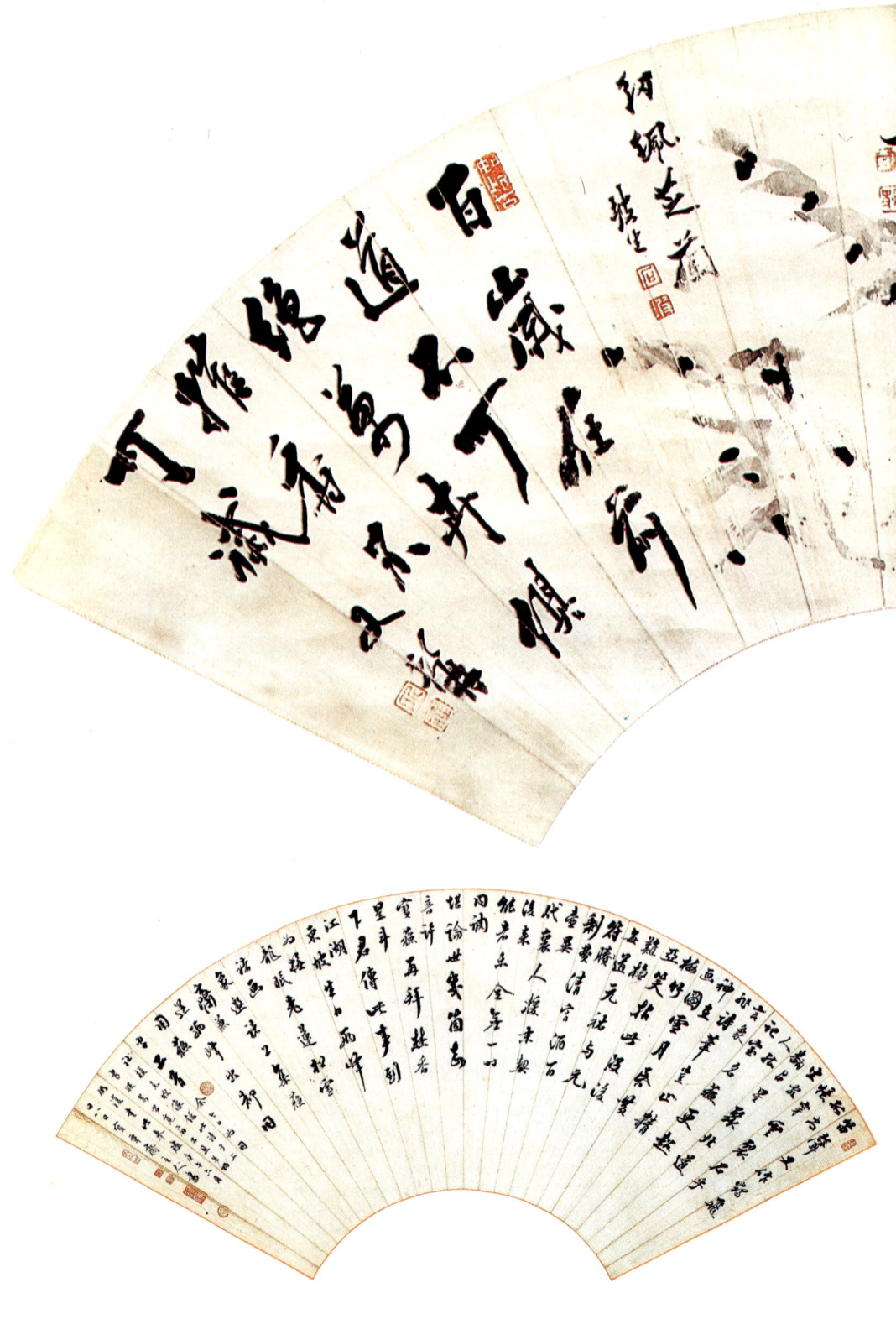

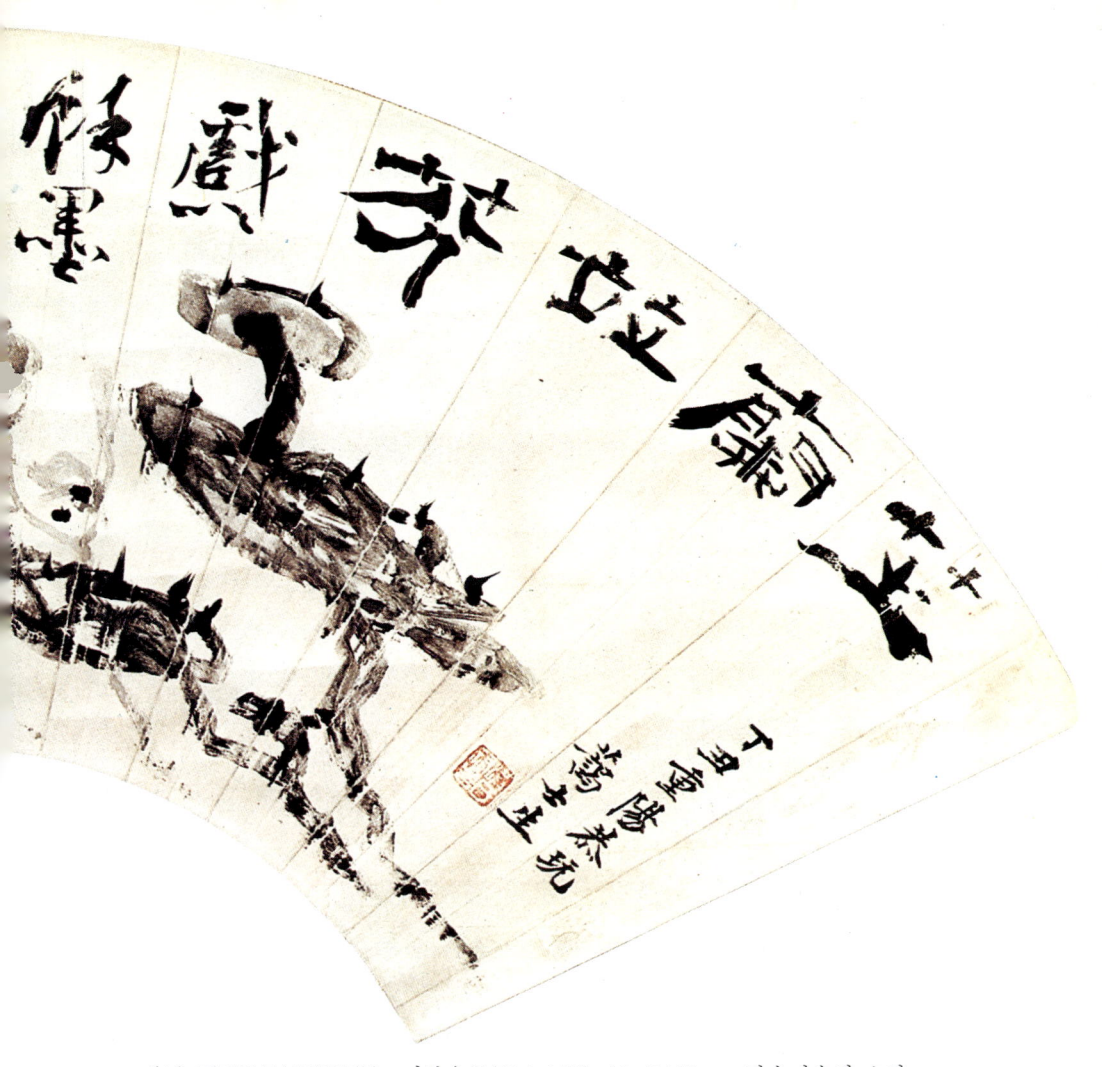

〔上〕지란병분(芝蘭並芬) 지본수묵(紙本水墨). 17.4×67cm. 간송미술관 소장. 영지(靈芝)와 난화(蘭花)를 한 선면(扇面)에 그리고, '쓰다가 남은 먹으로 그려보았다'는 관서(款書)를 하였다. '인패지란(紉佩芝蘭)'은 흥선대원군 이하응(호는 石坡)이 쓴 것이고 그 왼쪽에 다소 큰 글씨로 쓴 것은 이재(彝齋) 권돈인(權敦仁)의 제(題)이며, 또 우측에는 애사(藹士) 홍우길(洪祐吉)의 제가 있다. 당시 세 대가(大家)의 눈을 거쳤고 제기(題記)까지 갖추어 작품의 품위를 한층 더 높였다.

〔下〕송라양봉시(送羅兩峰詩) 소동파(蘇東坡)의 생일을 기념하기 위하여 동호인들이 옹방강(翁方綱)의 소재(蘇齋)에 모여서 동파제(東坡祭)를 지내고 양봉(兩峰) 나빙(羅聘)이 동파상(東坡像)을 그렸다. 여기에 쓴 두 수의 율시(律詩)는 당시의 운사(韻事)를 서술한 것인데 누구의 작(作)인지는 아직 밝혀지지 않았다. 이 선면(扇面)은 그 시를 추사가 다시 쓴 것이다.

추사인보(秋史印譜): 80% 축소한 것임.

金正
喜印

鳥山讀
畫樓

我念
梅花

情言

海棠花下
戲兒孫

金正喜印
宜身□前
追事無間
封君自發
願完印信

一丘
一壑

金印
正喜

家香
賤記

阮老

沈思
翰藻

史秋

楊柳
當年

士大夫當
有秋氣

護封

東方
有一士

泉琴

工不
拙計

吟自
在詩

髯

遣間

隨齋
鑒賞

堂阮

率眞

喜正

史秋

正金喜

崔二

史秋

正金喜印

農丈人

史經緯經

山守房拙

史秋

正金喜印

內閣大學士

林古人雞

古林雛人

正金喜印

喜正史秋

沈思翰藻

東卿秋史同審定印

子長孫宜

冬華盦

堂阮

金正喜印

永子寶孫

金正
喜印

秋史
墨緣

正喜
秋史印

禮堂寫正

金正
喜印

金印
正喜

自傳賈
誼陸贄
之學

今文之家

金印
正喜

嵩陽
墨緣

那伽
山人

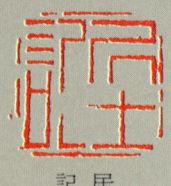
士
居
記

元春

秋史

金印
正喜

金印
正喜

秋史
賞觀

正喜

結翰
墨緣

秋史
珍藏

秋史
隷書

正喜

阮堂

石人前石橋邊六角黃牛二頃田帶經躬耕三十年

小蓬萊學人

正喜

秋史詩畫

阮堂

焚香館

阮堂

非佛非仙

沈思翰藻

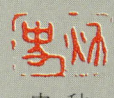
秋史

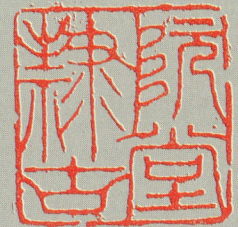
阮堂隸古

阮堂印

天竺古先生

三十六鷗艸堂

寶覃齋印

梅花舊主

阮堂

〔上〕 추사 김정희 선생 유적   1976년 1월 9일, 충청남도 지방문화재 제43호로 지정된 추사 김정희 선생 유적은 1976년 9월 4일 착공하여 1977년 6월 27일 준공되었다.

〔下〕 추사 김정희의 묘(墓)   1856년 10월 10일, 생부(生父) 김노경(金魯敬)의 묘소가 있는 경기도 과천(果川)에서 71세를 일기로 작고한 추사 김정희의 유해는 1937년 충청남도 예산군(禮山郡) 신암면(新岩面) 용궁리(龍宮里)로 이장하였다.

제 10 권
낙　조(落照)편

제10편

수 조(搜曹)편

제10권 낙 조(落照)편 / 차 례

눈비와 추위 … 13
붙들어맨 세월 … 81
죽고 사는 것은 마음에 … 160
추사체(秋史體) … 233
고고(孤高)의 정신 … 303
지워지지 않는 발짝 … 359

著者 後記 / 491
참고 서적 / 495
완당 김정희 선생 연보 / 497
인명 색인 / 509

눈비와 추위

을미년(1835)이 되어 추사는 50세인데, 정월도 지날 무렵 전년에 오난설이 향년 69세로 졸했다는 소식을 듣는다. 그 소식을 들었을 때의 암연(暗然)한 추사의 심정은 상상되고도 남음이 있다.

추사는 완원이 기증한《황청경해》를 틈틈이 읽고 있었는데《상서금고문변(尙書今古文辨)》(상하)을 집필했다. 그 내용은 다음과 같고 이미 내용은 알려진 것이지만, 추사의 유학관을 알기 위해 그 전문을 여기서 소개하겠다.

'금문상서는 복생이 전한 본인데 요전(堯典)·고도모(皐陶謨)·우공(禹貢)·감서(甘誓)·탕서(湯誓)·반경(般庚)·고종동일(高宗肜日)·서백감려(西伯戡黎)·미자(微子)·목서(牧誓)·홍범·금등(金縢)·대고(大誥)·강고(康誥)·주고(酒誥)·재재(梓材)·소고(召誥)·낙고(洛誥)·다사(多士)·무일(無逸)·군석(君奭)·다방(多方)·입정(立政)·고명(顧命)·비서(粊誓)·여형(呂刑)·문후지명(文侯之命)·태서(泰誓)의 28편이고 금문으로 이것이 씌어져 있어 금문상서라고 한다.

고문상서는 공자의 옛집 벽에서 나온 것이고, 금문상서와 더불어 28편은 같지만 반경을 쪼개어 3편을 만들고 고명(강왕지명)을 2

편으로 만들어 31편인데 아울러 태서가 옛 문자로 씌어졌기 때문에 고문상서라고 일컫는다.

또 잃어버린 글이 16편 있는데 즉 순전(舜典)·멱작(汨作)·구공(九共)·기직(棄稷)·오자지가(五字之歌)·윤정(允征)·탕고(湯誥)·함유일덕(咸有一德)·전보(典寶)·이훈(伊訓)·사명(肆命)·원명(原命)·무성(武成)·여오(旅獒)·경명(冏命)·절무(絶無)인데 스승의 말로서 전해지거나 구하여 주해(注解)할 수 없었다.

매색(梅賾)의 거짓 고문으로 지금 통행되는 본은 옛글도 아니고 지금의 글도 아니다. 참된 고문 31편 외로 대우모(大禹謨)·오자지가·윤정·중훼지고(仲虺之誥)·탕고·이훈·태갑(太甲)·함유일덕·세명(說命)·태서·무성·여오·미자지명·채중지명(蔡仲之命)·주관(周官)·군진(君陳)·필명(畢命)·경명(冏命)·군아(君牙)의 19편인데, 태갑·태서·세명이 각 3편인 까닭에 합계하여 25편이 되었고, 참된 고문 31편 중에서 뒤섞여 56편이 되었으며, 또 요전·신휘(愼徽)·오전(五典) 이하는 쪼개어 순전을 만들고서도 오히려 28자를 감히 첫머리에 삽입했던 것이다.

남제(南齊)의 건무(建武) 연간(494~497)에 요방흥(姚方興)이 대항두(大航頭)에서 순천의 경천(經傳)이라 일컫는 것을 얻고 상주했는데, 그 천인즉 마융(馬融)과 왕충(王充)이 짓고 주석했던 것을 채택했던 것이며, 그 경인즉 曰若稽古帝舜·曰重華(중화는 순임금)協于帝라는 12자가 많은 것으로 전엔 없었던 것이었다. 그 사용된 12자 아래에 또 혹은 濬哲文明 등 4자가 더 있어 16자가 있는 것으로 합계 28자였었다.

(그것을) 수나라의 개황(開皇) 초기(개황은 수문제 연호. 581~600)에 비로소 사들이자 망령되게 쪼개진 순천의 머릿부분에 씌웠던 것이며, 또 그의 편목(篇目) 차례가 아직은 없었던 것이다.

대개 매색의 거짓 고문과 공자의 집 벽에서 나온 것으로 일서(逸書)라 일컫는 16편은 그 편수가 같지 않은데 그칠 뿐 아니라 또한 이미 그 글은 없었던 것이며, 이를테면 공벽(孔壁)의 일서 중에 중훼지고(仲虺之誥) 등 10편은 애당초 들어 있지도 않았던 것이다. 양한(兩漢) 시대에는 모두 금문으로서 학관(學官 : 관학)을 세웠기 때문에 한대의 여러 황제는 복생·구양씨·대소의 하후씨·사마천·동중서·왕포(王褒)·유향·곡영(谷永)·공광(孔光)·왕순(王舜)·이심(李尋)·양웅·반고·양통(梁統)·양사(楊賜)·채옹·조기(趙岐)·하휴(何休)·왕충·유진(劉珍) 등은 모두 금문으로 본받게 했던 것이고, 공안국·유흠·두림·위굉·가규·서순·마융·정강성(정현)·허신·응소(應邵)·서간(徐幹)·위소(韋昭)·왕찬(王粲)·우번은 모두 고문으로 본받았던 것이다. 후한에 이르러 비로소 고문이 성행되었던 것인데, 저 사마천은 안국을 좇아 문학(問學)했던 까닭에 《사기》 중에 고문설을 채용했지만 사마천 또한 금문을 본받았다.

두림 이하 칠서고문(漆書古文 : 옻으로 썼다는 뜻)으로 상전(相傳)했는데 그 편수 또한 금문 28편을 벗어나지 않았고, 그것은 곧 공안국이 물려주어 이것이 전한 본이며 반경 등 편을 쪼개어 나눈 것이 조금 달랐을 뿐이다.

고문설이나 금문설이나 조금 다를 뿐이다. 그렇건만 어찌하여 망실된 글이 매색본에서 나왔다는 것일까? 공벽에서도 얻지 못했던 것인데 매색은 어디서 이를 구했고, 스승의 말도 끊겨져 없는데 매색은 무엇을 좇아 공천(孔傳)을 얻었다는 것인가! 남북조의 사람이 남과 북의 학문으로 나누고 상호간에 원수였는데 남학(南學)은 주로 거짓 고문을 위주로 하였지만, 당태종 또한 남학이었던 까닭에 공영달에게 명하여 《오경정의》를 찬정(纂定)케 하고 매색본으로 마침내 학관을 세웠던 것이며 채구봉(蔡九峯)은 이것을 근거로 집전(集傳)을 지었고 마융·정현의 참된 고문 주해본은 드디어 폐기되어 전하지 않게 되었다.

주자로부터 매색 고문이 의심되기 시작했는데 그 뒤로 매작기(梅鷟曁)와 같은 사람이 있고 또한 염백시(閻百詩 : 염약거의 자)·혜정우(惠定宇 : 혜동의 자) 등 여러 사람이 하나하나 밝게 따져 매색의 거짓은 남김없이 드러나고 말았다.

생각컨대 학관을 세우고서 천여 년이나 널리 통행되어 왔으므로 갑자기 몰아내기는 어려웠으리라. (그래서) 채구봉(채침. 주자의 재전 제자)의 집전에서 금문과 고문이 모두 있다 운운한 것은 극히 명백하지가 못한 것이며, 집전이 곧 공영달의 정의본을 따른 데 지나지 않았고 이는 바로 매색의 이른바 고문본인 것이다. 금문의 영향이 미쳐서 혹은 확대되고 인용되어 금문의 말을 따진 것이며, 그 유무(有無)의 있음을 복생본과 금문으로 서로 증명케 했다고 하겠다. 그러니 소자(小子 : 자기 자신)의 갈팡질팡이 어찌 심하다고 하지 않을 수가 있겠는가! 설령 공벽의 참된 고문이 있었고 이것이 바로 고문인데, 어찌 이것에 금문을 끌어다 붙여 나란히 들며 대칭(對稱)할 수가 있으리요! 하물며 금문도 아니고 고문도 아닌 한낱 위본으로서 말인가!'(상편)

상편에서 추사는 매색의 위본을 예로 들며 주자의 재전 제자 채침(蔡沈 : 자는 仲默)을 비판하고 있다는 데 유의하기 바란다.

'금문과 고문은 같지가 않고 금문이 또 고문이고 고문이 또 금문이다. 고문은 참되고도 같은 게 있고 참되고도 다른 게 있다. 위본이면서 다른 게 있고 또 이본(異本)으로 거짓된 것이며 다른 게 있고 또 거짓된 금문으로 한위(漢魏) 이후에 일컬어진 금문과 당나라에서 개정된 금문이 있는데 먼저 반드시 이를 명확히 따져야만 한다.

이와 같이 한 뒤에야 금문·고문의 동이(同異)와 득실(得失)을 말할 수가 있을 터이다.

　복생의 글로서 이를 금문이라 일컫는 것과 공벽의 글로서 과두(蝌蚪)의 옛글자로 된 금문은 구별되며, 문자로선 금체(今體)이다. 그 글 또한 진화(秦火:분서) 이전에 간직된 것이고, 한나라가 일어나면서 나타난 것 또한 따지고 본다면 옛글이고 지금의 이 글 역시 고문이다.

　《공벽서사기(孔壁書史記)》에서 말하기를 공안국이 금문으로서 이것을 읽었고 《한서》에 의하면 지금의 문자로 읽어 금문이라고 했다는 것이다. 이것이 금문 역시 지금의 글이라는 뜻이고 이 금문은 구양씨와 하후씨의 글이기도 했었는데 《상서대전》《한석경(漢石經)》《사기》《한서》《삼국지주》《삼도부(三都賦)》《주(注)상서》《위(緯)상서》《정의》는 산일되고 나타나지 않아 고문과 더불어 달랐고 이 금문과 고문은 같지가 않았던 것이다.

　공안국이 그 글을 얻어 29편으로 고증했고 16편을 더 얻어 이를 바치고 비부(秘府)에 간직케 한 뒤 유향이 이를 교정하며 기록한 것도 하나의 고문이었다. 안국이 이를 도위조(都尉朝)에게 전하고 이하 마융·정현의 전주(傳注)에 이르기까지도 하나의 고문이었다. 두림(杜林)이 서주(西州)에서 얻은 칠서(漆書)로 이를 위굉·서순에게 전한 이 또한 하나의 고문인데, 그러나 안국이 비부에 바친 것과 이를 도위조에게 전한 것 및 두림이 서주에서 얻은 것은 비록 각각 하나의 고문이지만 동일한 고문이었고 이것이 고문의 참된 것으로 같았었다.

　안국은 금문의 글자로 이를 읽었지만 이를테면 옛글자 載을 금자(今字)의 蠢으로 만들고 고자(古字)의 䫉는 금자의 斷자로 지었는데 朋자는 가차(假借)하여 堋이라 했으며 好자는 敁로 가차

했다.

　모두 안국이 이를 처음으로 시작했고 이것이 입의 말로서도 올랐으며 각 편의 큰뜻이 차례로 전해져 도위조 이하에 이르렀던 것인데, 그런 기문(奇文)・이자(異字)는 《설문해자》에서도 왕왕 볼 수 있어 허숙중(許叔重 : 허신의 자)도 그것을 답습한 것이며 《맹씨역(孟氏易)》《공씨서(孔氏書)》・《모씨시(毛氏詩)》・《주관례(周官禮)》《춘추》《좌전》《논어》《효경》은 모두 고문이었다.

　그렇다면 《설문》에 실려있는 벽 속의 글씨는 그 옛글이 남은 것이고, 마융・정현본은 안국이 금자로서 읽고 정한 것이며 이는 고문의 참된 것이나 다른 것인 셈이다.

　매색의 위로 공전(공안국이 전했다는, 즉 공벽 속의 고서)의 고문과 마융・정현본은 같지가 않은데 고문이면서 다르게 된 것이다. 당나라 이전부터 부질없이 이를 파헤치고 쪼아대며 힘써 이설(異說)을 세우려고 한 나머지 글자 옆의 부(部)를 고치거나 바꾸었던 것이다. 대개 《설문》《자림(字林)》《위석경(魏石經)》 및 일체의 기묘하고 동떨어진 글자로서 이를 모았던 것이며, 이것이 곽충서(郭忠恕) 지음의 《고문상서》《석문(釋文)》에 이르렀던 것인데 이것은 육덕명(陸德明)의 《석문》은 아니다. 서초금(徐楚金)・가창조(賈昌朝)・하송(夏竦)・정도(丁度)・송차도(宋次道)・왕중(王仲)에 이르렀고, 조공무(晁公武)・왕백후(王伯厚) 등 무리가 모두 이것을 보았는데 채중묵(蔡仲默) 또한 이것을 모아 그 전(傳) 중에서 고문이라고 지칭한 것이 곧 이것이며 참된 고문은 아니었다.

　조공무가 촉(蜀)에서 돌에 올렸고 설계선(薛季宣)이 이것을 취하여 《고문훈(古文訓)》을 썼던 것이지만, 이것이 거짓이면서 다르고 또 이본(異本)이었다.

　위포(衛包)는 거짓 공전본으로 나아가 또한 금자로서 개정(改正)

했는데, 거짓 공본(孔本)은 마융・정현・왕숙본(王肅本)을 오히려 따랐고 또 위포를 거치며 바뀌어져 어지러워졌건만 새로이 배우는 후생(後生)도 아울러 거짓 공본이나 이를 보거나 하지 않고 좇았던 것으로 이 또한 거짓이면서 다르고 또 이본(異本)이었다.

한・위대의 사람은 구양씨와 하후씨의 《상서》와 《고문상서》의 두 가지를 받든 바 있지만, 구양・하후씨가 끊겨져 없어지고 《금문상서》가 되자 한・위대의 사람은 《한서》의 추(注)로 구양・하후씨에서 고문과 구별하는 일이 많아졌고 이를테면 고문으로 표현하여 '예태(睿台) 고문'을 짓고 '사조(嗣祖) 고문'을 지었지만 말이 고문과는 멀리 떨어져 가로막혀 고문을 짓고 이를 쳤던 것이다.

진(晉)나라 이후 《고문상서》가 비로소 성행되고 《금문상서》도 이를 구별하여 말하는 일이 있었지만, 진나라 말기에 서광(徐廣)이 《사기》의 음의(音義 : 발음상의 의미)를 《금문상서》로 표현했는데 기뻐하지를 않고 가로되 '惟刑之謐哉 今文尙書作祖飢(금문상서는 근본이 부실하게 지어져 오로지 이를 본받아 평안하기를 바랄 뿐이다)'라 하였고 배송지(裵松之)도 금문상서로 《삼국지》를 주해하면서 가로되 '優賢揚歷 此今文尙書(이 금문상서로 현인의 뛰어남과 자취를 높인다)'라고 하여 금문상서라는 넉 자가 비로소 발견되며, 당나라 사람이 지은 경전의 《석문》에서도 가로되 복생이 외웠던 바 이것이 금문이고 《오경정의》는 상서를 근거하여 지었는데 곧 복생이 전한 34편을 말하는 것이며 이를 일컬어 금문이라 하는 것인데 이는 한・위대 이후에 비로소 복생서라 부르고 금문이 된 것이라고 했다.

당나라 천보 삼재(744)에 집현전 학사 위포에게 조서를 내려 상서의 이름을 고치도록 했을 때 가로되, '금문상서, 이것은 당의 금문'이라고 했다. 지금의 채전(蔡傳 : 채구봉의 저술을 말함)은 위포의 개정본으로 말미암은 것인데 곧 고문이라고 일컬을 수 있다는 것인가? 안국본도 아니고 아울러 매색본도 아닌데 어찌 금문이라고 일컬을 수 있겠는가? 또한 구양·하후씨본도 아닌 한낱 위포가 개정한 본인데 지금 받들어 모시고 채전 일서(一書)만으로 고문·금문의 동이득실(同異得失)을 고구(考究)하고자 하는데, 주자도 이른바 성인께서도 영서(郢書)가 있고 후세에는 많은 연설(燕說 : 앞서의 영서와 짝이 되는 말. 사는 곳에 따라 주장이 달라질 수 있고 견강부회로 도리에 어긋나는 말을 주장하는 것을 비유함)이 있다고 했다. 옛날엔 상서가 경은 아니었고 경전의 액난(厄難 : 재앙)도 상서처럼 심하지가 않았지만, 지금 참된 고문을 고거(考據)하여 바르게 증명하려면 매색서의 거짓을 고증하고 채전의 잃어버린 금문·고문을 처음으로 되돌려야 참된 게 될 터이다.'(하편)

추사의 결론은 이 마지막 구절에 있다. 추사가 어째서 금문·고문의 상서 차이를 따지고 고증하려 했을까? 한마디로 말해서 당시의 사이비 유학자의 무식을 비웃은 것이다. 유학의 경전을 제대로 읽거나 이해하지도 못하고 또는 잘못된 스승의 가르침(전통)을 맹목적으로 좇는 사람의 어리석음을 계몽하기 위해서 집필했다고 생각된다.

추사는 천문에도 관심을 가졌다. 이를테면 〈천문고(天文攷)〉〈일월교식고(日月交食攷)〉는 전문적인 지식이 필요하겠으나 다음의 〈태극은 곧 북극이다〔太極即北極辨〕〉는 이해될 것 같다.

'태극이란 북극이다. 천지로써 함께인 곳이 극(우주의 중심)이고 북쪽의 지극한 곳에 두어져 떠나는 일이란 없어 극이라 일컬어진다. 이필(爾疋)의 말로 북극을 북신(北辰)이라 일컫고 있지만, 《역경》의 〈계사전〉에서도 역엔 태극이 있다 했으며 우번(虞翻)의 《역주(易注)》도 태극은 태일(太一)이라고 한다.

정현은 《건착도(乾鑿度)》의 주로서 해가 태일이며 북신은 신의 이름이라고 했다. 정현설은 비록 태일의 아래로 구궁(九宮)이 운행한다고 했지만, 그러나 이 법인즉 태극이 곧 태일이고 태일이 곧 북신이며 북신이 곧 북극인데 《역경》의 〈계사전〉에서 역에 있다고 말한 태극이 바로 양의(兩儀)를 낳고 양의는 사상(四象)을 낳으며 사상은 팔괘를 낳는다. 그렇다면 팔괘의 근본은 사시(四時)일까? 사시의 근본은 천지에 있고 천지의 근본은 태극인데 태극이 곧 북극인 것이다. 주자 또한 태극을 논하여 가로되 천지 조화의 추축(樞軸 : 중심·밑동)·품휘(品彙 : 종류)의 근저라고 했으며, 주자의 말인즉 태극의 뜻하는 바는 북극에서 아직은 차지 않았다는 것인데 무릇 천지 불변의 이치라면 서로 맞물리고 일치되는 게 이와 같은 것이다.'

또 〈천문고〉를 보면 다음과 같다.

'해는 하늘과 더불어 많다면 5일하고도 940분에 만나고 이 해의 255는 기영(氣盈 : 활동이 왕성하다는 것)이 되며, 달은 해와 더불어 적으면 5일하고 940분에 만나는데 592는 삭허(朔虛 : 기영의 반대)가 된다.

열두 겹인 하늘의 가장 바깥쪽은 지극히 고요한 것이 움직이지를 않고, 다음은 마루(고비)가 되어 남북의 극과 적도(赤道)로 나눠지게 되므로 움직인다. 다음은 남북의 세차(歲次 : 신년)가 되고 다음은 동서의 세차가 되는데 이 이중천(二重天)은 그 움직임이 가장 미묘하여 역가(曆家)들이 이를 두게 되었던 것이고 논하지를 않았었다. 다음은 삼원(三垣 : 자미원·태미원·천시원의 세 별자리인데 천자별 등이 있다는 구역)·이십팔수(二十八宿 : 수는 별자리임)가 되는데 경성(經星)이 운행한다. 다음은 전성(塡星 : 토성)이 운행하는 곳이 되고, 다음은 세성(歲星 : 목성)이 운행하는 곳이 되며 다음은 형혹(熒惑 : 화성)이 운행하는 곳인데 다음에 태양이 황도(黃道)를 운행하는 게 바로 이것이다. 다음은 태백(太白 : 금성)이 운행하는 곳이 되고 다음은 진성(辰星 : 수성)이 운행하는 곳인데 가장 안쪽이며 태음(太陰 : 달)이 백도(白道)를 운행하는 게 이것이다.

옛날의 천문설로선 여러 하늘이 겹겹으로 또는 안팎으로 모두 싸여 실체(實體)가 되고 곧 화성을 세밀히 관측하면 팔일천(八日天 : 천에 대해선 나중에 설명)으로 쪼갤 수 있었다. 금성·수성의 두 별은 또한 태양 위에 위치할 때와 태양 아래에 위치할 때로 하여금 모두 실체가 되며 그를 드나듦에 있어 장애가 없는 까닭에 이것을 다만 겹친 수로 해석했으며 또한 여러 환(圜 : 별자리구역)에서 이를 풀지를 못하거나 하면 득(得 : 길한 것)이 된다고 했다. 그러나 이미 저마다 하나의 환이 있고 환은 크고 작은 게 있어 높낮이가 생기므로 이 또한 중수(重數 : 수를 겹침)로써 말하기를 좋아했던 것이다.'

추사의 〈천문고〉는 천문도를 보는 방법을 설명하고 기본적 유의점을 지적했다고 이해된다. 옛날의 천문도와 현재의 천문도는 다르겠지만, 기본적인 원칙은 같았다고 여겨진다. 다만 그 용어가 이미 사용되지 않는 게 있고 숫자 산출의 근거가 이해되지 않아 필자도 번역하면서 완전히 납득했다고 할 수 없지만 몇 가지의 점을 소개하며 독자와 함께 생각하고 싶다.

별의 관측을 하고 그것을 인간 세계의 사물들과 연계시켜 미래를 예지(豫知)하는 방법은 고대부터 있었다. 이것을 단순히 미신으로 일소에 부친다면 지나친 일이고, 이를테면 인류는 별의 관측에 의해 농사를 지었던 것이며 방위(方位)·역수(曆數 : 날짜·사철 등) 등을 알았다는 것은 누구도 부인 못하리라.

이미 기원전인 한나라 때 사마천은 《사기》에서 천관서(天官書)라는 것을 지어 천문을 논했으며 우리는 신라 때 '첨성대'를 세워 천문 관측을 했지만 단지 아쉬운 것은 그 기록이 남아있지 않다는 점이다. 현재 남아있는 가장 오래된 천문도는 남송의 순우(淳佑) 7년(1247)쯤 석각된 것이며 그 윗부분 반은 북극성을 중심한 1440개의 별이 기입되고 있다.

그리고 그 '관측 방법'인데 천관서에 의하면 간단히 말해서 다음과 같았다.

기본적으로 별자리의 구역(환)은 북극성에 가까운 곳에 삼원을 지정하고 그것을 중심으로 관측한다. 삼원 가운데 자미궁(紫微宮)은 지상으로 비유한다면 천자·황후·삼공(三公) 등이 위치하는 곳으로 여긴다. 관측에 있어 중요한 것은 역시 칠성, 곧 해·달·목성·금성·토성·화성·수성의 일곱 별로서 이런 별의 운행을 보는 것인데, 지상 관측자의 눈으로 그 운행의 정상 여부를 판단하여 길흉을 점친다. 천문 관측이 발달하면서 각 별에는 이름이 붙여지고 각각 역할(상징)이 주어졌는데 운행은 주로 칠성만이 하고 있다고 관측된다. 그래서 칠성에는 각각 특유한 성격을 부여했다.

이를테면 세성(목성)은 태양과 달의 운동을 관측하여 이 별의 순행(順行)과 역행(逆行)을 추정한다. 세성은 오행의 목(木)이고 방위로선 동쪽이며 계절로서 봄인데 도덕으로선 인의를 나타낸다. 또 세성은 움직이는데, 세밀히 관측하자 그것이 하늘을 한 바퀴 도는 데 12년이 걸리고 있다. 이 별은 보통 새벽녘 동쪽에 나타나고 저녁 무렵 지고 있는데, 그것을 지상에서 관측할 때 위치가 하루에 12분의 1도 움직이며 백 일 동안에 동쪽에서 12도 위치를 변경하고〔순행〕, 그 뒤에 거꾸로 움직여〔역행〕 다시 8도 움직인다〔이런 것은 천문도에 세분된 눈금으로 판단되고 기록한다. 다른 5성도 위치와 주기가 다를 뿐 움직이는 것은 같다. 〈천문고〉에서 느닷없이 나온 해와 달의 숫자는 그런 해와 달이 일직선상에서 관측되는 각도를 말한다〕. 또한 좀더 복잡해져 관측되는 위치와 간지를 연관시켜 여러 가지 자연 현상과 결부시킨다. 본문에서 화성의 관측을 '팔일천' 운운한 것도 그런 관측의 위치와 각도를 설명했다고 해석된다.

그리고 세성이 당연히 있어야 할 곳에 있지 않고 또는 있더라도 좌우로 흔들리거나 또는 사라질 때가 아닌데 사라졌다고 한다면, 그 별이 위치하는 방위(지방)에 흉한 일이 생긴다. 간지에 따라 홍수·화재·질병을 판단했다.

예컨대 형혹성(화성)은 여름·남쪽을 상징하지만 특히 이 별은 병란(兵亂)과 관계가 있다고 생각했다. 그리하여 확대 해석되어 도둑·질병·사람의 죽음·기근을 나타내는 흉한 별이다.

천체 관측의 기본으로 하늘을 크게 동방=청룡·서방=백호·북방=현무·남방=주작으로 나누고 있는데 그 사방을 12지로 나누고 황도·적도 부근의 별자리를 28수로 나누는 게 기본이었다. 그 명칭은 생략하지만 이것은 태양계 밖의 성좌이고 관측할 때 움직이지 않는다. 목성을 특히 세성이라고 부른 까닭은 그 주기가 정확히 11.86년(약12년)이고 이것을 12지와 대응시킨다면 1년에 일차(一次)씩 움직이기 때문에 해(연)를 계산하는 방법이 되었기 때문이다. 이것을 세성기년법(歲星紀年法)이라 하는데 《좌전》에 그 방법이 나온다.

그런데 세성은 시계바늘 반대방향으로 회전(역행)하지만 12지는 시계바늘 방향으로 배치되어 있다. 그래서 시계와는 반대 방향으로 도는 목성의 운행을 계산한 것이 태음(음력)이고 이것은 태세기년법(太歲紀年法)이었다.

추사가 이런 기초적인 것을 집필한 까닭은 역시 《역경》의 이해에 있었다. 이왕 내친 김에 추사의 〈주역우의고(周易虞義攷)〉를 번역하겠다. 《역경》의 이해야말로 선비로서 기본적 교양이며 동양 철학의 정수(精粹)였다.

'역의 단사·상사 및 대상(大象 : 상권상)은 생각컨대 본괘의 건순(健順) 움직임과 손험(巽險)·명지(明止)설의 덕에서 의미를 취하고 천지·뇌풍(雷風)·수화(水火)·산택(山澤) : 이상 여덟 가지(팔괘)는 괘의 상징)의 현상은 각각 그 본괘와는 같지가 않은 의(義 : 인의·도리)인데 밝음에 이르는 것이다.

우번(虞翻 : 166~233)은 이 괘로서 방통(旁通 : 넓은 역리)을 풀이했고 비록 극단의 의미로 경의 끄트머리에서 얼버무리기도 했지만, 반드시 이괘(履卦)처럼 남김없이 뜻을 통하게 하였다. 단사에서 가로되 밟음[履]은 사람이 평소에 밟아야만 할 길, 곧 예의에 해당되며 억세고 뻣뻣한 사람에 대해서도 예의에 어긋나지 않는 부드럽고 온순한 태도로 대하면 위태로울 것이 없다고 했는데, 우번은 곤(坤 : 땅·어머니)이란 유(柔 : 부드러움)이고 건(乾 : 하늘·아버지)이란 강(剛 : 억센 것)인데 곤은 강에 대하여 고분고분하고 보살펴 줌으로써 유가 강을 뒤쫓아 밟는 것[예의가 됨]이 되며, 또한 임금자리[帝位]에 순종함으로써 아무런 근심·걱정이란 없다고 하였다.

우번은 또 가로되 겸진(謙震 : 진은 괘이름인데 겸손하고 삼가는 게 진의 정성이기도 함. 팔괘는 서로 연관되는 것이므로 그와 같이 이해한다)은 제감(帝坎 : 감은 물을 나타내는 괘인데 임금은 백성을 위해 밤낮 쉬지 않고 걱정하므로 곧 왕의 덕행임)이 되고 임금 지위에 대한 다섯 가지 예의의 이행(履行)은 임금의 질병이 되는 것이며 감(坎)의 현상은 드러나지 않는 까닭에 임금의 지위를 뒤쫓아 밟게 되면 아무런 근심·걱정이 없다고도 하였다. 이것을 일컬어 이(履)와 겸(謙)이 통한다는 뜻이고 겸손으로 위를 본받는 곤(坤)에는 호체(互體 : 서로 상대방의 본체를 본받는 것)가 있고 진(震 : 정성)·감(坎 : 덕행)

이 있는 것이다.

　그러나 경에서 주장하여 말하기를 건(乾 : 건은 괘이름으로 하늘인데 곧 건(健)이고 굳센(剛) 것임)은 상응(相應)하는 것으로, 이를 일컬어 위로는 태(兌 : 괘이름. 상징은 못인데 기뻐하는 것)하고 아래로는 건(강직)하는 것이라고 한다. 만약에 아래로 간(艮 : 간은 괘이름이고 상징은 산으로 지(止)의 덕을 나타낸다. 즉 머물러야 할 때 머물고 가야 할 때 가서 그 동정(動靜)의 시기를 놓치지 않는 게 머무름의 덕이다)의 뜻과 위로 곤(坤 : 땅이고 그 덕은 순(順)이다)의 뜻을 취하는 겸(謙 : 사양)이라면 이는 상응하여 머무는 덕이고 곤일 터이다.

　어째서 상응이라고 하느냐 하면 이 건을 일컬어 예(豫)라고 하기 때문이다. 단사에서 예〔기뻐하고 즐긴다는 것〕는 강(剛)이 뭇 음에 의해 응접되어 그 뜻이 이루어진다는 것이고 또는 도리에 순종하여 움직인다고 해서 천지도 이와 같다고 했는데, 우번은 가로되 소축(小畜 : 괘이름. 소축은 유(柔)이고 지위를 얻어 위아랫사람이 이에 응해주는 것)은 건위천(乾爲天 : 건의 별칭)이 되고 하늘은 이와 같이 곤위지(坤爲地 : 곤의 별칭)가 됨을 일컫는 것이며, 천지가 활동하면 사시(사철)가 이룩되는데 사시 또한 천지를 좇아 활동하는 까닭에 일월(日月)에 지나침이란 없고 사시는 변동이 없는 거라고 했다.

　우번은 또 말하기를 예(豫)가 변화되어 소축과 통하고 곤위지가 초(初 : 효의 최하위. 초륙·초구가 있음)로부터 활동하여 삼(三 : 아래로부터 세 번째 지위. 육삼과 구삼의 효가 있음)에 이르러 건(乾)이 이룩되는 까닭에 초(初)는 오(五 : 효의 다섯 번째 지위. 초오와 구오가 있음)에 다다른다. 그러나 리(離 : 괘이름·불)는 해가 되고 감(坎 : 물)은 달이 되는데 모두 그 올바른 지위·정(正 : 양효가 초·삼·오에 있고 음효는 이·사·상에 있는 것. 이것이 정당한 위치인데 특히 2효와 5효를 中이라 하며 음양의 효가 각각 앞서의 있어야 할 곳에 있다면 中

正으로 길이고 그렇지 않다면 不正이라 흉이라고 본다)을 얻은 까닭에 일월의 활동은 지나치거나 하지 않지만 초(初)일 때 진(震 : 괘이름·우레)은 봄이 되고 사(四)에 이르면 태(兌 : 괘이름·못)는 가을이 되며, 리괘의 오가 이르게 되면 여름이 되고, 감은 겨울이 되지만 사시의 위치가 정(正)인 까닭에 사시는 변동이 없고 또 성인을 좇아 움직이면 형벌도 맑고 깨끗해져 백성도 심복(心服)하게 된다. 또 우번은 가로되 활동의 초가 사(四)에 이르면 태가 형(刑)이 되고 감은 벌(罰)이 되어 감태(덕행과 기쁨)의 정(正)을 본받는 까닭에 형벌은 맑아지고 곤은 백성이 되고 건은 맑음이 되는데 건으로써 곤을 올라타는 까닭에 백성이 심복한다. 이것을 예(豫)라고 일컫는데 소축과도 통하고 소축의 아래로 건(乾)이 있어 본받게 되고 호체라서 이태(離兌 : 離는 麗인데 려는 붙는다는 것, 태는 기쁨인데 동시에 두 개의 못이 서로 연결되고 붙어있어 벗이 서로 돕고 면학하는 덕이라 하여 이태라고 함)이다.

그러나 경문에서는 말하기를 순종을 일컬어 동예(動豫 : 예의 별칭은 雷豫地로서, 이것은 우레가 땅 위로 나아가 주위를 진동시킨다는 뜻이다. 우레는 도덕심을 일으켜 백성이 삼가도록 하는 한편 백성은 형벌이 자연의 순환 방식처럼 올바르게 집행되는 것을 기뻐한다는 것이다)라 하고 아래는 곤괘이고 위는 진괘로 나타낸다. 만약에 아래는 건괘이고 위는 손괘(巽卦)로서 뜻을 취하여 소축괘가 된다면 이는 건(健)이면서 손(巽 : 손은 바람인데 들어간다는 것. 이를테면 나아가서 일을 직접 맞닥뜨리는 것이고 훌륭한 인물을 택하여 그에게 순종하는 것이다)일 터이다. 어찌 순종이면서 움직임(활동)이겠는가?

단사에서 말하기를 일월은 하늘에 붙고[麗] 백곡이나 초목은 땅에 붙는다고 했다. 그런데 우번은 가로되 이 건오(乾五)에서 곤은 이룩되고 감은 달이 되며 리는 해가 되어 일월이 하늘에 붙는다고 한다.(또) 진은 백곡이 되고 손은 초목이 되며 건의 이오(二五 : 중정)로서 곤은 감친이 되어 둔(屯 : 괘이름)을 본받는다고 했는데, 둔은 영(盈 : 채운다는 것)이다. 영은 천지간에 만물이 가득하다는 것이고, 만물이 나타나기 시작하여 진(震)인 까닭에 백곡과 초목이 흙에 붙는 것이며 이것을 일컬어 리와 감이 통한다는 것으로 감이 (坎二)가 사(四)에 이르면 상호간에 진이 이룩되는 것이다〔둔은 둔난(屯難)이라고 하여 일의 시작에 있어 곤란이 많아 거취를 정하기가 어렵다는 뜻이다. 또한 초목의 싹이 바야흐로 땅위에 고개를 내밀어 싹트려는 현상으로 비유되며, 때가 이르기를 기다려 행동을 삼가하면 상관이 없지만 경거망동하여 일을 서두르면 실패한다는 게 그 정신이다〕. 그런데 중명(重明 : 밝음(離를 말함)을 겹치는 것)으로서 붙는 게 정(正)이고 또 말하는 유(柔)가 중정에 붙는 것이 위아래 모두 리가 되는 것일까? 만약에 위아래를 모두 이 감괘의 뜻으로 취하면 습감(習坎 : 곧 감괘인데 물은 흘러 쉬지 않으므로 차지가 않고 따라서 겹친 험난이란 뜻에서 습감이라 한다)인데, 이것은 험난이 겹치고 강(굳셈)이 그 속에 빠져 있는 것이다〔습감의 괘모양을 보면 양효(강)인 구이·구오가 正이면서 모두 음효(유)로 둘러싸여 있다〕. 그러니 어찌 밝음과 유(부드러움)의 이것을 일컬어 혁(革 : 괘이름. 혁신·혁명의 뜻)이라 할 수 있겠는가.

 단사에서 말하기를 천지가 혁신되어 사시가 된다고 했다. (그런데) 우번은 가로되 다섯 번째 자리를 일컬어 건위천이 이룩된다 하고 몽(蒙 : 괘이름. 동몽·유치계몽이란 뜻)은 곤위지가 된다고 했는데 진(봄)·태(가을)의 이 넷이 바르다면 감(겨울)·리(여름)이므로 사시가 갖추어 곤혁(坤革)이며 건은 이룩되는 까닭에 천지가 혁신되면서 사시가 된다고 한다. 이것은 혁과 몽이 통하고 몽은 곤위지의 2효가 4효에 이르면 상호간에 진(震)이 이룩된다는 것이다〔산수

몽의 단사에서 몽은 산 아래에 험난이 있는데, 험난이면서 머무는 게 몽매함이다. 그렇지만 몽매함은 배움으로써 뚫리게 된다. 그러나 배움의 원칙은 스승이 먼저 가르치는 데 있지 않고 배우려는 자가 스승을 찾아 진리를 구하려는 데 그 정신이 있는 것이다. 바꾸어 말하면 군자는 어디까지 誠心으로써 문학하고 덕성을 기르는 데 있다].

그러나 경문에서 말하기를 문명(文明)으로써 기뻐함은 아래로 리가 있고 위로 태가 있음을 일컫는 것이고[즉 택화혁(澤火革)의 괘 모양을 말함. 모름지기 사물을 시정하려면, 그 시정(혁신)할 때가 되고 나서 그것도 성의로써 대하면 혁신하는 것이다. 그래야만 사람들이 이를 성의로써 인정하고 믿고 복종한다. 혁괘의 단전에서 문명이 나오는데 이것은 離의 덕을 말하며, 혁신(혁명)하는 사람에게 문명의 덕이 있으므로 사람들이 이를 기뻐하며 즐기고 올바른 것이라도 크게 행동된다는 것이다] 만약에 뜻을 아래는 감이고 위는 간(艮 : 괘이름)인 산수몽(山水蒙)괘에서 취한다면, 이는 험난이면서 머문다는 것이 되리라. 어찌 문명으로써 이를 곤에서 기뻐한다고 일컬을 수 있겠는가? 상전(곤의)에서 가로되 대지의 형세(形勢)가 곤이고 군자는 곤의 그 크고 넓은 덕을 본받아 온갖 것을 포용(包容)하도록 힘써야 한다고 했다.

(그런데) 우번은 가로되 군자란 건을 일컫고 양(陽)은 덕의 활동이 되는 것인데 곤의 아래에 있는 군자의 덕은 수레인 까닭에 물건을 싣듯이 두터운 덕이 있어야 하며, 이것을 일컬어 곤과 건이 통하는 것이라고 한다. 그러나 경문에서 지세(地勢 : 형세)는 말하지 않았는데 무엇으로 건(乾)으로써 천행을 얻는다고 이를 풀이했던 것일까? 소축괘의 상전에서 바람(손)이 하늘(건)의 위를 가는 게 소축이므로 군자는 스스로의 글과 도덕이 훌륭해야만 한다고 했다. 그런데 우번은 가로되 예곤(豫坤)이 건리(乾離)가 되어 곤을

비추어 줌으로써 글과 도덕이 훌륭해지는데 이것이 소축이 되어 예(豫)와 더불어 통한다고 했다. 그러나 경문의 말로 풍행천상(風行天上)은 말하지를 않았는데 '우레가 땅으로부터 떨치고 나왔다' 함은 무엇으로 예(豫)를 풀이했던 것일까? 이(履)의 상전에서 가로되 위에 하늘(건)이 있고 아래는 못이 있는 것처럼 질서가 있는 게 리(離 : 밝음)인데 군자로서는 그런 상하 귀천의 구별을 나누고 민심이 안정되도록 힘써야 한다고 했다. 우번은 말하기를 겸(謙 : 괘이름)으로서 곤(땅)은 백성이고 감은 지행(志行)이—— 겸괘 2효부터 4효까지로 감괘가 됨—— 되지만 겸괘일 때 곤이 건의 위에 있도록 바뀌면 리가 되는 까닭에 상하 귀천을 가려 백성을 안정시키고 뜻을 얻게 하는 이것을 일컬어 이(履)와 더불어 겸이 통한다고 한다〔겸(지산겸)은 겸손, 남에게 고개를 숙이는 것인데 괘상으로 산(간)의 높음으로써 땅(곤)의 낮음에 대해 사양하는 것이다. 따라서 사람은 겸손의 덕이 있다면 어디에 가든 통한다. 군자는 처음부터 끝까지 일을 성취할 수 있고 유종의 미를 거둔다〕. 그러나 경문의 말로 위에 하늘이 있고 아래에 못이 있다고는 말하지 않았는데 땅(곤)의 안에 산이 있다고 함은〔겸괘의 상전에서 地中有山이라고 함〕 무엇으로써 이를 얻어 풀이한 것일까?'

《역》의 괘효사와 단상전을 보게 되면 운문(韻文)으로 된 부분이 많고 역학자는 이것에 관심을 가졌다. 그 압운(押韻)을 조사함으로써 고운(古韻)을 알 수 있을 뿐더러 역을 이해하는 데 도움이 되기 때문이다.

그런데 괘효사에는 운문과 산문이 뒤섞여 있어 《역경》은 갖가지의 재료를 비빔밥처럼 버무려 만들었다는 의문이 생겼다. 당태종의 명으로 공영달이 편찬한 《오경정의》는 추사도 말했듯이 남학(南學) 곧 한족의 중화사상이 바탕에 깔려있는 것이지만, 괘사·효사의 작자로서 두 설이 있다고 했다. 하나는 괘효사가 모두 주문왕이 지었다는 것이고 또 하나는 문왕이 괘사를 짓고 효사는 주공이 지었으며 십익(十翼)은 공자가 지었다는 설이다. 어쨌든 이것이 후대까지 그대로 믿어져 상전되었으며 우리나라는 이 방면의 문헌이 거의 없지만《정의》의 역설이 정통으로 계승되었던 것 같다.

그런데 청대에 이르러《역경》의 고운 연구는 고염무로부터 시작되어 강영·대진·단옥재·강유고(江有誥) 등에 의해 계승되었다. 이런 고운 연구는 추사의 이 논문과는 직접 관계가 없다.

두 번째로 단전과 상전은 대체로 운문 형식인데, 상전은 괘상(卦象)을 설명한 부분과 효사를 해석한 부분으로 나눠져 있다. 그래서 전자를 대상(大象)이라 하고 후자는 소상(小象)이라 구별한다. 그런데 소상은 전부 운문이고 단전과도 비슷하지만, 대상은 산문일 뿐 아니라 그 해석도 단전이나 소상과 모순되는 부분이 있다. 추사의 〈주역우의고〉는 바로 그 점을 논하고 있는 것이다.

일찍이 북송의 구양수는《역동자문》3권과《역혹문》2권을 저술하고 계사·문언·설괘 등 제편이 공자의 저작은 아니고 뒷사람들이 설을 잡취(雜取)하여 만든 것이라고 주장했다. 그 이유로써 구양수는 세밀한 인증(引證)을 하고 있지만 간단히 말해서 '계사전 중엔 몇번이나 같은 게 반복되어 설명되고 있어 도저히 한 사람이 지었다고 믿을 수가 없으며 개중에는 서로 모순되는 기사마저 있다'고 했다. 이런 지적은 문언전이나 설괘전 역시 마찬가지다. 다만 설괘전 역시 새롭고 낡은 것이 뒤섞여 있기는 하지만 제1장부터 제3장은 설괘(說卦)의 핵심을 구성하며 중요한 의미가 있다. 추사의 논문을 이해하는데 도움이 될 것이므로, 번역한다면 다음과 같다.

'옛날에 성인이 역을 짓자 신명의 도움을 받아 시법(蓍法 : 시는 톱

풀)이 생겼다. 하늘을 생각하고〔參：《정의》는 홀수의 대표를 삼으로 보았음〕땅에 꾀하여（兩：《정의》에선 짝수의 대표로 봄）수효로 하며 변화를 음양으로 보고서 괘를 세웠다. 강유(剛柔)를 드러나게 함으로써 효가 생겼지만 도덕으로 화순(和順)케 하여 의(義)를 깨닫게 하며 이(理：도리)를 궁구하여 성(性：천리·천성)을 다하게 하며 이로써 명(命：천명)에 이른다. (이상은 제1장)

── 이것으로 천도(天道)를 세워 음과 양이라 했고, 지도(地道)를 세워 유와 강이라 했으며 인도(人道)를 세워 인과 의라고 했다. 삼재(三才)를 겸하여〔팔괘를 가리킴〕이를 둘로 하는 까닭에 역은 육획(六畫)으로써 괘가 이루어진다. 음을 나누고 양을 나누며 상호간에 유강(柔剛)을 사용한다. 그러므로 역은 육위(六位：여섯 가지 지위)로써 장(章：문장)이 된다. (이상은 제2장)

천지로써 위(位：지위)를 정하고 산택(山澤)은 기(氣)가 통하는데 뇌풍(雷風)이 서로 박(薄：닥쳐오는 것)하며 수화는 서로 역(射：싫어함)하지 않으며〔水火不相射〕팔괘는 서로 섞인다. 가는 것을 셈하는 게 순(順)이고 오는 것을 앎이 역(逆)이다. 이런 까닭에 역은 역수(逆數)이다. (이상은 제3장)'

비교적 간결하지만, 간결한 까닭에 해석에 있어 이견(異見)도 나타났다. 그러나 이런 것은 수많은 역학자에 의해 연구되고, 위에서 번역한 것은 정통적 해석(공영달의 정의본)을 따랐음은 물론이다.

제2장은 곧 강유의 중(中)을 얻는 게 으뜸(길)이라는 단·상전의 사상과 음양 두 기의 소장(消長：흥망·성쇠)에 의해 만물이 생생(生生：순화·계승)하는 것을 천도라 보고 이런 천도를 좇고 따르는 곳에 인도, 곧 인의(仁義)의 도가 나타난다고 본 계사전의 정신을 설명하고 있다.

《중용》벽두에서 '하늘이 명(命)하는 이를 성(性)이라 하며 성을 좇는[率] 이를 도(道)'라고 했지만, 《중용》의 중심 사상은 또한 성(誠 : 진심·정성)인데 이것은 중과 같은 뜻이며 그것이 忠 또는 信자로도 표기되었다. 그래서 중용설로 '성(誠)은 하늘의 도이고 성(誠)이고자 함은 사람의 도'라고 했다. 그리고 中이란 어느 쪽에도 치우치지 않는 유교의 이상인데, 역의 가장 오래된 것으로 여겨지는 단사와 효사에서 길(吉)이라고 판단하는 것은 모두 '강유가 그 중을 얻었을 경우'이며, 따라서 역의 중심 사상도 중에 있다는 게 유가의 해석이다.

청나라의 전대흔(錢大昕)은 그의 《잠연당문집(潛研堂文集)》에서 말한다. '단전 중에서 中을 말하는 게 33번이고 상전 중에선 30번으로, 도합 63번이라는 다수에 이른다. 따라서 역 64괘 384효의 요점은 中 한 글자에 있다'고 잘라 말했다.

한역(漢易)의 뒤에 나타난 것이 왕필역(王弼易)인데, 왕필은 천재로 나이 스물넷에 죽었지만 불후의 명저 《노자주》 2권과 《주역주》 6권을 저술했다. 왕필역은 노장 사상을 통해 주역을 해석하기는 했지만 한역이 상수(象數)에 치중한 나머지 재이(災異)의 미신에 빠지는 것을 구하고 철학적 해석을 도입했던 것이다. 당나라의 공영달이 편찬한 《오경정의》의 〈주역정의〉 역시 왕필역을 답습한 것인데 노장 사상이 불교와도 가깝고 도교적 색채가 있다 해서 송학이 일어나자 정이천은 《역전》을 짓고 종래의 왕필역을 개조했다. 이천의 《역전》 특징은 그의 제자 장굉중(張閎中 : 이름은 張繹)이 편지로 '역의 뜻은 수(數)에서 생긴 게 아니냐'고 물었을 때 대답한 말로 잘 나타나 있다.

"역의(易義)가 수로부터 일어났다고 일컫는 것은 잘못이다. 도리가 있고 나서 현상이 있고, 현상이 있고 나서 수가 있다. 역은 현상에 의해 도리를 밝히는 것이다. 현상으로 말미암아 수를 알고, 그 뜻을 얻는다면 곧 상수가 그 中에 있다. 반드시 현상의 은미(隱微)를 궁구하고 수의 호홀(毫忽 : 털끝)도 남김없이 다하여 흐름을 뒤쫓고 말단을 추구하는 것은 술자(術者 : 역술가)가 귀하게 여기는 것이고 유가는 힘쓸 것이 못된다. 도리(천리)는 형체가 없다. 그러므로 현상에 의해 도리를 밝힌다. 도리는 이미 문사(文辭 : 단사·상사)에 나타나 있다. 따라서 문사에 의해 현상을 보는 거다. 그러므로 그 뜻(정신)을 얻으면 상수가 그 中에 있다고 한 것이다."

정이천의 이 말은 왕필역의 '무릇, 역은 현상이다. 현상이 생기는 곳에 의(義 : 뜻, 정신)는 생기는 거다. 이 의가 있고 나서 이것을 밝히는 데 만물로써 한다'에 바탕을 둔 것으로, 이천은 왕필의 義를 理로 바꾼 것이다. 정이천은 이것을 다시 발전시켜,

"지극히 미세(微細)한 것은 理이고, 지극히 두드러진 것은 현상이다. 체용일원(體用一源)으로서 현미(顯微)엔 차이가 없다."

고 갈파한다. 또 표현을 바꾸어 이렇게도 말한다.

"지극히 뚜렷한[顯] 것은 사물(事物)이고 지극히 미세한 것은 천리이다. 그러므로 사리일치(事理一致), 미현일원(微顯一源)이다."

이 사리일치와 미현일원이 정이천《역전》의 핵심이고 주자 역시 이천의 역을 답습했다고 보는 것이다. 주자는 정이천의 '역설'에 아직도 남아있는 노자적, 또는 불교적 색채를 바꾸는 정도에 그쳤다고 생각된다. 예를 들어 강유(剛柔)는 원래 《노자》의 말인데 주자의 영향이 있다고 여겨지는 〈계사전〉에선 강유가 음양(陰陽)으로 표기되고 있다. 뜻은 같은 것인데 용어에 변화를 보인 것이다.

다음 〈설괘전〉의 제3장은 전문(全文)이 겨우 한자로 39자인데 역의 팔괘 건(乾)·곤(坤)·진(震)·손(巽)·감(坎)·리(離)·간(艮)·태(兌)가 각각 하늘·땅·우레·바람·물·불·산·못의 자연 현상을 나타내고 있음을 설명한 것이며, 한마디로 이것은 정이천이 주장한 '역이란 곧 현상이다'라는 것을 말하고 있다.

역이 곧 상이라는 말 역시 〈계사전〉에 나타나는 말로 유교적인 것

이며《좌전》에도 나타난 것이었다. 또 단전에도 그런 예가 발견되는데 예를 든다면,

    둔(屯)＝雷雨之動〔둔 이하는 64괘의 괘이름이고, 점찍은 부분은 현상〕

    몽(蒙)＝山下有險

    대유(大有)＝文明應于天

    서합(噬嗑)＝雷電合而章

    항(恒)＝雷風相與

    진(晉)＝明出地上

    명이(明夷)＝明入地中

등이 있어 단전의 작자도 어느 정도 자연 현상을 염두에 두었다고 생각되지만, 이것에 가장 힘쓰고 있는 게 대상(大象)이었다. 대상은 철두철미 상으로 64괘를 설명한다.

  우번은 종래 별로 알려지지 않았던 모양인데, 혜동(惠棟)이《역한학(易漢學)》8권을 저술하여 한·위(漢魏) 시대의 학자 맹희(孟喜)·우번·경방·간보(干寶)·정현·순상의 역설을 모았고 마지막 1권에선 한역 전반을 논했다. 혜동은 그 만년에 이것을 다시 늘려 40권을 예정했지만 미완성이고 완원의《황청경해》에는 혜동의《역학술(易學述)》로 21권 남짓이 수록되고 있다.

  21권 중 19권은 경문의 해석이고 남은 2권은 미언(微言)인데, 그 제자 강번(江藩)이《주역술보(周易述補)》4권을 저술했고 추사가 연경에 갔을 때 의형제를 맺었던 심암(心庵) 이임송(李林松：1770〜？)도 같은 이름의《주역술보》5권을 저술했으며 강번의 저술은《황청경해》에, 이심암의 그것은《속황청경해》에 수록되어 우리는 비로소 1천5백년 동안 매몰되어 있던 한역의 줄거리를 엿보게 되는 것이다.

  혜동의《주역술》은 유파를 달리 한 한대의 역설을 무질서하게 수록

했다는 일부의 비판을 받았는데, 장혜언(張惠言 : 1761~1802)은 이런 결점을 보완했고 특히 《우씨역(虞氏易)》의 천명에 힘썼다. 장혜언의 자는 고문(皐文)인데 강소 무진(武進) 사람으로 어려서 아버지를 여의고 홀어머니 아래서 누님과 동생의 3남매로 무척이나 고생을 했다고 전한다. 장성하면서 문학을 즐기고 문장은 사마상여·양웅을 본받고 산문은 한유·구양수를 사숙했으며 혜동에게 역학을 배워 우씨역 연구에 일가를 이루었다.

추사 연보에도 있듯이 정유년(1837)에 왕희손이 보내준 장혜언의 《주역우씨의》 9권·《우씨소식(虞氏消息 : 소식은 영고성쇠·변천의 뜻)》 2권·《우씨역례(虞氏易禮)》 2권·《우씨역언》 2권·《우씨역후(虞氏易候)》 2권·《주역정순의(周易鄭荀義)》 3권 등을 기증받고 있다.

실록을 보면 헌종 2년(을미년. 1835) 7월에 문과 시험에서 역학 부분을 삭제했다고 한다. 당시의 선비로서도 《역경》이 그만큼 난해했다는 의미일까? 아니면 종래의 역설(易說)로선 시대의 요청에 부응할 수가 없었다는 뜻일까? 아무튼 추사는 이 무렵에 〈주역우의고〉를 집필하여 역의 선구적인 소개를 했던 셈이다.

순조가 승하하고 순원대비가 수렴청정을 했지만, 안김으로선 아직 정권 담당 능력이 없었는지도 모른다. 을미년 7월 19일, 유당 김노경은 재등용되어 '판의금부사'에 임명된다. 이것이 경김에 대한 안김의 화해 제스처였을까? 추사는 여전히 집에 있었는데 이런 시가 있다.

〈삼짇날의 비[重三日雨]〉
꽃의 마음은 날카로움을 여축하며 가지런한데/수려한 경치가 일천 숲에 쌓였구려./평평한 삶의 곡수놀이 떠올리니/옛날의 질박한 시의 주고받음도 거의 이루어졌다 싶었네.

(花心齊蓄銳 麗景千林積 平生曲水想 庶幾酬素昔)

아침의 비는 속된 선비와도 같고/날짐승은 구름을 만나 칼깃을 벼린다네./문을 닫고 있으니 갓과 나막신이 부끄럽고/숲언덕으로 산천은 멀다네.

(朝雨如俗士 雲禽遭鍛翮 閉戶慚笠屐 林邱山川隔)

시의 열쇠는 중삼(重三 : 삼월삼짇날)에 있다. 그것은 나중에 설명하기로 하고 곡수(曲水)가 나오는데 이것은 저 유명한 왕희지의 '난정기'를 탄생케 한 이야기가 연상되리라. 그것이 엉뚱하지는 않지만, 이 시는 이중의 뜻을 함축하며 두 번째의 시를 읽고 나면 분명해진다.

즉 아침비를 속된 선비로 비유하고 있는데, 폐호(閉戶)란 말이 그것을 설명한다. 폐호는 직역하면 문을 닫은 것인데 선비가 벼슬에서 물러나 근신하는 태도로 출입을 않고 집에 틀어박힌 상태를 비유한다. 현대인이라도 회사를 그만두고 아침의 비를 무료하게 바라보노라면 서글픔을 느끼리라. 추사는 그렇게 느끼는 자신을 속된 선비로 비유하며 자조(自嘲)하고 있다.

핵(翮)은 칼깃인데, 긴 깃을 말하며 한자로 풍절우(風切羽)라고 쓰면 이해가 빠르다. 보통 몸무게가 무겁고 큰 새는 칼깃으로 배의 키처럼 방향도 조절하고 안정된 자세를 취하지만, 추사는 지금의 불우를 시련이라 보고 있는 것이다.

시의 나머지를 읽어 보자.

하늘과 땅 사이 사람으로 나서/비바람의 부림을 당했다오./봄구경은 다른 날도 족하지만/삼짇날은 바꾸어선 안된다네.

(人生天地間 遂爲風雨役 賞春足他日 重三不可易)

홀로 마시는 이 술잔을 어찌할까/본디 벗이야 이별이 있게 마련이지./향이라도 피우고 꽃의 숨결을 듣는 게 마땅한데/가는 연기는 숯화로에서 감돌고 떠나질 않네.
　　(奈此獨命酌　朋素並離析　焚香當聽花　細烟縈爐栢)

역(役)이란 부린다는 뜻이다. 한자로서 수동·타동의 양쪽으로 사용된다. 중삼이 또 나왔는데 뒤로 미루고, 혼자 마시는 술잔에 명(命)이란 말이 있다. 이것은 명령되어서가 아닌 혼자 마시지 않을 수 없는 일이라 사용한 것이다. 운명, 하늘이 정한 일이라는 체념이랄까, 옛날 사람의 생각은 지금과는 다르다. 병(並)이란 말도 '예사'라는 뜻으로 생각하고 싶다. 벗이란 사람으로 대를 쪼개듯이 언젠가는 이별하는 게 이석(離析)이다. 청화(聽花)는 시어인데 마음을 안정시키려는 시인의 태도이다. 그래서 향을 피웠는데, 연기는 영(縈 : 얽힌다)하여 떠나지를 않고 화롯가에서 감돈다.

중삼이 이 시의 열쇠라고 했는데, 삼짇날을 상사(上巳)라고도 한다. 원래는 3월의 첫 사일(巳日)을 삼짇날로 정하고, 우리의 풍속으로서 마치 벌레들이 겨울잠에서 깨어나듯 봄철에 거행되는 우리의 큰 명절이었다. 긴 겨울의 추위에서 해방된 사람들이 생명의 시작을 기뻐하고 감사하는 뜻에서 들로 나가 하늘에 감사를 드렸는데, 이것은 이미 앞에서 말했다 싶지만 오랜 옛날부터의 동이의 풍속이었다. 이를테면 여인들이 동류수(東流水 : 동쪽으로 흐르는 냇물)──사실은 곡류수(曲流水), 곧장 흐르는 냇물은 없는 법이고 꼬불꼬불 돌아나가며 흐른다. 그리고 여자들뿐 아니라 남자들도 묵은 때를 씻고 경건한 마음으로 하늘에 감사하는 것인데──에 푸르게 자란 풀을 맨발로 밟고 머리를 감았다. 경주에 포석정(鮑石亭)의 유적이 남아있지만 동이의 풍속이 강남에도 전해져 왕희지의 곡수놀이가 있게 되고 난정기가 태어난 것이다. 이렇게 말하면 믿지 않겠지만 유방의 아내는 산동성의 제나라 출신──동이족이다──이고 해마다 옹(甕)에 가서 조상의 혼백에 공양하는 음식을 냇물에 띄웠다는 기록이 《사기》에 있다.

육당 최남선의 고증에 의하면 조선조 시대 기로회(耆老會 : 70세 이상의 노인)의 사람들로 들에 나가 잔치하도록 했고 조상이나 하늘에 제사를 지냈다고 했는데 바로 동이의 풍속이었고 민간에서도 화전·꽃떡·물국수를 이날이면 먹었다고 한다. 추사의 시에서 꽃이 나옴은 그 때문이라고 생각되며 삼짇날의 행사는 빠져선 안된다고 하면서 그렇지 못한 현실을 향로의 연기로 표현하고 있다.

추사의 〈자연기(自然碁)〉라는 것도 같은 계통의 시이다. 이 시는 경주에 갔을 때 읊었던 것으로 추정되며 신선을 말하고 있다.

동해의 차성현(동래·기장)에/자연의 바둑돌이 나네./바닷가 소라며 전복껍질도/무더기로 쌓여 서로 괴고 부딪친다네.

(東海車城縣 乃生自然碁 海濱螺㗀殼 堆積相拄揩)

파도와 모래가 날로 씹고 깨무니/부스러져 각각 모습을 갖추었네./혹은 반듯 네모지게 깎고/혹은 둥근 가운데 절로 규격에 맞네.

(濤沙日蕩齧 碎碎各具姿 或方如削楞 或圓自中規)

〔탕설(蕩齧)의 설은 깨물다, 씹다이고 탕은 크게라는 그 형용사. 능(楞)도 방(方)과 같은 네모진 것으로 강조의 뜻〕

사방인가 하면 타원인데/구고 아닌 게 없구려./맑고 깨끗하니 터럭도 비칠 만하고/매끄런 것이 기름칠한 것 같다네.

(斜方與楕圓 勾股無不爲 瑩淨可鑑髮 膩滑疑截脂)

〔사방(斜方)은 네모지면서 비스듬한 것이니 장방형이랄까……. 구고(勾股)가 어려운데 아래쪽이 뾰족하게 갈라진 모양. 이(膩)는 풍만하다는 것인데 옛날에 백낙천이 양귀비의 목욕하는 풍만한 모습을 상상하며 응지(凝脂)라는 시어를 만들었다. 이지(膩脂)는 기름이 흐르듯 매끄러운 것〕

검은 게 바로 조약돌인데/하나하나 둥글고도 훌륭하네./제비가 문 알을 떨어뜨림인가/망상이 품었던 구슬을 남김인가.

(黑者是小石 ──圓更奇 鷾鴯啣卵墮 罔象抱珠遺)

〔의이(鷾鴯)는 제비. 제비를 현조(玄鳥)라고 한다. 제비가 미역감는 여인에게 알을 떨어뜨리고 그것을 받아먹고 위인이 나왔다는 전설은 《사기》에도 있다. 망상(罔象)은 《장자》에 나오는 수신의 이름〕

감청색은 차라리 옻처럼 검은데/일그러짐도 없는 단정한 모습일세./옛날에 나는 바다를 따라 갔었는데/넓고도 넓은 게 빛나고도 빛났네.

(髹漆紺碧色 端正體無欹 昔余遵海行 浩浩復熙熙)

〔휴칠(髹漆)은 옻칠한 것처럼 검다는 것. 동해는 서해에 비한다면 푸르다 못해 검게 보인다. 체(體)는 모습이라고 번역했는데 우주의 본체 등 웅대한 뜻이 함축된다〕

만물이 있고 서로 부딪치며 울리니/대막대로 두드리듯 쨍그렁 소리나네./모래는 한없이 구슬되어 깔려 있으니/이 사이에 흰 것 검은 것이 있더라.

(有物鳴相觸 琮琤彈節枝 鋪沙萬萬顆 白黑相間之)

〔종쟁(琮琤)은 옥이나 돌이 부딪치는 맑은 소리. 시어이다〕

비긴다면 하늘나라 별이고/춤생이와 자성이 떨어진 거라네./거듭 차려진 반면 같고/밤과 배가 있어 정두라네.

(譬如天上星 歷落參與觜 復如盤中食 飣餖栗與梨)

〔참(參)은 별이름으로 심이라 발음한다. 이 심성이 우리말의 춤생이인데 육당의 말에 의하면 해마다 이월 초엿새(혹은 이렛날) 황혼녘에 서쪽 하늘에 나타나는 이 별과 달의 거리를 보고 풍년과 흉년을 보는 민간 점성술이 있었다. 그러나 심성은 성수(별자리)의 이름이고 육안으로는 6개 내지 14개의 별인데 자성(觜星 : 이것도 육안으로 세 개의 별)이며 현대 천문학

으로선 오리온좌에 속한다. 이 별들이 보이지 않다가 해마다 2월 초엿새에 매우 밝게 관측되는 것이며, 추사의 시로선 그런 밝은 심성과 자성의 별들을 인용했을 뿐이다. 좀생이란 좀스럽다는 뜻, 잘다는 것.

반중식(盤中食)이 어려운데 직역한다면 소반에 차려진 음식이고, 다음의 정두(飣餖 : 보고서도 못먹는 음식. 제삿상의 차림)로서도 풀리지 않는다.

그러나 이 시가 바둑돌을 노래한 것이므로 '반중식'을 바둑 용어로 생각하면 이해될 것 같다]

열 손가락으로 움키며 주워 담으니/탐내는 자 파사를 만난 격일세./무소 뿔과 상아는 아득한 것이라 손닿지가 않고/선단과 용뇌향은 사치스런 것이니 구하기 어렵네.
　　(十指掬且攫　貪夫籠波斯　象犀遠莫致　檀腦侈難資)
〔파사(波斯)는 페르샤, 곧 이란을 말하지만 그곳에서 진주가 많이 잡히므로 진주란 뜻으로 사용했다. 단(檀)은 향목인데 인도에서 산출되는 전단(旃檀)이고 뇌는 용뇌향(龍腦香)인데 명나라의 만력제(萬曆帝) 이후 진주는 '정력제'로, '용뇌향'은 후궁들의 향료로 쓰기 위해 수입했다. 현재는 용뇌향의 정체가 인도 등 열대의 나무에서 채취된다는 것을 알지만 당시에는 비밀로 주로 영국의 상인 등이 비싸게 팔았다]

왜인은 손재주가 있어 둥글게 갈고/중국의 옹기 가마는 자기를 굽는 데 교묘하네./이와 같은 하늘의 이루어짐이, 왜/반 또는 수의 힘도 빌리지 않았을꼬.
　　(和工巧磨圓　華窰妙燔瓷　曷若此天成　不假般又倕)
〔화(和)는 일본을 가리킴. 요(窰)는 옹기 가마이다. 갈(曷)은 하(何)와 통하고 여기선 왜라는 의문사. 반(般)은 공수반(公輸般), 수(倕)는 황제(黃帝)의 신하인데, 둘 다 송대(宋代 : 고대 은나라 후신)의 명공(名工)이

었다]

　나는 바둑을 둘 줄 몰라서/소시적부터 한 귀퉁이라도 엿본 적이 없다네./이 편리한 도구를 장차 어디다 쓰리/옷고리째 울밖에 버려 둘밖에.
　　(伊余不解着　少無一班窺　利器將焉用　巾笥便委籬)
　[건사(巾笥)란 곧 옷고리이다]
　비릉의 제2품 차지는/그대 아니고 누구이겠나./아끼지를 않고 가져다주네/순우기과 같은 절품을.
　　(毗陵第二品　誰歟舍君其　不惜相持贈　絶勝珣玗琪)
　[비릉(毗陵)은 밝고 높은 둔덕인데, 이를테면 높은 자리이다. 순우기(珣玗琪)는 보옥의 이름이라고 한다]
　성긴 발처럼 구름비 내리는 곳에/바람불고 장송의 소리 들릴 때라오./기대일 의자에 또 방석을 깔았는데/네 발을 괸 추나무 탁자로세.
　　(疎簾雲雨處　長松風日時　隱囊復方褥　楸盤四脚支)
　[소렴운우는 두보의 시 '楚江巫峽半雲雨 淸簟疏簾看奕碁(초강이 흘러드는 무협은 구름과 비로 반쯤 가려졌는데, 깨끗한 댓자리와 성긴 발이 쳐져 있어 바둑을 구경하기 알맞네)'에서 인용되고 있다. 은낭(隱囊)은 편한 자세로 앉을 수 있는 등받이 의자라고 한다. 욕(褥)은 앞에 방(方)자가 있어 네모진 깔개임]
　한 쌍의 무늬 그려진 통에 이를 수북이 담고/줄을 좇아 이정의 제기처럼 벌여놓는다네/뚝딱뚝딱 여름의 긴 더위를 녹이며/한철지를 앉아서 다 없앤다네.
　　(盛之雙紋奩　列置如鼎彝　剝啄消長夏　坐盡漢鐵芝)
　[렴(奩)은 작은 상자나 바구니. 박탁(剝啄)은 바둑 두는 소리. 한철지(漢鐵芝)는 미상이다]

현리가 바로 여기에 있으니/야호는 비웃지 말라./지건 이기건 시기하는 게 없으니/옥기자는 승부에 대해 마땅히 절로 안다네.
　　(玄理諒斯在 野狐莫見嗤 輸贏了無猜 冷煖應自知)
　〔현리(玄理)는 심오한 이치이겠으나 바둑의 원리라는 뜻도 된다. 야호(野狐)는 여우를 말하는데 전와되어 섣불리 아는 체하는 사람을 가리킨다. 치(嗤)는 남을 비웃는 것. 수영(輸贏)은 지고 이기는 승부. 시(猜)는 시기하다임.
　냉난(冷煖)을 옥기자(玉碁子)라고 했는데 《두양잡편(杜陽雜編)》이라는 책에 나오는 옥돌의 이름으로 색깔은 흑백 두 가지이며 겨울엔 따뜻하고 여름엔 서늘하다고 한다. 전와되어 바둑돌을 가리키는 말이 되었다〕
　추렴을 하여 식사 모임을 만들고/날을 가려 즐겁게 논다네./나는 곁에서 구경만 하지만/기꺼이 또 한 잔을 기울인다오.
　　(出錢作飯會 分日以敖嬉 余當傍坐觀 欣然且一巵)
　〔희(嬉)는 희(喜)와 같다. 흔연(欣然)은 기뻐하는 것이다〕
　바둑돌을 주제삼아 이렇듯 다양하게 시를 엮을 수 있는 추사의 깊은 교양을 엿볼 수가 있다. 박학홍사(博學鴻詞)라는 말이 딱 어울린다. 그러면서 우리의 것이 있고 나라 사랑이 있다.
　다음의 시 〈세모승(細毛僧)〉은 그런 느낌을 더욱 강하게 만든다.

　가는 털로 얽히고 어지럽기가 실올이 칭칭 감긴 새집인데/중이 이기와 한 가지로 기름에 볶는다네./다리 부러진 솥가에 조각들이 널렸는데/붉고 누른 색의 폐유리는 맑게 비쳐 보이네.
　　(細毛蒙茸橐亂糸 山僧膏熬同棃祈 折脚鐺邊切片片 紺黃色透吠琉璃)
　콩젖으로 푹 고았으니 눈보다도 희고/소금을 뿌렸으니 죽이 배보다도 시원하네./하늘나라 주방에서도 이것으로 공양해 올리니/어찌 영액이나 경미일 뿐인가.

(羹以菽乳白勝雪 糝之鹽晶快於梨 天廚亦以充上供 何雷靈液與瓊糜)
어려운 한자의 나열이라 어렵다. 그러나 추사의 시는 여러 편 소개되고, 7언시는 그 해석의 원칙이 대체로 매구의 다섯 번째 글자에 있음을 안다면 능히 소화되고 이해되리라.

과(窠)는 새둥지인데 앞뒤에 붙어있는 글자들은 이런 새집을 형용하는 것이다. 이기(棃祈)는 약초의 이름인데, 역시 다섯 번째의 글자 동(同)자가 있어 그것과 함께 산중에 사는 승려가 푹 삶거나 졸이는 광경이 연상된다. 고(膏)는 고약이 연상되듯 액체가 잦아붙는 상태를 말한다.

당(鐺)은 솥이고 당변(鐺邊)이라 했으므로 그런 솥이 걸린 부뚜막 근처에 절(切), 즉 조각들이 잘려서 널려 있다. 이 절은 절(折)과도 짝구가 되어 있다.

붉고 누른 색이란 솥 속에 있는 액체를 형용한 것이리라. 그런데 다음의 폐(吠)가 짖는다, 운다이므로 시 해석의 원칙으로 볼 때 풀리지 않지만, 폐유리(吠琉璃)를 하나의 숙어로 보고 다섯 번째 글자로 투(透)자가 네 번째에 들어가 있음을 알게 된다. 폐유리는 특수한 뜻을 가진 것이라서 줄여 말할 수가 없어 이런 편법을 썼다. 폐유리는 불경의 말로 '수미산'에 있고 불에도 타지 않고 쇠붙이로도 뚫지 못하는 유리〔부처의 가르침〕라고 한다. 갱(羹)은 국이고 삼(糝)은 죽이며 역시 다섯 번째의 글자로서 그것이 설명되고 있다. 그리고 영액이니 경미(瓊糜)니 하는 것도 말하자면 인간세계의 것이 아닌 하늘의 음식물이다.

영동의 동해 바닷가에 가면 신선들의 자취가 많이 남아있고 실제로 그런 전설을 믿고 산승이 신비한 약초를 달여 환(丸)이나 고(膏)를 만든 솥 따위가 있었던 것이다. 시인은 그것을 보고 상상의 나래를 폈으리라. '세모승'이란 아마도 추사가 만들어 낸 시어인 것 같다.

문수보살의 제호가 바로 이게 아니던가/향밥으로 공양함도 이를 넘지는 못하네./길가의 찬 우물은 첫째인 품(등급)이고/향고는 오히려 샘의 덕과도 어울리네.

(文殊醍醐即此否 香積飯供無過之 路傍井洌品第一 膏香却與泉德宜)

크나큰 소원의 힘이 발동됨은 부처님의 대자비인데/신자의 바라밀로선 법시가 으뜸일세./높은 남대령에 해는 한낮의 높음인데/마시면 목마른 길손의 땀이 되어 뚝뚝 떨어지네.

(發大願力大慈悲 檀波羅蜜爲法施 南大嶺高日卓午 行人中喝汗淋漓)

문수보살은 우리 민족의 마음속에 깊이 간직된 보살이고 특히 지혜(슬기)의 화신이었다. 여진족이 이 문수보살을 신앙하여 만주(滿洲)라는 이름도 거기서 비롯된 것이고, 우리나라에선 특히 오대산을 문수의 주처(住處)로 여기며 신앙의 대상이었다. 필자가 왜 이런 인용을 하느냐 하면 문수보살이 곧 동이와 관계가 깊다고 여기기 때문이다. 이 시를 읽게 되면 추사가 그와 같은 생각을 가졌음이 시사되기도 한다.

제호는 치즈인데 불경에선 제호에 대한 설명이 나온다. 요컨대 깨끗한 소의 젖으로 만든 것이며 불타가 성도하고서 명상하실 때 소녀가 갖다드린 음식이 바로 제호였다. 곧 부처님이 즐겨 잡숫는 음식이고 전와되어 하늘의 음식이 되었다. 기독교의 《성서》에서 모세와 그 무리가 광야에서 40일 동안 방황할 때 하늘에서 내려주었다는 만나와 같다면 이해가 빠르리라.

향적(香積)은 향밥으로 보았는데, 요컨대 불전에 바치는[공양] 것으로서, 그것은 깨끗하고 으뜸의 것으로 하는 정성에 있다. 이를테면 깨끗한 것으로선 꽃이나 향목(香木)이 있고 음식으로 밥·과일 따위였다. 여기서 우물과 샘이 나오는데 그것은 부처의 가르침이라고 생각된다.

그 까닭은 잠시 젖혀두고 고향(膏香)이라는 두 글자이다. 고에 대해선 이미 설명했지만, 여기서 생각나는 게 있다. 신라 말과 고려 초의 여러 대사의 탑비를 보면 차(茶)라는 말이 나온다. 초기의 대사들 행장을 적으면서 끽다(喫茶)한 것이며 차를 만드는 제조 과정도 비록 토막글이나마 소개되고 있다. 이를테면 최치원이 찬한 진감국사비(眞鑑國師碑)에 '漢茗爲供者 則以薪焚石釜 不爲屑而煮之(공양으로서 한명(漢茗 : 차의 이름)을 바치게 되면, 돌솥에 넣고 섶으로 고았으며 가루를 만들거나 하지 않고 이를 삶았다)'는 구절이 그것이다.

가루를 만들지 않고 삶았다는 표현인데, 이는 차를 보존하는 방식으로 말다(抹茶)와 고환(膏丸), 즉 고약처럼 둥근 환약(丸藥)으로 만든 두 가지가 있었음을 시사하는 것이다. 엄격히 말해서 고와 환은 다르지만, 예를 한약 제조법으로 생각한다면 무슨무슨 환이라는 것은 단(丹)과도 같은 뜻으로 사용되며 무슨무슨 고는 신체 표면에 부치는 것도 고약이지만 개나 양을 푹 고아서 약으로 쓸 때 붙는 글자이기도 하다.

선가(禪家)에선 물론 이런 고를 정력제로 먹는 것은 아니고, 실제 육식(肉食)을 않는 산승으로선 좌선만 하더라도 상당한 에너지가 필요한 것이며 그런 때 먹는 특수한 식품으로써 약초를 달이고 조청처럼 끈적끈적한 상태〔그것이 바로 고이다〕일 때 다른 것, 예를 들어 꿀로 반죽하여 작은 환제를 만들었다. 차가 원료라면 그것은 좌선의 대적(大敵)인 잠을 쫓기 위한 것이고, 약초가 원료라면 기운을 돋구는 것이 된다. 이런 것은 반드시 불전에 먼저 공양하고서 먹는 셈이다.

샘이나 우물은 차를 달일 때 필요한 것으로 좋은 물이어야 좋은 술을 빚을 수 있는 이치 그대로인데, 이것은 또한 가르침 자체를 나타내는 말이었다.

소박한 원리로 인간에게 물이 없다면 생명은 유지되지 않으며, 그 생명의 원천이 우물이나 샘이다. 따라서 불타의 가르침으로 비유된다.

다음 원력(願力)이니 자비니 하는 말도 불교 용어인데, 자비 하나만이라도 그 뜻을 풀이하려면 말이 장황해진다. 그러나 원(願)이 있는 만큼 자비를 무심코 넘길 수가 없다. 원은 보통 소원인데 여기의 소원은 불타의 소원이며, 널리 중생을 구제하시겠다는 게 부처님의 소원이라 대(大)자가 붙은 것이며 그런 부처님의 마음이 바로 자비이다. 그리고 그런 부처님의 자비는 도저히 말로 표현하기가 어렵기 때문에 또한 대자가 붙어 있다는 정도로 이해하는 것이다.

다음은 단바라밀(檀波羅蜜)과 법시(法施)이다. 단이란 단월(檀越: 재가 신자)인데, 이것은 우리말의 단골이나 같다고 생각된다. 바라밀은 바라밀다의 준말인데, 피안(彼岸)을 가리키는 말이고 보통 6바라밀(보시·지계(持戒: 계율을 지킴)·인욕(忍辱: 참는 것)·정진(精進: 노력)·정려(淨慮: 명상)·지혜)의 여섯 가지 수행(修行)을 말한다.

바라밀의 원뜻 피안(彼岸)은 한자로 강의 건너편이란 뜻이다. 인도엔 수많은 하천이 있고, 불타는 그 자비로써 사람들에게 설교하면서 상대편의 능력에 따라, 또는 쉽게 이해할 수 있도록 쉬운 말로 말씀하셨던 거다. 그것이 중국에 와서 격의(格義)가 되고 어렵게 되었지만 근본 정신은 그렇지가 않다.

강을 건너자면 배가 필요한데, 불타 자신 당신의 가르침은 뗏목으로 비유했다. 당시의 사람으로선 배보다는 뗏목이 더 쉽고 생활 주변에 있는 것이므로 가르침을 뗏목이라 비유하셨던 것이며 혹은 가르침을 지혜라고도 법(法)이라고도 하지만, 무지몽매한 사람에게 만일 지혜(반야)니 법(달마)이니 한다면 무슨 말인지 몰랐으리라. 그리고 그것을 알아듣도록 하는 게 곧 자비였다.

6바라밀의 첫번째가 보시이다. 보시란 알기 쉽게 나눔이다. 강을 건넌다는 것은 깨달음을 얻고 윤회가 없는 세상으로 가는 것인데, 자기 혼자서만 진리를 깨닫고 간다면 그것은 불교의 정신에 위배된다. 곧 보시가 아니다.

여기서 주의할 것은 보시는 신자만이 하는 게 아니다. 비구(승려)도 그것을 해야 한다. 그것이 법시(法施)이다. 자기 혼자만 진리를 독점하지 않고 중생에게도 골고루 나눠주는 게 법시인데, 오히려 승려일수록 더욱 철저하고 모범적이어야 한다. 그러므로 석가모니 자신도 보시를 실천하시고 마치 층계를 오르듯이 수행을 하셨던 것이다.

6바라밀이 그런 층계(단계)인 것이며 승단의 비구이건 재가 신자이건 차별없이 (평등) 계율을 지키는 것은 지극히 당연했다. 그리고 언제나 명심할 것은 지도차일수록 자신에게 더 엄하고 지지 않는 기력을 길러야 한다. 그것이 제3단계인 인욕이었다.

예를 석가모니로 든다면, 불타의 6년간 고행(苦行)을 자심(자비심)의 연마라고 비유했다. 석가는 끝에 가서 이 고행을 버리는 것인데 결코 부정한 것은 아니다. 이 기간에 어떠한 곤란이라도 이길 수 있는 인욕의 힘을 길렀다. 박해나 탄압을 참고 견디며 이겨내는 것만이 인욕은 아니다. 마(마라)라고 하는 갖가지의 유혹으로부터도 이겨내야 한다. 이것이 오히려 외부에서 오는 것보다 자신의 내부에 있는 마음을 이겨내야 하는 것이므로 더 어려운 것이다.

그러므로 네 번째의 바라밀, 정진 곧 노력의 단계를 두셨다. 그리고 그런 단계마저 극복하면 정려, 보통 좌선인데 좌선이란 일체의 잡념을 버리고 고요한 상태에 도달하는 것이다. 마음과 몸의 활동마저 정지시키면 지극히 조용한 상태로서 그런 것이 환희이고 공허함이고 참된 휴식이 되어 오히려 기쁨마저 느낀다. 이 단계에 참으로 이르렀다면 생사마저 초월하며 인간이 가장 두려워하는 죽음도 담담하게 맞을 수가 있다. 그러면 그것이 6바라밀의 종점으로 지혜였다. 지혜란 사물을 올바르게 판단하는 능력이며 유교에서도 말하는 인격의 완성이었다.

그러면 이 지혜에 이르는 길은 어려운 것일까? 불타의 가르침은 자비로 결코 어렵지 않게 이것을 마련하고 계시다. 그것은 가장 평범한 신자의 경우였다. 이야기인즉 이렇다. 베사리의 북쪽에 어떤 부부가 있었다. 이름도 전하지 않으며 '나쿠라의 부모'라고밖에 나와있지 않다.

그런데 언젠가 남편이 심한 병에 걸려 고뇌하는 것을 보고 아내가 말했다.

"여보, 임종할 때 걱정이 있다면 괴로운 일이고 세존께서도 좋지 않은 일이라고 하셨어요. 당신은 아무런 걱정 안하셔도 됩니다. 저는 솜을 물레질하여 실을 뽑을 줄도 아니까 아이들을 양육하며 집을 지킬 수가 있어요. 지금까지 정절을 지켰으므로 재혼도 안하겠어요. 세존이나 출가하신 분들의 가르침을 듣고 계율을 지키며 마음의 평안을 얻고, 그 가르침에 기쁨을 느낄 수 있을 테니까요. 부디 아무 걱정도 마세요."

그러자 남편은 이 말을 듣고 마음이 편해지고 괴로움은 사라졌으며 병도 낫게 되었다. 그래서 그는 지팡이를 짚고 세존한테 가서 이 사실을 아뢰었더니, 세존은 그의 아내를 몹시 칭찬하셨다.

이런 신자들, 여성 신자들이 많은 것이다. 그녀들은 다만 세존이나 교단의 사람들 말을 듣고 그것을 가정 생활에서 실천하고 있는 것이다. 이런 여신자를 팔리어로 사비카(sāvika)라고 하는데, 그 남성형(男性形)은 사바카(sāvaka)라고 하며 한자로 성문(聲聞)이라 번역했던 것이다. 이런 것을 어렵게 만들었다면, 격의 불교의 잘못이었다.

남대령(南大嶺)은 다음에 나온 과주(果州 : 과천)라는 지명으로 보아 현재 '남태령'이라 부르는 곳인 듯싶으며, 일탁오(日卓午)의 탁은 '높다'는 뜻이고 오는 바로 '정오'이다.

    한 사발의 물로 배는 차고 헐떡임은 같았지만/종전의 열난 비장을 시원스레 씻어주네./행전을 치고 백 리를 달려오니/양 겨드랑에 맑은 바람 선선하구려.
      (一椀定喘如實石 快滌從前熱惱脾 行縢定走一百里 兩腋仙仙淸路歧)
    가난한 과천 여인 시골 막걸리를 자랑하네만/솜씨야 범속하여 보잘게없네./길손마다 중의 공덕을 찬양 않는 이 없으니/이런 공덕 동서남북에도 없으리.
      (果州寒女夸村釀 家火凡鍊徒爾爲 行人無不贊僧功 功德東西南北空)

추사는 이 대목에 이르러서 현실 세계로 돌아와 시를 마무리하고 있다.

실석(實石)이란 알찬 돌인데 견고한 신앙심도 의미하리라. 그러나 일완(一椀)이란 글자가 있어 배가 찼다는 것으로 보았다. 무엇으로 배가 찼다는 것인가? 그것은 우물·샘으로 앞에서 나왔던 깨끗한 물이었음은 누구나 알 수 있다. 이 물이 또한 부처의 가르침을 비유함은 이미 설명된 바이다. 비(脾)는 비장(지라)인데 《방약합편(方藥合編)》을 보면 사람의 갈증과 허약(虛弱)함을 조절하는 장기(臟器)로 되어있다.

행전(行縢)은 이른바 '각반'인데 길을 걸을 때 다리의 힘살을 졸라매는 것이다. 백 리를 달렸다 함은 추사의 조상으로 상촌(桑村) 김자수(金自粹) 공의 묘소가 있는 광주 추령(秋嶺)까지의 거리를 말한다 생각되며, 추사의 아버지 유당 김노경이 마련한 별서인 과지초당(瓜地草堂)도 이 추령의 선영 근처에 있었다고 여겨진다.

기(歧)는 갈림길이고, 양액선선(兩腋仙仙)이라는 표현이 우리말의 선선함을 한자로 나타내고 있어 신선한 느낌을 준다.
 끝으로 공(공덕)인데 보시의 다른 말을 공덕으로 표현했다고 본다. 맑은 샘의 발견 내지 제공은 길손에 대한 보시·혜택임과 동시에 넓은 의미로서의 구제와도 통하리라.

 과지초당은,《완당집》에 꼭 한 편의 시로서 발견된다.〈가을날 과지초당에 거듭 오다〔秋日重到瓜地草堂〕〉가 그것이다.
 앞에서 말했듯이 유당은 을미년 7월, 순원대비에 의해 재등용되고 있다. 이 시는 거듭이라는 말이 있어 글자 그대로 연거푸 방문한 것인지 혹은 유당이 과지초당을 마련했을 때와 이번의 재차란 의미인지 모르나, 음력 7월은 가을이므로 이때였다고 추정된다. 또 추사의 나이 50세로서 행전을 치고 백 리 길을 달렸다고 한다면 이때쯤이 걸맞기 때문이다.

  문을 나서니 바로 가을이라 좋고/스님과 함께 하니 더욱 견디낼 만하이./세 봉우리 모습은 정겹기만 한데/다섯 해 전과도 변함이 없네.
   (出門秋正好 携衲更堪憐 歉歉三峰色 依依五載前)
  푸른 이끼는 곧 집의 낡음이오/단풍은 숲의 점차로의 아름다움일세./동서로 떠돈 지도 오래인데/산 속의 저녁 연기 갇혀 있다네.
   (靑苔仍屋老 赤葉漸林姸 飄泊西東久 山中鎖暮烟)

 문을 나서자 바로 가을이라 좋다는 구가 추사의 시솜씨를 보이는 가구(佳句)이다. 모 작가의 노벨 문학상을 탄 작품으로 '긴 터널을 지나자 눈나라였다'는 구절이 생각난다. 정(正)이라는 말은 다듬고 다듬은 섬세한 감각이 아니고선 태어나지 않으리라.
 그런데 두 번째의 시구 휴납경감련(携衲更堪憐)은 너무도 적나라

(赤裸裸)해서 숙연한 느낌마저 준다. 글자 해석부터 한다면 휴납의 납은 승려의 장삼인데 중을 가리키고, 휴는 늘 휴대한다는 말인데 여기선 함께라고 보았다. 그러나 필자가 감동한 것은 감련(堪憐)이란 두 글자였다.

사람은 누구나 상대편과 자기 자신을 비교하게 되리라. 감은 참고 견디는 것이고 련은 가엾이 여기는 것이다. 추사의 심정이 되어 비록 군자로서 내색할 수는 없지만 스님의 감련(忍欲)이 생각되고 혹은 스스로의 가련함을 참는 것으로 해석될 수가 있다. 어느 쪽이라도 이것은 스스로의 마음(거울)에 비쳐지는 현실이다. 관관(欵欵)의 관은 사랑스러움의 뜻이지만 첩운(疊韻 : 첩어)으로선 혼자 마음속으로 즐긴다는 뜻이 된다. 여기서 5년 전이란 말이 나와 시가 씌어진 때를 알 수 있다고 기뻐했는데, 표박서동구(飄泊西東久)라는 구가 있어 두 가지 경우를 생각하게 만든다.

을미년 12월에 이재 권돈인은 진하사 겸 사은정사로 연경에 가고 있다. 〈연경에 가는 이재상서를 배웅하다〔送彝齋尙書赴燕〕〉라는 시가 있는데, 이것이 씌어진 시기가 이때임이 분명하다. 내용을 보면 병신년 6월 9일 이재가 돌아왔는데 그때 이후에 씌어졌던 것 같다.

황화라 이월은 뭇 진사를 뽑는데/서추를 잠시 대리하다가 사신 길을 떠났었네./비록 백 번을 간들 싫지가 않은데/이제 겨우 거듭이니 수고롭다 하지 않으랴.
(皇華二月擁仙曹 暫攝西樞碧落高 縱使百廻猶不厭 如今重到詎云勞)
누가 고인 물에서 맑은 거울을 볼꼬/풍대에 이르러 청창하고 보라색 옷을 선뵈네./주노인과 완생이 나의 안부를 물으니/반 세상이라 망가져 모발도 눈처럼 가득했네.
(誰於積水觀澄鏡 正及豊臺試紫袍 朱老阮生應問我 頻唐半世雪盈毛)

황화(皇華)는 연경을 말하고, 옹선(擁仙)의 선은 예부(禮部 : 부는 우리의 曹와 같다)의 공원(貢院)에서 실시되는 회시(會試)에 응시코자 모여드는 거인(擧人 : 향시 급제자)을 미화시킨 것이다. 청나라와 우리는 과거제도의 용어가 약간 다른데 이를테면 우리나라에선 자(子)·묘(卯)·오(午)·유(酉)년의 4년마다 실시되는데 청국은 축(丑)·진(辰)·미(未)·술(戌)년에 실시되고 회시에 급제하면 진사라고 함은 우리와 같았다.

또 서추는 개국 초부터 있었던 중추부(中樞府)의 별칭인데 권이재는 이때 '판중추부사'로 청나라 황태후의 6순을 축하하기 위해 갔었다. 그런데 이례적으로 거의 여섯 달이나 머물고 돌아왔다는데 의문이 생긴다. 추사의 시로서도 서추를 잠깐 대리하다가 갔다는 표현이 마음에 걸린다. 이것은 도무지 필요없는 말이라고 여겨지기 때문이다.

참고로 《문헌비고》〈직관고〉에 의하면 중추부의 소관은 출납(出納)·숙위(宿衛)·군기(軍機)를 다스리고, 당상관 이상의 벼슬아치로 무임소(無任所)의 사람을 보(補)한다고 했으므로, 이재가 잠깐 그 직책을 맡았다는 것은 이상할 게 없다. 다만 중추부가 국가 최고 기관의 하나로 그 기능을 살렸는지는 의문이다.

시에서 추사는 '비록 백 번을 가도 싫지가 않은데(縱使百廻猶不厭)'라고 노래했는데 이것도 예사 글귀는 아니다. 그런데 그것을 해명할 수 있는 문헌이 없으니 답답하다. 실록을 보면 을미년 6월에 '모화관 비를 개초하여 세웠다'는 기사가 보인다. 청나라에서 이것을 꼬투리 삼아 문책하고 그 해명을 위해 이재는 장기간 머물렀던 것일까?

안김은 매우 당황했고 낭패로 여겼던 것이 아닐까? 순원대비를 중심한 안김의 정권 담당 능력이 의문시되었던 게 분명하다. 이때의 영상은 동어(桐漁) 이상황(李相璜 : 1763~1840)이었다. 동어는 효령대군의 후손으로 자는 주옥(周玉)인데 정조·순조·헌종의 3조를 섬겼으며 문장으로 이름이 높았다고 전한다.

어쨌든 심상치 않았던 일이 있었던 모양으로 병신년(1836) 2월, 승정원 사서(司書)이던 강시환(姜時煥)이란 이가 대비의 수렴청정을 논하는 상주문을 올렸는데 이 때문에 절도(絶島)로 유배되고 있다.

그리고 더욱 뜻밖이다 싶은 것은 4월 6일, 추사는 성균관의 대사성(大司成 : 정3품·당상관)이 되고 김교희는 대사간(대사성과 관등이 같음)에 재임용되고 있다. 이어 4월 18일에는 운석 조인영이 예조판서가 된다. 조금 늦게 6월 2일에 자하 신위도 김교희의 후임으로 대사간이 되고 있으며 당시 약방제조(藥房提調)를 겸직한 유당이 은관(銀罐 : 은으로 된 약통)의 변색 책임을 지고 파직되기는 했지만, 안김과 대항되는 세력이다 싶은 사람들이 등용되고 있다. 요컨대 안김은 아직 재상으로 내세울 인물이 없었던 것이다. 이때 김황산은 병조판서였고 춘산 김홍근도 대사헌에 머물러 있었다. 그리고 권이재는 6월 9일에야 겨우 돌아왔다.

시에서 말한 적수(積水)는 고인 물인데 물이 괴어 있다면 썩기 마련이고 또한 흐려 있으니 거울 속처럼 맑게 들여다볼 수도 없는 일이다. 이것은 최대한 억제된 표현이지만 조선측의 사정을 모르는 청국측의 태도를 우회적으로 말한 게 아닐까? 그래서 정장(正裝)이니 풍대에서 옷을 갈아입는다는 말로 조선측 사신의 긴장을 나타냈다고 생각된다. 풍대는 연경의 우안문(右安門) 밖 완평현(宛平縣)의 지명이며, 마치 우리나라의 서대문 밖 '홍제원'처럼 사신이 여장(旅裝)을 관복으로 갈아입는 장소였던 것 같다. 청나라 사신은 그런 뒤 모화관에 이르러 휴식하고, 그런 청나라 사신을 접대하는 게 운석이 판서로 취임한 예조의 소관이었다.

추로완생이란 말이 나오는데, 주노인이란 청유 주위필(朱爲弼 :

1771~1840)이고, 완생은 앞에서 이름이 나왔었다. 이들이 추사에게 안부를 물었다는 시구로 보아 조선측을 위해 힘썼다고 여겨진다.

완원은 을미년 말에 오랜 외직에서 조정에 들어와 체인각(體仁閣) 태학사로 있었다. 지난 일이지만 완원은 도광(道光) 2년(1822)에 양광 총독(兩廣總督)으로 영국 함대의 침입을 엄격히 규제했으며 이듬해 계미년에는 임칙서가 강소 안찰사로 임명되고 있다. 영국은 이 무렵 버마(미얀마)를 침략하여 전쟁을 벌이는 중이었고 정해년(1827)에 완원은 운귀 총독(雲貴總督 : 운남과 귀주성)으로 변경을 평정하고 있다.

뛰어난 시인으로 후세에 높이 평가된 공자진(龔自珍 : 1792~1841)은 절강 인화(仁和) 사람인데 자로서 이옥(爾玉)·슬인(瑟人)·이통(易筒)·우정(佑定)·공조(鞏祚) 등 여러 가지를 썼지만 호는 정암(定庵)이다. 정암은 바로 단옥재의 외손자로 어려서부터 가학(家學)을 이어받아 학문이 깊었으며 27세에 거인이 되고 38세에 진사가 되어 내각 중서가 되기도 했지만 관운은 없었다. 그래서 48세 때 관직을 사임하고 고향으로 갔는데 50세로 단양(丹陽)의 운양 서원에서 갑자기 발병하여 졸한다.

장수는 못했지만 공자진은 중국 근대 사상의 첫째가는 사상가로 평가되며 애국 시인으로 중국의 문학청년이라면 누구나 흠모한다. 그 까닭은 다음의 위원(魏源 : 1794~1857)을 소개하면서 설명되겠지만, 우선 〈영사(咏史)〉라는 그의 시 한 편을 읽어 보겠다.

금분으로 꾸며진 동남 십오주/명류일수록 은원(은혜와 원수)이 만 겹이라네./요리 냄비에 아첨배들이 너도나도 숟갈 잡고/부채 잡은 채인은 다락에 있다네.

(金粉東南十五州 萬重恩怨屬名流 牢盆狎客操全算 團扇才人踞上游

동남(해) 15주는 지리적으로 명청대(明淸代) 이후에 문화와 번영을 누린 강남을 가리킨다. 중국에서의 동남해는 절강성 이남의 복건·광동성 일대의 해안 지방이었다. 송대(宋代)에 몽골족이 들어오기까지 이 지역은 한족 아닌 이민족이 대부분으로 중원과 멀리 떨어진 만지(蠻地)이고 벼슬아치가 유배되던 곳이었다.

그러나 원대(元代) 이후 강남인은 한족의 고유 문화를 지켰고 이미 서화사에서도 보았던 것처럼 숱한 시인 묵객이 이곳에서 나타났다.

그런데 중국의 긴 역사로 볼 때 한족은 북쪽에서 남쪽으로 이동하고 있다. 강남인도 처음에는 북쪽으로부터 내려온 한족이고, 그들은 토박이로부터 타향인이란 뜻인 객가(客家)라고 불렸다. 청대(淸代)에 이르러 절강성까지 내려와 있던 한족이 복건과 광동까지 내려갔고 완원의 경우로도 알 수 있듯이 그들은 귀주·운남성까지 생활권을 넓힌다. 그뿐 아니라 화교(華僑)라 불리는 사람들이 남양 각지로 진출했다. 우리나라에 온 화교는 주로 산동성 출신이었지만, 남방으로 간 객가──화교는 예컨대 베트남·인도네시아·말레이 반도 등지에서 세력을 구축하고 상권을 거머쥔다.

그러나 초기 화교들은 비참했다. 청(淸)은 명(明)의 정책인 해금(海禁:쇄국책)을 답습했지만, 폭발적으로 늘어나는 인구와 가난을 구제할 방법이 없었다.

여기에 외세의 침입도 무시할 수 없는 작용을 미쳤다. 이를테면 17세기에 화란 상인들이 나타나 배를 몰래 해안에 접안시키고 연안 주민을 납치하여 노예로 팔기 시작하자, 청조(淸朝)에선 이를 막을 힘이 없어 포고령을 내렸다.

즉 해안에서 30리 이내에 사는 주민은 '천조기민(天朝棄民)'이라 하여 일체 관여하지 않았었다.

그 피해가 심했던 지역이 바로 복건·광동성이고, 화란은 1624년에 대만의 남부를 점령한다.

　선교사는 이미 명나라 말기부터 들어와 있었지만, 점차로 개항에의 압력이 있어 강희제도 외국에 거주하는 화교의 귀국을 허용했으며 (1717), 건륭제는 다시 연안 주민에게 반드시 귀국한다는 조건으로 외국과의 무역을 허용했다.

　하지만 외국으로 나가는 사람은 빈민으로 이들은 저차(猪子 : 돼지새끼)라고 불리며 학대를 받았다. 예컨대 복건 출신의 젊은이가 광주나 홍콩에 있는 이민 회사를 찾아갔는데, 중간에 악덕 중개인이 생겨 문맹자인 이들을 속였다.

　계약서에 지장을 찍게 했는데 거기에는 '憑說合 一賣千休(합의에 의해 한 번 팔리면 끝장임을 정한다)'라고 씌어져 있었다.

　이런 젊은이들은 고향에 노모가 있고 동생들이 있으며, 따라서 해외로 나가 돈벌이를 하려고 노무자 모집에 응했던 것이다. 중개인은 물론 서양인 무역회사의 앞잡이고 쿨리 한 사람당 반짝거리는 은전 20~30개를 받을 수 있었다. 그리하여 계약을 마친 젊은이는 저자관(猪子館)으로 간다. 거기엔 또 한인 감독이 있고 싱글벙글하면서 웃통을 벗게 한 노무자의 가슴과 등을 두들겨 보며 말한다.

　"체격이 좋다. 이곳에 있도록. 열흘쯤 지나면 배가 들어올 테니."

　젊은이는 친절해 보이는 십장의 말에 떠듬거리면서 불안한 자기의 심정을 호소한다.

　"가족의 부양비는 얼마쯤일까요? 저의 계약은 3년이라고 생각되는데, 한 달 품삯은 얼마이고 어디로 가서 무슨 일을 하게 되나요?"

　"염려말라구. 회사에서 모집한 것은 너 하나만이 아니야. 4, 5백 명은 모집되는 거니까 일정한 규정이 있다구."

하며 아무것도 가르쳐 주지 않았다.

이렇듯 무일푼이고 비참한 운명을 걸어야만 했던 쿨리가 어떻게 오늘날 동남 아시아의 상권을 거머쥐게 되었으며, 세계적 대부호도 몇 사람씩 배출되게 된 것일까?

완원은 양광 총독으로 부임했다. 총독은 말할 것도 없이 그 지방의 최고 책임자로 그 주요 임무는 규정된 세금을 징수하는 데 있었다.
완원이 장부를 조사해 보니 호관(浩官)인 오씨(伍氏)가 다액의 세금을 체납하고 있음을 알았다. 운대는 곧 소환장을 발부한다. 그러자 아직 젊은 오돈원(伍敦元:1769~1843)이 출두했다. 젊다고 하여도 이때 53세인 완원보다 다섯 살 아래인 48세였다. 그러나 광주의 관세 징수의 대리인 노릇을 하는 호관의 당주(當主)로선 젊다는 인상이었다.
"어째서 기일 내에 돈을 바치지 않느냐?"
하고 운대는 호통을 쳤다. 그러자 오돈원은 침착하게 대답했다.
"차질이 있어서입니다. 그러나 석 달만 말미를 주시면 틀림없이 벌전과 함께 납입하겠습니다."
"꼭이냐? 만일 기일을 어긴다면?"
"예, 그때는 제 목을 베시고 저의 집 가산을 전부 몰수하여도 좋습니다."
"좋다."
완원은 그것으로 사무를 마치고 오돈원과 차를 마시게 되었는데, 너무도 대답이 명쾌하여 물었다.
"그대는 자신있게 말했는데 오가의 당주인가?"
"아닙니다. 아버님이 노쇠하여 제가 대리인으로 출두한 것입니다."
"대리인? 그렇다면 어떻게 자신만만하게 아까와 같은 대답을 했는가?"
"그것은 제가 모두 책임을 지고서 출두했기 때문입니다."
하며 설명하는 말을 들어보았더니, 돈원의 아버지는 소환장이 날아 들자 벌벌 떨었다. 관부(官府)에 불려가면 당연히 벌을 내릴 것이고 가벼워야 곤장이고 최악의 경우는 목이 잘린다. 오돈원은 단단히 각오하고 아버지 대신 출두했다고 한다.

여기서 십삼행(十三行)에 대해 설명할 필요가 있다. 광주(廣州)엔 십삼행이라는 게 있었다. 한족은 예로부터 천재적 상술(商術)을 가졌는데, 오씨는 복건성 출신으로 명대(明代)에는 복건의 장주(漳州)에 반수(潘秀)라는 거상이 있었다. 반수는 재빨리 광주에 진출하여 해마다 증가하는 무역의 수출입을 대행하게 된다. 즉 양광 총독의 공인을 받은 관세 업무를 취급했던 것이다. 오돈원의 조상은 염상(鹽商 : 소금 매매)으로 성공하여 처음엔 계관(啓官 : 관직명)인 반가에 속했는데 이윽고 독립하여 호관이란 관직을 받고 관세 업무를 맡게 된 것이다.

이런 무역 이권의 독점 업자가 열셋 있었던 셈으로 이들은 상인 연합체를 구성하고 있었다. 완원은 이런 십삼행과 원만한 관계를 유지하며 성적을 올렸다. 오돈원은 역시 비범한 인물로 십삼행 중에선 계관 반소광(潘紹光)과 첫째 둘째를 다투었다. 십삼행은 아편 전쟁(1839~1842) 결과 몰락하게 된다.

상인들은 공행(公行)을 만들었는데 오돈원도 그의 상호를 이화행(怡和行)이라 했으며 1826년 은퇴한 뒤에도 실권을 쥐고 관리와의 교섭을 맡았다. 은퇴하던 해, 도광제가 카슈가르(신강성) 원정을 함에 있어 거액의 헌금을 했기 때문에 그의 아들 숭요(嵩曜)는 거인이 된다.

공자진의 시에서 나오는 '금분동남십오주'는 화려한 강남 문화 뒤에 숨은 사회의 비참을 고발하고 있는 것이다. 명류(名流)는 사대부인데 이들은 입으로 공맹(孔孟)을 말하면서 서로 가문이니 은의니 하는 것을 논할 뿐임을 지적한다.

뇌분(牢盆)은 말하자면 고기찌개 모듬요리인데 이것을 이익이라 생각해도 좋으리라. 또 압객(狎客)이란 사전을 보니 주인과 흉허물이 없는 친밀한 관계이다. 예를 들어 압신(狎臣)은 간신과는 다르고 총신을 말하며, 중국인의 철학으로 말하면 간신보다 압신이 더 악질이다. 왜냐하면 압신은 주인과 친밀하기 때문에 주인을 배신할 확률이 더 많기 때문이다. 알랑거리며 자기 몫을 챙긴다고 해서 조천산(操全算), 곧 이익을 차지하고자 꾀하는 것인데, 이것은 곧 주인의 신임을 배신하는 것이므로 더 나빴다.

단선재인(團扇才人)은 고관의 자제이고, 여기에는 고사가 있다. 동진(東晉)의 승상 왕도(王導)는 바로 왕희지의 백부인데 이 왕씨 일족은 산동성에서 오나라에 옮겨 온 객가이며, 그런 왕승상의 손자로 왕민(王珉)이란 사람이 있었다.

왕민은 젊어서 희고 둥근 부채――아무것도 그리지 않은 백선(白扇)을 멋으로 가지고 다니기를 좋아했는데 나이 스무 살도 되기 전에 중서령(황제의 비서실장)이 된다. 나이 스물이면 아무리 천재라도 진사 합격도 하늘의 별따기인데 중서령이 되었다면, 이것은 분명히 부조(父祖)의 후광(後光)을 입은 것이다. 그래서 단선재인이 고관의 자제를 뜻하게 되고, 그런 부채를 가지고 다니는 것이 유행되었다는 것이다. 여기서 거상유(踞上游)는 배우지도 않은 자가 단지 고관의 자제라는 문벌을 가지고서 높은 지위를 차지한다는 뜻이다.

문차옥은 듣기도 두려워 자리를 피하는데/도대체 글로서 두드러진 것은 밥먹기 위해서라네./천황과 5백 창사가 어찌 있었다는 것인가?/도로 돌아가기란 어렵고 남김없이 열후가 되었을 텐데.
(避席畏聞文字獄 著書都爲稻粱謀 田橫五百人安在 難道歸來盡列侯)
문차옥이란 강희·옹정·건륭 3대에 걸쳐 가장 많았고 심했다며 한족은 말한다.

소수 민족인 만주족은, 특히 자기네 조상 관계의 글자, 이를테면 황제의 이름 따위를 모욕적으로 사용했다면 그 글을 쓴 저자는 물론이고 삼족에 이르기까지 죽였기 때문에 옥(獄事)이라고 한다.

공자진은 시에서 현실적으로 지식인의 고충을 말하고 있다. 도량(稻粱)은 흘반(吃飯 : 밥 먹음)·취반(炊飯 : 밥짓기)을 의미한다.

시구로서 일상 용어를 사용한다는 데 청대(淸代) 시인의 특징이 있다. 이 시구의 부연은 않겠다. 점잔을 떨며 온갖 말로 변명하는 것보다도 서민의 가슴에 알기 쉽도록 와닿는 말이다.

다음은 전횡인데 《사기》에 그 전기가 있다. 즉 전횡은 시황 말년의 제나라 왕족으로 대란을 맞아 제왕이 된다. 그러나 유방의 세력이 강성해지자 장사(의사) 5백 명을 데리고 동해의 섬으로 들어간다. 유방은 이들에게 항복을 권하며 부귀와 영화를 상징하는 열후에 봉하겠다고 약속한다.

이익과 죽음 앞에서 약한 것이 인간이다. 5백 명의 장사들은 유방의 달콤한 말만 믿고 섬에서 나왔으며, 두 사람의 대표자를 뽑아 사신과 함께 장안으로 가게 한다. 그러나 두 사람은 도중 갖은 모욕을 당하자 비로소 유방에게 속았음을 알고 자결했다. 남은 장사들은 두 사람의 자결 소식을 듣고 다시 섬으로 갔는데, 가보니 전횡도 이미 죽어 있으므로 모두 자결했다는 이야기다.

그러나 공자진은 《사기》의 이야기, 곧 역사를 액면 그대로 인정하지는 않았다. 사마천의 이 기록은 문헌상 고증되지 않은 전설이다. 사마천의 기록은 5백 명 장사의 의기(義氣)를 표창하기 위해서 쓴 것인데, 공자진은 그런 것을 단호히 배격했다기보다 의문을 가지고 있었다.

그렇다고 공자진의 이런 태도를 누구도 비난하지 않는다. 오히려 현대의 시각에서는 공자진을 가리켜 중국 역사상 5대 시인의 하나라고 누구나 인정하는 것이다.

한족의 결점은 그 글에 과장(誇張)된 점이 있다는 사실이다. 이백의 '백발 3천 장'이라는 표현은 제외하고서라도 뻥튀기 하듯이 사실을 부풀린 예는 얼마든지 발견된다.

공자진은 이런 민족의 결점을 과감하게 지적하고 있다. 이와 같은 비판 정신이 훌륭한 것임은 새삼 말할 필요도 없다. 우리 민족에게는 그런 것이 적음을 생각할 때 더욱 뼈저리게 느껴진다.

도대체 공자진의 사상적 바탕은 무엇인가? 그것은 다음의 위원 전기를 봄으로써 해명된다.

위원의 자는 묵심(默深)으로 원래의 자는 원달(遠達)인데 또한 묵생(墨生)이라고도 했으며 호는 양도(良圖)로, 호남의 소양(邵陽) 사람이다. 도광 24년(1844)의 진사이고 관직은 고우(高郵)의 지주를 지냈다. 경학에도 밝았고, 시는 5언고시(古詩)를 잘했으며 5백 수에 이르는 작품을 남겼는데 그 중 대표작이 〈환해(寰海)〉이다. 환해는 지구・우주라는 뜻이며 추사도 만년에 영향을 받았다고 추측되는 위원의 저술《해국도지(海國圖志)》와도 연관된다.

〈환해〉

성벽 위엔 청기가 나부끼고 있건만 성문을 열고 항복하니/성난 함성도 이미 썰물처럼 사라졌네./음이 강성해지면 반드시 싸우고 피는 흐르게 마련인데/천둥과 번개처럼 싸우니 물불이 어우러졌다네.

(城上旌旗城下盟 怒潮已作落潮聲 陰疑陽戰玄黃血 電挾雷攻水火幷)

정기(旌旗)는 기치와 같은데 성벽에 기가 꽂혀있다면 싸우겠다는 성병(城兵)의 결의를 나타낸다. 그럼에도 성하맹(城下盟), 곧 적에게 굴복하고 굴욕적 항복의 조약을 맺는다.

이 시를 이해하자면 아편을 둘러싼 영국과 청나라의 대결을 알 필요가 있다. 그리고 완원에 대해서도.

완원 연보에 의하면 가경 21년(1816)에 그는 호광(湖廣) 총독이 되고 동 25년(1820)에 학해당(學海堂)이란 학교를 광주(광동)──광주는 광동성의 성도(省都)인데 주로 외국인이 성명(省名)과 혼동하여 광동이라고 불렀다──의 월수산(粵秀山)에 세웠다. 그런데 기록을 보면 완원은 도광 3년(1823)에 양광 총독이 되고 있다. 혼동되기 쉬운데 호광이란 호남과 광동성을 합쳐 부를 때이고 양광은 광동과 광서성을 말한다. 언제인지는 모르나 시대가 바뀌면서 호남성은 따로 떼어 버리고 광동과 광서를 묶는 호칭이 일반화된 것이다.

이 학해당의 초대 학장으로 완원이 초빙한 인물은 오난수(吳蘭秀)인데, 그는 가경 13년(1808)의 거인으로 가응(嘉應) 사람이었다. 오난수는 남한학(南漢學 : 五代十國 때의 남한. 지금의 광동·광서 지역)의 권위자로 저술로는 《남한기》《남한지리지》《남한금석》 및 《동화각사(桐華閣詞)》라는 문집이 있다. 시는 운자며 자수의 제한이 있는 것이고, 사는 그런 제한이 없는 것을 가리킨다.

이런 오난수가 친구 하태청(何太淸)의 소개로 당시 태상시(太常寺) 소경(少卿)이던 허내제(許乃齊)와 편지를 주고받았다. 태상시는 외국 사신 접대를 맡은 관청으로 소경은 그 차관급이다. 허내제는 우국지사로 아편 문제에 관심을 가졌으며 현지에 있는 난수에게 그 실정을 물었다.

오난수의 의견은 아편이 나라와 백성을 좀먹는 해악이기는 하지만, 엄금만이 능사는 아니라는 의견을 제시했다. 그래서 허내제는 도광제에게 상소문을 올렸는데 이것이 유명한 이금론(弛禁論)으로 도광 16년(1836)의 일이었다.

이미 나왔지만 원나라 말기부터 시인이 시사(詩社)라는 단체를 만들어 동향의 시인끼리 혹은 동호인끼리 모이는 일이 있었다. 우리나라에도 그런 시사가 있었다는 것은 《서화징》을 통해 소개한 바 있다. 시사의 사가 결사(結社)인데 한족은 주로 강남을 중심으로 문학적 단체만이 아닌 정치적 비밀 결사로 복사(復社)라는 게 있었다. 이것은 광복(光復)이라는 말과 같은 뜻이며 명나라를 회복하고 청나라를 타도하자는 결사이다.

문학이나 사상은 정치와는 밀접한 관계가 있으므로 시인들도 그런 정치 운동을 은밀히 했는데 도광 10년(1830) 4월 9일, 연경의 화지사(花之寺)라는 곳에 공자진을 비롯한 서염봉(徐廉峰)·황작자(黃爵滋)·위원·반증영(潘曾瑩)·증수(曾綬) 형제·주초당(朱椒堂) 등이 해당화를 감상하는 모임을 가졌다. 이들은 바로 유봉록(劉逢祿)의 제자들로 공양학을 신봉하고 있었다.

그때 결사를 조직하자는 말이 있었지만 그날은 그대로 헤어지고 다시 다음달인 5월에 앞서의 사람들과 새로이 임칙서·장유병(張維屛) 두 사람이 참가했고 모두 14명(이름이 전하지 않는 사람도 있음)이 멤버가 되어 선남시사(宣南詩社)가 결성되었다. 도광 10년은 순조 30년의 경인년으로 김유당이 탄핵되고 유배되던 해이다.

이때 공자진은 39세이고 그 전년에 진사에 급제하여 지현(현령)에 임명되었으나 시골 근무를 싫어하여 연경에 그대로 머물러 있었다.

그 이유는 공자진이 고태청(顧太淸)이라는 만주족 여인을 맹렬히 사랑했기 때문이라고 한다. 그녀는 자를 자춘(子春)이라고 했으며 빼어난 미모를 가졌는데 건륭제의 현손자인 혁회(奕繪)의 소실이었으며 뒷날 보국장군(輔國將軍)이 되는 재쇠(載釗)・재초(載初) 두 아이의 어머니였다. 그녀는 시인으로 《동해어가(東海漁歌)》《천유각시고(天游閣詩稿)》라는 작품집이 있었다.
 한편 위원은 이때 37세로 아직 진사는 아니었으나 공자진과는 같은 동료인 내각의 중서(中書)였다. 여기서 〈환해〉의 뒷부분을 읽어 보면 다음과 같다.

 북과 피리소리가 어찌 하늘에서 참으로 내려올꼬/진귀한 보배라도 해왕에겐 바쳐야 하네./전적으로 배상에만 의지한다면 전의는 묶이지만/이날 저녁 용궁은 만 길과도 같은 불길일세.
   (鼓角豈眞天上降 琛珠合向海王傾 全凭寶氣鎖兵氣 此夕蛟宮萬火明)
 이 시는 매우 어렵다. 먼저 용어 풀이부터 한다면 진(眞)이란 글자에 주의할 필요가 있다. 시인은 전반부에서 성벽 높이 정기는 휘날리는데 그 아래서 적에게 무릎을 꿇는 항복을 한다고 담담하게 묘사했다. 그것과 짝이 되는 구절로 북이나 피리를 울려 병사들 사기를 돋구더라도 기적은 없는 것이며 그런 기적을 바라는 것에 대한 반문(反問)을 하고 있다. 전쟁에 졌으니까 항복하는 것이다. 분하더라도 어쩔 수 없는 일이다. 그럼에도 하늘이니 어쩌니 한다면 그것은 미신이라고 작자는 냉철하게 보고 있는 것이다.
 침주(琛珠)는 진귀한 보배인데 아주 귀중한 것이다. 해왕(海王)이란 주해를 보니까 영국의 함대라고 한다. 즉 적의 함대는 신식 함포의 위력을 자랑하는 존재이다. 이 구절에서 어려운 것이 합향(合向)인데 이것은 일상 생활 용어로 '마땅히 ~하지 않으면 안된다'는 뜻이다. 그러니까 이 구절의 뜻은 적 함대의 위력 앞에 전세가 기울어졌으니 진귀한 보배라도 마땅히 내주지 않으면 안된다가 된다. 전반부 두 번째의 구절로 처음엔 성난 밀물과도 같았던 함성도 썰물처럼 빠지고 말았다는 내용과 부합된다.

이미 사기를 잃었는데 어찌 더 싸우겠는가? 그 사기를 잃은 원인은 해왕과 같은 적 함대의 위력이었다……

세 번째의 구절 보기(寶氣)라는 것은 승자에게 지불해야 할 엄청난 배상이고, 병기(兵氣)는 전쟁할 능력이라고 한다. 빙(凭)은 기댄다, 의지한다는 뜻이다.

여기서 이 구절과 대칭되는 전반의 제3구 '陰疑陽戰玄黃血'을 생각해 보자. 앞에서 다른 이야기를 하는 바람에 미처 설명할 기회가 없었지만, 이 구절은《역경》곤괘(坤卦)의 문언전(文言傳) 말을 인용한 것이다.

즉 '陰疑於陽必戰(음의 세력이 강성해져 양과 구별할 수 없게 되면[양과 음의 질서가 무너져 난잡해지면] 반드시 서로 다투게 된다)'인데, 작자는 이 말로써 중국인은 싸우고 싶지 않았지만 외국 침략을 맞아 부득이 일어나 싸운 것이다[이 말은 현대 중국의 지도자도 입버릇처럼 말한다]. 현황혈(玄黃血) 역시 곤괘 상륙(上六)의 효사(爻辭)로 '龍戰于野其血玄黃(용과 용이 들에서 싸우고 서로 검은 피와 누른 피를 흘리게 된다)'인데, 이는 영국과의 항쟁이 비록 옳더라도 전쟁에는 필연적으로 유혈이 따른다는 뜻이다.

교궁(蛟宮)은 용궁인데 이는 해왕에 맞춘 말이다. 위원의 이 시를 읽게 되면 어딘지 종전의 시와는 형식에 있어 다르다는 느낌을 받는다.

이것이 공양학을 신봉하는 사람들의 기본 자세로서, 그들은 시에 있어서도 추상적 표현은 되도록 배격하고 현실에 바탕을 둔 사실을 직시(直視)하려고 했다. 과격한 사람들은 엄연히 굴복하지 않을 수 없는 현실이라도 핏대를 올려가며 적을 격멸한다, 혹은 내몰고야 말겠다는 구호부터 주장하기 쉽다.

위원은 이것을 허장성세(虛張聲勢)로 본다. 중요한 것은 지고 나서의 대비, 실패를 반복하지 않기 위한 것이지 감정적으로 오랑캐니 하는 적개심은 아니다. 여기서는 해왕(영국 함대)이므로 그것에 맞서는 실력·해방(海防)이 필요하며 말로만 떠드는 애국심은 아니다. 이런 말뿐의 호들갑은 이른바 정치꾼의 이용물이 될 뿐이며, 참된 애국이란 국민의 각성만 아니었다…….

예를 들자면 한이 없다.

추사에게 〈공양춘추천은 심호의 물건이 되어 오래 돌아오지 않았는데, 이제 보니 속은지라 이 글로서 비웃고 아울러 모씨통전법으로 한 번 크게 껄껄 웃자는 것이다〔公羊春秋爲心湖物 久不還之 今乃見欺, 寄此以嘲 兼博一粲 用毛氏通轉法〕〉라는 글이 있다.

먼저 《공양전》은 우리나라에서 《좌전》이 존숭되어 배격되고 그런 책이 매우 희귀했던 모양이다. 여기서 심호(心湖)라는 인물이 누구인지 모르겠다. 추사보다는 선배인 듯싶다. 《완당집》에 〈관서 유람의 심호 어른을 배웅하다〔送心湖丈人遊關西〕〉라는 시가 있기 때문이다. 그 원문만을 여기에 옮기겠다.

'謝傅傷情日 江郞作賦年 梅花淡如夢 舊雨空悵然.
遙憶秦樓月 簫聲咽海天 君去則歡樂 吾輩還自憐 努力愛歲華 分寄薛濤箋.'

물론 이 시는 《공양전》과 아무런 관계가 없다. 혹 심호가 누구인지 아는 단서라도 있을까 싶어 읽었던 것인데 발견되지 않는다.

다시 처음으로 돌아가 추사 자신 《공양전》은 가장(家藏)의 책으로 빌려 주었던 것인데, 그것이 오랫동안 반환되지를 않았고 문득 관심이 생겨, 이런 시를 읊게 되었으리라.

찬(粲)은 껄껄 웃는 것, 따라서 박일찬(博一粲)은 한 번 크게 웃었다는 의미인데 모씨통전법(毛氏通轉法)을 썼다는 게 궁금하다. 먼저 시부터 읽어보자.

　책은 빌려주거나 돌려주는 게 모두 바보라는 말도 있는데/그대는 이미 빌렸으니 돌려주려 하겠는가./선생의 글욕심은 책벌레로 비유될까/한간(韓幹)의 말그림이나 구지(仇池)의 벼룻돌을 가지고자 다투던 옛일도 있다네.

　(借書還書俱一癡　君旣借之肯還之　先生文饞譬啜墨　幹馬仇石久爭持)

　성인도 남의 집 안에 간직된 것을 궁금해 한다는데/풍운의 옮겨감(변천)도 여기에 있음을 어찌 알리./돌이킨다면 힘있는 자일수록 밤도둑마냥 옮겨놓고/인상여(藺相如)도 의표를 찔려 샛길로 돌아왔다네.

　(聖人妄意室中藏　豈知風雲在轉移　翻看有力夜壑徙　不意相如間道歸)

　책을 빌려주거나 빌린 책을 주인에게 돌려주는 일도 모두 바보라는 말은 속담인데 설명은 뒤로 미루고, 긍(肯)은 긍정이며 돌려주겠다는 생각으로 해석되고, 참(饞)은 탐한다로 욕심이다. 철묵(啜墨)은 직역한다면 먹을 빨아먹는다는 것이며 와전되어 서화에 미친 사람, 곧 '책벌레' 따위를 의미하는데, 여기선 어디까지나 이런 말이 점잖지 못하고 시어로는 어울리지 않는다는 작자의 마음이 함축되어 있다. 한간의 말그림과 구지의 벼룻돌에 대해선 이미 소개되었다.

　다음은 성인의 망의(妄意)로, 직역한다면 성인의 망령된 생각인데 호기심으로 해석했다. 부연한다면 인간의 호기심이란 성인 같은 위대한 분이라도 가질 법한 마음이다. 또 풍운은 비바람이지만 보통 국가·사직을 둘러싼 정세로 비유되며 그런 옮겨감, 정세의 변화도 마음에 있다고 비유한 것이다.

　시는 짝을 맞추는 것이므로 유교의 성인을 말했다면, 그에 걸맞는 표현이 필요하다. 야학(夜壑)은 밤의 골짝인데 이것을 밤도둑으로 보았다. 《장자》〈대종사편〉의 '夫藏舟於壑　藏山於澤　謂之固矣. 然而

夜半有力者 負之而走(무릇 배는 골짝에 숨기고, 산은 못에 숨겨져 있는데, 이를 일컬어 고칠병이라고 한다. 그러나 밤중에 힘있는 자가 이를 지고서 달아나더라)'에서 인용된 것으로 보기 때문이다.

다음의 인상여도 《사기》에 나오는 고사로 조문왕(趙文王)이 화씨벽(和氏璧)이라는 천하의 보물을 가지고 있었는데 강국인 진(秦)나라 왕이 이것을 탐내던 나머지 빼앗은 조나라 성을 돌려줄테니 화씨벽과 바꾸자고 한다. 그러자 조문왕은 고민한다. 진왕의 말은 거짓말로 한번 빼앗은 영토를 돌려줄 리는 없고, 그렇다고 이런 제의를 거절하면 그것을 구실삼아 공격할 것이 뻔하기 때문이다.

그런 때 신분도 변변찮은 인상여가 화씨벽을 가지고 진나라에 가서 만일 진왕의 말이 거짓이라면 보물을 끝내 되찾아가지고 돌아오겠다고 한다. 상여는 진왕의 속셈을 알아차리고 무사히 지혜와 용기로써 지켜냈는데, 책이란 말하자면 보물이고 그런 것을 둘러싸고 인생의 온갖 쟁투가 발생한다.

  산호 붓걸이도 이미 잃어버렸지만/원씨네 옥차는 어디에 있는 것일까?/지붕머리 야광주의 빛이 한 길은 줄어들자/귀신·여우도 얕보며 와서 비아냥거리네.
  (珊瑚筆格已失去 袁家玉尺知何處 屋頭夜光減一丈 鬼狐揶揄來相侮)
  좌중의 정생만은 두려움이 없어 보이니/나는 그대를 위해 다문 입을 열겠네./아름답기가 관옥 같아도 어찌 믿을 수 있겠소/책도둑은 오히려 그 계수씨를 훔치는 것보다 낫다 했으니.
  (坐中鄭生能無怕 我欲爲君發墨守 美如冠玉何足恃 盜書猶勝盜其嫂)

산호 붓걸이, 원씨네 옥자, 야광주는 모두 보물로 고사가 있다. 그러나 그런 것은 모두 무시하고 학자로서 서적의 귀함을 비유하는 말로 이해하면 충분하다. 야유(揶揄)는 현재 사용되는 그대로의 의미이다.
 그런데 '좌중의 정생만은 두려움이 없어 보인다(坐中鄭生能無怕)'가 묘구이다. 즉 정생만이 이제껏 열거한 책의 귀중함 혹은 그 효능(效能)을 무시하고 있다. 파(怕)는 두려움인데, 그런 두려움이 없다면 무식이 되고 무관심이 되리라.
 또 능(能)자가 있는데 보통 '능히'라고 생각되지만, 잘라 말하지 않고 두려워하지 않는 것처럼 보인다는 글자이다.
 그러나 나는 그대를 위해 묵수(墨守 : 굳게 지킴)하는 미덕을 버리며 비밀을 발설하겠다고 추사는 표현하고 있다.
 여기서 정생은 즉, 심호가 정씨 성을 가진 인물임을 알 수 있다. 이름은 여전히 모르나 당시의 사람으로선 충분히 짐작되었으리라. 좌중(坐中)도 여럿을 가리키겠으나, 꼭 어떤 좌석만을 가리키지 않는다고 생각된다. 관옥(冠玉)은 갓에 달린 옥장식인데 남자의 미칭(美稱)으로 쓴다. 장부로서 믿을 수 없다는 말인데 도기수(盜其嫂)가 재미있다. 역시《사기》〈진평전(陳平傳)〉에 보이는 말인데, 대가족 제도이고 성도덕이 문란했던 당시의 한족은 수(형제의 아내)와 간통하는 일도 있었던 모양이다. 그래서 속담으로 와전되어 책을 사랑하는 자는 아내를 빌려줄 망정 책은 안된다는 말이 생겼던 것 같다. 귀중한 것일수록 빌려주면 돌아오지 않는다는 의미이며, 이것이 또한 인간이 지니는 마음의 일면이기도 하다. 그리고 공양학에는 한마디도 언급이 없지만, 추사는 역시 그것을 꺼려했고 우회적으로 이 시를 지었다고 여겨진다.

 연보를 보면 추사는 병신년 7월 4일 병초참판이 되고 있다. 이것은 병조판서였던 김황산과의 화해를 의미하는데, 추사는 당시 청나라에서 활발히 논의되고 있던 해방(海防)에 무관심일 수는 없었으리라.

따라서 공양학은 배척했다 하더라도 아주 무관심일 수는 없었다.

조선의 유학은 《좌씨춘추》를 묵수했던 만큼 공양학은 금물이었다. 그런데 그것이 조선에는 전혀 영향이 없었던 걸까?

노사(蘆沙) 기정진(奇正鎭 : 1798~ ?)이 있는데 그의 자는 대중(大中)으로 순조의 경진년(1832)에 강릉(康陵 : 영종릉) 참봉을 주었으나 받지를 않았고 평생을 학문에만 몰두하다가 졸하니 참판이 추증되고 문집 수십 권을 남겼다.

기노사는 《납량사의(納凉私議)》라는 일종의 수상집에서 주장했다. '제가의 말로서 사람과 물질의 性은 비록 다르나 그 돌아감은 결국에 있어 하나이다. 한마디로 말해서 理는 서로 분리돼 있지만, 결론인즉 제가의 뜻하는 바는 하나인 거다. 모두 理로써 무분(無分)이고 物의 나눔은 氣로 말미암은 것이지만 일리(一理)로써 분리되더라도 한도가 있는 것이며, 形氣의 바탕은 분수(分殊)인데 이 형기로 떨어지고 난 뒤에 理는 이윽고 절로 分理되고 스스로 나눠지면 性命이 횡결(橫決 : 확실한 판단)될 터이다. 性命의 횡결이야말로 性을 논하게 된 시작이었고 천하가 분별됐던 것이다.

이로써 겉보기나 얕은 바를 듣거나 한 자가 일리중 가늘게 조리(條理)를 말하게 되고, 理는 나누는 일이 허용되지 않아 층절(層節)이 있음을 나눈 비리(非理) 대 분수 두 글자로 곧 하나로써 짝을 만든 것이다.

理는 넓게 만수(萬殊)인 까닭에 도리어 하나라고 말했던 것이며 실인즉 하나의 物이다. 다름(殊)은 참된 다름이 아닌 까닭에 '분수'라고 말했던 것이며 특히 '다름'은 그 나눔에 한도가 있는 거니, 일구(一句)로써 두 가지 말이 되고 서로 필수적 뜻을 가졌다면 부득이 하나는 제외해야 하는 까닭에 이설(理說)로서 한때 알 수 있게끔 이를 나누고, 일반적 설로써 '분수'라고 했다. 이미 보았듯이 '하나'는 처음부터 理를 좇아 있었던 게 아니고 아래에 일(一)자를 첨부했던 것인데〔일리는 한자의 문법으로 理一이 됨〕바야흐로 나눔이 이루어지고 나눔을 거슬러 오르다보니 한걸음 위로 뛰어올라 理를 일컫게 된 것이다.

양구(兩句)를 말하는 주자의 말로써 가장 분명한 것이 역의 효사에 있는데, 태극이란 상수(象數)로 아직 형체를 이루지 않은 것이고 그 理는 이미 형기(形器)를 갖출 때 부르는 것이며 이미 갖추어졌다면 낌새고 뭐고 없는 것이다.

무릇 상수가 미형(未形)이라면 아직 이 하나는 깰 수 없다는 거다. 그리하여 그 理가 이미 갖추어졌다면 이는 이미 나눔이 아닌 일반 원리일까? 형기가 기왕에 갖추어졌다면 이는 이미 나눔이 정해진 것이고 그 理는 낌새가 없는 것인즉 이는 하나가 아닌 자재(自在)이고 이는 있음으로써 둘〔離〕인 것일까? 형기(形器)는 그 섞이지 않음이고 형기를 잘 보는 자란 곧 그 형기를 잘 얻는 것이다. 이것이 이른바 태극의 본체로 볼 수 있는 것이며, 이것이라면 분리(分理)가 아니고 서로 맞서거나 서로 걸리지 않는 物로서 이기(二氣)·오행(五行)·남녀·만물의 저마다가 하나인 본성이다. 이로써 하나인 태극의 본색은 곧 변설(辨說)을 기다리지 않더라도 절로 명확해지리라. 비록 분리로써 양단할 수 있더라도 하나인 일이라면 걸림과 다름이 상반되어 마치 얼음과 숯불처럼 그것은 멀리 끊기고 흡사 하늘의 못이 차례인 층마다 모로 생겨나 각각 하나의 자리를 차지하며, 본연(本然)도 같으면서 다르다는 말이 얽히고 설킬 뿐더러 이뿐이다 하는 뜻이 일어나고 믿게 되리라고 생각된다.

나로서 두려워하는 하나가 바로 용동(儱侗 : 확정되지 않은 설)인데, 하나의 분원(分源)을 위한 무물(無物)이면서 모자라는 것 역시 임시로 배정(排定)되고 부득불 본체를 나누기 위한 동이(同異)이며 오히려 제2에 딸린 일로 그 실체는 어떠한 것이냐 하는 점이다. 이런 이유로서 제가의 성론(性論)은 갖가지로 종잡을 수가 없어 좇기가 힘든 것이다.'

기노사의 설인즉 요컨대 사람이나 물질의 본성이란 하나이고, 일리라는 데 있었다. 노사는 그것을 알기쉽게 다음의 비유로서도 설명한다.

'한 가지 얕은 일로서 이를 비유하면 지금 한 덩이의 구리쇠가 있고 바로 하나인 태극인데, 밥그릇을 만들거나 도검(刀劒)을 만들 수 있는 이것이 바로 '분수'이다. 넓게는 '하나'로서 이른바 번쩍거리는 것으로 동녘도 아닌데 밥그릇이 되고 서녘은 도검이 되어 혼연일치가 되며 아울러 그 밥그릇이 도가니에 들어가도 밥그릇이고 도검 역시 도가니에 들어가도 도검이 되듯 각각 그 본분을 얻는다. 일로(一爐)가 바로 기화(氣化)이고 저마다 그 나눠진 하나를 얻는 것인데, 하나인 저마다가 바로 그 性인 것이다.

분수는 바로 나눔이고 바로 본연은 아니며, 비록 밥그릇·도검이 되더라도 옛날의 구리쇠를 벗어나 얻지는 못하고 구리쇠의 기량(伎倆)은 자재(自在)로서 전과 같더라도 바로 분수 중의 일리이며, 처음부터 밥그릇·도검의 밖에 따로 한 덩이 구리쇠가 있는 건 아니다. 다만 하나의 태극이 바로 분수의 밖에 있을 뿐이다. 理는 생각컨대 짝이란 없는 것인데 어찌 비유라도 '자름'이 있으며, 다만 그 하나와 다름은 아직 맛보지 못한 상리(相離)이겠는가. 대개 이렇듯 하나로서 아직 맛보지 못한 분수란 없는데 하나로서 해롭지 않은 그 묘(妙)가 이를테면 먼저라면 어찌 나눔이 없고 뒤에 태어나면 하나가 되겠는가. 氣의 나눔으로 말미암은 理는 절로 나눠지고 절로 나눠진 게 제가의 뜻이란 것일까?

공자는 가로되 백성이 날로 쓰면서도 알지를 못하는 것이니 이를 테면 일용의 형기(形器 : 형식과 기량)는 결코 아니며, 이 理는 백성의 식려(識慮 : 견식과 사려)가 눈안에서 서로간에 얕아 다간 형기를 보되 형기 상면에 있는 일단(一段)의 일이 있음을 더 보지 못한다는 데에 성인의 근심이 있었다. 위아래인 사람에 따라 별개로 나눠졌는데 바로 도기설(道器說)로 일어남을 보게 된다. 그러나 상도하기(上道下器)는 모두 모습으로써 이를 말하고 일형일리(一形一理)가 곧 이른바 분수인데, 만수일리설(萬殊一理說 : 정이천설) 역시 성인은 처음에 수효로써 헤아리지 않았건만 理라면 어째서 하나가 되고 하나 아닌 것이 없게 되었을까? 다만 만수의 곳에서는 능히 도와 기(器)도 자르고 끊어 명확히 나눠야 얻을 수 있는데, 이렇다면 理로써 하나가 아니라도 근심할 바가 없는 것이다.

이리하여 배우는 자는 평생 글을 넓히고 예(禮)를 모두 기약하는 게 바로 분수상의 공부(工夫)이며 理 한곳에 이르고 하나로써 관철하는 것인데, 이런 일구(一句)는 이미 《역경》의 괘효·단상(彖象)에도 많을 뿐더러 모든 것이 바로 분수상의 말이고 理 한곳은 태극이 양의를 낳는다는 한마디에 이른다. 이는 이미 후세 사람의 식려에도 이르러 많이 미쳤던 것인데, 아래로 더더욱 후현(後賢)의 사람으로 뜻이 바뀌게 되고 반드시 긴요하고 밝은 분수를 기다렸지만 理가 절로 하나라면 자못 태극은 무한으로 가려진 게 있을 것이다.

理는 또한 둥글고 말로선 理가 넓게 머물며 勢가 비좁아선 안된다고 했다. 이 구절이 양 극단으로 닳아빠져 나아가선 일리·분수를 취하며 줄곧 쌍관설(雙關說 : 대칭되는 말을 사용하는 한문의 수사법)로 흘러 혹은 이기(理氣)·천명(天命)·일원이체(一原異體)라는 식으로 나누며 매번 일변(一邊)이 같다면 위로 이를 붙이고 일단

(一段)이 다르면 아래에 붙이는 하나의 방식이 많은데, 이를테면 상일단은 바로 공자의 태극 일관이라는 취지로 나아간 것이고 하일단은 곧 공자의 형이(形而)는 상하라는 설이었다.

공자의 두 곳이라는 이 말은 뒷세상의 현인이 한때 너도나도 들었던 것이고 배우는 자도 알고자 한 것인데 그 본원은 자못 피차간에 서로의 모습이 맡겨져 있어 본체의 오고감이 눈으로 보듯이 뚜렷했었다. 그런데 후학(後學)은 오히려 포괄적이고 융통성 없는 혼미(昏迷)한 말에 얽매였을 뿐더러 참된 취지가 왕왕 理로써 머리도 다리도 없는 것으로 떨어지게 되고 일물(一物)로써 어둡고 막막한 곳에 매달려 있게 만들었는데, 중도설(中道說)이 유력한 것으로 구사되기에 이르자 갑작스레 배정(排定)되어 만수라는 게 이루어져 나타났으니 역시 그릇된 거라고 하지 않을 수 없을 터이다.

근세의 현유(賢儒)로 性을 논하면서 일컫지는 않았지만 역시 이것과 가깝다고 하겠다. 이를테면 기왕엔 나눔이 없는 하나로 되었건만 의심없이 따로 세운 한 켠의 본연에서 본연의 위로 만물이 되게 한 생각이다. 근원을 하나로 의심하지 않고 그것으로써 인의예지(仁義禮智)도 氣로 말미암은 것이 되어 저마다 性을 가리키는 사람과 만물엔 다른 性이 있다는 것인데, 이는 이미 氣로 말미암은 나눔이 되고 있다면 그것으로써 사람과 만물은 같다는 게 의심할 데 없으며 오상은 본연의 性이 되고 편전(偏全 : 치우친 것)의 性은 본연이 아니게 되어 사람과 만물의 性은 같다는 말이 된다.

性을 다르다 느끼고 나는 아니라고 말하면 안되는 것이며, 나아가서 오상이 있는 이처(異處)도 氣를 지닌 것인즉 대본(大本)이 있어야 할 바도 불명(不明)일 것이다. 하나의 근원도 부득불 따로 세운 것인즉 바로 理밖에 나눔이 있어서이고 다른 주(主)로써 같음을 폐지했다면 理는 곧 性이고 일구(一句)는 헛된 말이 될 터이다. 性

은 같지만 나는 그렇지 않다고 말하면 편전의 性으로써 본연은 아닌즉 나눔의 밖에 바로 理가 있어서인데, 마침내 같은 추로써 다름을 폐지하면 性은 본체가 되어 무용지물이 되고 말 터이다. 하나인 理는 만분(萬分)한 실체이므로 더욱 달라지고 더욱 같아지며 이 하나로 실체를 나누지 않으면 理이고 다르면서 같음은 곧 참된 같음이다. 양가의 말이 같으면서 다르고 이렇듯 동이(同異)는 서로 용납되지 않으므로 그 말하는 바 다름은 자못 실체가 다르면서 바로 같고 참된 같음은 아니었다.'

요컨대 호학(湖學)과 낙학(洛學)의 여러 유학자 논설로서 분명치가 않다는 데 의문을 느끼고 매번 스스로는 그 폐단과 고질이 심하다는 데 한탄했지만, 이를 풀이하는 일이란 없었다. 병중의 납량(納涼)으로 의문되는 바를 초고로 이를테면 고열(考閱)을 갖추고 빠진 데가 없게 구하고자 하지 않은 하나인 잠시의 설로 얻었던 것인데 종신토록 바꾸지는 않았다. 또 당대와 더불어 오로지 문쟁(門爭)·시비를 따지거나 하진 않았지만 이것은 밖으로 아직 그 의문되는 걸 이기지 못하는 게 있어서이고 심력(心力)으로 능히 미치지 못하는 바가 있어서였다. 참으로 뜻을 같이하는 자가 있다면 이와 더불어 한 지붕아래 확실하니 헤아려 말하는데 사양치 않았고, 빻은 종이 안에서 녹문(鹿門)의 임씨(任氏)가 일단(一段)을 논의하여 얼듯이 진실된 말로 다르다면 비단 性이라도 다르고 命 또한 달랐으며 진실된 말로 같다면 비단 性이라도 같았고 道라도 같았다.

이 말은 갑작스런 것이라 외면으로는 거의 사슴이 노루에 딸리고 노루가 사슴에 딸리는 것과 같이 보았지만 그 실설(實說)은 도리의 원류(源流)를 얻은 것으로, 정이천의 理一分殊 넉 자에 힘입은 바가 있어 삼루(滲漏:새어나옴)는 없고 이것이 공으로 하여금 동방의 전락되지 않은 하나의 맥이 되었으리라. 한스런 것은 그 전서(全書)의 고

열(考閱)을 얻지 못했다는 점이었다.

  또 주목되는 분이 있는데 바로 화서(華西) 이항로(李恒老 : 1792～
1868) 선생이다. 그의 자는 이술(而述)인데 대대로 양근(楊根)의 청화
산 서쪽에 살았던 까닭에 '화서'라고 일컬었던 것이다. 어려서 신동
(神童)이었고 당시의 글하는 이로 이를테면 화옥(華玉) 신기녕(辛基
寧)·설하(雪下) 남기제(南紀濟)·백석(白石) 이정유(李正儒)·화개
(華盖) 이정인(李正仁) 등이 매번 술을 가까이 두고 경사를 논했는데
화서는 가까이 이들을 모시며 이야기를 들었다. 하루는 남설하가 오
더니 문득 말했다.
  "천지간의 만 가지 일은 오직 하나의 기(氣)로다."
  그러자 화서는 되물었다.
  "죄송하오나 그것은 하나의 이(理)가 아닐까요?"
  설하는 껄껄 웃고,
  "너는 모르는 일이다. 천지는 기(氣)로써 덮여 있는데 무엇이 또
이(理)겠느냐!"
하고 말했지만 화서는 반박했다.
  "하나인 추인으로 향하는 기(氣)이고 다리 아래에 있는데, 그렇다
면 큰길에서 사람에게 얻어맞으실까 걱정됩니까?"
  평생을 두고 주장한 주리설(主理說)이 이때 싹튼 것이고 아홉 살
때의 일이었다. 12세에 《상서》《서경》을 배웠는데 '기삼백전(朞三百
傳)'이라는 구절에 이르자 누구도 설명해 주지 않았다. 화서는 곧 조
용한 방으로 물러나자 밤낮을 가리지 않고 잠심(潛心 : 정신집중)하여
속속들이 헤아렸는데, 이때 평생을 두고 지병(持病)이 된 학질을 얻
었다. 이 병은 매일 새벽 세수하고 머리 빗고서 의관을 갖추어 하나
의 방에 앉게 되면 발작했던 것이다.

17세로 반시(伴試 : 성균시)에 응했고 그 명성을 크게 떨쳤는데, 대신이 사람을 보내어 특별히 만나자고 하자 즉일로 보따리를 싸갖고 귀향했다. 이듬해 남한에 가서 영서(穎西) 임공로(任公魯)를 찾아뵈었으며 또 지평(砥平)의 죽촌(竹村) 이우신(李友信)도 찾았는데 죽촌은 그 학문에 감탄하며 외쳤다.
"나의 경외(敬畏)하는 벗이로다."
마침내 심취하여 담론에 열중했지만 집이 몹시 가난하여 밤에도 계속할 수 없게 되자 제사용의 황랍 초를 밝혔다.
"조상을 받드는 일도 물론 중하지만 경외하는 벗의 하룻밤 강론을 얻게 되니 또한 기쁘지 않으랴!"
이로부터 화서의 의리(義理 : 理풀이) 요점은 더욱 알려졌고 그 문도(門道)의 숱한 자취가 퍼지면서, 벼슬하는 선비로 죽촌의 천거를 받아 바야흐로 공의 이름을 뇌까린다는 말을 듣자, 선생은 경악하며 다시는 죽촌을 찾지 않았다.
순조의 경자년(1816) 이후 안팎의 어려운 복을 입었고 상을 마치자 속세를 버린다. 그러나 인(仁)을 위한 구도(求道)는 이미 용지(用志)가 나눠지지 않아 향사들이 모여들고 이를 높였으며, 공은 힘써 사양했지만 장로도 글로써,
"선생이 일어나지 않는다면 후학이 어찌하겠는가!"
하고 간청했으며 군학(郡學 : 향교)에 강좌를 마련하여 스승으로 맞았다. 나이가 30으로 장성하자 사방의 선비가 바람결에 듣고 학사에 이르니 늘 수용할 수가 없을 정도였다.
헌묘(憲廟)의 경자년(1840), 이조에서 경학과 덕행의 인사로 열 사람을 특별히 추천했는데 공은 그 으뜸이었고 휘경원(徽慶園) 참봉을 제수했지만 취임하지 않았다. 매일 배우는 자와 더불어 경서의 복례(服禮)를 강의하고 일찌감치 학칙도 제정했는데 모이는 자가 백여 명

이었다. 또 매번 삼가며 지켜야 할 훈계 한 통을 지어 강론이 끝날 적 마다 잘 읽도록 했지만 거역하는 자는 춘추를 한 번 읽도록 하였다. 향당의 경험많고 노련한, 이를테면 수옹(睡翁) 남계래(南啓來)·율리 (栗里) 류영오(柳榮五)·순계(醇溪) 이정리(李正履)·귀암(龜岩) 권희 (權義) 같은 제공과 더불어 향음(鄕飮 : 동네 노소가 모여 음주하는 것) 등의 예법을 실천하고 빈주(賓主 : 주객)로써 일왕일래(一往一來)하며 교대하자 많은 선비가 배출되었다.

그런데 나중 일이지만 임술년(1862) 7월에 역옥(逆獄 : 李夏銓을 추 대하는 역모)이 일어나고 공의 이름이 나오자, 포졸이 거실을 에우고 금부도사가 또한 이르니 가족·제자가 모두 통곡했는데 선생은 웃으 면서 말했다.

"독서인으로 떳떳하다면 어찌 추태를 보이겠는가! 나에게 죄가 있다면 곧 죽어 마땅하지만 죄가 없다면 방면될 터이다. 다만 천명 이니 순종할 뿐이다."

이래서 국문을 받았지만 답변이 명백하고 담담한 태도는 취조자마 저 감탄하여 백방(白放)을 건의했다. 방면되어 돌아오자 제자인 성재 (省齋) 류중교(柳重敎 : 1821~1883)가 물었다.

"위난에 즈음하여 마음을 동요치 않는 게 도입니까?"

"지금의 사람은 평소에 '방의자재(放意自在 : 제멋대로인 것)'이므 로 위난에 즈음하여 자칫 동요되기 쉽지만, 늘 스스로가 공경하고 삼가하는 마음이 있다면 안위(安危)도 하나가 되는 법이다."

고종의 병자년(1866) 겨울에 서양의 배가 갑자기 서강(西江)까지 들어왔을 때, 공은 이 소문을 듣자 나이가 75세로 병마저 있어 누워 있었건만 즉시 조정에 달려가 자문에 응하려 했다.

"유자(儒者)의 한 목숨으로서 평시엔 마땅히 사양하며 물러나는 게 의로움이 되지만, 나라의 어려움이 있다면 마땅히 모든 것을 떨쳐

버리고 급히 달려가는 게 의로움일지니, 이 뜻은 죽촌 선생으로부터 들은 것이니라."

배는 다행히도 곧 물러갔지만, 당시의 영의정 영초(潁樵) 김병학(金炳學 : 1821~1879)은 공에게 물었다.

"이번 행차로 난리를 수습할 수 있다고 생각하셨습니까?"

선생은 얼굴빛마저 고치며 대답했다.

"정성이 얕고 병은 무거운데 무엇으로 난이 그치기를 바라리까마는 오직 분문(奔問 : 만사를 젖히고서 달려감)의 의로움을 펼 것이며, 이를테면 오늘날 국론의 양설(兩說)로서 양적(洋賊)을 치는 게 옳다 일컫는 나라편 사람의 주장과 양적과 화친하는 게 옳다하는 주장이 불행히도 이어지고 있는데, 만약에 나로서 궐문 밖에 이르면 죽음으로써 직무의 말에 덧붙여 품은 바를 아뢰일 따름이오. 과연 성명(聖明)으로서 능히 용부(勇夫)의 '권토노작(權討虜斫 : 권세를 치고 오랑캐는 벤다는 것)'과 같은지 아직은 모르지만 전수(戰守)나 거빈(去邠 : 말이 번지르르하고 많다는 것)의 설에 이르고 보면 싸우고 지키는 게 떳떳한 길이고 거빈은 달권(達權 : 임시변통)일 뿐이라고 하겠소. 떳떳한 길은 사람으로 모두 지킬 수 있지만, 달권은 성인이 아니라면 능히 할 수가 없는거요. 신이 바라옵기는 전하께서 사변이 있다면 평안한 지킴에서 벗어나시고 성인의 일로서 갑작스런 게 없어야 하지만 하물며 스스로에게 있어서입니까."

그러자 화서의 말에 반응이 없었던 것이다. 이런 화서의 제자로 중암(重菴) 김평묵(金平默 : 1815~1885)·최익현(崔益鉉 : 1833~1906)이 나타난 것도 결코 우연은 아니었다.

붙들어맨 세월

　병조참판이 된 추사는 김황산과도 조정에서 얼굴을 대하며 옛날의 우정을 되찾았다. 그리하여 병조판서이던 황산과 당시 청나라에서 논의가 활발하던 해방(海防)에 대해 의견을 교환했으리라.

　좀 지난 일이지만 순조의 임진년(1832) 여름에 영국의 상선 로드아마스트호가 황해도의 몽금포(夢金浦) 앞바다에 나타나 통상을 요구한 적도 있다. 우리나라도 외세의 영향 밖에 있는 무풍지대(無風地帶)는 결코 아니었던 것이다.

　그런데 병신년의 동지 정사로 신재식(申在植)이 가게 되었고 우선 이상적도 따라가게 되었다. 신재식은 신자하와도 같은 평산 신씨인데 생몰이 불명이며 항렬도 낮았고 파가 달랐다. 호는 취미(翠微)인데 문명(文名)이 있었고 대제학을 거쳐 이조판서를 지내고 있다. 기사에도 들었다고 했는데 추사보다는 몇년 선배였다고 짐작된다. 이런 신재식을 송별하기 위해 김유근·권돈인·조만영·조인영·이헌위(李憲瑋 : 철종 때의 좌상. 菊軒 憲球의 4촌)·홍치규(洪稚圭 : 남홍)·이지연(李止淵 : 1777~1841. 호는 希谷), 그리고 김정희가 모였는데 전별시를 지었다.

　추사가 이를 모두 자필로 정서하여 〈신취미태사 잠유시첩(申翠微太史暫遊詩帖)〉을 꾸민다. 추사는 이어 동짓달에 다시 성균관 대사성으로 돌아간다. 겨우 다섯 달의 병조참판이었으나 다음의 시들은 이때 지어졌다고 생각된다. 이를테면, 〈새재진장 왕군태를 배웅하다〔送鳥嶺鎭將王君太〕〉 및 서문이 그것이다.

'어제의 작별이 너무도 갑작스럽고 서글픈지라 잊을 수가 없었거니와 회포를 보낼 길이 없었다. 요즘에 또 붓과 벼루를 버렸기에 생각을 모아 글귀를 만들 수도 없기에 옛시를 이어 맞추어 보낼 뿐인데 마치 스스로 그 입에서 나온 것만 같아 한 번 웃었노라.'
 양쪽가에 산의 나무 어우러졌는데/흰머리는 해넘이 때로세./장군이 무비를 아니 좋아하고/꼼꼼이 연명의 시만 화작(모방하여 시를 지음)하더라.
 (兩邊山木合〔두보〕 蒼蒼落日時〔裵度〕 將軍不好武〔두보〕 細和淵明詩〔황정견〕)

이 시를 짓게 된 내력으로 붓과 벼루를 버렸다는 것은 정유년(1837) 3월 30일, 유당 김노경이 향년 73세로 졸한 것과 관계가 있어 보인다. 어쩌면 왕군태는 새재의 진장으로 부임하면서 추사를 조문했다고도 상상된다. 유당의 서거는 다시 말하겠지만, 시에서의 창창(蒼蒼)은 흰머리를 의미한다. 배도(裵度 : 763~838)는 당현종 때의 시인으로 회찰(淮察)의 난을 평정했다. 또 다음의 시도 국방과 관련이 있어 보인다.

〈이군의 시상이 매우 좋고 궁마 속의 사람 같지는 않아 화운(和韻)하여 이를 주다〔李君詩思甚佳 不似弓馬中人 走和贈之〕〉
 진중의 글이 제일의 공을 이길 만하니/변방의 구름 그 속에서 이런 솜씨가 나오다니./푸른 바다에서 고래를 끌어오니 거듭 통쾌한 일/남산에서 범을 쏘았으니 이 어찌 궁극 아닌가.

(文陣當輸第一功 揭來唾手塞雲中 掣鯨碧海應更快 射虎南山豈是窮)
　가죽신에 칼 차고 머리띠를 동였으니/흰 옥과 붉은 꽃의 시솜씨도 능하더라./아름다운 마음이란 본디 사람마다 있는 것으로/동서남북 어디라서 다를손가.
　　(者個鞾刀仍帕首 也能玉白又花紅 錦心元自人人有 南北東西底異同)
　당수(當輸)의 수는 승부에서 이기는 것인데 당이 붙어있어 꼭 이긴다는 뜻이 된다. 타수(唾手)는 손에 침을 뱉는 것인데 와전되어 용기를 내는 것, 또는 일이 수월하다는 뜻이다. 씩씩하게 오다는 흘래(揭來)로서 빼어난 솜씨로 의역했다.
　사호남산(射虎南山)은 전한의 장군으로 흉노 토벌에 이름이 있었던 이광(李廣)의 고사이다. 다음은 화도(鞾刀)와 파수(帕首)인데, 파수는 투구 속에 땀이 흘러내리는 것을 막는 머리띠고, 화도가 좀 어렵다. 단순한 요도(腰刀)로 보가엔 무리가 있어 가죽신과 칼로 나누어 해석했다. 요컨대 늠름한 무인의 모습인데, 다음 구절의 옥백화홍(玉白花紅)이라는 말과 짝이 된다. 두목의 〈송이군옥시(送李群玉詩)〉에 '玉白花紅三百首 五陵誰唱與春風'이라는 시구가 있는데 이것은 그 시를 가리킨다고 생각된다.
　금심(錦心)은 비단같이 아름다운 시심(詩心)인데, 추사는 요컨대 문인이든 무인이든 시를 읊는 데는 차이가 없다는 것을 말한다.
　병신년은 추사의 나이 51세로 가장 시작(詩作)도 많았다고 생각된다. 추사의 시는 대체로 난해하고 딱딱하지만 그의 학문 세계를 엿보자면 어쩔 수가 없다. 다음의 〈자오천(子午泉)〉이란 시도 중요하다고 생각된다.

　구추(중국) 밖에 있는 우리나라는/기승이야 뉘에게 사양할손가./열수(한강) 남쪽 및 삼한 지역엔/샘도 많고 갖가지 형태일세.

(吾邦九州外 奇勝誰與讓 洌陽及馯域 於泉亦多狀)

불지는 색다른 품위로 솟아나고／금가루는 짝이 되어 흐르네.／청
송 고을과 일모(문의) 고을은／낭성(청주)의 동쪽 봉우리일세.／이름
하여 초수라는 것은／있는 곳마다 한 모양일세.

(佛池湧異品 金屑相儕行 青松與一牟 琅城之東嶂 名以椒水者 所在即
一樣)

〔원주 : 양산(梁山) 원적산에 불지가 있는데 일명 금수굴(金水窟)이다.
굴 속에 금가루를 뿌린 듯하며 망천(輞川)의 금설천과 서로 같다. 청송·
문의(文義)·청주엔 각각 초수가 있다〕

열수에 대해선 이미 설명했으므로, 여기서는 지명(地名)에 붙는 음
양을 말하겠다. 즉 '수남산북(水南山北)'은 음이 되고 그 반대인 '산
남수북(山南水北)'은 양이 된다. 이를테면 한양(漢陽)은 한강의 북쪽
에 있어 붙여진 이름이다. 한역(馯域)의 한(馯)은 한(韓)과 같은 것으
로 고대에는 표기가 각각 달랐다. 馯이라는 글자로 보아 마한(馬韓)
을 가리킨다고도 여겨진다.

《승람》에서 원적산(圓寂山 : 고을 북쪽 20리)에 불지사가 있는데, 그
북쪽 벼랑 아래 샘이 있고 금빛과도 같은 샘물이 솟는다고 했다. 망
천은 당나라 시인 왕유의 별서가 있던 지명이다. 또 양산 고을 서쪽
18리에 황산강(黃山江)이 있는데 이는 신라 사독(四瀆 : 독은 제사를 지
내는 큰 강)의 하나로 고려 이후 무안의 용진(龍津)과 광양의 섬진(蟾
津)과 더불어 3대 배류(背流)라고 일컬어졌다. 또한 물이 깊고 물살
이 빨랐다고 한다. 제행(儕行)은 짝이 되어 흐르는 것.

초수는 그 맛이 후추 같다 해서 생긴 이름인데 현대의 '탄산수'이
다. 청주의 초수가 특히 유명했는데 세종·세조께서 이곳에 행차했
던 일이 있고 그 물로 냉수욕을 하면 모든 질병이 낫는다는 속신(俗
信)마저 생겼다. 청송과 문의에도 초수가 있었는데 문의는 충청도에

속하며 그 옛이름이 일모산(一牟山)이었다. 이런 탄산수로선 석왕사 (釋王寺 : 함경도)의 '삼방약수'가 유명하지만 자오천에 소개되지 않은 것을 보니 추사 시대에는 발견되지 않았던 모양이다.

　　탕정은 임씨의 기록이 있고/신수는 달콤한 것이 술빚기에도 좋다./갖가지 조석천도 있고/실제로 찾고 보면 빈말이 아닐세.
　　(湯井任所記 神水甜合釀 種種潮汐泉 覾歷非謷妄)
　　〔원주 : 온양 온정(온천)에는 임원준(任元濬)의 기록이 있다. 온정 곁에 신수가 있는데 역시 임원준의 기사임〕
　　초참은 두 구멍이라 적었는데/총창은 세 번 넘친다고 자랑하네./옛날 침주물에 대해 들었는데/냉탕과 온탕이 반반이라더군.
　　(鳥岾志兩穴 葱倉誇三漲 昔聞郴州水 分半冷與湯)
　　〔원주 : 우리나라 사람은 재를 일러 참(岾)이라 하는데, 岾은 자서(옥편)에 없는 글자이다. 초참은 문경에 있고 조석천이 두 군데 있는데 혹은 하루에 두 번 오고 혹은 하루에 세 번 이른다 했으며, 그것을 밀물〔水推〕이라 하지만 역시 사투리(우리말)다〕
　　만약에 이를 땅의 늘어남과 견준다면/그 이치는 어느 게 길다고 할런지./마령은 시루의 떡쌀이 끓고/함라는 먹빛 물이 모인다네.
　　(若較於增地 厥理竟誰長 馬靈沸甑䭑 咸羅聚墨浪)
　　〔원주 : 증연(甑淵)은 진안에 있는데 마령은 그 옛이름이다. 현의 기록으로 큰 구멍이 위로 마루턱까지 뚫려 물기운이 늘 쌀을 씻어 시루에 찌는 것과 같다고 했음. 함라는 함열산(咸悅山)인데 묵정(墨井)이 있다〕
　　온양 온천은 고려 때 이미 알려진 듯, 태조 이성계・세종・세조가 행차했다는 기록이 있고 임원준은 세조 때 사람이다.
　　추사의 고증으로 초참이 새재이고 한자로 기록했으나 참(岾)은 우리나라가 만든 국자(國字)였다. 총창은 총령창(葱嶺倉)이고 황해도 수안(遂安)에 있으며 그 곁에 조숫물처럼 때맞추어 분출하는 샘이 있으며 세 번 넘친다고 한다. 위망(僞妄)의 위는 거짓이란 뜻. 또 온냉탕으로 구분된 샘은 평안도 용강(龍岡)에 있는 것이며, 그것과 비교되는 침주(郴州) 운운은 중국 호남성 계양(桂陽) 동쪽의 것이다.

증지(增地)는 물처럼 땅이 불어난다는 뜻인데 여기서의 장(長)은 그 특장인 듯하다.

《승람》을 보면 전라도 진안(鎭安)에 증연이 있는데 추사의 주석과는 조금 다르다. 즉 진안의 옛이름은 난진아(難珍阿 : 이두)·월량(月良 : 이두)인데, 증연은 마령의 동쪽 대두(大竇)라는 곳에 있다. 즉 마령은 조선조에 와서 폐지된 현(縣)의 이름이고 옛날엔 마돌(馬突)·마진(馬珍)·마등량(馬等良)이라 했으며 진안 고을의 남쪽 30리 지점이었다. 그리고 증연은 산 위에서 굴 속으로 돌을 굴리면 바로 못에 곧바로 떨어졌고, 물은 늘 물기운이 서려 있는데 마치 시루에 김이 오르는 것 같다 하여 이런 이름이 있다고 한다.

용강(龍岡)의 냉온탕으로 말하면 고을 서쪽 30리의 을동(乙洞)이란 곳에 둘레 20여 보의 샘이 있는데, 물이 짜면서도 매우 따뜻하고 다시 40여 보 떨어진 곳에 둘레 넉 자의 샘이 있으며 이것은 짜면서도 아주 차갑다. 그리고 그 서쪽에 둘레 석 자의 깊고도 짠 샘이 있는데 이것은 간헐천(間歇泉)이다. 즉 어쩌다가 샘솟는데 냉온탕이 솟는다고 하였다.

또 함열(咸悅)의 옛지명이 함라·감물아(甘勿阿 : 이두)인데 묵청은 함라산(함열산) 서쪽에 있고 둘레가 5천 자나 되며 산이 깊고 그윽한데 바위·모래가 모두 검어 이런 이름이 있다. 전설에 의하면 용이 하늘에 올랐다고 하며 가뭄에 기우제를 올리면 그 감응(感應)이 있다고 한다.

신 샘물로 말하면 강음(江陰)에 있고/짠 것은 율구 곁이라네./부령은 옛날의 석막인데/바탕이 맑고 장엄하여 얼지 않는다네.
　　(酸則江陰在 鹹者栗口旁 富寧古石幕 資莊淸演漾)
〔원주 : 강음은 금천(金川)의 옛이름인데 신 샘이 있고, 율구는 은율(殷栗)의 옛이름이다. 부령은 옛 석막군인데 자장담(資莊潭)이 있고 물이 매우 맑아 겨울에도 얼지 않는다〕

샘물의 많고 적음은 지장에 따라서인데/하늘은 하나라도 교묘한 구별을 아끼지 않았네./여러 샘의 이치를 뽑아 보면/깊고도 묘하여 달통할 수가 없다네.
　　(瀸汎隨地匠 天一費巧別 拈起諸泉理 奧妙不可暢)

하물며 중원 같은 큰 땅이랴/듣도 보도 못했던 게 아님이 없네./어서 가서 자오천을 일일이 따져/애오라지 탐색을 넓히도록 하세.
　　(況復中州大 無非聞見刱 去訂子午泉 聊以博采訪)

금천(金川)은 황해도에 있는데 옛이름이 굴압(屈押 : 이두)이고 산천(酸泉)은 고을 동쪽 12리에 있다. 옛부터 북에서 오는 외세를 막는 요지였고 기탄(歧灘 : 猪灘 상류)이 그런 곳이었다. 은율(殷栗)도 황해도로 소금과 무쇠로 유명하며 함천(鹹泉)은 고을 북쪽 13리 지점에 있었다. 물맛이 짜다는 것은 옛날엔 이곳에서 암염이 산출되었다는 증거이고, 또 그 물로 목욕하면 피부병 따위는 금방 나았다고 한다.

또 부령(富寧)은 함경도로, 요즘 말하는 나진선봉지구인데 이곳의 옛이름이 석막이고 조선조에선 경성군(鏡城郡)이었다. '자장담'은 고을 남쪽 60리고 물빛이 맑았으며 한반도 북단에 있는데 아무리 추워도 물이 얼어붙는 일이란 없으며 또 홍수가 나더라도 모래가 흘러들어 쌓이는 일이 없었다.

첨환(瀸汎)을 물의 많고 적음이라 번역했는데 첨이란 샘의 마름이고 환은 넘친다는 뜻이다. 연양(演漾)은 물위에 떠있다는 것이지만,

정확히 번역하면 '자장이 맑고도 넓은 것이 물위에 떠있다'는 것이므로 주석의 말도 참작하여 얼지 않는다고 해석했다. 지장(地匠)도 알맞은 표현이 없지만, 토목 기술자라고 생각하면 된다. 장인을 우리말로 대목이라고 하는데 천일(天一)과 짝구가 되어있다. 창(暢)은 통하다, 꿰뚫다로 추사는 이 시로 우리의 것을 알고 사랑하라는 뜻에서 지은 것이다. 그런 의미로 차오천(子午泉)을 굳이 해석한다면 '으뜸인 우리의 샘'이라고도 생각할 수 있으리라.

다음의 시 〈동인이 복파정 아래 배를 띄우다〔同人泛伏波亭下〕〉도 병신년의 작품으로 보고 싶다. 동인이란 뜻은 함께 하는 사람이고, 시에서 이름은 나오지 않았지만 역시 김황산·권이재·조운석 등이 떠오른다.

배의 기는 나풀나풀 누엣머리(목멱산) 아래로 내려가니/하늘과 물이 평평하게 이어져 가을달을 닮았네./황정의 그림은 참으로 웅대한데/전랑의 시구는 아련한 것이 깨끗만 하다네.

　　(船旗獵獵下䨥頭 天水平連月似秋 黃鼎畫圖眞曠蕩 錢郞詩句謾淸愁)
삼강의 구름은 술잔 앞에 어울리고/오경 밤의 조수 소리는 베개 밖에 떠있네./내일 아침엔 그물을 치러 가자며 거듭 약속하고/양화나루 중간 흐름을 차르세.

　　(三江雲物杯前合 五夜潮聲枕外浮 更約明朝張網去 楊花渡口截中流)
너무도 시가 아름다워 번역하기가 부끄럽다. 점을 찍은 삼자구(三字句)가 특히 교묘하고도 그 광경이 눈에 보이는 듯싶다.

월사추(月似秋)는 가을달을 닮았다인데 석 자로서 물이 맑고 차갑다는 것까지 남김없이 표현한다.

황정은 자가 존고(尊古)이고 호는 광정(曠亭)인데 상숙(常熟) 사람이며 산수화를 잘 그렸다. 청대의 사람이지만, 그와 병칭된 전랑은 당나라 전기(錢起 : 720~780 ?)를 가리키며 그는 특히 강행시(江行詩)가 많았었다.
 진광탕(眞曠蕩)은 황광정의 아호 그대로 그의 그림이 넓고 깊다는 것이며, 만청수(謾淸愁)는 전기의 시가 수심 속에서도 쫓기거나 하지 않는 느긋함을 가지며 깨끗한 절개를 지켰다는 표현임과 동시에 지금의 정경을 설명하고 있다.
 삼강(三江)과 오야(五夜)는 시어로써 사용했다고 생각되지만, 한강을 예로 든다면 무엇을 말할까? 다산 선생은 한강을 열수라고 고증했는데, 한자가 들어오고 유교가 일어나면서 목멱산 남쪽을 한산하(漢山河)라고 불렀으며 원래는 신라의 북독(北瀆)이었다. 이것이 한강이 된 셈이며 고려 때는 사평(沙平) 또는 사리(沙里)라고 불렸다.
 같은 강이 구역에 따라 명칭이 달라지는 것은 중국에서 온 것인데, 좀더 세밀히 말한다면 한강은 오대산에서 시작되고 충주 서북의 달천(達川)과 합친 뒤 다시 원주 서쪽 안창수(安昌水)와 합치고, 양근(楊根) 서쪽에 이르러 용진(龍津)과 합치며 광주 경계인 광미진(廣迷津) · 광진(廣津)이 되고 삼천도(三田渡)와 두모포(豆毛浦)가 된다〔곧 남한강인데 북한강은 생략하고 있다. 따라서 남한강을 주류로 여겼다〕.
 이 물이 경성(京城 : 임금의 도성)의 남쪽에서 한강도(漢江渡)가 되고 이곳에서부터 서류하여 노량(노들)이 되고 용산강(龍山江)이 되며 또 그 서쪽은 서강(西江)이 되는데 금천(衿川 : 시흥)의 북쪽에 이르면 양화도(楊花渡)가 되고, 양천(陽川) 북쪽은 공암진(孔巖津)이 되는데 교하(交河) 서쪽과 임진(臨津)이 합해서 통진(通津)이 되며 북류하여 조강(祖江)이 되어 바다에 들어간다.
 점 찍은 것은 모두 고유 명사로 도(渡)는 나루이고, 포(浦)는 포구(어항)이며 진(津)은 물굽이다. 또 이런 지명과 강의 요소마다 그 명칭이 달라졌던 것이며 가장 호칭도 많았는데 삼강이란 말은 없다. 오야(五夜)는 곧 오경이고, 이것은 밤을 두 시간씩 다섯 등분하여 다섯 번째이므로 현대적으로 말하면 밤 8시·밤10시·자정(삼경)·새벽 2시·새벽 4시(오경)가 된다. 6경이란 말은 없고 오경이면 캄캄하더라도 성문이 열렸던 것이며, 옛사람은 일찍 자고 일찍 일어나 활동했던 것이다.

배전합(杯前合)은 그 앞에 운물(雲物 : 구름·수목 따위)이 있어 술잔에 어린 구름 모습을 본다는 의미도 될 것이며, 침외부(枕外浮)는 밤의 뱃놀이도 어느덧 술이 취하여 잠시 누웠는데 출렁이는 배와 함께 꿈도 두둥실 뜬다는 것이리라.

또 〈운석·치원(조수삼)과 함께 수락산 절에서 놀고 석현에 이르러 운자를 뽑다〔同雲石芝園 偕遊水落山寺 到石峴拈韻〕〉는 어떠할까!

    대나무와 치초가 생각나고/세월은 찾고자 해도 문득 가버렸다오./녹다 만 눈에 기럭 발짝 남기고/한가로운 구름은 학의 마음 손짓하네.
    (琅玕芝艸想 歲月忽侵尋 殘雲留鴻爪 閒雲引鶴心)
    쌍남과 스스로를 견주니 부끄럽고/일적은 그대에게 일임했노라./다릿머리 내민 작은 깃대는/사립문 띠풀집에서 말을 내려 마시라는 걸세.
    (雙南慚自比 一笛許君任 小帋橋頭出 茅柴下馬斟)

조수삼은 추재인데 치원(芝園)이라는 호도 사용했다. 석현(石峴)의 현은 우리말의 고개, 마을 이름을 보면 재를 현이라는 이두로 쓴 것도 발견된다. 여기선 쉽게 '돌고개'라고 해두자.

치초(芝艸)는 영지를 말하는데 와전되어 향풀이라고도 한다. 치자를 일본 한자로 '잔디'라고 생각하면 곤란하다. 홀침심(忽侵尋)이 어렵다. '침심'은 앞으로 나아간다는 뜻인데 홀(忽)자가 있어 세월이

감이라고 해석했다. 응달에 남은 눈에 남아있는 새의 발짝을 보고서 갖는 마음, 혹은 구름을 보고서 하늘을 나는 학의 마음을 헤아리는 것은 무엇일까?

조선조 시대의 선비는 일반적으로 절을 찾는 것은 신앙을 위해서가 아니며 산유(山遊)라고 했는데, 이는 다른 말로 선유(仙遊)이며 현실을 잊자는 것이다. 잠시 신선을 꿈꾸는 건 나쁠 것이 없으며 이는 중국에도 없는, 미묘하게 다른 우리의 산수관(山水觀)이며 전통이었다.

두 번째의 시에서 이런 생각은 일전(一轉)한다. 쌍금(雙金)은 두보의 시 '袞職曾無一字補 許身愧比雙南金(삼공의 직함은 일찍이 없어 글자 하나로서 보임했고, 몸을 허락하는 것은 남쪽의 쌍금과 견줄만큼 부끄러워 한다)'의 쌍남금인데, 정결 또는 명예를 가리킨다. 추사는 또 자기의 성씨가 김씨라서 자비(自比)라고 했다. 일적(一笛)은 조하(趙蝦 : 晩唐의 시인·생졸 미상)의 시로 '殘星數點雁橫空 長笛一聲人倚樓(별빛도 지새는 새벽하늘에 기러기 하늘을 가로지르고, 긴 피리 일성에 누각에 의지하는 사람이로다)'가 있는데 운석과 지원이 모두 조씨라서 그들을 조하에 비유했다고 생각된다. 시인은 조화의 재주를 가졌으니 그들에게 일임하겠다는 뜻이 된다.

소렴(小帘)은 술집의 간판 대신 내세우는 작은 기치인데, 우리에겐 물론 그런 풍속이 없고 시어이다. 그러나 띠풀 지붕에 사립문의 술집(주막)은 있었던 것이며 이를 모점(茅店)이라 하기도 했는데 어떤 표시를 했는지 궁금하다. 말을 내렸다(下馬)고 했는데 나귀를 가리켰다고도 생각되며, 침(斟)은 곧 짐작(斟酌) 또는 짐주(斟酒)로 술마시는 것이다.

추사는 병조참판 때 지방 출장도 갔던 모양이다. 이를테면 〈서벽정의 가을경치〔棲碧亭秋日〕〉란 시가 있다. 서벽정은 단양(丹陽)에 있고 근처에 사인암(舍人巖)이 있다고 했다.

　　그윽한 동굴은 빙빙 돌면서 들어가는데/가는 물줄기가 붉은 젖을 뿜누나./날짐승은 제 세상을 만났는데/낮에도 으스스한 석단은 비어있네.
　　(幽洞螺旋入 細泉潑乳紅 禽鳥似持世 晝陰石壇空)
　　봄이 오면 번화로움이 싫어지고/가을의 영롱한 이곳을 사랑하네./마른 나무처럼 여위었는데/전생은 마땅히 늙은 단풍일레라.
　　(春來厭繁華 愛此秋玲瓏 人癯如枯木 前身應老楓)

　알고 보니 '서벽정'은 종유동(鍾乳洞)인 것일까? 앞에서 추사의 금강산 시로 〈도담(島潭)〉〈귀담(龜潭)〉 등을 읽었는데 단양에도 이런 도담·귀담이 있음을 발견했다. 따라서 이곳의 것을 읊었는지도 모르지만 그러나 잘라 말할 수는 없다. 《승람》을 보니까 도담과 귀담은 방향도 다르고 수십 리나 떨어져 있다.

　아무튼 단양의 '도담'은 고을 북쪽 24리인데, 담(못) 중앙에 세 거암이 하늘을 찌를 듯이 솟아있고 담류(潭流)를 따라 수백 보가 만길 창벽에 둘러싸여 있다. 뿐더러 회양목·측백나무가 쓰러져 있지만 갈라진 돌틈이 이를테면 문처럼 보이는 암혈이 있는데 하나의 동천(洞天)이란다. 즉 이것이 서벽정을 말하는 것인지 알 수 없으나 《승람》의 글을 쓴 사람도 직접 답사한 것은 아니며 멀리 보이는 바위굴이라고 했을 뿐이다.

　그런데 추사에게 같은 제목의 〈서벽정추일〉이 또 있다.

　　외로운 정자는 버섯처럼 조그마한데/아름다운 경치는 사탕수수와도 같네./바야흐로 몸은 돌이 되고자 하고/푸른 산기운에도 사람의 말소리 들리네.
(孤亭同菌小 佳境似庶甘 將身欲入石 人語出碧嵐)
입석(入石)은 돌과 일체(一體)가 된다는 것이고 벽람(碧嵐)의 람은 산의 아지랑이 혹은 산기(山氣) 곧 영기(靈氣)이다.
따라서 산의 분위기는 알만한데 추사 시대엔 종유동에 대해 깊은 지식은 없었던 게 아닐까, 그런 느낌마저 든다. 그런데 〈서벽정추일〉은 또 있다.

한두 마리의 새소리 옛 거문고와도 어울리고/해거름이면 밝게 들려 수림을 건너가네./이름난 샘은 한가로운 공양과도 흡사하니/구름도 졸고 돌사람도 앉아있네.
(一二禽聲叶古琴 斜陽明琵過修林 名泉恰似閒供養 俱是眠雲跂石人)
협(叶)은 화(和)라고 했으므로 어우러짐이다. 수림(修林)의 수는 길다는 뜻인데 나무가 높게 자란 것이 빽빽한 숲이다. 석인은 능과 같은 곳에 세우는 석상인데 기(跂)라는 게 '걸터앉다'의 뜻이므로 표현이 재미있다. 즉 서벽정의 광경이 한가로운 공양을 꼭 닮았다고 했음을 돋보이게 하는 말이다. 공양이나 명복이나 같은 뜻이겠지만, 후자가 보다 유교적이라 보고 서벽정이 이름만 났지 찾는 사람도 없다는 것을 노래한 것이리라.
참고로 《문헌비고》를 보면 서벽정을 '바깥 궁실(宮室)'로 분류하고 있다. 궁실이란 왕가에서 설치한 별궁이나 치성을 드리는 장소로 이해된다.
서벽정에 대한 시는 다음의 〈가을날 서벽정에 올랐는데 사의(士毅)는 깨끗하지 못한 병이 있어 따라오지 못했다. 이튿날 빗속에서 구첩(九疊)의 절구를 부쳤는데 다만 병을 말한 문자였다. 나 역시 제2수 이하 많이 언급하여 이를 놀렸다〉라는 9수가 있다. 여기서 사의라는 인명만 모를 뿐 대강의 작품 배경이 짐작된다.

　　가을비에 가을바람 옛 무리의 비웃음인가/축남의 석경 소리 크게 들리네./한 자나 되는 푸른 이끼 문 밖에 어울리니/나막신 빌린 사람도 없어 바다에 나간 소동파일세.
　　　(秋雨秋風嘲舊徒 竹南淸磬語圅胡 靑苔一尺門外合 借屐人無海上蘇)
　　여치의 시절이 곧 중추 팔월인데/살갗에 괴상하게도 도톨도톨 붉다네./고름딱지로 이웃되고 부스럼으로 벗삼으니/밤이면 인석으로 태우고 연기를 쬐게나.
　　　(荔枝時節恰秋中 生怪皮膚百顆紅 酈疥結鄰溫疥友 夜燒人石擁熏籠)
　　축남(竹南)은 대나무가 번성할 만큼의 따뜻한 고장으로 곧 남쪽을 말하는 시어이다. 다음의 동파 시 〈석종산기(石鍾山記)〉에 '南聲圅胡北音淸越(남쪽의 말은 탁한 것이 크고 북쪽 발음은 맑은 것이 높다)'로 설명된다. 해상소(海上蘇)라는 동파의 이름을 끌어대고 있지만 나막신조차 소용없게 물이 흔건하다는 뜻인 듯싶다.
　　여지(荔枝)는 양귀비가 좋아했다는 남방산의 과일인데 알맹이가 작고 붉은색이었다. 그것을 다음에 나오는 개(疥 : 옴)에 비유하고 있는 것이다. 옴은 피부병이고 마른 옴과 진물이 계속 나오는 게 있는데 그것을 역개(酈疥)와 온개(溫疥)로 나누었다. 인석(人石)은 한방에서 쓰는 약재인데 태워 그 연기를 피부병의 환부에 쬔다고 한다.

　　사람 모두와 비교하면 업을 씻어내는 게 깨끗함인데/추한 병을 참지 못하고 맑은 가을에 누워있네./청개구리는 집이 능 아래라 좋겠지만/복어는 이것이 오히려 걱정이라네.
　　　(較爾人皆淨業流 不堪醜疾臥淸秋 蝦蟆陵下家鄕好 名倂河豚却是愁)

티끌과도 같은 인생은 오히려 잎 사이 매달렸는데/매미는 갈바람에 허물도 벗지 못했는고!/충산은 술을 훔쳐 마신 벌을 풀어 버리고자/피할수록 더 골병 들었으니 가련하지 않은가.

(猶將塵殼葉間懸 也是秋風未蛻蟬 欲解中山偸飮罰 籌來更熟便堪憐)

정업(淨業)이란 불교 용어로 업을 깨끗이 하는 것인데, 청추(淸秋)라는 말로 야유한다. 또 하마(蝦蟆)는 청개구리이고 하돈(河豚)은 복어로 몸에 점이 있다는 데 공통점이 있다. 복어에 대해 추사는 주를 달았는데 매요신(梅堯臣 : 북송의 문인. 1002~1060)의 글에 하돈의 종류로 나하돈(癩河豚 : 옴쟁이 복어)이 있다고 했다.

나하돈이 어떤 것인지는 모르나, 어쩌면 이것도 근세의 일인들이 말하는 범복어인지 모르겠다. 가장 맹독이 있고 또한 맛도 좋다고 하지만, 풍자의 뜻을 강조하고 있다. 오히려 이것이 걱정[却是愁]이라는 표현이 그것이다.

진각(塵殼)은 티끌 인생으로 보았는데 흔히 초로인생(草露人生)이라는 것과도 같다. 야시(也是)는 강조하는 토씨인데, 세선(蛻蟬)이 허물을 벗는 매미를 뜻하기 때문이다. 충산(中山)은 《수신기(搜神記)》에 나오는 설화로, 적희(狄希)라는 중산 사람이 천일주(千日酒)를 훔쳐마셨다는 것에서 온 말이며 술의 이름이라고 한다. 욕해중산(欲解中山)과 주래갱숙(籌來更熟)은 짝구로 한 번 마셨다면 1천 일은 취기가 있다는 천일주 깨고 싶어도, 더욱 무르익는대로 깊이 취하는 것이다. 요컨대 초로와 같은 인생인데 버둥거려 보았자 소용없다는 비웃음이다.

이마를 맞대고 팔을 잡아주는 친함은 조금도 없건만/고집스런 아내는 짜증내며 화만 낸다네./동문인 까닭에 자리야 함께 하지만/금쪽을 내던진 사람의 예도 있다 하잖는가.

(沒些把臂聚頭親 未遣頑妻苦見嗔 同學故令分席坐 看他一例擲金人)

외딴 숙소라 혼자 있는 적적함도 한탄스럽지만/긁적이는 그대의 고운 손은 나를 백 번 부끄럽게 만드네./고집불통의 옴병이 체물의 이치를 깨닫게 함이 가장 비참한데/말이든 소이든 멋대로 부르라고.

(別院寥寥歎獨居 拂郞玉手百憨余 最憐頑癬還齊物 呼馬呼牛一任渠)

이 두 수의 시가 재미있고 풍자가 가장 잘 되어 있다.

파비취두(把臂聚頭)는 설명할 필요도 없고, 머리를 모은다(聚頭)는 이마를 맞댄다로 바꾸었지만 그게 그것이다. 친(親)이란 것도 친밀함을 말하며, 팔을 잡아주고 서로 의논하는 아주 가까운 친밀과 같은 것마저 나 몰라(沒些)하는 것은 무엇인가? 다음에 완처고견(頑妻苦見)이라고 했는데 이것은 고집스런 아내의 씁쓰름한 의견이라고 할 수 있다.

주제는 어디까지나 옴이다. 이놈의 피부병은 가려워서 미칠 것만 같다. 또 사람으로서 가장 친한 것은 아내이다. 예를 들어 중풍맞은 남편이라고 한다면 똥오줌이라도 가려주고 부축하며 함께 걱정하는 게 아내로서 당연한 것인데, 옴이라면 죽을 병은 아니니까 때로는 핀잔도 주고 하는 게 '완처고견'이다. 그러나 본인으로서는 죽을 지경이고 화가 날 것이며 그런 것을 몰라주는 아내가 원망스러운데, 그것이 미견(未遣)이다.

동학(同學)은 동문인데 자리를 나눠서 앉는다(分席坐)라는 말이 나오지만, 이 분(分)도 액면 그대로 딴 방을 쓴다거나 하는 뜻은 아니다. 즉 묘미가 있다 하겠는데 고령(故令)이라는 말이 있기 때문에 별도로 방을 쓰고 싶어도 쓸 수가 없는 것으로 통렬한 풍자가 있다. 추사는 그 한 가지 예로써 척금인(擲金人)이라는 고사를 소개한다.

《세설신어(世說新語)》에 나오는 이야기로, 관녕(管寧)과 화흠(華歆)이 어느 날 텃밭의 김을 맸다. 그런데 금조각이 밭고랑에 떨어져 있었다. 관녕은 그것을 거들떠보지도 않았지만, 화음은 잠시 그것을 만지작거리다가 생각을 돌려 던져 버렸다는 것이다. 화음은 잠시라도 욕심을 가진 것이라서 관녕보다 그 덕행(德行)에 있어 뒤진다는 것인데, 추사는 이것을 반성의 재료로 사용했다. 하지만 이것도 풍자이다.

별원(別院)이란 말로 서벽정이 관용(官用)의 시설임을 알 수 있다. 불랑옥수(拂郞玉手)란 연신 긁적거리는 사의의 손을 비유한 것이다. 다음의 완선(頑癬)은 완처의 짝구인데 선(癬)이란 글자는 '마른 옴'이 본래의 뜻이며 어느덧 가려움이 동반되는 피부병 전반을 가리키는 말이 되었다. 이를테면 '무좀'도 한자로 개선(疥癬)이라고 한다.

제물(齊物)은 《장자》의 유명한 만물의 이치는 같다는 제물론이다. 그러고 보니 장자도 옴쟁이와 서시(西施)를 예로 들며 인간의 가치관인 미추(美醜)도 그릇된 생각(마음)에서 비롯된 것이라고 했다. 환(還)은 그런 인간의 시비를 버리고 본연의 자연으로 돌아가라는 뜻에서 사용된 것이다. 말이니 소니 멋대로 부르라는 말도 《장자》〈천도편〉에 나오는 말이고 역시 제물론에 바탕을 두고 있다.

하늘의 날씨도 궂으면 만나기 두렵고/손톱과 싸우게 되면 가려움을 견뎌내지 못하네./온몸에 구슬알이 무르익고 절로 통하고 있어/참으로 정앵도라고 부르는 게 좋겠네.
(天陰時候怕相遭 爪甲鬪來不耐搔 自道通身珠顆熟 眞堪喚做鄭櫻桃)
〔원주 : 원시에는 櫻桃還體 등의 말이 있었는데 원운(原韻)으로 마魚는 가장 절구체의 금지 사항을 침범하는 것이므로 다른 운자를 사용했다〕
때와 상처는 증오로 치우쳐 옥과도 같은 살갗에 쌓이니/그대의 정수리부터 발치까지 닦아야만 완전할까./원하노니 백 동이 온천물로/남김없이 씻어내야 사람의 추한 장부일레라.

(瑕垢偏憎累玉膚 磨君頂踵可完無 願將百斛温湯水 洗盡人間醜丈夫)
 가을나무 영롱하여 완연한 모습 베꼈는데/돌샘은 맑게 들려 스승보다도 낫다네./예로부터 산택은 병을 숨겨줄 만한데/서글프게도 운림은 좋은 시를 빚지게 만들었구려.
　　(秋樹玲瓏寫影枝 石泉淸聽過吾師 由來山澤能藏疾 惆悵雲林負好詩)
 투는 싸움인데 투래(鬪來)는 그 진행형이 되었다. 환자(喚做)의 차는 잣다인데 환(부르다)이 있어 부르는 데 관례가 되었다는 의미다. 즉 청앵두라는 별명이 생긴 셈인데, 여기서 사의는 정씨임이 드러났다. 옴이 몹시 심했던 모양으로 그것이 마치 앵두처럼 온몸에 오톨오톨 이어져 있었으리라.
 하구(瑕垢)는 상처나 때인데 피부의 미칭인 옥부(玉膚)를 사용했기 때문에 하(흠)라는 문자를 사용했다. 백곡(百斛)의 곡은 부피의 단위로 1곡이 열 두(말)인데 알기 쉽게 백 동이라고 해석했다.
 사영지(寫影枝)는 직역하면 나뭇가지의 그림자까지 베낀다이겠으나 모습이라 했고, 그런 정경을 완연하게 옮겼다고 했다. 그런 자연의 솜씨를 나의 스승과 짝짓기를 했다는 데 묘미가 있으리라.
 시 해석에서 평측(平仄), 곧 발음의 높낮이도 중요한데 이 책에선 거기까지 파고들 수가 없어 아쉽다.
 끝으로 단양과 서벽정에 있다는 추사의 〈이요루(二樂樓)〉〈사인암(舍人巖)〉 등을 읽어본다.

〈이요루〉
 붉은 누각에 해가 비꼈는데 세 글자를 우러르니/이백 년 동안에 이런 분은 다시 없었네./당시의 벼루 씻던 곳을 떠올리니/한 시내에 구름과 함께 옛향기 떠도는 듯싶네.
　　(紅樓斜日拜三字 二百年中無此君 想見當時洗硯處 古香浮動一溪雲)

이요루는 김일손(金馹孫)의 기록에 의하면 멀리 푸른 연봉과 강을 굽어보는 기슭에 돌을 쌓고 돈대(敦臺)를 만들었는데 그 위에 이요루가 있으며, 공자의 《논어》〈옹야편〉의 말 '知者樂水 仁者樂山'의 두 가지 점을 인용하여 비해당 안평대군이 그 편액을 썼다고 한다. 樂자는 즐긴다의 뜻으로 낙이라고 흔히 발음하지만, 우리는 예부터 이 글자를 좋아한다고 훈독하여 요라고 발음했다. 추사는 안평대군에 대해 별로 평하지 않았는데 여기선 2백 년래의 다시없는 분이라며 우러르고 있다.

〈사인암〉
괴이하기가 하늘에서 내려온 그림이고/속된 정감이나 예사로움은 털끝만치도 없네./인간이 보는 오색이란 본디 모호한데/틀을 벗어난 것이라 푸름과 붉음이 묻어날 것만 같네.
(怪底靑天降畫圖 俗情凡韻一毫無 人間五色元朣漫 格外淋漓施碧朱)
군이 설명이 필요없다. 범운(凡韻)은 평범한 운(韻)이겠으나 예사로움으로 바꾸었다. 의림지(義林池)는 제천에 있지만 추사는 단양에 갔던 김에 이곳에도 들렀으리라. 그곳에 감암사(紺巖寺)라는 절도 있었다.

〈의림지〉
가을산은 짙게 칠해져 그린 눈썹 같고/둥근 못은 무명을 펼친듯한데 유리처럼 푸르더라./작고 큰 것으로 제물을 말하면/벼루 산이 묵지를 두르고 있다고나 하리.
(濃抹秋山似畫眉 圓潭平布碧琉璃 如將小大論齊物 直道硯山環墨池)
대소(大小)도 인간이 만든 차별·구별이다. 직도(直道)란 곧바로 말하면인데 여기서 도(道)는 중국말로 의미가 없다.

《승람》에선 의림지에 대해 그 깊이를 모를 정도라고만 했는데, 규모는 크지 않더라도 저수량은 많았던 모양이다.

병신년 가을에 추사는 오랜만에 조추재가 월성위 궁으로 찾아와 서로 한담도 나누고 술도 마시며 시도 주고받았다. 추재는 이때 75세로 아직도 기력이 왕성했고 약주도 젊은 사람 못지않게 마셨다. 그리고 추재는 구시(舊詩)를 모았다는 시첩을 내놓았으므로 〈조군추재의 농서잡영 뒤에 제하다〔題趙君秋齋隴西(현재의 감숙성)雜咏後〕〉를 지었다.

그대 시는 늙으면서 더욱 대성하니/두보 노인 시정신을 얻었구려./더욱이 지나고 겪은 바는/하나같이 두보를 닮았네.
　　(君詩老更成　得於杜老詩　邇來所遭逢　一與杜似之)
두노인이 기주에 있었던 나이가/곧 그대의 농서 때일레라./세월은 장한 마음도 닳게 만들고/전란은 한가로운 생각을 헝클었다네.
　　(杜老夔州年　即君隴西時　歲月耗壯心　干戈紆閒思)
가슴속 쌓인 옛날의 포부는/고개를 돌려 문사로 나아갔네./붓무지개는 서녘 하늘에 닿고/요사스런 생각이란 없었다오.
　　(胸中舊儲蓄　低首向文詞　筆虹觸西天　妖氣無以爲)
이 체제는 변칙이기는 하나/정음을 좇고 있어 추천할 만하네./문장이란 너나 할 것 없이 공평한 물건/치체의 높고 낮음은 상관없네.
　　(此體題變雅　正聲從可推　文章公平物　不以地崇卑)
황의와 한록은 대도인데/그대의 재주로 어찌 못좇는단 말인가./세상 사람 그대의 시는 읽겠으나/읽어도 마침내 알지는 못하겠지.
　　(皇矣與旱麓　豈君才未追　世人讀君詩　讀之竟莫知)
두보(712~770)는 일생을 두고 가난과 방랑 속에서 살았다. 상세한 점은 미상이지만, 그는 넘치는 재주를 가졌으면서도 과거에 실패하고 또한 그 때문에 빈곤했었다. 두보의 시는 현재 40여 편이 남았을 뿐인데 이백과 더불어 그 이름을 모르는 사람이 없다.

그리고 두보도 그 만년에 진사가 되는데 추재도 헌종 10년(1844) 83세 때 진사가 된다. 그 동안의 가난과 수모는 말할 필요가 없다.

조수삼은 농서까지 발을 뻗친 인물인데 이른바 관운을 왜 타지 못했을까? 그 이유는 지체가 낮았다는 데 있었음이 여기서 밝혀진다.

기주(蘷州)는 현재의 사천성 서남부인데 두보가 이곳에 간 것은 당 현종이 예의 안녹산의 난을 만나 촉으로 피난했기 때문이다. 기주는 그런 촉의 한 주현 이름이었다. 연(年)은 나이인데, 대체로 두보와 추재의 연령이 비슷할 때, 비록 1천 년의 시간적 공간이 있더라도 기주와 농서에 각각 있었다는 것을 말하리라.

모(耗)는 닳는다인데 알기 쉽게 소모이다. 또 간과(干戈)는 전쟁을 말하고, 우(紆)는 얽힌다이며 좀더 강한 의미로 헝클어진다고 하였다. 저축(儲蓄)은 저축(貯蓄)과 같은데, 쌓아둔다는 의미이다. 여기선 가슴속에 견문을 쌓았다는 의미이고 저수(低首)는 고개를 돌리다이지만 와전되어 방향을 바꾼다는 뜻이었다.

요기(妖氣)란 무엇일까?

대체로 우리 민족은 의심이 많고 우물 안 개구리라서 속이 좁다는 평을 옛날부터 들었다. 아마도 조추재를 비웃고 허풍을 떤다며 헐뜯는 사람도 있었다고 생각되며, 그런 사람이 조추재의 생각을 요사스런 주장, 곧 요기라고 불렀던 모양이다.

다음은 변아(變雅)와 정성(正聲 : 정음)이다. 변아를 변칙이라 생각하고 정성, 곧 똑바른 소리를 정통(正統)으로 본다면 현대적 뜻으로도 통하리라.

그러면서 추사는 솔직히 평한다. 보통의 속유(俗儒)들이 조추재의 재능을 요기라고 하는 자체가 무식인데, 실력만 있다면 좌절할 필요는 없다고 지적한 것이 《시경》〈대아(大雅)〉의 황의장(皇矣章)과 한록장(旱麓章)이다. 대아란 시의 한 체(體 : 형식)를 말하는데 아가 바른, 올바른 것이었다. 정도(正道)라고 해도 좋으리라. 정도는 세상 사람이 모두 인정하는 표준이고 거기서 벗어나지 않으면 된다는 충고였으리라고 이해된다.

추재가 돌아가자 뜻밖의 사람이 또 찾아왔다. 바로 김양기(金良驥)였는데, 그는 단원 김홍도(金弘道)의 아들로 조희룡의 《호산외사》 '김홍도전'에 간단히 그 이력이 나와있을 뿐이다. 즉 양기는 자를 천리(千里)라 했고, 호는 긍원(肯園)이었다. 생몰은 미상이지만 추사보다 4~5년 아래였다. 가법(家法 : 주로 불화)을 계승하여 그림에 이름이 있었고 예찬의 그림을 본받았으며 속진(俗塵)을 벗어난 것이 깨끗하고도 말쑥했다.

강좌(江左 : 전당 지역) 사람으로 예찬이 오만하여 모두 그의 성품을 싫어했지만 한편 그 예술성이 높아 예찬 그림을 소장하느냐 여부가 아속(雅俗)을 나누는 표준이 되었다. 그것과 마찬가지로 단원 부자는 인품이 높아서 독왕독래(獨往獨來 : 혼자서만 잘난 체 함)하며, 오직 긍재 김득신(金得臣)·호생관 최북(崔北)·고송유수관(古松流水舘) 이인문(李寅文) 등 몇 사람을 사귀었을 뿐이다.

그래서 사람이 그 까닭을 묻자 단원은 대답했다.

"인품이 높아야 필법도 높을 게 아닌가!"

이것은 어떻게 보면 고고(孤高)한 예술가의 말인데, 세상 일반으로 볼 때에는 오만불손한 태도였다. 김긍원도 추사 따위야 벼슬에 연연하는 사람으로 그의 글씨며 난초 그림 따위가 별것이냐 생각했을지도 모른다. 이런 성품은 추재도 같았지만, 추재는 다만 권력자 주변에서 요기라는 수모를 받아가며 집착했지만, 긍원은 굶어 죽을 망정 척신

(戚臣)은 보지 않겠다고 생각했을 것 같다.

그러나 추사의 예술은 누구도 부인 못할 경지에 올랐고, 궁원도 자기의 선입견이 틀렸음을 알고 찾아왔다고 생각된다. 그러고 보니 궁원도 추재처럼 지체가 낮은 사람이었다.

"아, 이게 누구요. 궁원이 아닌가. 어서 사랑에 드시구려!"
하고 추사는 반갑게 맞았다.

추사의 너그러움은 어떤 사람이고 그 신분을 가리지 않는 데 있었다고 생각된다. 그런 성품은 이미 간난이를 통해서 혹은 다른 인물들을 통해서 설명했지만, 추사는 전부터 궁원과 서로 안면은 있었으리라.

"늘 격조하여 죄송합니다. 실은 영감께 부탁할 게 있어 왔습니다."
"그 영감 소리는 집어치게. 그런데 궁원이 나에게 부탁이 있다하니 드문 일이군."

김궁원은 품안에서 부채 하나를 꺼냈다. 추사는 거기에 그려진 그림을 보자 어느덧 말을 잊었다. 차라리 눈시울마저 붉어진다. 그것은 〈김화사 천리가 주야운의 하압도를 본뜬 부채에 서둘러 제하다〔走題金畫史千里 仿朱野雲荷鴨圖便面〕〉라는 시로서 설명된다.

야운의 원그림은 매우 시원스럽고 조촐한데/연꽃잎은 맞보고 오리 두 마리였네./천리는 교묘히 이를 깎아 버리고/오리 하나 잎사귀 하나로 돌렸으니 훌륭하이.
(野雲原筆頗瀟爽 花葉相當鳧則兩 千里巧思刪汰之 鳧一葉一還也奇)

이제 꽃은 없고 잎사귀만 붙어 있지만/거듭 느끼느니 꽃없는 게 별격일세./팔만사천의 찬불 말이 있다한들/섶이 곧 불을 당긴다는 진제를 찾았구려.
(雖是無花但有葉 更覺無花格還別 畫龕八萬四千偈 卽薪卽火拈眞諦)

편면(便面)은 부채를 말한다. 주야운은 수년 전에 이미 작고했지만 추사에게 있어 그리운 이름이고 단번에 그의 그림을 알아볼 수가 있었다. 그래서 말을 잊고 응시하는 사이에 눈시울도 붉어졌다.

산태(刪汰)란 글자 하나라도 고치고 다듬는 것이며 이를 깎는 작업이다. 태(汰)는 씻다는 뜻인데 '깎아 다듬는다'는 말로 바꿀 수 있으리라. 야기(也奇)는 기(훌륭함)를 강조한 말이다.

제2수는 어려운데, 유(有:있다)와 환(還:돌아가다)은 불교 용어로 '생겨난 것은 반드시 없어진다'는 자연의 법칙이며 진제(眞諦)와도 연관되리라. 게(偈)는 4자 구로 된 시인데 부처의 공덕을 기리는 찬불가이다. 부처의 가르침은 8만 4천의 법문(法門)으로 설명되고, 게도 숱하게 많으며 그런 것은 화감(畵龕) 깊이 간직되고 있다. 감은 불상을 안치하는 움푹한 곳이지만 곧 불단이며, 게는 그런 불단에 바쳐진다.

그런데 추사는 숱한 부처의 가르침도 섶〔薪〕·불〔火〕로 요약했다. 아니다, 불이라는 한 글자로 충분하다.

예술의 경지도 그와 같은 것이다. 그것은 군더더기를 없애는 데 있다. 다만 너무도 깎아 버리면 속인이 이해하지 못하므로 살을 붙이고 있을 뿐이다……. 추사는 이 시에서 아낌없는 찬사를 김천리에게 주고 있다.

주제(走題)라고 했지만, 결코 건성건성 성의도 없게 이 시를 지었다고 생각되지는 않는다.

"가겠나?"

"예, 제발을 받았으니 가야지요."

"그런가. 그렇다면 붙들지 않겠네."

추사는 뒷마루까지 나가 궁원을 배웅했다. 추사는 한없이 마음이 평안하고 기뻤다. 서로가 진정으로 이해하고 그 순수한 것을 접할 때 사람은 또한 기쁜 것이다.

　지체는 낮지만 당시 특출한 재능을 가진 사람이 많았다. 이를테면 옥산(玉山) 장한종(張漢宗 : 1768생), 화산관(華山舘) 이명기(李命基)가 있는데 둘다 복헌(復軒) 김응환(金應煥 : 1742~1789)의 사위였다. 복헌은 또한 단원 김홍도의 스승이었다.
　옥산은 자를 광수(廣叟)라고 했는데 규장각의 화원으로, 특히 부채에 그린 게 그림으로 유명했다. 그는 왼손잡이고 게잡이가 허용되는 음력 8월, 서리가 내린 이른 새벽이면 논뚝에 나가 게가 내리는 모습을 사생했다.
　화산관도 같은 규장각의 화원으로 일했는데, 병진년(1796)에 정조대왕의 어진을 그렸으며 특히 나비 그림이 묘했다.
　또 이팔룡(李八龍)은 평양 사람인데 일반 사람들의 초상화를 그렸다. 자하 신위는 그의 《경수당집》에서 증언한다.
　단원·이명기·이팔룡은 모두 초상화로 이름이 있었는데, 한 가지 결점은 이들이 같은 인물을 그려도 닮지 않았다는 데 있었다. 일찍이 옹담계는 이들의 화첩을 보고 왕재청(王載靑)을 시켜 그것을 모사하라고 했다. 그림이 완성되자 의관 같은 것은 잘 그려졌지만, 담계는 그것을 보더니 평했다.
　"재청은 화첩을 보고서 실필(失筆)한 게 아닐까? 두 이씨와 단원의 용모가 같지를 않으니!"
　이것은 옹담계의 안식력(眼識力)을 말한 것이겠으나 동시에 이들의 화풍을 전한다고 하겠다.
　자하 신위는 이미 여러 번 소개되었지만, 〈류당원하도(柳塘鴛荷圖)〉에 스스로 제하여 '扇頭一片鴛荷景 是寫秋耶是寫眞(부채에 그려진 연꽃과 원앙새의 한 조각 그림은, 바로 가을을 옮긴 것일까. 참된 모습이 그려졌네)'이라고 했는데, 자하는 세밀한 사실주의를 신봉했다고 여겨진다. 따라서 삼인삼색(三人三色)의 초상화를 가리켜 결점으로 보았으리라.

김조순도 그의 《풍고집》에서 자하를 극찬했다.

'자하는 나의 노우(老友 : 오래된 벗)로서 여남은 살부터 이미 삼절(三絶)에 이르렀고, 고금을 통해 그의 짝되는 이가 적었으니 이 또한 하늘이 낸 재능일까! 자하의 시는 스스로 그 오묘함을 창조하여 사람으로서 엿볼 수가 없었으며, 그림 또한 기묘(훌륭하기 이를 데 없음)·청수(淸秀)했으니 운림(예찬)·석전(심주)의 아류(亞流)는 아니다.'

이것은 곧 자하 그림의 정묘한 사실을 두고 한 말이었으리라.

또 김경혜(金景蕙 : 1823년 졸) 여사는 서어(西漁) 권상신(權常愼)의 소실로 바둑과 가야금을 잘했고 서화에도 뛰어났었다. 역시 신중한 성품이었던 자하의 《경수당집》에 여사의 시화가 소개되고 있으며, 옥천(玉川) 장혜주(張惠胄)는 정조 14년(1790)의 율과(律科 : 음률) 출신으로 교수였다. 장옥천은 연행한 적이 있고 수묵화를 잘했는데 옛사람의 정신을 전한다고 평가되었다.

서가로선 능산(菱山) 황기천(黃基天 : 1770년생)이 있는데 갑인년(1794) 문과 급제자로 자는 희도(羲圖)였으며 지평(持平)을 지냈다. 황능산의 고금 서가 서평(書評)이 《서화징》에 소개된다.

'우리 동국은 김생이 동굴에서 익혔던 까닭에 자획이 무쇠와 같고 안평은 일탈(逸脫)된 데가 있었으며 옥봉(백광훈)은 글자가 둥글둥글했다. 고산(황기로)은 물이 흐르듯했고, 청송(성수침)은 단아했으며, 봉래(양사언)는 씩씩하지만 고집스런 데가 있었다. 석봉의 큰 편액은 집마저 기울고 정자(正字 : 해서)의 가로획은 묵직한 것이 거칠었다. 죽남(오준)이 이를 매우 닮았는데 죽음(竹陰 : 趙希逸)은

야했으며(너무 속되다는 것) 남창(김현성)과 동회(東淮 : 신익성)는 미려(美麗)했으며 백하(윤순)는 묵묘인 것이 상교(傷巧 : 섬세?)했다. 옥동(이서)의 초서는 오히려 간결하지 못했으며 오정(梧亭 : 李宜炳)은 획이 중후했지만 맛이 적었고, 원교는 밀고 펴는 데 확실한 것이 굳세었으며, 해자는 가는 침바늘 같았으나 날의 날카로움을 배제한 까닭에 강(罡?)했고, 전자는 석고문(石鼓文)에 가깝고 오직 굴곡으로써 나누었다. 배와(杯窩 : 김상숙)는 방아 찧는 모습에 올바른 데가 있고, 서남원(徐南原?)은 치밀한 것이 촘촘했으며, 표암(강세황)은 필세가 경묘했다. 도곡(道谷?)은 평정(平正)한 것이 익숙한 데가 있고, 송하(조윤형)는 진솔한 것이 견실했으며, 나씨(나걸) 형제는 속되지 않았다. 전서로 나누면 미수(허목)는 뽐내거나 위태로운 데가 없고, 원령(元靈)은 느슨하면서도 물방울마저 새지 않았고, 윤동석(尹東晳)은 한초(漢初)의 것과도 백중했으며, 경산(京山 : 李漢鎭)은 자획에 뼈가 있어 종한(鍾罕 : 종요의 자)이라도 배울 정도였다.'

황능산의 이 서평은 정축년(1817)에 쓴 것으로 나와있는데 의미 불명의 곳도 몇 군데 있지만 대체로 서가의 결점과 특장을 요약하고 있으며, 역시 한석봉과 이원교에게 가장 많은 문자를 배당하고 있다.

또 현재덕(玄在德 : 1771년생)은 자가 사열(士說)이고 호는 엄산(崋山)인데, 정조의 경술년(1790) 의과(醫科) 급제자이다. 이상적이 그의 묘지명을 썼는데 다음과 같다.

'선생은 평생에 오로지 글씨의 전제(筌蹄 : 길잡이)를 닦으셨거니와 문장이 이왕(二王)도 부끄러워 할만큼이었으며 한때는 편액·병풍·비문 등이 그 손에서 다수 나와 응수하기에 한가한 날이 없었다. 가장 초서를 잘하셨다.

사람들이 그의 글씨를 엄산체라 했지만 초서체가 일부 섞여 있었으며 넓고도 풍요한 게 간결했고 모든 걸 갖췄으면서도 정밀했다. 의문되는 점이 없어 안심하고서 전할 수가 있고 동방의 옛 서가로서도 일찍이 볼 수 없었던 요식(要式)이 있었다. 석애(石厓) 조공(조만영)·고동(古東) 이공(이익회)·자하 신공(신위)·추사 김공이 모두 그 글씨를 보고서 감탄하기를 앞사람으로 아직 없었던 거라고 하였다.

 염산은 서도에 지극한 정성을 기울였고 비록 파과점획(波戈點畫)일지라도 한 점의 차질도 없으셨는데, 혹 그 정신을 잃게 되면 아직 간행되기 이전엔 최선을 다하였고 그러고서도 흡족하지 않다면 이내 판을 무너뜨렸다. 늘 이와 같이 고지식하셨다.

 상적은 일찍이 임하(林下 : 전원과 같음. 여기선 염산이 은퇴한 곳이고 그 문하라는 의미인 듯)에서 기거했는데, 공께서 출타하시면서 하나의 깨진 벼루를 보이고 말씀하셨다.

 "이것은 정묘께서 하사한 것일세. 사용한 지 40년이라 움푹한 곳은 깊이 패어 마침내 금이 가고 말았네. 그래서 어희불망(於戲不忘 : 실없이 잊지 않는다)의 넉 자를 등에 새겼고 아울러 시로써 집의 보물로 간직하겠다고 했네."'

 현염산의 묵우(墨友)가 존재(存齋) 박윤묵(朴允默 : 1771~1856)이었다. 본관은 밀양이며 관직은 첨사를 지내고 있지만 필법이 속세를 벗어났다고 한다. 조희룡은 그의 《호산외사》에서 '존재는 효자 태성(泰星)의 증손으로 글읽기를 좋아했고 시문이 능했는데 겸하여 글씨로도 이름이 있었다. 정묘가 내각(규장각)을 두셨을 때 도필(刀筆 : 인장, 조각)로써 선임(選任)을 받아 총애가 자못 깊었었다. 사람 됨됨이 곧고 밝아 문묵(文墨) 이외로선 세속에 대해 단 한마디도 관심이 없었다'고 한다.

이어 정유년(1837)인데 신재식이 연경에서 돌아오고 그 편에 왕희손(王喜孫)이 추사의 편지와 선물에 대한 답장과 답례가 있었다. 그리고 앞에서 설명했듯이 왕희손은 따로 장혜언(張惠言)의 저술《주역우씨의(周易虞氏義)》등을 보내주었던 것이다. 추사는 이 무렵 성균관 대사성으로〈사폐변(私蔽辨)〉같은 것도 집필했다고 여겨진다.

'도교와 석씨는 자고로 그 신식(神識 : 知見)을 귀하게 여겼으나 유가는 정(情 : 인정)과 사물을 잘 다스리는 데 있었다.

 무릇 사람의 결점으로 두 가지가 있으니 사사로움과 가려줌(엄폐)이 그것이다. 사사로움은 욕심에서 생기고 이를 잃게 되지만, 가려줌은 앎에서 생기며 이를 잊게 된다. 이씨(異氏 : 유가 아닌 것)도 무욕(無欲)을 존숭하지만 군자는 가려줌이 없음을 받든다. 이씨의 배움은 조용함〔정적〕을 생각하는 데서 생기지만, 군자는 굳센 동정심에 이르고 사사로움을 떠남으로써 배우며 가려줌을 떠남으로써 주로 충신(忠信)이 되고 명선(明善)에 머무르게 된다. 무릇 그 마음에서 생겨나고 반드시 그 일에서 사사로움이 발동되므로 이미 욕심을 멋대로 풀어주어 통하게 하고 양식(良識)이 없다면, 사사로움이 없는 밝음도 두려워하지 않는 가슴의 아픔이 될 터이다. 능히 받들 수 없는 무폐(無蔽)이고 보면, 가려줌이란 여러 사정(事情)으로써 그 뜻을 구할 수 없을 뿐더러 의리(義理)에 의해 나타나는 신의인 공(公)도 밝고 염결(廉潔)할 수가 없게 되어 흘러가 버리고 말 뿐이리라. 이를 기록하고 새겨 가로되 저 백성에겐 혈(血)·기(氣)·심(心)이 있는데 이것을 아는 게 성(性)이고, 기쁨·노여움·슬픔·즐거움 같은 상정(常情)이 없는 게 감응(感應)하여 만물이 일어나며 활동한 연후에 심술(心術 : 마음을 다잡는 학문·기술)이 형성되는 것이다.

 무릇 혈·기·심이 있음을 아는 게 바로 이것을 말함일까? 욕망이 있는 이 천성의 징조로는 성색(聲色 : 말소리와 태도)·취미(臭味 : 냄새와 맛)를 갖고자 하고 이미 나눠진 욕망이 있음을 두려워하거나 사랑하거나 한다. 그리하여 정이 있는 이 천성의 징조로는 기쁨·노여움·슬픔·즐거움에서 정감이고, 근심도 이미 자세히 나눠져 욕심도 있고 정감도 있게 될 터이다. 그래서 또 꾸밈이 지혜와 더불어 있는 이 천성의 징조로는 교지(巧智)·미악(美惡)·시비(是非)이니 좋아하거나 싫어하는 것은 나눠져 생양지도(生養之道 : 보편적 생활의 길)가 있게 되고 욕망은 감통지도(感通之道 : 하늘·신 등을 의지하는 생활)가 있게 된다.

정이라는 것은 자연의 표적과 천하의 일이라는 두 가지 점을 들고 있는 것이다. 미악의 극치를 다하여 있는 게 교(巧)이고 이것을 다스리거나 조종하여 있게 하고 쪼갬으로써 시비의 극치를 남김없이 나오게 하여 있는 게 치(智)이다.

현성(賢聖)의 덕은 쪼갬으로써 두 가지를 갖추었는데 또한 자연의 징조로 바닥에 이르기까지 반드시 정세(精細)를 다했고 천하의 재능으로써 들었던 것이다.

군자는 천하를 다스리는 자이다. 사람으로 하여금 각각 그 정을 얻게 하고 각각 그 욕망을 이루게 하되 도의에 어긋나지 않도록 하는 게 군자의 자치(自治)이다. 정과 욕망을 하나의 도의로써 부리는 것이다.

무릇 욕심이 지나치다면 해로움은 심대(甚大)한데 내를 막음에 있어 정을 끊거나 떠나 지(智)로 채우고 막듯이 인의는 사람의 음식(飮食)이다. 그 혈과 기를 기르는 게 배움을 구하는 것이고 그 마음을 아는 게 바로 존숭하는 일이 아니겠는가!

스스로 혈과 기를 얻고 비록 기른다 할지라도 약하다면 반드시 마음을 굳세게 하여 앎을 얻는 것이며, 비록 그 기름이 어리석다 할지라도 반드시 귀하게 여김으로써 밝아지는 것이다. 군자는 혼자 있을 적에 인(仁)을 생각하여 마음을 채우고 넓혀야 하지만, 공석에서의 말은 의(義)로 말하고 활동과 머무름에 있어 예(禮)에 따라 능력껏 다하는 이것을 충(忠)이라 하고 공명 정대하게 실천하는 이것을 신(信)이라 하며 고르게 베푸는 이것을 서(恕: 용서·동정심·너그러움 등 뜻이 많고 모두 仁에 포함된다)라고 하지만, 순치(馴致: 길들게 하여 어떤 목표에 도달시킴)하는 이것이 인이고 또한 지(智) 아닌 사사로움으로 가려주지 않는 것이다.

군자는 일에 있어 아직 응하지 않는 자이고 공경하되 멋대로 아뢰이는 일에 근심하지 않고 올바른 행동에 이르러선 사악한 게 없어 그 거짓을 근심하지 않으며 반드시 공경하고 반드시 올바르되 요는 중(中)에 이르고 화합하는 것인데 그 그릇됨과 치우침을 걱정하지 않는다.

타이르는 말에 있는 것인가, 아니면 거짓을 떠난 두려움을 말하는 데 있는 것인가? 신독(愼獨)·치중(致中) 또는 화합하는 데 있는 것인가!

예법에 통달하고 인의에 정세해야만 인(仁)에 이르고 윤리를 다해야만 천하의 사람과 똑같아지고 이를 착함에 돌려야만 치선(至善)이라 할 수 있을 터이다.

저 이(理)로써 배움이 되고 도로써 통(統: 다스리는 것)이 되며 마음으로써 종(宗: 마루·근원)이 되지만, 이를 탐구하자면 넓은 게 아득하기만 하고 이를 찾아내자면 캄캄한 것이 그윽하여, 그러하지 않으려면 도리어 육경에서 이를 구해야만 하리라.'

사폐(私蔽)를 각각 사사로움과 가려줌이라고 번역했지만, 사는 공(公)의 반대로 쉽게 이해가 되지만 폐란 말이 어렵다. 전문을 번역하고 나서 생각하니 폐는 사람이 가진 바 정(情)을 가리키고 이를테면 정실(情實)이며 감싸주는 것인 듯싶다.
 우리의 선인들은 공맹 또는 주자의 가르침을 묵수(墨守)하고 거기에 나타난 이른바 성현의 말을 문자 그대로 암송하면 되었다. 바꾸어 말해서 귀납(歸納)이나 연역(演繹)법에는 서툴렀다고 생각된다. 따라서 그 연장선상에 있는 우리도 이런 논법이 생소하고 난해하다고 느끼는 것이 아닐까?
 추사는 바로 〈사폐론〉에서 그런 문장법을 구사하고 있는데, 전체를 차분히 읽어 보면 주장하는 바를 알 수 있다. 요컨대 글로서 어느 한쪽만이 시(是)이고 비(非)라는 관점을 떠나, 일단은 옳고 그름을 수용하고 나서 비판하는 방법에 우리는 서툴렀던 것이다.

 정유년 3월 18일, 순원대비는 이때 11세이던 현종의 왕비로 같은 안김 김조근(金祖根)의 따님[10세]을 책봉하여 가례를 올린다. 이것은 일찍이 그 예를 찾아볼 수 없는 일이었다.
 왕실은 동성 혼인이라도 상관없다는 대비의 생각이었을까? 하기야 대비는 순조가 생존시 명온·복온공주의 부마로서 안김을 상했던 전례가 있기는 하다. 그런데 이번에는 거의 형제라고 할 8촌간인 조근의 따님으로 왕비를 책봉했다. 동성이 아니고선 믿을 수 없다는 사고방식이었다.
 그리고 몇몇의 원임대신(원로)이 있었지만 이들이 대비에 대해 반대했다는 기록도 없다. 이때의 원로는 금릉(金陵) 남공철(南公轍 : 1760~1840)과 두실(斗室) 심상규(沈象奎 : 1766~1838)가 있었다. 전조의 예를 든다면 국혼(國婚)은 먼저 대궐의 대비와 상의하고 널리 의견을 구하여 후보자가 간택되고 결정을 보는 것인데 과연 이때는 어떠했는지?
 추사도 침묵하고 있다.

3월 30일, 유당 김노경이 향년 73세로 졸하고 있다. 추사는 상주가 아니었지만 생부의 별세가 통곡되고, 또한 경황도 없었을 게 분명하다. 유당은 과천에 안장되었다. 《남한지》에서 상촌 김자수의 묘소가 오포면(五浦面)에 있다고 했는데, 유당도 그곳 선영에 안장되었으리라.

어쨌든 정유년은 추사로서 심상(心喪)일망정 깊은 슬픔 속에서 보냈을 것이다. 김약슬(金若瑟)씨 작성의 연보에 의하면 의극중(儀克中), 오식분(吳式芬), 유희해, 섭지선, 주석완(朱錫緩), 공헌이(孔憲彝), 정도백준(靜濤柏俊) 같은 청유들이 더욱 노성해진 추사의 글씨를 칭찬하고 편액이나 영첩(楹帖)을 써달라고 부탁했는데, 그 약속을 지키기 위하여 글씨를 쓴 것 이외는 별로 두드러진 활동도 없었다고 한다.

정유년 7월에 권돈인은 병조판서가 되었는데 이듬해인 무술년(1838) 4월에는 경상 감사로 나간다. 이것은 일찍이 유당이 그랬던 것처럼 좌천이었다.

그런데 정유년(사실은 병신년) 여름쯤, 황산 김유근이 중풍으로 쓰러진 것과 관계가 있어 보인다. 추사는 아마도 정유년 정월에 썼다고 짐작되는 황산에게 보낸 서독에서 묻고 있다.

'엊그제 반열(班列 : 조종의 조신들 줄 순서)에서 흘낏 바라보았는데 모습을 뵐 수가 없어 혹 눈에 티라도 끼었는가 싶어 지금껏 스스로도 풀리지가 않습니다. 동풍이 또 일어나니 이야말로 작은 근심이 아니온데 엎드려 살피지 못한 며칠 사이에 균체후 어떠하오신지 사모하는 마음 간절하오며, 병세는 곧 안정되고 다시 다른 증세가 없으십니까? 갖가지로 염려되옵니다.

정희는 요즘 주려(周廬 : 궁중의 숙직하는 곳)에 입직하다가 또 기성(騎省 : 병조)에 옮겼으니 고건편미(囊鞬鞭弭 : 고건은 활과 화살의

전통이고 편은 가죽채찍인데 미도 채찍. 와전되어 병사 관계임)가 하나
의 상쾌한 일은 아니오나 다가올 순번은 어떻게 견뎌낼지 모르겠
습니다. 노친은 엊그제 잠깐 북서(北墅 : 과천 별서)에 나가셔서 며
칠 서늘한 바람을 쐬실 생각이었는데 일기가 이와 같으니 산장은
도리어 너무 썰렁할 염려가 있어 마음이 놓이지 않습니다.

 마침 이 작은 책자를 하나 얻었는데 이는 바로 우홍로(禹鴻臚 :
우지정. 홍로는 관직 이름)가 왕어양(왕사정)과 합작(合作)한 진적으
로 평소에 한번 보고 싶어도 못보던 것이며 이제야 손에 들어왔으
니 저도 그만 외칠 정도였지요. 이에 감히 받들어 올려 한 번 보시
기를 청하오니 또한 이제부터 기쁘신 즐거움의 인연이 될 것이옵
니다. 오늘은 노친을 뵙기 위해 아침에 나갈 참이라 분주함을 물리
치고 잠깐 아뢰오며, 미처 예를 갖추지 못하옵니다.

 우홍로의 글씨는 귀장(貴莊)에도 일찍부터 비치되어 있지 않을
까요? 본 것도 같고 안본 것도 같은데 요즘에 이르러 정신이 두루
온전하지 못하와 스스로 가련할 뿐입니다. 석서(石書 : 비석 글씨)
는 과연 사용해도 잘못됨이 없을는지요? 스스로 믿지도 못하면서
미추(美醜)에 관해 함부로 망령되게 아뢴 것이 송구할 뿐입니다.'
즉 이 서독은 유당이 서거하기 이전의 정이월에 씌어졌음이 확실하
다. 동풍이란 봄바람이고 건조한 바람인데 중풍에도 나쁘다는 설이
있었다. 일설에 김황산은 발병한 지 4년만인 1840년 12월 17일에 졸했
다 했으므로 정유년에 발병한 것으로 생각되었는데 사실은 병신년에
발병했고 1년 남짓의 차이가 있다.

 그야 어쨌든 《완당집》에 실린 황산과의 서독은 모두 세 통뿐이며
이것이 마지막 서신인 셈인데, 김황산이 중풍으로 쓰러져 언어 장애
가 생기자 순원대비는 안김의 위기감을 느꼈다고 추정된다.

 황산의 대타자(代打者)로선 춘산(春山) 김흥근(金弘根 : 1788~1842)

이 있었다. 춘산은 무술년에 겨우 한성 판윤(漢城判尹)이었는데 이어 급속도로 홍문관제학·공조와 병조판서를 지내고 기해년쯤 우의정에 발탁된다. 더욱이 실록을 보면 병신년 말부터 무술년에 걸쳐 프랑스 선교사 모방, 샤스탕, 그리고 앙페르 신부는 조선 교구의 사교로 부임하고 있다.

무술년(1838)에 추사는 53세로 여전히 성균관의 대사성이었다. 청나라에선 이보다 앞선 정유년 정월에 임칙서(林則徐)가 호광 총독이 되고 있는데, 다시 무술년 윤4월에는 '선남시사'의 동인 황작자(黃爵玆 : 1793~?)가 아편의 엄금론을 상주하여 아편 전쟁의 불을 붙였다.

황작자의 자는 수재(樹齋)로 강서의 의황(宜黃) 사람인데 도광 3년(1823)의 진사이며 도광 10년, 선남시사 결성 당시는 38세였고 한림원의 편수관이었다. 도광 15년(1835)에는 홍로시(鴻臚寺) 장관이었는데 예의 허내제(許乃濟)가 완원 설립의 학해당 학장 오난수의 의견을 쫓아 아편의 이금론(弛禁論)을 주장하자 그것에 맞서는 엄금론을 상주한 것이다.

도광제는 상주문을 읽자 임칙서를 특명 흠차대신(欽差大臣)으로 임명했고 무술년 12월엔 임칙서를 광주에 보낸다. 그리하여 임칙서는 이듬해인 기해년(1839) 3월, 아편 2만 상자(한 상자당 60kg)를 불태워 버렸다.

당시 광주에는 해금(쇄국) 정책 아래 외국인 거주지가 오래 전부터 따로 지정되어 서관(西關)이라 불렸는데, 외국인을 외이(外夷), 그들의 거주 건물을 이관(夷館)이라 불렀고, 한 달의 8일·18일·28일의 3일에 한해서만 간단한 운동을 위해 산책이 허용됐을 뿐 평소에는 서관에 갇혀 있었다.

또 서양 여인을 만부(蠻婦)라 하여 데려오지 못하는 엄격한 규정이 있었으며, 따라서 그들의 하녀인 아마(阿媽)와 하인으로 사문(沙文 : 영어 Servant의 음역)도 고용되고 있었다. 그리고 이들 외국인을 상대로 장사하는 중국인이 이른바 매판(買辦)인데, 처음엔 서양인 밑에서 일하는 사무원·관리자 따위를 일컫는 말이었다.

진짜 매판은 앞에서 나온 이화행(怡和行) 등 십삼행의 관허(官許) 상인이며 1834년 영국인 헌터는 오돈원을 가리켜 세계 제일의 부호로 그 재산 평가는 당시의 화폐로 2천6백만 달러라고 했다. 그러나 이때는 오돈원도 은퇴한 뒤였고 그의 아들 오소영(伍紹榮)이 활약했다. 소영은 상술에도 뛰어났지만 《월아당총서(粵雅堂叢書)》라는 것을 간행하고 있다.

본디 아편은 영국이 상품화한 것으로 그들은 17세기 이후 서구에서 마시기 시작한 차의 수입을 상쇄(相殺)하기 위해 인도나 아라비아 반도 등에서 생산된 아편을 가져온 것이다. 아직은 실론〔스리랑카〕이나 인도의 아삼산(產) 홍차는 개발되지 않았다.

중국은 차(茶) 수출을 독점하여 막대한 수익을 올렸으나 가경제 이후 아편에 의해 그것이 역전되었다. 오소영 등의 공행(公行 : 관허의 무역상사)도 도광제 이후엔 헌금과 뇌물로 경영 압박을 받았고 아편 밀수에 손을 대기 시작했지만, 이것은 위험부담이 있었다.

또 중국인과 겨루는 상술을 인도인이 가지고 있었는데 이들은 봄베이에 본거지를 둔 배화교도 펄시족이며 주로 금리(金利)업자였다. 이들은 현재도 싱가포르·말레이 반도에 많다고 생각되는데, 그 조상은 멀리 송나라 때 소주 등지에 와있었던 아랍인의 피가 섞여 있는 듯싶다.

이래저래 영국 상인은 청국의 쇄국 정책에 대항하여 머리를 썼는데 이를테면 항해용이 아닌 돈선(躉船)이라는 해상 창고 비슷한 것을 만들어 홍콩과 호문(虎門 : 포대 이름)의 중간 지점인 주강(珠江) 입구에 띄우고, 돈선으로부터 쾌속선으로――돛이 셋이나 달린――아편을 광주에 실어 날랐다. 포대는 그런 것을 감시하기 위해서인데 그 대장이 5퍼센트의 뇌물을 받기로 하고 통과시켜 주었기 때문에, 임칙서가 오기 전까지는 아편이 근절되지 않았던 것이다.

조선은 어떠했는가?

그런 경제 상품――수출할 수 있는――도 없었고 애당초 경제관념도 없었다고 해도 지나친 말은 아니리라.

무술년 8월에 소치(小癡) 허유(許維 : 1809~1892)가 초의선사의 소개로 추사를 처음 찾아왔다. 소치는 해남 진도 사람으로 자가 마힐(摩詰)인데 이것은 저 초당(初唐)의 유명한 시인 왕유(王維)의 자를 그대로 본딴 것이다. 우봉(又峰) 조희룡의 〈그림을 논하고서 해남 허생 시서로 주다〔論畫贈海南許生詩序〕〉가 있다.

'허생 소치의 그림이 바다의 파도를 지나 경사에 이르렀다. 나의 일석산방(一石山房)을 찾아와 하룻밤을 머물면서 이야기를 했다. 화파(畫派)를 찾아 치면서 당·송·원·명의 여러 명가로부터 가까운 연대의 사람에 이르기까지 위아래 천 년 동안의 필묵·단청의 천태만상에 대해 마치 깁에 그 허깨비가 나타난다 착각될 만큼 말의 부스러기 속에 파묻혔지만, 10년을 두고 그림을 논하면서 오늘밤처럼 왕성했던 일은 일찍이 없었다.

손이 돌아가고 심심하자 간밤의 말을 찾았고 장난삼아 시를 엮어 보았지만, 그것이 옛날의 꿈처럼 거의 태반은 잊은 데다가 말은 문장이 되지를 않았으며, 이를테면 입안에서 우물거리는 소리를 가늘게 듣고 이를 문자로 쓴 것만 같았다.

태어나서의 이름은 유(維)인데, 멀리 왕마힐의 이름을 사모하여 그 이름을 이름(자)으로 삼았지만, 마힐은 선(禪)으로써 시에 들어가 시로써 그림에 들어갔었다. 허생 홀로만 그림으로써 시에 들어

갔을 뿐 아니라 시로써 선에 들어갔던 것일까? 선리(禪理)로 이를 증명한 것이 같은 고향의 초의 상인(上人)인데 7절로서 시 30수와 아울러 주(註)가 있지만 싣지는 않았다.'

조희룡의 말로 소치는 그림뿐 아니라 선도(禪道)에도 들어갔고 시인이었음을 알 수가 있다. 허유의 '소치'라는 아호 역시 원나라 말의 대치 황공망과 견주는 것인데 호는 보통 스승이 지어주는 것이므로 자하 또는 추사가 지어 주었다고 추정된다.

이때 허소치는 갓 서른으로 추사에게 글씨를 배우러 왔던 것일까? 추사의 〈허소치의 묵파초에 제하다〉로 '小癡雪裡作蕉圖 直溉輞川神韵無 硏北水仙三百朵 與蕉不二叩文殊(소치가 눈 속에서 그린 파초 그림은, 망천(왕유가 은퇴한 곳)과 곧바로 물길이 닿고 있지만 신운이 없네. 수선화 3백 송이를 연마하더라도, 파초만은 못하니 문수라도 고개 숙인다네)'가 있는데, 이때 소치가 그런 그림을 갖고 왔는지도 모른다. 아직은 신운이 없다는 말처럼 대성하지는 않았던 것이다.

이당(以堂) 김은호(金殷鎬 : 1892~1981)의 증언으로 추사는 좀처럼 남을 칭찬하지 않았는데 동시대의 선배로 눌인(訥人) 조광진(曹匡振 : 1772~1840)만은 인정했고 자하와 더불어 높이 평가했다고 한다. 〈눌인이 쓴 왕산여의 부채 그림에 제하다〔題訥人書汪山如畫扇〕〉가 그것인데 다음과 같다.

'이는 눌인의 지예(指隷)인데, 전예의 정신으로써 종왕(종요와 왕희지)의 필법으로 쓴 것이며 신묘불측이다. 이를테면 江자의 삼수변 점이 진원본과 비교하여 거의 모양을 본뜬 것이 같고 그 하나로서 말한다면 패수귀객(浿水歸客)이 있다.'

눌인이란 아호는 약간 말을 더듬었기 때문인데 자는 정보(正甫)였고, 장지완(張之琬)의 《비연상초(斐然箱抄)》에서 그의 묘지명이 소개되고 있다.

'내가 나그네로 평양에 갔을 때 조눌인과 놀았다. 태도가 공경스럽고 겸허했는데 삼가하는 나머지 말이 나오지를 않아 더듬었고, 말이 필가에 미치면 논의가 바람처럼 생기곤 했는데 눌인이 졸하다니 무슨 소리인가! 그 아들 석신(錫臣)이 와서 묘지명을 써달라기에 나는 두렵게 여기면서 그럴 자격이 없다 사양했고 또한 말했다. 자네의 어르신네는 필명이 해동의 으뜸인데 어리석고 용렬한 내가 감히 쓰겠느냐고. 그러나 석신은 거듭 여러 명가의 평어(評語)를 모아 가지고 와서 보이며 말한다. 말이 이렇듯 정해져 있으니 오로지 써주십시오. (중략)

노인은 처음에 집이 가난하여 사방으로 유학(遊學 : 배웠다는 것)했는데 이원교의 글씨를 익혔으며 만년에 이르러 크게 깨치고 안로공(안진경)의 필법 진수를 깊이 얻은 바 있었다. 전예서에 금석기(金石氣 : 옛 글씨의 기품)가 있었고 가장 옛법을 임모하는 데 뛰어났다. 행초는 유석암(유용)과 비슷했고 지예(指隸)는 장수옥(張水屋 : 張瑞圖?)을 본받았는데 쇠라도 굽고 금이라도 녹이는 굳셈이 있어 세상의 예사 글씨와는 닮지를 않았지만 하늘의 꾸불꾸불한 운뢰(雲雷)라도 이를 넘지는 못하리라.

지금의 쾌재정(快哉亭 : 평양의 정자. 안창호가 독립협회원으로 이곳에서 연설했다)의 편액이 곧 그의 지예인데 청나라 사신이 이를 보고 크게 놀라며 동쪽 나라에 이런 대수(大手)가 있음을 미처 생각지 못했다며 한 번 보고 싶다며 천리를 멀다 않고서 달려왔지만 이제는 이미 죽었다고 하자 슬퍼하고 애석하게 여겨 마지않았으며 글씨를 백 장 박아 가지고 돌아갔다. 자하 신위공, 추사 김정희공은 모두 일대 종장(宗匠)이고 크게 추허(推許)한 바 있지만 추사의 말로서 '창창하고 똑바른 것이 빼어나게 훌륭하고, 괴위 또한 빼어나게 뛰어나니 오리물 동쪽으로선 일찍이 없던 것이라(蒼雅奇拔 怪

偉挺特鴨水以東未嘗有也)'고 했다.

　글씨는 박명(博明)을 모방했지만 원본과 이를 비교하면 거침없는 필세가 이를 앞질렀고 동기창 글씨를 임모함에도 역시 그 진적을 마침내 닮기에 이르렀다. 무릇 동인의 글씨 배움에는 일종의 목강풍기(木强風氣 : 고집스럽고 경박하다는 것)가 있고 동기창의 문경(門徑)과는 크게 달라 그 한 가지인 달(撻 : 빠른 필세)·파(波 : 삐침)에도 천변만화가 있어 능히 본뜰 수 없을 뿐인데 이를 지음에 있어 남김없이 갖추지 않은 게 없었으니 대신통력이며 무엇으로써 이를 비기리요. 아아, 이것으로 할 말도 없고 이는 노인으로서 불후라고 할 수 있을 터이다. 인하여 이를 쓰지만, 또 자하의 시로써 명(銘)을 대신하리라.

　曹生指隸妙難雙　雄傑亭扁鼎可扛　限地論才終陋見　崔詩韓筆跨東邦(조생의 지예는 오묘하여 짝되는 게 없고, 씩씩하고 걸출한 것이 두루 높아서 항우의 솥을 들어올림과도 같네. 좁은 땅에서 재주를 말함은 촌스런 의견으로 끝나리니, 최치원의 시와 한석봉 글씨는 동방에 걸쳤다고만 하겠네)'

《완당집》에도 〈조눌인 광진에게 주다〉라는 서독이 모두 8통이 나와 있는데 그 첫번째의 것을 읽어 본다.
'시월도 이미 지났으니 이 해도 그럭저럭 다 가버려 역시 금석과 같은 약속이 지금은 변해 버렸겠군요. 뜻밖에도 팔월에 보내주신 서찰을 이제야 받았는데 오히려 흐뭇하고 기쁜 것은 서한 속에 예전의 약속이 아직도 들어있어 실망됨이 없었기 때문이겠지요.
　거듭 묻겠습니다만 눈 오고 난 뒤의 갑작스런 추위에 거동도 더욱 편안하신지 먼 추상(追想)도 구구하오며 소눌(小訥 : 농으로 자제를 가리킨 듯) 역시 탈없이 글씨 공부가 발전되고 있습니까? 힐끗

보니 임서(臨書)한 글자가 비록 많지는 않지만 평정(平正)한 것이 걸맞고 차근차근 묘경에 들어가고 있으니 다른 사람으로는 헤아려 가늠할 수 없는 것이지요. 오직 좌우(左右 : 상대편을 지칭)와 내가 이것을 알 뿐인데, 한스런 것은 자리를 마주하여 등불을 돋우고서 거침없는 평을 할 수가 없는 일입니다.

 이서(李書 : 이 아무개의 글씨)는 기굴(奇崛)하여 기쁘기도 하오나 오늘날 우리들이 논할 일은 아니라고 생각됩니다. 소생으로 말하면 굳이 말할 만한 것도 없고 다만 바라옵기는 좌우에서 나는 듯이 빨리 오셔서 앞서의 약속을 저버리지 않기를 말할 뿐입니다. 나머지는 불선(不宣).

 글씨체가 이와 같이 괴상망측하니 남의 웃음을 살까 염려되어 곧 찢어 없애도 좋겠지요. 집에 마마병의 근심이 있어 출장(出塲 : 의미 불명. 장은 殤(어려서 죽음)의 오자인 듯)한 뒤에 다시 인편을 찾아 후신을 부치겠소이다.'

이 서독은 처음에 '먼 추상'이란 말도 있어 추사의 유배 이후의 것으로 생각했으나 끝까지 번역하고 나서야 그것이 아님을 확실히 알았다. 또 서독 가운데 소눌(小訥)은 조석신을 말하는 듯싶은데 이서(李書)로 설명되는 이 아무개와 더불어 추사에게 잠시 글씨를 배운 적이 있고, 임서(臨書)라는 말로 눌인의 대필을 했다고도 추정된다. 추사와의 약속이 무엇인지 물론 알 길은 없지만, 추신에 나타난 마마병의 근심과 출장(出塲) 운운이 마음에 걸린다. 이 서독이 만일에 정유년의 것이라면 상우(商佑)도 이때 스물한 살이었다. 충분히 결혼하고 아이도 태어났을 터이다.

 〈조눌인에의 제2신〉
 전번에 답장을 올렸는데 과연 바로 들어갔는지요? 날마다 매달리며 바라는데 어느덧 섣달은 꼬리를 보이고 빈 골짝에 발소리만 들리는 듯한 착각에 가까운 이 마음의 괴롬이란 생각해 보실 수 있는지요? 말하자면 해를 따지는 궁한 이로서 나머지 며칠을 기거하는 데 있어 가난한 선비가 더욱 조용한 세밑을 견디려면, 역시 식연차차(食硯煮字 : 글씨나 쓰면서 배고픔을 달랜다)의 낙밖에 또 무엇이 있겠습니까? 갖가지의 먼 생각(遠念 : 곧 공상)이 어느 때나 그칠런지요.

소생은 여전히 예나 다름없는 목석(木石)의 고집스러움이니 어찌 벗의 발인들 이와 같이 멀지 않겠습니까? 근일에 새로 모사한 글씨체라도 있다면 부쳐주시도록 하여 이 적막함을 달래 주시고 심축(心祝)해 주시기를 바랍니다. 두 가지의 명(蓂 : 풀이름인데 와전되어 달력)을 보내오니 가까이 두고 보셔도 좋으며 새해를 맞아 백복이 있기를 바라오며 붓도 잘 나가고 먹도 향기로워서 문자의 길함도 있기를 바랍니다, 불선.

이 글씨는 귀댁의 비체(碑體)에서 나왔다 싶은데 과연 어떨런지요? 서울에 오시거든 서로 고증할 수가 있겠지요.

《완당집》에 실려있는 추사의 서독은 반드시 연월의 순서대로 되어 있다고는 생각되지 않는다. 그것이야 어쨌든 추사로 하여금 이런 탄식을 하게끔 만든 것은 과연 무엇일까?

여러 번 말했지만 안김의 변심과 거기에 따른 세상 인심의 변화도 있겠으나 추사의 가정적 불행, 예컨대 상우에 대한 고민이었다고도 생각된다. 추사의 사생활은 거의 자료가 없고, 우리 선인은 그런 것을 남기지 않는 게 군자의 마음가짐이라고 추사도 언젠가 말했지만, 이것은 물론 필자의 억측이다.

〈조눌인에의 제3신〉

 영윤(令胤: 남의 자제를 높이는 말)께서 뜻밖에도 찾아와 주는 것도 기쁜데 하물며 노인을 보는 것이나 다름이 없사오니 어찌하리까. 또한 귀한 편지를 받자옵고 행원(杏園: 미상)의 여러 글자까지 받아보니 볼수록 더욱 기이하여 신묘하기 짝이 없구려. 통쾌하니 3백 년의 누속(陋俗)한 상투(常套)를 씻어냈으니 드물고 드문 일이외다.

 봄도 벌써 반이나 지난 이때에 거동이 더욱 건승하신지요? 소생의 근황은 예나 다름없는 여전히 딱딱만 하고 굳이 말할 것도 없사옵니다.

 자제는 서도를 받들며 평안하고 날로 몇판(板)의 글자를 익히고 있사오니 염려는 놓으셔도 되오며 순안(順安: 평안도) 법흥사의 모서(탑본을 뜨는 것)는 일찍이 승낙까지 하셨는데 어째서 보내주시질 않습니까? 다행히도 빠른 편이 있다면 보내주시기를 천만 번이고 바랍니다.

 또 영윤의 말을 듣고 보면 그 사이 보내주신 편지가 한두 번이 아니었다는데 하나도 온 것은 없으니 괴이하고 의심스럽군요. 가까스로 쓰면서, 불비.

〈조눌인에의 제5신〉(제4신은 생략)

 지난번 영윤이 갈 적에 안부를 드렸기에 받아보셨다고만 알았는데 지금 혜서를 받자오니 자제가 지금껏 중간에서 지체되고 있음을 알았지요. 그 사이에 이미 돌아왔는지 자못 염려가 됩니다.

 녹음이 날로 짙어가는데 거동이 더욱 평안하온지, 구구한 마음은 멀리 달리게 됩니다. 소생은 그 사이 독감으로 말미암아 몹시 욕을 보았으며 지금도 베갯머리에서 신음하고 있으니 답답하옵니다.

　산수정(山水亭)이나 연광정(練光亭)의 편액은 기굴하지 않은 바 아니나 전번 글씨와 이를 비교하면 반드시 낫다고는 할 수 없군요. 전번에 쓴 진본이 아직도 나의 상자 안에 들어있는데, 이는 바로 천연(天然)의 것으로 손에서 벗어난 것이라 비록 다시 이와 같이 쓴다 하더라도 절대로 이를 뛰어넘을 수는 없겠지요. 이 편액은 존필(尊筆)로서도 역시 쉽게는 얻지 못할 것이니 어리석게 고쳐 달거나 하지 마시구려. 병이 남아 팔이 아파서 간신히 이것으로, 불비.

　이 서독으로 조눌인이 평양에 살고 있음이 확실해졌다. 역시 장지완의《침우담초(枕雨談草)》라는 것이 있는데 그것에 의하면 다음과 같다.

　'의석(宜石) 김판서가 기윤(箕尹 : 평양 판윤)일 때 눌인의 대자 글씨를 시험하고자 연광정에서 그 정자의 대련(大聯)을 남김없이 쓰라며 몇 다발의 종이를 붙였다.

　정자는 서른 칸이나 되며, 큰 붓을 만들었는데 절굿공이 같은 대통에 적신 붓끝은 소의 허리통만했다. 눌인은 웃통을 벗어붙이고 굵은 새끼줄로 붓을 붙들어 매자 어깨에 둘러멨고 큰 걸음으로 행묵(行墨 : 글씨를 쓰는 것)했는데 마치 개미가 상 위에 있는 꼴이었다. 글씨 한 날개의 글자가 또한 戰자라서 보는 이는 질려 버렸다〔당태종이 戰자를 쓰는 데 애를 먹었다는 고사가 있음〕.

　난간 층계 위에 있고 가까이 다가가서는 이것의 교졸(巧拙)을 판별할 수 없었는데 걸려있는 것의 50보 밖에 있어야 비로소 그 짜임새의 묘에 놀랐다.'

　자하도 그의《경수당집》에서 '조광진은 패상(浿上 : 대동강 유역) 사람이고 지두(指頭) 팔분을 잘했다'고 했는데, 아마도 손가락 끝에 힘을 모으는 필법이었던 것 같다.
〈눌인에의 제6신〉에 주목할 구절이 있다.

　(전략) 올라온다는 기별은 없고 양호(양털 붓)만을 구하니, 양호는 있지만 있어도 내놓지는 않을 것이며 올라와서 스스로 가져가시기 바랄 뿐입니다. 자제도 마땅히 이 뜻을 전할 것입니다.
　지금 보내온 바 탑본은 우리 동방 5백 년에 이와 같이 신묘한 것은 아마도 없을 것입니다. 이는 좌우를 위해 과장하고자 아름답지 못한 말을 만든 게 아니며, 좌우도 당연히 스스로 이를 아실 것입니다. 다만 이진사라는 사람은 어떤 사람이건대 이런 묘필을 얻어 그 선대의 무덤을 빛내며 무궁하게 드리울 수가 있었을까요? 이 또한 그 한 몸의 크나큰 복분(福分)이라 하겠습니다.

　추사와 조눌인과의 서독에서 금석 같은 약속이란 다름아닌 순안 법흥사(法興寺)의 탑비 모본이었음을 여기서 알 것 같다. 그런데 법흥사 탑비에 대해선 일본 치하의 총독부가 만든 《조선금석총람》에도 그 기록이 보이지 않고 이능화 선생의 《조선불교사》에도 언급이 없어 몹시 궁금하게 여겼다.
　그런데 《승람》에 법흥사에 대한 간단한 언급이 있고 김부식의 말을 인용하여 법흥 고찰은 언제 창건되었는지 이는 모르나 혹은 말하기를 법흥이란 이름의 승려가 개기(開基)했다고 전하는데 그 뒤 황폐하고 겸하여 오랑캐(거란)의 침입으로 더욱 망가졌으며 징오(澄悟)라는 불승이 나타나 중건하려 했지만 뜻을 이루지 못했다. 그러다가 가까운 때에 정습명(鄭襲明)이 종사관으로 서경에 가게 되었는데 왕명으로 묘청의 난 당시 죽은 장병들의 명복을 빌기 위해 폐사(廢寺)인 법흥사 터에 불당을 짓게 했고 옛 절터인 곳으로부터 북으로 10보(步 : 1보는 3척)인 곳에 터를 닦고 계묘년(1123) 봄부터 을사년(1125) 봄까지 불당을 완성했다. 그 다음의 기사가 중요하다. 즉,
 '옛날에 당태종이 조서를 내려 의거(남생의 요청으로 출병했다는 것)로 와서 교병(交兵)했던 곳에 절을 세우라고 명했는데, 명을 받아 우세남·저수량 등 7학사가 비석을 세우고 공덕을 기리는 비문을 썼다.'
운운의 기사가 추사의 관심을 끌었으리라. 이것이 만약 사실이라면 우세남·저수량 등의 진적이 있을 게 아닌가!

그러나 이미 서독에서 보았던 것처럼 눌인은 그 비문을 보내주지 않았고, 아마도 이진사 조상의 무덤에서 나온 옛 글씨를 보냈다 싶은데 서독의 내용으로는 그것이 분명치 않다.

그래서 눌인에 대한 제7신, 제8신을 읽어 보았지만 법흥사 탑비문은 물론이고 이진사의 탑본에 대해서도 언급이 없다. 법흥사의 탑문은 애당초 이때 없었던 게 아닐까?

무술년의 동지사로선 정사 이희준(李羲準)·부사 윤병렬(尹秉烈)·서장관 이시재(李時在)가 출발하고 있다.

다시 서화로 돌아와 이당 김은호 옹의 증언에 의하면〔서화백년〕동시대의 명필 세 사람으로 추사 김정희·눌인 조광진, 그리고 전주에 살았던 창암(蒼巖) 이삼만(李三晩:1770~1845)이 있었다고 한다.

《서화징》에 의하면 창암의 자는 윤원(允遠)이고 어려서 글씨를 잘했는데 글씨 연마에 갑을 사용했고 그것이 새까맣도록 연습했으며 비록 병중이라도 하루에 1천 자는 썼다. 그리고 말했다.

"글씨를 쓰자면 벼룻돌이 닳고 구멍이 뚫려 못쓸 만큼 적어도 세 개는 망가뜨려야 한다."

창암의 집은 상업을 했는데 본디 부유했고 또 글씨 때문에 몰락했

다. 글씨를 배우려는 자에게는 글자 하나, 획 하나에 이르기까지 엄격했고 각각 한 달밖에 가르치지 않았다.

또 일설에는 처음에 글씨를 잘했지만 이름이 알려지지 않았었다. 때마침 부산의 상객(商客)으로 전주에 왔던 이가 그 장부의 글씨를 가지고 돌아갔다. 그것을 부산의 글씨 감식가가 보고 크게 놀라며 말했다.

"이것은 명필이다. 훗날 이로 말미암아 그 이름이 떠들썩해지리라."

글씨로선 하동(河東)의 칠불암 편액 등 많았는데 극히 씩씩했다. 전주판 칠서가 있었는데 모두 창암의 글씨로 간행된 것이다. 《서화징》의 작자 오세창 옹도 일찍이 전주의 제남정(濟南亭)의 현판을 본 적이 있었는데 갑오년의 '동학 전쟁' 때 정자가 포탄을 맞아 전소되었다. 그런데 액자만은 바람에 날려 감영 마당에 떨어졌고 누군가 몰래 가져가 버렸다.

한편 김이당의 말로 추사가 전주를 지날 때 당시의 전주 부사 김창한(金昌翰)의 집에 머문 적이 있었다. 그때 김부사는 추사와 창암의 글씨를 시험하고자 추사는 아랫방에서, 창암은 윗방에서 쓰게 했다. 창암이 글씨를 쓰고 돌아간 뒤 김부사는 넌지시 추사에게 물었다.

"창암의 글씨가 어떻습니까?"

"글쎄요, 시골 글씨로선 그만한 글씨도 없습니다."

이튿날 김부사는 추사의 글씨를 창암에게 물었다. 그러자 창암은 대답했다.

"그분에게 내 붓을 주어 글씨를 쓰게 할 걸 그랬습니다."

추사가 전주에 갔다는 기록은 보이지 않으나, 어쩌면 제주도로 유배 도중 이런 일이 있었는지도 모른다.

추사보다 선배로는 창암말고도 학서(鶴棲) 이지화(李志和 : 1773년생)가 있다.
 역시 《침우담초》에 의하면 이학서는 서학(西學)의 서쪽에 살아 사람들이 학서(學西)라 불렀고 만년에는 영춘(永春)에서 살았다. 어려서 아버지를 여의었는데 술을 좋아했고 의협심이 있었다. 나이 서른에 비로소 문학했는데 늘 《근사록》과 성리학 관계의 여러 책을 읽었으며 입으로는 《중용》과 《주역》을 매일 외웠다. 글씨를 또한 잘했는데 소해와 행초가 모두 뛰어나 이왕에 육박할 정도였다.
 늘 근엄했고 감히 누구도 가까이 하지 못할 정도였는데 한마디로 군자라 할 수 있다.
 그런데 같은 인물에 대해 나기(羅岐)의 《벽오동유고》는 달리 쓰고 있다.
 '선생께서는 평생에 해서를 잘하셨는데 글자마다 진체(晉體)의 진수를 체득했으며 50년을 오로지 단아하고도 말쑥한 필봉을 휘둘렀다. 숱한 사람들이 선생의 글씨를 구하고자 마치 저잣거리처럼 북적거렸으나 친소(親疎)를 가리지 않고 오직 '좋소' 하시며 써주셨다.'

 연보를 보면 무술년에 초의선사가 추사에게 서독을 보내어 '무술불신(佛辰)'에 대해 말했고, 또 백파(白波) 노인이 초의에게 서독을 보냈으며 그것이 계속되었다고 한다. 《완당집》에는 초의선사는 별도로 하고 숱한 승려의 이름이 보인다.
 이 책에서 이미 조선의 명승 지식(名僧智識)으로 연담유일(蓮潭有一)·연파혜장(蓮波惠藏)에 대해 소개했지만, 《완당집》에도 〈연담탑비에 명문(銘文)이 없으므로 그 문하가 나더러 이를 보완해 달라 하기에 드디어 게(偈)로써 제하다〉가 있다. 참고로 연담화상의 입적은 1799년으로 이름은 유일이며, 자는 무이(無二)였다.

그 게로서 다음과 같은 것이 있다.

'연담 대사에(蓮潭大師)

비석은 있되 명문은 없네.(有碑無銘)

세상에서 있음은 바로 유일이요(有是有一)

세상에서 없어짐은 바로 무이로세.(無是無二)

있음도 아닌 게 바로 있음이요(有非是有)

없음도 아닌 게 바로 없음일세.(無非是無)

있음과 없음을 초월하니(有無之外)

문자가 곧 지혜로세.(文字般若)

너무도 분명하고 분명하니(的的明明)

이것이 오직 화상의 참모습이었네.(是惟師之眞面目呈)'

추사로선 해붕전령(海鵬展翎 : ?~1826)화상을 잊을 수 없으리라. 해붕에 대해선 이미 나왔지만 천성이 호탕하고 누구한테나 '너'라고 호칭했지만 당시의 불교계에서 문장이 제일이었다고 전한다. 추사는 〈해붕대사의 영정에 제하다〉에서 이렇게 썼다.

'해붕화상의 공(空)이여. 오온(五蘊 : 인간의 정신적 다섯 가지 요소. 色·受·想·行·識)은 모두 공이라는 것은 아니고 바로 여러 경문의 공상(空相 : 상은 견해)으로 공즉시색(空則是色)의 공이다.

사람이 혹은 그를 공종(空宗)이라 일컫지만 화상은 종파에 있는 게 아니며, 혹은 또 진공(眞空)이라 일컫고 그럴 듯싶지만 나는 또 이 참이라는 게 그 공에 누(累)를 끼칠까 두려워 해붕의 공은 아니라고 하리라. 해붕의 공은 바로 해붕 스스로의 공이며, 공이 큰 깨달음을 낳는다는 것은 화상에 대한 어긋난 해석이고 해붕의 공이 혼자서 지어지고(만들어짐) 홀로 투철했다는 것도 또한 그릇된 해석이다.

당시에 일암(一庵)·율봉(栗峰)·화악(華嶽)·기암(畸庵)이 저마다의 견식을 가져 해붕과 더불어 서로 앞서거니 뒤서거니 하지만 공(空)을 투철하는 데 있어선 모두 해붕에게 뒤지는 것 같다. 옛날의 어떤 사람 말로 "선이 곧 대위(大潙 : 위앙종)라면 시는 바로 박이니 당나라 천자와 단지 세 사람일세(禪是大潙詩是朴大唐天子只三人 : 어떤 특정의 것만이 전부는 아니라는 것)"라고 했는데 그렇다면 해붕은 바로 대당 천자일까! 지금껏 기억되지만 해붕화상은 눈이 가늘고 파란 눈동자가 깜박이듯 사람을 쏘아보는 눈빛이었는데, 비록 불로서 입멸하고 재가 되었을지라도 그 푸른 눈빛은 남았으리라. 이것을 본 30년 뒤에는 붓을 놓고 껄껄 크게 웃으며 삼각산과 도봉산 사이에서 함께 거닐게 되리라.'

추사는 상대편을 결코 치켜세우거나 깎아내리지도 않으며 있는 그대로 보고 써서 남기는 추의였다.

요컨대 이 글에서도 해붕이 독특한 공관(空觀)을 가지고 있지만, 그것이 결코 독불장군처럼 생긴 게 아님을 강조한다. 요즘 우리 주변에 독불장군이 많은데 씹을수록 맛이 나는 글이다.

또 불교에 대한 추사의 조예는 결코 제3자가 엿볼 수 없는 것이며, 그것은 결국 선이라는 게 자기 자신과의 투쟁에 있는 만큼 어쩔 수 없는 일이다. 하지만 추사가 남긴 여러 글을 통해 그것을 엿볼 수가 있으며 이것은 후생으로서 복분(福分)이었다.

〈불설 사십이장경 뒤에 제하다〔題佛說四十二章經後〕〉

불설에 관한 여러 경문은 비록《능엄》《화엄》《천궁(天宮)》《화성(化城)》도 환화(幻化)한 것이 영묘하여 엉뚱한 미신에 빠지기 쉽지만, 이 경문은 모두 실과(實果 : 인연에 의한 실제적 결과)로부터 말을 세웠으며 능엄·화엄의 여러 경문도 다 이를 좇아 부연된 것 같다. 비유하자면 우리 유가의 태극 본지(本旨)는 처음에 북극에서 비롯된 것에 지나지 않는데, 뒷세상의 유가들은 이를 좇음으로써 더욱 넓히고 마침내는 천근(天根)·월굴(月窟)에까지 이르러 멀고도 가물거리는 것이 그 모습마저 모호해지고 말았는데 유가나 석씨나 다 그러한 게 아니겠는가.

  나는 이 경문을 읽고 석씨도 사람을 권하여 착하게 만들고 악한 짓은 경계하며 못하게 하는데 지나지 않음을 비로소 알았지만, 이를테면 천당·지옥 같은 것을 마련하여 이끌고 보게 하며 비유했던 것이다. 일찍이〔한 글자 빠짐〕간재(簡齋?)가《능엄경》은 믿지 않는다고 한 것을 본 적이 있는데 이것은 깊이 지어진 것을〔한 글자 빠짐〕홀로 동떨어지게 본 생각이고 배움이 얕은 자로선 헤아릴 수 있는 게 아니다. 무릇 내전(內典:불전)을 익히는 자는 먼저 42장경부터 시작하고 맛보아야 하리라.'

또 다음의〈천송금강경 뒤에 제하다〔題川頌金剛經後〕〉라는 것도 있다.

'나는 묘향산에 들어가면서 이 경문과 개원(開元:당현종의 연호) 연간의 고경(古竟:경은 거울)을 산에 들어가는 호신의 부적으로 삼았다. 성사(星師:승려명)는 예부터의 수장품 정국옹(鄭菊翁)의 합주본(合注本)을 꺼내어 보여 주었는데 그 뜻은 나에게 가져가게 하려는 것이고 아울러 금강륜(金剛輪)을 돌려 화도(化度:교화)하자는 뜻이었다.

  그래서 나는 이 본(本)을 바꾸어 옥대(玉帶)의 고사로 대비시켰지만 둘다 있음이 해롭지 않기 때문이다. 이 본은 고려 때의 옛날 판으로 드문 법보(法寶:불전)이고 길이 산문(山門)을 지킬만한 것이다.

  국옹의 주는 좁고 낡은 데가 많아 결코 국옹의 자필은 아니라고 생각된다. 또 천노인(川老人)으로써 촉나라 사람을 만들고 川을 덧붙여 말했는데 천은 바로 곤산(崑山) 사람이고 천촉(川蜀) 사람은 아니다. 더욱이 천노인은 적씨(狄氏)의 아들인 까닭에 처음에 적삼(狄三)이라 일컬었고 뒤에 법명을 도천(道川)이라 했는데 이는 삼횡천직(三橫川直)의 의미를 취한 것이다. 국옹이 어찌 모르고서 이와 같이 망령되게 고쳤겠는가. 또한 그 발문에는 주해본에 대한 한 마디의 말도 없으니 이것으로도 그 자필이 아님은 증명될 수 있으리라.

함허(涵虛)의 뜻풀이는 대체로 국옹을 좇아 흉내를 냈지만 전혀 파악한 것이 없어 이미 국옹의 의미를 잃었는데, 하물며 본래의 뜻에 있어서랴. 지금 선림(禪林)에서 금과옥조로 받들고 있으니 증개(曾開)의 말인 '애닯다 할려(瞎驢 : 禪語로 어리석은 자를 비유)여' 하는 것과도 불행하게 가깝다.'

이것으로 추사가 평양에 갔던 김에 묘향산에 갔음이 확실해졌다. 추사는 당시로서 거의 누구도 돌아보지 않는 절의 고서에 대해서도 남다른 관심을 가졌고 그런 것을 찾아내어 고증하는 데 힘썼으리라.

천송(川頌)이란 것이 처음에는 무슨 뜻인지 몰랐으나 본문 중에서 그것이 해명되었고, 옥대의 고사란 소동파가 금산사에 갔을 때 화상과 선문답을 했는데 화상이 그것에 응하는 조건으로 옥대(벼슬의 상징)를 산문 밖에 걸어두라고 했다. 추사의 이 말은 '금강경의 제공을 사양했다'는 의미인 듯싶다. 정국옹에 대해선 미상이다.

앞에서 초의선사의 편지로 추사는 무술년 납일(臘日 : 음력 섣달 초파일) 무술년 불신에 대해 편지를 썼다고 했는데 〈이월 팔일 불신설에 답하다. 초납을 대신하여〔答二月八日作佛辰 代艸衲〕〉라는 시가 있다. 여기서의 초납은 초의선사를 말하며, 뒤에 나오는 백파(白坡)대사의 의문점을, 초의를 통해 듣고 추사가 고증했다고 생각되며 시는 그것을 말하는 것이다.

이월 팔일과 사월 팔일이 있고/석가의 탄신은 이설이 분분하네./자세히 고찰하면 주소왕설 하나에 그치지 않고/위로 무을 또는 하의 걸왕까지 거슬러 올라가네.

(二月八與四月八 釋迦生辰紛紛說 細考不止一周昭 上溯武乙並夏桀)

밤에도 밝음이 돌아왔다 함은 추창왕 때이고/춘추는 본래부터 일월의 차이도 없었네./주소왕도 무엇이 근거인지 모르는데/목왕이니 평왕이니 서로 거듭되어 요란하네./오히려 임자년이 갑인년되고/소요의 돌새김이 왜 그다지도 황홀한고.

(夜明還是莊王時 春秋元不差月日 不知周昭更何據 穆王平王復相眈 却將壬子爲甲寅 蘇繇刻石何悅惚)

5일이니 7일이니 그 또한 일정치 않고/거울 점과 창력이 얽히고 설켜 있네./이는 도에 든 날이고 생신은 아니라는데/아나함은 본기설 아닌 별전일세.

(五日七日且無定 占鏡長曆各藤葛 此云入道非生辰 阿那舍不本起別)

영취산의 성현은 법통을 전했고/돌기둥의 문자는 현기를 누설한 거라오./성문은 드물어 구석진 곳에 정체되고/석가의 가르침을 떠나고 뒤집혀 거짓된 해탈이 되었네.

(鷲靈聖賢法印傳 石柱文字玄機洩 聲聞依俙滯方隅 離迦翻轉恣譌脫)

묘길상은 근원이 만수라서 이익되고/무진장의 뜻이 곧 아차말일세./천 거품 속에서 달을 찾는 격이니 통틀어 허깨비고/여러 봉사가 코끼리 만지듯하니 규명하기란 어렵네.

(妙吉祥原曼殊利 無盡意乃阿差末 千漚尋月摠幻相 衆盲喩象難究詰)

화호경 또한 입도 바닥도 없는 통자루 같고/이 다툼은 지리하여 끝나는 때가 없으리./공자의 성스런 생신도 또한 이설이 있는데/

수천 년 전의 어렴풋한 것을 누가 알리오.

　　(化胡經又沒巴鼻 此訟漫漫無時畢 尼丘聖辰亦異詞 劫前隱現疇能悉)

백천의 등도 하나의 모니로 모아지니/사월도 해롭지 않고 이월도 같으리./그렇지만 우리의 부처는 본디 무생이니/산문을 나와 한번 웃으면 강물도 빈 것이라 확 트일레라.

　　(百千燈攝一牟尼 四月不害作二月 然而我佛本無生 出門一笑空江闊)

불타의 탄생에 대해선 남방불교 및 서구의 학계에서 북방불교, 곧 대승과는 달리 1956년부터 1957년에 걸쳐 불멸 2천5백 주년을 기리는 큰 행사가 있었으며, 불타가 80년을 재세했다는 기록은 대승이나 소승이나 같으므로 서기전 623년이라는 계산이 나온다. 그러나 북방에선《조선불교사》를 예로 볼 때 1957년은 불기(佛紀) 2984년으로 계산되고 있어 5백 년 가까이 차이가 있는 셈이다.

《사기》는 하(夏)·은(殷)·한(漢)의 순서로 기술하고 있으며 간지(干支)로 나와있어 그것이 반드시 정확하다고만 할 수 없지만, 현재는 그것이 갑골문자의 발견으로 거의 실제와 일치되며 적어도 기준이 된다. 그러나 불교가 중국에 들어오면서 석가의 탄생을 불전에 의거하여 중국의 역사 연표로 환산하는 데는 무리가 있었고 또한 제설이 있어 혼란이 있는 것이다.

《사기》의 〈주본기(周本紀)〉에 의하면 추소왕은 은을 멸망시킨〔기원전 1050쯤〕 무왕(武王)으로부터 4대째인데 그 사이가 40여 년이라고만 나와있어 확실치가 않으며 더욱이 은의 무을이나 하의 마지막 폭군 걸왕에 대해서 그 연도가 고증된 바도 없다. 고고학적으로 은의 존재는 갑골의 발견〔20세기 초〕으로 증명되었지만 하(夏)는 환상적 존재이고 다만 한족은 하 또는 대하(大夏)라고 하며 한족의 조상임을 내세우는 이른바 '중화사상'의 근거로 삼는다.

추창왕은 훨씬 후대의 왕, 곧 시에서 나오는 목왕(穆王 : 소왕의 아들. 재위 55년)·공왕(共王)·의왕(懿王)·여왕(厲王)·선왕(宣王)·유왕(幽王)·평왕(平王)으로 이어지며 평왕이 서융(西戎)에게 쫓겨 도읍을 동쪽의 성주(成周 : 낙읍·낙양)에 옮기면서(기원전 770) 서주가 멸망하고 동주 시대가 시작되는 것이다. 이때 주왕은 이미 그 통제권을 잃고 서쪽의 오랑캐인 진(秦)·초(楚)가 일어나며 동쪽의 제(齋)·노(魯)나라 등과 대립한다. 시에서의 《춘추》는 공자가 지은 역사책이며 그것은 다시 주평왕 49년(기원전 723)부터 시작된다. 《춘추》 이후부터는 《좌씨춘추》 등도 있어 역사가 보다 상세하고 정확해진 셈이며 환왕(桓王)을 거쳐 장왕(기원전 696~682)의 시대가 된다.

소요(蘇繇)의 각석은 주소왕 즉위 24년 4월 8일에 대홍수가 있었는데 태사(역사기록관) 소요가 왕에게 아뢰었다. 대성인이 서쪽에 태어나셨는데 홍수는 그 징후이며 그 가르침이 1천 년 뒤에는 이곳까지 미친다 했으므로, 왕은 그 사실을 돌에 새겨 땅에 묻도록 한다. 이것은 《주서(周書)》의 이기(異紀)에 나오는데 이기이니 만큼 정사는 아니다. 추사는 시에서 그 설이 하도 갈피를 잡을 수 없어 황홀, 곧 정신마저 멍해진다고 했다.

거울 점이란 동경(銅鏡)이며 금석학에서 이것은 중요하고 《장력》이란 서진(西晉)의 두예(杜預 : 222~284)의 저술이다.

아나함(阿那含)은 아나가미(阿那迦彌)라고도 하는데 성자의 이름이며 불래(不來) 또는 불환(不還)이라 번역되고 중국에는 전래되지 않는 소승의 불전, 곧 정통이 아닌 것이다. 본기설(本起說)은 연기설(緣起說)과 같으며 불타의 나타남이 곧 12연기로 말미암은 것으로 그것과도 별개라는 뜻에서 말한 것이다. 영취산은 왕사성에 있는 산 이름이고 불타가 설교하신 곳으로 불경에도 자주 나오며 여기서의 성현이란 그런 불타의 설법을 듣는 제자·보살·중생 일체를 가리킨다. 불법을 올바르게 이해하고 후세에 전했다면 성현 곧 보살이라고 보는 게 대승의 정신이다. 현기(玄機)는 천기(天機)와 같다.

묘길상(妙吉祥)은 곧 문수보살인데 그 별명이 또한 만수(曼殊)이고, 문수는 보현(普賢)보살과 더불어 불타 좌우에 있으면서 중생을 제도하는 이익을 베푼다. 이익 또한 불교에서 나온 말이다. 또 아차말(阿差末)이란 그 원명이 무진의 아차말인데 구제의 이익을 무진장으로 갖고 있다는 문수보살의 또다른 이름이기도 하리라.

천구(千漚)는 《능엄경》의 말로 '空生大覺中如海一漚(공이라는 큰 깨달음 속에 태어났으니 바다의 한낱 거품과 같다)'로서 물거품을 뜻한다. 화호경(化胡經)과 몰파비(沒巴鼻)는 이미 앞에서 설명된 것으로, 화호경은 노자가 서쪽으로 가서 불타가 되었다는 이른바 거짓 경문이고, 몰파비는 우리말의 '두루뭉수리'나 같은 뜻이다. 니구(尼丘)는 공자를 가리킨 것이고 은현(隱現)은 보였다 보이지 않았다 하는 것이며, 여기선 석가모니를 지칭한다고 생각된다. 이 말은 석가의 가르침을 높이는 말이고 그 가르침은 쉬운 듯하면서도 심오하다는 뜻이 함축된다. 또 겁(劫)은 고대 인도의 수 단위로, 우주가 생성되고 유지되며 파괴기를 거쳐 다시 창성되기까지를 일겁이라고 했다.

다음은 백파대사인데 《완당집》에는 백파에게 보낸 서독이 3통 실려 있다.

그 첫번째의 것은 다음과 같다.

'백파노사는 선안(禪安)하신지요? 앞서 거리낌없이 방언(放言)을 했지만, 어찌 이치를 어길 수가 있겠습니까? 앞뒤의 지묵(紙墨)에 털끝만치라도 모나고 노여움을 간직했다 싶은 것은 없애려고 했는데 보내주신 깨우침이 너무도 갑작스런 데다가 중언부언하셨기에 이는 노사께서 스스로 갈등을 일으키신 것이며, 나도 모르게 '머금은 밥알이 튀어나오듯'하고 문면(文面)에 가득해진 것입니다.

노사의 나이는 바야흐로 팔십이고 또한 바로 오늘의 선문 종장

이신데 평소에 선지식을 미처 만나보지 못했을 뿐 아니라 또 밝은 눈의 사람을 보지 못했으니 누가 날카로운 기봉(機鋒)으로 정문(頂門)의 일침(一針)을 가하여 튕겨서 바꾸어 놓을 것이며, 이것으로써 어둠침침한 도깨비 굴에서 그저 허다한 세월을 보내기만 하고 흐릿하게 막혀있는 참에 홀연 호통치는 방언의 사람 대사차후와 맞닥뜨리니 눈도 의당 휘둥그래졌을 것입니다.

 나는 비록 배움이 얕은 사람이지만 어찌 늙은 두타(頭陀) 한 사람을 용납하지 못하고 아울러 그 앞서 행동까지 논하오리까. 노사는 하나의 속된 문자에 있어서도 오히려 깊이 궁구하지를 못했거늘 어떻게 심히 깊은 불도의 정신에 꿰뚫듯이 도달하리까? 이것으로 곧 노사의 무너지고 빠짐의 여지가 없거니와 더욱 더 분반(噴飯)하여 문면을 채우지 않을 수가 있겠소이까.

 지금 이 열다섯 조목에 대한 앞서의 일설은 이해할 수 있다 싶지만, 뒤의 일설은 도로 다시금 몽롱해져 처음과 끝의 천백 말이 한 구절도 마음으로 얻어진 게 전혀 없을 뿐더러 예전 그대로 조잡하고 뼈대가 없는 말로서만 이루어지고 허파에서 흘러나온 것이라 괴이쩍은 설(주장)일 뿐이외다.

 왕년에 산중의 한 노고추(老古錐 : 노고는 존칭으로 송곳처럼 날카롭게 선리를 꿰뚫는 선승)와 더불어 선을 논했는데, 역시 이와 같은 말로 '묵은 먹'과 '찬밥'을 한 판에 찍어낸 것 같다고 했지만 이것이 바로 승문(僧門)의 등전(謄傳)하는 고지(故紙 : 옛종이)와도 같아 질긴지라 찢을 수가 없다는 것입니까? 이를테면 불설(佛說)은 화두(話頭 : 선종에서 말하는 공안의 실마리)로 활구(活句) 아닌 게 없고 법화경과 화엄경은 바로 가르침의 죽은 말이라고 했는데 두 경은 불설을 내걸지 않았다는 겁니까? 소초(화엄대소초)며 사기(私記 : 연담·인악의 사기(사집)인데 후학을 가르쳤음) 또한 바로 묘유(妙有)

이고 법화·화엄경은 모두 선문의 상승(上乘 : 앞서는 것)이 될 수 없다 했는데, 그 이른바 소초·사기는 별도의 한 글로서 수다장(修多藏 : 경장임)으로부터 새로이 변경된 것이라 이 두 불경과는 뚜렷이 다른 두 물건인데 거듭 또 2경의 문자보다 뛰어났다는 것입니까? 경은 상승이 아니고 소초가 도리어 묘유라는 말은 들어보지도 못했소.

또한 입만 뻥긋하면 대기(大機)·대용(大用)이고 마음에서 발동하면 살인도 되고 활인(活人)도 된다고 하는데 본지풍광(本地風光 : 본래 면목, 즉 깨달음의 경지)에 대기·대용은 어디에다 쓸 것이며 청평세계(淸平世界)에 살인·활인으로 장차 무엇을 하겠다는 것이며 대기·대용을 양인(앞서의 연담·인악 두 사람)에 나누어 맡긴 것도 이미 가소로운 일인데 살인과 활인을 한때의 기어(機語)로 해당시키니 어찌 상투로 답습케 하고 평생의 기량(伎倆)으로 삼을 수 있겠습니까?

진공(眞空)과 묘유를 나눠 두 법문으로 만들고 마치 나란히 서고 쌍으로 일어난 듯이 하고 있으니 어찌 한 마음이 다심(多心)으로 오히려 겹친다는 겁니까?

이는 기신론(대승기신론)을 잘못 읽은 데서 온 것으로 수풀 속의 잡설과 만담이 이렇듯 엉터리로 전해온 지가 이미 오래이니 또한 무엇으로써 노사만을 나무랄 수가 있으리요.

염화(拈華)의 소식(消息 : 변천·흥망성쇠)을 들어보이자 오직 가섭만이 알고 아난도 몰랐었는데 누가 이것을 들어 역력히 설명하고 이와 같이 명료하고도 분명히 말할 수 있단 말입니까? 언어의 길이 끊긴 곳에서는 문자가 역력하여 증거할 수 있는지라 마침내 중묘문(衆妙門)이니 생멸문(生滅門)이니 수연(隨緣)이니 보리(菩提)니 관조반야(觀照般若)니 활인검이니 잡화포(잡화상)이니 했던 것입니다. 묘유·생멸·수연·보리·관조반야 등 말로서의 불설은 경문치고 없는 데가 없으며 팔만의 권속(중생)으로 듣지 못한 사람이 없고 믿어 받지 않은 사람이 없는데 어찌 염화를 들어 무리에게 보여 줄 것이 있으며 무리가 다 모르는데 홀로 가섭만이 이를 알았다는 겁니까?

과연 염화의 소식이 이에 있다면 또한 어찌 문자를 세우지 않은 데 있다는 겁니까?

황금 얼굴의 노자(부처)도 오히려 이를 언어나 문자로서 체득하고 형용하지 못했는데, 노사는 곧 다반사로 말하니 문자도 곧 하나의 선이고 불립문자(不立文字)도 곧 하나의 선입니까, 아니면 하나의 선이 혹은 성립문자이고 혹은 불립문자입니까? 이것은 모두 말이 되지 않는 겁니다.

이것은 또 노사 한 사람만이 그런 게 아니고 선가(禪家)들이 대부분 이와 같지만 노사 같은 이는 바로 그것을 또 주워모아 구두선(口頭禪 : 입끝만의 선)을 만들고 집대성해 마지않고 파헤치기를 마지않으니 어찌 답답하지 않겠습니까!

달마가 서쪽으로부터 와서 진단(震旦 : 중국)의 말로 번역하니 와전되고 붓으로 받아 쓰니 와전되고 윤색하다가 와전되었음을 알았기에 일체를 쓸어 버리고 마음으로써 마음을 전했으니〔이심전심〕이는 부득이한 일이었습니다. 그러고서도 또 (달마는) 《능엄경》으로써 2조(혜가)에게 부쳐주며 상전하여 5조(홍인)에 이르렀지만, 능가문자(楞迦文字 : 고대의 스리랑카 문자. 여기서 능가경이 곧 능엄경임이 드러남)는 몹시나 난해하여 《반야경》으로써 이를 바꾸니(그 까닭은) 간단하고도 직설적이며 평이한 점이 사람마다 즐겁게 따를 수 있기 때문이었지요. 그러나 어렵고 쉬운 사이에 달마의 본뜻과는 사뭇 다름이 있었는데 사람이 다시 수정을 더한 일도 없이 오늘에 이르고 《능가경》은 마침내 폐지되어 《반야경》이 크게 행해졌던 것이며, 6조 이래로 주해하는 자가 가장 많았는데 혹은 옅은 데서 이를 잃고 혹은 깊은 데서 이를 잃고 혹은 간묘(簡妙)한 데서 이를 잃고 혹은 번다(繁多)한 데서 이를 잃었으며 이를테면 32분은 사람으로 하여금 웃게 만들었는데 이는 사람이 망령스레 밝게 비추도록 의탁한 것이라 바로 깎아 버려도 되었던 겁니다. 천친(天親 : 인도승의 이름)의 《이십칠의(二十七疑)》와 무차(无差 : 역시 같음)의 《십팔주(十八住)》는 반드시 보존하지 않아도 될 뿐 아니라 그것이 과연 두 대사(大士)의 손에서 나왔는지도 모르는 일입니다.

6조설도 바로 6조(혜능)의 친필일까요? 본디 글자를 몰랐는데 무엇으로 가서 얻어왔다는 겁니까? 구결(口訣 : 입으로서 전하는 비결) 두 글자는 곧 파탄(들통난다는 것)되는 것이고 이것 또한 망령된 가탁(假托 : 무언가 임시로 빌린다는 것)입니다. 노사는 한번 횟배앓이의 설사로 이마에 땀나는 일을 면치 못하리다.

함허(涵虛 : 조선조 세종 시대의 승려. 득통임)의 설은 내유(來喩 : 미래사로 비유)로 보아 더욱 있을 수 없는 것이며 《반야경》에 어찌 여래선(如來禪)・조사선(祖師禪 : 함허의 저술로 《반야경》《五家解說誼》등이 있음)이 있을 수 있겠습니까? 또 이미 공종(空宗 : 삼론종)이라 일컬었는데 내유로써 이를 말하고 이를 일컬어 성종(性宗 : 역시 삼론종)이라 말해도 되니 이를 일컬어 조사종(祖師宗)이라 해도 좋을 게 아닙니까? 매양 조사선을 위해 따로 문자를 세우고자 하니 이 또한 이상한 일이 아니겠습니까?

앞뒤가 삐딱하고 전반적으로 차락(差落)이 있게 되니 또한 무유(無有)와 같은 것인데 이 설은 바로 망설(妄說)이고 바로 엉성함입니다.

앞서 노사께서 말한 생반삼분(生飯三分 : 밥먹기 전 중생을 위해 밥

을 조금 덜어 베푼다는 것)설은 애당초《대교왕경(大敎王經)》의 한 구
절 한 대목도 얻어 보지 못하고 망령되게 짓거나 망령되게 풀이한
것인데 지금 또《반야경》에 사마귀를 붙이고 혹을 달겠다는 것입니
까? 함허 같은 이도 이 병폐를 면치 못했는데 하물며 점차로 내려
가고 점차로 끝판이 되는 노사 같은 이가 말입니까!

　화두(話頭)는 지난번에 또한 누누이 이를 설명했는데 끝내 회오
(廻悟)하지 못하고 또 황당한 잡설로 말해오니 비록 대방(大方 : 대
가·전문가)이라도 어쩔 도리가 없을 겁니다. 화두는 바로 조추(趙
州 : 조주종념. 778~897)의 이야기로 화두를 삼지만, 어찌 조주가
일찍이 사람에게 화두로 가르쳤겠습니까? 특별히 조주뿐 아니라
달마가 화두로써 2조를 가르쳤다는 겁니까? 3조·4조도 역시 화
두 속에서 비롯되었다는 겁니까? 5조가 6조에게 의발(衣鉢)을 전
했지만 역시 화두엔 언급하지 않았던 것이며 남악(南嶽 : 677~
744)·마조(馬祖 : 709~788)·백장(百丈 : 749~814)·황벽(黃蘗 : 생
몰 미상) 등도 모두 화두로써 가르쳤다는 말은 들어보지 못했습
니다.

　화두는 조송(趙宋 : 송대) 이후부터 점차로 유행된 것인데 지금은
마침내 부처 말로 화두 아닌 게 없고 뜻풀이로 설파하면 교의(敎
義)가 되고 뜻을 떠나 설파한다면 화두가 된다고 하는데, 조송 이
후로 부처를 섬기는 데 있어 무슨 까닭에 미리 옮겨 쓰거나 거슬러
취하며 혹은 뜻으로 설파하고 뜻 아닌 것으로 설파하는 건지요?
불설은 대장경을 벗어나지 않는 것이고 대장경 속에 8만의 이치로
있지 않은 게 없어 사람마다 이해할 수 없는 게 없는데 어째서 경
으로 몰의리(沒義理)의 경이 된다는 겁니까?

　지금 화두를 부처의 말과 부처의 뜻으로 삼는다면 세 곳〔불타가
가섭에게 禪旨를 전했다는 세 곳. 이미 앞에서 설명됨(천축고 참조)〕에

서 전심(傳心)할 때에 어째서 한마디도 화두에 대해선 없습니까?
지금 가르침의 자취를 죽은 말로 삼아 스스로 구(救)하는 일도 끝
내지 못했는데, 스스로 구하는 일도 끝내지 못한 처지에 어떻게 더
넓혀 팔만 대장경의 당상(唐喪 : 상은 奘의 오자로 생각됨. 즉 삼장법
사 현장)에게 침을 뱉으려는 것입니까!

화두는 곧 상계(像季 : 불상 시대의 말이라는 것) 이래의 말법(末
法 : 말세의 가르침)으로 가장 이리마냥 굳센 자들이 사용한 것이며,
화두로 사람을 가르친 이후로 다시 남악·마조와 같은 이가 나왔
다는 말은 듣지 못했으며, 혹 한두 사람이 깨달음을 얻은 이가 있
다 할지라도 매우 기특하다 싶은 것은 없으며 그것도 열백(十百)의
하나였었지요. 이밖에는 허무하게 세월만 낭비하고 오늘날의 영남
(嶺南 : 중국의 광동성, 곧 남선임) 칠불선실(七佛禪室)과도 같을 뿐
이니 이 어찌 사람을 그르치는 게 아니겠으며, 대혜(大慧 : 1089~
1163)가 그 화근의 으뜸인 것을 어찌 모른단 말입니까!

대혜의 문하로 화두로부터 깨달아 입도한 사람이 몇명이나 됩니
까? 장자소(張子韶 : 이름은 九成, 송나라 소흥 연간(1132~1162) 사
람)보다 나은 사람이 없는데, 자소를 유인하여 양인(良人)을 천민
으로 만들었지만 그 자소를 가르친 것은 곧 하나의 음모와 비계(秘
計)로써 사람들이 심지어는 여불위(呂不韋)와도 비교했지만 노사
가 머리 위로 받드는 것은 곧 이와 같다고 하리다.

종풍(宗風)의 문은 문대로 호(戶)는 호대로 상호간에 분열되고
서로가 가시밭길을 걷게 되었지만, 노사는 다만 대혜[佛日선사]만
을 알고 대혜의 법형(法兄) 법일(法一·설소)은 알지 못하며, 청허
(휴정·서산대사)는 알되 청허의 법형인 홍정(弘正 : 금선대 시 참조)
을 알지 못하는데 이들은 다 대혜·청허보다 한 계단 넘어선 사람
입니다.

중고(中古)로 내려와서 외도(이교도)를 논파(論破)한 주굉(袾宏 : 명나라의 雲棲대사. 1540~1620)이며, 근세의 반선(班禪 : 판첸라마)을 면박(面駁)한 달천(達天 : 미상)이며, 또는 육신이 무너지지 않았다는 덕청(德淸 : 명나라 사람. 憨山대사)이며, 사리가 비처럼 나왔다는 성공(性空 : 미상. 왜승이라고 함)의 여러 대덕(大德)들이 또 어찌 진묵(震默)·환성(喚聖 : 志安. 1664~1729)·설파 등을 넘어설 수 있겠습니까?

노사의 성문으로선 반드시 이에 미치지 못할 것이며 지금 일컬어 말한 것은 한쪽으로 치우친 한낱 문호의 작은 소견에 지나지 않고 썩은 쥐새끼를 두고서 대붕에게 작은 새가 으르는 거나 같습니다. 선의 가르침은 체식(體式 : 체는 본체)이라 했는데 선을 어떻게 체식으로써 한다는 겁니까? 이미 문자를 세우고 또 하나의 체식을 곁들였으니 어찌 번거로움을 꺼리지 않음이 이와 같을 수 있는지, 이는 모두가 진부한 것만 주워모으고 하나도 몸과 마음으로서의 체험·연구는 없이 날카로운 부리로 파헤치고 말을 가리지 않은 채 지껄이는 겁니다.

앞서《안반수의(安般守意 : 대안반수의경)》를 읽으라며 권한 것은 어찌《반야경》과《법화경》을 몰라서이겠습니까? 특히 노사의 근기(根器)와 식해(識解)가 이것으로 말미암아 들어가야만 문로(門路)를 얻을 수 있었기 때문이었으며,《안반수의》로써 이 방편(수단)의 가르침 본체를 세우는 것으로 사람마다 다 그러하라는 건 아닙니다. 비유하자면《법화경》중의 화성(化城 : 구도의 참된 목표) 비유품과 같은 것으로, 참으로 노사를 슬퍼하고 민망하게 여겨 그런 것이며 노사를 얕잡아보거나 업신여긴 것은 아닙니다.

노사 문하의 도려(闍黎 : 아도리. 일종의 감찰승)도 가벼이 여기지 않는데 하물며 노사에게이리까. 노사는 끝내 이 뜻을 모르고 오히려 사대부의 오만으로 여기니 어찌 평심(平心)으로 자세히 헤아려 보시지를 않습니까. 사대부의 오만도 오히려 안되는 일인데 하물며 산승의 오만이어야 되겠습니까?

　지금으로서 할 일은 종전의 갈등을 일체 쓸어 버리고 빨리 노사의 소임으로 나아가 회광반조(回光反照 : 스스로를 돌이켜봄)하셔 먼저 진에(嗔恚 : 노여움)·우치(愚癡 : 어리석음)의 두 가지 독을 도려내시고 다음으로《사분율(四分律)》《오분율(五分律)》《갈마비니(羯磨毗尼 : 이상 모두 계율)》를 취하셔 한결같이 마감·증험해 나가면 혹은 앞에 나타날 광명이 있겠으나 노사도 이제는 늙으셨습니다.

　그러나 우리의 성인 말씀으로 '아침에 도를 들으면 저녁에 죽어도 좋다'가 있고 노사의 가문(선문)에도 또한 '소잡는 칼 아래 놓아져도 곧 부처가 된다'는 말도 있으므로, 노사의 앞길은 상기도 한량이 없으며 틀 밖의 위로 향하는 그 한 구멍에 이른다면 또 문자나 언어로서가 아닌 비유도 되므로 시험삼아 다시 생각하고 또 거듭 생각하시기 바랍니다.

　개중(個中 : 선도의 범위)의 설로서 더욱 낙착(落着 : 결론)이 없겠으나, 만약 개중을 말한다면 어찌 초목·곤충의 유정(有情 : 사람을 말하나 마음의 있음)·무정(無情)을 논할 수 있겠습니까? 축생과 아귀(餓鬼)에 이르러선 어떻게 개중을 들어 말하리까? 초목·곤충의 유정·무정의 그 영고성쇠를 탐구하여 얻고 장차 무엇을 하자는 것입니까!'

이것은 서독이라기보다 당당한 선종론(禪宗論)이라고 할 수 있을 것 같다. 신랄한 비판을 하고 있음은 새삼 설명할 것도 없지만, 추사는 요컨대 선을 부인하는 게 아니고 그 상투적 누습에 빠져 있는 정체와 무기력에 허덕이는 선문의 나태(懶怠)를 질정(叱正)했다고 이해된다.

구체적인 것은 생략하고 서독에 나타난 용어에 대해 몇 가지 설명을 하고 넘어가겠다.

선지식(善知識)은 《법화경》〈묘장엄왕품〉에서 '선지식이란 남이 나에게 보리를 더해주는 것'이라 했고, '선지식이란 바로 사람을 이끌어 부처를 열어보게 하고 아뇩다라삼막삼보리심(阿耨多羅三藐三菩提心)을 발원케 하는 사람이라고 설명된다. 추사가 스스로 선지식이라고 말한 까닭은 이런 점에서도 이해가 된다. 또 늙은 두타(頭陀)라는 말이 있는데 이것은 석가모니도 재세시에 실천한 것으로 알기 쉽게 집집마다 바리때를 들고 동냥하는 것이다. 스스로 최소한도의 먹을 것만 구하고 그것도 한 집에서 몽땅 얻는 게 아니며 조금씩 나눠서 정성스런 보시를 받고 그 이상을 바라지 않는 게 두타행(頭陀行)의 참된 정신이었다. 승려가 금란 가사나 두르고 호화로운 사원에서 여러 제자들의 시중을 받는 것은 타락이며 불타 자신의 가르침은 아니다. 더욱이 선교는 전란과 박해 속에서 불상과 불경도 팽개치고 불립문자·이심전심으로 불법을 구현하려는 데서 태어난 것인데, 그렇지가 않다면 선의 정신을 벗어난 것이었다. 추사는 그런 생각을 마음에 깔고 있었다고 생각된다.

서독에서 화두(話頭)라는 말이 자주 보인다. 추사는 화두가 송나라 이후에 유행되었다고 고증했는데, 사실 선을 가리켜 공안선(公案禪) 또는 간화선(看話禪)이라고도 하는 것은 바로 이 화두를 중요하게 보기 때문이다. 공안은 선종의 조사들이 제자를 깨우치게 하기 위해 고안된 것인데 그것이 너무 지나쳐 도무지 이해할 수 없는 화두도 더러는 있었던 모양이다.

선은 유교와도 관계가 있고 또한 서화와도 뗄 수 없는 관계이다.

공안 하나하나가 살을 저미고 뼈를 깎는 과정에서 생긴 것도 있으므로, 몰아서 말할 수는 없지만 유교적 中의 입장에서 추사는 편기

(偏嗜)를 배척했던 것이다. 서독에서 특히 중요하다고 생각되는 것은 〈사기(私記)〉인데 불교 사전을 보니까 다음과 같이 설명된다.

'호암체정(虎巖體淨 : 1687~1748)의 제자로 연담유일·설파상언·인악의첨은 모두 우리나라 근대의 대강사(大講師)였다. 참고로 호암체정은 지안(志安)대사 환성의 제자이다. 지안대사는 제주도로 유배되었고 곧 입적한다.'

선문엔 강사들이 전에도 없지않아 있었지만 위의 세 명승이 나타나 종전의 경론(經論)을 모으고 거기에 자기의 견해를 덧붙여 대교(大敎)·사교(四敎)·사집(四集) 등을 훈고하고 책을 새로이 만들었는데 그것이 사기였다. 특히 연담과 인악 두 스님은 이 〈사기〉를 근거로 선림에서 후학을 가르쳤다. 추사는 이것을 비판한 셈인데, 이런 선림의 태동(胎動)은 바람직한 일이며 불교 혁신에 이어질 수 있었다고 믿는다. 추사도 그런 〈사기〉 자체를 비판한 것은 아니고 그것이 기존의 모든 불설을 상승(上乘 : 加上이란 말이 연상됨)한다는 오만에 대해 말했다고 여겨진다.

묘유(妙有)는 유(有)가 아닌 유를 묘유라 하고 공(空)이 아닌 공을 진공(眞空)이라고 했다. 또 대기(大機)·대용(大用)은 선어인데 대(大)는 형용사라 생각하고 기와 용이 어렵다. 보통 기는 기틀·계기 등으로 해석되며, 조사가 어떤 화두를 주었다면 그것이 곧 깨달음에의 기틀이 되므로 기연(機緣)이라고 한다. 쉽게 말해서 마음을 발동시키기 위한 발동체(發動體)이다. 용은 본체의 작용으로 해석되는데 조사가 공안을 주면 어떤 자기 나름의 궁리를 하여 배운 게 있다면 그것이 곧 본체의 작용·활동이었다.

활인이니 살인이니 하는 것은 지혜를 검(劒)에 비유한 말이다. 중요한 것은 염화(拈華)인데 추사의 시에도 많이 나오며 불전에선 세존이 영산(靈山) 모임에서 꽃을 뽑아 제시하며 그것에 함축된 영고성쇠

를 가르쳤다는 주장이 나타났다. 《연등회요(聯燈會要)》〈석가모니불
장〉[불경은 아니다]에 나오는 말인데 이것이 선종에 채택되었다고 생
각되며 불타는 이렇게 말한다.

"나는 정법안장(正法眼藏)이고 열반묘심(涅槃妙心)・실상무상(實相
無相)・미묘법문(微妙法門)이라 문자를 세우지 않는 교외별전(敎外
別傳)이 있느니라."

그러자 마하가섭만은 '이심전심'으로 오묘한 가르침의 참뜻을 알
았다고. 따라서 선교의 범위는 이 안에서 설명되는 것이어야 한다.
거기서 많은 것이 파생되고 있지만 불타의 가르침의 정신은 하나여야
만 하리라.

본문 중의 32분(율)이란 것도 계율이고, 대체로 이상의 기본지식을
가지고서 읽어보면 추사의 주장을 이해할 것 같다. 그리고 서독에서
백파거선(白波巨璇: 1767~1852)을 가리켜 '거의 80노사'라고 한 만큼
시기적으로 1845~1847년간에 씌어진 것이며, 이 시점부터라면 수년
뒤의 일이다. 그러나 편의상 백파화상에 대한 추사의 서독을 계속 읽
겠다. 내용도 서로 연계되고 추사의 불교관(佛敎觀)을 엿볼 수 있기
때문이며 비판은 곧 따뜻한 애정이었다.

〈백파에게 주다〉(제 2 신)

'오늘날의 일은 오직 곧이곧대로 잘라서 말해야 하며, 돌리거나 간
추려서 구부리는 식은 필요치 않으니 비록 건드리고 거슬리는 데
가 있더라도 서로 성내며 격하지 않는다면 얼마나 좋으리까. 보내
어 지적한 세 곳의 전심(傳心)이며 다섯 종파의 나눠짐이니 하는
것도 또한 옛 사람의 목표했던 성어(成語: 권위적으로 이룩된 하나의
말)를 주워모은 것임을 어찌 아니라고 하오리까! 이는 모두 종이
위의 빈 말일 뿐 노사의 마음속에서 체득(體得)된 것은 결코 아니

며 이른바 구두선(口頭禪)입니다. 노사가 이렇듯 갈등하며 마지않을 줄은 생각도 못했구려. 무엇으로 노사의 마음으로써 터득하지 않음을 아느냐하면, 이전의 여러 선백(禪伯)과 더불어 선을 말하고 대체로 견주어 보건대 이런 설을 지어 말하지 않는 이가 없어서입니다. 이것이 오늘날 총림(叢林 : 선림) 중의 한 가지 문면어(門面語 : 상투어)처럼 되고 이런 까닭에 근래의 총림이 '일패도지(一敗塗地 : 여지없이 졌다는 뜻)'하여 법당(法幢 : 법당과 기치)을 세울 만한 땅도 없고 지혜의 등을 계속할 곳도 없는 겁니다. 어찌 한탄스럽지 않으리까!

　살인·활인·대기·대용이 노사의 본래 면목(모습)으로 노사와 더불어 무엇이기에 그 죽음을 구제하는데 엿볼 수도 없다는 것이며, 지금 살인과 활인을 베풀고자 하는 게 어느 곳이란 겁니까? 더욱이 적어보내신 세 곳의 '전심'을 보건대 도검(刀劍)상의 일 아닌 게 없는데 그렇다면 '황면 노자(석가)'로 49년의 설법은 필경인즉 그 귀취(歸趣)는 도검에 지나지 않고, '원만한 모습〔具足相〕'을 갖추고서도 아직 여래를 볼 수가 없는 거라고 한다면, 지금 도검의 모습으로써 여래를 일컫고 여래는 아직 모른다고 하면 그것이 수긍(首肯)될까요?

　살인하는 칼과 사람을 살리는 검은 저마다 얻는 바가 있는 것인데, 노사의 전해져 얻은 것은 바로 사람을 죽이는 것입니까? 아니면 사람을 살리는 것입니까? 활살(活殺)의 병용은 기왕에 전해진 바가 없는데 또 무엇으로써 그 활살의 병용을 알 수 있다는 겁니까? 사람으로 하여금 저도 모르게 웃게 합니다그려.

　이것은 모두 상계(像季 : 불상시대 말기) 이후로 선(禪)의 취지를 깨치지 못한 데서 온 것이고 오직 옛사람의 '성어'로 나아가 구설(口說)을 좇으며 저도 모르는 사이 그 미오(迷悟 : 미혹)를 전전하면서부터인데, '화두'로 사람을 가르치는 일 또한 하나같았으며 바로 맹할할봉(盲喝瞎棒 : 맹목적 호통과 잠을 깨게 하는 몽둥이로, 선문에서 쓰는 말)이지요. 화두가 있기 전에는 꿰뚫어 깨닫는 자가 많았는데 화두가 있고서부터는 깨달아 달통한 자가 적음은 어째서일까요? 화두 이전의 여러 부처며 여러 조사는 화두로 말미암은 게 아니고 바로 입각(立脚 : 홀로서기)할 곳은 몰랐는데 또한 철두철미 깨달을 수가 있었다는 겁니까?

여래께선 샛별을 보시고 도를 깨쳤는데 지금의 사람은 밤마다 별을 보고서도 일찍이 누구 한 사람 도를 깨친 사람이 없으니 어째서이며, 설령 한 사람이 화두로 말미암아 도를 깨친 일이 있다 하더라도 다른 사람으로 또한 어떻게 화두로 말미암아 도를 깨친다는 겁니까? 이것은 근본의 천성에 따라서이며 가르침도 저마다 등급이 있어서이며 화두 하나로써 이를 덧씌울 수는 없는 것입니다. 만약에 화두 하나로써 덧씌운다면 꿈틀거리는 일체가 모두 영(靈)을 머금고 불성(佛性)이 있는데, 어찌하여 구자(狗子)에게 화두를 가르치고 이 화두로 하여금 악도에서 씩씩하니 벗어나게 하지 않는 겁니까? 이것이 바로 '대혜화상'이 가르친 화두로서 모자란 곳입니다.

오늘날의 화두로 사람을 가르치는 자도 또한 스스로 깨닫고 남을 깨칠 수 있다고 보십니까? 스스로의 깨달음은 없는데 오직 옛사람의 성어만을 사용하여 그 깨치고 안 깨치고는 논할 것 없이 사람을 가르치는 '방편'으로 생각하므로써 또 사람을 죽이는 걸 좇겠다는 겁니까?

한마디로 증명하자면 《금강경》의 '응여소교(應如所敎 : 가르침을 있는 그대로 좇는 것)'를 주천노송(住川老頌)에서는 다만 '예의를 알게 함〔可知禮〕'이라며 운운한 바 있고, 《염송 임제권(拈頌臨濟卷)》

에서 규암(珪庵 ?)은 '중은 곧 할한다[僧便喝]'를 '가지례'라고 말했는데 '승편할'을 어떻게 가지례라고 할 수 있단 말입니까? 또 한마디로써 서로 증명할 수 있는 게 있는데 노사는 《조상경(造像經)》의 '생반삼분(生飯三分)'의 풀이를 '연어비약(鳶魚飛躍 : 연비어약과 같음. 솔개가 하늘을 나는 것이나 고기가 못에서 뛰어오르는 것이나 모두 자연스런 도의 작용으로 새와 고기가 스스로 터득했다는 것. 전와되어 도는 천지간 어디에나 있다는 뜻)'의 풀이로써 말했는데 생반삼분이 연어비약과 더불어 어떻게 걸맞는다는 것입니까?

만약에 이 두 가지에 대해 밝은 풀이를 얻는다면 노사의 살인·활인·대기·대용도 증명할 수 있을 텐데, 행여 자세한 가르침이 있었으면 합니다.

얼떨떨[喘]하다는 뜻은 아마도 드러나게 펴보이고 남김없이 떨쳐보이는 것과 같다 싶은데 종래 깨우치지 못한 곳이 있으니 밝은 눈을 가진 사람의 앞에도 과연 석 자의 어둠이 있다는 건 이를 두고 하는 것일까요? 유문(儒門)의 독서법은 구독(句讀)을 익히는 데 이른다고 했는데 어찌 이런 독서법이 있겠소. 서너 집 마을 안의 동홍선생(冬烘先生 : 글방선생)도 이와 같지가 않거늘 공문(空門)으로써 화엄과 수릉(首楞)을 익히면서도 알지를 못하여 구독을 갖추어야만 합니까? 거듭 웃음이 터져나올 뿐이외다.

가르침에도 종파의 풀이가 있고, 경(經)을 종파로 하여 말을 지은 게 있으며 경을 풀이하여 말을 지은 것도 있는데, 바로 《기신론(起信論)》이며 능엄종에서 말을 짓고 있는 것입니다. 어찌 능엄의 논례(論例)가 아닌 것으로 원래부터 없는데 의거(依據)도 없이 말을 지어 기신(起信)의 말이 되오리까? 비록 이것이 요의(了義 : 궁극적 실제 의미를 說示하는 것)라도 의거도 없이 어떻게 말을 지었겠소?

다만 노사는 석론(釋論)이 석경(釋經)이 되는 줄만 알고 종론(宗論)은 종경(宗經)이 되는 줄은 몰라서 이와 같이 말한 것이오? 어찌 노사로서 모르겠소, 미처 점검하지 못해서이리다.
　오늘날의 꾀할 일은 먼저 세 곳의 '전심'과 간가(間架 : 걸어둔다는 것으로 구성됨)의 그림 따위를 버리고 경솔히 화두를 짓는 염송사(拈頌師)가 되기를 좋아하지 말고서 머리 숙여 《안반수의경》을 읽는다면 혹 한 줄기 밝음이 앞에 있을 것이오.'
이 서독은 앞의 제1신보다도 더 신랄하고 강조하는 바 요점을 들고 있지만, 요컨대 추사는 누구보다도 불교를 학문적인 입장에서 접근하며 따라서 백파의 실천행(實踐行)과는 차이가 있었다고 하겠다. 계속되는 제3신은 그런 차이점을 극명하게 드러내고 있다.

　〈백파에게 주다〉 (제3신)
'보낸 뜻을 남김없이 살피건대 노사는 곧 60년의 대강사(大講師)로 자처하며 저 사람은 바로 속인(俗人)이고 저 속인이 무슨 지견(知見)이 있겠는가 하면서, 비록 어리석은 자의 일득(一得)이 있을지라도 끝끝내 마음을 비워 체험·궁구하지 않고 서로 머리를 숙이고자 아니하여 '가지례'나 '생반삼분'과도 같은 등의 풀이에 이르러서는 바로 교가(敎家)나 선가(禪家)를 천만부당한 의체(義諦 : 상투적인 것)에 몰아넣을 뿐더러 그것이 날로 마경(魔經)·도깨비 굴 속에 떨어짐을 스스로 깨닫지 못하니 정말 눈이 동그래질 일이요, 이 사람의 입이 마르고 혀가 닳도록 중언부언해도 노사의 노염만 부추기는 장애가 되어 줄 뿐이겠지요.
　화두 아닌 게 없다 하는 한마디가 바로 근일(近日)에 왕복한 중에서 약간 눈매를 드러낸 것인데, 이것이 교종과 선종의 융합되는 뜻입니다. 이 투철한 깨달음이 있다면 마땅히 절로 곳곳에서 촉발

(觸發)되고 칼날을 맞아 풀이될 수도 있을 터인데, 지금은 그렇지가 않아 횡설수설하며 도무지 낙착(落着)이 없는 겁니다.

만약에 여러 부처며 여러 조사의 한 가지 말·한 가지 구절로서 화두 아닌 게 없다고 한다면《방등(方等:경문 이름)》《반야》《화엄》《법화》로서 소승의《아함》등 여러 경문에 이르기까지 어느 곳이나 화두 아닌 게 있겠소? 다만 천칠백칙(千七百則)을 좇아 화두를 삼는다는 것은 이미 가소로운 것일 뿐더러 사람을 가르치는 방편은 무(無)자 등 몇몇 말을 벗어나지 않는데 또 교종을 나누고 선종을 나누며 또 선으로서 허다한 문호로 나눠지니 선지(禪旨)가 또 만약 이와 같은 갈등일진대 누가 이를 곧이곧대로 잘라서 향상(向上)의 법문이라고 하리까?《귀곡설화(龜谷說話)》와 같은 일서(一書)는 산가(山家:승문)에서 금과옥조로 받들고 있지만, 거칠고 조잡하기가 이와 같은 글은 없으며, 이런 글에서 선지(禪旨)를 구하려 하고 있으니 얼버무려져 분명치 않게 됨은 당연하리다. 비록《전등록》《염송》같은 것도 무잡(蕪雜)하기는 매한가지이므로 전혀 공명한 눈도 없이 가려서 취했다한들 또 무엇으로 '설화'에서만 책비(責備)하오리까.

이런 까닭에 화두를 가벼이 뽑아들려하지 말고 염송사 되기를 좋아하지 말라고 한 것은 오늘날의 산가로 '정문일침(頂門一針)'은 될 만한데, 끝끝내 이 고심(苦心)을 체험·강구하려 하지 않고 다만 억지로 우겨가면서 이기기를 다투는 것만으로 능사를 삼아 속인을 꺾고자 꾀하니 속인이라서 외짝의 정법안(正法眼)이 없겠소! 노사의 왕성한 기(氣)와 장황하게 늘어놓는 것을 보면 속인으로 알지 못하는 유별난 틀을 벗어난 심오한 하나의 뜻이 있다 싶은데, 결국인즉 '이심전심(以心傳心)'의 심(心)자에 지나지 않을 따름이며, 그 하수(下手)하는 곳 역시 고양이가 쥐를 잡듯이, 닭이 알을 품듯이 하는 데 지나지 않을 뿐입니다.

　노사는 《태식경(胎息經)》으로써 하학(下學)의 소승으로 삼는데 고양이와 닭의 비유는 바로 '태식'의 처음 배우는 공부로서 노사는 그림자를 피하려 해도 그림자가 더욱 그 몸을 떠나지 않는 격입니다.

　대개 선·교의 두 문은 다같이 하나의 마음 심자를 벗어나지 않는데 교종의 문은 너그럽고 느슨하다면, 선종의 문은 급하고 자르는 데 있다고 하리라. 불법이 동으로 중국에 들어와 천 년이 못미처 아마도 교종은 갈등이 많아 서쪽에서 온 달마는 부득불 한번 쓸어 없애지 않을 수 없기에 문자를 세우지 않고 '곧장 본디의 마음을 가리켰던〔直指人心〕' 것이며 이 또한 8만 4천의 방편 가운데 시대에 따른 방편의 하나였으며, 방편을 의술(醫術) 처방에 비하자면 대승기탕(大承氣湯)과 같은 것이었지요. 이때를 당하여 이를테면 마조(馬祖)·남악(南嶽)이 있지만 마조 등 여러 사람은 큰 바다에도 삼켜지지 않는 기력과 수미산을 밀어낼 만한 힘으로써 대승기탕 한 재와도 견줄 만했었지요. 송나라 이후로는 사람의 바탕인 뿌리가 점차로 전과 같지 못할 뿐더러 요즘에는 기력이 이미 쇠진한 데다 진원(眞元)이 크게 떨어지고 달마대사와의 거리도 또한 천여 년이 되었으니, 부득불 대의왕(大醫王)이 때를 좇아 사람을 구제해야만 하리다. 다시금 하나의 방편이 있어야 하고 그런 방편이 있은 뒤에야 또 대승기탕 한 재와도 같은 것으로써 쓰고 이어나가야 할 터인데, 원기가 크게 벗어난 뒤이면 서거나 죽지 않은 자도 없을 것입니다.

　오늘날의 산가(山家)에선 이런 도리를 알지 못하고 단지 맹할할 봉으로써 닥치는 대로 사람을 죽이고 있으니 어찌 크게 슬프고 민망하지 않을 수가 있으리오. 반드시 하나의 눈 밝은 사람이 있게 되고 이런 화두를 일소하여 공(空 : 여기선 욕심을 없앰)이 되어야만 법당을 다시 일으킬 수 있고 지혜의 법등을 불붙일 수가 있으리다. 만일에 평심(平心)을 낳고 세밀히 궁구하면 반드시 인계(印契)가 있을 것이외다.'

이상으로《완당집》에 실려 있는 추사와 백파선사의 '논쟁'이라 할 서독 3편을 모두 소개했다. 추사는 당시의 불교계를 탄핵한 것이 아니고 오히려 무기력함을 질정(叱正)하고 있는 셈이다.

《조선불교사》에 실린 백파대사의 약전을 보면 '거선'은 그의 법명이고 호남 무장(茂長) 사람이었다. 원래 완산 이씨로서 12세 때 무장(현 영광군)의 선은사(禪隱寺) 시헌(詩憲)장로 아래서 득도했으며 어려서 총명하여 참선하며 대경(大經)을 배웠다. 수도를 마치자 초산(楚山)의 용문암(龍門菴)에서 주했는데 심지(心地)가 열리고 달통했다. 이어 방장산 영원사(靈源寺)로 설파대사를 찾아뵙고 선을 수학했지만 영귀산 귀암사(龜巖寺)로 돌아갔으며 봉일(峯日)화상과 논쟁을 벌이기도 했다.

그리고 백양산(白羊山) 운문암(雲門菴)을 개설했는데 뒷날의 초의선사도 이때 백파대사 아래서 수선(受禪)했던 것이다. 순조 30년(1830) 귀암사로 다시 옮겨가서 법당을 크게 중수하고 선을 강의하는 큰 법회를 열었는데, 이때 팔도의 승려들이 구름같이 모여들어 청강했으므로 선문의 중흥자로서 우뚝한 존재가 된다. 철종의 임자년(1852) 4월에 수 86세로 입적했는데 법랍은 75년이었다.

추사 김정희가 비문을 찬하여 큰 글씨로 '화엄종주 백파대율사 대기대용지비'라 썼고 그 비문을 간추리면 '우리 동방에 가까이 율사로서 일종(一宗)을 이룬 이가 없었는데, 백파는 대기·대용으로써 마땅히 그럴 만했다. 백파대사는 80년의 일생을 두고 자주 손대며 힘썼던 부분인데, 혹은 활살(活殺)의 기용(機用)으로써 천착(穿鑿)하여 종잡을 수 없는 괴상함을 보인 적도 있지만, 이는 하루살이가 나무를 흔드는 격이었다'고 했다.

어쨌든 추사는 초의를 통해 백파대사를 알았던 것이며, 어떤 의미로선 불법을 논하는 호적수이고 다음의 〈백파에게 써서 보이다〉하는 일문(一文)은 그 좋은 보기였다.
 '한가롭게 앉아 있노라니까 차석(次席)의 한 시종이,
 "어떤 것이 바로 소적(小的 : 작은 목표)의 진아(眞我)입니까?"
하며 묻는다. 주인은 자신을 가리키며,
 "바로 나일세."
라고 하자,
 "소적이 어찌 감히 당하오리까?"
하고 종자는 말했다. 주인이,
 "실상(實相)을 말한다."
고 하자,
 "만약 그렇다면 주인께선 무엇을 가지고 내가 되었습니까?"
하고 물었다.
 "바로 너이니라."
시종이 깨우치지 못하자 주인은 말했다.
 "불법이란 평등하여 남이니 나니 귀하니 천하니 옳으니 그르니의 분별이 없느니라."
 "만약 그렇다면 아들·손자를 할아비·아비로 불러도 되는 겁니까?"
 "이 물음이 좋도다! 일체 중생은 다 환아(幻我)를 고집하기 때문에 효자(孝慈)도 역시 또한 허깨비[幻]로 이루어지는 거다. 유아(有我)의 얽매이는 까닭에 효니 불효니 자(慈)니 부자(不慈)가 있게 되는 거고 보살은 무아(無我)로 말미암은 까닭에 위로 제불과 자력(慈力)이 동일하며 아래로는 중생과 더불어 비앙(悲仰：경모와 불쌍히 여김)이 동일한 거다. 할아비·아비를 공경하고 효도하는 게 곧 비앙과 같은데 아들·손자를 자애하면 곧 자력(慈力)과 같다. 이와 같다면 오직 효자(孝慈)가 있을 뿐이고 불효·부자는 찾으려 해도 얻을 수가 없으니 이름하여 진효(眞孝)·진자(眞慈)가 되고 이것이 곧 진아(眞我)인데 이 말로서 미루어 만 가지 일과 만 가지 도리도 모두 그러한 것이다."

《화엄경》에서도 말하기를, 보리심(菩提心)으로써 집을 삼고 여리(如理：불타의 별호)로써 수행하여 가법(家法)을 삼는다 하였고 고덕(古德：옛 현인)도 말하기를, 불법은 세간의 모습을 망가뜨리지 않는다(불교의 출가법이 조상의 제사를 끊게 한다는 비난도 있었다) 했지만, 이를테면 우물 안 개구리가 앉아서 하늘을 보듯이 범우(凡愚)들이 석씨(불교)를 비방하여 임금도 없고 아비도 없는 양주(楊朱)·묵적(墨翟)과 같다 함도 모두 얼굴의 빛도 보지 못한 맹인의 말로서, 우리 유교의 성인이 세간의 법을 절실하게 말하면서도 명(命)과 인(仁)을 드물게 말한 것은 출세간(出世間：출가자임)의 법을 버린 것은 아니었다. 아마도 범우들이 공견(空見)에 집착할까 염려했기 때문이리라.

성인과 불타의 은미(隱微)한 뜻은 범부(凡夫)의 지식으로서 능히 추측하거나 입이나 붓으로 능히 제시할 수 있는 게 아니고 오직 증명되어야만 알게 된다. 헤아리기 어려운 것은 선가의 공안(公案)이고 그리하여 유·불은 같으면서 다르다는 망녕된 것이 갈등을 낳았으며 최근의 백파 《결사문(結社文：定慧結社文)》 중의 주장이 나의 설(說)과도 합치되는 게 있는데 선림으로선 반드시 알아야만 하리라.'

추사의 이 글도 서독과 마찬가지로 백파대사에 대한 공격처럼 이해되기 쉽지만 다음의 〈백파비의 앞면 글자를 지어 쓰고〔앞에서 소개한 화엄종주 백파대율사 대기대용지비를 말함〕 그 문도에게 주다〉를 보면 역시 '미지(微旨)'로 숨겨진 뜻이 있었다. 즉 그 글의 첫머리 '우리나라의 근세에는 율사로 하나의 종(宗)이 된 이가 없었는데 오직 백파만이 ~ 대기와 대용은 바로 백파의 팔십 년 손대고 착력한 곳으로 혹 기·용·활·살로써 천착하여도 종잡을 수 없다고 했는데' 그 뒤의 말을 계속 읽어보니 음미할 만했다.

즉 추사는 '무릇 범부(凡夫)를 상대하여 다스리는 자는 어디고 활살·기용 아닌 게 없으니 비록 팔만의 대장경으로도 하나의 법이 활살·기용의 밖에 벗어난 것이란 없다. 사람으로서 특히 이런 뜻을 모르고 망령되게 활살·기용을 들어 백파의 얽매인 착상(着相)으로 삼는 것은 이야말로 다 하루살이가 큰 나무를 흔들자는 것이며 이 어찌 백파를 안다고 할 수 있으랴' 하였다.

《불교사》의 기사와 미묘하게 다르며, 추사의 참뜻이 어디에 있는지 추측케 한다. 애당초 추사가 백파대사의 비문을 쓰게 된 까닭은 다음과 같았다. 청의 설봉(雪峯) 노인이 그린 달마대사 초상화가 전래되어 완당의 집에 있었는데 깊이 받들며 숭배했었다. 이것을 본 사람이 백파대사의 모습과 닮았다고 느꼈던 것이며 그 문도가 이것을 듣자 그만 기뻐 춤추듯이 했다. 이리하여 마침내 추사는 백파의 초상화를 그렸고 또한 제발을 했다는 것이다.

즉 '멀리 굽어보니 달마를 닮았는데 가까이서 대하니 곧 백파라네. 이는 차별이 있어서인데 법문에 들면 둘은 아니라네. 물도 흐르고 흘러 오늘에 이르지만, 내일의 달도 전신이 있다네.(遠望似達磨 近看卽白波 以有差別 入不二門 流水今日 明月前身)'로서 이는 하나의 진실은 아닐지도 모르나 추사가 비문을 쓰게 된 내력을 전하는 에피소드라

하겠다.

 글을 다시 읽어보면 '예전에 백파와 자못 가고오며(편지로) 변난(辨難)한 적이 있었는데 이는 곧 세상 사람이 함부로 이러쿵저러쿵 하는 것과는 크게 다르다. 이 한곳은 오직 백파와 나만이 아는 것이고 아무리 만 가지의 쓰디쓴 구설(口說)이 있다 할지라도 사람들은 다 깨닫지 못하는 일이며, 어찌 노사를 다시 일으켜 오도록 하여 마주앉아 한 번 웃을 수가 있으리오!

 지금 백파의 비면 글자를 지음에 있어 만약 대기·대용의 한 구절을 큰 글씨로 특서(特書)하지 않는다면, 백파의 비문으로 되지 못할 것이다. 그래서 설두(雪竇 : 법명은 有炯. 1824~1889)·백암(白巖 : 법명은 道圓) 여러 문도에게 써서 보이노라. 찬(贊)으로써 '가난은 송곳 꽂을 땅도 없지만, 기개는 수미산도 누를 만했네. 부모 섬기기를 부처 섬기듯 하니, 가풍이 가장 진실했네. 그 이름 거선이라 하니, 전전했다 해선 안되리.(貧無卓錐 氣壓須彌. 事親如事佛 家風最眞實 厥名兮巨旋 不可說轉轉)' '라 하였다.

 '전전'이란 말이 걸린다. 이는 주장이 바뀌었다는 뜻이겠으나 추사는 그렇지 않다고 못박는다. 당시 백파거선을 헐뜯는 이가 있었다는 것인데, 이는 주로 선비들의 생각이었으리라.

 이 점에 대해선 나중에 초의선사를 쓰면서 말하겠지만, 추사는 이 점을 해명하기 위해 〈또[又]〉라는 짧은 글을 쓰고 있다.

 '백장(百丈 : 백장혜해. 749~814)은 단지 '대기'만 얻었고 황벽(黃蘗 : 생졸 불명)은 단지 '대용'만을 얻었다 하는데 과연 그런가 아닌가? 무용(無用)의 기(機)는 없음과 동시에 무기(無機)의 용(用)도 없을 듯싶은데 노사는 기·용을 모자람없이 갖추었다 함은 바로 백장을 뛰어넘고 황벽도 넘었다는 걸까? 노사는 반드시 받아들이지 않을 거고 반면 사양도 하지 않으리다.

이런 말을 하는 자는 곧 선문의 이른바 '조사병'일진대 노사의 기와 용이 구족(具足)함은 조사병을 구하는 약이 될 수 있는 걸까? 이는 이를테면 조사병을 말하는 자로 '부처병'도 말할 수 있는 것인데, 조사병은 전변(轉變)하여 백 가지로 나타날지언정 부처는 본디 하나의 병도 없는 것이다. 이 관문을 통과해야만 조사도 말할 수 있고 부처도 말할 수 있으리라.
　지금 일컫는 기・용에 있어선 참으로 가르침을 포개고 잘못된 것은 이어받아선 안되겠기에 백장・황벽을 위해 그 비웃음을 해명하는 거며 역시 노사에게도 비슷하니 들어 말하는 것이다.
　　　　　　　노과(老果 : 추사의 별호) 나이 70에 쓰다.'
추사의 이 부기(附記)는 역시 선문 또는 불문 전체에 대해 썼다고 느껴지지만, 역시 당시의 사회, 곧 선비층의 고루한 생각에 대한 일침(一針)이었다고 느껴진다. 불행히도 불교계뿐 아니라 당시의 선비 사회도 급격하게 붕괴되었는데, 이는 추사의 책임은 아니다.

죽고 사는 것은 마음에

기해년(1839)이 되면서 순원대비의 수렴청정은 만5년이 되고 있었다. 임금이 어리다(13세)고는 하나 이는 일찍이 예가 없는 일이었다. 따라서 유림의 반발도 만만치가 않았다고 생각되는데, 그 탈출구로서 천주교 탄압을 감행했던 게 아닐까? 이때의 영상은 동어 이상황(李相璜 : 1763~1840)이고 좌상은 연천 홍석주(洪奭周 : 1774~1842)였으며 우상은 희곡(希谷) 이지연(李止淵 : 1777~1841)이었다. 희곡은 기해년 3월에 서학에 대한 엄벌을 주장한다.

왜 하필이면 이때 와서 천주교는 문제가 되었을까? 실록에도 그 배경에 대해선 아무런 설명이 없지만, 그 악연(惡緣)이란 것은 있나 보다. 희곡은 전주 이씨 무안파(撫安派)로서 저 세종의 아드님 광평대군(廣平大君)의 후손인데, 그의 종손이 또한 홍선대원군 아래서 좌포장을 지낸 이경하(李景夏)였다. 이경하의 집은 현재의 명동 중국대사관이 그 집터라고 하며 옛날엔 낙동(駱洞)이라 불렸는데 천주교 수난은 신유년(1801)・기해년(1839)・병인년(1866)의 3차에 걸친 대박해가 있었던 것이고 해가 갈수록 순교자는 더 많았던 것이다.

천주교 박해의 문헌〔정부측의〕으로 《벽위편(闢衛編)》이라는 게 있는데 이기경(李基慶)이 당시의 여러 기록들을 뽑아 엮은 것이다. 그러나 이 문헌 역시 조각들로 이루어져 전체를 파악할 수 없고 다만 선비로서 처형자들의 인명(人名) 등을 알 뿐이다.

그러한《벽위편》을 근거로 요약한다면 천주교는 신유년 이후 국금(國禁)이었다. 그러나 안김이 집권 세력이 되면서 그 법은 두드러지게 늦추어져 30여 년이 경과된다. 순원대비가 수렴청정하자 호기(好機)가 이르렀다 판단되었기에 프랑스 선교사 세 사람이 헌종 2년부터 차례로 입국하여 마침내 조선 교구까지 설치된다. 그리고서 기해년이 되어 이지연의 강경한 상주문이 나타났다고 짐작된다.

당시의 신자들로선 30여 년에 걸친 간난이 지나고 천주의 구원이 도래했다고 기뻐했는데 날벼락과 같은 조치였으리라.

2월에 이지연의 사학토치(邪學討治)가 경연에서 주장되었는데 4월에는 권득인(權得仁) 등 몇몇이 처형된다. 포청이나 각 도의 감사는 서학의 핵심 인물이란 대체로 신유년의 사람들 유자녀로 그 실태는 파악하고 있었다. 따라서 그들이 비록 국법으로선 금하고 있었지만 정기적으로 모임을 가지며 신앙 생활을 계속하는 것은 묵인했다고 여겨진다.

신자들은 순박한 백성들로 오히려 모범적이다 싶을 정도이며 이방의 신을 받든다는 것이 꺼림칙했지만 시대는 많이 바뀌고 있었던 것이다. 그런데 느닷없는 엄벌 지시에 당황했고, 당시로선 서학이 가장 뿌리깊은 호서에서 권득인 등을 본보기로 잡아올렸다는 게 진상인 듯싶다. 또 희곡은 안김파이지만 그의 강경 발언 배경도 교세가 비약적으로 늘고 있는 데 대한 염려였을 터이다.

이런 어수선한 때인데 추사는 기해년 5월 25일 형조참판이 된다. 김추사가 서학 탄압에 어떤 역할을 했는지는 기록이 일체 없으며, 다만 이제껏 보아온 추사의 성향(性向)으로 보아 서학을 용인하지는 않았지만 비교적 이해하는 입장이었다고 추정된다. 다산은 이미 졸했지만 그 자제와의 교유 등으로 그것이 증명된다.

어쩌면 추사의 형조참판 임명은 당시의 홍문관 제학이던 춘산 김홍근이 막후에서 움직였는지도 모른다.

"김정희는 가장 아는 체 하며 돼먹지도 않은 말로 경학을 헐뜯고 있다. 어디 한번 이 기회에 서학의 죄인 옥안(獄案: 취조·판결문 따위)을 다루게 해보세."

"그게 좋을 것입니다. 누구나 손에 피를 묻히는 일은 싫어하는 법이니 이번 기회에 그의 콧대를 꺾어 놓으십시다."

이때 황산 김유근은 예의 중풍으로 정계에서 물러나고 안김의 구심점은 김홍근과 김조근이었다.

이것을 뒷받침하듯 안김은 추사의 천적(天敵)이라고 할 예의 김우명(金遇明)을 6월 17일, 대사간에 임명한다. 이것은 추사에 대한 견제일 뿐 아니라 노골적인 적의 표시라고 하겠다.

안김에 대해 추사로서 참을 수 없는 것은 그들의 정치 도덕이었다. 안김은 일단 서학을 조장(助長)했던 세력이고 사태를 악화시킨 장본인인데, 국내 유림 등의 반발이 심해지자 손바닥 뒤집듯이 탄압으로 나갔고 속있는 선비라면 결코 사용하지 않는 밀고·현상금 지불 등의 수단을 썼다. 여기서 그것을 말하기조차 혐오감이 생기지만 이는 유교에선 있을 수 없는 일이고 말세에 나타남직한 징조였다.

그리하여 무지몽매한 건달이나 잡배(雜輩)들은 혈안이 되어 서학도를 밀고하게 되었던 것이다.

《벽위편》을 보면 기해년 7월 5일 김순성(金淳性) 등의 고발로 앙페르, 중국인 신부 유진길(劉進吉), 앙페르의 마부 조신철(趙信哲), 그리고 신유년에 순교한 정약종(丁若鍾)의 아들 정하상(丁夏祥)이 수원에서 붙잡혔다. 이어 8월쯤 모방, 샤스탕 신부도 홍주(홍성)에서 붙잡혀 한양으로 압송된다. 이때쯤 이미 옥사가 본격적으로 벌어져 고문이 있었고 수많은 남녀 신자들이 줄줄이 묶였던 것이다.

추사는 가슴이 메일 만큼 아팠을 것이고 분격마저 느껴 가슴속에서 부글부글 분노가 끓었다. 세 신부를 비롯한 유진길, 정하상, 조신철 등의 국문은 우상 이지연이 직접 담당했는데, 그 판결안은 형조에 넘어와 추사도 반드시 읽었을 것이고 치를 떨었으리라.

《벽위편》에 의하면 정하상의 공술문(供述文)이 나오는데, '하상은 신유년 당시 일곱 살로 아버지[약종]와 형님[啓祥]이 순교하자 하루 아침에 고아가 되었다. 그러나 아버지와 형님이 형벌을 받음을 의롭게 생각하고 삶은 괴롭고 죽음은 즐겁다 생각하며 대를 이어 가르침을 전하고 배우니 지금 죽어도 오히려 기쁘다'고 하였다.

정하상은 고아가 되자 숙부집에 얹혀살며 양육되었는데 장성하자 바오로라는 세례명을 받았고 연경의 천주당에도 8~9차 왕래했다. 그리하여 조선의 사정을 전했던 것이고 신부들이 입국할 때도 의주까지 가서 마중했던 것이며, 공술문에는 당당히 유학에 대한 진술도 하고 있다. 즉 《역경》《서경》《시경》의 말도 인용했으며 서교의 전래에 대해서도 역사적인 고증을 하고 있지만 천주 교리에 대한 풀이와 신자로서의 십계명도 진술하고 있다.

이지연은 국문을 하면서 거듭 연루자를 색출하고자 했지만 정하상은 말했다.

"더 묻지 마시오, 더 묻지 마시오."

그래도 국문을 계속하자 이렇게 말한다.

"만일 바른대로 말하면 가르침에 대해 죄를 얻게 됩니다. 모름지기 육신은 잠깐에 불과하나 넋은 만 겁을 살아남는 까닭에 죄를 지을 수가 없습니다."

이래서 이지연도 그 이상 국문을 계속해 보았자 소득이 없다 생각하고 기해년 8월 17일 유진길·정하상을 서소문에서 정형(正刑: 능지처참)하고 이것과 전후하여 앙페르(44세)·모방(36세)·샤스탕(36세)

도 포청에서 교수(絞首)된다.

 기해옥사는 《벽위편》을 참조하면 대체로 백여 명 가까운 남녀 신자가 순교했으며 옥사는 연말까지 간다. 안김도 일을 벌이고 나서 겁이 났던지 기해년 7월 16일에는 좌천했던 권돈인을 이조판서의 요직에 앉히고 또한 10월 21일에는 조인영을 우의정에 발탁한다. 이것은 이때쯤 안김엔 인물이 없었다는 증거이고 사태를 수습하려는 의도가 엿보인다. 이때 이지연은 이재학(李在鶴)·이희준(李羲準) 등의 탄핵을 받아 함경도 명천(明川)으로 유배되고 운석이 그 뒤를 이었던 것이다. 말하자면 체제 수호에 공이 있는 희곡이 쫓겨난 것은, 안김이 그를 이용하고 사태가 수습할 수 없게 되자 책임을 그에게 뒤집어씌웠다고 여겨진다.

 추사는 기해년을 통해 내내 우울했다. 시를 하나 읽어 본다.

〈소치의 지화에 제하다〔題小癡指畫〕〉

 백 천 가지 변하는 모습은 손끝에서 나오고/둥글고도 뾰족한 군셈은 자못 느긋하이./점획도 곡선도 취향따라 같고/마고선에 빌어 한번 더 그려 보구려.

 (變相百千到指頭 圓尖硬健漫悠悠 點金標月應同趣 更債麻姑試一籌)
 지두화에 대해서는 설명한 바가 있다. 글자 그대로 손가락 끝으로 그린 그림이다〔글씨도 있음〕. 점금(點金)은 묵은 것을 바꾸어 새롭게 만든다는 뜻이며, 표월은 초승달의 선을 표준삼아 그린다는 것이므로 곡선이 된다. 마고선은 앞에서도 나왔던 여신의 이름이며 채(債)라는 말이 있어 그런 여신에게 복채를 바치며 빈다는 뜻이 된다. 《완당집》에는 같은 제목의 시가 또 있다.

 손톱자국이 나사무늬라 바로 특별한 것이고/천연의 괴이한 거라서 동떨어지게 훌륭하네./만일에 그림에서 삼매에 들려면/천룡의 일지선에 들어야 하리.
　　(爪迹螺紋是別傳 離奇譎詭自天然 若從畫裏參三昧 即取天龍一指禪)
휼궤(譎詭)는 진귀한 것을 말한다. 삼매(三昧)는 삼매경인데 불경에서 나온 말이고 오직 한 가지의 일에만 마음을 모으는 것이며 전와되어 흠뻑 빠진 나머지 다른 시름 따위 잡념은 일체 배제된 경지이다. 참(參)은 참선. 천룡의 일지선은 이미 앞에 나온 것이다.
즉 《벽암록》에 나오는 이야기로 구지(俱胝 : 생졸 미상)화상이 처음으로 암자 하나를 얻어 주했을 때 실제(實際)라는 이름의 여승이 방문하였다. 여승은 암자에 들어와서도 삿갓을 벗어 인사도 않고 석장(지팡이)을 잡고서 구지의 선상(禪床 : 의자)을 세 번 돌더니 말했다.
"좋은 게 하나를 들려준다면 삿갓을 벗겠소."
이렇듯 세 번을 물었으나 구지는 대답하지 못했다. 그러자 여승은 상대가 되지 않는다며 가려고 했으며 구지는 그제야 입을 열었다.
"해도 점차로 저무는데 하룻밤 자고 가시오. (이것은 하나의 훌륭한 게였다)"
"일게를 끝내면 자고 가겠소."
그러자 구지는 이 말에 대꾸하지 못했고 여승은 그대로 가버렸다. 구지는 길게 탄식했다.
"나는 사내로 태어나서 사내다운 용기가 없다."
그리하여 암자를 버리고 유행(遊行)을 떠나려고 했는데 산신이 나타나 말했다.
"머잖아 육신을 가진 보살이 오니 기다리시오."
그래서 길 떠남을 중지하고 기다렸는데 열흘쯤 지나자 천룡(天龍 : 생몰 미상)이 온 것이다. 구지가 앞서의 일을 말하고 가르침을 청하자, 천룡은 말없이 손가락 하나를 세워 보였고 구지는 그것을 보자

즉각 깨달았다. 이것은 《무문관(無門關)》에도 나오는 이야기고 중국 고전에는 옛날부터 천지일마(天地一馬)라는 말이 있었으며, 구지는 이때 자기를 공(空)으로 보고서 천지간에 다만 하나의 손가락뿐이라는 경지에 들었다는 설명이다. 이때부터 구지는 누가 물으면 손가락 하나를 세워 보였고 절의 아이까지도 그것을 흉내내어,
"너의 조사님 선은 무엇이냐?"
하고 물으면 손가락 하나를 세워 보일 정도였다. 구지는 언젠가 제자의 손가락을 칼로 다치게 했다. 제자는 너무나 아파 비명을 지르며 밖으로 뛰어나갔는데 구지가 부르자 뒤돌아보았다.

그러자 구지는 예의 손가락 하나를 세워 보였고, 제자는 그것을 보는 순간 깨달았다.

임종을 맞아 구지는 제자에게 말했다.
"나는 천룡화상에게서 일치두선을 전수 받았고 평생을 두고 사용했는데 다 사용하지를 못했다.(吾得天龍一指頭 禪一生受用不盡)"

연보를 보면 기해년의 6월 20일부터 7월 14일까지 추사 문하의 김수철(金秀哲 : 자는 士盎, 호는 北山)·허유·이한철(李漢喆 : 호는 希園, 1808년생)·김계술(金繼述 : 호는 渼坡, 사자관)·이형태(李亨泰 : 자는 亨伯, 호는 松南)·류상(柳湘 : 자는 靑士, 호는 雨帆)·한응기(韓應耆)·이계옥(李啓沃 : 자는 景柔, 호는 耳山)·박인석(朴寅碩 : 자는 景叶, 호는 霞石)·전기(田琦)·유숙(劉淑 : 호는 惠山, 1827~1873)·조중묵(趙重默 : 자는 惠荐, 호는 雲溪)·유재소(劉在韶 : 호는 鶴石, 1829년생)·윤광석(尹光錫 : 호는 耦堂, 1832년생) 등이 《예림갑을록(藝林甲乙錄)》이란 것을 엮었는데, 추사가 이것에 각각 평의 말을 곁들이고 있다. 이 《갑을록》은 잠깐 뒤로 미루고 당시의 서화가를 몇 사람 소개하겠다.

먼저 학산목재(學山木齋)라는 아호를 쓴 류최진(柳最鎭:1791~
1866?)이 있는데, 그는 통칭 학산이라 불렸고 산초(山樵)·정암(鼎
庵) 등 호도 썼으며 자는 미재(美哉)이다. 류학산의 자전(自傳)에 의
하면 일찍이 추사와 함께 오대산의 사고(史庫)에 가서 포사(曝史)를
한 적이 있으며 지체가 낮아 관직은 종7품인 직장을 지냈을 뿐이다.
그는 산수 화가인데 경포대부터 7백 리의 동해 연안을 걸었고 도중
설악산의 백정봉(百鼎峰)에 올랐으며 금강산의 구룡연을 탐승했다 했
으므로 추사의 시 〈손이 풍악을 보고 돌아와 함께 짓다[客自楓嶽遊歸
共賦]〉의 손님이라고도 생각된다.

    그대가 신선의 곳에서 노닐다 오니/구름에 물든 눈썹이 푸르구
려./평생을 산수로 벗삼으니/언어와 글도 벗어 버리게나.
    (君自仙區到 芝眉綠染雲 平生山水友 脫落語言文)
    늙은 돌은 긴 약속을 남기고/갈매기는 무리를 어지럽히지 않
네./금낭의 옛날 구절을 펴보니/책의 훌륭한 글로 보충하고 싶네.
    (老石長留約 閒鷗不亂群 錦囊披舊句 緗素補奇聞)
  금강산이 신선의 곳이라는 건 이미 설명했는데, 그것을 선구(仙區)
라고 표현했으리라. 지미(芝眉)는 시어로서 상대편의 눈썹을 가리키
는 미칭이다. 그렇다면 탈락(脫落)이란 말도 이해되리라. 이를테면
학산, 왜 신선의 곳에서 이 추잡한 티끌 세상에 돌아오셨소. 더욱이
당신은 산수를 벗하는 사람으로 글이니 말이니 하는 것을 트집잡는
티끌 세상을 해탈할 수 있을 텐데.
  추사의 그런 심정은 다음의 시구에서 더욱 뚜렷하다.
  노석(老石)을 노우(老友), 곧 오랜 친구라고 하고 싶다. 돌은 약속
을 어기지 않는다. 하찮은 갈매기도 자기의 무리를 어지럽히지 않는
다. 티끌 세상인 것은 언제나 흙탕물을 일으키는 한두 마리의 미꾸라

지 때문이다. 인간 전부가 나쁜 것은 아니다. 금낭이란《삼국지연의》
에도 나오지만 제갈공명이 조운에게 금낭 3개를 주며 정 급할 때 펴
보라고 한다. 그것과 마찬가지로 여기서의 옛 구절이란 아주 귀중한
뜻이 담긴 글을 가리킨다고 생각한다. 상소(緗素)는 연누른 빛깔과
흰색의 깁인데 옛날에는 이런 깁으로 서적의 갑을 만들었다. 전와되
어 책을 뜻한다.

추사가 무엇 때문에 분격을 느꼈는지 그것은 이미 수차 말한 것이
라 생략하겠다. 추사는 이때 주로서 풍악의 월지종(月支鐘)을 말했다
고 했는데, 과연 어떤 종을 말하는 것일까?

금강산 시가 나와서인데 추사의 옛 원고인 〈산영루(山映樓)〉라는
시를 읽어본다. 산영루는 유점사의 산문이고, 월지왕사(月支王祠)가
있는데 월지종이란 이 절의 종을 말하는 것일까?

먼저 시부터 읽어 본다.

   하나의 단풍숲에 또 단풍숲이라/감도는 시내에 자른 듯한 봉우
리일세./종이 가라앉았다는 곳에 비는 내려 쓸쓸하고/그윽한 범패
는 구름에 가려져 으스스하네.
   (一一紅林裏 廻溪復截巒 遙鐘沈雨寂 幽唄入雲寒)
   돌늙은이 전생을 기억하니/산이 깊어 종일 구경도 바쁘다네./연
기 아지랑이는 막히는 데 없어/오솔길이 사람에겐 너그럽구려.
   (石老前生憶 山深盡日看 烟嵐無障住 線路向人寬)

이 시는 사람에 따라 감상법이 다르겠지만 추사의 절창이다. 특히
'일일홍림리(一一紅林裏) 회계부절란(廻溪復截巒)'은 번역한 것이 차
라리 후회스럽다. 서투른 번역보다 그대로 암송하는 게 백 번 천 번
나으리라. 그 뒤의 두 구절도 명구인데, 패는 범패(梵唄)를 말한다.
유점사에 있는 월지왕사는 53불의 전래와 관계가 있는 것이다. 그

전설이란 불타가 열반에 드셨을 때, 문수보살이 구억(九億)의 신도에게 각각 금불상을 만들어 시주하도록 권하고 정사(精舍)에 바치도록 했다. 당시 인도의 중생 9억 가운데 3억은 신심이 견고한 자이고 3억은 반신반의하는 자, 3억은 그저 염불만 외는 자였다.

9억의 중생이 금불상을 시주하자 문수는 그것을 남김없이 불속에 던졌는데 모습과 육신이 마치 살아있는 것만 같은 53불이 남았다. 보살은 다시 불타의 가르침을 우주에 퍼뜨리자는 소원을 세우며 53불을 돌로 만든 배에 진주로 방석을 엮어 안치하고 다시 그 곁에 큰 종 하나를 싣자 바다에 띄웠다. 인연이 닿는 나라에 가서 불법을 퍼뜨리며 중생을 구제하라 염하면서……. 종에는 그런 유래가 새겨져 있었다.

그때가 바로 주목왕 53년이었다〔불기는 여기서부터 계산되는 셈이다〕. 지금으로부터 3천여 년 전으로 배는 먼저 월지국(月支國)에 당도했는데, 그곳의 왕이 그 배를 발견하고 종명(鐘銘)을 읽자 크게 기뻐하며 당을 짓고 53불을 안치했던 것이다.

그런데 어느 날 밤, 부처들이 왕의 꿈에 나타나서 말했다.

"왕이여, 우리는 이곳에 주하는 걸 원하지 않는다. 부디 우리를 붙들지 말라."

그래서 왕은 할 수 없이 53불을 다시 돌배에 안치하고 바다에 띄웠다.

이리하여 돌배는 인도를 떠난 지 953년만에, 즉 한평제(漢平帝)의 원시(元始) 4년(서기 4년)이고 신라는 남해차차웅(南解次次雄) 원년인데, 금강산 동쪽인 지금의 고성군 안창면(安昌面) 바닷가에 닿았다.

어느 날 안창면의 바닷가 동산에서 한 마리의 개가 요란하게 짖었고 이상히 여긴 마을 사람이 바닷가에 나가 보니 낯선 한 척의 돌배가 떠밀려 있는 게 아닌가!

배에는 금색도 찬란한 53불과 범종(梵鐘)이 있을 뿐 사람은 없었다. 그래서 사람들은 익숙한 사공 두 사람을 특별히 뽑아 배에 태우고 해안 가까이 접안시킨 다음 밧줄로 단단히 바위에 붙들어 매며 상륙하려 했는데, 어떤 까닭인지 키를 잘못 조종하여 배는 소용돌이를 치며 전복했다.

이어 53불은 가까스로 뭍에 올랐고 범종은 바위에 매달았지만, 그 운반 수단이 어려운 일이었다. 53불은 이때 눈앞에 솟아있는 영봉들을 둘러보더니 우리가 주할 곳은 바로 여기라고 결정했다.

지금도 영랑호(永郎湖) 남쪽 나직한 바위를 돌배가 닿았던 배바위라 하고 적벽산(赤壁山)에 있는 사공바위와 입석리(立石里)에 있는 사공바위는 그 두 사공이 불벌(佛罰)에 의해 바위로 변한 것이며 배바위 곁의 바위는 종을 걸어둔 곳이라 해서 현종암(懸鐘岩), 개가 짖은 곳엔 개바위가 각각 있는 것이다.

추사의 시에서 종이 가라앉았다는 것은 이 전설을 말한다.

좀더 전설을 말한다면, 당시 금강산의 현재 유점사가 있는 곳은 커다란 늪으로 아홉 마리의 용이 살면서 나쁜 짓만 하고 있었다.

늪가에는 한 그루의 느릅나무〔한자로 楡〕가 있었고 부처들은 이 나무에 올라 종을 울리며 악룡에게 물러가라고 타일렀다. 그러나 용들은 성을 내며 반항했고 비바람을 일으키며 산을 진동시켰다. 부처는 할 수 없이 부적을 써서 물속에 던졌는데, 그러자 물은 가마솥의 물처럼 끓기 시작했다. 어지간한 용들도 견디지 못하여 달아났는데 도망쳐 숨은 곳이 바로 구룡연이다.

53불은 용들이 살았던 늪을 메우고 현재의 유점사를 창건했던 것이며 월지왕사에는 바로 대린보살(大鱗菩薩)을 봉안했는데, 이는 당시의 태수였던 노춘(蘆椿)이 남해차차웅의 명으로 53불과 협력하여 절을 창건했기 때문에 그 공덕으로 보살이 된 것이다.

'석로전생억(石老前生憶)'이라는 1구 역시 불자라면 마음이 평안해지는 가구(佳句)이다. 장(障)은 장애·업장(業障 : 전생의 죄)인데 그런 업장이 없는 세계가 곧 시인의 심정을 대변한다. 이 시의 속편으로 〈또(又)〉라는 2수가 있다.

　　천봉의 산은 얽히듯 둘러쌌는데/찬비는 산 다락에 가득하네./태고승이 동쪽으로 돌아오던 날은/진흥왕이 북방을 순수한 가을이라네.
　　(千峰紛匝匝 寒雨滿山樓 太古歸東日 眞興狩北秋)
　　천험의 요지라서 마련된 땅이니/끝없이 넓은 하늘을 맨 곳이라오./골짝으로 아로새겨진 이 뜻을 알까/숲들은 기름져서 녹아내리는 듯하네.
　　(險要由地設 漫汗作天遊 繡谷知如此 林林膩欲流)
한마디로 추사의 우리 땅 예찬(禮讚)이다. 암잡(匝匝)은 둘러쌌다로 번역했는데 이는 서로 아름다움을 경쟁하듯 둘러져 있다는 형용인 듯싶다. 태고(太古)는 우리나라 선종의 본류(本流)인 임제종(臨濟宗)의 별명이다. 진흥왕의 북수(北狩)는 설명할 것도 없지만, 다음의 시구에서 그런 진흥왕의 위대한 업적을 빌려 우리의 강산을 예찬하고 있는 것이다.

만한(漫汗)은 끝없이 넓은 것을 가리킨다. 지설(地設)과 대비시킨 천유는 《장자》〈외물편〉의 '胞有重閫 心有天遊(아기집은 겹싸인 그윽한 곳에 있고〔閫은 여러 가지 뜻이 있다. 깊은 산·집의 깊은 곳 등〕마음은 하늘에 매어있다)'로서 사람은 하늘과 땅에 속한다는 의미이리라. 즉 우리가 살고 있는 국토이다. 그런 금수강산을 알아야 한다는 게 추사의 뜻이었다. 이(膩)는 풍요하다는 것. 기름지고 매끄럽다는 뜻이다. 골짝과 나무들이 마치 녹아내리는 듯싶다는 뜻에서 사용했으리라.

봉우리 그림자 따라 옆쪽인데/다락에 있음이 바로 다락에 가득
함이로세./하늘을 지탱하는 한 덩어리 기는/굳세게도 쌓여 높기도
한 가을을 묶었네.
　　(峰影隨橫側 在樓仍滿樓 支空團一氣 積健束高秋)
　석름은 이어진 게 훌륭한 모습인데/천도는 웅장한 볼거리로 비
교되네./마땅히 소원하는 힘을 다 베풀어야 할지니/땅덩어리 굴대
는 서쪽으로 흐름을 안정시킨다네.
　　(石廩聯奇相 天都較壯遊 祇應施願力 坤軸鎭西流)
　첫번째의 시구는 부연하지 않겠다. 다만 오묘한 표현에 감탄할 뿐
이다.
　석름(石廩)은 오악의 하나인 형산(衡山)의 봉우리 이름이고, 천도
(天都) 역시 중국에 있는 황산(黃山) 봉우리 이름인데 금강산과 비교
하기 위해 등장시킨 것이다.
　곤축(坤軸)을 땅덩어리 굴대라고 번역했는데, 한자로 지축(地軸)이
라 하는 게 알기 쉬울지 모르겠다.
　류최진 이야기로 말이 길어졌는데,《유혜산화첩(혜산은 추사의 제자
劉淑의 호)》의 말로 기사년(1869)에 류학산은 75세였으며 우봉 조희룡
등과 오로회(五老會)를 만들었다고 한다. 따라서 류학산의 졸년은 확
실치가 않다.
　류학산과 동갑인 석경(石經) 이기복(李基福 : 1791년생)은 송목관 이
언진(李彦瑱)의 삼종 조카로서 의원이었다. 자는 전하지 않으며 묵죽
을 잘했다. 류학산의 묘지명에 의하면 도광 갑진년(1844) 가을에 썼
다 했으므로 이 해에 졸했거나 그 전에 사망했으리라. 석경은 스스로
관 속에 넣을 시를 지었는데 이른바〈석경비단애음시(石經非但愛吟
詩)〉라는 것으로 이를테면 이와 같은 것이다.

석경은 시를 좋아하지만/몇 그루 대나무도 샀다네./강남에서 가져오자 속인은 눈이 둥그래졌지만/창문 아래 두면 깨끗하고 선선하다네.

(石經非但愛吟詩 買得數竿靑玉枝 來自吳中驚俗眼 要當窓下洒淸颾)

개이든 비가 오든 마땅하고 달구경에 치우쳐도 좋으며/시를 읊거나 장기두며 술잔을 비워도 되네./대나무와 더불어 형되고 아우되니/석경은 시만을 좋아하는 게 아닐세.

(宜晴宜雨偏宜月 可詠可觴兼可棋 了與此君兄若弟 石經非但愛吟詩)

진재(眞齋) 또는 수목청화관(水木淸華觀)이라고 한 한용간(韓用幹 : 1793~1839)은 순조 28년(1828)의 문과 급제자로 관직은 정언(正言)을 지냈는데, 추사와는 안면이 있을 정도였을 것 같다. 자하 신위는 《경수당집》에서 기록하고 있다.

조봉진(曹鳳振)이 동린사(同隣社) 여러 공을 운수루(雲水樓)에 초대하고 시모임을 가졌을 제 〈고강급협도(高江急峽圖)〉라는 것을 그렸다. 먼저 자하가 고목죽석(枯木竹石)을 그리고 나머지는 진재가 그렸다는 것이다. 진재는 47세로 졸했는데 자하는 조사를 지었다.

애닯다 글을 닦는 데 어찌 이다지도 재촉하고/붉은 종이의 헛된 이름 또한 나이에 인색할꼬./높은 신의를 가지고서도 땅속에 들어가는데 추렴을 해야 하고/가족은 끼니도 없이 다만 하늘을 부르네.

(修文限促嗟何及 紅紙虛名又嗇年 高義醵金能入地 一家無食但呼天)

진재는 가난했던 것이다. 그래서 동어 이상황·두계 박종훈 두 정승과 경산 정원용·오서(悟墅)·죽하(竹下) 등이 돈을 거두어 장례를 치렀다. 그리고 보니 신자하도 이 무렵 안김에게 밀려난 몸이었다. 추사는 옛날처럼 자하와 자주 만날 기회가 없었으리라. 추사의 시로 〈자하동(紫霞洞)〉이라는 게 있다.

작은 시내며 그윽한 골이 절로 층층인데/길 한 가닥 이름난 약수가 있고 비온 뒤 뛰어나네./저녁 놀이 인가에 가깝자 솔바람 일어나고/바윗돌 늙은 몸은 차갑게 들리겠지.

(小谿幽洞自層層 一道名泉雨後勝 夕照近人松籟起 老身石上聽泠泠)

이 시는 추사가 자하를 생각하며 지은 게 분명하다. 자하는 은퇴하고 칩거(蟄居)하고 있는 것이다. 그러나 눈을 감게 되면 자하가 사는 자하골의 모습이며 자하의 심정도 추사로선 선하게 보이는 것이다. 자하의 집으로 올라가는 오솔길. 명천(名泉)이란 곧 약수이다. 약수는 비가 오더라도 흙탕물이 흘러들거나 샘물이 많아지는 법도 없다. 그래야만 또 명천이다. 해넘이가 가까워지면 그렇지 않아도 사람이 적은 곳인데 인적마저 끊긴다. 하지만 속세에 미련을 가지고 찾아오는 일도 없다며 야속하게 생각한다면 은은한 솔바람은 결코 귀에 들리지 않으리라.

그것은 보물과 같은 경지인데, 오히려 냉랭하게 들렸다면 욕심이 남아있는 증거이리라. 추사는 자하를 떠올리면서, 이 마지막 구는 스스로에게 비기고 있는 것이다.

남양 홍씨로 화은(花隱)이란 아호를 쓴 홍대연(洪大淵)은 산수화를 잘 그렸다. 표산(豹山) 서상룡(徐翔龍)이 〈화은화첩〉에 제시했는데 그 내용은 다음과 같았다.

'화은은 운사(韻士 : 시인)인데 산수를 사랑했고 겸하여 화초를 사랑했다. 집 둘레에 꽃을 아무렇게나 섞어 심고 물을 주며 가꾸곤 했지만 스스로 이를 아침 저녁으로 살폈다. 그가 숨어 사는 곳이 화장산(花莊山)의 남쪽이고 화심강(花心江)의 북쪽이라 자칭 '화은'이라 했다.

화은이 태어나 자란 곳은 한양의 사죽분대(絲竹粉黛)의 수풀(기생촌)인데 질탕하게 30여 년을 놀았다.

무인년(1818) 중춘에 이르러 번화를 헌신짝처럼 버리고 수의곡(繡衣谷)에 들어가 한 암자를 얽고서 맑은 바람 오백 칸의 집에서 사는 듯이 지냈다.'

홍화은은 이렇듯 일종의 기인이라고 하겠으나 당시엔 서화 방면에서 서민 출신이 다수 나타났던 것이다. 이를테면 이학전(李鶴田)은 가계도 생몰도 전하지 않고 있지만 난초를 잘 그렸고 〈학전화첩〉이라는 것도 남겼는데 석파(石坡:홍선대원군, 1820~1898)도 그의 글에서 '학전의 난법은 과구(상투)를 벗어난 것이 점차로 깊은 묘경을 꿰뚫었다'고 쓰고 있다.

그러나 우봉 조희룡(趙熙龍:1797~1859)과는 일찍부터 접촉이 있었고 우봉은 추사에게 난꽃 화법을 배웠다. 《완당집》에서 '조희룡은 나의 난꽃 치는 것을 배웠는데 화법 한 길로 나가지를 못했다'고 하였다.

조희룡은 자가 치운(致雲)이고 아호로선 우봉말고도 석감(石憨)·철적(鐵笛)·호산(壺山)·단로(丹老)·매수(梅叟) 등을 썼는데 평양 사람이고 오위장(五衛將)을 지냈다. 나기(羅岐)의 《벽오당유고》에 의하면 조우봉은 자칭 남송의 후예라고 했으며 네모진 얼굴에 수염이 듬성듬성 났지만 키는 7척이나 되었다. 문장력이 있었는데 운명 또한 기구했다. 3년 동안 절해의 고도에 유배된 적이 있고 돌아오자 매화 그림을 배우기 시작했다.

《석우망년록(石友忘年錄)》은 조희룡 자신의 회고록인데 스스로도 이렇게 쓰고 있다.

'나는 매화를 좋아하는 버릇이 있어 스스로 매화를 그려 큰 병풍을 만들고 누워 자는 곳을 둘러막게 했다. 매화시를 읊고 먹을 갈아 백 수를 지었는데 매화와 먹이 아지랑이처럼 서옥(書屋)에 간직되어, 편액을 써서 '매화백영루(梅花百咏樓)'라고 하였다.'

매화 한 가지만으로 7언율시 백 수를 지었다니 대단한 문장력인데, 또 이렇게 기록한다. '나이 스무 살에 이소당(李小塘 : 이재관)・이학전과 더불어 도봉산 천축사(天竺寺)로 산유(山遊)를 갔다. 해넘이가 되어 절의 강당에서 자게 되었는데 그곳의 원생들은 그들을 거들떠보지도 않았다. 낮에 마셨던 술도 깨고 배에선 꾸르륵 소리가 났지만 누구도 먹을 것을 주려 하지 않는 것이다.

세 사람은 목침도 나란히 휑뎅그렁한 선원 마룻바닥에 누웠지만 잠이 올 리가 없었다. 문득 호산은 소당에게 말했다.

"우린 적막 공산의 가을 소리 속에 있는 꼴일세. 산 아지랑이 기(氣)로써 요기를 해야겠네. 그러자면 시나 그림을 그려야만 하겠지."

이래서 〈추산심시도(秋山尋詩圖)〉가 그려졌고 조호산이 그것에 제시했다.

　　벗과 짝지어 종과 목탁 있는 곳에 이르러/젯밥 올리는 집 문을 두드렸네./이 일행은 비럭질하자는 게 아니고/아지랑이나 실컷 먹겠다는 걸세.
　　(偶向鐘魚地 來敲俎豆家 此行非乞食 己是飽烟霞)

원생 한 사람이 물끄러미 그림과 시를 보더니 이윽고 가까이 와서 합장하며 말했다.

"선원에서 수십 년을 살며, 하룻밤 숙소를 청하는 산놀이 나온 사람들에게 허구한 날 부대끼다 보니 일일이 접대할 수도 없었던 거고, 이는 갑작스런 냉대도 아니었지요. 어찌 오늘에 여러 신선분들이 오실 줄 알았겠습니까?"

곧 절머슴을 불러 밥짓기를 재촉했고 그것을 기다리는 동안 원생은 줄지어 앞에 앉아 마치 천축의 옛선생(부처)을 대하듯이 했다. 이윽고 밥이 나와 배가 터지도록 먹었는데 호산은 농담삼아 한마디 했다.
"우리들은 인간을 시험하기 위해 이미 5백 년 동안 각지에서 놀았
는데, 마침내 그대와 같은 정성을 얻게 되니 어찌 신분을 숨길 수
가 있겠소."
그리고 각각 몇장씩 글씨와 그림을 끄적거려 여러 원생에게 나눠주
고 집에 돌아왔다. 이것을 들은 자는 모두 배를 잡고 웃었다'는 것
이다.
다시 《벽오당유고》에 의하면 '조단로의 그림은 오묘하여 입신했는
데 매화의 한예(寒蕊 : 이른 봄의 매화꽃 모습)는 종이 가득 홍백(紅白)
으로 어우러졌고, 필봉(筆鋒)을 배우지도 않았는데 나양봉과 같았으
며 묵운(墨暈 : 먹무리)은 오히려 전탁석(錢籜石 : 전재)보다 앞섰다'고
한다.
천축사에 함께 갔었던 소당 이재관(李在寬)은 이미 소개된 바 있지
만, 단계(丹溪) 김영면(金永冕)도 조희룡의 그림 벗이었다. 단계의 자
는 주경(周卿)인데 그는 얼굴이 여자처럼 화사하여 마치 난꽃에 기를
뿜어준 것만 같았다.
첫째가 시이고 둘째는 글씨이고 셋째는 가야금이며 넷째는 그림이
라고 꼽는데, 시묵(詩墨 : 시와 글씨)은 끄나풀처럼 연관이 되지만 금
화(琴畵)는 꿰뚫듯이 들어가야 하며 세상을 초월하고 속된 것과는 인
연을 끊어야 하는 것이다. 그런데 무릇 시·서·금·화의 모임이 있
게 되면 주경은 동서남북으로 불려다녔다. 그래서 나이 서른에 주경
은 죽었고 두 아들이 있었는데 상기도 살았는지 모르겠다며 조호산은
자못 한탄했다.
야항(野航) 김예원(金禮源)은 김해 김씨로 자는 학연(學淵)인데 시
와 글씨를 잘했다. 그런데 호산은 그가 이미 10년 전에 졸하고 돌이
켜보면 20년 전의 이야기라고 한다. 김학연과 더불어 소당의 흔연관

(欣涓館) 화실을 방문하기로 하고 서로 약속했다.
 "하지만 이것을 김양원(金亮元)이 모르게 하세. 소당은 시를 읊을 줄 모르니까, 양원이 시령(詩令：령은 시짓기의 제한)으로서 화흥을 깨뜨릴까 염려되니."
 두 사람이 소당의 집에 이르렀을 때 산의 그림자는 뜰에 드리워졌고 사람의 자취 또한 없었다. 가만히 문을 열고 보니까 소당은 이웃 중을 위해 관음상을 그리고 있었는데 아직은 끝나지 않았었다. 이어 그들은 반갑게 손을 잡고 환담을 나눈 뒤 문득 놀란 것처럼 외쳤다.
 "오늘은 참으로 얻기 어려운 날일세."
 천장사(天藏寺)의 중으로 금파(錦波), 용해(龍海)가 마침 와 있었는데 모두 시를 아는 선승이었다. 용해는 스스로 묘향산에서 왔다했지만 며칠 되지 않았고, 두루 여러 명승에 대해 지껄였지만 그만 아지랑이를 좇다보니 설근(舌根：승려로서의 다변)이 생겼음을 깨닫지 못했었다.
 이때 바람이 불면서 소나기가 이르렀고 아지랑이가 흩어지면서 문득 신군(神君)이 이른 것만 같았다.
 그러자 느닷없이 먹구름 속에서 생선 사려 하는 소리가 들린다. 서로 돌아보면서 웃으며 말했다.
 "이것은 선재동자(善財童子：화엄경의 인물)가 관음보살의 못 속 잉어를 훔쳐가지고 인간을 놀리려고 온 게 아닌가! 아니면 비바람 치는 공산(空山)에 웬 생선 장수인가?"
 보니 한 사람이 이를테면 그림으로 그려진 철선(鐵仙)과도 같이 큰 물고기 하나를 어깨에 걸머메고 구름을 헤치듯이 나타나자 수염을 쓰다듬으며 크게 웃는다.
 "나는 은하수에서 고기를 낚아가지고 왔네."
 그래서 놀라 자세히 보니 김양원이었다.

"자네들이 나를 빼놓고 둘이서만 왔으니 참을 수 없는 일이야. 누구라도 이는 참을 수 없을 게 아닌가!"
 그래서 곧 고기를 삶고 술을 데우며 시흥을 서로 돋우게 되었는데, 일이 이렇게 된 까닭이라 나와 두 사람도 마침내 할 수 없이 응했다. 학연이 읊었다.
 "달빛이 차가운 물가에선 옛시가 없어도 되겠지만, 크기만 한 그림에 먼산도 평평하네.(無可舊詩汀月冷 巨然新畫遠山平)"
 나는 뒷구절을 채웠다.
 "연기와도 같은 아지랑이는 사람을 늙게 하고 한 켤레의 나막신을 남겼는데, 문자를 아는 중이 와서 영묘한 향기를 띠었네.(烟霞人老餘雙屐 文字僧來帶妙香)"
 그러자 소당은 말했다.
 "김양원도 아닌데 령도 없이 이렇게 좋은 시구로 두들겨 맞추다니!"
 모두가 다 한때의 좋은 이야기였다.
 조희룡의 이 기사는 어딘지 선문답과도 같은 부분도 있지만, 요컨대 김학연의 시솜씨를 전하고 죽은 지 10년이 지났는데도 옛친구를 잊지 않는 정으로 생각하면 충분하리라.
 이밖에 신자하도 《경수당집》에서 칭찬한 연운(研雲) 송주헌(宋柱獻 : 1802년생)은 대나무를 잘 그렸고, 복헌 김응환의 외손자인 장준량(張駿良 : 1802~1870)은 물고기와 게를 잘 그려 가풍을 계승했다. 또 진종환(秦鍾煥)은 우선 이상적(李尚迪)과도 동갑(1803년생)으로 똑같은 역관인데 글씨는 이원교를 본받았고 시는 소릉 이상의(李尚毅)를 흠모하여 교릉(嶠陵)이라는 아호를 썼다. 진중경(秦重馨)은 조사로서 교릉의 글씨에 대해 이렇게 썼다.
 '벼루갑을 열게 되면 번번이 종왕첩을 임모했지만 진적 못지않은

게 없었고, 가장 김생의 필의(筆意)를 좋아하여 글씨가 예스런 것
이 올바른 데다가 마치 벼랑에 걸려있는 바윗돌과 같았다. 그 시를
읽어보면 또한 창연(蒼然)한 것이 빼어났고 깊은 못속의 빛과도 같
았는데, 소릉의 시를 뼛속까지 깊게 터득하여 여러 악부(樂府)를
지었으며 모두 연조(燕趙 : 춘추시대의 연나라와 조나라)의 기운이 있
더라.'
 이 말은 이제껏 보아온 것이지만, 서화에 앞서 시가 우선적인 것임
을 말한다. 시정신의 이해 없이는 서화를 이해 못한다는 게 추사는
물론이고 모든 사람의 기본 생각이었다.

 해가 바뀌어 경자년(1840)이 되었다.
 추사 일생에 있어 경자년이야말로 가장 중요한 시기인데 결정적으
로 자료가 부족하다.
 도대체 무슨 일들이 있었을까? 연보를 보면 추사는 경자년 6월,
동지부사로 임명되고 있다. 해마다 보내는 동지사는 대개 순번이 정
해져 있고 정월쯤 그 명단이 발표되는데, 추사는 6월에 가서 동지부
사로 확정이 된 셈이다.
 얼마나 가슴 설레게 만드는 결정인가. 돌이켜보면 경오년의 연행
으로부터 30년만의 일이었다. 그 동안 너무도 오랜 세월이 지나가 버
려 스승 옹방강을 비롯한 옹성원 형제, 주야운, 오승량 등은 이미 추
사와의 재회를 고대하다가 작고했다. 그러나 아직도 몇몇 사람은 생
존해 있었다. 무엇보다도 완원은 기해년에 관직을 물러나 지금은 양
주에서 은퇴하고 있다는 소식을 들었다.
 〈삼묘희청(三泖喜晴)〉이라는 시가 있다. 삼묘는 강의 이름으로 이
미 소개된 오승량의 〈기유16도〉에 붙인 시에도 명칭이 나오는데, 연
경에서 결의 형제했던 강남의 옛벗을 추억하며 지은 것이리라.

상쾌한 요순의 정치는 순박하면서 향기로워/태평이라 활짝 개인 큰 가람 앞이로세./본디 세계는 이와 같이 맑음을 알아야 하니/하루의 음산도 십년의 지루함일세.

(快覩堯醲舜郁天 太平霽象大江前 元知世界淸如此 一日沈霾抵十年)

추사에게 있어 요순의 이상 정치란 무엇일까? 그것은 신의가 행해지고 백성은 안심하고서 태평을 구가할 수 있는 유유한 장강의 흐름과도 같았다.

백성이 불안에 떨지 않고 옳음은 보상되며 적어도 악인이 번성하지 않는 그런 세계이다. 임금은 물론이고 벼슬아치라면 그것을 먼저 생각해야 한다.

우선 삼묘라는 것은 오나라의 화정(華亭)에 있는 원강(圓江)·대강(大江)·장강(長江)의 셋을 말한다는데 둥글고·크며·길다는 것은 안정된 사회를 말하는 것이다. 요농순욱(堯醲舜郁)도 직역한다면 요의 정치는 텁텁한 막걸리 같은 맛이고, 그 후계자인 순의 정치는 소박한 막걸리에 향기를 더한 맛이라고 할 수 있다. 침음(沈霾)이 어려운데 음산한 안개로 보았다.

추사는 또 청나라의 여류 시인과도 시와 글씨를 주고받았는데 대체로 경자년 이전의 것이리라. 이를테면 그것을 난초 그림 여백에 쓰고 서명·낙관하고 있다.

'서비옥(徐比玉)은 이름이 아(珴)인데 호주(湖州) 사람이다. 허옥년(許玉年 : 이름은 乃穀)의 부인이고 난초 그림을 잘했다.'

'황경원(黃耕畹)의 이름은 지숙(之淑)인데 별가(別駕 : 관직명) 황영려(黃寧廬)의 딸이다. 어려서 난의 떨기와 묵죽을 잘했는데 지금은 구파내사(鷗波內史 : 조맹부)보다도 돌출했다고 한다.'

'장신향(將莀香)은 오씨 가문의 여자인데 곽소옥(霍小玉)의 아류이

다. 사생을 잘하여 스스로 가을 난초의 작은 모습을 그린 부채가 있다.'
'조소여(趙小如)는 진회(秦淮) 여자인데, 축보추(邃步秋)의 《화보(花譜)》에서 파초의 미인으로 이를 지목했고, 난초 그림을 잘했다. 허소아(許小娥)는 오강 여자로 시인 소우(小嶼)의 누이인데 엷은 먹으로 수선화와 난초를 그렸으며 사람으로 불에 익힌 음식은 먹지 않는다(곧 신선)고 의심될 정도였다. 주상화(周湘花)는 오나라 사람이고 유송람(劉松嵐)의 소실이다. 난설이 상화라는 자로써 선물했다. 반용고(潘榕皐)가 난을 쳐서 초상화를 대신하니 상화가 이를 수놓았는데, 오난설 부부가 난꽃과 수를 아울러 칭찬하고 〈석계간화시(石溪看花詩)〉로 보답했다.
―― 난꽃 가꾸기는 미인을 만듦과 같다. 이제 난초가 무성하므로 이와 같이 채록하여 난권(蘭卷)을 만들지만, 내 솜씨가 서투른지라 이것을 빌려 과연 무성하게 될지, 한번 웃노라.'
대체로 이런 것들인데, 이것은 청유들이 이미 입신의 경지에 이른 추사 글씨를 그림에 받아 그것을 영원한 기념물로 삼으려 했던 것이다.
다음의 시 〈장요손 넷째누님 녹괴서옥도에 제하다〔題張曜孫四姊綠槐書屋圖〕〉도 같은 유의 것이다.

규방의 솜씨인데 천품이란 옛 북비 그대로이고/예법을 좇아 거듭 점파의 훌륭함일세./푸른 느티나무 그늘에서 가법이 전하니/용과 범의 씩씩함이 여인에게 달렸네.
(閨藻天然古北碑 更從隷法點波奇 綠槐影裏傳家學 龍虎雄强屬黛眉)
조(藻)는 물풀·마름인데 전와되어 글솜씨 또는 문장의 풍부한 어휘를 말한다. 북비(北碑)는 이미 설명된 것으로, 남북조 시대 북방민족인 북위(北魏)의 글씨로서 주로 비문으로 남겨졌는데 씩씩하고 소박하여 오히려 남조의 우아로운 필체보다 앞섰다. 즉 다음에 나오는 예법(隸法 : 예자)의 전통을 충실히 전하는 것이며, 그것을 말하고 있다. 점파(點波)는 글씨로서의 점과 삐침이다. 가학(家學)은 그 가문에 전하는 내력이며 핏줄이기도 하다. 글씨나 그림은 천성의 것이라고 믿어지기도 했는데, 옛날엔 가업(家業)을 계승하다 보니 자연히 뛰어난 예술이 탄생했다. 이를테면 우리나라에도 신자하와 그의 두 아들 명준(命準)·명연(命衍) 형제는 그런 가학을 계승한 셈이었다.

용호(龍虎)는 범과 용인데 '용호상박(龍虎相搏)'이란 말도 있듯이 막상막하인 경우를 비유할 때 쓰며 대(黛)는 분대(粉黛)의 약자로 분 바르고 눈썹을 그리는 것은 미인을 형용하지만 여기선 여인으로 해석했다. 또 장요손은 청나라 양호(陽湖) 사람으로 자는 중원(仲遠)이며 호는 복생(復生)이다.

원문의 사자(四姉 : 姉와 같다)는 삼자(三姉)의 잘못이라고 신호열씨는 고증했는데, 중국에서의 자(姉)는 자매라는 뜻이 원뜻이며 때로는 소실도 자매라고 부른다. 또 담국헌(澹菊軒)은 바로 장요손의 누이로 오위경(吳偉卿)의 부인인데 〈담국헌시 뒤에 제하다〉라는 추사의 시가 있다.

스물네 품등 가운데 담담하기 국화 같지만/사람 공력과 신의 힘이 서로 어우러졌네./묵연은 해외에도 있어 몽땅 걷어들여져/그대 집 자매 글씨는 두루 읽힌다오.

(卄四品中澹菊如 人功神力兩相於 墨緣海外全收取 讀遍君家姉妹書)
이십사 품이란 당나라 사공도(司空圖)가 시의 품격을 논하여 24개로 나눈 것이다. 또 〈괴근소축도를 지어 장다농(장심)에게 부치다. 그림은 눈의 뜻을 나타냈다[作槐根小築圖 寄張茶農(張深). 圖作雪意]〉

도 있는데 의미심장하다.

　　작은 암자에 백 척의 느티나무 솟았는데/만리 밖에서 붓을 휘둘러 배회하누나./짐작컨대 짙은 녹음은 여름철에 마땅하겠지만/눈속에서 온 바다 밖 손을 기억할 테지.
　　　　(小築亭亭百尺槐 拈毫萬里一徘徊 料知濃綠偏宜夏 海外惟○雪裏來)
이 시의 뜻이 깊다 함은 설리(雪裏 : 눈속)라는 글자에 있다. 장다농은 산천 김명희가 연행한 뒤에 나타나기 시작한 청유의 이름이다. 주로 산천을 통해 추사의 글씨를 원했고, 유당이 유배된 뒤 산천은 한양에 없었기에 추사와도 훨씬 가까워졌으리라.
　추사는 산천을 통해 다농의 서옥(書屋) 곁에 솟아있는 느티나무 이야기를 들었을 터이다. 그리고 동지사는 주로 겨울에 갔다가 봄이면 돌아온다. 눈속이란 말이 여기서 풀린다.
　그런데 배회(徘徊)란 말이 있다. 이것은 목적없이 근처를 돌아다님을 말한다. 만리니 해객이니 하는 말도 있어 추사는 경자년에 드디어 동지부사로 연경에 가는 것이 확정되었으므로, 그 마음은 만리를 날아 다농의 소축 근처에서 방황하고 있는 것이다.
　또 묵장(墨莊 : 시에선 庄으로 표기)은 이정원(李鼎元)의 호인데 추사가 연행 당시 법원사 송별연에도 참석했던 사람이다. 《완당집》에 그와 관련된 시가 보인다.
　즉 〈이묵장의 독행 소초에 제하다. 곧 소유 박군에게 선물하여 부친 것이다〔題李墨庄獨行小照 卽寄贈小蕤朴君者也〕〉 2수가 그것이다. 소조(小照)는 작은 초상화인데 현대의 의미로 소경(小景)의 뜻도 있으며, 독행의 뜻은 추사의 주에서 밝혀진다. 소유(小蕤)란 바로 정유(貞蕤)라는 아호를 쓰기도 한 추사의 스승 박제가의 아들 장엄(長馣)의 호이고 이묵장과도 친밀했다고 하므로 소유 역시 연행했다고 여겨진다.

바삐 홀로서 가니 장차 어찌하려는고/바다를 건너고 산에 오르니 옳지 않음이란 없네./만 리라 망망한 구름과 물이 맞닿는 곳/쇠북소리 지새는 달 꿈에 든 때이로세.
　　(獨行忽忽將何之 涉海登山無不宜 萬里蒼茫雲水際 鍾聲落月夢還時)
묵장은 사죽이고 그대는 사묵이니/먹은 바로 먹고장인데 대는 무엇을 하자는고./대나무 뜻을 좇아 그대는 구하지 않은 곳이 없는데/모든 소유는 공이라서 이는 바로 내 스승일세.
　　(墨庄師竹君師墨 墨是墨庄竹底意 竹義從君無覓處 空諸所有是君師)
이 시는 참으로 흥미롭다.

섭해등산(涉海登山)은 추사의 원주로 묵장은 일찍이 유구〔오키나와〕에 사신으로 갔었고 대산(岱山)에 오른 소조가 있다고 했다. 요즘의 신문 지상에 일본과 중국이 조어도(釣魚島 : 尖閣列島)의 영유를 둘러싸고 싸운다는 기사가 보인다. 대만은 청나라 강희제 때 평정하여 그 영토가 된 것이고 유구도 그 뒤에 총독을 보내어 청나라가 통치하게 된다. 대만과 유구에는 각각 원주민이 있고 물론 왜인과는 다르다. 그리하여 대만은 청일전쟁의 배상으로 일본이 차지했고 식민지를 만들었다가 반환했지만, 유구 열도만은 그대로 일본의 영토임을 연합국이 인정한 셈이다. 그 정당성 여부는 여기서 설명할 지면이 없지만 조어도는 대만에 가깝고 주민도 없는 암초들로서 이때만 하여도 무주공산(無住空山)이었다는 게 옳을 것 같다.

사죽(師竹)과 사묵(師墨)도 추사의 주로 묵장의 호가 또한 사죽재(師竹齋)이고 소유의 호 역시 사묵이라고 한다. 그런 별호를 사용하여 시를 만든 솜씨가 추사의 뛰어난 점이지만, 필자의 의견을 부연한다면 장(庄)은 마을을 가리키고 장(莊)과도 통한다. 중국은 고대부터

대가족 제도이며 고장의 산수나 특산물로써 마을 이름이 지어져 불리우는 것이다.

처의(底意)란 글자 그대로 마음 밑바닥에 숨겨진 뜻이다.

또 대나무의 뜻 또는 정신〔義〕은 절의(節義)이며 박소유는 그것을 구하여 찾지 않은 곳이 없다고 했다.

여기에 깊은 뜻이 함축되어 있다.

추사의 스승 박제가는 서자로서 다행히 부모의 이해와 명군을 만나 그가 가진 재능을 펼 수가 있었는데, 그래도 당시의 사회 제도와 통념 아래 제한을 받았다. 더욱이 그런 초정의 아드님이고 보니 소유는 더욱 열악한 조건에서 발버둥을 쳤으리라. 그것을 표현한 것이 '무멱처(無覓處)'이고 바로 이묵장이 유구에 갔던 일을 '독행홀홀장하지(獨行忽忽將何之)'라는 글귀로 나타낸 것이다.

추사는 이런 박소유를 위로하고 모든 소유가 공이고 공을 배우는 게 자기라고도 하며, 위로하고 있다.

추사에겐 상우(商佑)라는 서자가 있다. 서자라서 족보에도 오르지 못했을 뿐 아니라 그 자녀 유무나 행적도 알 수가 없다. 그런데 추사에겐 또 계자(양자)로서 상무(商懋 : 1819~ ?)가 있다. 정축년생(1817)인 상우보다 두 살이 아래다. 추사가 언제 상무를 양자로 맞았는지는 뚜렷하지가 않은데 어수선한 사정이 있었다.

추사는 그의 자품 등을 보아 양자를 맞는 데 있어 썩 마음이 내키지 않았던 것으로 추정된다. 할 수만 있다면 양자를 맞고 싶지 않았던 게 아닐까?

소유(所有)란 재물만의 소유도 아니고 권세며 명성 같은 것도 포함된다.

일체의 것을 공이라 보는 추사가 그런 생각을 가졌다고 해서 이상할 것은 없으리라.

그러나 추사에겐 월성위 궁의 봉제사라는 책임이 있었다.
그 혼자의 몸이라면 아마도 집안 어른들의 권유, 압력도 단연코 물리쳤으리라. 그러나 상무라는 계자가 엄연히 있는 이상, 양자를 맞은 시기란 이 경자년밖에 없다. 아니면 제주도로 유배된 뒤 마지못해 그것을 승낙했던 것일까?
다음의 글은 경자년 이전의 것이고, 《갑을예림록》과도 연관시킬 겸 여기서 소개하겠다.

〈우아에게 써서 보이다〔佑兒書示〕〉
　서법은 〈예천명〉으로 착수하여 들어가야만 하리라. 이미 조이재(趙彝齋:조맹견)로부터 예천명은 해법(楷法)의 규율(圭臬:표준)이 되었는데 그때에 어찌 왕우군 글씨의 〈황정경〉〈악의론〉이 없었으랴마는 모두 전전하여 번와(翻訛)되고 준칙을 삼을 수가 없으니 원석(原石) 탑본에서 진적을 얻느니만 못하게 되고, 부득불 머리 조아려 예천 화도비에 나아가야 되었느니라.
　화도비는 지금 원석은 없고 송탁으로 범씨서루본(范氏書樓本)은 우리 동인으로서 더욱 얻어볼 수가 없지만 오히려 예천의 원석 탑본이 그대로 남아있는데, 비록 많이 낡고 부스러짐이 심하다 하더라도 이것이 아니면 종요·색정의 옛법을 거슬러 올라갈 수 없다. 어찌 이를 버리고 딴 것을 구하겠느냐?
　너에게 말한 바 "겨우 몇 글자를 쓰면 글자마다 각각인 것이 나타나 끝내 하나로 돌아가지 못한다"고 함은 바로 네가 들어가고 나아갈 곳이다. 모름지기 잠심(潛心)하여 힘써 좇고 참고서 이 하나의 관문을 통과해야만 상쾌한 깨달음을 얻게 되리라. 이것이 잘 이루어지지 않는다고 절대로 물러서거나 전환하지 말고 더욱 공부를 더해야만 하리라. 나는 60이 되어도 오히려 하나로 돌아감을 얻지 못했는데 하물며 너와 같은 초학자에게 있어서랴! 그러나 나는 너의 이 말을 듣고 매우 기뻐하며, 소득(所得)이 반드시 이 하나의 말에 있다고 보니 절대로 예사롭게 보지 말고 막연히 보내지 말아야만 묘(妙)하고도 묘가 되리라.

예서(隸書)는 바로 서법의 조종(祖宗)인데 만약 서도에 마음을 두고자 하면, 예서를 몰라선 안된다. 예법은 반드시 방경(方勁 : 바르고 굳센 것)과 고졸(古拙 : 기교를 부리지 않음)을 상(上)으로 삼아야 하는데 그 졸(拙 : 무디다)도 쉽게 얻어지는 건 아니고, 한예(漢隸)의 묘는 주로 무딘 곳에 있다. 사신비(史晨碑)는 물론 좋지만, 이밖에도 예기(禮器)·공화(孔和)·공주(孔宙) 등의 비가 있다. 그러나 촉 지방의 여러 각문(刻文)이 심히 예스럽기 때문에 반드시 이것부터 먼저 들어간 뒤에야만 속된 예서나 평범한 팔분의 이태(膩態 : 풍요함)와 시기(市氣 : 통속)가 없어지며, 또한 예법은 가슴에 청고고아(淸高古雅)한 뜻이 없이는 손에서 나올 수 없고 또 가슴속의 청고 고아한 뜻이 아니면 가슴속의 문자향(文字香)과 서권기(書卷氣)가 능히 팔아래와 손가락 끝에서 발현(發現)되지 않으므로, 이와 같은 게 예사 해자와는 비교되지 않는다. 모름지기 가슴속에 먼저 문자향과 서권기를 갖추는 게 예법의 근본이며 예서를 쓰는 신결(神訣)이 된다.

근일에 조지사(조윤형)·유기원(유한지)과 같은 여러 공은, 모두 예법이 깊지만 다만 문자기(文字氣)가 적어 한이 되고 한스럽다. 이원령(李元靈 : 이인상·호는 능호관)의 예법과 화법이 다 문자기가 있는데 시험삼아 이것을 보게 되면 그 문자기가 있음을 깨닫고 얻게 되리라. 그런 뒤에야 이를 쓸 수 있을 터이다.

집에 예첩(隸帖)이 자못 갖추어져 수장되고 있지만, 이를테면 〈서협송(西狹頌)〉은 바로 촉의 여러 각문 가운데 극히 좋은 것이다.

우리나라는 난초 그림에 있어 오래도록 작자(作者)가 없었는데 오로지 삼가 선묘(선조)의 어화를 보니 천품의 성재(聖才)로 잎 붙이는 방법과 꽃 만드는 격조가 정소남(鄭所南: 정사초)의 법과 흡사했다. 대체로 그때 송나라 사람의 난법이 우리나라에 유전되었지만, 역시 어화도 그것을 본뜬 것이다. 소남의 그림은 중국에도 또한 드물게 전하는데 근일에 익히는 것은 다 원명(元明) 이후의 법이다.

비록 그림에 능숙한 자는 있지만, 반드시 다 난그림에 능숙하지는 못하거니와 이는 난이 화도에 있어 특별한 격조를 가진 탓이며 가슴속에 서권기를 지녀야만 붓을 댈 수 있는 것이다.

"봄은 무르익어 이슬은 무겁고 땅은 따뜻하니 풀이 돋아나며, 산은 깊고 해는 긴데 사람이 조용해야 향기도 스며온다."(이것은 조이재의 말이다)

옛사람은 난초를 그리되 한두 장에 지나지 않았는데, 다른 그림처럼 일찍이 잇따라 그리는 법이란 없었다. 이것은 억지로 되는 게 아니다. 난초 그림을 바라는 자는 이런 경지가 극히 어렵다는 걸 모르고서 혹은 많은 종이로 심지어는 팔첩(八疊: 팔쌍 병풍화)을 강요하는 자도 있지만, 모두 그럴 수 없다고 사절해야 하리라.

여기서 육십이라는 나이가 나왔는데, 이는 꼭 60세를 뜻하는 것은 아니라고 생각된다. 추사가 60세라면 아직도 제주도에 있을 때이며, 편지 형식이 아닌 서시(書示)라고 했기 때문이다. 아마도 60도 멀지 않은 아비의 나이라는 뜻에서 썼으리라.

이와 비슷한 취지의 글로서 〈정륙에게 써서 주다[書贈鄭六]〉가 있다. 정륙이 누구인지는 모르나, 이것은 중국식처럼 '정씨집의 여섯

째'라는 뜻일 것이며 아직 관례를 올리기 전의 아이라서 그렇게 썼을 것 같다.

'우리나라 사람이 쓴 글씨로 신라·고려 사이의 옛 비문은 모두 구법(歐法 : 구양순체)이라서 곧장 산음(山陰 : 왕희지 부자)에 거슬러 올라갈 수 있으며, 또 금서(金書 : 금분 글씨)로 모사한 경문이 있는데 신라의 글씨는 가장 예스러워 고려의 글씨가 미칠 수도 없다. 일찍이 동경(東京 : 경주)의 폐탑에서 나온 먹글씨의《광명다라니경》을 보았는데 글자 하나도 손상되지 않아 엊그제 쓴 것만 같았다. 곧 당나라 대중(大中) 연간(847~859)에 쓴 것으로 김생 이전 육칠십 년에 해당되는데, 필법이 매우 예스럽고 아치(雅致)가 있어 마땅히 문무(文武)·신행(神行)·무장(鍪臟)의 여러 비문과 더불어 갑을을 논할 만하며 김생도 마땅히 한 걸음 사양해야 할 터이다.

본조에 들어온 이래로 안평대군·강희안·성임(成任)은 오히려 예전의 규정을 어기거나 잃거나 하지 않았는데, 백여 년 이래로는 일종의 서법이 나타나 구양순과 저수량을 다 쓸어 버리고 곧장 위로 종요·왕희지를 더듬코자 하면서 또한 종요·왕희지의 글자 하나도 보지 못한 채 망령되게 깃발을 내걸며 단 위에 올라선 꼴이다. 저 상앙(商鞅)이 비록 정전제(井田制)를 폐지하여 진(秦)나라 사람이 부강해지기는 했지만 후세에 이르도록 회복시키지는 못했던 것이며, 삼대(하·은·주)의 구혁(溝洫 : 논두렁)과 견회(畎澮 : 밭두둑)는 끝내 볼 수가 없게 되고 말았던 것이다〔옛전통이 파괴되었다는 것〕.'

《예림갑을록》에는 추사의 문하로서 빠진 사람도 있고 지금부터 소개하는 사람으로 애당초 추사에게 배우지 않은 사람도 있으리라. 또 《예림갑을록》은 기해년 여름에 만들어진 것이므로 추사가 사숙(私塾)

을 가졌던 것은 아니겠으나 기해년 이전부터 아들 상우와 집안의 젊은이들, 그리고 추사의 명성을 듣고 그 자제를 보내거나 스스로 모인 사람도 있었으리라. 그것은 이미 소개된 눌인 조광진과의 서독에서도 증명된다.

추사에게 직접 배우지는 않았다고 생각되나 어려서부터 잘 아는 자하의 맏아들 신명준(申命準 : 1803~1842)은 자가 정평(正平)인데 호가 소하(少霞)이다.

이상적의 《은송당집(恩誦堂集)》에 의하면 소하는 묵수산화(墨水山畵)를 잘했는데 묵수(墨水)는 미점법(米點法)으로 처리하고 먼 산의 모습은 마치 조오흥(趙吳興 : 조맹부)의 〈작화추색도(鵲華秋色圖)〉를 방불케 했다고 한다. 소하는 조숙했던 모양으로 두계 박종훈이 아직 아이적의 그에게 부채 그림을 그리라고 했는데, 예운림과 황대치의 화법을 합친 듯한 솜씨로 해당화를 그렸다는 것이다. 다농 장심과도 서독 왕래가 있었고, 《경수당집》에 의하면 소하가 다농의 시집 서문을 써준 사례로 '倪雲林別開宗派 米敷文自具家風(예운림과는 따로 종파를 열었고, 미부문은 절로 가풍이 되었네)'의 대련을 보냈었다. 그런데 소하는 중병에 걸려 몹시 시달렸던 모양으로 역시 《경수당집》의 일절로 《서화징》에 소개된 것을 보면 이런 시가 소개되고 있다. 즉 학질병이 이르면 명준은 기뻐하며 말했다는 것이다.

하늘가에 희게 드리우듯 병이 몸을 덮으니/부자의 참된 정이 더욱 두루 나타나네./의발은 있되 문 밖에 나가지를 못하고/젊은 나이에 붓을 버리니 이미 신과도 같네.
(天涯垂白病掩身 彌見關情父子眞 不出門○衣鉢在 綺年拈筆已如神)

학질병이라 했는데 희게 드리우듯 했다면 피부병마저 온몸에 생긴 것일까? 의발이란 승려의 필수품인데 절망한 나머지 출가를 결심했던 것 같다. 기년(綺年)이란 소년 곧 젊은 나이인데, 관직으로 현감을 지냈다고 했으므로 발령만 받았든가 추증(追贈)일지도 모른다. 염필(拈筆)은 붓을 뽑았다이지만 불전에 바쳤다는 뜻도 있으므로 '버렸다'고 해석했으며 서화가로서 붓을 버렸다면 신, 곧 현대어로 산송장이나 같다고 자조(自嘲)한 것 같다.

사람은 겉만 보고선 그 내면의 고뇌는 남이 모르는 것이고, 신자하도 이 자제가 가지고 있는 병으로 고뇌가 있었던 것이다. 그리하여 소하는 향년 40세로 졸했는데, 자하는 통곡하며 다음의 시를 지었다.

강절(강소·절강) 사람은 대소하라고 일컫지만/소하가 먼저 가니 대하는 서글프네./시와 그림을 어려서 배우고 삼매에 통했으나/제 몸보다 먼저 효양하며 일가를 본받게 했네.

(江浙人稱大小霞 小霞先去大霞嗟 畫詩幼習通三昧 孝養身先化一家)

또 남파(南坡) 혹은 성곡(星谷)이라는 호를 쓴 이남식(李南軾 : 1803~1878)은 예서를 잘 쓰고 매화를 그렸으며, 창경원에 있는 '集禧堂'이란 편액은 그의 글씨였다.

호산(湖山) 또는 진사(晋史)라는 호를 쓰며 통칭 '서진사'라고 불린 서홍순(徐弘淳 : 생졸 미상)은 영조 때의 죄인 서종하(徐宗厦)의 5대손인데 함열(咸悅)에 살았다. 글씨는 창암 이삼만에게 배웠는데 만년에 글씨를 팔고자 중국으로 가다가 의주에 이르러 졸했다. 호산은 초서를 잘했는데 태서(苔書)로 가장 이름이 있었으며, 글씨가 머리카락처럼 가늘고 이끼무늬마냥 얽혀있는 것이 자서(字書)에는 없지만, 자획은 갖추어져 있다고 한다.

호산은 평생 글씨 연구에 힘을 쏟았고 몽똑해진 붓이 항아리에 가득 쌓였다고 하는데, 아들은 호운(湖雲)이라는 호로 가업을 계승했고, 손자는 우운(又雲)이라는 호인데 난초를 쳤다고 한다. 기초(箕

樵) 모수명(牟受明)도 창암에게 글씨를 배웠는데 해서와 초서를 잘했다. 만년엔 호중(湖中)을 주유하며 사람들에게 글씨를 가르쳤고, 매번 석 달로 기한을 정하고서 성과가 있게 되면 반드시 사례로 2백 냥을 받았다. 그의 글씨를 사람들이 모체(牟體)라고 불렀다.

석련(石蓮) 또는 두강초부(荳江樵夫)라고 한 이공우(李公愚 : 1805년생)는 관직으로 도정(都正)을 지냈는데 매화를 잘 그렸다. 석련은 추사에게도 배웠던 모양이다.

소당(小棠) 김석준(金奭準 : 1831~1915)의 서옥(書屋)이 홍약루(紅藥樓)인데 저술로《회인시록(懷人詩錄)》《속회인시록》이 있었으며 그《속회인시록》에 이석련을 회고하는 시가 있다.

즉 계축년(1858)에 석련이 추사·권이재 등을 모시고 선방(禪房)에 간 적이 있는데 석련이 매화를 그리자 두 공이 이를 칭찬했다. 김소당은 그 이야기를 석련으로부터 듣고 30년 전의 일을 회상하며〈회이석련(懷李石蓮)〉시를 지었던 셈이다.

난석(蘭石) 또는 난생(蘭生)이라는 호를 쓴 방희용(方羲鏞 : 1805년생)은 자를 성중(聖中)이라 했고 본관은 온양인데 예서를 잘 썼고 한예에 가까웠다고 한다. 이상적과 가까운 친교가 있었으며《은송당집》에는 난석이 한예비 탑본을 손질하는 25개조 원칙이란 것을 만들고《휘작(彙作)》5권을 저술했다고 적었다. 또 한인(漢印)을 모방한 인장을 만들어 사용했다. 소당 김석준도《홍약루회인시록》에서 방난석을 회상하는 시를 기록하고 있다. '문장의 여기로써 그림도 교묘했는데, 묘법을 헤아린다면 동원(董源)과 거연(巨然 : 둘다 남당의 산수화가) 사이에 있더라(文章餘藝工於畫 妙法參量董巨間).'

헌재(瓛齋) 박규수(朴珪壽 : 1807~1876)는 연암 박지원의 손자로 이미 소개된 바 있다. 박헌재와 동갑내기인 송석(松石) 이교익(李敎翼)은 자가 사문(士文)이고 연안 이씨인데 산수 화가이고 특히 나비 그림으로 유명했다. 집이 호곡(壺谷)에 있었는데 어느 날 문득 보니까 괴이한 무늬의 협접(蛺蝶 : 표범나비)이 뜰에 와 있었다. 송석은 곧 나비를 잡아 그 색채를 연구하려 했는데, 나비는 훌쩍 날아올라 그는 의관도 갖추지 않고 허겁지겁 쫓았으며 성북동까지 이르렀다는 것이다.

다음은 《예림갑을록》에도 이름이 나오는 이형록(李亨祿 : 1808년생)인데 그는 나중에 택균(宅均)이라고 이름을 고쳤다. 자는 여통(汝通)이고 호는 역시 송석이라고 했는데 초원(蕉園) 이수민(李壽民)의 조카이며 화원이었다. 책가(册架 : 서가)를 잘 그렸다.

《갑을록》의 동인으로 희원(希園 : 喜園) 이한철(李漢喆)은 이형록과 동갑이고 신분도 같은 화원이며 안산(安山) 이씨이다. 추사는 희원이 그린 몇 가지 그림에 대해 평했다. 〈층란소사도(層巒蕭寺圖)〉에 대해서는 '요즘의 사람으로 언덕이나 골짝의 필세(筆勢)를 보게 되면 전혀 착력(着力)이 없는데, 이는 기뻐할 만한 점이다. 그러나 산꼭대기의 사찰 등은 절로 포치(布置 : 짜임새)가 있어야 할 곳으로 붓따라 멋대로 그려선 안된다' 했고 〈죽계선은도(竹溪仙隱圖)〉에 대해선 '용필이 고르지 않으나 경계되는 점을 잘 택하여 좋다. 이것은 반드시 쌓은 공력이 있기 때문이라'고 했다.

우봉 조희룡도 〈죽계선은도〉에 대해선 좋은 점수를 주고 있다. 《홍약루회인시록》에서도 희원의 채색은 세상에 없는 것이고 인물화에도 입신하여 집집마다 초상화가 있다고 하였다.

풍흥 홍우길(洪祐吉 : 1809년생)도 추사의 서화 영향권에 있었다고 추정된다. 그는 홍정주의 아들로 자는 성여(成汝)라 했고 호는 애사(靄士), 혹은 춘산·연탄(研灘)이라 했으며 경술년(1850) 문과에 급제하여 이조판서까지 오르고 있다.

그런데 현재 간송미술관에 소장되어 있는 수묵 지본(紙本)의 '芝蘭

並芬(띠풀과 난초가 향기를 함께 하다)'을 볼 것 같으면 홍애사의 이름이 나온다. 추사의 글씨는 단지 '芝蘭並芬'의 네 글자에 '먹이 남아 장난하다, 석감(石敢 : 추사의 호)'이라고 썼을 뿐인데 우수(又髯)라는 서명으로 권이재가 또한 쓰고 있다.

'앞으로 백 년이 있어도, 도는 끊기지 않으리. 만 가지 화초가 함께 꺾여도 향기는 없어지지 않으리.(百歲在前 道不可絶. 萬卉俱摧 香不可滅. 又髯)'

그리고 옆에 작은 글씨로,

'정축년 구월 구일에 삼가 즐기다, 애사생(丁丑 重陽恭玩 藹士生)'이라고 서명했다. 우수가 말한 도란 난도(蘭道), 곧 난초 그림의 화법이리라. 추사의 난초 예술이 백 년은 간다는 의미이다. 따라서 향도 추사 예술의 향기로 해석된다.

문제는 정축년인데 삼가 즐기다, 혹은 삼가 감상하는 말이 있으므로 이것은 애사가 여덟 살이던 순조의 정축년(1817)이 아니라 다시 60년이 지난 고종의 정축년(1877)을 말하리라. 그때 애사는 이 수묵 지본을 입수하고 보물처럼 즐기며 추사의 글씨와 난초 및 이재의 글씨를 감상했을 것이다. 그 자신 서화가인 애사로선 당연한 일이다.

그런데 이 '지란도'가 홍선대원군의 귀에도 들렸다. 현재 '지본'에는 '띠풀과 난초가 서로 꿰어차듯 하다(紉珮芝蘭 : 坡生)'라는 문자가 또 있는데 이는 파생(홍선대원군)이 나중에 덧붙인 것으로 판단된다. 한 장의 서화가 지닌 운명은 이와 같이 숱한 인연이 있는 것이다.

《갑을경》의 소치 허유는 앞에서 이미 나왔지만, 추사는 소치의 〈추강만촉도(秋江晩矚圖)〉에 대해 평했다.

'이 또한 일종의 풍치요, 필의에 메마르고 껄끄러운 데가 없으니 기뻐할 만하다.'

또 〈만산묘옥도(晩山茆屋圖)〉에 대해 평했다.

'먼 산이 한 가지로 채색되어 있으니 용필에 군더더기가 있음을 면하지 못한다.'

허소치는 84세라는 장수를 누리고 있다. 추사의 〈산교청망도(山橋淸望圖)〉의 평으로선 다음과 같다.

'필의가 크고 멋대로인 것이 전혀 꺼리는 게 없다. 그러나 저력(底力)이 있고 능히 연마를 정지하지 않아 좋다.'

이상의 세 가지 평언은 소치의 젊었을 때 결점을 집어낸 말이라고 생각되지만, 공통적인 점이 있다. 즉 그림에 있어 선이 굵었다는 지적이다. 메마르고 껄끄러운 데가 없다는 지적은 거침없이 나가는 박력이 느껴지고 붓의 군더더기란 의욕 과잉을 말해주며 필의가 크고 멋대로이다는 자유 분방한 기품을 의미하는 게 아닐까? 즉 그런 것이 완숙되기 전에는 결점이겠으나 어떤 과정을 넘기면 오히려 타인의 추종을 불허하는 화풍이 된다고도 여겨진다.

소치는 또한 성실한 인물이었음이 이 뒤의 이야기로 증명된다. 요컨대 소치는 처음엔 조야(粗野)했으나 점차로 원숙해졌을 터이다. 그것이 또한 장수의 비결이었다.

다음은 《석우망년록》의 말이다.

'동파의 〈입극도(笠屐圖)〉는 불길 같은 신채(神采)가 있지만, 또 권치(顴誌)에서 벼루를 떠나 따로 전해지는 하나의 참된 모습이 곁들여진다. 물과 달의 그림자가 나눠지며 백억으로 변하여 나타나듯, 여산(廬山)의 8만 4천의 게(偈)가 무진장인 것처럼. 소치의 붓은 비록 기서(機杼 : 베틀, 전화되어 배움)가 없다 할지라도 진적 아래로 한 등급 낮을 뿐이고, 당모(唐摸)한 진첩(晉帖)보다 덜 하지도 않으니 이를 좌우에 걸어두고 깨끗한 법연(法緣)을 얻을 수 있으리라.'

서화에서 시가 기본이라고 앞에서 말했다. 추사도 같은 생각이었으며 〈아이들 시권 뒤에 제하다〔題兒輩詩卷後〕〉가 있다. 아이들이란 《갑을록》의 문하생들을 말하리라.

'무엇보다 이 일(시)은 따로 신해(神解 : 영감)가 있어야만 하고 그런 뒤에야 설명할 수 있지만, 또한 입으로선 비유하거나 전할 수가 없는 것이니 마땅히 소동파·황산곡의 두 문집으로 나아가 천 번 만 번 익히 보고 충분히 읽어야 절로 신명(神明)이 있게 되며 남에게 알릴 수도 있다. 가장 꺼리는 것은 잡념인데 또한 빨리 하려 해도 안되며 맨손으로 용(龍)을 잡는 일은 피해야 한다. 사자가 코끼리를 잡으려면 마땅히 온힘을 다해야 하겠지만, 토끼를 잡더라도 온힘을 다하는 것이다.'

추사는 젊은이에게 넓은 독서를, 그것도 그가 존경하는 동파와 산곡을 깊이 읽으라고 권하는 것 같다.

조희룡은 《갑을록》 동인은 아니지만 추사의 지도를 받았다. 〈조희룡의 화련(족자)에 제하다〔題趙熙龍畫聯〕〉가 있다.

'근일에 마른 붓과 밭은 먹을 갖고서 원나라 사람의 거칠고 간솔(簡率 : 격식을 갖추지 않은)한 것을 만들어 내는 이들은 모두 스스로를 속일 뿐더러 남을 속이는 일이다. 이를테면 왕우승(王右丞 : 왕유)과 대소의 이장군(李將軍 : 이사훈과 아들 소도)·조영양(趙令穰 : 북송의 서가)·조승지(조맹부) 같은 이들은 모두 녹청(綠靑 : 그림물감)으로써 장점을 보였지만 대개 품격의 높낮이는 자취에 있는 게 아니고 그 뜻(정신)에 있는 것이다. 그 의미를 아는 자라면 역시 녹청·니금(泥金)이라도 좋으며 서도 역시 마찬가지다.'

앞에서 빠뜨렸지만 《홍약루 속회인시록》에서도 허소치에 대해 증언한다.

'소치는 어려서 다섯 살에 배움을 시작하고, 추사·자하의 문하였네. 물을 달여 엉기면 진국이 되듯, 공허한 운수도 오래 되니 두루 새로워졌네. 24품을 꿰뚫어 깨치고, 옥년(성년)이 되니 전신을 깨끗이 제도했네.(少小五端學 秋史紫霞門 練水凝成液 運虛久彌新 悟徹卄四品 玉年度前身)'

사람은 누구나 다듬어지고 노력하면서 원숙해지는 것이다. 소치가 자하에게도 배웠다는 것은 이것으로 증명된다.

연수응성액(練水凝成液)은 설명할 필요도 없으리라. 다음의 운허(運虛)는 비어있는 운인데, 옛날의 선인들이 너무나도 운명론자라고 비웃지는 말기 바란다. 당시는 모두가 그러했고 그것마저 느끼지 못했다면 벌레 같은 인생이었을 터이다. 사람에게 젊음이 있고 흔히 미숙하다고 하지만, 우리의 시대도 같을 것이다. 세상이 개화되고 발달한 것까지는 좋으나 과거마저 부정한다면 그 시대는 발전이 아닐 터이며 병들거나 오만 이외의 아무것도 아니리라.

운허라는 이 말로 소치의 생활이 빈한했고 고난에 가득했음을 짐작한다. 그런 고난 속에서 스승을 끝까지 보살폈던 순수한 성실성은 역시 당시에도 돋보였던 것이다.

사공도(司空圖 : 837~908)는 만당의 시인이며 당대를 대표하는 시평론《시품》을 저술한 것으로 유명하다. 그는 시의 품격을 24등급으로 분류했는데, 역시 기교나 읊어진 대상에 중점을 두지 않고 그 시의 정신을 평가했던 것이다.

추사의 〈낙목일안도에 제하다〔題落木一鴈圖〕〉를 읽기 전에 참고로 말한다면, 사공도는 자가 표성(表聖)이고 당희종을 섬겨 '중서사인'을 지냈는데 만년엔 고향 중조산(中條山)에 둔세하여 내욕거사(耐辱居士)라는 호를 썼다. 그의 시는 당나라 말기의 난세를 앞두고 나라 일을 걱정하는 내용이 많다.

'사공표성의 24시품은 그림의 경지 아닌 게 없지만, 동파공의 빈 산에 사람은 없고 물소리에 꽃은 피어난다(空山無人 水流花開 〔소식의 〈羅漢讚〉)), 산은 높고 달은 작은데 물이 빠져 돌은 드러난다(高山月小 水落石出〔소식의 〈적벽부〉〕) 또한 더할 데 없는 묘한 표현이었다.

지금 이 '낙엽진 나무에 길잃은 한 마리의 기러기'라는 대초는 두 공의 마음도 미치지 못하는 바깥 세계에서 염출(拈出)된 하나의 다른 경지인데, 초후(苕侯)는 가슴속에 천기(天機)가 절로 가득해져 위로 두 공을 좇는다는 것일까?

일찍이 초후시(苕侯詩)를 보았는데 '새벽에 꾀꼬리 오니 깊은 뜻이 있었네(曉來黃鳥有深思)'라고 했지만, 이 한 구가 사공도의 풍류스런 맛과 매우 닮았다. 그렇다면 과연 일안(一鴈)과 같은 경지에 있음을 얻었다는 것일까?'

이 글에서 어려운 점은 초후(苕侯)를 인명으로 보느냐 하는 것인데, 초는 《시경》〈소아〉편에 나오는 말로 풀이름이며 우뚝한 모습이라고 한다. 인명으로 보기에는 아무래도 어색하고 인간의 오만을 의인화(擬人化)시킨 것인지도 모른다.

불교에서의 출세(出世)·현현(顯現)은 인간이 예측할 수 없는 외력(外力), 이를테면 인연과 같은 영묘한 것에서 비롯된다. 자연의 현상도 그렇고 인간의 출생도 그러하다. 염출이란 의미도 이렇게 생각함으로써 이해될 것 같다.

그런 정신적인 것이 시품으로 상인데 낙목에 외떨어진 기럭을 배치했기에 추사는 의문을 제시했던 것 같다.

애춘(靄春) 신명연(申命衍 : 1809~?)은 소하의 아우이고 자하의 차남이다. 무과에 급제하여 부사(府使)까지 지냈으며 물론 화가이다. 《경수당집》에서 그 행적을 뽑는다면 다음과 같다.

'아이적에 능히 시서화를 했으며 활도 쏘았다. 백묘(白描 : 엷은 묵화로 채색하지 않는 것)로 〈십이명원도(十二名媛圖)〉를 그렸는데 7절 12수는 여기서 기록하지 않겠다. 백자(장남) 명준은 "가을이란 꿈이다" 했고 중자(차남) 명연은 "가을이란 듣는 데 있다" 했으므로 〈청추도(聽秋圖)〉를 그리게 했다. 세상의 여러 사람은 모두 가을 선비인 것이다. 한때 시작(詩作)을 권했고 몸소 제목을 내기도 했는데, 갑오년(1834)에 이르러 소질을 나타냈다. 문암(問庵?)이 자하의 두 아들을 귀여워하여 장난으로 그림도 그리게 하고 운자를 주며 시를 짓게 했는데 화답했다.

——이웃 늙은이 헛수고로 두 병아리를 귀여워하고, 우리 아버진 좋아서 입을 크게 벌리네. 우물파기 이레로 큰 가뭄을 조심하고, 알을 보자 밤이 어서 지나기를 재촉하는 꼴일세. 내 다박머리 나이부터 표암(강세황) 노인에게서 배웠지만, 남의 집 안방에 잘못 들어오는 것을 막았다네(간섭 말라는 의미). 조조 망나니가 패권을 잡음은 불우한 탓이고(귀염을 받지 못했다), 염라대왕 명령도 누가 가르쳐 조화되는 건 아닐세(曹覇無賴纏坎壈 閻令誰敎登鹽梅). 아이는 코를 흘려 한 자는 되는데, 바짓가랑이 찢어져 털럭거리는 게 가엾다네. 매번 보아도 낭자하니 눈썹은 딱 바라지게 그리고, 방향도 얽히고 설켜있어 난장판일세. 처음 배우는 아이도 드뭇드뭇한데 무엇이 좋아서, 겁도 없고 꺼리지도 않으며 스스로 바깥동네에서 올까? 누군지 약한 마음이라도 품게 되면 호령이고, 등받이에 기대며 껄껄 웃으니 꼴불견일세. 어째서 곧 옷자락을 털며 갈 것을 밭 팔아가며 오고, 아이더러 밤을 줍게 하고 군고구마를 주어 일등이라고 하네. 점을 가리켜 형·관·동·거의 법이라는데, 산과 내를 색칠하며 하루를 서성거리네.(指點荊關董巨法 罷畫溪山日徘徊)'

감람(坎壈)은 함정에 거듭 빠진다는 뜻으로 실지(失志)인데 뜻을 얻지 못하는 불우한 것을 말한다. 염매(鹽梅)는 짠맛과 신맛인데 전와되어 안배·조화라는 뜻으로 사용한다. 형관동거(荊關董巨)의 동거는 이미 나왔지만 현관 역시 동기창의 〈남북이파론〉에서 소개된 형호(荊浩)와 관동(關同)을 가리킨다. 둘 다 5대의 산수화가로 그 이력은 확실치 않지만 짝으로 예시(例示)된다.

그것보다 이 시의 해학인데, 비록 장난이라고는 하지만 일면의 진실을 전한다고 하겠다. 원문의 한자는 두 구절만 제외하고 소개하지 않았지만 벽자가 나열되고 현대의 독자로서는 별 의미가 없을 것 같아 생략했다. 다만 산수화를 배우는 아이들로 가장 어려웠던 것은 그림의 채색법에 있었던 모양이다.

형관동거의 법으로 점(點)을 들고 있는데, 이는 물론 미점법(米點法)이라는 것이고 그림에서의 점법이란 생략과 색의 농담(濃淡)에 있었던 것이다. 암화(罨畫)는 채색 그림.

방산(舫山) 윤정기(尹廷琦 : 1810년생)는 자를 경림(景林)이라 했는데, 바로 다산 정약용의 외손자로 글씨를 잘 썼으며 미남궁(미불)체를 본받았다. 또 위당(威堂) 신관호(申觀浩 : 1811~?)는 나중에 이름을 헌(櫶)이라 개명하는데 고종 13년(1876)에는 일본과의 '병자수호조약'을 체결했고 동 19년(1882)에는 전권대사로 미국과의 '수호통상조약'을 맺은 인물이다. 특히 예서를 잘했으며 경회루(慶會樓)의 편액은 그의 글씨이다.

추사의 시로 만년의 작품이라 여겨지는 〈석범본의 위당대립소상에 화답하여 제하다〔和題石帆本威堂戴笠小像〕〉 4수가 있다.

　　만이천 봉을 얻고 장하게 돌아오니/봉우리마다 모습 하나씩이라 하늘 기틀도 미묘하네./붓끝마다 느긋하고 왕성한 모습은/묻노라 둥근 게 참으로 옳은 건지 그른 건지를.
　　(萬二千峰得得歸 峰峰一相妙機微 毫端遏遏鬖鬆影 問否圓眞是也非)

모로 세로 걷는 데 익숙한 줄로만 알았더니/문득 바람에 화엄누
각 펼쳐지누나./유마힐은 아니지만 억지로 두 가지 뜻을 말한다
면/고개 돌려 자기 집에서나 찾고 찾아보소.

　　(曾於句步倨行工 忽漫華嚴樓閣風 强說維摩非二義 回頭覓覓自家中)

　그릴 수 있는 사람이 세상에도 없을 텐데/추위와 거칠음 속에서
도 필의는 풍진을 벗어났네./사칠 이십팔의 운대화상을 모르고서/
그날의 큰 방진을 어찌하오리.

　　(世上元無可畫人 荒寒筆意出風塵 不知四七雲臺像 當日如何太放眞)

　광대뼈 그림자는 등그림자 따라 그려내니/새파란 눈동자에 눈썹
수염도 갖추었다네./비바람 가릴 행창이 아니라도 족하니/삿갓 쓴
그림이 곧 그대로인 모습 돌려받았구려.

　　(顴影漫從燈影摹 瞳中碧已具眉鬚 揀無風雨行藏足 依樣還仍戴笠圖)

　이 시를 살펴보면 강조를 나타내는 쌍성·중음(重音) 등이 사용되
고 있음을 알 수 있다. 다른 시도 마찬가지겠으나 신위당에 대한 추
사의 남다른 감회가 있다고도 느껴진다.

　먼저 제목에 나오는 석범본(石帆本)인데《서화징》을 보니까 석범은
이건필(李建弼:1830년생)의 호로 자는 우경(右卿)인데 의주 만윤(灣
尹)을 지냈다. 글씨를 잘하였고 안변의 석왕사(釋王寺) 편액 및 주렴,
묘향산의 보현사 극락전·서래각(西來閣)·청허영당(淸虛影堂)의 편
액은 모두 그의 글씨였다. 말하자면 추사는 석범이 그린 화첩에 든
위당의 삿갓 쓴 작은 초상화에 제시했던 셈이다.

　득득(得得)이란 얻었다는 말의 강조이겠으나 의기양양했다는 의미
가 되리라. 납탑(遜遢)은 둘다 천천히 걷는 모습이고 봉송(鬠鬆) 역시
두 자 모두 더부룩하다는 뜻이다. 즉 같은 글자의 뜻을 강조한 첩운
(疊韻)이며 각각 완만한 모습과 변화가 많음을 나타내는 왕성함으로
보았다. 영(影)은 말할 것도 없이 모습이란 의미도 된다.

구보(句步)와 거행(倨行)을 모로 세로라고 번역했는데 구보는 직선이고 거행은 곡선을 말한다고 한다. 금강산이 《화엄경》과 깊은 인연이 있고 숱한 봉우리의 이름은 모두 불경의 말로 지어져 있다. 그래서 화엄세계라 했던 것이며 정토(극락)를 의미하기도 했다. 유마힐(維摩詰)은 왕유인데 유마거사를 겸하고 있어 묘미가 있다.

원무(元無)는 원래 없다는 뜻으로, 석범은 글씨뿐 아니라 그림, 특히 인물화가 뛰어났던 모양이며 극찬을 아끼지 않고 있다. 황한(荒寒)이란 거칠게 춥다는 것이겠으나 고난을 상징하며 산의 모습이 비바람 속에서 억만 년을 두고 생겼듯이 필의(작가 정신) 또한 고난 속에서 키워지는 것이다. 앞에서 두 가지의 뜻(참모습)을 찾아보라고 했음은 이 세상의 진리란 상대적임을 말한 듯싶다.

운대(雲臺)는 후한 제2대의 명제(明帝) 궁전에 있던 건물 이름으로 당시 분열되었던 한나라를 재통일하고 흉노 토벌에도 공이 많았던 등우(鄧禹) 이하 28명의 공신 모습을 그리게 했던 것인데, 조선조에서도 이를테면 성균관에 그런 공신의 모습을 그리고 후세의 귀감으로 삼는 게 전통이었다. 방진(放眞)은 참모습을 놓쳤다는 의미로 쓴 것 같다. 신이 아닌 다음에 완전(完全)이란 있을 수 없다는 말인 듯싶은데 그 까닭은 마지막 수의 시구가 있기 때문이다.

광대뼈가 나온 것은 우리나라 사람의 특징인데, 교만함이라는 뜻도 있다. 추사는 여기서 왜 이 말을 사용했을까?

관영(顴影)과 대비되는 말로 간무(揀無)는 '가리지 않는다'는 뜻일 것이다. 그러면서 액면 그대로인 비바람의 행장(行藏)은 장(裝)의 차자, 곧 비바람의 준비로서 흡족하다 했으므로 앞뒤의 표현이 모순된다. 이것은 곧 비바람은 이미 겪은 것인데 행장이 필요없다는 체념의 뜻이 아닐까?

끝으로 신호열씨는 〈대립도〉의 주인공이 위당이 아닌 자기(慈屺)

강위(姜瑋)라고 한다. 그 근거는 설명이 없다.

《완당집》 권2에는 신위당(관호)에게 준 서독이 3통 실려 있다. 그 중의 하나를 골라 번역해 보겠다.

'《금석원류휘집(金石源流彙集)》(전하지 않음)은 과연 이룩되었는지요? 이를테면 구양수의《집고록》이나 홍반주(洪盤洲:洪适, 1123~1184)의《예석(隸釋:27권·1163년 찬)》등은 읽지 않으면 안되며 또 이를테면 왕난천(王蘭泉:王昶, 1725~1807)·전신미(錢辛眉:전대흔의 자)의 여러 글 및 옹담계가 집일(輯佚)한 것은 더욱 정세하고 알찬 것입니다. 금석이란 하나의 배움이고 절로 하나의 문호(門戶:분야)가 있는데, 우리나라 사람은 다 이것이 있음을 모르며 이를테면 가까이 전예(篆隸)의 여러 서가들이 그 원본에 나아가더라도 다만 한번 베껴오는 데 지나지 않았으니 어찌 경사(經史:경학과 역사) 날개(경사를 돋보이는 수단을 말함)로서의 분예(分隸:예서와 팔분)가 같으면서도 다르다는 점과 변방(偏旁:글자의 변이나 옆에 붙은 것)의 변화된 흐름 등을 맛보며 고증하고 궁구할 수가 있겠습니까?

《한예자원(漢隸字原:남송의 婁機 찬)》은 참으로 좋은 것인데 309비(碑)나 되는 다수가 수록되고 비록 현존하는 한비는 30여 종일지라도 이를 일컬어 연해(淵海:근원)라 할 수도 있으리다. 판본 한 벌이 있으니 베껴가도록 하시오. (그런데) 바로 예기 공화비와 양두(羊竇) 척백(戚伯)비가 서로 다르지가 않은데 무엇으로 따져 증명할 수 있을런지요? (아마도) 누씨(婁氏)의 원본은 반드시 이렇지는 않았을 텐테 전전하며 번각되는 사이 마침내 와전되고 본래의 모습을 알 수 없게 되었으리다. 고남원(顧南原:顧藹吉. 淸代의 서가)의《예변》(전8권)이라는 한 책이 있고 도리어 이보다 나은데, 한스런 것은 오직 그대로 하여금 일일이 가려내게 하고 입으로 증명할 수 없는 일이외다. 행협(行篋 : 여행용 고리)이 심히 빈약한지라, 이것을 증명할 수 있는 것으로 가져온 게 없으니 멀리서 이르지 못함을 뜻밖이다 싶게 놀라면서 속상해 하고 있을 뿐이지요. 무릇 내게 속해 있는 거라면 끝내 하나 빠짐없이 다 보시게 되리다.

석암(유용)의 서법은 역시 시가(詩家)로서의 어양(漁洋 : 왕사정)과 같고 천분이 남다르게 빼어난지라 본뜨기가 매우 어려울 것입니다. 또 그 진적을 아직 보지 못하고 오직 그 탁본을 보고서만 나아간다면 더욱 착수하기가 어렵겠지요. 그 행묵(行墨 : 붓사용)은 다른 사람과 크게 다른데 깊이 동파공의 묵법(墨法)을 터득했을 뿐더러 그 정묵(停墨)하는 곳에 이르러선 좁쌀알 같은 울뚝불뚝한 곳의 솟아있는 자국이 있습니다. 동파공의 묵법이 곧 이와 같지만, 우리나라 사람은 비록 붓 쓸 줄은 알되 먹 쓸 줄은 모르며 마음의 눈이 어찌 이것에 미칠 수 있겠습니까?

대체로 그 글씨는 오로지 동파공을 좇아 내려온 것으로 저절로 하나의 문파를 열었는데, 청나라 이후의 서가로선 하의문(何義門 : 何焯, 1661~1722)·강서명(姜西溟 : 姜宸英)·왕퇴곡(汪退谷 : 汪士鋐, 1658~1723)·진향천(陳香泉 : 奕禧)과 같은 여러 사람이 있고 활달한 것이 서로 굽어보고 있지만 석암의 글씨는 동현재(동기창) 이후 널리 지나친 데가 있는 거장(巨匠)의 한 사람이 되었지요. 이를테면 동파의 글씨를 배워 얻고자 한다면, 먼저 이를(석암 글씨) 구하여 진적의 묵묘(墨妙)를 본 뒤에야 또한 논의할 수 있게 될 것입니다.

(다만) 그대의 서법으로 보아 이것을 말한다면 장득천(張得天 : 張照, 1662~1722)을 좇아 들어갔다 싶은데 장씨는 바로 매우 가까운 건륭 초의 사람이고 그의 글씨는 오로지 동씨를 좇고서 탈화(脫

化)되었다 하겠으므로 석암과 더불어 나란히 달린다고 하겠지요. 건륭제는 이 장씨의 글씨로 곧장 왕우군과 비겼습니다.

중국에는 자못 많은 먹탑본이 통행되고 또 많이 유전되어 민가에도 수장되고 있는데 나도 진적이 한 권 있었지만 한 친구가 가져가 버려 지금은 없으나 문의할 수는 있을 것입니다.

장씨의 이름은 조(照)이고 시호는 문민(文敏)인데 동현재와 같은 시호입니다. 만약에 성십(盛什 : 십은 상대편의 시)에 망령되게시리 평점(評點)을 더했다면 이는 웃어 주기 바라며, 예첩이 출람(出藍 : 스승보다 낫다는 것)의 기쁨은 있으나 욕됨이 있을 것은 깨닫게 되리다.

매번 붓을 시작하고 거두는 데 있어 충분한 힘을 들이고 정신을 들이는 게 절대이며 지나친 방임(放任)이 없어야 하지만 어떨런지요? 원지(原紙)는 따로 나누어도 되지만 평을 올리지 않으니 양해하여 주기 바라오. 2권 및 10장이 있지만, 마땅히 다시 그리고 삼가 1권과 2장은 먼저 올리겠는데 이 글은 완성된 것이며 또 전에 남겨둔 2장도 이것과 아울러 한 가지로 올리겠으나 그 나머지는 팔이 아파 억지로 할 수도 없으니 정신과 기력이 조금 나을 때 뒤따라 의당 헤아려 보기로 하겠어요.

한대(漢代)의 관척(官尺) 1개는 바로 옛날의 제품으로 제(題)와 관지(款識)는 졸작(拙作)이지요. 이것으로 금석의 길고 짧음을 상고하여 정할 수가 있으니 서주(書厨 : 서재)로선 꼭 소용되는 것이며, 이에 들어올리니 보아 거두어 주심이 어떻겠습니까? 만약에 철주(鐵鑄 : 쇠로 된 것)를 사용하신다면 다시 구워내도 좋고 이를테면 주조 모형으로 쓰시고 돌려주신다면 더욱 좋습니다. 청애당(淸愛堂) 붓 한 개비를 또한 삼가 올립니다만, 이는 바로 석암의 옛날 제품으로 일찍이 서너 개비를 얻었던 것이며, 거세강유(巨細剛柔)

를 뜻대로 하지 못하는 게 없지요. 나도 예서나 해서를 쓸 때에는 오로지 이 붓으로만 사용하는데 이 한 개비로 20년을 사용했지만 낭패가 없었습니다. 영군(슈君 : 존칭)이 아니면 결단코 할애(割愛)할 수 없고 내보낼 수 없는 것인데 모름지기 영수하시고 고심한 보람있게 보물처럼 사용하시기를 축수하고 또 축수합니다. 혹시 세간에는 모방해서 만든 것이 있겠으나 모두 가짜 붓이며 석암 가문에서 나온 것은 아닙니다. 석암의 영손(슈孫)으로 나와 더불어 금석의 기호를 나눈 인연으로 이를 얻은 것입니다.

연담(蓮潭) 스님의 시편 자폭(字幅 : 글씨 족자)은 이 세상에서 보기 드문 것이라 그만 훌륭함에 외치고 말았지만, 한 가지는 서투른 예서로 망령된 평을 억지로 하기 어려운지라 삼가 돌려보내오며, 이 병든 팔로선 이와 같은 해서를 운필(運筆)하기가 버거울 뿐더러 병든 눈으로선 도타운 정신을 막을 염려가 있어서이니 보시고서 거두어주심이 어떻겠습니까? 소첩 두 권은 과연 꾸미기는 했지만 좋지가 않으며 글씨로 한 통을 얻었으나 전혀 모양을 이루지 못한 탓입니다. 다른 본으로써 보완하여 그려 보내니 이를 양해하시고 오는 종이 역시 남김없이 모사할 수는 없어 약간의 것을 머물러 두게 한 것이며, 뒤따라 눈병이 좀 뜸하면 다시 시편을 그리겠사오니 용서해 주시기 바랍니다.'

긴 설명이 필요없지만 추사는 유배중에도 친지나 문생으로부터 글씨를 부탁받고 수고를 아끼지 않는 친절을 보였던 것이다. 개중에는 추사의 글씨를 얻겠다는 욕심으로 무턱대고 보낸 사람도 있었으리라. 눈병에 대해선 다른 서독에도 나오지만 얼마나 팔과 눈을 혹사했는지 알만하다.

경자년 7월 4일, 이재 권돈인이 형조판서로 왔다. 추사와 함께 일하게 되었던 것이다. 추사로선 가장 존경스런 이재였기에 마음도 기뻤으리라.

음력 7월이라면 가을의 시작이었다. 말복이 지나니 아침저녁 샛바람도 솔솔 불었다. 이날은 이재의 판서 취임 잔치도 조촐하나마 있어 추사는 술기운이 조금 있었다.

추사는 사랑에 들자 여종에게 저녁밥은 먹었다 이르고 곧 먹을 갈기 시작했다. 이재의 집에서 직산 현감으로 나가는 사람의 부탁을 받아 그 전별시를 쓸 작정이었다.

기분도 좋았고 문을 열어도 파리·모기가 없어 시가 붓끝에서 맑은 냇물처럼 이어졌다.

〈직산 사또를 송별하다〔送稷山使君〕〉
위천의 대나무도 부럽지 않고/울림석도 부럽지 않네./홀로 옛날 살피성을 그리워하네/역력한 옛자취도 많기에.
(不羨渭川竹 不羨欝林石 獨羨舊白城 歷歷多古蹟)
십제며 위례성이라든가/성거산엔 오색 구름 나부끼네./봉선의 홍경비는/검물을 멀리 거슬러 새겨졌네.
(慰禮城十濟 聖居雲五色 奉先弘慶碑 遠溯黑水刻)
옛적에 들었지만 붉은 전자 게는/바로 구양순의 파책(모사)이라네./오백 년 이끼가 끼었지만/본디의 운치는 쌓여 뚝뚝 배어 있다네.
(昔聞丹篆偈 是歐陽波磔 五百年前苔 淋漓元氣積)
그대는 이제 그 한 가운데로 가니/묵연은 참으로 기특하외다./십만 관 재물은 몸에 두를 수 있어도/한 조각 석비는 구하기 어려워라.
(君今此中去 墨緣儘奇特 十萬貫可纏 一片石難得)

번거롭긴 하지만 비전을 살피고/날 위해 탁본 하나를 떠주소./
비바람에 황폐되고 말았겠지만/나타나고 숨는 것도 성쇠로세.
 (煩君傳秘諦 爲我試一拓 風雨榛荒處 顯晦有消息)
 나는 아노라 직산 백성이,/기꺼이 손 올려 이마에 댈 것을./어진
정사는 돌에 미치니/하물며 붉거나 길트지 않아도 된다네.
 (吾知稷之民 擧手欣加額 仁政及此石 況復黎與赤)
 이 시는 제1수와 제2수에 그 생명이 있고 백성(白城)이 그 핵심이
라고 생각된다. 우리것을 찾자는 의미에서이다.
 이두를 보면 白은 삷→살피→살로 변화되고 있다. 그래서 백성을
살피라고 번역했는데 새하얗다는 것은 우리 민족과 깊은 연관이 있을
것이다. 한문화가 들어오면서 백의(白衣)를 금지하거나 했지만, 그럼
에도 여전히 계속해서 사람들은 흰옷을 입었다는 게 그 증거이리라.
 그러나 이것은 어디까지나 외래문화, 곧 한족의 것이고 우리의 것
은 아니다. 고구려·신라를 통해 직산은 백성군(白城郡)이라고 불렸
다. 아니 조선조 초기까지 그런 이름이었다고 《승람》은 전한다.
 한문화에 도취된 '사대주의자'들이 白城이라는 글자로 원래의 것
을 바꾸었던 것이며, 심지어 황해도 백천(白川)은 고구려가 이곳을
정복할 때 아비를 죽이고[殺] 항복한 자가 있어 백주(白州)라고 이름
지었다니 통탄할 노릇이다. 살(殺)자로는 살모사(殺母蛇)라는 것이
있는데, 직산의 옛이름이 또한 뱀뫼였다. 그래서인지 《승람》에는 충
청도 일대의 토산물로 백화사(白花蛇)를 꼽고 있다.
 추사는 주로 서화로서 직산을 읊고 있어 삷[白]에 대한 고증은 하
지 않고 있지만 당시에 있어 십제니 위례성이니 백성이니 하고 있으
니 적어도 우리것을 찾는 선구자였다. 또 추사는 당시의 유학자이고
누구보다도 한문에 깊은 조예가 있으나 위천이나 울림석을 부러워하
지 않는다고 한다. 즉 위천은 중국 장안 근처의 위수(渭水)를 말하며

그 강변에 대나무가 많았다. 울림석 또한 육적(陸績)이라는 이가 배를 안정시키기 위해 돌을 싣고 바다(중국에서의 바다는 강이나 호수)를 다녔는데 사람들이 그의 덕을 기리기 위해 울림석이라 불렀다는 고사에서 인용된 것이다.

위례성·십제에 대해서는 새삼 설명할 것도 없지만 조선조 시대, 직산의 성거산이 곧 위례성이었다고 믿었다. 일설엔 왕건 태조가 이곳을 지나다가 산 정상에 오색 구름이 나부끼는 것을 보고 산신에게 제사를 올린 뒤 성거산이란 이름을 지었다.

검물[黑水]은 무엇을 가리키는지 미상이나《승람》에서 아주제천(牙州梯川)이 고을 북쪽 23리에 있고 홍경평(弘慶坪)에서 시작되며 안성(安城)의 남쪽 청룡산을 감돌아 진위(振威)의 동하포(冬河浦)로 흘러든다고 한다. 지명은 모두 한자이나 더러는 이두의 흔적이 남아있다.

따라서 검물은 이 '사다리내'를 말하는 것 같고, 홍경평의 평(坪)은 벌판인데 '홍경원'의 유래가《승람》에 있다. 고을 북쪽 45리에 위치하는데 고려 현종(顯宗)이 병부상서 강민첨(姜民瞻)을 시켜 절을 짓게 한 것이 곧 봉선홍경사라고 한다. 이곳에 절을 세운 까닭은 홍경원(한자 院은 큰 건물, 곧 후대의 사원·여관 등이다)이 교통의 요지로 나그네가 지나는 목인데 부근엔 민가도 없고 외진 곳이라 도둑들이 출몰하여 행인들이 해를 입었다. 그래서 절을 짓게 하고 나그네의 숙박 편의도 줄 겸 승려가 있도록 했다.

그런데 홍경비라고 했다.《승람》에선 다시 현종이 원을 세우게 한 뒤 양식을 저장하여 길손을 먹이게 했는데 마침내 송덕비를 세웠다. 비문은 최충(崔冲 : 984~1068)이 찬했는데 뒷날 절이 폐지되면서 비석만 홀로 남게 되었다. 추사 시대에 이 비석은 남아있었고《조선금석총람》에도 그 탑본이 전하며 위치는 천안군 성환면 대홍리(大弘里)로 되어있다.

기(氣)란 글씨의 기운(氣韻)인데 곧 운치이다. 관(貫)은 엽전 1천 닢을 1관이라 했으며, 전(纏)은 휘감다인데 재물보다도 고적 보존의 중요성을 강조한다. 체(諦)는 살피다이고 진(榛)은 진(陳：묵다)의 차자이다. 그리고 소식은 몇번 나왔지만 변천·성쇠(盛衰)이며 이것이 당시 사람들의 자연관(自然觀)이었다. 또 파책(波磔)이란 모사(模寫)이며 구양순체를 본떴다는 것인데 그것이 단(丹), 곧 주홍색으로 씌어져 있었던 모양이다.

한 가지 흥미로운 것은 겨우 2백 년 전의 일인데 추사 시대에는 인사법으로 이마에 손을 대는 게 있었다는 걸 알 수 있고, 여여적(黎與赤)은 인정비(仁政碑)와 대비시켜 단청(丹靑)의 단(붉음)밖에 없지만 여(黎)는 여명(먼동)의 여로 보아 연다고 했다. 그러나 다른 뜻으로도 생각해 본다. 즉 '여여적'은 탑본을 뜨는 방법으로 본 것이다. 보통 비면을 깨끗이 씻어내고 주필(朱筆)로 비문을 그려 나가듯이 한 다음 종이를 대어 뜨는 방법이었다.

저 광개토대왕비는 무식한 야인들이 처음에(20세기 초) 표면의 이끼 따위를 제거하고자 쇠똥을 칠하고 태운 뒤 먹칠을 하여 떴다고 하는데, 글씨 연마를 위해 마구 탁본을 떠서 마침내는 글자가 손상되고 마모가 심해졌으며 심지어는 왜인에 의해 개변(改變)되었다.

추사의 기뻤던 심정도 며칠 가지 않아 싸늘하게 굳어져 버렸다. 동년 7월 10일, 김홍근은 대사헌이 된 것이다. 한편 대사간은 노골적으로 적의를 드러내는 김우명이었는데 거기에 김홍근마저 가세한 셈이다.

춘산 김홍근이 어째서 추사를 눈엣가시처럼 생각했는지는 자료가 없어 추측을 벗어나지 못한다. 생각컨대 서화 등은 물론이고 유학에서도 추사를 따르지 못하던 그는 일종의 질투심을 가졌던 모양이다.

아니나 다를까, 그는 취임하자마자 김우명과 공동으로 윤상도(尹尙
度)의 옥사를 재론하여 이미 사망한 김노경을 탄핵한다. 유당에 대한
탄핵은 곧 추사에 대한 공격인 것이다.

그날 저녁 집에 돌아온 추사는 방문을 걸어잠그고 꼼짝도 하지 않
았다.

월성위 궁은 태풍 전야처럼 고요하기만 했다. 추사는 시인이기에
그 마음이 너무도 순수했다. 권모술수란 것을 몰랐던 것이다. 또 추
사는 다정다감했다. 온갖 생각이 혼자 있는 동안 천 갈래 만갈래로
찢어지는 것만 같았으리라.

'이래선 안된다. 내가 무엇을 잘못했기에 부당하게 그런 소인배의
쩔고 까부는 짓거리에 굴복한단 말인가!'

추사는 마음을 가라앉히려고 노력했다. 그 방법으로는 시를 짓거
나 글을 쓰는 것도 좋으리라. 글을 쓰면 잡념을 몰아내고 정신을 집
중할 수 있기 때문이다. 그러나 마음이 너무나 격동하여 그럴 경황이
없을 것 같다.

날씨마저 한여름처럼 더웠다.

방문을 단단히 닫아서이겠지만, 사실 바깥 날씨도 가을답지 않게
더웠다. 그러면서도 방 안의 촛불은 흔들린다.

'잠은 올 것 같지 않다.'

추사는 다시 마음을 돌려 방 위쪽에 있는 상자를 뒤적거렸다. 구고
(舊稿)라도 찾아내어 퇴고를 할 작정이다.

눈에 띄는 것이 있다. 〈차다 일어나니 안개가 걷혀 만상이 다 드러
나므로 또 전운을 쓴다〔睡起霧罷萬象呈露 又用前韻〕〉 2수였다.

자다가 일어났다는 말이 눈에 확 들어왔다. 어제와 오늘이 너무도
판이하기에 꼭 자다가 뒤통수를 얻어맞은 꼴이 아닌가!

깨기 전의 일을 곰곰이 생각해보니/가물가물 어둠 속에 떨어지네./석양의 빛이 갑자기 밝다 싶더니/만 가지 초록에 또 천 가지 푸름이 아닌가.

(重理醒前事 依依墮渺冥 斜陽忽生色 萬綠與千靑)

뜰의 잣나무 공을 보니 깨달음이 있고/돌샘물 들자 멀리 들리네./그림이 되기에 넉넉한 자연의 경치인데/높이 솟아있는 구름다락 내려와 있네.

(庭栢參空悟 巖流入遠聽 天然堪畫處 雲樓下亭亭)

아침비는 물을 맑게 해주니 더욱 받들어지고/느닷없는 캄캄으로 바뀐다네./중이 외곬길을 물으니 까마득하고/산 속에 들자 사방이 푸름일세.

(澹澹崇朝雨 俄然變晦冥 僧尋一逕黑 山入四圍靑)

금궤짝엔 구름이 늘 둘러싸는데/연꽃 상자는 새가 와서 듣네./동천이라 복지가 많고/나도 띠풀 지붕의 암자를 얽겠네.

(金匱雲常擁 蓮函鳥自聽 洞天多福地 我欲結茆亭)

추사는 퇴고하면서 지금의 내 심정과 너무도 닮았다며 중얼거렸다. 닮을 밖에! 스스로 지은 시이고 마음이야 언제나 그게 그것이 아닌가.

어느 사람의 경우라도 이 시는 해당되리라. 산 속에 들어가 하룻밤을 자고 공기가 좋아 아침 일찍 잠이 깨면, 거기에는 새롭게 보이는 세계가 존재한다.

장주는 호접몽을 노래하면서 꿈이 현실이고 깨어 있는 지금이 꿈이런가 하며 탄식했다. 그렇지는 않다 하더라도 산사(山寺)의 맑은 공기 속에서 바뀐 듯한 세계를 보면 과거의 일들이 주마등처럼 떠오르고 반성의 시간도 가져봄직하다.

그러나 많은 사람이 지난 일에 어둠을 보든가 혹은 반대로 미래에 그것을 보기도 하리라.
 해는 넘어갈 때 반짝하며 저녁놀로 하늘을 아름답게 물들인다. 긴 하루에 비한다면 그것은 짧은 순간이다.
 또 초록과 푸름은 분명히 다르리라. 그러나 세상에는 그 구별을 못하는 사람도 있다. 그리하여 그것을 뒤늦게 후회할 때는 이미 몸은 늙고 갈 길은 하나밖에 없다.
 시에서의 참(參: 참선)과 입(入: 몰입)은 같은 의미다. 참선하여 잡념을 버리고 몰두하면 시끄럽던 주위의 소리는 절로 멀리 들린다. 고승은 옆에서 벼락이 떨어져도 꿈쩍하지 않는다고 한다. 몰입(沒入)함으로써 초월하기 때문이다.
 점 찍은 부분은 설명하지 않으려니와, 추사의 마음도 그 부분에 있으리라.
 극도로 말을 아끼면서도 압축된 사념(思念)이 있는 게 한시의 매력이고, 제한과 규칙을 정함으로써 우주 자연의 질서가 가져다주는 아름다움이 있다. 글씨도 그 생명은 균형미와 굳센 데에 있는 것이다. 시 또한 그러함도 우연의 일치는 아니리라.
 마지막 1수에서 추사는 유불선(儒佛仙)을 교묘하게 배치하고 있다. 이 경지에 도달하면, 이미 우리의 것이다. 김홍근 등 추사를 새암하는 세력은 추사를 가리켜 청유 숭배자이고 중독자라고 비난했다. 그러나 이 시를 해석하면 그것은 부질없는 국수주의고 저 한족의 중화사상과도 다른 게 없음을 알게 된다.
 구름이 감도는 높은 산을 보며 달[산]을 우러르는 우리 겨레의 정서 그대로 신을, 혹은 하늘을 느끼는 것이다.
 신이나 하늘이 변하여 금궤짝으로 바뀌었다. 그것을 소박한 우리의 제천 사상이라고 본다면 잘못일까?
 불교 또한 그렇다. 인도의 불교가 중국에서 격의(格義)되었듯이,

우리 불교도 이미 수천 년의 역사를 가졌고 무속(巫俗)과도 섞였으며 공존(共存)했다. 연함(蓮函)──연꽃이 그려진 상자가 그것을 상징한다. 새가 모여 지저귄다는 건 불교 설화에도 있지만 자연과도 어울리는 풍경이다.

또 동천(洞天 : 동굴)이니 복지(福地)니 하는 것은 신선도와 풍수지리설 용어로 모두 우리말이 된 것이다.

산〔달〕이 없다면 우리 민족이 지금껏 존재할 수 있으며 자존심을 지킬 수 있었을까?

그리고 추사는 묘정(苗亭)을 얽고 싶다고 한다. 추사의 이 말이 거짓이라면 이제껏 보아온 시도 말짱 헛된 일이고 거짓말이 된다. 추사가 직접 그것을 실천하지 못했다고 해서 거짓말이 되는 것은 아니다.

지향(志向)인 것이다. 그렇게 바라면서 해탈하지 못하는 게 인간이고, 요즘의 말로 휴머니즘이다.

밤은 깊어간다.

이번에는 탑본을 펼쳐 놓고 들여다본다.

추사가 아끼고 좋아하는 홍보명(洪寶銘)이었다. 추사의 말로 '홍보명은 비록 시평(始平)·무평(武平)비에는 미치지 못하나 역시 좋고, 오히려 북조(북위)의 예스런 품격을 증명할 만하다'고 했다. 그래서 〈밤에 앉아 홍보 글씨에 차하다〔夜坐次洪寶書〕〉를 쓴다.

성벽의 피리소리 차가움을 이기지 못하니/마을과 산빛이 날카롭게 바뀐다네./바다의 가을 눈이 초저녁부터 크게 몰려오니/이삭 등이 심지 하나 부질없이 돋우려나.

(紛堞殘笳冷不勝 村容山色轉崚嶒 海天秋雪宵來大 排撥心心一穗燈)

그때 문소리가 들렸다. 벌써 삼경도 지났을 무렵이다. 추사는 붓을 놓있다.
"들어오시구려."
 안채 쪽의 쪽문이 열리면서 부인의 모습이 거기 있었다.
"시장하실 것 같아 호박죽을 끓여 왔습니다."
"어떻게 내가 출출한 줄을 아시고……."
"영감님(추사는 벼슬로 대감은 아니다)도 제가 왔음을 아시고 들어오라고 하셨지 않습니까?"
 부인은 소복을 하고 있다. 추사는 아직 거기까지는 깨닫지 못했다.
"그야…… 우리는 부부니까. 모습은 보이지 않더라도 이 밤중에 부인이 아니고선 누가 나를 찾아주겠소?"
"그럼, 어서 이것을 잡숫도록 하세요. 맛은 없겠으나 묵은 호박을 푹 고은 것이라 요기는 될 거예요."
"고맙소. 사양않고 들으리다."
 쟁반에 한 대접의 호박죽, 간장 한 종지가 있을 뿐이었다.
 부인은 그것을 추사 앞에 놓자 조금 물러나 앉았다. 방안의 어둑한 곳이라 부인의 얼굴 표정을 감추어 주었다.
 추사는 말없이 호박죽을 먹었다. 맛이야 별것이 아니련만 부인의 정성이 고마웠다. 호박죽을 거의 다 먹었을 때 물이 없음을 알고 추사는 시선을 굴렸다. 그제야 이씨의 소복이 눈에 띄었다.
"부인께서 웬 소복을……?"
하면서 뒷말을 삼켜 버렸다.
 그러고 보니 부인은 오늘 조정에서 김유당이 탄핵된 것을 알고 있는 것이다. 추사는 물론 말하지는 않았지만 소문이란, 특히 남의 불행은 바람보다도 더 빨리 퍼지게 마련이었다.
 그래서 이씨는 소복을 하고 있을 터이다. 남편을 위해 호박죽을 끓여 내오면서도 마실 물을 잊는다는 것은 역시 마음의 충격을 증명하리라.

"여보, 너무 걱정마시구려. 벼슬아치가 유배되는 것은 흔히 있는 일이 아니겠소? 그건 각오해야만 하리다."

"영감님, 저도 알고 있습니다. 무슨 일이 있어도 흔들리지 않사옵니다. 여필종부라, 아내 된 도리로 무슨 일이 있어도 하늘 같은 당신을 믿고 따라갈 뿐입니다. 다만……."

추사는 감격했다.

"부인의 말을 듣고 보니 참으로 고맙소. 그런데, 다만…… 무엇입니까?"

"다만…… 제가 지금 소복한 까닭은…… 당신의 누님이 돌아갔다 하기에……."

하고 부인은 작게 흐느꼈다.

"내 누님? 아, 간난이 말이오!"

촛불이 몹시 흔들렸다. 부인의 볼에도 눈물 자국이 있었다.

"예, 방금 돌이가 와서 어머님께서 운명하셨다기에."

추사는 말을 잊었다.

간난이가 죽었다. 남매 이상으로 친했던 사이였다.

누가 말했던가. 엎친 데 덮친다고, 불행은 거듭되는 것이다.

"○○할머니는 며칠 전 이웃집에서 고사를 지냈다며 시루떡을 가져왔는데 그것을 먹고 병이 났답니다."

추사는 부인이 전하는 말이 귀에 들리지 않았다. 하기야 이 나이를 살면서 가까운 사람들의 숱한 죽음을 겪어 온 추사가 아니겠는가. 그러나 펑펑 쏟아지는 뜨거운 눈물은 어쩔 수가 없었다.

"○○할머니는 눈을 감으면서도 영감님을 불렀다고 합니다. 친손자·외손자가 여럿이고 끼니 걱정도 없이 살아 아무런 한도 없다 하면서, 다만 영감님이 정승·판서되시는 걸 보지 못한 것이 한이라고 했답니다."
 부인의 목소리는 마침내 통곡으로 바뀌었다. 추사는 부인 곁으로 다가가서 그 손을 잡았다.
 "자, 그만 하시구려. 간난이도 착하게 살았으니 좋은 곳으로 갈 게 아니겠소."
 두 사람은 언제까지 손을 잡고 말없이 앉아 있었다.

 7월 11일, 추사·산천 형제는 사판(仕版 : 벼슬아치 명부)에서 이름이 삭제되었다. 동지사로 연경의 땅을 다시 밟기는커녕 관직 세계에서의 추방이었다. 그리고 12일에는 유당 김노경의 관직을 깎아 버렸다. 추사는 금호 별서로 옮겨갔다.
 이때 운석 조인영은 좌의정이고 우의정은 영원부원군 김조근이었다. 추사로선 처분만 기다리는 형편이었다.
 "마님, 밤이면 무서워요."
하고 간난이는 말했다. 죽은 간난이의 손녀로 이름은 따로 있었겠지만, 추사는 별서까지 데리고 간 소녀에게 그와 같이 부르라고 했다. 이것은 어머니의 소원이라면서 돌이가 간청하기도 했다.
 추사가 금호 별서로 간 것은 대죄(待罪), 곧 사사(賜死)만을 기다리는 입장이었다. 그것을 뒷받침하는 기록이 몇줄 발견된다.
 '庚子獄起詞連公 緹騎蒼皇(경자년 옥사는 공과 관련된 말로써 일어났는데 체기가 황급히 오고갔다)'
 사(詞)는 말 또는 글인데 김홍근의 탄핵을 주(奏)·소(訴)가 아닌 사로 기록했다는 데 무언가 숨겨진 뜻이 있어 보인다. 체기는 명·청나라 시대의 비밀 경찰인데 조선조 시대엔 그런 게 없었으나, 포교라든가 의금부 나졸을 그렇게 표현했다고 이해된다. 어쨌든 포교나 나졸이 바삐 오간다면 사람들은 불안해지고 온갖 소문이 나돌게 마련이다. 그리고 다음의 문장을 읽어보면 조정과 금호 별서 사이를 왔다갔다 한 것으로도 해석된다.

'爲公憂者 咸泅懼公擧止, 如他日對吏 辨析中窾 峻整明白之氣 可以薄日星 而貫之金石 雖娟嫉公者 捃撫無所執 卒不免 投謫于濟古耽羅也(공을 위해 걱정하는 자는 모두 공의 거치(擧止), 곧 몸가짐으로서 (민심이) 흉흉해질 것을 겁냈고, 이를테면 다른 날 관리(당국)에 대해 중관(中窾) 곧 속빈 헛된 말을 따지고 (일일이) 빠개며 이를 준정(峻整), 곧 엄격하고도 가지런히 결백을 밝혀야만 했지만, 정기(正氣)는 비록 금석이라도 꿰뚫는다 할지라도 해와 별빛마저 무색케 만드는 연질(娟嫉), 곧 새암하여 말을 꾸미는 자로 하여금 공을 군척(捃撫), 곧 꼬투리를 주워모으는 바가 없도록 했는데, 마침내 면하지 못하고 제주, 즉 옛날의 탐라로 던져져 유배토록 했다)'

이것이 추사와 경자옥을 설명하는 전부이다.

공을 걱정하는 사람이란 누구인가? 이런 동정적 내지 중립적 사람들은 그 전제로 옳은 결정이든 그 반대이든 군주의 결정은 절대적이고 죽더라도 살 수 있는 길은 한 가지, 근신하는 데 있다고 충고한 것이다. 인간은 감정의 동물이고 할 말은 누구나 있다. 더욱이 무고하다고 믿는 죄에 있어서랴.

연보를 보면 추사는 8월 초에 예산으로 내려가고 있다. 이씨 부인도 함께였었다. 추사 부부는 이미 월성위 궁이라는 절대적 책임이면서 보호막이라고 할 권리를 벗어난 죄인이다.

공주나 옹주의 제사는 영대(永代) 봉사라 해서 왕조가 계속되는 한 불멸이다. 누구도, 비록 왕이라도 침범하지 못한다. 침범했다면 스스로의 조상에게 침을 뱉는 격이고 폭군이나 할 짓이다.

그럼에도 추사가 예산으로 내려간 데에는 이유가 있을 터이다.

한편 옥사를 일으킨 순원대비, 곧 김조근과 김홍근도 필사적이었다. 그래서 윤상도 옥사가 발생했을 때 유당을 공격한 김양순(金陽淳)을 구인하여 국문하기 시작했는데 이것은 7월 말쯤이라고 추정된다. 이것은 추리지만, 처음에 춘산 김홍근은 추사를 조정에서 제거하는 데 그 목적이 있었다. 그러나 추사가 금호 별서에서 은인자중(隱忍自重)하면서 처분만 기다리는 20일 남짓 동안 형세가 묘하게 바뀌었다. 사태가 뒤집히지는 않았지만, 추사를 간단히 죽일 수가 없는 사유가 발생한 것이다.

누구나 알 수 있듯이 경자년 옥사는 기해사옥과 무관한 것은 아니다. 당쟁의 속성(屬性)상 기해사옥을 가져온 순원대비의 수렴청정이 유림의 비판 대상이 되었고, 이것은 당연히 홍근과 사촌간인 김황산의 책임이 된다.

그래서 조근과 홍근이 전면에 나선 것인데, 여기에 가로막은 세력이 운석 조인영·이재 권돈인과 그 배후인 유림이었다고 보는 게 상식이다.

그래서 김홍근은 부득이 김양순을 희생양으로 등장시켜 양비론(兩非論)으로 옥사를 해결하려고 했다는 게 진상인 듯싶다. 김양순은 호가 건옹(健翁)인데 바로 유림에게도 신망이 있는 산목헌(山木軒) 김희순(金羲淳: 1757~1822)과 친형제였다.

'자, 우리는 김양순이 윤상도 옥을 잘못 처리했으니 처벌했는데, 너희는 추사가 사약을 받아야 한다.'

그래서 추사는 예산으로 내려갔다. 추사는 그 동안에 소환되어 국문을 받거나 하며 협박되었지만 굴복하지 않았었다. 그래서 대궐과 가까운 금호 별서보다 생가(生家)가 있고 영원한 그리움의 대상인 생모의 산소도 있는 용궁리에 가서 조용히 약사발을 받겠다는 결의를 굳혔던 셈이다. [혹은 바로 유배길을 떠났는지도 모르는데 확실치 않다]

다만 안김 중에도 추사를 동정하는 사람이 있었다. 이를테면 계산(溪山) 김수근(金洙根 : 1798~1854)인데 당시 이조판서였다. 현재 남아있는 추사의 진적으로 '溪山無盡'이란 대자가 있는데 이 끝이 없다는 말에 그야말로 무진장의 뜻이 함축되어 있으리라. 계산은 그 증조부 때 파가 나눠졌지만 김황산과는 10촌간의 가까운 친척이었다. 그리고 계산의 두 아들이 영초(潁樵) 병학(炳學 : 1821~1879) · 영어(潁漁) 병국(炳國 : 1825~1904) 형제였다. 형제가 모두 학식이 있고 인격이 원만한 까닭에 각각 영상을 지냈으며 안김의 공백기(空白期) 위기를 수습했다. 특히 영초는 추사를 흠모했으며 정치 보복을 한 홍선대원군도 그 처신이 공명정대했다 보고 무겁게 쓴다.

이밖에 규재(圭齋) 남병철(南秉哲 : 1818~1863)이 있었다. 남규재의 자는 자명(子明)인데 바로 금릉 남공철의 집안이었다. 좀더 설명한다면 금릉과 4촌간으로 공필(公弼)이란 이가 있고, 공필의 증손자로 송은(松隱) 구순(久淳)이 있었다. 송은은 음관으로 판관(判官)을 지냈는데 바로 풍고 김조순의 사위였고 그 아들 형제가 병철 · 병길(秉吉 : 상길이라고 개명)이며, 따라서 규재는 풍고의 외손자였다. 규재는 또한 영원부원군 김조근의 사위였는데《완당집》에는 규재에게 보낸 서독이 5통 실려 있다.

그 한 통을 읽어보면 다음과 같다.

〈남규재(병철)에게 주다〉 (제1신)
문을 닫고 엎드려 무한정 있노라니 무릇 세제(世諦 : 채념)와는 서로 어울리는 게 없고 다만 멀리 쏟는 마음이 한 줄기 광명과 더불어 모아지고 응하는 것만 같아, 아무리 갈고 녹이려 해도 아니 되는 곳이 있으니 이는 앞을 가로막는 산하(山河)라도 능히 단절시키지 못할 것이며 한 자가 넘는 편지로도 능히 자초지종을 다 쓰지는 못할 것입니다.
 혜서(惠書)를 받잡고 보니 참으로 막히고 쌓인 것은 실로 보내오신 깨우침과 같사오나 저 '뜨락 잣나무의 일각(一覺)'과 같다고 보면 곧 삽시(霎時 : 잠시)이건 영겁(영원)이건 많고 적음이 없으리니 지난해 객치에서 만난 즐거움도 어제의 일이라고 생각해야 되지 않을까요? 따라서 보리 익는 매우(梅雨 : 복장마)철에 순선(旬宣 : 민정 시찰)중의 동정이 두루 안녕하시다니 우러러 위로드리며 묵은 병은 근일에 더욱 깨끗이 나았는지요? 혈기 왕성한 때에 있어 지나가 버린 무망(无妄 : 망념이 없음)이고 보면 마땅히 기쁨은 있을 것이며, 백성을 기쁘게 해줌은 금단(金丹)과도 같아 반드시 돌이켜 비추어지고 저절로 시험되는 것이지요.
 매번 멀리 들려오는 선정(善政)의 소문을 들으면 그만 머리 쳐들고 축하해 마지않을 뿐더러 어찌 육기(六氣 : 음양·풍우·명암)로서 망령되게 남산의 강강(康强 : 강녕과 같음)을 훼손케 하오리까. 아우는 어리석고 아둔한 것이 예전과 같고 나무나 돌을 물어나르는 정위(精衛 : 전설상의 새)의 원통함과 괴롬은 갈수록 더하온데, 영군께서 오직 깊은 연민을 가져주시기를 바랄 뿐입니다. 보내주신 철따른 부채는 남다른 관심이 있지 않으면 이곳까지 미칠 수 있겠습니까. 귀신을 이웃한 황량하고도 적막한 속에서 반갑게 받고 보니 감동이 더할 나위 없구려. 눈이 어두워 가까스로 써올리며 불비례.

 남규재는 바로 헌종과도 '동서간'이며 소년왕과 가까운 위치에 있었다. 이 편지를 보면 그 속에 품은 심정도 일부 표현하고 있어 추사와 특별히 친밀했다고 여겨진다.
 또 정위(精衛)는 까마귀처럼 생긴 새인데 서산의 목석(木石)을 물어다가 동해를 메운다는 전설이 있으며, 전와되어 원한이 있음을 정위천해(精衛塡海)라고 한다.

 앞서 안김은 기해사옥의 책임을 전가시켜 희곡 이지연(李止淵)을 명천에 유배했는데, 희곡은 3형제로 그 아우 회연(晦淵 : 1779~ 1850)·기연(紀淵 : 1783~1853)이 있었다. 그런데 해곡(海谷) 이기연은 추사의 조부 김이주와는 8촌인 김윤주(金胤柱)의 사위이고 판의금부사로 경자년 옥사의 당상관 노릇을 했다. 김조근이 맡아야 하는 직책인데 아무래도 모양새가 좋지 않아 그 아래 판사인 해곡이 주관했던 모양이다. 그런데 안김이 윤상도 옥사의 증인으로 옭아넣은 것이 승지 허성(許晟)이었다. 허성은 해곡의 국문에 견디다 못해 공술(供述)했다.

 "실은 경인년의 옥사는 제가 윤상도를 시켜 일으켰던 것입니다."
 "뭐라구? 그렇다면 너를 시킨 자가 또 있을 게 아닌가?"
하고 해곡은 국문을 더욱 심하게 했고, 허성은 마침내 털어놓고 말았다.
 "죽여줍소서. 신은 당시의 대사간 김양순이 시켜서 윤상도를 부추겼던 것입니다."
 국청이 발칵 뒤집혔다. 그래서 그때까지 신지도에 유배중이던 윤상도 부자를 잡아올려 국문했고, 윤상도 역시 허성의 말을 시인했으므로 윤상도 부자와 김양순은 8월 11일과 27일에 각각 참형되거나 맞아죽었다.

 물론 김양순의 배후가 누구였는지, 그것은 세 살 먹은 아이라도 아는 일이었다. 이리하여 옥사의 마무리로서 운석과 황산의 막후 교섭으로 추사에겐 죽음 한 등급을 감하여 제주 대정(大靜)에 위리 안치하라는 대비의 결정이 나왔다. 감형되었다고는 하나 살아서 돌아온 예가 거의 없는 중형이었다.

 10월에는 옥사를 뒤집은 해곡 이기연도 유배되고, 12월 17일엔 황산 김유근이 향년 56세로 졸한다. 울화가 치밀어 병세를 악화시켰으리라. 순원대비도 이것에 자극을 받은 듯 아직 미성년인 헌종에게 왕권을 돌려주고 물러났다.

추사는 아마도 9월 초에 예산을 떠났으리라. 봉이라는 하인과 돌이가 따르고 있었다. 돌이는 바로 덕보의 아들인데 간난이가 친아들처럼 키웠고, 이때 사십 살을 넘기고 있었다. 추사로선 하인도 아닌 그가 믿음직하고 의지가 되었다. 일행은 전주를 거쳐 남원에 이르렀는데 그곳에 허소치가 기다리고 있었다.

"선생님……."

"자네가 어떻게?"

추사는 너무도 뜻밖이었으나 그렇게 기쁠 수가 없었다.

추사로선 그 동안이 너무도 모진 정신적 시련이었다. 그럼에도 그것을 버틸 수 있었던 게 정신력이었다.

"선생님, 절 받으세요."

소치는 아문(衙門) 앞 땅바닥에 그대로 무릎을 꿇으며 큰절을 올렸다. 추사가 탐라로 유배된다는 소문은 소치가 있던 해남에도 바람보다 더 빨리 알려졌다. 그래서 소치는 숨을 헐떡이며 대둔사의 초의선사한테로 뛰어갔는데, 스님은 성난 듯한 목소리로 질책했다.

"이곳에 올 시간이 있다면 왜 곧장 달려가 중간에서 맞이하지 않는가?"

소치는 경봉(警棒)으로 머리를 얻어맞은 느낌이었다. 그래서 곧 뒤돌아 뛰어나왔는데 초의는 그 등에 대고 소리질렀다.

"늦을지도 모른다, 남원으로 가라."

그래서 소치는 부랴사랴 준비할 것도 없이 남원으로 달려왔던 것이다. 탐라로 가는 유배자가 많은 것은 아니지만, 대개 전주에서 남원으로 가는 길과 나주로 가는 길 등 두 길이 있었다.
 소치는 남원에 달려오자 관아부터 찾아 추사가 아직 통과하지 않았음을 알자 안도의 한숨을 내쉬었고, 다시 며칠을 눈이 빠지도록 기다렸다.
 추사는 이곳에서 며칠 묵었는데 소치를 위해 〈모질도(耄耋圖)〉를 그려준다. 모질은 80노인의 백발을 가리키는데, 추사는 자신의 장래 모습을 자학(自虐) 비슷하게 그렸다고도 여겨진다.
 여기서 또《완당집》권2에 꼭 한 편 〈친정에 올림〔上親庭〕〉이란 서독이 있는데, 친정이란 출가한 딸이 쓰는 말로 알기 쉽지만, 처가집도 그렇게 부른 모양이다. 편지부터 읽어 보자.
 '엊그제 신하된 도리를 다하시고 밝게 웃으시던 민보(民普)께옵서 세상을 버리신 슬픔은 더욱 망극하오며, 멀리 엎드려 추념하니 외첨반미(外嚍攀靡 : 새삼 뇌까려 본들 부질없다?)에 운결곽연(隕缺廓然 : 한쪽이 떨어져 나갔으나 천도엔 차별이 없다)이라. 더욱 애절함은 지금으로서 슬픈 정념을 형용·전달할 수가 없고 열둘 영문의 파발꾼을 거치게 하며 글을 올리는 일인데, 스스로 입거(入去 : 죽음)함이나 같은 일이지요.
 또 비가 한 번 있자 날로 선선해지고 아침이면 움츠러진다는 승후(升候 : 기후 변동)의 글을 받자옵고 미처 살펴드리지도 못했는데, 편지가 온 뒤에 네댓새로 또 왔으니 체후(體候 : 건강)가 어떠신지요? 요즘에 제절(諸節 : 일상생활)은 더욱 천화금의(天和金醫 : 기력이 의원에게 보일 정도)가 내내 머무르기에 이르렀다 하옵고 진찰을 받는다는데 전에 비하여 어떤 약효가 있습니까?
 동동 발을 굴러가며 염려되옵고 사모하더라도 불임하성(不任下誠 : 뜻대로 정성을 다하지 못함)이외다.
 혼영(渾營 : 처가)의 대소가 또한 두루 평안하시고 다른 근심은 없사온지 갖가지로 염려되옵니다. 자(子)는 그 사이 연이은 재(齋)에도 나아가지 못했지만 작고하시자 방례(房禮 : 사당 아닌 방에서의 제사)로써 거행하시되 선익(宣唲 : 밝게 웃음)・선교(宣敎 : 밝게 가르침)로 명정을 고치시고 삼차에 걸친 의례(儀禮)를 아침부터 포시(哺時 : 신시・오후 4시)에 이르기까지 단번에 병행하시고서도 종일토록 분주하셨지만 다행히도 쓰러지는 일은 면하셨다더군요. 그러나 밖으로 깊고도 고요한 가운데 슬픔으로 호곡하는 일이 어찌 없겠으며, 오늘에 이르기까지 병이 되신 것이니 잠시 쉬도록 꾀하여 주시기 바랍니다. 혼실(渾室 : 처가)은 그렇다 하옵고 양 고모께서 엊그제 이미 돌아오셨다 하며 소아(小兒)도 함께 별탈이 없다하오니 만행(萬幸), 만행입니다.'

여기서 나타난 민보는 추사의 장인되는 분의 아호라고 생각되며, 글월 중 자(子)라는 말로 설명된다.

그러나 아무래도 미심하여 찾아보았더니 경김의 족보에는 추사의 초취부인으로 한산 이씨 이희민(李羲民)의 딸이 나와 있으나 무슨 까닭인지 재취부인 예안 이씨에 대해선 빠져있다. 예안 이씨는 위암(魏巖) 이간(李柬 : 1677~1727)의 고손녀라고만 소개되고 있을 뿐이라 예안 이씨의 족보에선 찾을 수가 없지만, 위암 아래로 항렬자는 병(炳)・주(胄)・현(鉉)・원(源)으로 내려오고 있다.

여기서 경자년 9월 27일이라고 생각되는데, 추사는 이둔(梨芚)의 사이에서 드디어 배에 올랐다. 이는 배나루[梨津]를 말함이 분명한데 둔(芚)은 마을의 뜻일까?

《문헌비고》를 보면 우리나라의 해방(海防)은 동해・남해・서해 셋으로 나눠져 있는데 경상도와 전라도는 절도사가 3명이었다. 이 가운데 한 명은 관찰사가 겸하므로 실제는 양도에 좌우 수군이 있었던 셈이다. 그리고 남해는 경상 우수군이 동래 남쪽 내포(乃浦)부터 광양까지를 관할하며, 전라 좌수군은 광양 남쪽의 순천부터 해남까지가 관할이었다.

한편 제주는 전라 우수군에 속했는데 그 이유는 고려 때부터의 전통인 듯싶다. 고려의 《지지(地誌)》에 의하면, 탐라를 왕래하는 자는 나주를 거쳐 무안의 대굴포(大堀浦) 또는 영암의 대무지(大無只)·와도(瓦島), 혹은 해남의 어란에서 배를 타고 가야 추자도에 이른다고 했다. 그밖에 해남의 삼촌포(三寸浦)를 출발하여 거요량(居要梁)·삼내도(三內島)를 거치거나 강진의 군영포(軍營浦)를 출발하여 고자황이(高子黃伊)·노슬도(露瑟島)·삼내도를 거치면 모두 사흘 낮밤으로 추자도에 닿는다.

추자도에서 다시 출발하여 쥐섬·대소의 화탈도(火脫島)를 거쳐 탐라의 애월포(涯月浦:제주 서쪽 42리)나 조천포(朝天浦:제주 동쪽 25리)에 이른다.

다시 말해서 탐라에 가자면 반드시 추자도를 거치도록 되어 있었다. 그리고 나침반도 없던 시대라 탐라에 가 닿는 지점은 일정치가 않은데 대체로 애월포와 조천포 사이였다.

앞서의 《지지》 기록으로 화탈도와 탐라 사이에 두 물(해류)이 섞이는 곳이 있는데 왕래자로선 난소(難所)였다.

추사의 제자로 황사(黃史) 민규호(閔奎鎬:1836~1878)는 《완당김공소전》을 무진년(1868)에 쓰고 있다. 그 중에서 제주 유배에 관한 부분을 번역하면 다음과 같은데, 곧 앞서의 '投謫于濟' 운운의 계속이다.

'영(瀛:영주. 탐라의 옛이름은 毛羅인데 동영주라고도 했음)은 그 사이에 바다가 있고 매우 떨어져 있는 데다가 또한 바람이 많아 사람이 건너가려면 열흘이나 달포를 헤아려야만 했다. 공이 바야흐로 건너갈 제 큰 바람과 파도가 일어나는 가운데 천둥 번개가 치고 벼락마저 떨어져 생사를 예측할 수 없었다. 배 안의 사람은 다 얼이 빠진 채 부둥켜 안으면서 울부짖었으며 키잡이 또한 아랫도리가 떨려 감히 앞으로도 나아가지를 못했다. 공은 꼿꼿하게 키머리에 앉아 시를 지어 높다랗게 읊었으며 목소리는 파도와 바람과 더불어 위아래로 까불리는지라, 손을 들어 모처를 가리키며 말했다.
"키잡이여, 힘껏 이쪽 방향으로 키를 당기시오."
배는 이내 빨라졌고 아침에 떠나 저녁엔 제주에 다다랐으므로 사람들은 크게 놀라며 일컬어 비도(飛渡)라고 했다.'
이것은 민황사가 주로 산천 김명희로부터 이야기를 전해듣고 쓴 것이라 와전된 부분이 있다 싶은데, 추사 자신의 증언으로써 〈둘째아우(명희)에게 주다〉라는 서독이 있다. 산천에게 보낸 서독은 《완당집》에 모두 5통이 실려있는데 다음은 그 제1신인 셈이다.
'지난 스무이렛날 배에 오를 때 몇 글자를 간략하니 봉이에게 부치면서 먼저 돌아가라고 했다마는 과연 먼저 바로 돌아갔는지 아니면 지금껏 이둔(梨芚) 사이에 머물고 있는지 알 수가 없구나. 글을 보낸 지 이미 예니레나 지나갔거니와 이제 가을도 다하여 겨울 초이지만, 남쪽 끝의 기후는 뭍의 8월과도 같아 조금도 추위의 매서움이 없다 하는구나. 금년의 절기를 곰곰 생각해보니 너무 늦다고 여겨지는데 역시 이와 같은 게 아닐지 모르겠다.
이러한 때에 집안이 고루 탈 없으며 아우님 건강 또한 만안(萬安)하고 서울과 시골의 여러 형편은 하나같이 평안한 것이 좋으며 여러 계수씨도 서모와 더불어 함께 안녕하시고 평안한가? 자네와 막내아우의 몰골이 시커멓고 비쩍 마른 것이 꼭 병마저 생겼다 싶어 염려되는데 더러는 억지로라도 이겨낼 수 있도록 밥도 더 먹거나 약첩이라도 쓰도록 힘쓰게나. 이곳 바다 밖에서 한 마음으로 애태우는 사람으로 하여금 조금이라도 늦출 수 있게 마음으로써 천만 번이나 축수하고 있네. 막내는 며칠 사이 추사(楸舍 : 곧 유당의 묘막)에 갔다 와서 만난다고 하였는데 과연 짬을 내어 모일 수가 있을런지? 보면 끝이 없고 넓마저 하늘과 바다가 맞닿은 망망한 것으로 끊겨 있으니 아마도 형제가 서로 대할 수는 없을 것일세.

 내가 떠나던 그날은 행장을 살피고 배에 오르니 해는 이미 떠올라 있었네. 그 배로 섬에 들어가자면 북풍이 있어야 하고 나오자면 남풍이 있어야 하는데 동풍 또한 드나듦에는 다 이롭다는 것이었네. 지금 이 동풍으로써 들어가게 되었지만 풍세(風勢)가 매우 순조로워 정오까지 큰 바다의 거의 3분의 1 가까이 이르렀는데, 오후가 되면서 풍세는 몹시 사나워져 파도가 날카롭게 솟구치듯이 일어났고 배는 멋대로 낮추었다 높았다 하였네.

 초행(初行)인 배 안의 여러 사람은 금오랑(金吾郞 : 호송하는 금부도사)으로부터 이하 일행에 이르기까지 배멀미 하지 않는 이가 없어 어지럽고 쓰러지는 광경이었다네. 그 사이 나는 다행히도 배멀미를 하지 않아 종일 사공(요즘말로 선장)과 함께 있으면서 홀로 키잡이(사공이 겸함)와 더불어 밥을 먹기도 했네마는, 이는 뱃사람과 마찬가지로 기꺼이 고생을 나누고 바람을 타고 넘어 파도를 깨어 버리겠다는 뜻이었네.

 돌이켜보건대 남에게 누를 끼치기가 싫거늘 어찌 스스로만 감히 실속있기를 꾀하겠는가(顧此壓累人 何敢自有實惟).

 돌아가신 상감의 혼백도 도우셨거니와 천지도 또한 가련타 싶어 가호(加護)를 해주셨던 것이지!

 석양 무렵 배는 곧바로 제성(濟城 : 현재의 제주)의 화북진(禾北鎭) 아래에 닿았는데 이것이 곧 배를 내릴 곳이라 했네. 제주 사람으로 와서 구경하는 자로 북쪽 배가 날아서 건너왔다고 하지 않는 이가 없었는데, 해돋이에 출발하여 석양에 도착하여 정박한 것은 예순 날에 하나 꼴로서 보기 드문 일이라고 했네. 또 말하기를 오늘의 풍세가 배를 이와 같이 부릴 줄은 미처 몰랐다고 했네. 나 또한 스스로도 이상했지만, 모르는 사이 하나의 험한 고비를 쉽게 경험했던 게 아닐까?

배가 정박한 곳으로부터 주성(州城 : 제성과 같음)까지 10리의 거리인데, 이내 진(鎭 : 진은 곧 수군 주둔지)에서 유숙하기 위해 민가에 이르렀고 이튿날 아침, 성에 들어가 아전 고한익(高漢益) 집을 주인 삼았네마는, 이 아전은 바로 전임 이방으로 배 안에서 있을 적부터 고생을 함께 한 그 사람이었네. 극히 좋은 사람이고 또한 진정한 마음이 있어 정성된 뜻을 쏟아주니 궁도(窮道 : 곤궁한 상황)에 처한 나로서 감격했네.

대정(大靜)은 주성의 서쪽으로 80리이고 그 이튿날은 큰 바람이 있어 앞으로 나아갈 수가 없었는데 다시 그 다음날은 곧 초하루였네. 바람도 그친 까닭에 드디어 금오랑과 더불어 등정(登程)했지만 반 남짓은 순전히 돌투성이 길이라서 비록 인마(人馬)라 할지라도 발붙이기가 어려웠지만 반이 지난 이후로는 조금 평평해졌고 또한 숲이 촘촘한 그늘따라 갔네만, 한 줄기 햇빛이 겨우 통하는 곳은 모두 좋은 나무요 아름다운 나무였으며 겨울 푸르름이 고르지 않은 사이의 단풍숲이 홍띠와도 같았네. 또 내지(內地 : 본토)의 단풍잎과는 달랐는데 매우 사랑스럽고 즐길 만했지만, 엄격한 행정(行程)에 허둥지둥하는 마음으로 무슨 흥취가 있으며 하물며 꼽을 수가 있겠는가.

대개 읍이나 읍성은 큰 국자 비슷했지만 정군(鄭君)이 앞서며 포교 송계순(宋啓純)의 집을 살 곳으로 구했는데 이 집은 그래도 좀 나은 편이라 매우 정갈했으나 누기가 찬 굴뚝을 가진 한 칸은 남향이고 눈썹처럼 툇마루가 딸렸네. 동쪽에 곧 작은 부엌이 있는데,

작은 부엌으로부터 북으로 두 칸 봉당(흙방)이 있으며 또 한 칸은 헛간이라네.
 이것이 곧 바깥채인데 이와 같은 안채가 또 있으며, 안채는 주인을 전과 같이 들게 했지만 다만 바깥채는 이미 반으로 경계를 나누며 쪼개고 있어 작은 부엌을 장차 고쳐 구들을 놓게 되면 손님이나 하인배로서 역시 들게 할 수가 있고 수용하기에 족했네. 이는 변통하기 어렵지 않다고 말하네.
 울을 둘러막아 집의 모습은 좋고 있네마는〔곧 위리안치〕뜰의 층계 사이 역시 밥을 지어먹을 만한 곳이 있으니 또한 분수에 넘친다고 하겠네. 주인 역시 매우 순박하고 삼가는 데가 있어 기뻤네. 이밖에 자질구레한 일로 설사 불편이 있더라도 어찌 참고 견디지 못할 도리가 있겠는가.
 금오랑은 바야흐로 돌아가려 하네만 바람의 형편을 모르므로 또 며칠인가 걸리겠지. 집의 종과 함께 출륙(出陸)시키고 이 몇 글자의 서신을 붙이네마는 과연 어느 때나 받아서 펴볼 수가 있을런지. 집소식을 전해들을 길이 막연하므로 멀리 굽어보며 소곤거릴 뿐 혼백마저 녹을 것 같지만 이만 줄이고서 불선.'
더이상 덧붙일 것도 없는 담담한 필치 속에 졸졸 물처럼 스며드는 추사의 심정을 알고도 남음이 있으리라. 여기서 앞에 읽었던 〈밤에 앉아 홍보서에 차운하다〉라는 시를 다시 떠올린다.
 '粉堞殘笳冷不勝 村容山色轉崚嶒 海天秋雪宵來大 挑撥心心一穗燈'
 이것이 바로 제주 읍성을 대했을 때의 추사 심정이었다는 생각이 들기 때문이다. 분첩(粉堞)은 성벽 위의 옹벽이다. 옛날에는 없었던 것인데 서양식 축성법이 절충됨으로써 총구멍을 내고 적을 굽어보는 성병의 보호벽이 생겼다. 아침 햇빛에 그런 첩이 하얗게 반사되고 있었다. 분첩과 대비시킨 호드기〔笳〕 소리. 호드기는 갈피리로서 호적(胡笛)과 같은 것인데 삼별초의 그때를 상상했을까.

  당시의 제주 목사가 누구인지는 모른다. 누구이든 추사는 중죄인이었다. 서독에는 그런 것이 일체 없지만 아마 거들떠보지도 않았을 터이고 신고를 받자 곧 출발하게 했을지도 모른다. 그것이 '차가움을 이기지 못한다'는 시구로 응결되었다.

  해천(海天)은 말할 것도 없지만 추설(秋雪)은 추풍(秋風)을 바꾼 게 아닐까? 시어로서의 추풍이 제주 풍경에는 어울리지 않는다. 추사는 금오랑도 떠나 버린, 그것도 울로 둘러막은 곳에서 홀로 앉아 첫밤을 맞고 있다. 도발(挑撥)이란 마음을 돋우어 터지게 만드는 것이다.

  마치 초저녁부터 큰바람이 옴을 예고하듯이, 추사는 서독에서 알지 못하는 사이 한 고비를 넘겼다고 했는데 진짜 고비는 고난을 분명히 의식하고 싸워 나가는 길이었다. 그것도 역시 정신력이었다.

추사체(秋史體)

　약 5백 년 전의 중종 25년(1530)에 완성된 《여지승람》 기록이지만, 탐라 사람은 비록 우매했으나 예의와 사양하는 정신이 있었다고 한다. 갈대 지붕의 집에 사는데 부뚜막이 넓고 구들(온돌)이 없으며 남녀가 초리(草履 : 왜국의 조리와 같았을까)를 신었고, 절구와 다듬잇돌은 없었다.

　따뜻한 지방이라 구들이 없는 것은 당연한데 방은 흙방이고 서해안 지방에서 말하는 이른바 봉당이었다. 추사의 서독에서 추(厨 : 부엌)라고 표현하고 있는데, 봉당은 바닥을 개흙 따위로 깨끗하게 칠했고 그 위에 자리를 깔고 생활한다.

　탐라는 누구나 알다시피 한라산을 중심으로 형성된 화산섬으로 당시는 물론 해안을 낀 일주 도로도 없었지만, 대정은 가장 역사가 오래된 촌락이었다.

　탐라보다 앞선 이름은 모라(毛羅)인데 《승람》에 의하면 신라 때 고후여(高厚與)와 그 두 아우가 바다를 건너와 조공(朝貢)했다. 왕은 기뻐하고 탐라라는 국호와 후여에겐 성주(星主), 아우들에겐 왕자(王子)라는 칭호를 주었다고 한다.

　고려 때의 일은 접어두고 세조 11년(1465) 수군절도사를 두면서 진(鎭)을 설치하여 목사를 두었고 정의(旌義)·대정 두 현을 정했다.

지도를 보면 한라산을 중심으로 북안(北岸)의 제주와는 거의 일직선상인 남안(南岸)에 서귀포가 있고, 서귀포의 동쪽 끝부분에 성산포(城山浦)가 있으며, 그것과는 반대로 서쪽 끝에 거의 다 가서 대정이 있다.

추사 시대의 제주엔 목사·판관·교수 각 1명이 있고 현에는 현감·훈도(訓導)가 각 1명 있었는데 진장(鎭將)은 전라 우수군에 속하며 목사의 지휘 감독을 받았으리라. 서독에는 대정으로부터 주성(제주)까지 80리라고 했는데,《문헌비고》에 의하면 114리로 되어 있다. 다음은 추사의 시 〈대정의 촌집〔大靜村舍〕〉이다.

녹반이요 단목이요 자우피라/붉게 검게 어지러이 칠하고 뭉개었다네./곳간의 문서는 빛도 생생한데/촌집 벽에 붙인 벽종이 뒤엔 시도 있겠지.

(綠礬丹木紫牛皮 朱墨粉粉批抹之 工庫文書生色甚 背糊村壁當看詩)

처음 며칠은 추사도 그저 멍하니 보냈으리라. 이곳에서 살아 나가지 못한다 생각하니 그럴 만도 했다. 그러나 사람은 주위 환경에 순응한다. 우선 방안부터 둘러보고, 마을 사람의 생활에도 관심이 생겼다.

녹반·단목·자우피는 모두 한약재에 속하는 것들이다. 그것보다 추사가 거처하는 촌집엔 낙서가 되어 있었던 모양이다. 추사보다 먼저인 전주자(前住者), 누군지는 모르지만 유배된 사람이 분명했다. 그러니까 포교 송아무개의 집은 그런 유배수의 전용 가옥이었던 셈이다. 추사로선 호기심보다 숙연한 마음이 앞섰으리라. 그리고 추사는 경자년 10월부터 이듬해 2월까지가 가장 견디기 어려운 때였었다.

《승람》에서 탐라의 여인은 머리에 물동이를 이지 않고 등에 나무통을 걸머지며 섬 생활에서 가장 귀하게 마련인 물을 길어 날랐으며 절구가 없는 대신 작은 손철구를 썼다고 한다. 길에서 관인(官人)을 만나면 여자는 달아나 숨고 남자는 길 옆으로 비키며 꿇어 엎드렸다. 그래서 예의가 있고 겸손한 마음이 있다고 적었다.

그런데 언제부터 이런 탐라에 유배자를 보냈던 것일까? 청파(青坡) 기건(奇虔)은 세조 때 인물로 명관인데, 목사로 재임중 섬사람이 바닷속에서 따는 고생을 생각하여 전복을 일체 먹지 않고 탐라에 많은 동굴의 풍장 제도를 토장으로 바꾸었다고 한다. 그리하여 사람이 죽게 되면 밭머리에 매장하여 봉분을 만들었는데 상복은 백 일 동안이며 부도법(불교)은 쓰는 일이 없었다.

절은 훨씬 후대까지 없었던 것이다. 그 대신 무속 신앙은 왕성했으며 산·덤불·동굴·냇물·못·나무·돌도 신 아닌 게 없었다고 《승람》은 전한다.

서귀포는 유명한 해녀의 발상지였다. 매년 정월 초하루·보름날이면 무당과 박수는 제물을 준비하여 '신맞이'를 했으며 또 2월 초하룻날에는 귀덕(歸德)·금녕(金寧) 같은 곳에선 장대를 세우고 영신제(仰神祭)를 20세기 초까지 올렸다. 애월리(涯月里: 애월포)는 제주에서 대정으로 오는 중간쯤에 있는데 신의 사자로써 말모습을 본뜬 말놀이를 했다고 전하며 이는 몽골인의 유습이리라.

원래 탐라에는 사람을 해치는 맹수가 일체 없었고 심지어 여우·토끼·까치도 없었다. 노루·사슴·두더지는 있었다. 산이 험하고 바다에 암초가 많아 그물을 사용치 않았으며 고기는 낚거나 짐승은 활로 쏘아 잡았다. 탐라에 말이 많았다는 건 널리 알려진 일이지만 야생의 소가 있었다는 기록은 놀라운 일이다.

가령 왜국은 말이 있었지만 소는 없었다. 그런데 《승람》에는 검은 소·황소·얼룩빼기 등 몇 종류가 있었는데 뿔이 매우 훌륭했으며 수백 마리씩 떼지어 풀을 뜯고 있었다고 한다. 이밖의 특산으로는 5백

년 전에 대모(玳瑁 : 거북껍질)·앵무조개·귤 등이 보인다.

그리고 뭐니뭐니해도 뱀과 지네가 압도적으로 많았었다.

서귀포엔 본향당(本鄕堂)이 있는데 본향대신·본향부인의 부부신을 모셨고 토산리(兎山里)에도 본향당이 있었다. 즉 서귀포와 토산리 일대가 무속 신앙의 본향신 중심지고 나주의 금성산(錦城山)에서 날아왔다는 여신이 한라산의 바람신과 결합했다는 것이다.

이것과 대치되는 게 대정과도 가까운 차귀포(遮歸浦)의 뱀신앙인데 차귀가 곧 사귀(蛇鬼)의 변화된 말이라고 한다. 그러니까 서귀포·사귀·차귀 등 모두 귀(歸)자로 표기하지만 귀신 귀(鬼)자에서 왔다는 주장이다. 추사는 물론 이런 미신을 믿지 않았지만 탐라의 풍광을 중국의 강남과 비기고 있다.

〈영주우음(瀛州偶吟)〉
때때로 생각을 돌리니 생각도 멀리 돌게 되고/이 인생 어찌하면 고소에 간단 말가./돛배 돌아가니 봄바람의 꿈을 위탁하리/천인돌에 실어다 줄 수는 없겠죠.

(轉想時時想轉迂 此生那得到姑蘇 歸帆欲託春風夢 載向千人石上無)

이 또한 다락 안에서 묵륜을 돌리는 것이니/구구의 밝은 달도 검지의 봄이로세./우리의 동쪽 삼한에서도 구천법으로 풀면/소주의 집집마다 반씨집 이름을 떠받드네.

(是亦樓中轉墨輪 具區明月劍池春 東韓且解區田法 家祝蘇州潘舍人)

고소(姑蘇)는 소주의 옛이름인데 예로부터 시인·묵객의 고장이었다. 천인석도 강소 오현(吳縣)의 호구산(虎邱山)에 있지만 오난설에게 써준 〈기유16도〉에도 나왔었다. 요컨대 강남과 제주를 대비시킨 우음(偶吟) 그대로 깊이 생각할 필요는 없을 것 같다.

따라서 구구(具區 : 강소의 호수)나 검지(劍池 : 호구산의 못)와 더불어 아름다운 경지를 노래했다 싶은데, 추사는 상대적인 타인에의 염려를 했던 게 아닐까? 구전법(區田法)은 글자로 보아 밭의 질서 정연한 구획을 말한다 싶은데 소득 증대나 번영과도 연결된다. 반사인(潘舍人)의 사인도 반씨 성을 가진 토지 관리인이란 뜻으로 사용된 것이다.

해가 밝아 신축년(1841)이 되었는데 1월 10일에는 추사의 사촌 매부 이학수가 역시 김유당의 일당이라는 죄로 추자도에 유배되고 있다. 이어 정월 보름에는 이재 권돈인이 재차 이조판서의 요직을 맡는다. 추사는 산천에게 보냈던 서독과 동시에 내용이 비슷한[추사가 배에 올라 제주에 건너온 일] 편지를 이재에게도 보내고 있는데, 그것에 이어 이런 편지를 쓰고 있다[제5신].

'윤달이 든 봄과 초여름에 걸쳐 잇따라 서한을 주신 바 있고 청람(靑覽)인지라 모두 삼가 받들어 읽었지만, 여름에 들면서부터 곧바로 가을철에 이르기까지 백 일이나 서신이 가로막혀 있습니다. 집에서의 편지와 더불어 바다와 뭍 사이가 잘린 듯이 얻어보지 못함은 비록 다름이 아닌 일이라 할지라도 같은 세상의 같은 때에 산다고 할 수가 없겠지요.

삼가 문안드리오니 존체(尊體)께옵서 여름을 보내시고 가을을 맞아 신력(神力: 정신과 기력)이 여전하시며 복록(福祿)이 넓게 미쳐 전형(銓衡)이나 미처 벗지 못하신 번거로움도 크게 견뎌내시며 정사(政事)로 남을 이끄는 데 얽매이는 일도 없도록 하오며 부인을 비롯한 대소가께서 빠짐없이 고루 길하며 좋기를 구구절절(區區節節)이 축수하옵니다.

(아우는) 날이면 날마다 의지할 데도 없이 고뇌하고 고뇌가 쌓인 꼴로서 장학(瘴瘧: 풍토성의 학질)을 석 달이나 의약으로 다스리는

일도 없이 내버려 두었는데, 그 오한과 고열은 이겨낼 수가 없었지요. 학질을 버려 둔 채로 다시 80여 일이 지났는데 진원(眞元 : 타고난 元氣)은 점차로 상하고 없어진 나머지 식보(食補)·약보(藥補)는 이루 말할 수도 없을 뿐더러 살이 몽땅 빠져 버려 자리에 평안하니 앉을 수도 없고 검어진 엉덩이는 곪기조차 했지요. 이와 같을진대 어찌 오래 버틸 수가 있겠습니까! 이에 겹쳐 벌레며 뱀에게 시달리는데 반 자나 되는 지네며 손바닥 크기의 거미가 횡행하고 베갯머리 처마 끝에서는 매일 젖떨어진 참새가 뱀을 경계하고 있으니, 모든 게 북지(北地)에서 미처 보지 못한 일입니다.

5월에 이르러 캄캄해지자마자 하나의 비바람이 크게 닥치면서 돌과 기왓장을 날리는가 하면 하늘 끝까지 말아올렸고 큰 나무가 줄줄이 뿌리째 뽑혀 쓰러졌으며 파도는 검게 곤두섰는데 그런 가운데 벼락치듯하니, 사람들은 모두 머리를 무릎 사이에 처박거나 서로 부둥켜 안았지만, 만약에 그렇지 않다면 스스로 지탱할 수가 없는 것이지요. 하오나 이곳 사람의 생각으로선 갑인년(1794) 큰바람〔태풍이란 말은 당시 없었다〕 뒤 48년만에 처음 있는 일이라며 말했는데, 병 이외로 겪고 지낸 일이 하물며 이뿐이겠습니까?

오로지 이는 운명이라고 내맡길 뿐이지만, 위아래가 힘써 움직여서 아둔한 점을 갈고 닦아야만 천 가지 괴롬도 받아 없앨 수 있을 것이며 백 가지의 어려움도 겪지 않고서 지나갈 수가 있으리다(惟是任與之 上下推盪 磨鈍於千苦消受 於百辛無所不閱過耳). 마침 듣기에 배편이 있다 하므로 감히 몇자 아뢰이며, 이 말로서 기억해 주시고 기억해 주신다면 북쪽을 바라며 어찌 애태우리까.

이곳 풍토나 인물은 하늘마저 사나운데 아직도 미개일 뿐 아니라 어리석거나 무지함을 깨뜨리지 못하고 있으니 어찌 어만(魚蠻)·하이(蝦夷 : 둘다 고기나 새우를 잡는 미개인)와 다르다 하리요. 그 중에서 또한 뛰어나고 빼어난 이가 있다면 예사로움을 벗어난 기적이라 하겠으나 그 읽는 것이란 《통감》《맹자》 두 가지 종류 글에 지나지 않는데, 비록 이 두 가지 종류일망정 이미 있다면 어찌 또한 도를 행함에 거리낌이 있을 것이며 어찌 다만 이와 같은 갖춤이라 해서 책하오리까?

천품은 남북의 특출함이 없고 이끌고 눈뜨게 하는 개발이며 스승의 가르침이 없기에 이들 무리로서 번민하는 슬픔과 눈을 찌푸리게 하는 탄식을 가져오는 것이니, 청치란 이곳의 도(道)를 세우는 데 있으리다. 그러나 한라산을 에운 4백 리 중에는 감·증(橙:귤의 일종)·귤·유자와 같은 좋고도 진귀한 과일은 사람 모두가 함께 아는 일이지만 이밖의 기목(奇木)·명훼(名卉:이름난 화초)로서 총청(葱靑:파)·교취(交翠:선인장?)를 들 수가 있는데, 모두 겨울에도 푸르고 모두 나무꾼·목동이 아니면 능히 이름도 알지 못할 뿐더러 금지된 것도 아니니 매우 아깝다 할 수 있으리다. 만약에 (나로 하여금) 지팡이 하나·나막신 한 켤레로써 곳곳을 찾아 채집케 한다면 반드시 기관(奇觀)과 이문(異聞:색다른 견문)이 있으련만, 돌이켜보건대 울 속에 갇힌 생활로서 무엇으로 이를 할 수가 있사오리까! 이 초남(楚南:제주를 말함)에 돌이 많고 사람이 적음은 예로부터 그와 같았지만, 한라산의 신령스럽고도 색다른 모습을 곁에서 가까이 하다보면 영기는 초목에도 있는 것이니 어찌 만물에 모아지는 것이 사람에게 모아지지 않겠습니까?

수선화(水仙花) 열매로 말하면 바로 천하의 대관(大觀:큰 볼거리인데 유일무이하다는 뜻)으로 강절(江浙) 이남이 아니면 볼 수가 없으니 어찌하리요[우리나라엔 없음을 강조]. (하오나) 이곳의 동네며 마을마다 한 치의 땅이나 한 자의 땅이라 할지라도 이런 수선화의 화품(花品)으로써 빼어나게 크고 한 포기로 된 것이 많은 것은 열

몇 송이 꽃에 여덟아홉의 꽃받침(꽃잎) 내지 대여섯의 꽃받침 아닌 게 없습니다. 모두가 이러한데 그 개화(開花)는 정회(正晦 : 아침 저녁) 두 번이며 3월에 처음으로 피게 되어 산야며 밭두둑 가장자리에 이르기까지 멀리 아득할 만큼 흰 구름이 널리 퍼진듯이 혹은 흰 눈이 겹쌓이듯하지만 사는 집의 문과 문의 동서쪽으로서 그렇지 않은 게 없습니다.

그래서 곧 작게 구덩이를 파려고 하니까 나무꾼 아들 녀석이 왜 그와 같이 하는가 하면서, 만약 눈을 감게 되면 곧 눈을 뜨는 것이고 눈에 가득해져 올텐데 눈을 가려가며 자른 듯이 살려고 하세요(若閉眼 則已開眼 則便滿眼而來 何以遮眼 截住耶〔선문답식으로 말을 바꾸면 요컨대 부질없다는 뜻〕) 했지만 섬사람은 곧 귀하다는 걸 모르는 거지요. 마소에게 먹일 뿐 아니라 또는 이를 짓밟고 있는데 역시 그 많이 나고 있는 곳은 보리밭을 만드는 까닭에 마을 장정이나 동네 아이에 이르기까지 일일이 괭이로 파내고 괭이로 파내도 오히려 이것이 사는 까닭에 또한 원수처럼 보는 것이니 만물의 얻지 못함은 그 소유(所有)가 이와 같아서이리라.

또 일종의 천엽(千葉 : 꽃잎이 여러 개 포개진 것)이라는 게 있는데 처음 꽃봉오리가 필 때는 국화와 같고 청룡 수염〔青龍鬚〕이 경락(京洛 : 서울)에서 볼 수 있는 천엽 같지만 크기가 다르니 곧 하나의 기품(奇品)일 것입니다. 가을 끝무렵과 초겨울에 그 큰 뿌리를 은밀히 가려서 보내 드릴까 하오나 그 때와 배편을 알지 못하니 너무 늦지나 않을런지 모르겠군요. 굴자(屈子 : 굴원)도 말한 바 있지만 옛사람에게 미칠 수 없다면 누구와 더불어 방향(芳香)을 완미(玩味)할 것이며 불행히도 근일에 이르러 경지를 감촉(感觸)하면서 더욱 처량함을 금할 수가 없으니 슬프군요.'

이 서독은 추사를 이해하는 데 매우 중요하며, 또한 이것을 읽음으로써 〈영주우음〉이란 시를 이해할 것 같다.

 이 서독은 신축년 가을에 씌어진 것임이 분명한데 제주도로 유배되고 첫겨울을 나면서 중병에 걸려 말할 수 없는 고통을 겪었음을 알게 된다.

 요즘에는 학질이라는 게 없어져 도저히 말로는 이해되지 않을 것이나 해방되기 전까지는 흔히 있었다. 보통 말라리아 증상으로 알고 있지만 정확하지가 않으며 역시 풍토병의 하나였다. 감기도 옛날에 없었던 여러 형이 새로 나타나듯이 말이다. 즉 지방에 따라 그 증상이 심하거나 가벼웠고 서독에서 증언하듯이 식보·약보를 다하여도 낫지 않는 완강한 증세였던 셈이다.

 연보를 보면 소치 허유는 신축년 2월부터 6월 8일까지 탐라에 있다가 중부(仲父)의 부음을 받고 출륙했다고 한다. 따라서 소치는 돌이와 함께 이런 추사를 간호하는 데 온갖 정성을 다했던 것이며, 추사로선 그나마 큰 위안이 되었으리라. 소치에 대해선 잠깐 뒤로 미루고, 신축년 4월 22일에 운석 조인영은 영의정이 된다. 그러나 추사가 방면되는 것은 아니다. 먼저 알아둘 것은 무고한 죄로 유배되었다 하더라도 헌종으로선 할머니 순원대비의 결정을 번복하지 못하는 것이다. 인간의 기본인 효도와 관계되기 때문이다. 그러나 다소의 영향은 있을 수 있다. 예컨대 위리안치가 완화되고 집 근처는 거닐 수 있는 정도로 말이다.

 그리고 추사는 이런 죽을 고비를 넘겼건만 오히려 정치에 대한 정도(正道)를 비록 이재를 통해서나마 건의하고 있다는 데 유의할 필요가 있다. 추사는 적어도 그때까지의 사람들과는 다른 의견을 가진 것처럼 보인다.

 정치는 곧 백성을 위한 것이고, 그러자면 백성을 계몽하는 게 원칙이었다. 추사도 그 점에선 다를 게 없으나 날카롭게 현실을 파악하고 있다. 예컨대 19세기의 우리 선인들은 현대의 우리가 갖는 '국가'라는 관념은 아직 미숙했고 미약했다면, 잘못일까? 하기야 백성을 사랑하는 애민(愛民)은 수백 년 전부터 있었다. 추사는 그것을 좀더 넓게 겨레·나라로 확대했다고 생각된다. 즉 국가라는 관념은 정치학적으로 아직 미약했으나 나라 사랑은 분명히 의식했다. 진실로 나라 사랑하는 지도자·정치가라면 백성을 위해 무언가 실천할 필요가 있었다.

비록 작은 일이라도 백성 저마다가 그 소임을 자각하는 게 곧 나라 사랑이었다. 말하자면 애국이다.

〈영주우음〉에서 나타난 구천법도 그런 뜻으로 파악된다. 하기야 추사 자신도 당시의 관용구(慣用句)로서 탐라를 해외라고 표기했지만, 아마도 당시의 벼슬아치 대부분은 이런 것을 대수롭지 않게 여겼으리라. 그러나 추사는 분명히 다르게 생각했고 이를테면 감·증(橙)·귤·유자와 같은 진기한 탐라의 산물은 모두가 아는 것이지만 나무꾼이나 목동만이 아는 식물로서 총청·교취·수선화를 예로 들고 있는 거다. 총청은 파 종류인데, 이것이 뭐 대단하냐고 생각할지 모르지만 불과 수십 년 전만 하더라도 총파라는 게 있었을 뿐 요즘의 호파는 없었다. 또 부추도 마찬가지다.

추사가 말한 총청은 바로 호파 비슷한 것이 겨울에도 싱싱했던 모양인데, 이것을 제대로인 밭작물로 가꾼다면 하는 뜻이 나타나 있다.

또 만일 추사가 한라산에는 천연의 난꽃이 있었음을 알았다면 어떠했을까? 당시 난초나 수선화는 희귀 식물로 값비싼 수입품이고 서화가들이 애호했다. 심지어 진종(珍種)의 대나무를 만 리 길을 멀다 않고 수입했다는 이야기마저 전하는 것이다.

그런 수선화가 강남의 그것보다도 화품(花品)이 월등하게 우수한데도 마소의 먹이로 사용되고, 마치 원수처럼 여겨져 짓밟히고 있을 뿐 아니라 캐고 또 캐고 있는 것이다. 추사는 그 스승이던 초정 박제가처럼 무역·수출까지는 생각하지 않았지만——제주의 말총·전복 따위는 청나라에 수출되고 있었다——잘 가꾸어 본토로 보내면 하는 바람이 서독에는 분명히 나타나 있다. 또 그 사이 탐라에 드나든 자가 한둘이 아니었으련만 추사가 권이재한테 보낸 서독에서 특기(特記)되었다는 것은 그때까지 무관심이었다는 증명이 되리라. 그런 작은 일이라도 깨닫고 백성의 살 길을 열어주는 게 바로 정치이고 나라 사랑이었다.

정축년 2월에 허소치가 멀리 바다를 건너 탐라에 온 것은 대둔사의 초의화상의 권유도 있었을 것 같다. 추사와 초의선사 사이는 그 서독〔38통〕만 보더라도 권이재〔34통〕와 비등하다. 이를테면 그 '제5신'으로 이런 것도 있다.

'풀옷 입고 나무 열매 먹으며 한 해를 지나고 보니 차갑(雌甲 : 동갑. 생일도 같다면 웅갑) 역시 쉰이 꽉 찼소그려. 노사는 응당 주름살도 생기지 않는 비법이 있겠지만, 나 같은 유전(流轉 : 무상과 같음)의 몸은 치아가 좋지 않아 이쑤시개마저 이기지 못하니 오늘이란 날이 어제라는 날만 못하여 또한 크게 한탄할 만하외다.

한 번 작별한 뒤로 소식을 둘다 잊고 있었으니 두륜산 꼭대기가 야마도리천(夜摩忉利天 : 야마천(제3천)과 도리천(제2천)으로 구별되는데, 도리천은 수미산 꼭대기이기도 하므로 일부러 그렇게 불렀다)보다 더하여 성문(聲聞)은 사다리 걸고서도 오를 수 없다는 거요? 향기 있는 창포(菖蒲 : 뿌리는 약재로서 건망증에 사용)의 공양은 1년 뒤에 나 하는 게 어떻겠소?

속인(俗人)은 아픔을 품고 막다른 산에 갇혀 있으니 온갖 생각이 더욱 재처럼 식어만 가는데, 다만 노친(유당)께서 그 사이 은사(恩

赦)를 입게 되어 감동을 머리에 이우고 경사에 발을 구르며 춤추니, 하늘과 땅의 이 세상을 어떻게 보답하면 좋을지 모르겠구려(敬天사상을 말함).

노사는 비록 세상 밖에 자취를 감추고 숲 사이에 그림자를 숨겼다 할지라도 산이건 포구(浦口)이건 이치로 인정은 마찬가지일지니 한 번 오셔서 분부(奔赴 : 달려온다는 뜻)의 의리를 다하시지 않겠소? 모름지기 이를 꾀해 주시기 바라오.

마침 듣자니 처편(邸便 : 우리나라에서의 저하는 왕세자인데 세자 관련의 우편인 듯)이 매우 안전하다 하기에 대충 두어 글자를 부치는 것이니, 또한 돌아오는 이 편에 화답을 주시기 바라오.

철선(鐵船)은 무양한지요? 따로 나눠서 편지를 못하니 돌려서 보는 것도 또한 좋겠지요. 나머지는 불선.'

내용으로 보아 권이재보다 훨씬 격식을 차리지 않은 무관함과 유머도 있다. 특히 초의가 오지 못할 것을 알면서도 한번 오라는 대목이 그만큼 친밀함을 나타내는 거라고 생각된다.

동갑인 두 사람이 50세가 꽉 찼다는 것을 보면 유배 이전의 을미년(1835)에 씌어진 셈이다. 그리고 몇 차례 서신 왕래가 있었는데 다음의 서독은 확실히 날짜가 명기되어 있다.

'병석(甁錫 : 승려의 소지품인 물병과 석장인데 초의를 가리킴)은 이미 산을 내려왔다고 들었는데, 소식의 전함이 아직 없다는 생각에 뜬구름은 뿌리가 없다 했거늘 동서로 정처없이 헤맨다 싶었지만 범함(梵椷)을 받고 보니 놀랍고 기쁨을 이기지 못하겠구려.

나로선 천리길의 관행(關行 : 승려는 여행하는데도 제한이 있고 당시는 서학 문제로 검문소 따위도 있었던 듯) 행색(行色 : 복장과 용모)도 어찌 피곤함이 없을까 염려되기만 하네만, 산사람(승려·기타)이 평생의 정을 잊지 않고서 이때를 틈타고 이르렀으니 슬픈 느낌이야 다할 길이 없구려. 다만 이 몸에 할 일이 있어 바로 만날 수가 없었지만, 강상(江上 : 강 상류)의 옛날 일을 돌이켜보고 추억하건대 사람으로 하여금 서글픔을 참을 수 없게 되다.

이곳은 어느덧 상사(常事 : 곧 常祭로 일련의 제사)를 지냈으니 우러러 망극하기 이를 데 없고 오직 살고자 함이 없을 따름이라오. 일체의 괴롬도 한결 깊어지고 날로 시들며 시간을 녹이고 있으니 또한 내맡길 뿐이라오.

머무를 곳은 혜암(慧庵)이겠으나 끝끝내 계실 작정이오? 가까운 절을 보건대 갈 만한 곳도 없고 또 여기서 접촉하기도 그곳보다 나은 데가 없을 성싶소. 다른 번뇌가 없다면 방편(方便 : 불가로서의 수단방법)이 없겠소? 한번 만남을 기약하는 것도 인연을 얻을 수 있는 것이니 다시 헤아려 보시구려.

하기야 금강(金剛)의 걸음을 누구라고 해서 거듭 막으리요. 다만 떠나기 전에 나와 더불어 한번 보고 가는 것도 좋을 텐데 어떨지 모르겠구려. 다품(茶品)을 부쳐주심은 매우 심폐(心肺 : 심장과 폐장)를 개운하게 깨쳐 주겠으나 매번 볶는 방법이 좀 지나쳐 정기(精氣)가 녹아 가라앉을 것 같으니 다시 만드실 때는 불대중을 조절하는 게 어떻겠소? 무술년(1838) 부처 탄신에.

허치(許癡 : 허소치)의 그림은 과연 기재(奇材)인데, 왜 가져오지 않으셨소? 보고 들은 것이란 낙서(駱西 : 윤덕희)의 한 가지 화법에 지나지 않는데 만일 그로 하여금 서울에 와서 유학(遊學)하게 한다면 그 진보는 헤아릴 수 없을 거요. 남평(南平) 관아에도 아무런 변화가 없는지.'〔제8신〕

무술년 3월 그믐에 김유당이 졸하고 있는데, 초의가 모처럼 한양 가까이 왔는데도 추사는 유당의 별세로 만나지 못했던 것이다. 여기서 산사람에 대해 잠깐 말한다면 일반적으로 승려를 가리키지만 당시는 별세계의 사람으로 여겼다.

 글자로서 선(仙)은 산사람이고 속(俗)은 사람의 골짝에 산다는 뜻이 된다. 일반 서민이야 아무런 차별감도 없고 오히려 산사람이 곧 신선이라 생각할 정도였는데, 이른바 양반은 그들을 차별하고 천대했다. 추사가 이런 천대되는 승려들과 가까이 했다는 점도 안김으로선 좋은 공격 자료였던 셈이다.

 그러나 사대부가 가졌던 산사람, 곧 산인(山人)이란 완전한 편견으로 우리의 뿌리가 무속에 있고 고려 중기 이후 화랑이 소멸됨으로써 화랑의 후예마저도 산사람이 되었다.

 그것이 왜국에도 건너가 그대로 답습되고 합방 이후 왜인이 우리 강산을 침략하면서 우리의 마을을 부락이라 불렀으니 참으로 가소로운 일이다.

 추사 시대에는 아직 그런 게 없었지만 우리는 산에 관계되는 말이 참으로 많다. 그 까닭은 이 소설 첫머리에서도 나왔지만 산(달)이 곧 우리 겨레의 고향이기 때문이다.

 그런 것을 유학자들이 모두 한자로 바꾸어 놓은 셈인데 예를 들면 산소(山所)·산지(山地: 묘지)·산빈(山殯: 묘막)·산욕(山欲: 좋은 묘지를 탐내는 것)·산운(山運: 묘지의 길흉에 의해 생기는 자손의 운수)·산음(山陰: 산소의 음덕)·산송(山訟: 묘지 소송. 조선 시대에 사또가 하는 일은 이런 산지 소송의 해결이 대부분이었다.)·산도(山圖: 묘지 설계도) 등 많았고 모두 조상 숭배와 효도가 바탕이었다.

 그러므로 불교도 이런 민족 정서를 받아들여 산신(山神)·산왕(山王: 산신)·산신각(山神閣)·산인(山人: 도사·승려)이라 했던 것이며 우리의 설화에 호랑이가 많은 까닭 역시〔실제 호랑이도 많았지만〕호랑이는 곧 산신이라는 신앙이 있었다.

 차별받는 산사람은 그들만이 집단으로 살고 또 혼인하며 자손을 이어 나갔는데 통틀어 이들을 사니라고 했다. 사투리에 의해 발음이 달랐지만 무당·박수·점쟁이·화랑·재인(才人)·광대는 모두 사니였던 것이다〔사니가 곧 산사람의 변화〕.

한편 탐라에는 산촌 사람과 해촌 사람이 서로 대립하고 있었다고 한다.

산촌 사람의 중심지는 바로 대정인데 그들은 차귀(사귀)를 신앙했다. 해촌 사람은 서귀포가 중심인데 연동할망구를 받들었고 나주 금성산에서 날아왔다는 것으로 그 근본은 용왕님이었다. 해녀들이 용왕을 신앙한 것은 당연하다.

다시 초의선사에게 준 서독을 읽어 본다.

'병석이 이렇듯 오래 머물고 있는데도 한번 만나볼 인연은 없으니 사람으로 하여금 가장 결함을 느끼게 하는 바일세. 마침 중국 사람의 예서(隷書) 한 폭을 얻었고 또 주향(炷香) 한 봉지를 깨끗한 공양으로 만들기 위해 이에 삼가 받들며 보내니 부디 이 몸의 병중에 매달려 있는 괴롬을 헤아려 받아주시기 바라네.

영남행은 반드시 이를 꾀하는 게 어떨지? 남평(南平 : 지금의 화순)에 비겨 결코 견줄 바가 아니며 또 그 기대가 너무도 간절하니 내 말을 아예 저버려서는 아니되네.

백파(白波) 노인도 학림사(鶴林寺)에 있는가? 함씨(咸氏)는 별사람도 아니니 좋게 한번 웃고 마세. 간신히 쓰며, 불식(不式)'〔제12신〕

추사에게 〈초의의 불국사 시 뒤에 제하다〔題草衣佛國寺詩後〕〉가 있는데, 그것은 이 서독보다 나중 일이었으리라.

다시 한 통을 읽어 보면 다음과 같다.

'허생(허유)이 온 뒤로 소식이 마침내 막혔네그려. 하늘도 차가운데 단포(團蒲 : 둥근 부들방석)에 외우(煨芋 : 토란구이)의 풍미(風味)

가 거듭 어떠하외까? 먼 생각이 바다와 같다네.

　이곳은 완강한 병이 한 가지 맛으로 괴롭만 주니 다만 인삼을 배추나 무 썹듯이 할 뿐이오.

　허생은 훌륭히 태어난 사람인데 그림 솜씨가 날로 나아져 공재(恭齋 : 윤두서)의 버릇을 다 털어 버리고 점점 대치(황공망)의 문 안으로 들어가니 병든 몸이 이것에 힘입어 번뇌를 녹여 깨뜨리곤 하네. 노납자(老衲子 : 노승인데 초의를 가리킴)로 하여금 그림 삼매에 참증(參證)하지 못하니 한스럽네.

　마침 정수석(鄭秀奭) 편이 있어 소식을 부치니 가능하다면 봄이 열리면서 물병과 지팡이를 챙기고 지난날의 마치지 못한 인연을 이을 수는 없을는지? 불차(不次 : 다음을 예기 못한다는 뜻), 무술년(1838) 납일(臘日 : 음력 12월 8일).'〔제13신〕

　서독이 간결하면서도 씹을 맛이 있다. 이 서독을 이해하자면 외우의 고사를 알 필요가 있을 것 같다. 당나라의 재상이며 업후공(鄴侯公)이던 이필(李泌)과 형산의 승려 명찬(明瓚)의 문답이 그것이다. 이필이 명찬의 비범한 재능을 알고 찾아가서 자문을 구했는데 중은 구운 토란을 꺼내어 씹으면서 '여러 말 마시오'하며 한마디로 거절했다는 일화이다. 종교가는 정치에 대해 이러쿵저러쿵 관여해서는 안되는 것이다. 추사는 그것을 서독에서 유머러스하게 쓰고 있다.

　추사의 시로 〈장난삼아 초의에게 바친다〔戱贈草衣〕〉 등 몇편이 있는데 이런 기본적인 것을 이해할 필요가 있다.

　먼저 서문이 붙어 있는데 이렇다.

　'초의는 《군방보(群芳譜)》를 지었는데 바르게 고증된 것이 많다. 이를테면 해당화·우미인초(虞美人草) 유(類)로서 한둘이 아니다. 나는 이르기를 《잡화경(襍花經)》 중의 소초(疏鈔)로 말미암아 그르

친 것이 또한 해당화·우미인초만도 아니니 마땅히 하나하나 증명하여 이와 같이 해야 한다고 했다'

매괴(장미과의 낙엽 관목)가 곧 해당이라며 거짓으로 일컬었는데/우미인초(양귀비꽃)는 노소년(안래홍초)으로 바뀌었네./잡화의 진실된 뜻을 가리자면/소초에서 얽어맨 누더기를 먼저 벗어야 하리.

(玫瑰仍冒海棠傳 虞美人訛老少年 的的襍花眞實義 且於疏鈔破牽纏)

〔우미인은 항우의 총비인데 엉뚱하게 양귀비로 바뀌었고, 이 또한 와전이다〕

〈초의선에 머무름〔留草衣禪〕〉

눈앞의 초추차는 맑은 물인데/손에는 부처 뜻이 굳게 쥐어졌네./호통 뒤에 귓문도 점차로 열려 젖게 되니/봄바람 부는 어디인들 산의 집 아닌 게 없다오.

(眼前白喫趙州茶 手裏牢拈梵志華 喝後耳門飮箇漸 春風何處不山家)

이것은 좀 까다롭다.

쉽게 풀어본다. 초추화상이 아닌 다른 조사(祖師)라 해도 좋다. 속세의 부모 형제, 일체의 인연을 끊고 출가하여──성명마저 버리고──인사를 올렸더니 차를 마시라면서 한낱 백탕(白湯)을 내놓는다.

선가(禪家)의 수업은 엄격하다. 불법에 대해선 아무것도 가르쳐주지 않는다. 몇년이고 몇십 년이고 스스로 궁리하며 깨달아야 하는 것이다. 그것이 곧 백탕이다.

그러나 확고한 의지를 갖고 부처의 뜻을 헤아리면 부처가 뽑아든 꽃〔拈華〕을 알게 된다. 이것을 알았다면 이미 깨달음의 경지이다. 그것을 손안의 확고한 꽃으로 비유했다.

그러나 거기까지 이르는 과정이 어디 이만저만한 일인가!

아무튼 아무것도 가르쳐 주지 않는다. 처음에는 기껏해야 청소나하고 형제자(兄弟子)들의 구박을 받거나 잔심부름을 해야 하며 노사(老師)의 다리도 주물러 줘야 한다. 하루에 두 끼만을, 그것도 묽은 죽이나 먹어야 하고 캄캄한 새벽부터 일어나 불경을 외워야 하니 배는 늘 고프고 졸음도 와서 꾸벅꾸벅 존다.

그런 때 할(喝 : 호통) 아니면 경책(警策 : 막대)으로 머리를 얻어맞는다. 선가에선 이 할과 봉(棒), 두 가지밖에 없는 것이다.

그러나 참고 견뎌내면 서당개 3년에 풍월을 읊듯이 어려운 불경도 귀에 젖어 깨치게 되리라.

멍텅구리는 백 년 가야 소용이 없지만 불심(佛心)이 있다면 점차로 알게 되는 게 이치이다. 깨달음의 경지에 이르렀다면 그것은 봄바람처럼 평화롭고 기쁨이 될 것이며 생의 찬가(讚歌)가 되리라.

참고로《임제록》을 읽어보면 당시의 사투리로서, 거의 욕설에 가까운 표현을 접하게 된다. 이것은 쉽게 가르치기 위한 방편이었다. 예를 들어 개(箇)자가 그것인데 토씨라고 생각하면 된다.

〈초의의 불국사 시 뒤에 제하다〉
연지(절)의 다보탑은 법흥왕 때이니/선탑(설교대)의 꽃바람도 하나처럼 아득하네./이게 바로 영양의 뿔을 걸은 곳인데/뉘라서 괴석에 맑은 샘물을 붓는고.
(蓮池寶塔法興年 禪榻花風一惘然 可是羚羊掛角處 誰將怪石注淸泉)
〔영양괘각은 큰 깨달음의 경지임〕

〈우사연등(芋社燃燈)〉
초의란 늙은 중이 먹으로 참선하여/등 그림자 중심을 꿰뚫어 동그라미 그리네./그을음을 자르지 않고 그대로 한 번 돌리니/자연스런 연꽃이 불속에서 솟았다네.

(草衣老衲墨參禪 燈影心心墨影圓 不剪燈花留一轉 天然擎出火中蓮)

해석을 보류하고 초의에의 서독을 보자.
'뱃머리에서 이별을 나눴으니 미처 몰랐던 해인(海印 : 부처를 앎으로써 얻어지는 삼매·환희)이 발할 적에도 이와 같은 하나의 경지가 있었는지요? 참으로 터럭이 큰 바다를 삼키고 개자씨가 수미산을 품어 막힘없는 원융(圓融)으로써 이를 녹여 내리라 싶은데, 노사는 또한 어떻다 일컫는지요?

바다에 들어온 이후로 이미 백 일이 가까운데 바람 소식마저 좋지 않아 세상 체념 밖의 성문(聲聞)과 영향(影響)도 마침내 이렇듯 막히고 끊어졌지만, 문득 범함을 멀리 보내주어 부들의 둥근 방석이 또한 정길(淨吉)함을 알게 되니 넉넉히 가슴은 트여옵니다그려.

나로선 입을 열면 먹게 되고 눈을 감는다면 자게 되니 노사의 삶도 또한 이에서 벗어나지 않는 것인지요? 노사의 자비로써 베풀어 주시니 지나친 염려는 갖지 않으셔도 좋으리다.

소치는 지금껏 돌아오지 않고 있으니 무척이나 기다려집니다. 봄 이후의 기약은 벌써부터 발돋움을 하면서 바라지만 우선 소치에게 〈고인과해도(高人過海圖)〉를 그리도록 하시구려. 바로 법문의 일중(一重) 공안(公案)이니 그리 아시게나.

섣달도 다 가게 되어 오직 길상여의(吉祥如意 : 여의는 선사가 갖는 막대. 부처의 힘을 상징)를 바라며 불선.

두 가지의 장〔간장·된장류〕은 다 받았으니 감사하며 생강꾸러미에 들었다는 웅이(熊耳 : 버섯)도 오유(烏有 : 다시 찾을 수 없다는 뜻)가 되어 버렸으니 먼 길이라 어안(魚雁)의 와전됨이 이와 같군요.'
〔제15신〕

이 서독은 경자년 섣달의 것이라고 추정되는데 그보다도 해인이니 원융이니 하는 용어가 추사의 시를 푸는 열쇠가 됨직하다.

대정의 동남에 모슬포(慕瑟浦)가 있고 남쪽 25리 되는 곳에 마라도(馬羅島)가 있다. 추사가 처음으로 대정에 왔던 경자년 섣달에는 영국 군함 두 척이 대정의 남쪽 가파도(加波島) 근처에 정박하며 소를 약탈했다는 기록이 실록에 있다. 그 전년 기해년 3월, 임칙서는 영국 상인의 아편 2만 상자 남짓을 불태운다. 실제로는 1천4백25톤의 아편이었다.

이렇듯 많은 아편을 불로써만 소각했다는 것은 정확하지 않다.

임칙서는 광주로 부임하기 전 세밀한 조사와 연구를 했던 것이다. 예를 들어 아편이 가장 꺼리는 것은 소금과 석회임을 알아냈다. 그래서 그는 가로 세로 150자의 깊은 못을 파게 하고 그 둘레를 널빤지로 빈틈없이 둘러막았으며 바닥에는 돌을 깔았다. 수문을 만들어 바닷물로 못을 채웠는데 다시 소금을 집어넣어 간수를 만들었다. 그리고 아편을 던져넣었다. 그리고 반나절쯤 경과한 뒤에 석회를 뿌려주면 간수가 물끓듯 하며 아편이 녹는다.

바로 추사의 서독에도 많이 나타나는 소(銷)인데, 문자 그대로 쇠라도 녹여 아주 없애 버리는 것이다.

그러나 영국은 이를 보복하여 광주를 공격했고 이듬해인 경자년 6월에는 대만과 복건 사이의 주산열도(舟山列島)를 점령했으며 영파(寧波 : 닝포)를 포위한다.

도광제는 부득이 임칙서를 파직시키고 이리포(伊里布)를 흠차대신(국방장관) 겸 양광 총독에 임명하여 강화를 모색한다. 임칙서는 파직되어 신강성에 보내졌는데 그가 부하를 시켜 번역한 최신의 《지리대전》을 양주에 있는 선남시사(宣南詩社)의 위원(魏源)에게 맡겼던 것이며, 위양도(魏良圖)는 이 책 〈사주지(四洲志)〉를 참고하여 유명한 《해국도지(海國圖志)》를 저술한다.

《해국도지》는 추사에게 자극을 주었는데 왜국은 이것을 재빨리 받아들여 침략의 도구가 되는 해군을 건설한다.

임인년에 추사는 탐라에 온 지 3년째였다. 코앞에 있는 청나라에서 영국이 달콤한 물을 빨아먹는 시장을 개척하고 있을 때 조선에선 그런 것을 모르고 있었을까?

모를 리가 없다. 해마다 동지사를 보내고 있는데 그런 정보도 모르고 대비를 하지 않았다면 참으로 한심한 일이다.

탐라에 묶여있는 추사는 모를 수 있다. 그는 희망도 없이 나이만 먹고 있었던 것이다. 《완당집》엔 병사 장인식(張寅植)에게 보낸 서독이 20통이나 실려있다. 그러나 내용은 별로 중요한 것은 아니다. 장 병사는 본관이 인동(仁同)으로 무인인데 아버지는 원급(元汲), 부인은 오민상(吳民常)의 딸이었다는 정도밖에 모른다. 서화에도 관련이 없지만, 내용으로 보아 신축년 초 예의 영국 군함 건으로 대정에 왔던 게 아닐까?

'하찮은 이름에 비록 심히 모자라건만 바로 기쁘게 손을 잡아주셨고 더욱이 믿고 의지할 데 없는 궁도(窮道)의 몸으로 어찌 사람의 정으로 마지못해 내가 있을 곳을 헤아린다고 할 수 있겠습니까? 이곳에서 영형(令兄)과 만나자 곧 엎드려 받자온 혜서까지 주시고 큰 바다를 건너는 편의까지 살펴주셨거니와 새로이 영정(令政) 아래 있으면서 모시게 되었으니 어찌 백 가지 일의 길하심과 평안한 보중(保重)을 구구하나마 위로 말씀 뇌까리며 멀리 빌지 않을 수 있습니까.

아우는 〈평장해산타첩(平章海山妥帖)〉에서, '어룡은 겹쳐진 벽처럼 변하니/아름다운 갖옷에 띠를 맬 겨를도 없네./하나인 섬에서 다시 해를 보니/봄은 옛고향의 집이 있음을 알리네.(魚龍壁疊變 彩

裘帶整暇 一島復見陽 春知有故家)'라고 했듯이 바람을 보내준 까닭은 곧 위로는 죽을 죄인에게 은혜로운 보답을 하시고, 아래로 불길 앞에 들어올린 것인데 어찌 이 말로 자세히 떠벌리기를 기대하겠습니까? 사람에게 누를 끼치고 원통함을 가슴에 품어 받는 아픔도 이곳에 이른 지 9년인데 지금 의지할 수 있는 것이란 나무입니까 돌입니까?

　천지가 넓고 멀기만 한 이곳에서 어떠한 사람이 아지랑이와도 같은 장기(瘴氣: 독기운)가 뼛속까지 스며 들어와서 온갖 병으로 침병되며 화기(火氣)는 복받쳐 기침을 견뎌내지 못하고 눈꼽이 안개와도 같이 끼었는데도 의약마저 소용이 없는 것으로 서간충비(鼠肝蟲臂: 쥐의 간과 벌레의 발. 즉 하찮은 것을 비유)로 내맡겨 둔단 말입니까? 우러러 어찌할 바가 없는데 여러 물품을 베푸시고 깊이 나눠주시니 차가운 봉당방으로 하여금 따뜻함으로 돌려주실 뿐 아니라 밥먹는 손가락마저 움직이게 해주셨으니 진심으로 감축(感祝)하오며 감동이 서로 어우러져 가볍게 날 것만 같으니 감사의 말은 백천 마디로 다할 수는 없지만 나머지는 고불비상의(姑不備狀儀: 예를 갖추지 못한 채 편지를 올린다는 의미).'〔제1신〕

　서독의 내용으로 추사가 얼마나 인정에 굶주렸는가를 알 수 있다. 장병사는 아마도 제주의 진장(鎭將)으로 부임했던 모양인데 추사에게 정신적·물질적 원조를 해준 것 같다. 더욱이 유배 첫해의 학질로 최악의 상태에 있었던 추사이고 보면 마음 든든한 후원자를 얻은 셈이다. 다만 글 중에 9년이란 글자가 있어 마음에 걸리는데 이것은 세월의 많음을 형용하는 말로 이해하고 싶다.

　한 가지 덧붙인다면 장기(瘴氣)인데, 이것은 기후·환경이 바뀌는 데 따라 생기는 각종 질병을 옛날 사람은 그렇게 표현했던 것이며, 특히 추사에게 타격인 것은 봉당방 구조라는 대정의 생활 방식이었다. 학질은 대개 저녁 무렵 발작하고 몸은 불덩어리처럼 고열인데 몸이 걷잡을 수 없이 떨린다. 아무리 따뜻한 남국이라도 이런 때 구들에 눕고 싶은 것이 북지 사람인 추사의 소망이었으리라. 그러나 대정에는 그런 구들방이 없고 어떤 조사자의 보고를 읽어보면 봉당방이고, 다만 중앙에 뱀의 침입을 막기 위해 왜국의 이로리 비슷한 불구덩이가 있었다고 한다.

서독에서 냉추(冷厨)라고 표현한 것이 바로 이것을 가리킨다고 생각된다.

'푸른 풀의 장기가 지나자 황매(黃梅)의 장기가 일어나고 이곳 사람의 집 문간마다 녹음이 깊지만 모든 사물의 촉감이나 느낌은 한을 가진 사람·나그네로선 더욱 먼저 얻게 되는 것 같습니다. 불신(佛辰) 또한 멀지 않사온데 오직 정사를 하옵는 영형께서 만중(萬重)하신지요? 어별(魚鼈:고기와 거북. 여기선 탐라 사람)이라도 점차로 사람과 친밀해지는 기쁨도 있어 손과 눈이 날로 익숙해져 서먹서먹함도 없으시겠지요? 갖가지로 마음이 쓰여집니다. 이 사람의 병은 여전하옵고 봄이 가고 여름이 올 무렵에는 더욱 견디기 어려우니 남에게 이야기할 것도 못됩니다. 나머지는 별지(別紙)에 있으므로 이만 되는 대로 적으며 불비식(不備式).'〔제3신〕

추사는 오히려 장병사를 위로하고 있다. 첫머리의 푸른 풀이며 황매를 장기로 보고 있다는 데 유의하기 바란다. 나그네로선 병사이든 유배자이든 같은 것이다.

여기서 '별지'란 말이 있는데 장병사는 병조참판을 지낸 추사의 해방론(海防論)에 대해 문의했다고도 여겨진다.

《문헌비고》를 보니 탐라는 수군 만호(萬戶)가 진장인데 명월포(明月浦)·조천포·차귀포에 각각 진이 있으며 이런 만호를 지휘하는 수군첨절제사(水軍僉節制使:종3품)가 있었으며 통칭 병사라고 불렀다.

'야마와 도리천이 어떤지는 모르겠지만 이 세상에서 과연 열기(熱氣) 없는 하늘과 모기 없는 땅이 있을까요? 열기가 비록 심하기는 하지만 모기가 더 극성이군요. 병영의 영당(鈴堂 : 집무실)에도 모기가 많다는데 하물며 이 게딱지와 달팽이집이야 말할 게 없겠지요.

옛날의 모기는 그래도 예의를 알았는데 지금의 모기는 예법을 알지 못하여 늙은이에게 마구 덤벼드니 역시 지금 모기는 옛날 모기와는 같지 않은가 보죠.

근일에 영감(존칭)의 정사 살피심이 맑고 깨끗하여 좋은 일이 많기를 바랍니다. 듣자니 배가 들어왔다 하고 다만 영문(상급 사령부)의 서신뿐이라고 합니다만, 북쪽의 기별을 접하지 못한 지도 오래인지라 진실로 답답하오며 못견디겠군요. 또 가뭄이 심하여 농사 때를 잃을 염려가 있다고 들었는데 역시 근심스럽고 답답할 뿐입니다. 답답증을 깨뜨려, 한번 시험삼아 사자후(獅子吼 : 불교용어. 무지를 깨뜨린다는 의미)라도 해주셨으면 하는 게 축원입니다.

이 사람은 별로 나을 것도 없는 상태로 눈병·다리병이 한결같은데다가 또 곁들여 위장병까지 있으니 백천 가지의 맵고 쓴 일이야 갈수록 더 견딜 수가 없습니다. 마침 이군(李君)이 간다하기에 잠시 근황을 적어 올립니다만, 이군은 바로 내가 바다에 들어온 처음에 만난 사람인데 지금 9년에 무릇 온갖 일을 막론하고 맡아 보살펴주고 있으니 궁도의 한 좋은 인연이지요. 행여 간곡히 맞아주시고 아우의 체면을 보아서 부드럽게 대해주셨으면 합니다. 나머지는 뒤로 미루고 고불비상식(姑不備狀式).' 〔제9신〕

《완당집》에는 또한 상무(商懋 : 1819~ ?)에 대한 서독이 3통 있다. 상무의 자는 경덕(景德)이고 추사의 12촌 태희(泰熙)의 아들인데 무오년(1858)에 생원과에 급제하여 참봉을 지냈으며 일설에는 신축년

(1841)에 입양했다고 한다. 그 하나를 읽어보면 다음과 같다.
'천륜(天倫)이 크게 정해져 종가의 제사를 맡긴 바 있다마는 아직 일기(一氣)의 고(姑 : 부자의 인연?)도 쏟고 꿰뚫지를 못한 채 산천의 간격마저 있어 보내준 글로서 이를 시험할 뿐이구나. (그러나) 기왕에 내가 이곳에 있고 얼굴로서 대하는 일도 없이 너에게 명하노니, 너는 오로지 병드신 너의 자당을 보양해야 할 것이며 너의 중부님(곧 명희) 훈계를 받들어 매사에 앞서 어른들의 도에 이르고 지켜야 할지니 극히 공경하고 극히 조심하는 게 우리 가문 전래의 옛 법도이다. 이것이 도에 똑바로인 행위로써 지키는 데 있어 참으로 두려워하며 삼가해야 하니 감히 속이거나 혹은 가문의 영예를 떨어뜨려선 안된다. 아침 저녁 이를 축원하는 것도 새해일수록 약재(籥載 : 약은 피리인데 여기선 결심을 새로이 한다는 것)를 좇기 위해서이며 평안하고 길하기를 간절히 생각하기 때문이다. 나는 지금껏 지난 해와 마찬가지로 탈없이 잘 있으니 이것도 하늘의 지으신 은혜가 아니겠느냐! 공선(貢船 : 세금 따위를 바치는 배) 편에 부치는 것이라 이만 줄이고, 불구(不具).'〔제1신〕
이 서독이 신축년 말에 씌어진 것이라면 상무는 22세로 갑자기 월성위 궁의 사손(嗣孫)으로 결정된 것이며, 추사와 상무는 서로 얼굴조차 보지 못한 사이였음이 서독에서 증명된다. 고(姑)라는 한자는 친밀한 관계를 나타내며 주로 사돈간에 사용되는데, 앞에서 나왔던 친정과 마찬가지로 친가·가족 사이에도 썼던 것 같다. 글자로 본다면 구분이 없는 것이다.
그것이야 어쨌든 임인년은 탈없이 넘어가는가 싶었는데 추사에게 다시금 시련이 닥친다. 연보를 보면 임인년 11월 6일, 춘산 김홍근(55세·좌의정)이 졸하고, 동 11일 이재 권돈인은 우의정이 되며, 동 동짓달 보름에는 추사 부인 이씨(55세)가 졸한다. 사람이 그 일생에 있어 배우자를 잃는다는 것은 남녀 어느 쪽이라도 타격이며 슬픔인 것이다. 이것은 연령과는 관계가 없다. 오히려 늙을수록 그 슬픔은 깊고 절실한 것이며 마치 떼를 잃은 기러기로 비유되는 것이다. 추사의 심정은 〈부인 예안 이씨의 떠남을 애도함〔夫人禮安李氏哀逝文〕〉에 잘 나타나 있다.

'임인년 동짓달 을사삭(乙巳朔) 열사흗날 정사(丁巳)에 부인이 예산의 추사(楸舍: 묘막·재실)에서 임종하셨는데 다음달(12월) 을해삭(乙亥朔) 보름의 기축일(己丑日) 저녁에서야 비로소 부고가 바다 위로 이르렀다. 그래서 지아비 김정희는 신위(神位: 신주)를 갖추고 이 비참함을 곡하노라. 살아서의 이별이 죽음의 이별이 되고 영영 돌이킬 수 없는 돌아가심으로 이어졌으니 뒤따라 몇줄의 글로 느껴울면서 본집에 부치며 이것이 당도하는 날 그 궤전(궤연)에 이를 알리고 영궤(靈几) 앞에 올리게 하노라.

아, 슬프도다! 내 행양(桁楊: 형구)이 앞에 있고 영해(嶺海: 여기선 제주 유배)가 뒤에 따를 적에도 일찍이 내 마음은 흔들리지 않았는데 지금 한 부인의 상(喪)을 당하고서는 놀라 울렁거리고 얼이 빠져 달아나니 아무리 마음을 붙들어매자 해도 소용없으니 어찌하리까.

슬프고 슬프도다. 무릇 사람이란 저마다 모두 죽음이 있건만 유독 부인만은 죽음이 있어서는 아니되며, 아니되는 그 죽음이 있은 까닭에 죽어서도 지극한 슬픔을 머금고 더없는 원통함이 있으리니, 이를 받아 장차 뿜어내게 되면 무지개 되고 맺히면 우박이 되어 부자(夫子: 남자)의 마음을 움직이기에도 넉넉하리니 행양보다도 영해보다도 더 심했던 게 아니겠소.

아아, 슬프다. 30년 동안 효도하는 덕은 일가 친척이 이를 칭찬했고 옛 동기와 바깥사람(친척 아닌 사람)에 이르기까지 모두 감탄하고 일컫지 않은 사람이 없었소. 그러나 이는 사람된 도리로서 당연하다면서 부인은 기꺼이 받고자 아니하였으니 지아비된 자로 잊을 수가 없구려. 일찍이 장난의 말로 "부인이 만약에 먼저 죽는다면 내가 먼저 죽는 편이 도리어 낫지 않겠소" 했더니, 부인은 이 말이 나의 입에서 나오자 크게 놀라며 곧장 귀를 가리고 멀리 달아나며 들으려고도 하지 않았소! 이는 참으로 세상의 속된 부녀자들이 크게 꺼리는 일이지만, 기실은 그 실상이 이와 같은 것인데 내 말은 희롱으로서만 나온 것이 아니게 되었구려. 지금 마침내 부인이 먼저 죽었으니 먼저 죽는 게 무엇이 유쾌하고 만족스러워서 나로 하여금 홀아비가 되고 홀아비의 (멀뚱한) 두 눈으로 혼자 살며 푸른 바다·긴 하늘의 한을 다함이 없도록 하시는 거요.'

이 제문을 빌릴 것도 없이 추사의 부부애가 지극했던 것이며, 그런 만큼 그 슬픔도 더 컸으리라.

근년에 발굴·발표된 것이지만 추사와 부인 사이엔 언문(한글)편지가 34통이나 있다. 한문 지식이 많지 않은 예안 이씨를 위해 자상하게 언문 편지를 썼다는 '사실'만으로, 이 '소설'에서 설정한 추사의 다정다감한 성품이 크게 빗나가지는 않았던 셈인데, 한편 그 내용으로 보아 한두 가지 의문되는 점이 해명되지 않아 필자로선 아쉬웠다. 하기야 우리의 선인들이 유교적 전통에 의해 자신의 '사생활'에 대해선 밝히기를 꺼렸다는 점에서 나타난 현상이고, 문헌으로선 남성 위주의, 그것도 유소년기의 일화·학문·벼슬 등이 주로 기술되기 때문이다.

필자의 의문이란 〈상친정(上親庭)〉이라는 한문 서독 1편과 주로 족보의 기사를 근거로 한 것이다. 먼저 족보는 원본이 아닌 만성보(萬姓譜)이긴 하지만 공교롭게도 추사의 전실 부인 '한산 이씨'만 나타나 있을 뿐 재취 부인인 '예안 이씨'에 대해선 빠져있다는 사실이다.

이것은 편집상의 누락일까? 그런 가능성은 다른 사람들의 것으로 보아 없어 보인다. 그렇다면 그 이유는 무엇일까?

추사 본인은 그렇지 않다 하더라도 제 3 자의 '관행'으로 올리지 않았던 게 아닐까? 불행히 한산 이씨나 예안 이씨나 자녀가 없고 '자식이 없는 설움'이란 가장 절실한 것으로 그것을 내색하지 않는 게 또한 우리의 미덕이지만, 역시 죽고 나서는 산사람으로서 점차로 잊게 마련인데 추사의 시를 통해 흐르는 일관된 애감(哀感) 역시 다소는 그런 영향이 있다고 보는 게 자연이다.

또 〈상친청〉이 문제되는 것은 '또 형체로서 없을 뿐더러 십이영의 보발(步撥)을 돌아 편지를 올려야만 도달하니〔又無以形 達十二營撥回上書〕' 하는 구절로서 알 수 있듯이, 이 서독은 제주 유배 직후에 씌어진 것이며 당시 예안 이씨는 친정 아버지인 민보(民普)의 부음을 듣고서 친정에 갔던 것이며, 그리하여 언문 편지 아닌 한문으로 썼다고 추정된다. 그래서 시기가 문제인데 추사가 금부도사에 압송되기 전이라고도 여겨지며 만일 그렇다면 추사의 제주행은 더욱 비참한 것이었으리라.

운명의 신은 짓궂은 법으로 불행이란 겹치게 마련이며 따라서 추사는 파격적인 부인에 대한 제문을 지었다고도 여겨진다. 아니 제문 자체는 있을 수 있는 일이며 추사 자신도 권이재에게 보낸 서독에서 당신의 외로운 심정을 솔직히 밝히고 있지만, 제문에서 공개한 '장난의 말로 "부인이 만약에 먼저 죽는다면 내가 먼저 죽는 편이 낫지 않겠소" 했더니 부인은 이 말이 나의 입에서 나오자 크게 놀라며 곧장 귀를 가리고 멀리 달아나며 들으려고도 하지 않았소'라는 구절이 마음에 걸린다.

여기서 옛날에 일찍이란 추사보다 한 살 아래인 당시 22세이던 예안 이씨가 추사의 재취 부인으로서 시집온 직후였다고 추정된다. 확실한 근거가 있는 것은 아니고 고인에 대한 모독처럼 여겨질까 꺼림직하지만 족보에서의 누락도 있고 당시 22세의 처녀라면 이례적인 것이기 때문이다.
 그것이 최대의 의문인데 거기에 대한 문헌이 없으니 가장 안타깝다. 세상의 관례로 부인이 소년 과부였다면 서모 마찬가지로 족보엔 오르지 않는다……
 아무튼 언문 편지인데 총 34통이고 그 중의 2통은 부인이 이미 졸한 것도 모르고 보낸 것이라서 더욱 애절하다.
 〈제 1 신〉은 추사가 무인년(1816) 2월에 당시 경상감사이던 김유당에게 갔을 때 부친 것으로 '거번(지난번) 듕노(中路)의셔 온 편지 보아겨시옵. 그스이 인편 잇스오나 보지 못보오니 븟그러워 아니 ᄒᆞ야 겨오시옵. 나는 ᄆᆞ음이 심히 섭섭ᄒᆞ옵.'이고, 〈제 4 신〉은 대구 감영에 가있는 부인에게 추사가 그곳에서 온 사람편에 부친 것이다. '거번 인편이 뎌 오시니(왔으니) 보옵고 든든ᄒᆞ오며 그 스이 혹 인편이 잇스오디 셔역(書役 : 쓰는 어려움)이 극난(極難)ᄒᆞ야 못ᄒᆞ야스오니 죄 말숨(사과의 말) 오쟉 ᄭᅮ지셔 겨오오실잇가(쓰기가 어렵겠습니까?).'이다. 셔역이란 말로서 한문 편지보다 오히려 어렵다고 했는데 얼마나 솔직한 표현인가! 추사가 상경하자 부인을 곧바로 내려보내어 당시 홀아비였던 생부(生父)의 수발(뒷바라지)을 들게 하니 효심이 엿보인다. 또 차츰 나타나지만 추사의 꼼꼼한 성격도 그림에 그린 것처럼 읽을 수 있고 그것이 곧 추사의 부부애였다.
 다음의 〈제10신〉은 부인이 귀경할 때쯤의 편지로 '내힝(內行)이 슈이(곧) 올 거시오니 엇지나(언제나) 찰여(살펴) 오시옵. 어란(魚卵)만이 어더가지고 오시옵. 웃슙(우습구려)'인데 불과 한 달 남짓에 몇차례 편지 왕래가 있던 것이며, 추사가 마른 반찬이나 젓갈류를 좋아했다는 걸 알게 된다. 다음의 〈제12신〉은 무자년(1828) 4월 부인이 온양

(溫陽) 외동에 있는 친정에 근친했을 때의 것으로 '그리 가신 다시 쇼식 막히오니 그 수이 뫼와 일양(내내) 평안ㅎ시옵. (중략) 나도 잇찌까지 낫지 못ㅎ옵고 독감을 쏘 어더 대단이 알숩더니(앓았더니) 슈일이야 됴금(조금) 낫스오나 긔운 슈습이 어렵스오니 답답ㅎ옵. (중략) 슈시 ㅎ는게 더님(걱정)을 공여니 맛다(맡아) 말이 못되오니 스스(私事)의 말이 아니되옵, 내산편으로 대강 이리 그리옵.'이다.

슈시를 수씨(동서)로 본다면 집안의 실없는 여자들 말이 이씨 부인의 감정을 상했다고 여겨지는데 다음의 〈제13신〉이 열쇠가 된다.

'나는 잇찌까지 낫지 못ㅎ온디 일전의 겸보덕(兼輔德 : 관직으로 내각겸고 대교겸 시강원 보덕임)을 ㅎ야 아직 슉사(肅謝)도 못ㅎ옵고 황송ㅎ오며 아이너는(상우 내외) 내초(來初 : 내달 초)로나 오시게 ㅎ쟈 ㅎ얏더니 아무려도 집 일이 못되어(안되어) 일시(一時)가 말이 아니되옵고, 친로(親老 : 부친)가 인마(人馬)을 어셔 보내야 어셔 오는 것시 올타(옳타) 하시기 인마는 내일 써나보내개 ㅎ옵고 사롬을 몬져 ㅎ나을 보내어 머리(미리) 아오시개 ㅎ오니 뎡이의(마음으로) 어려오셔도 오실 길이니 즉시 출여(준비하여) 써나게 ㅎ옵. (중략) 셰셰(細細)흔 곡절(曲折)은 오시면 아니 아홉(않겠다). 말이 못되옵(말도 아니다).'

요컨대 11신에 이어 13신은 부인이 무언가 분격하여 친정에 돌아갔는데 돌아오기를 재촉하는 내용으로 해석된다. 사람이 일생을 살다 보면 부부싸움도 있지만, 여기서는 그게 아닌 슈시와 관련되는 불화가 있었다. 여기서 추사의 시로 〈종씨가 달성행을 지었는데, 무료하여 다섯 절구를 부쳤고 저마다 딸린 바가 있었다[從氏作達城行 聊寄五絶句各有所屬]〉5수와 관련시켜 읽어 보았다. 종씨는 김명희로 해석된다.

추사체(秋史體)

꿈속에서 남녘의 가르침은 사철 봄인데,/인연의 정은 되지 않으니 또한 서글프구려./풍운보다 아녀의 정이 더 많으니/매화시는 바로 사람의 무쇠마음일세.

(夢中南戒四時春 不爲情緣亦愴神 兒女風雲多寄托 梅花賦是鐵心人)

〔종씨에 귀속됨〕

평생에 이루어진 버릇 없애기 어려운데/글이 되기엔 경박하고 뜻을 다하지 못했네./천이백 년의 이끼 낀 옛 자취는/가냘픈 촛불 밝히며 서로가 거듭 보네.

(平生結習汰除難 輕薄爲文意己蘭 千二百年苔迹古 高燒寒燭重相看)

〔스스로에게 딸림. 때는 진흥 옛 비석을 가려냄〕

하늘 끝 골육으로 이별도 많았는데/푸른 못의 방초인 세월도 지나갔네./전생의 유마힐을 알았는가 몰랐는가/어찌하여 너에게 꽃을 흐트리는고.

(天涯骨肉別離多 芳草池塘歲月過 前世不知摩詰否 散花於爾奈如何)

〔중제(명희)에게 귀속되다〕

선주(선산) 고을 좋기가 양주와는 어떠하뇨/학을 타고 돈을 찼으니 곧 좋은 인연일세./결국은 솔과 대도 하나의 초목이니/봄바람 봄비도 미처 오기 전일세.

(善州何如楊州好 騎鶴腰錢便勝緣 終是松筠還草木 春風春雨未來前)

〔菊人에게 귀속됨. 이때 막 선산군수가 됨〕

청두와 강염은 다섯 왕후와 비교되는데/군침만 식단에 흘러 속절없이 남았네./시의 생각은 부채머리인데 지금은 무엇인가 하면/남주의 밝은 달 제일루일세.

(飣飿薑鹽賽五侯 饒津空遺食單流. 扇頭詩想今何似 明月南州第一樓)

〔士毅에게 귀속되다〕

이 시는 추사 만년의 작품으로, 남계(南戒)란 남주(南州: 영남)의 가르침(경험)이라고 해석된다. 그것보다 제목에서 설명된 각유소속(各有所屬)이란 말이 의미심장하며 어째서 이런 주석을 달았을까 이해되지 않는다. 물론 액면 그대로 산천은 철심(鐵心)보다는 아녀자의 마음이라고 했다.

그런데 이것은 타고난 성정(性情)이라기보다 후천적으로 만들어진 성정을 가리켰다고 이해되며 그러기에 추사는 자기 자신의 성정을 경박하다 했던 것이고 그것을 반성하고 나약한 성정을 없애고자 했다. 그러나 성정은 없앨 수가 없는 것이고 형제는 같은 피를 타고나서 촛불 아래, 이를테면 진흥왕의 탑본을 서로 들여다보고 있다.

여기서 추사가 이와 같은 생각을 갖게 된 것은 무엇 때문일까? 그것은 형제에게 닥친 공통의 불행이고, 타고난 재주는 권모와 헐뜯음이 판치는 관직(정치)과는 전혀 어울리지 않는다. 즉 조용히 책이나 읽고 학문을 탐구하는 게 적격인데 현실은 그렇지가 않았었다. 사회적인 불행뿐 아니라 생모를 일찍 여의고 가정적으로도 형제는 결코 행복할 수 없는 공통적인 어둠이 있었던 것이다.

다시 말해서, 언문 편지에 나타난 동서간의 갈등을 우회적으로 말한 게 아닐까? 그것은 나중에 산천에게 보낸 서독에서도 나타난 사실이었다. 제3수·제4수·제5수는 아마도 산천의 작품〈달주행〉에 등장하는 산천·죽인·사의의 성정을 노래한 것으로 이해된다.

국인은 조기영(趙耆永)인데《해동시선》에도 이름이 오른 시인이며 산천의 벗이었다. 봄바람·봄비로 연상되듯 성격이 원만했으며 기학요전(騎鶴腰錢)이라는 시어로서 알 수 있듯이 일생을 평온하게 보냈다고 여겨진다. 사의(士毅)는 누구인지 불명이나 추사의 시로서 서벽정(棲碧亭)에 갔을 때 그가 피부병(옴)에 걸려 소임을 다하지 못했다는 것을 조롱하고 있다.

정두(飣餖)는 음식을 차리되 먹지 못한다는 뜻이고 전와되어 공소한 문사(文詞)를 늘어놓는다는 것이며, 강염은 생강즙에 소금을 넣어 볶은 것으로 토사 곽란을 일으켰을 때 먹는 약이다. 이런 강염을 정두와 함께 들었다는 의미는 잘 모르겠으나 아무튼 사의의 문장, 곧 성정을 평한 말이라고 해석된다.

이리하여 추사는 부채의 시상(詩想)이니 남주 제일루의 명월이니 하면서 사실은 비웃고 있는 것이다. 남주 제일루(영남 제일루)에 명월까지 겹쳤다면 다시없는 칭찬처럼 들리겠지만, 사실은 그것이 아니고 정두, 곧 겉보기의 것이라고 비웃는다. 이것을 추사 형제의 불행과 연결시킨다면 재주없는 자가 단지 명문과 시류를 타고서 이 세상에서 행세한다는 뜻이 되리라. 추사는 이런 것을 '인연'으로 보았던 것이고, 현대인이 갖는 불만이나 반항과는 성격이 다르다.

그러면 여기서 다시 언문 편지로 돌아가 다음의 〈제20신〉은 추사가 제주에 유배되고 처음으로 쓴 편지이다.

'먹음시(먹새·식욕)는 아직은 가지고 온 반찬이 잇스오니 엇지 견디여 가올거시오 싱복(生鰒 : 숭어)이 소산(所産)이오니 글노(그 것으로) 또 견디 듯ᄒᆞ옵. 쇠고기는 절귀(絶貴 : 아주 귀하다) ᄒᆞ오나 혹 가다가 어더(얻어)먹을 도리도 잇ᄉᆞᆸᄂᆞᆫ가 보옵. 아직은 두셔(頭緖 : 갈피)를 뎡치 못하오니 엇더 한줄 므ᄅᆞ개습.'

'일것ᄒᆞ야(일부러) 보낸 츤물은 마른 것 이외는 다 샹ᄒᆞ야(변질되어) 먹을 길이 없습(없다). 약식·인절미가 앗갑습(아깝다). 셔울셔 보낸 침채(沈采 : 김치)는 원약 염(소금)을 과히(지나치게) ᄒᆞᆫ 거시라 변미(맛이 변함)는 ᄒᆞ야시나 그래도 침채에 쥬린 입이라. (중략) 어란 ᄀᆞ튼(같은) 거시나 그즈음셔(그곳에서) 엇기(얻기) 쉽거든 어더 보내옵. (중략)

의복은 셔초선(歲初船)의 보내신 거는 다 기호(사람 이름) 거시니
도로혀 웃습. 도로 보내올(보낼) 길도 업숩고 다 아직 두어스오니
아직 대여입스올가 ᄒ오며 즉금(지금) 입는 져고리가 마치(마침) ᄒ
나흘 가지고 입스오니 과히(아주) 어렵고 조금 어려오나 다른 야로
(野老: 고장의 노인)것 밧고야(바꾸어) 입기 어렵고 조금 어려오나
아니 견디옵(견디지 못할 게 있겠는가). 가을 미쳐나(못미쳐서) ᄒ야
보내개 ᄒ옵. 그는(그것은) 미리 부쳐야 쩌의(제때에) 마쳐 입지. 그
러지 못ᄒ면 심동(深冬: 깊은 겨울)될 염려가 잇숩. 입난(입는) 긴
팔등거리도 ᄒ나 ᄒ야(지어서) 보내개 ᄒ옵.(후략)' 〔제21신〕
　추사로선 제주도에서의 첫 해(경자년 겨울부터 신축년 여름)가 가장
힘들었고 앞에서 이미 말한 심한 '학질'과 음식의 차이에서 오는 고
통이 심했었다.
　'(전략) 셔울셔 나려온 장맛시 다 쇼금 꽂치(꽃이) 푸여(피어) 쓰고
싼셔(짜서?) 갓득흔(가뜩이나) 비위를 뎡치 못하오니 일시(한시)가
민망ᄒ옵. 경향(京鄕)의 쟝(醬)이 엇지 되여습는지 속편(速便: 빠
른 인편)을 어더 나려 보늬여야 견듸개숩. 셔울셔 진쟝(陳醬: 묵은
장) 살 도리(방도)이시면 다쇼간(많고 적든) 사보내개 ᄒ야주옵. 변
변치 아니(변변찮은) 진쟝은 어더 보내여 부질업숩(부질없다). 거긔
윤싱(尹生)의개 진쟝이 오소이도 잇난지 무려보옵.
　민어를 연ᄒ고 므롬흔 거스로(살찐 것으로) 갈의여(골라) 샤셔(사
서) 보늬개 ᄒ옵. 나려온 거슨(것은) 살이 셔여 먹을 길이 업숩더니
다(없습니다). 겨츠는 이실(있을) 거시니 넉넉히 어더 보늬옵. 밧그
로도(밖으로도) 긔별ᄒ야숩. 가을 후의 죠흔 거서로 사오 접이 되나
못되나 션편의(배편으로) 부치고 어란도 거긔셔 먹을 만흔 것 구ᄒ
야 보늬옵. 겨요(겨우) 두어즈 이리 넉스오니(적었으니) 대강 보오
시고 긔별의라도 싱각ᄒ야 ᄒ개 ᄒ옵.' 〔제24신〕

'(전략) 보오신 찬뉴(반찬류)들은 슈(수)대로 즈시 밧다(받다) 긔별 ᄒ신디로 먹스오니, 셔울 맛시라(맛이라) 비위가 열니오나(입맛이 맞는다) 이러ᄒ개 ᄒ야다가 쳔니(천리) 밧긔셔(밖에서) 구복(口腹)을 위ᄒ야 ᄒ옵는 일이 도로혀 어분(於分 : 분수)의 과ᄒ옵(과한 일이겠지요). 침(김치)도 그리 변미(맛이 변하는 것)가 되지 (안)ᄒ와, 침치(침채)을 순젼(전혀) 못어더 먹더니 이리 먹으니, 먹기는 먹으나 그져 과둣ᄒ옵(과분한 듯하다). 의복 온 것도 츠시(즉시) 바다(받다). 셔울셔 보닌(보낸) 셰초선의 부친 찬수(饌羞 : 반찬거리)도 이번은 그리 버린 것 없시 두고 먹개습.' 〔제27신〕

편지의 내용이 한낱 '반찬타령'이라고 생각되기 쉽지만 직접 당하는 사람의 입장으로선 그렇지가 않은 것이다. 현대는 세계의 온갖 음식이 홍수처럼 밀려들고, 또 국내의 고장마다 달랐던 음식도 평준화되어 먹고 있지만 가까운 한국전쟁 전만 하더라도 음식이 사람따라 낯설고 입에 맞지 않는 경험을 했던 것이다. 더욱이 백여 년 전의 서울과 제주도는 상상을 초월하는 입맛의 차이가 있었다.

민어(民魚) 같은 것은 서울의 사대부가 즐겨먹는 고급(高級) 바닷고기로 냉장고 따위가 없었던 옛날에는 여름철의 진미였다. 왜냐하면 기름기가 적어 비교적 더디 상하고 맛이 담백했기 때문이다. 대체로 서울 사람은 장류(간장·된장·고추장류)도 심심하여 짜거나 쓰지 않았고 또 대갓집은 진장(陳醬)이라 하여 몇 년씩 묵은 장이 있었으며, 이것이 음식의 맛을 미묘하게 만드는 요소였다.

'(전략) 부즈간(父子間) 잇씨가지 못보오니 인정(인정)이 덩 어렵사오나 오히려 둘재의 일이오며, 제가 와셔 보랴ᄒ다 ᄒ오니 졍니(정리)의 고히치(이상하지) 아니하오니 (중략) 제 흔몸이 쏘 즁난(重難)

ㅎ기 우리 두 사룸만 가지고 ㅎ올 ᄌᆞ식이올잇가(자식이겠소) 보옵. 조샹의 듕(重)ㅎ온 거슬(것을) 계몸이 시러노코(얼어놓고) 잇ᄉᆞ오니 아모리 부ᄌᆞ지의(父子之義)가 듕ㅎ와도 조샹의 듕ㅎ온 것과 비교 못ㅎ옵ᄂᆞᆫ 거시라 게서라도(거거서라도) 잡고 말녀(말려) 이런 도리 을 개유(開諭 : 깨우쳐주는 것) ㅎ야 이르개 ㅎ옵. (중략) 며느리을 ᄯᅩ 슈이(쉬) 다려오나(데려오나) 보오니(본데) (중략) 졔일(첫째) 제 사 ᄎᆞ리는 범빅(凡百)을 급히 가리치개 하고 제사 듕ㅎ온 거슬 알 개 ㅎ옵.'〔제28신〕

이 편지도 상무가 신축년에야 추사의 양자로 결정되고 또 그런 상무가 추사를 만나고자 제주행을 결심한 것이 증명된다. 그러나 이것은 당장 실현되지 않았던 것이고 이밖에도 사정은 있었던 것이다. 그것은 다른 편지에도 암시되고 있지만 추사가 애당초 먼 친척인 상무를 양자로 삼은 데는 숨겨진 사정이 있었던 것이다. 그것은 나중에 설명되겠지만, 이 서독에서도 '며느리을 ᄯᅩ 슈이 다려오나 보오니' 운운이 그것을 시사한다.

다음의 제29신은 동생인 산천 명희의 외동딸이 35세의 나이로 죽었음을 한탄하는 내용인데, 형제간의 정리를 내 슬픔처럼 아는 추사의 심정으로도 이해되지만 역시 자기 자신의 죽음도 예감했다는 비장한 생각도 반영되고 있었으리라.

'셔울셔 난(낸) 편지 보오니 나동(羅洞) 니실(李室 : 딸이든 조카딸이든 사위의 성으로 호칭함) 추긴 일은 그 어인 일이며 어인 말옵. 통곡통곡 밧 하 참졀경통(慘切驚痛 : 참혹하기 이를데 없는 일로서 놀랍고 가슴아프다) ㅎ오니 어울녀(아울러) 말이 나지(나오지) 아니ㅎ옵. (중략) 그 딸 ㅎ나이 무어시 과ㅎ야(잘못하여) 저 지경을 보오니(보니) 쳔니인니(天理人理)가 엇지 이더도록(이토록) ᄒ온고. (중략) 쥬근(죽은) 아희는 삼십오 년 인싱이 춤혹춤혹 ᄒ오니 (중략) 그 ᄉ이 달이 발셔(벌써) 너머시니 강동(江東 : 곧 과천임) 범졀이 엇더ᄒ옵(어떠하겠소). 과히 샹손(傷損 : 애통하여 병나거나 하는 것)치나 아니 ᄒ온가 쳔니(千里) 밧긔셔 동동ᄒ 넘녀(염려) 형용(形容)ᄒ야 엇지 덕숨(어찌하오리까). 쇼식도 속속히 드를 길이 없시 더욱 마음만 쓰이옵.'

이 편지로서 확실해진 것은 추사의 부인 이씨도 이때쯤(임인년) 서울로 돌아가 월성위 궁이나 금호 별서에서 기거했음을 알만하다. 그리고 필자의 말을 참고로 덧붙인다면 이상의 여러 언문 편지를 통해 당시의 서울말(사대부집 부녀자의 말)을 엿볼 수 있다는 점에서도 귀중한 자료가 되리라.

편지 가운데 의미 불명의 곳도 몇군데 있지만, 당시의 언문(한글)에선 요즘의 맞춤법처럼 된소리, 이를테면 ㅌ·ㅋ·ㅍ과 ㅆ·ㅉ 등 받침을 거의 사용하지 않는다는 사실이다. 된소리 표기법은 외래어 표기상 어쩔 수 없다는 말도 있지만 필자의 생각으로선 사도(邪道)이다.

연보를 보면 임인년에 추사는 〈영모암 편액 배면 제지에 발하다〔永慕庵扁背題識跋〕〉를 쓰고 있다. 이것은 아마도 부인이 졸하기 이전의 작품이었으리라.

'이것은 우리의 증왕고(曾王考 : 증조부 김한신)께서 영모암의 편액 뒷면에 제지(題識)하신 것인데 손수 쓰신 글씨이고 산지(山地 : 묘지)의 일로 내려오신 적부터 우리집에서 오로지 팔구십 년을 보관한 것이다. 불초 후생(추사의 자칭)은 무인년(1758, 월성위는 이 해에 졸함) 이후의 일은 도리로서 이미 알고 있었지만, 그러나 고왕고 (高王考 : 고조부 김흥경. 1677~1750)의 남기신 교훈으로 증왕고가 받으신 부탁의 무거우신 소임에 대해선 혹 알지를 못했던 거다. 지금 편액의 배면 제지로 말미암아 이를 비로소 알았으니 오호라 크나큰 기둥과도 같은 정훈(庭訓 : 가정교육)이 거의 어둠 속에 가라앉을 뻔 하다니! 난표봉박(鸞飄鳳泊 : 난새가 표연히 날고 봉새가 머문다인데 비유하여 큰 인물이 뜻을 얻지 못한다는 것)의 와중에서 문득 이와 같이 깨닫게 되었으니 이는 조상의 넋이 가까이 있음으로써 열어 발동케 함이요, 두려움은 깊이 사무쳐 이마에 땀을 더욱 흐르게 할 뿐이다.

불초의 죄로서 없다 한들 면할 수가 없는데 하물며 바다의 위로 귀양와서 침륜(沈淪 : 몰락했다는 것)하면서 오래도록 널리 펴보지도 못했음에 이르러서랴! 감히 편액 뒤의 제지를 모사하여 드러나도록 새기고 높이 이를 걸며 아울러 중수(重修)하여 새롭게 하리다. 대체로 선조의 자취를 공경하는 것은 사람마다 같을 것이나 오직 우리 집안의 자손들이 대대로 깨우치게 되고 남보다 한 등급 더함이 있어야 하리라. 그러자면 앞서의 규범을 떨어뜨리지 않을 뿐더러 선대의 뜻을 우러러 추념하는 하나의 돌이라도 작게 혹은 소홀함이 있어선 안될 것이며 증왕고의 제지는 일월과도 같은 수묵(手墨 : 진적)이라 이를 대함에 있어 격을 갖추어 세워야 하리라. 암자를 세운 지 89년의 임인년 월 일 증손 정희는 삼가 쓰다.'

계묘년(1843)이 되어 추사는 58세였다. 1월 8일, 김도희는 이조판서가 된다. 도희는 추사와 6촌간으로 자는 사경(史經)이고 호는 주하(柱下)라고 했는데 평온한 관직 생활을 보내고 있었다.

그러고 보면 추사만 안김의 기피 인물로 중앙으로부터 밀려난 셈이었다.

또 오랜만에 이상적이 청유 계복(桂復)의 《만학집(晚學集)》과 운경(惲敬)의 《대운산방집(大雲山房集)》 등 서적을 보내준다.

이 무렵 활약한 청나라의 문인을 보면 하소기(何紹基: 1799~1873)가 있는데 그의 자는 자정(子貞)이고 호는 동주(東洲), 만년엔 원수(蝯叟)라고 했다. 도광 16년의 진사로 호남의 도주(道州) 사람인데 이미 앞에서도 잠깐 나왔지만 글씨로 우리나라에 많이 알려졌다. 시인으로도 이름이 있지만, 그 문하로 임창이(林昌彝: 1803~?)는 자가 혜상(惠常)이고 호는 자계(芝溪)라고 했다. 도광 24년(1844)의 진사로 복건의 후관(侯官) 사람인데 임칙서·위원 등과도 깊은 교유가 있었으며 당시의 열렬한 애국 시인이었다.

또 패청교(貝靑喬: 1810~1863)의 자는 자목(子木)이고 호는 무구(无咎)인데 강소 오현 사람이다. 그는 아편전쟁에 종군했고 그의 시 〈돌돌음(咄咄吟)〉은 대표작으로 유명하다. 돌돌이란 참으로 이상한 일이라는 뜻이다. '중화'를 자랑하는 중국이 오랑캐라는 영국에 여지없이 당했기 때문에 괴사(怪事)라고 한 것일까. 이런 것을 덮어버리고 감추는 일보다 털어놓고 개선의 길을 찾는 데 민족의 활로(活路)가 있었던 것이다.

또 한 사람 막우지(莫友芝: 1811~1871)는 자가 자사(子偲)이고 호는 익수(眲叟)인데 귀주(貴州)의 독산(獨山) 사람이다. 문장을 잘했고 서가로서 저명했다. 《악정시초(鄂亭詩鈔)》가 전한다.

다시 연보를 보면 계묘년 2월 28일, 추사의 4촌 형님 김교희가 향년 63세로 졸하고 있다. 《완당집》에 교희와의 서독이 두 통 남아있는데 그 하나를 읽어 보면 다음과 같다.

'종 단(段)이 와서 내려주신 글을 삼가 받자오니 밤낮으로 매달린 목마름과도 같은 생각이 조금은 가셔져 우러러 위안은 됩니다만, 섣달 이후로 오고감에 이르기까지 오직 집의 종말고는 함께 막혀

다른 소식을 받들어 접하지 못했으니 또한 손실(損失:손은 패이름. 해롭다는 뜻도 됨)일 것입니다.

　삼가 헤아리건대 새해를 맞아 체후(體候:건강)가 강녕하시며 복되고 댁내도 시끄러움이 없게 고루 안녕하신지요? 팽팽한 활 시윗줄마냥 놀란 나머지 생각하고 얻은 두 글자는 신년의 대축(大祝)·대원(大願)으로 평안(平安)인데 어찌 바작바작 타는 그리움으로 마음쓰지 않고 멀리 걸려있는 사사로움을 좇아 내맡길 수 있겠습니까! 아우의 쌓인 허물과 쌓인 재앙은 또 무고한 집사람(부인)에게까지 미쳐 천리의 바다 위로 부고의 수레가 문득 이르니 놀라움이 지나쳐 통곡하는 떨림도 오히려 두 번째에 속하고 40년 가까이 반합(牉合:부부)한 거듭됨도 오히려 사사로운 정에 속합니다. 대대로 이어진 향화(香火:제사)를 하나같이 낳지도 않고 익숙하지도 않기만 한 새로 온 자식 부부에게 이를 맡겼으니 몸이야 비록 윗대의 처(남이란 뜻)로 하여금 어질고 효성스런 것이 절대로 범상치 않더라도(身上使渠雖賢孝出常萬萬) 간고(幹蠱:고는 패이름. 기틀인 근본)로써 가한지(되는지) 버팀목으로 가한지요? 아직 우리집의 규모와 배움에 있어 비록 마음은 미친다 하더라도 연수(年數)가 모자라니 장차 어찌하리까! 옛날 병인년(1806)에 간 사람(추사의 초취 부인 한산 이씨) 때 당한 바가 흡사 이와 같았는데 그 때는 마땅히 어른들의 눈으로 보시며 느끼신 가르침이 있었을 뿐 아니라 여러 누님·자매(동서들)의 협조도 얻을 수 있는 까닭에 이를 의지하고 맡길 수도 있었지요. (그리고) 세월을 지내며 힘씀으로써 다행히 떨어뜨리거나 하지 않은 채로 오늘에 이르렀는데, 지금의 모양으로 말하면 무엇을 눈으로 보고 느끼며 비록 협조가 있더라도 백가지로 이를 생각해보건대 나로선 두서(해결의 실마리)가 망연하여 어떻게 해야 좋을지 모르거늘 어찌 내 몸으로 요량(料量)하여 그처럼 눈으로 보고 이 퇴폐를 바꾸지 않고선 수습이나 타이를 수 없다 하니 스스로의 몸을 슬퍼하며 죽음의 설움보다 더 심함이 있다 하지 않을 수 없겠군요.

초종(初終 : 장례 일체) 및 매장할 때 널을 마을에서 취하여 사용함은 오히려 다행인데 그것을 지나쳤다 어쩌구 함은 도가 지나친 말씀 같군요. 널빤지 세 치가 쉽게 썩는데 무슨 방해가 되며 무엇으로 세제(歲制 : 전통 제도)에 있어 죽은 사람에의 베풂으로 과분하다는 겁니까? 산사(山事 : 산일)를 어느 곳에 정하든 양기(襄期 : 매장일)를 정함에 있어 어느 날로 하든 막연하게 간섭하지 않은 채 밭두둑의 홀아비같이 보고 혼자 사는 홀아비로 죽은 뒤의 책임만 본받게 한다면 이는 안되는 일이며 어찌 살아있는 세상의 일이라 하겠습니까? 알아듣도록 달래고 이를 힘쓰게 하면 감히 가르침을 지키지 않거나 적어도 훈계를 영(令)대로 할 터인데 마음을 상하셨다면 역시 장주(장자) 노인의 달관이 아직은 모자란다 하겠습니다.

지나치게 걱정할 것은 없습니다. 아우는 매번 둘째 아우의 해묵은 병과 쌓인 노고를 밤낮으로 동동거리며 잠시도 마음을 늦출 수 없으니, 형님께서 또한 이번에는 옆에서 아우처럼 정을 나눠주셔 지켜주시고 더 나빠지지 않게 해주신다면, 바다 밖에 매어있는 이 사람 또한 마음이 놓일 것입니다.

아우의 몰골은 다만 전일의 상태로 이것이 더하거나 덜하는 일도 없으니 모질기가 이와 같습니다. 올해는 이곳에서 벌써 4년째이니 어찌 집을 그리는 그리움이 없겠습니까마는 역시 스스로 억지로라도 억눌러 날을 보내고 있을 따름입니다. 지안(芝安 : 존칭)의 소식은 이어 받잡고 있습니다만 멀고 가까운 곳의 분들도 모두 무고하십니까? 나머지는 풍독(風纛)으로 열 손가락이 북 치듯이 흔들려 가까스로 이를 써올리며, 고불비달(姑不備達).' 〔제2신〕

이 서독을 보면 역시 상무에 대한 집안의 쑥덕공론이 있었던 모양이다. 추사로선 그것이 가장 마음에 걸렸던 것이고, 서독에는 나타나 있지 않지만 상무의 입양에는 산천 김명희가 서둘러 모든 주선을 했던 것이며, 이씨 부인이 생존중에는 그래도 별말이 없었는데 장례 절차 등으로 교희를 비롯한 일부의 친척과는 결정적인 불화마저 있었던 모양이다. 그래서 편지 첫머리의 미묘한 표현, 이를테면 집의 종말고는 오고감이 없었다는 구절이 이해된다.

추사로선 얼굴도 보지 못한 양자였지만 부인과 산천을 믿고 결정한 일이라서 체념 비슷한 심정이었으며, 교희 형님마저 비난 비슷한 서신을 보내자 적극 두둔했다고 추정된다. 그리고 이 서독은 계묘년 정월쯤 씌어진 것이며, 교희는 두 달 남짓 있다가 서거한 셈이다. 여기서 위의 서독과 연계시켜 상무에게 보낸 편지를 또 읽어보겠다.

'이 해도 새로이 사무치는 추념(追念)의 상(祥 : 소대상)이 문득 지나니 너희들도 번통곽연(樊痛郭然 : 인연으로 말미암아 오르고 오름의 아픔이 크고도 허전하다는 것)했으리라. 나 역시 이 일곡(一哭)으로써 복을 벗지만 어찌 정리로써 허용되랴! 새해가 있고서 날이 있었다마는 집안의 제절이 하나 같고 너의 중부(명희)께서도 요즘 건강이 더욱 건승하시며 어린아이도 다 평안하고 잘 있느냐? 염려되고 걱정됨은 내 입과 코의 풍화(風火 : 풍기와 화기)가 겨울부터 봄에 걸쳐 이렇듯 고통을 짓고 번민케 하는 것이다마는, 그 사이 제사와 사당 차림의 날을 해마다 먼 바다 밖에 머물러서 펴보이지 못함을 통곡할 뿐이구나. 하나로선 새해를 전후하여 배편이 거르고 드물어 편지가 가로막혔거니와 너희들의 글을 어느 날이나 얻어 볼지 알 수가 없어 막막한 것이 쌓이고 얽혀서였느니라. 엎드리기도 어려워 상우 또한 곁에서 보아야 하리니, 따로 갖추지 못했다마는 불식(不式).' 〔상무에 대한 제2신〕

얼굴도 모르고 게다가 이씨 부인마저 죽은 뒤인데, 월성위 궁의 봉제사를 상무에게 맡겼다는 데 추사의 걱정이 있었다. 그러나 그것보다도 분명한 것은 예안 이씨의 복을 1년 만에 탈상했다는 사실이다. 생모이든 양모이든 또 계모이든 3년상이 원칙인데 어째서 예안 이씨는 1년상으로 끝났는가? 대답은 간단하다. 집안의 어른이던 교희 형님이 그런 차격[서모 : 일단 혼인했던 여자]을 관례로서 인정치 않았고, 그 때문에 추사와도 불화를 가져온 것이다. 족보에 빠졌던 이유도 이걸로써 풀린다.

추사의 예론(禮論)은 이미 보았던 것처럼 전통적 예학이라도 근거가 분명치 않다는 것이었고, 적자·서자의 차별은 물론이고 예학의 핵심이라고 할 상례(喪禮)에 있어서도 관례보다는 사람의 진정한 마음에서 우러나는 것을 존중했다. 관례를 부정한 것은 아니지만 그것을 초월했다고 할까……. 같은 시기에 쓴 명희에게 보낸 제2신(《완당집》에선 제3신으로 나와 있지만 차례가 바뀌었다)을 읽어보면 그 점이 확실해진다.

'새해 뒤 세 번 편지를 부쳤지만, 차례로 들어가서 받아 보았는가? 갑금(甲金)이 왔었는데 지난 달 스무여드레에 또 용손(龍孫)이 와서 서울과 시골의 열흘 안팎 글이 당도하여 보게 되니, 이는 불과 한 보름 동안의 안부 소식으로 이렇듯 오래 지체됨도 없이 오고 가고가 빨랐던 것은 이곳에 와서 거의 처음 있는 일일세. 앞서는 김오위장(金五衛長)집 편에 부친 막내 아우의 편지라 할지라도 해가 지나서 왔는데, 어쨌든 쌓였던 것을 남김없이 씻어주어 기쁘기 이를 데 없지만 또한 설 이후의 신식(信息 : 믿을 만한 소식)이 이렇듯 잇따라 들려오니 남해의 죄인[儋]으로선 뜻밖이고 더한 기쁨이로세.

올봄의 번풍(番風 : 닷새마다 다르게 분다는 꽃바람을 이름)도 매우

화창하니 불어오고 있는데 댁내(宅內)가 하나같이 평안하고 아우
님의 건강 또한 나아가고 있는지 냉비(冷痺 : 병명. 손발이 차갑고 감
각이 없는 것)의 증세는 좀처럼 시원스레 없앨 수가 없으니 매우 걱
정일세. 그러나 복용하는 바 약탕은 전의 처방대로 한 차례 연거푸
시험하고 회복하는 상황을 봄이 어떠하겠는가? '목기(木氣)가 왕
성한 때(오행설로 곧 봄을 말함)'에는 가장 마땅히 조심을 더할 뿐더
러 운때의 훼손이 거듭 없도록 지어야(만듦) 더욱 건승하리니 먹고
마심과 누워 잠을 어찌 다 좋다고만 하겠는가! 멀리 바다 밖에서
동동(憧憧)하는 염려는 매달은 듯이 잠시 한 시각이라도 치달리지
않음이란 없다네. 이 달에 들면서부터 때로 슬프고 허전한 생각이
이를 두루 어지럽혔지만, 처음으로 사당에 들어가 배향(配享 : 신주
로써 모심)하는 날도 문득 지나가니 멀리 아득한 슬픔이란 이를 빠
짐없이 옮기더라도 비유하여 형용할 수가 없네.

맏며느리가 순조롭게 분만하여 장부감 아들을 보았다고 하니,
바로 종조(宗祧 : 한 종문)의 처음 있는 경사이고 조상께서 피붙이
를 보우하셔 장차 가운(家運)이 회복되며 그것에 앞서 이 훌륭한
아이를 주신 게 아니겠는가! 60도 가까운 나이에 손자를 안는 즐
거움과도 같은 게 이르렀으니 어찌 기쁘고 즐겁지 않겠는가! 이
아이는 우리가 사사로이 얻은 바가 아니며 아이의 태어남은 듣건
대 섣달 그믐날에 있었다 하니 곧 하늘의 은혜로써 상길(上吉)일
세. 우러러 선친의 생신날과도 부합되니 또한 우연은 아니며, 또한
우리들 나날의 옹축(顒祝 : 크게 축원함)이 하늘에서 천은(天恩)으로
있게 되고 이것으로써 천은일(天恩日)에 낳으니 어찌 더욱 훌륭하
지 않으며 또 이상타 하지 않겠는가. 이로 말미암아 아이 이름도
'천은' 두 자로 이를 짓는 게 매우 좋겠네마는, 그 아이의 상세한
안팎에 대해서도 하나하나 널리 알려주도록 허락하는 게 어떻겠는

가? 그 골상(骨相)은 듣건대 범상치가 않다 하니 기쁨은 말할 수가 없지만, 백일도 머지않아 날마다 생각할 것은 이로써 빼어나게 아름답고 좋은 것으로 잇게 하는 것이니 어미로선 내내 다른 탈이 없는지 간절히 염려되고 염려되네.

서울과 시골의 여러 상황은 모두 하나 같고 종씨(從氏 : 교희)의 소상도 이미 지났을 터이지만, 멀고도 아득한 슬픔은 더욱 빠트리고 이길 수 없을 뿐더러 꺾고 억누르지를 못하네.

나의 혓바닥 종기며 코막힘은 이것이 아직도 괴롬을 짓고 대여섯 달을 질질 끌고 있네만 비록 의원에게 보이고 약을 써도 소용이 없으니 어찌 이와 같은 지리하고도 난감한 게 있겠는가! 음식물이 굴러 삼키기 어렵고 내려간 것도 또 명치에 걸려있어 새기지를 못하니 참으로 알 수가 없는데 어떻게 하면 좋겠는가. 만약에 한 가닥 구차한 연명이라도 한다면 소식이라도 이를 주겠지만 내 자신 어떻게 될런지? 팔의 아픔과 가려움 증세 또한 아울러 하나 같으니 이것은 바로 무슨 업보이며 치우쳐진 고통으로 이와 같다고 하겠는가!

무아(상무)의 본가 생모께서 돌아가셨다하니 놀랍고 슬픔은 이길 수가 없거니와 일년 사이에 두루 두 집의 자음(慈蔭 : 자녀의 그늘이 되는 어머니란 뜻)께서 이렇듯 나란히 저승길로 숨으셨으니 참혹하기가 그지없네. 다만 상제(祥祭)와 담제(禫祭 : 장례뒤 한달 만에 지내는 제사)로선 변례(變禮)로 했다 하는데 이 변례는 도암(陶庵 : 李縡. 1680~1746)·미호(渼湖 : 金元行. 1702~1772) 양 선생의 정론(正論)으로써 물론 바꿀 수는 없는 것이지만, 상무의 복으로선 내려 쓰는 게 상중이라서 마땅하오나 또한 헤아려 정해지고 내시(來示)된 게 없으니 그 예로서 꼭 들어맞는지 아직 모르며 안되지만, 이미 수암(遂庵 : 권상하) 노인의 설로 굽힐 수 없는 거라 받들며 이것으로 나아감 역시 해롭지는 않으리라.(즉 상무는 양모인 예안 이씨의 상을 입고 있는데 또 생모의 상을 당했으므로 3년상 아닌 기년상을 치러도 무방하다는 추사의 의견임. 양모는 기년상인데 생모는 3년상이면 이상하므로 그것에 따라 복상을 단축한 것) 면전미봉(面前彌縫 : 눈가리고 아웅한다는 것)은 우리 동례(東禮)의 의문점으로 드는 것이나 너도 나도 이와 같은 미봉책을 행하고 있으니 이 사이 오점(汚點)은 융성할 뿐인데, 내 무엇으로써 홀로 이론(異論)을 말하겠는가! 그 사이 비슷하게시리 추행(追行)되고 있는 것이며, 먼 밖에서 상세한 것은 얻지 못하고 있어 막막한지라 슬프고 슬플 뿐일세.

철이(하인 이름)는 시중하느라 때아닌 이질병으로 매우 괴롬을 받았네마는 또한 차감(差減 : 차도가 있는 것)으로 돌아서긴 했지만, 뒤끝이 쉽게 가시지를 않아 어릿어릿한 것이 스스로 떨쳐버리지를 못하니 걱정일세. 그러나 김오위장편 및 갑금편에 부친 것으로 지금 온 것은 다 거두어 하나하나 보았으며 또한 심히 훼손되지 않았음은 매우 다행일세. 용손은 머문 지도 열흘이 지났는데 이제야 배편으로 비로소 보내기 위해 기다렸던 까닭이라네. 형식을 갖추지 못하고[不宣].'

거듭 말하지만 널리 통용되면서 가장 까다로운 예법에 '의문'을 제시한 것이 추사였으며, 그래서 청유(淸儒)를 모방한다는 오해도 받았던 것이다. 다음은 명희에게 보낸 제 3 신인데 추사의 예학을 알기 위해 번역한다.

'여름과 가을 이후 엊그제에 이르기까지 김이방 종주(鍾周)편에 부친 편지로 당도한 것은 일일이 다 거두어 보았는가? 이 동안에 아우님의 편지는 물론이고 경서(京書 : 서울 편지) 또한 수레하인 편 이후부터는 오랫동안 막혀있어 다시 보지를 못했는데, 비로소 얽히고 설킨 것도 끝나게 된 것일세. 떠나기에 조급할 뿐이라 잠깐의 평안도 자기의 가을 차례로 깨뜨리고 띄울 수가 없었지만, 또한 수유(茱萸)와 국화철의 백가지 감회가 조숫물처럼 이르니 넋마저 거의 녹을 정도라네. 혹은 또 이곳에 온 이후 처음으로 있게 된 것이라, 혹은 그 동안에 '고기비늘과 깃털' 겹치듯이 있었던 일들은 그릇된 것일까 아니면 이번에 모아진 의문이 옮겨져 고칠이 되려는가! 이 김에 아울러 묻네마는 댁내가 여전하며 아우님의 건강도 요즘 기력도 다시 쾌손(夬損: 쾌는 역의 괘이름. 결단임)이 없는지, 효험을 거둔 데가 있어 기거와 작운(作運)은 더욱 회복되었는지 곧 약로(藥路)도 이로워 전과 같이 멈추거나 하지 않았는가! (나는) 그 동안 설사·이질 비슷한 절기에 따른 것이 더하고 덜함은 있지만 상기도 미진하여 쾌안(夬安)하지 못함을 알리네마는, 멀리 밖에 있고 불길처럼 걱정하는 마음은 아우님의 회복이 어떠한지 걱정할 뿐일세. 서울과 시골의 여러 대소가도 모두 별일은 없으며, 정해진 기약도 없을 뿐 아니라 날로 얼굴마저 시커멓게 엉긴 나의 꼴은 앞서 쓰고 알린 바처럼 하나같지만, 입과 코의 풍화는 끝끝내 사라지거나 덜하지도 않고 눈꼽 또한 그러한데 코로 말미암은 고통과 눈 아픔은 이어지니 갑자기 또 크나큰 손실이 있을지도 모른다네. 이는 무슨 까닭이며 이와 같은 고초(苦楚: 고생)란 말인가! 거느리고 부리는 자도 아래에 이르기까지 별일 없다하니 다행일세. 강경(江鏡: 江景을 말함)의 배편이 마침 왔고 뱃사람 양봉신(梁鳳信)이 그 사이에 자주 드나들어 친숙해졌는데 그가 편지를 가지고서 몸소 찾아와 만약 부칠 물건이 있다면 그가 또한 잘 지켜가며 온다 하니, 그 뜻이 참으로 감동되고 정성인지라 궁도(窮途: 유배된 궁한 처지)로선 드물다고 하겠네. 모름지기 도타운 정을 나눔에 있어 어찌 이와 같은 일이 있을 것이며, 부치고자 한다면 그 사람은 반드시 틀림은 없을 것이니 전주의 김생처럼 믿고서 부탁을 해도 좋고 이 사람을 좇는 것 또한 방편일세. 이 편 아닌 나머지는 다 안다 싶은 것이고 마침 집의 하인이 와서 모두 미루고 불선(不宣).

심의(深衣 : 남자용 웃옷인데 상복)는 종이로 마름(재단)한 양본(樣本 : 型紙)을 보내왔는데 하나하나 이와 같은 세목(細目)은 다 아는 일로서 의문되는 게 없지만, 혹 자네로서 이상하다는 것인가? 그 의문이 집중되는 곳이란 안깃의 아래에 꿰맴이 없다는 걸세. 이 또한 왕년의 나 역시 매우 의문시하고 거듭 반복하며 깊이 궁구했는데, 크게는 있지만 그렇지가 않음은 '심의 제도'가 아래로서 치마를 두른 웃옷이라는 점일세. 그러나 옷(웃옷)은 옷이고 치마는 치마인데 이어진 옷이 되고, 이 치마도 멎는 곳, 곧 그 멈춤인데 이 멈춤으로 이미 치마라면 더 나아가 옷이 됨은 원하지 않을 게 아닌가! 옷으로써 거듭 쓸모가 없고 치마로써 기대된다면 지금 속(俗)되게 짓는 바 자락이 겹치고 번갈아 덮는 것은 이를 보건대 성체(成體 : 완성품)로선 닮지도 않거니와 모습으로서도 아직 완비(完備)됨을 얻지 못했다 싶은데, 옷으로 의상(衣裳 : 웃옷과 치마를 말함)이건 작은 치마(少裳)이건 양 모습에 더하고 덜함도 없는 걸세. 안깃에 꿰맴이 없는 것은 바로 속된 관습이고 이를 짓게 됨을 보아도 다시 의심될 게 없네.

웃옷으로 이것이 넓고, 과연 알려온 것처럼 몹시 헐렁한 이것은 오로지 차(尺) 모양의 길고 짧음에 있는 것이고 한척(漢尺) 또한 너무 헐렁하다는 느낌이 있네. 곡부(曲阜) 안씨(顏氏 : 顏元)집 추척(周尺)이 집에도 수장되고 있지만, 주척은 터럭 한 올의 리(厘 : 푼의 $\frac{1}{10}$)차도 없으므로 매우 의거할 만하네. 이것이 짧아져 한척이 되었는데 상기도 조금 내려 그 품을 정해야 되며, 이 자를 쓰려면 마땅히 제작해야 하는데 어떨지?〔원주 : 고치자면 마땅히 안씨의 먹

〔양식〕모양에 의거 정밀하게 제작하고 한 자짜리가 또한 좋으리라. 대나무 자 하나를 鄭惟孝가 빌려갔지만 화포(貨布) 동척(銅尺)도 그 집에 있을 것이니 찾아오는 게 어떤가. 대나무 자 또한 집에 수장된 옛 물건일세]

곡합(曲袷 : 둥근 겹깃)은 《가례본(家禮本)》에도 있고 강씨(江氏 : 江永)설 또한 이와 같은 것이 곧 옛날의 법이며 이설(異說)도 없으니, 모름지기 하나는 강도(江圖)에 의거하여 마름질하는 게 좋을 터이다. 근래에 보는 모서리와 중심을 따로 짓는 곡령(曲領)의 제도가 있지만, 도무지 근거가 없는 설로서 맞물리게 함이 있음은 억측이라 감히 취할 수 없네.

정폭(正幅)·사폭(斜幅)의 합침으로 이룩된 열두 폭에 이르러선 역시 혹은 의문이 제기될 수 있지만, 그러나 정폭의 제도는 강설(江說)로서 폐지해서는 안되지만, 사폭으로써 주설(注說)처럼 치마폭이 번갈아 갈라진 것은 이를 보건대 임(衽 : 옷섶) 또한 치마폭임에는 의심할 데 없는 열두 폭 합성이며, 근거가 없는 것일세. 또한 《논어》〈향당편〉의 말로 '오직 치마가 아니면 반드시 이를 줄인다(줄인다의 원문 殺之는 감쇄한다는 뜻이며 곧 斜幅임)'는 이 글을 보면, 그 줄인 폭 역시 보통 치마라고 일컫는 것이네. 비스듬히 마름질하여(치마는 아래보다 위쪽이 좁아지므로 斜幅이 되는 셈) 열두 폭이 되면 의심될 게 없지만, 정·사폭의 합(合)이 열두 폭이 되면 홀로는 타당치 않게 되므로 역시 미완성이다 싶어 의심되리라. 다만 조복(朝服)·상복으로서 이를 보면 옷깃과 치마는 저마다 다르고 심의 역시 상임(裳衽 : 치마에 붙은 섶)은 각각 다르므로 폭수로서 규정된 게 없으며 많으면 열두 폭도 넘게 될 터이네.'

이상은 산천이 문의한 '심의'에 대한 추사의 의견인데, 《완당집》에는 이 문제가 당시 중요한 관심사였던 모양으로 '중씨문(仲氏問)'이라는 것을 아울러 소개했다. 그것을 보면 산천 또한 예학에 대한 조예가 있던 것이며, 앞서 동생에 대한 추사의 시도 이것으로써 이해된다. 즉 형제가 모두 유학자로서도 재주를 가졌지만 불우한 가운데 개화(開花)되지 못한 것이다.

'이 달은 뒤로 심의 곧 바느질 그림을 만들어 고을의 여사(廬舍 : 초막)에 두고 널리 사용코자 올리게 되었는데 만듦에 있어 먼저 작은 종이로써 한 가지 양식을 만들고 이를 보았더니 의문되는 부분도 없지 않으므로, 이에 원문(原文) 및 종이본을 삼가 올려 묻습니다만 반드시 상세히 보시고 고쳐 가르쳐 주시면 다행인데 어떨런지요? 앞서의 글로서도 역시 정폭 가운데의 나눔으로써 폭의 배주(配奏 : 주름을 나눈다는 것)는 열둘의 수(數)로서 치우쳐진 것이라 타당치가 않았습니다. 비단 이것만이 아니고 으뜸인 것은 오른 깃 아래 연이어 겹친 치마폭이 없다면, 이른바 원도(原圖)에서 일컫는 '오른 깃 아래 안으로 반쯤 덮는 것 아래'입니다만 자못 어디로써 덮는 곳을 얻는 게 좋을까요? 그림으로써 이를 보건대 종이본으로 지적된 게 없다면 의제(衣制 : 의복제도)로 성립되지 않고 아니면 가장자리를 차례로 마르는 제도의 잘못인데 모양의 변통을 따로 누르려는 데 있지 않을까요? 그것이 의문의 하나이고, 의제의 존엄은 깊고 그윽하다는 데 있으며 깊고 그윽함의 요점이라면 어쩔 수 없이 좀 크고도 넓게 걸쳐서인데 웃옷의 너비는 모두가 두자 폭의 포목에 의거하는 것으로 이 양폭이 이러하다면《가례본(家禮本)》역시 절로 그러하겠지요? 그러나 가례본의 심의는 곧 깃이 짝으로서 번갈아 덮는 이것이 비록 억단(臆斷 : 자기만의 생각)에서 나왔다 할지라도 옷 너비는 감속(歛束 : 탐욕을 묶음)한다는 도(道)가 아직은 있는 것이며, 이것에 이른 조본에서 좌우의 깃은 이미 교령(交領 : 옷섶을 포개는 것)으로 지어져 있고 왼깃의 비스듬한 길이는 오른 겨드랑이 아래에 이르며 비록 허리띠 뒤로 파고든다 할지라도 역시 감속의 도는 없으니 그 깊고도 그윽한 것과 크고도 시원스럼이 약간 사람의 몸에 너무 지나치다 싶게 걸쳐져 있어 옷과 몸이 더불어 너무도 상칭(相稱:대칭)은 아니라는 게 그 두 번째 의문입니다.

원그림의 곡합(曲袷)은 《가례본》에서 하나 같은데 그 방령(方領:깃이 둥근 게 곡령이고 네모진 게 방령임)을 말한 곳, 이를테면 주자설(朱子說)을 차례로 그림으로써 논한 곳을 보면, 절로 곡척〔矩:직각을 말함〕의 현상은 있다 싶은데 지금 종이본으로서 만들어 보니 세(勢:여기서는 뻗치는 각도)가 능히 그림과 같게 되지 않았고 지금 항간에서 만드는 바 심의의 가장차리〔곡선〕는 비록 《가례본》에서 말하는 것에 의거하지는 않았다 할지라도 능히 둥글다 싶으니 본디 구상(矩象:직각 모습)은 이룩되지 않는 그것이 세 번째의 의문입니다.

가만히 생각하건대 강씨(江氏) 또한 미처 마름질은 착수하거나 경험치 않아 심의 한 가지로서 이룩되고 얻지 못했는데 오직 종이로 나아가 그 말에 의거하여 그것으로 짓고자 하므로 사람으로 하여금 막히고 걸리는 데가 허다하며 능히 할 수 없는 겁니다. 일찍이 장황하게 편수된 《의례도(儀禮圖)》를 보니까 역시 이것과 서로 가깝고 작은 이동(異同)이 있을지는 모르지만 《의례도》라면 향리의 노사에 있고 널리 궁구되며 통용되야 하는 것인데, 그렇지가 않습니다.

대동원(戴東原:대진, 1722~1777)이 말하는 바도 곧 하나 같지만, 이 근본에는 이와 같이 말하는 게 없으니 저〔대진〕와 같은 이라도 이미 이런 허다한 막힘이나 장애도 의문의 실마리가 있어 받아들이기에는 우러러 아뢰일 뿐이고 무르익은 헤아림으로써 가르침을 다시 기다리겠습니다만, 비록 윤달이 아닐지라도 또 짓고 마르는데 무슨 거리낌이 있는 것입니까?

 또 종이 마름본 하나가 있는데 우러르고 엎드려 물어야 할지 어떠해야 할지를 모릅니다만, 정폭・사폭이 저마다 여섯이고 합이 열두 폭이 되며 좌우 깃은 모두 치마폭에 이어지지 않았는데 이로 하여금 번갈아 지금의 도포(道袍)와 같이 덮어주고 날개를 잇는 모양이라면 옷과 몸이 너무 넓다는 꺼림은 없을 뿐더러 오른 깃 아래 역시 머무를 곳을 얻지 않을까요?

 곡합(曲袷)이라면 일반에서 만드는 심의 모습인데 이를 일컬어 곡차법이라 하지요. 섶은 이어져 구변(鉤邊: 겨드랑이 밑부분)이라면 역시 강씨설을 근거할 수 있고 이를 이 지음(만듦)에서 베푼다면 어떠할지 삼가 아뢰건대 모르겠군요. 대저 속임구변(續衽鉤邊)과 섶은 갈래진 곳[旁處]이라면 마땅히 강씨설과 이를 비교하여 이를 말하고 있는데, 제가의 특장(特長)이나 기타라면 아마도 온당하고 타당한지 여부는 십분 모르는 게 아닐까요? 차례로 다시 원문과 원그림으로 나아가고 아울러 이 종이 제품을 올립니다만, 깊이 헤아려 가르침을 지적하심이 어떠하오며 어떠할런지요.

 아우에게 있는 심의의 제도는 무엇으로 알았느냐 하면 차례로 강씨설에서 이를 취한 것인데, 그 섶은 당연히 곁과 섶의 이어짐을 상호 고증하며 타설(他說)과 비교한 것이며 또한 '구변' 일폭에만 두어진 풀이로 본 바를 말한 것이지만 또한 포개 꿰매어 길어짐은 다만 온공(溫公: 사마광의 시호, 1019~1089)과 합치(合致)될 뿐 아니라 '가례' 정문(正文) 또한 온공을 좇은 것이므로 또한 주자와 더불어 합치되며, 《가례도》에서 두드러진 이른바 좌(左) 모습은 '속임구변'(앞에서 이미 설명되었지만, 섶이 이어지면 구변이 있다는 것) 한 조목은 바로 천고(千古) 이래로 가장 논쟁을 끌어모았던 것인데, 이 한 조목은 이미 그 해답을 얻었던 까닭에 제가로서 근거를 두게 된 것을 보면 다만 이로써 앞뒤(심의의) 정폭을 나누어 여덟 폭으로 짓는 것은 오히려 억지로 힘쓴 데가 있다 싶거니와 주합(湊合 : 함께 모은다는 것)이란 할 수 없는 것이니 의문이 없을 수 없으며 안깃의 아래에서 구별할 곳이 없다는 점 및 옷과 몸이 매우 헐거워진다는 생각과 논의에도 미치지 못하는 것입니다. 아울러 종이 마름본으로 이를 보면 이 두 가지는 가장 큰 의문에 속하는 까닭에 미숙한 자로써 우러러 묻는 것이며, 지금 잇대어 온 가르침이 어리석은 소견으로선 오히려 석연치가 않습니다. 그러나 치마는 치마이고 옷은 옷이라는 게 과연 가르치는 바 같은 것인지, 웃옷과 아래의 치마가 서로 연철(連綴 : 이어 꿰맴)되지 않는다면 넓고 좁음・품의 넉넉함과 모자람은 서로의 쐬함을 꼭 없을 수 있다는 겁니까?

지금 웃옷과 이어진 아래의 치마로써 옷과 치마는 서로간에 반드시 이루어지고, 이 일의(一衣)의 제도로서 안깃의 오른켠이라면 좌우가 다른 제도인 '옷은 있되 치마는 없는(有衣無裳)' 절름발이로 떨어지고 비뚤어진 공박(攻駁)으로 옛날의 의제(衣制)는 과연 이와 같은 크고 반드시 같지가 않을 것일지도 모를 일입니다. 보내신 가르침에 의하면 몸의 옷으로서의 지나친 헐거움은 옛날 자로 조금 푼수(分數)가 있음을 닮았는데 옛날의 자로서 처음으로 자(尺)와 더불어 세울 제 그 실제 모습은 없어져 치수로선 알 수가 없는데 차례로 알지 못함은 어찌해서입니까?

치마 섶의 사폭(斜幅)은 강씨설이 적확(的確)한데, 아우로선 역시 정폭 아닌 이 사폭의 합이 열둘이 된다는 데 의문입니다. 두드러지게 네 정폭으로써 이를 나눠 여덟을 만들고 정폭은 근세(近世)에서 주합(湊合)한 제도로서 열하고도 두 폭이 있게 함으로써 열하고 두 달에 대응(對應)했지만, 아래로 정현(鄭玄) 주(注)의 이른바

치마 여섯 폭은 이 폭을 위아래로 이를 감쇄한 것이라 생각했는데,
이것은 치마폭을 다스린 말과 같으며 더불어 유상(帷裳 : 주름이 없
는 치마)이 아니면 반드시 감쇄한다는 글 역시 이로써 서로간에 증
명되는 겁니다. 강씨설은 곧 위아래의 감쇄는 오로지 이 섶의 곁에
당연히 두어야 한다고 생각되지만, 열두 폭이 되지 않으면 모두 감
쇄 운운한 것이 없으며 혹은 요즘의 끌어모은 이설(已說 : 기정의 주
장)입니까?

 이 여섯 폭을 나눠 열두 폭으로 만들고 이로써 그 넓은 머리는
아래를 향해 좁아지는데, 머리가 위로 향하면 어쩔 수 없이 이것은
많아지며 이를 쪼개어 한 마디로 마르는 것인데 여섯 폭의 마름질
을 열둘로 짓는 것은 오히려 의의(意義)가 있습니다.

 지금 강씨의 제도로써 이를 말하면 그것은 미할(未割 : 쪼개지 않
음)이고 네 폭이 될 때 역시 정폭입니다. 이미 쪼개어 8폭이 될 때
도 역시 정폭입니다.

 그 정폭이 되는 것은 쪼개지 않은 것인데 이미 쪼갠 앞뒤에 다름
이 없다면 어째서 반드시 이것을 놔두고 멋대로 이를 완전히 갖추
며, 네 정폭으로 이미 쪼갰다면 또 이와 같이 이를 이어지게 하여
꺼리거나 번거롭다 하지 않고서 이것이 되며 여덟 정폭은 절로 힘
써 이를 주합하고 돌아감을 면치 못합니까? 현행의 것을 보면 심
의의 양깃은 교령(交領)이나 '속임구변'으로 짓거나 하지 않고 마
름에서 취한 곳이 없어 곧은 내리닫이인데 의제(衣制)를 크게 잃은
것이며, 지금 이것이 안깃의 '유의무상(有衣無裳)'인데 이 정폭을
억지로 나누어 8로 지음 역시 아직은 얻지 못한 것으로 아우 또한
일찍이 속견(俗見)에 걸려있어 그러한 것입니다. 그러나 이미 온
가르침이 있는지라 우선은 분부에 의거하여 이것을 마르며 만들겠
지만, 조만간 집에 돌아오실 때를 기다리고 이로써 다시 물음을 아

되고 꾀하겠습니다.〔원주 : 가까운 속설로서 혹은 상복·염습·치마는 앞이 세 폭, 뒤는 네 폭입니다. 역시 세 폭으로써 이를 마르고 그 중의 한 폭으로 나아가선 쪼개어 두 폭을 짓고 다시 이를 이어, 이로써 네 폭의 수에 대응하지만 이것은 구차한 데서 나와 너무한 것이나 지금의 네 정폭으로 나누어 여덟을 짓는 게 올바릅니다. 역시 방법이 없는데 혹은 가깝다 하겠습니까?〕'

심의란 조복·상복이 아닌 선비의 평복(平服)으로 소매가 둥글고 깃은 모난 것으로 웃옷 네 폭·치마 열두 폭을 연접(連接)한 것인데,《예기》에 그 바느질법으로서〈속임구변(續袵鉤邊)〉이란 한 구절이 있을 뿐 그 어의(語義)가 상세하지 못하므로 학자마다 이설이 많았었다. 따라서 조선의 유학자로 한구암(韓久菴)·류반계(柳磻溪) 이래로 논의가 활발해져 저마다 한 가지 해석을 세워 문집마다 이것이 들어있지 않으면 그 짜임새를 갖추지 못했다고 할 정도였다. 추사 형제도 그렇다고 볼 수 있겠으나 기왕의 것들이 미비하고 의문점이 발견되어 이런 서독을 통한 '심의고'가 있었던 셈이다.

또 추사의 막내아우 상희는 자가 기재(起哉)이고 호는 금미(琴眉)인데 그에게 보낸 서독이《완당집》에 아홉 통 수록되어 있다. 금미에 대해선 이런 서독을 통해 대강의 사람됨을 엿볼 수 있으리라.

'홍리(洪吏)편에 총서(種書 : 갖가지 서적)는 차질없이 들어와 거두었지만,《본초(本草)》《시순(詩醇 : 건륭제 찬의 당송시순)》《율수(律髓 : 원대의 方回선의 영규율수)》는 유치되었는지 미처 오지를 않았고 이곳 사람이 돈을 추렴하여 사람을 사서 보냈는데 끝내 '검다희다'도 없으니 극히 괴이쩍은 일일세. 전후하여 온 약간의 책들은 바라고 꾀했던 빠른 편으로 부쳐와서 매우 다행이네마는 자네의 병이 또 나타나 곧바로 찾지를 못했으니, 이것은 비록 사소한 일일지라도 이 몸에 관련되면 대체로 순조롭게 이루어지지를 않으니 모두가 이와 같은 것일까?

　그 중에서 《서화해(書畫諧)》 한 갑(匣) 및 《주역절중(周易折中 : 강희제 찬의 제가 주역해설서)》은 옛부터 집안에 전해진 것이고 두 갑으로 된 것인데, 매우 편리하고 멀리서 온 것이니 먼저 반드시 이를 꾀하도록 하게. 이것 외의 여러 유서(類書) 역시 형편따라 점차로 부칠 것이나 얻음은 적고, 이는 마음을 진정하는 방법일 뿐인데 이것의 오고감과 움직이는데 혹은 서너 달이 걸리고 반 년을 끈 연후에야 이르며 비로소 획득하여 얻어보니, 이렇다면 어찌 더욱 참아가며 살 수 있는 곳이겠는가.

　강생(姜生)은 초야(草野 : 여기선 미개한 곳)의 초인(草人)도 아닐뿐더러 있지도 않을 사람인데 인품이 뛰어나게 아름다워 말세로서 드문 자일세. 다행히도 적막한 가운데 이를 얻어 작으나마 위안이 되네마는 도무지 이곳에 머물며 떠날 뜻이 없다하니 겨울을 나면서 접하며 이를 먹여 살릴 길이 매우 걱정일세. 두 그릇 밥이야 어렵지 않겠지만 으뜸인 것은 바로 사신(絲身 : 의복)의 한 가닥 방도인데 매우 마음 쓰인다네. 하인 이서방은 바야흐로 지금 보내고자 생각을 떠올렸네마는, 눈앞에 닥친 일과 실정이 막막하여 두서가 없고 어찌하면 좋을지를 모르겠네.' 〔제1신〕

추사가 애서가(愛書家)라는 것은 이것으로 증명되지만, 그보다도 중요한 것은 반상(班常) 관념이 없었다는 사실이리라. 유배의 몸이면서 자기 아닌 남의 걱정을 한다는 것은 추사의 인간성을 증명한다. 강생이 누군지는 모르겠으나 비록 지체는 낮아도 의리있는 사람이며, 어떤 인연에서인지 제주도까지 건너와 추사를 모셨던 모양이다.

　'이군 상적(尙迪)에게 부탁한 바 책꾸러미는 어느 때나 얻어 부칠 수 있는지 모르겠는가? 얼마 전 홍리 석호(錫祜 : 제주 출신의 오위장)편에 따로 보낸 편지 하나가 있는데, 이로 하여금 인편을 빌리도록 꾀하고 이를 부쳐주었으면 하네. 이곳에서 듣건대 지난해 거둬들인 것[공물 세금]을 호송한 아전들도 거의 남김없이 돌아왔다 하네마는 끝내 소식이 없으니, 애당초 홍리가 편지를 전한 바 없는지, 아니면 힘을 다하지 않아 그러한 것인가? 역시 의아하며 또한 이곳은 황천길을 좇는 평등한 곳이니 한때의 소견법(消遣法 : 소견은 망각임)을 빙자함이요, 궁한 사람의 운때이고 운때를 가로막는 거라서 그런 것일까? 그 한때를 지워 없애려는 것도 또한 지나친 망상일까!

집에 간직된 것으로 제목을 붙이지 않은 첨대[籤 : 제비처럼 뽑는 점괘]의 법첩(法帖) 두 벌이 있는데, 청포갑(靑布匣)에 누런 나무 뚜껑의 이것을 이름하여 '장진첩(藏眞帖)'이라 하네. 안에는 '천자문[천자문처럼 4언1구의 체라는 뜻]'으로 된 작은 글씨의 종서(鍾書) 《영비경(靈飛經 : 도교의 책)》이 있는데, 송·원 이후의 사람이 쓴 것이지만 틈나는 대로 찾아서 부쳐주면 다행이겠네. 가을에 집 하인이 올 때 홍산(鴻山) 숙부(홍산 현감을 지낸 추사의 재종숙 金魯謙)께서 빌려가신 단목국호(端木國瑚 : 청의 만주족 학자, 자는 鶴田)의 《주역비(周易比)》 또한 찾아 함께 이를 부쳐주는 게 어떨지 모르겠네.'〔상희에의 제2신〕

고증에 의하면 상희에게 보낸 추사의 제1신 및 제2신은 현종의 갑진년(1844)부터 을사년에 걸친 것인데, 당시의 상황 또한 예사롭지가 않았었다. 일찍이 신축년(1841) 4월에 운석 조인영은 영상이 되고 다음해 임인년에는 풍홍 홍석주(洪奭周 : 1774~1842)가 졸한다. 연천 홍석주는 앞에서도 나왔지만, 자는 성백(成伯)으로 정조의 을묘년(1795)에 문과 급제하여 제학이 되자 유명한 8조목의 건의를 한다.

즉 ①정심(正心)으로써 학문을 가르친다 ②욕심을 누르며 덕을 기른다 ③아첨과 간신을 멀리하고 어진 선비를 가까이 한다 ④하명(下命)과 법령을 삼가며 이로써 왕의 말을 무겁게 한다 ⑤공무에 힘쓰며 어진 이를 찾아보며 도를 다스린다 ⑥인재를 여축하며 대비한다 ⑦기강을 세워 조정을 바로잡는다 ⑧재용(財用)을 절약하고 백성을 중하게 안다.

을해년(1815)에는 충청 감사로 치적(治積)이 있었고 신묘년(1831)에는 정사(正使)로서 연경을 다녀왔는데 대제학이 되었으며 갑오년(1834)에 이조판서가 되자 묵고 쌓인 인재의 문을 활짝 열었다. 그래서 사람들이 백 년 안으로 처음 있는 일이라고 일컬었다. 그리하여 임인년에 졸했는데 좌의정으로 추증된다.

공은 특히 문장으로서 근세의 종장(宗匠)이었고 추사도 연천을 사숙했지만 문명이 또한 높은 공의 두 동생 항해(沆瀣) 길주(吉周)·해거(海居) 현주(顯周)와는 친밀했던 것이다.

연천의 저술은 많은데 《독역잡기(讀易雜記)》《춘추비고》《상서보전》《재기지의(載記志疑)》《속사략익전(續史畧翼箋)》《동사세가(東史世家)》는 역작이며, 이밖에도 《원사략(元史略)》《명사론병속(明史論並續)》 및 시집과 문집이 있다.

계묘년에 추사는 이미 소개했던 것처럼 백파화상과 왕복 토론을 시작한다. 초의선사와도 서신 왕래가 계속되는데, 다음의 것은 계묘년 7월부터 갑진년 봄 허소치가 육지로 나가기까지의 동안에 씌어졌다고 생각된다.

'들은 바로선 안장 말을 이기지 못하여 엉덩살이 벗겨지는 쓰라림을 겪고 있다 하니 자못 염려가 되네. 크게 상처는 입지 않았는가? 내 말을 듣지 않고 망령에 망동을 부렸으니 어찌 그와 같은 보답이 없겠는가? 사슴 가죽을 아주 얇게 조각을 내어 상처의 크고 작음을 헤아리고 쌀 밥풀로 되게 이겨 붙이면 가장 좋다고 하네. 이는 중의 가죽이 어찌 사슴의 가죽만 하느냐 하는 것일세. 그 가죽을 붙이고 곧장 몸을 일으켜 한번 이곳에 꼭 건너와야 하네. 이 몸은 한 가지 맛으로 더위의 괴롬을 당하고 있을 뿐일세. 간신히 적으며, 불선.

원장(院長)의 맛이 너무나 냉담함을 깨달았네. 즉 노사는 천리 밖에서 무슨 인연으로 이렇듯 일번(一番) 놀랍고도 의아스런 곳(경지)에 이르렀는지 모르겠단 말일세〔인연의 신기함을 말한 듯〕. 다만 속객(俗客)이 산중 고사(故事)를 배우지 못하여 이와 같이 된 것이니 웃어넘길밖에 없네.

소치는 날마다 곁에 있으면서 옛그림·명첩을 보는 까닭에 전년의 겨울에 비하면 또 얼마쯤 격(格)이 올랐네. 노사로 하여금 참증(參證)토록 하지 못함이 한이지만. 지금 오백 불의 진영(眞影)이 수십 책이나 있는데 노사가 만약에 그것을 보면 크게 욕심을 낼만 하네. 소치와 더불어 날이면 날마다 마주 앉아 펴보곤 하니 이 즐거움을 어찌 다하리요. 경탄해 마지 않는다네.' 〔제18신〕

'소치가 떠나갈 적에 편지를 부쳤는데 이미 받아 보았는지요? 봄이 한창 무르익어 산중의 온갖 꽃이 다 피었으니 선(禪)의 기쁨도 자재(自在: 마음먹은 대로 할 수 있다는 것)이고 혹은 바다 위 옛날의 놀이로 생각이 미치지는 않는지요? 쑤시듯 아팠던 팔도 점차 나아 거리낌도 없이 원망도 없이 쓸 수야 있는가?

천한 이 몸은 입·코의 풍증·화기로 지금껏 고통을 당하니 역시 이를 운수에 내맡길 뿐이오. 허군이 가져간 향실의 편액은 과연 바로 꺼내어 걸었는지? 마침 집의 하인이 돌아가므로 그 편에 지나는 길이라 잠깐 들리게 한 것이며, 나머지는 뒤로 미루고 불선 염

나(髥那).'〔제23신〕

갑진년이 되면서 이상적은 잊지 않고《황조경세문편(皇朝經世文編 : 賀長齡 엮음)》120권 79책을 보내준다. 추사는 이때 우선의 변함없는 의리에 감격하고 현재 국보로 지정되어 있는〈세한도(歲寒圖)〉를 그려 주었다고 전한다.〈세한도〉의 뜻은《논어》〈자한편〉에서 공자의 말로 "날이 추워져야 비로소 소나무와 잣나무가 시들지 않음을 알게 된다(歲寒然後松栢之後彫也)"에서 온 것이다.

여기서 한자로 세한(歲寒)과 후조(後彫)에 대해 해석이 두 가지로 약간 다르지만 함축된 정신은 같다.

즉 세한은 ①1년 중 가장 추운 때 ②추위가 가장 매서운 해이고, 후조 역시 ①다른 게 모두 조락할 때 송백만은 조락의 밖에 있다(초월한다) ②추위가 매섭다면 송백도 조락하지만 다만 그 시기가 더디다는 풀이다. 우리나라에선 ①번을 채택하며 일본에선 고주(古註)라면서 ②번을 고집하는 사람도 있다.

중요한 것은 글의 정신으로 이것은 어디까지나 우선 이상적의 변함없는 정리를 칭찬한 것이라 ①번이 타당하다.

그림의 구도는 집 한 채를 덩그러니 가운데 두고 송백인 듯 두 그루의 나무를 대칭(상대적)으로 그린 수묵화인데 어떠한 세태에도 변하지 않는 인간의 고고(孤高)하며 순수한 모습을 나타냈다고 이해된다. 또 그림에는 발문이 있다.

'작년에는《만학집》과《대운산방집》을 부쳐왔는데 금년에도 또《우경문편(藕耕文偏)》을 부쳐주니 이는 모두 세상의 예사로운 일은 아니며 천만 리의 멀리서 이를 구입한 것이며 몇년에 걸쳐 얻은 것이니 한때의 일은 아니다. 또한 세상은 오직 도도하게 이익과 권세만을 뒤쫓고 비필비력(費必費力 : 힘을 다하여 써버리는 데만 힘씀)을 이와 같이 하는데 권세나 이익에로 돌아가지를 않고 바다 밖의 몸이

약해져 여위고 초췌한 사람에게로 돌아오는가. 세상의 권세와 이익을 좇는 자에 대해 태사공(사마천)은 말하길, 권세와 이익에 영합하는 자는 권세와 이익이 다 마쳐지면 사귐도 뜨악해진다고. 그대는 세상의 저 막힘없이 흐르는 가운데의 한 사람으로 도도한 권세와 이익의 밖에서 스스로를 붙들며 초연하고 나처럼 권세와 이익을 보지 않겠다는 건가, 아니면 태사공의 말이 그렇지 않다고 하는가(君羔世之滔滔中一人 其有超然自扶 於滔滔權利之外 不以權利視我耶 太史公之非耶). 고자(告子:《맹자》에서 나옴)도 가로되, 세한이 있은 뒤에야 소나무나 잣나무가 시들게 됨을 안다고 했지만, 송백이라 하여 사철 시드는 일은 없으나 세한 이전에 시들지 않는 게 하나인 송백이란 거라네. 세한 이후에야 하나의 송백이라고 성인께서 특별히 칭송하신 것은 영군(令君)으로서 나에 대한 앞에 있어 더함이 없는 데다가 덜함이 없는 그러한 유전(由前:어떤 일이 있기 전, 여기선 곧 귀양 전)의 그대로라면 칭찬하는 일이 없고 유후(由後:귀양 후) 그대로서 칭찬할 의리가 없다면 성인이라도 칭찬할 수가 있었겠는가(聖人特稱之於歲寒之後 令君之於由前而無可焉 由後而無損焉 然由前之君無可稱 由後之君羔可見稱於聖人也耶). 성인께서 특별히 칭찬하심은 시들고 난 뒤의 모질다고 하는 게 아닌, 굳은 지조와 굳센 절개로서 세한일 때 발동된 바 의리에 감동해서이다. 오호라, 서경(西京)의 후제(后帝:천지신) 때의 순박함과 성현을 정중히 본받으며 손님과 더불어 받들고 따르던 일도 '하비(下邳)의 방문〔시황을 암살하려던 장량이 실패하자 그는 하비 사람의 신의로써 보호됨〕'처럼 성쇠(나라의 흥망)가 극히 절박해서일세. 하늘을 슬퍼하는 완당 노인이 쓰노라!'

이 발문은 반초체로 씌어져 있지만, 대체로 추사의 직선적이며 동시에 선이 굵은 성품이 적나라하게 나타나 있어 씹을수록 맛이 있고 오늘을 사는 사람이라도 머리 숙여 생각할 필요가 있으리라. 또 이 글에선 권리(權利: 권세와 이익)라는 말이 중복되고, 오늘날의 해석과는 정반대이지만 동전의 안팎처럼 시사하는 바가 있다. 또 비필비력(費必費力)도 지금의 과소비를 경계하는 뜻인 듯싶어 씁쓰름한 생각마저 든다. 그리고 말미의 서경(西京) 운운은 평양을 가리킨다고 여겨지며 우리것·우리 역사를 찾으려는 추사의 생각과 부합된다.

'큰 병을 앓은 이래로 마음의 실마리가 문득문득 기대고 부탁할 곳도 없는 외로움을 깨닫게 되니 곧 따뜻하신 서한을 우러러 받들며 소맷부리에 이를 간직하고 회환(廻環: 순환과 같음)하는 사이 입병·눈병의 때 지팡이 삼고 푸른 하늘의 구름과도 같은 곳에서 호신(護身)의 부적으로 삼으며 병막이의 방문으로 삼은 일도 많았습니다. 아우는 옛날의 단비와도 같던 정과 산하와도 같이 쌓인 슬픔에 겨워 거의 글자 하나에 눈물 한 줄로 쓰고자 하니 흡사 백일의 가을 일이 어지럽게 흐드러진 것만 같군요.
　높은 체후가 평안을 보중하사 잔잔한 못과도 같은 정신이 깨끗하고도 맑으시며 합부인(閤夫人)께서도 무양하여 고루 안녕하신지요? 근일에 말이 자못 번잡하여 나아가선 관직을 그만두시겠다 하옵는데 이는 소임을 좇아 완미(完美)·완선(完善)하여 전원에로 돌아감은 정석(定石)일 뿐이며 만년의 설계로선 역시 방편을 얻어야 합니다. 이끌고 다스림에 있어 아름다움을 선망한다면 이길 수가 없을 것이니 반드시 기회와 휴식할 기회를 알아야 할 것이며 이것이 곧 이 세상에서 살고 세상에 나아가는 것인데, 예로부터 명석(名碩)은 모두 이 일착(一着)을 판별하여 얻은 바가 있었습니다. (만일에) 지금의 이와 같은 때에 머물러 있을 곳이 없거나 어렵다면 꼭두각시의 올가미에 매어 끌려다니거나 그렇지 않다면 골은 빠지고 등은 굽어 가을 바람의 부들떨이(덤불)나 농어로서 표연(飄然)함을 아직 보지를 못한 거니, 어찌 이를 들어 사람으로 번민한다 하오리까. 만약에 하나의 가겟자리라도 빌리거나 마침내는 밭뙈기라도 부쳐먹는 기약이라도 있다면 다행이고 이것이 살아나가는 데 있어 일찍부터의 큰 소원이겠으나, 함정에 빠진 이 사람의 망령된 몽상은 면하지 못할 망정 항아리 속의 한 가지 주책(籌策: 방책)은 되겠지요.

이 사람은 또 배필인 안사람의 부고가 이르렀을 때에도 누구이 편지로 물었습니다만, 정신은 시원스레 망망한 해천(海天)을 넘어 날고 북쪽의 소식이 올 적마다 어찌 정겨운 일로서 짓거나 비록 평안(平安) 두 글자일망정 늘 글에서 집착하며 깜짝깜짝 놀라지 않을 수가 있었겠습니까! 하물며 그 친척이나 옛날의 친지로 이런 생사의 감회는 이와 같이 사람으로서의 고뇌인 것이며 또한 마물(魔物)의 야유나 귀신의 장난을 닮은 것이니 이는 본디 엇바뀌어 가며 하나인 희롱과도 같은 북의 경우를 나타내는 거지요. 앞일을 밝게 아는 일은 바로 오직 어리다는 것인데 그 고락과 비탄으로 유전(流轉)되는 바 궁한즉 변화되고 변한즉 통하는 게 곧 영고성쇠의 지극한 도리이며, 궁통(窮通: 빈궁과 영달)에는 아직 궁구되지 않은 게 있고 변화에는 아직 변하지 않는 게 있다는 겁니까?

애당초 영고성쇠인 하나의 도리를 거듭하며 지금 또한 증험도 없이 기수(氣數: 운수)를 하나로써 주장하고 그 어그러짐으로 내맡기는 것은 천한 이 사람으로 근일에 병을 앓은 탓입니다. 또 고치거나 중지시켜 나타난 것인데, 바로 중지할 때와 중지해선 안되는 때가 매번 믿거나 의지해야만 할 때 죽순과도 같이 엿보거나 층계를 뚫고 고개를 내미는 것이지요. 의원이 없는데 약에 대해 물을 수 있겠으며, 또 온 여름을 통해 도살(屠殺)을 끊고 마맥(麻麥)·복령

(伏苓 : 약재)을 계율 지키듯이 하는데 무엇으로 이를 거듭 말하겠습니까? 연뿌리는 오히려 본디 숭상되고 지탱되며 오늘에 이르고 있지만, 비로소 헤아릴 것도 없이 샘물은 과연 좋지가 않고 여름엔 빗물로, 겨울엔 눈으로써 밥을 짓고 있습니다만 역시 혹 금년 여름과도 같은 가뭄이 없을 때뿐이지요. 우물은 5리의 먼 곳으로부터 길어 나르는지라 극히 어려운 일이며 만약에 파더라도 이를 얻기는 저 충암(冲庵) 판서(기묘 명현 金淨(1486~1521)을 말하는데 그는 제주도에 유배되어 죽는다)의 우물 고사(古事)마냥 얻기가 극히 드문 것입니다. 울 속에 있는 이 몸을 돌이켜본다면 어디에서 샘물을 바라야만 합니까? 또 읍성은 뜰 가운데 있지만 흙의 성질이 가장 메마르고 천맥(泉脈)은 있다한들 설치하기엔 읍바닥이 꼭 좋지만도 않은 까닭에 하나의 우물도 없으며 3백 예순 군데로 산수가 있다는 건 들어보지 못했습니다. 관(官) 또한 창창한 샘에 깃들게끔 스스로 읍을 옮기고 샘의 물맛 또한 뛰어나며 또 수석(水石)이 있다면 좋으련만, 이는 곧 반환(盤桓 : 실현 불가능)인지라 죄인으로 감히 의논할 일은 아니지만 올리는 바이지요.'

이상은 권이재에게 보낸 추사의 〈제 8 신〉인데 계속해서 그 〈13신〉을 읽어본다.

'삼가 엎드려 듣건대 태각(台閣)에로 나아가서 오르시고 한 세상과 더불어 기쁨을 함께 하시니 이는 또한 동동(憧憧 : 가슴이 설레인다는 것)거려 마지않을 뿐인데, 밖으로 동경(同慶)하는 자는 무리를 좇아 예사로 송축(頌祝)하는 것이고 안으로 동동거리는 자는 가슴·창자로부터 걱정이 흘러나오는 것입니다. 비록 읍 아래인 섬마을의 시골 장정이나 홍녀(紅女 : 남녘 여인)라 할지라도 머리를 들어 옷깃으로 눈길을 끌거나 이마에 덧칠하지는 않거늘 하물며 감정(坎窞 : 거듭드는 겹난)의 물구덩이 속에 빠지고 두칩(杜蟄 : 땅속에 갇혀 있음)하듯 꼼짝도 못하는 벌레와도 같은 미물(微物)인데, 말단의 하찮은 자로 옛 그대로 오래 있어야 할 필요가 있습니까? 오늘이란 날은 어제라는 날과는 다른데 할 수 있는 움직임이란 곧 '솜을 펴고 가시를 뽑는[披絮牽棘] 것을 상기도 익히고 곧 손바닥에 풀을 먹이듯 기름범벅[脂掌舍糊]이 된다면 비록 고도(皐陶)와 기(蘷: 둘다 요순시대의 명신)가 밥을 짓고 이윤(伊尹: 은나라의 명상인데 요리사였음)과 여상(呂尙: 주나라의 건국공신인데 그는 또한 소돼지를 잡는 백정이었음)이 솥 속의 매실(梅實)을 끓이는 데 섶을 곁들인다 할지라도 만의 하나 조제(調劑: 요리)되지는 않겠지요.

그러나 밝으신 성상이 위에 계시고 인군(人君)을 얻더라도 이는 또한 오로지 이런 때라면 아마도 마침내 하나의 넓은 베풂과 하나의 효험도 얻지를 못한 채 위아래의 사람들이 같은 그릇 안에서 아교풀이나 옻마냥 화광동진(和光同塵: 자기 智德을 숨기고 세속을 좇음)함은 없으리니 어찌 크게 한숨짓거나 눈물을 짓지 않을 수 있습니까!

합하(閤下: 존칭)를 위해 이를 점친다면 생각하셔 들어가지를 말고 들어간다면 용감하게 나가되 맹진(猛進)이 있어야 한푼의 이익이 있더라도 옳거니와 어찌 꺼려하실 것이며, 만약에 그렇게 하지 않는다면 한푼의 이익도 없으며 만 길 구덩이로 나가고 따라서 파게 될 것이니 그 뒤에도 역시 군자의 가까운 살펴봄과 통찰이 아니면 시세(時勢)의 뜻일 뿐입니다. 장송(張竦)의 말로서 가로되 사람은 저마다 천성에 장단점이 있는데 스스로 나를 위해 마를(재단) 수 없는 사람이라면 사람으로 나의 공(업적)은 역시 무너져 하지를 못하며 저마다 그 알맞음을 삼가 듣고 생각에 재량에 있어야 하는데, 사람 아닌 절름발이(불구자가 아닌 성격 파탄자를 말함)를 대용으로 만들 수 있는가 했습니다. 무릇 걸음으로 말하면 도의(道義)를

극히 우습게 여기는 것으로 골육(형제·자식)의 앞이라도 감히 펼쳐 보이거나 흠뻑 기울어져도 안되겠지요.'

고사성어가 많아 난해하지만, 요컨대 추사는 권이재의 입각을 반대했고 입각한다면 과감한 정치를 요구했던 것이며 안김의 족벌 정치를 비난했다. 옛날의 선비는 임금에 대해서라도 글자 하나를 떼는 것으로 존경을 표시했지만, 신념을 위해선 죽음도 불사했다.

'지금 조가(朝家 : 국가)의 큰일은 이미 울타리 위의 고기나 새가 완전히 되어버려 역시 마음을 끈다 싶지만, 출처진퇴(出處進退 : 나아가서 관직에 오르는 것과 물러나서 집에 거처하는 것. 곧 거취가 분명한 것)할 작은 결정은 물론이고 얄팍한 소인의 속셈이 아니라도 마땅히 침착하고도 너그러운 여유가 있고 헤아려 엿볼 수 있는 바 크게 길한 이와 같은 화목을 능히 뇌까릴 수도 없으니 걱정되고 걱정되지 않을 수가 없는데, 중산보(仲山甫 : 주나라의 현인)의 영원한 생각을 알지 못하니 어찌해야 좋으리오 !

정희는 병과 정(감정)이 매우 동떨어져 지금 비록 위도(胃道)는 병세가 유보의 벽곡(辟穀 : 생식)으로 조금 뚫렸습니다만, 억지로 먹거나 하면 거듭 병이 어중간한 돼지가 되며 간장 또한 답답함이 쌓이니 어찌 입과 코의 남은 탈이며 또 눈병만 오로지 발동하지가 않으리오. 이는 풍기와 화기가 제압됨이 없어서인데, 다년(多年) 장독(瘴毒)이 번갈아가며 발동하고 '눈속의 꽃'이 무늬마냥 그늘져 장애가 되는 것이며 이를테면 연기와 같은 안개의 굴 속에서 사람이 있으나 흐릿하고 모호한지라 밥을 국으로 착오하기 일쑤이며 곁에서 사람이 반드시 있고 가리켜주며 이끌어 준 뒤에야 비로소 좇을 정도입니다. 평생의 의지할 계책으로 생각하여 하나의 서권(書卷 : 글씨 두루마리)으로써 써서 이를 두라고 명했는데, 밤이 길어 1년과 같이 기다려지고 새벽의 닭 울음은 온갖 벌레들이 듣는 우레처럼 바라며 천하의 문명(文明 : 文德이 빛난다는 것)이 하루 이틀로 나아갈 뿐 아니라 비록 한 달 두 달 불로 볶고 기름으로 지진다 할지라도 마음을 일으키지 않으며〔起心〕이를테면 둘쩻번 나한(羅漢)은 행여 되는 일이란 없이 녹여버려 수용(受容)하기로 했습니다.

 하송(下送)해 주신 영아(靈秅 : 훌륭한 벼인데 전와되어 옥고임)가 있는데 찬송함을 사양치 않으며, 만일에 굳혀진 게 있다면 이는 무슨 공덕(功德)이며 전에 없었던 복이란 말입니까 ! 첨고(沾槁 : 상대편 글을 높임)는 윤택한 것이 미적거림도 없으니, 이런 한 가닥의 완미(頑迷)는 요즘 많은 것으로 없어지지도 않고 또 어리석게 이어지고 있는데 이를 아뢰인다면 닳아 없어지지 않는 근원적인 것으로 바꾸어 놓으셨으니, 감로수로 관정(灌頂 : 불문에서 계율을 받을 때 물로써 정수리를 적시는 의식)해주셔 진심으로 감사하옵니다. 그러나 쓰신 글씨로 쌍창과도 같은 두 개의 날카로운 획은 이것이 가까스로 베낀 것처럼 느릿하고 나아가서 전(轉 : 획의 돌림)도 이룩되지 않았으니 좁혀 말하기가 송구스럽군요.

 석암(유용)의 서련(書聯)이 섞여 있는데 역시 그 노니는 붓글씨 솜씨가 볼만하여 하나의 법이더군요. 다음은 그 진짜와 가짜인데, 역시 틀에 박힌 게 있어 찾아낼 수 있습니다. 석암의 글씨는 진안(眞贋)이 쌓이듯 많이 뒤섞여 있어 반드시 안식(眼識)을 갖추어야 이내 변별할 수가 있지요. 그러나 석암 글씨로 가짜는 곧바로 그 문정(門庭 : 문하)을 좇아 나왔고 이를테면 동향광(董香光)은 이를 대신하여 비록 깎아맞춘 한 사람으로 신수(神隨)를 미처 바꾸지는 못한다 할지라도 빛깔이며 모습이 오히려 노인(석암)을 방불케 하고 전형적 날카로움 역시 있다 말하니 술잔을 주고받기에 족하다고 하리다. 거듭 무엇이 방해되오리까!

 구선(臞仙)의 이름은 영충(永忠)인데 거선(渠仙)이란 자가 또 하나 있고 양보(良輔)란 자도 썼지만, 패륵홍명(貝勒弘明)의 아들이며 보국장군으로 《연분당집(延芬堂集)》이 있습니다.

 숭산(嵩山)의 이름은 영혜(永蕙)인데 강친왕 숭안(嵩安)의 아들입니다.

 저선(樗仙)의 이름은 서성(書誠)이고 자는 실지(實之)인데 또한 자를 자옥(子玉)이라 했으며 봉국장군으로 《정허당집(靜虛堂集)》이 있습니다.

 소국(素菊)도인의 이름은 영경(永璥)이고 자는 문옥(文玉) 또는 익재(益齋)인데 보국공 홍진(弘晉)의 아들이고 《청훈당집(淸訓堂集)》이 있습니다.

 일찍이 20년 전에 패륵(貝勒) 등 몇 사람이 서화의 뛰어난 명품(名品)으로 초본(鈔本)이나마 남아있는 원권(原卷)을 사람에게 시켜 연경의 저택에서 찾아내고 구하게 했는데, 어느 곳에 흩어져 있는지를 몰랐고 초본이나 목록으로 한두 쪽의 패지(敗紙 : 못쓰게 된 것)가 있었지만 이것을 네 사람이 좀먹은 고리짝을 살폈고 기록으로 남은 것은 간직하고자 다시 초(鈔)하여 올렸지요.

 이 묵륜(墨輪)이 또한 구르고 굴러 있을 곳에 모여들고 여축되었으니, 그만 너무도 신기하고 너무도 유쾌하군요. 네 사람의 시화는 다 뛰어난 절품(絶品)이라 불멸인데, 큰 강의 남북 여러 사람이 육비(陸飛)·엄성(嚴誠 : 둘다 앞에서 소개된 추사의 스승 연암·초정 등과도 교유가 있었음)과 더불어 지극한 사귐이 있었고 육씨와 엄씨는 모두 강남의 고사(高士)로 일찍이 망령된 사귐은 하지 않았습니다. 그 한 사람이 이 네 사람과 더불어 결의를 맺었지만, 네 사람은 모두 알려져 있었던 거지요. 구·처의 두 선(仙)은 시로서 강남 칠자

(七子)에 뒤지지 않았지만 한(恨)은 원전을 아직 얻지 못하여 즉 볼 수가 없었던 겁니다. 네 사람 등이 한묵(翰墨)으로 왕성한 이름이 있을 때 홍담헌(洪湛軒 : 洪大容. 1731~1783)이 연경에 갔으며 담헌 어른은 육비·엄성과 더불어 찬란하게 빛나고 무르익는 사귐이 있었는데 이들은 모두 몰랐으며 동인(東人 : 우리나라 사람)이 입연(入燕)하여 교유가 많아지자 매번 깜짝 놀라는 소리를 발하면서 먼저 담헌을 일컬었던 것이니 그 한묵에서 이와 같이 작은 일도 소박함이 심하니 또 무엇으로써 이 사람의 큼을 말할 수 있겠습니까!(추사는 직접화법을 쓰지 않았으나 우리것을 존중할 줄 모르고 홍대용 같은 사람을 홀대했음을 한탄하고 있다) 비록 담헌뿐이겠습니까, 이를테면 박초정은 이르는 곳마다 사람으로 하여금 스치게 했을 뿐이니〔錯過〕아까운 것이 탄식되고 한탄할 뿐입니다!

만주인으로 끌시가 있으면 안되는데 효정(曉亭)·몽문자(夢文子)·영몽(英夢)·당영(堂英)·몽선(夢禪)의 여러 사람은 모두 용과 같고 범과 같았지만 막힘을 당한 일이 있으니, 구별은 아니됩니다. 《화징록(畫徵錄)》《화림신영(畫林新咏)》은 매우 풍부히 수집되어 망라하고 있지만, 네 사람이 만약 한 번도 보지 않고 채록(採錄)했다면 어째서입니까!

20년 전의 일이라 지금 돌이켜 영수(領收 : 확인)할 수는 없지만, 새창(유배)에서 돌아간 뒤 며칠이면 비로소 옛날의 몽상 풀이를 얻으련만 티끌(추사)이 다시 돌아간다니 하나의 웃음거리이고, 이것은 오히려 초기(鈔記)할 수 있어서 이 닥나무(종이)가 무너져도 증명되는 망상인데, 젊고 한창이던 때의 불이 반짝하는 동안 얕은 슬기와 굼뜬 붓을 믿고서도 일찍이 미급(未及)이었던 자가 또 한둘에 그치지 않는 것이며 지금 흰 머리로서 텅 비어있거늘 다시 연기와 구름을 수습(잡으려)하고자 하면 그것이 얻어질 수 있겠습니까!

가슴 안이며 꼭뒤(정수리)에는 늘 희망에 의지하는 깨달음이 있고 곧장 일과(一過)하는 그림자와도 같은 기럭의 자취는 강물에 있으니 어찌 스스로 애달프거나 애도하지 않을 수 있겠습니까?'〔제15신〕

현대의 독자는 그 문장의 숨(호흡)이 길다는 데 지리한 느낌이 들지 모르나, 마치 프랑스의 발자크나 부르제를 읽는 느낌이다. 또 한문체의 속성(屬性)도 있지만 우리의 글에 모자라는 그 치밀한 문장의 구성에도 감탄한다.

새삼 말할 것도 없지만 추사는 현실을 절망하면서도 그것을 스스로 극복하려 했는데 귀착되는 곳이란 체념이고 자신에 대한 슬픔이었다. 서독 중에서 기심(起心)하지는 않지만 둘쨋번의 나한이 될까 두렵다는 표현이 그것을 웅변으로 설명한다고 이해된다. 여기서 나한을 어떻게 해석하느냐가 어렵지만, 문자 그대로 부처·보살의 다음 위호(位號)로 해석할 수도 있으나 역시 분노하는 나한으로 전락되는 게 두렵다는 뜻이 아닐까? 이것과 관련시켜 홍담헌·박초정을 예의 청나라 네 사람이 괄시했다는 뜻으로 문장의 내용이 해석되나, 같은 글에서 만약이라는 가정법을 쓰고 있으므로 역시 우리가 우리의 것을 모른다는 데에 대한 추사의 한탄이라고 생각된다.

그리고 효정 등 나열된 인명이 우리나라에선 미지(찾을 수가 없었지만)의 사람들이고 청나라 출판의 《화징록》 등에 나와 있다고 생각되지만(몽선만은 경력 불명의 영모(翎毛)를 잘 그린 아호로 설명되고 있다), 역시 우리의 사대부를 염두에 둔 한탄이었다.

고고(孤高)의 정신

　을사년(1845)은 헌종 11년으로 추사는 60세를 맞는 해이다. 이 해 정월 열하룻날 권이재는 주저한 끝에, 마침내 추사의 서독에 나타난 것처럼 맹진(猛進)하여 영상으로서 국정을 맡는다.
　이 무렵 소치 허유는 제주도에 건너와 있었으나 을사년 5월 출륙했다. 그리고 6월에는 영국 군함 새마랑 호가 제주도의 우도(牛島)에 나타나 정박하면서 온 섬이 발칵 뒤집힌다. 추사는 이것을 냉정히 지켜보았는데 여기서 명희에게 보낸 〈제4신〉을 읽어보겠다.

　'지난달 안주부(安主簿 : 주부는 관명)편 및 제주의 처인(邸人 : 지방 관청의 서울 체류 관인. 京邸人이라고도 함)이 돌아가는 편에 잇달아 편지를 부쳤거니와 듣건대 상기도 배를 내린 포구에서 지체되고 있다하니, 받아보지는 못했겠지만 출발하는 대로 이 글과 더불어 마치 고기비늘이 차례로 포개지듯 들어갈 것일세. 지난 스무엿새에 경득(景得)이와 나주의 김학렬(金學烈)이 함께이다 싶게 들어와 받아 보았는데, 두 소식이 차례로 누님(추사의 사촌누님. 이학수의 부인)께서 마침내 돌아가셨다는 부음(부고)으로 이것을 듣게 되니 통곡 통곡할 뿐이요 거듭 무엇을 오히려 말하겠는가! 비록 환후(患候 : 병세)가 대단히 무거워 위태롭다 함을 알았다고는 할지라도 어찌 이 큰 바다의 밖인 이곳에서 누님의 부거(赴車: 죽음)를 받게 되리요. 통곡하며 땅을 칠 뿐이겠는가!

　장서(長逝: 고령의 죽음을 말함)하시기까지 70년 가까이나 험하게 가로막는 간난(艱難)에도 대비하지 않음이 없는 것처럼 초탈(超脫)하니 문제를 풀어 나가셨고 오로지 크게 열리신 성품인지라 다시는 이 세상에 조금의 근심도 남겨두지 않으셨거늘 이 기구하고 군색한 몸을 돌아보니 머리는 세고 윤락(淪落: 장례와 같은 인륜 대사에도 참석치 못한다는 것)하여 마치 아득히 먼 길을 떠나듯이 죽고 사는 일과 존망(存亡)에도 무엇 하나 관계하고 참섭할 수가 없으니 이 무슨 사람이 이러하랴. 이는 아득한 저승길의 가운데서도 생각하되 오히려 그럴 수가 없을 터인데 바다의 밖에서라고 잊겠는가. 못난 사람은 몸이 슬픔으로 바닥까지 다다르고 찢긴지라 이를 형용할 수도 없네마는 살아있는 자가 더욱 슬프다네.

　초종(初終: 장례)의 온갖 백가지는 다행히도 때맞추어 모양새를 이루고 양기(襄期: 장기)도 과연 있는 대로 얻었으며 사당에 합치는 제사는 어느 때이고 또한 이롭다고 하는가? 막막한 것이 들을 길도 없는데 이 어찌 세상에 살아 있다 할 것이며, 세상의 일은 북쪽을 바라보며 길게 탄식하고 눈물을 흘릴 뿐 좇을 수도 없다네.

　여름 뒤로 또한 막내 아우의 소식이 있었네마는 경숙(庚熟: 복더위)도 옮겨져 심한 이곳의 장기(瘴氣)와 오뇌(懊惱)는 또 무엇으로써 말할 것이며 댁내가 더욱 하나같이 편안하고 아우님 병도 갈수록 차도가 있어 기거(起居)와 침식(寢食)에도 다 아무런 손상이 없는지, 막내 아우 역시 평온하게 지내며 대소 제절로 근심이나 시끄러움도 없는가. 가운데 계수씨 제절이 다시는 남은 뒤탈이 나타나지는 않았는지, 상무 처가 앓는다 해서 매우 놀랐는데 이를 물리쳤다니 이는 이상하지 않은가. 이것이 처음에 하루걸이(학질) 비슷하게 이어졌다면 마땅히 가을을 기다려 절로 한도가 차게 되지만, 그러나 쓸데없고 잡스런 처방을 방만하게 시험하면 부질없이 진원(眞元 : 타고난 원기)만 상할 뿐일세. 두 누님과 늙으신 서모께서도 한가지로 평안하시고 건왕(健旺)하신지 갖가지로 간절히 염려되네.

이 편지는 앞서의 소식과 비교한다면 다시 덧붙일 별다른 것도 없으나, 코막힘은 한결같고 입안의 풍증이나 화기는 갑절이나 더한데 이것이 뭇 이빨을 움직여 부추기고 불끈 솟아 흔들리는지라 씹어먹을 수가 없으며 한 달 전부터는 먹는 것을 삼킬 수가 없고 이로 말미암아 비록 식사와 위기(胃氣)를 줄인다 할지라도 끌어들이고자 하니 역시 어찌해야 좋을지 모르며 어찌해야만 좋겠는가! 하인 안서방의 학질 기운도 때를 갈아가며 튀어나오는 일이 있어 이것도 걱정이 되네.

그런데 염려가 없어진 뒤에 영길리(英吉利 : 영국)의 배가 이곳에서 근 2백 리 떨어진 정의(旌義)의 우도에 와 정박하고, 그 배인즉 별로 다른 일이란 없이 오직 한 번 스쳐 지나갈 뿐의 배인데 지금에 이르기까지 스무 날 남짓 온 섬이 시끄럽고 떠들썩하며 주성(州城 : 제주)은 한바탕 난리를 치른 것만 같아 가라앉지를 않았네마는, 이런 가운데 겨우 깨우치고 가르쳐 주어 다행히도 주성과 같은 지경에 이르지를 않았네.

경득이는 곧 떠나보내려고 했지만 이것으로 말미암아 배가 묶였던 것이고 지금에야 비로소 봉계(封啓 : 장계를 올리는 것)한다 하므로 지금 허둥지둥 포구로 내려보낼 참인데 따라잡을지 어떨지는 모르니 심히 염려되고 걱정되네. 이 편지는 집에 매인 하인이라서 약간의 곳에도 글을 쓰고자 했지만 팔의 아픔과 눈꼽이 많아져 뜻하는 대로 글자를 쓸 수가 없으니 집의 편지만 겨우 지었을 뿐이고

다행히도 이런 뜻이 옮겨졌으면 하네. 고불선(姑不宣).'

추사는 여기서 영국배에 대해 지나는 말로 언급했을 뿐이고, 상희에게 보낸 서독으로 이 을사년에 씌어진 〈제3신〉〈제4신〉을 통해서도 거기에 대한 말은 없다. 왜냐하면 이양선의 출현은 전에도 있었던 일이라 절박하게 생각하지는 않았던 것 같다.

한편 병오년(1846) 정월에 허소치는 고향에 가 있었는데 과만(임기만료)하여 상경하는 전라우수사 위당(威堂) 신관호(申觀浩)를 따라 한양으로 갔으며 권이재의 문객(門客)이 된다. 다음은 초의선사에게 보낸 서독인데 신수사와 소치에 관련된 부분이 있고 시기도 병오년 전후이다.

'자른듯이 오고가는 소식이 없어 먼 생각은 자못 간절했는데, 이내 집 하인을 따라 범함(梵械)과 차 꾸러미를 얻게 되니 기쁘고 위안이 되네. 또 선안(禪安 : 선의 경지)이 큰 광명을 모조리 이룩하시고 원호(圓好)하다 하니 매우 왕성하고 왕성일세.

편액의 글자를 수곤(水閫 : 수사)에게 청촉(請囑 : 청하여 쓰게 함)한 것은 과연 극히 좋았는데 지금 보낸 탑본을 보니 대웅전의 아름다움과도 넉넉히 견주고 나란히 할만하네.

이 몸은 입·코의 괴롬이 해가 묵고 해를 거듭한 데다가 또 눈꼽마저 더하여 사대(四大 : 불교에서 말하는 흙·물·불·바람의 네 원소)와 육진(六塵 : 色(물질)·소리·향기·맛·촉감·法)으로 마요(魔撓 : 본래의 정신이 변질되었다는 것)되지 않음이란 없으니 한탄스럽소. 허치(허소치)는 그 사이 혹 돌아와서 별 탈이 없는가? 생각이 간절하네. 눈을 감고 손이 가는 대로 간신히 썼으며, 불선. 노가(老迦)'〔제24신〕

이 서독에 나타난 수사가 곧 신헌(申櫶 : 신관호)이고, 여러 문헌을 보면 추사의 제자는 아니지만 추사를 외경(畏敬)하고 추사의 방면에도 힘을 썼다. 다시 초의에게 보낸 편지를 본다.

'앞서 섣달에는 배가 묶이고 봄(정월) 뒤에는 병이 심하여 일체의 소식 들음도 다 감감해졌는데, 문득 김군(金君)편으로 등소(鐙宵 : 사월 초파일의 관등놀이)한 범함과 더불어 아울러 베푼 좋은 종이를 거두었는지라 막혔던 가슴이 열려 통탈(桶脫 : 통저탈의 준말. 통의 밑바닥이 빠진 듯 확 깨닫는다는 것)과 같은 기쁨이 열렸구려.
 또 서서(徐胥 : 서씨 성의 아전)가 와서 선사의 편지를 전해 주었는데 신식(信息 : 식은 앎(識)인듯)이 매우 크고 문득 '손가락을 튀기니[彈指之] 봄은 이미 여름이 되었구려. 상상컨대 산속의 녹음은 날로 두터울 텐데 선송(禪誦)이 깨끗하고 깔끔하여 가볍고 평안한 것이 자재(自在 : 자유자재)인지요? 멀리멀리 마음만 치달리는구려. 이 몸은 쇠약하고 전에 비하여 퇴락(頹落 : 무너지고 떨어짐)하더니만 그대로 병집[病集]을 이루었으니 밑바닥에 다다른 고업(苦業)이라 어찌하겠소? 다만 집아이가 멀리 큰 바다를 건너와서 얼마간 위안이 되었지만 지금 또 돌려보낸다오. 그가 보서(寶棲 : 초의가 있는 곳. 높임말)를 찾고자 하니 마땅히 한 번 웃고서 서로 만나리다. 눈꼽은 더 끼어 간신히 이것만 아뢰이고 호선(縞禪)과 흔납(欣衲 : 둘다 대둔사에 있던 승려명)에게는 따로 갖추지를 못하니 함께 봐주기 바라네. 이를 꾀하며 불선, 나산노인(那山老人)' 〔제25신〕
이 서독에서 나타난 집아이가 상무인데, 상무가 양자가 된 이래로 처음인 부자 상면을 한 셈이었다.

'요즘에 온 편지는 있어도 답장을 보낸 일은 없으니 태만해서가 아니고 편지가 있음도 마음이요 답장이 없음도 마음일지니, 마음은 어찌 둘이 있겠소. 진공(眞空 : 참된 공)과 묘유(妙有)의 의미가 이에서 밝게 드러날진대 노사의 혜관(慧觀 : 달관)은 응당 '주하는 바가 없음[無所住 : 욕심을 버린다는 것]'이니 그 마음으로서 노행자(盧行者 : 선의 6조를 말함)라도 그 묘를 독차지하지는 못하리라. 붉은 바퀴가 정수리를 맷돌질하는데 '행주좌와(行住坐臥)'에 대해 번뇌(욕망)를 불질하는 업장은 없는가?

 이 몸은 쇠약한 꼴이 날로 더해가는데 노사의 노년(驢年 : 나이가 없다는 것. 간지로 나귀는 없음을 비유함)도 나와 더불어 다름이 없을진대 참으로 다른가 같은가? 자못 웃을 일이로세.

 천도리(顚闍梨 : 도리는 절의 감찰승. 전이 붙어 괴팍한 도리)는 백파노납(백파대사는 임자년(1852) 4월에 입적)부터 와서 백파의 활살 기용을 왕성하게 주장했는데 그 쓸모는 모를 일이고, 삼세의 제불과 역대 조사의 담연(湛然 : 고요한) 원묘(圓妙 : 空·假·中의 삼제가 둥글게 녹아서 하나의 경지가 된다는 것)도 모조리 활살 속에 아교처럼 갈등하며(끈끈하게 얽히고 갈등하는 것) 무궁하게 옮겨진다는 건가! 어처구니가 없어 웃음이 절로 나오는구려.

 두 자루 부채를 짝지어 보내니 웃고 받아주시구려. 전일에 보내준 다병(茶餠 : 차를 쪄서 빻아 뭉친 것)도 이미 다 먹었는데 싫증없는 요구라서 대단월(大檀越 : 큰 시주)을 바랄 수야 있겠소? 모두 뒤로 미루고서 불선, 정미년(1847) 유둣날, 유도노인(游桃老人).

 요즘 들으니 남천축에는 관음궁전이 아직도 보타낙가(補陀洛迦)에 있다 하며, 또 비나성(毘那城)에는 유마거사의 방장(方丈 : 거실)을 역력히 증명할 만하다 하는데(추사의 天竺攷 참조), 이는 너무도 기절(奇絶)한 것이라 총림(선림)에 들려줄 만한 것일세. 여래가 발뒤꿈치를 내보이셨다는 것은 어떤 경에서 보았는가? 줄곧《전등록〉을 들어 얘기하는데 이것은 우리 속가(俗家)의 천문(淺聞)과 같은 것일세. 선문에선 그 원본(原本)을 구정(究訂)한 자가 있을 것 같은데 행여 자세히 고증하고 이를 내놓은 게 있다면 신임 목사가 들어오는 편에 보내줄 수 없겠소? 매우 바라고 바라외다. 듣자니 영남행을 떠나고자 한다는데 함부로 망동해서는 안되며 굳게 초암 속에 앉아 있어야 좋으리다.'〔제26신〕

여기서 '천축고'와 같은 이야기가 나오므로 좀 기이하기는 하지만, 추사는 기억을 더듬어 말한 것일까 아니면 뱃사람편에 그런 소식을 들었는지도 모를 일이다. 또 초의선사의 영남행을 만류하고 있지만 이것은 천주교 박해와도 관련되는 것이며 그런 때일수록 조심하라는 추사의 염려였으리라.

이보다 앞서 추사는 병오년 6월 3일〈화암사 상량문(華嚴寺上樑文)〉을 짓고 있다. 이것은 일찍부터 추사가 형제와 더불어 약속한 것이고 저〈영모암 편배제지발〉과 같은 정신에서 비롯된 것이다.

〈오석산 화암사 상량문〉

대체로 듣건대 수달(須達 : 기원정사를 시주한 장자) 구천정사(九千精舍)는 신심으로 기원(祇苑)의 정성어린 돈을 보시하고 백만 부도(탑)는 천궁의 공장 신력(神力)을 모은 것이니라. 이는 다 중생을 제도함으로써 모래로 셈하고(항하의 모래처럼 많다는 것) 용이나 코끼리의 공문(空門)이며 삼계(三界 : 욕계·색계·무색계의 세 가지. 곧 생사왕래가 가능한 세계)를 뛰어넘는 저편〔彼岸 : 깨달음의 경지〕에 이르니, 금탕(金湯)의 정토였다.

마침내 성암(星龕)과 월전(月殿)으로 하여금 사부(四部)의 구별을 망라하여 싸안았으니 기각(綺桷)과 새겨진 기와(사원을 말함)는 삼한(三韓)의 경계를 조회(藻繪 : 그림처럼 깨끗하게 씻어줌)했노라. (그러

나) 말법인 상법(像法 : 불상을 만듦)을 우러르고 받드는 장식이 넓고도 많으며, 유루(有漏 : 번뇌가 있음)의 소승은 조사가 가엾게 여기고 슬프게 여기는 것으로 어찌 석씨의 가르침으로 말미암은 세상의 법에 도움되며, 원력(願力)을 키워 사람 마음을 기쁘게 함이 용산(龍山)의 화암사와 같을 수 있으리오!

오직 화암사는 오석(烏石)의 신령을 모으고 용산의 뛰어남을 표시하노라. 조각구름은 안에서 일어나며 네 들의 단비를 바라고 위로함이라, 뒤로 층벽(層壁)을 에운 것이 아홉 겹침의 병풍 모습이 완연하구나. 화택(火宅 : 인간이 사는 세상)은 불타가 액운을 초월하니, 석상도 고개를 끄덕이고 탑륜(塔輪)은 사리의 광명을 나타내니 부처 가르침이 정수리를 적셔주리라(관정). 십홀(十笏)이라, 유마의 거실(당고종의 현경 연간(556~560)에 王玄策이 인도를 방문하여 홀(관리의 명패)로서 유마거사의 방장 너비를 측정했는데 10홀밖에 되지 않았다)은 세계의 너그러움을 가려 세 칸인데 넓게 사는 엄한 가풍을 갖추었도다.

우리의 증왕고 정효공(김한신)은 이에 하구(瑕邱)의 낙지(樂地 : 《예기》〈단궁편〉상에 나오는 지명. 公叔文子가 하구의 터전을 둘러보고 죽게 되면 그곳에 묻히고 싶다며 말함)로 나아가서 방묘(防墓 : 자손을 지켜주는 무덤. 곧 親山)의 장지(藏地 : 그럴 만한 자리가 있다는 뜻)를 점쳐 우면길택(牛眠吉宅 : 자손 번영의 길지)을 정하셨고, 만년의 조짐으로써 소나무는 녹촉(鹿觸 : 진나라 許孜가 그 아비의 봉분을 만들고 소나무를 심었는데 사슴이 그것을 쓰러뜨렸다)이 없어야 하므로 십리의 음지(陰地)를 아름답게 둘러 봉분하셨다. 병사(丙舍 : 재실)의 모구(菟裘 : 노나라의 지명)는 왕우군(왕희지)의 묘소를 지켰다는 뜻을 지녔거니와(월성위가 은퇴하여 이 묘소를 지킬 뜻이 있었다는 것임) 또한 오교(午橋 : 중국의 지명으로 晉國公 裵度의 별서가 있었다)의 시주 진국공이 조상의 터전으로 복을 점쳤던 곳이니라.

이래서 초제(招提: 사설 암자)에 재궁을 만드셨는데 가래나무와 측백나무는 기수(祇樹: 기원을 비유)에 이어졌고 새벽 종과 어두울 때의 석경으로 시골의 나무꾼과 꼴베는 아이를 깨우치며, 봄이슬과 가을서리는 하랍(夏臘: 하안거)이 되었음을 증명하노라. 소령(素靈: 가을의 신)은 용우물의 땅을 바쳤으니 법계(法界)가 중수(重修)되고 승려가 교인(鮫人: 인어)의 눈물을 씻어주니, 대궐에서 자못 권장하셨도다. 미래의 보답을 빙자함도 아니오, 다만 외호(外護)의 공이 요할 뿐이니라(밖으로 왕실을 지켜준다는 의미).

 차례로 연대가 거듭되고 옮겨지면서 도량도 점차로 망가지니 성주괴공(成住壞空: 창조와 파괴로 불교의 우주관임)의 운에 맡길 뿐 선력(禪力)의 이지러짐이 있음은 아니로세. 건물의 들보와 서까래가 무너지고 기울 뿐이니 법신(法身)의 비호가 없음을 한탄할 뿐이라.

 그러나 몸에 따르는 누각은 법으로 무너뜨릴 수 없고, 소원해서 우러나는 보시는 곧 마음의 도(道)로다. 고·증고께서 끼친 유훈은 자자손손에게 이어지며 진찰(塵刹)의 보은은 생생세세(生生世世)로 짊어지게 되리라. 동산(銅山: 재물)이 주머니에 들자 재관(宰官)의 회향(廻向: 불도에 귀의하는 것)하는 마음을 기뻐하고 무쇠 줄기의 재목을 바치자 옛날의 가꾸고 기른 힘을 감사하네.

 이에 길일을 받아 양공(良工)을 선발하니 환륜(奐輪: 화려하다는 형용)은 숲골짝의 사나움을 개척하는데 공수반(公倕般)과 요인(獿人: 둘다 고대의 名匠)이 기량(技量)을 바쳤고 전실(殿室)은 병몽(迸檬: 겹쳐 있는 처마)의 편리함과 경상(經像)을 보좌에 경건하게 장엄(장식)하여 모셨노라. 환희는 '집을 잃은 사람(승려)'을 감동시키고 향주(주방의 미칭)의 공덕은 바리때 가진 사람에게 널리 지성으로 공양되리라. 푸른 창문은 백 리의 들을 받아들이는데, 동으로 주망(珠網: 포교를 상징)을 베풀고 붉은 추녀는 천 길 뫼와도 닿으며 서쪽으로 수놓은 깃

발을 떨치리라.

어찌 정계(淨界)의 거듭 새로워짐뿐이랴. 참으로 다행인 것은 가성(佳城:분묘)을 더욱 공고히 함에 있음이요, 야마천과 도리천의 긴 은한(은하수)의 밝은 빛을 엿보고 있으니 백족(白足:曇始화상)·적자(赤髭:佛陀也舍. 둘다 남북조 시대의 고승)라도 역시 감당(甘棠)의 싹을 자름과 같은 짓을 경계했도다(《시경》〈召南편〉에 蔽芾甘棠 勿剪勿伐(감당에 덤불이 우거져 있어도 함부로 자르거나 베어서는 안된다)로, 함부로 훼손해서는 안됨을 강조한 듯). 남양의 경조윤(京兆尹)은 천(阡:묘도)이 수미산과 아울러 이지러짐이 없어 길하고 화표(華表)와 환영(桓楹:둘다 묘도에 세우는 문) 같은 의물(儀物:치장하는 건조물)이 금강불괴(金剛不壞)라고 했는데, 어찌 호구(虎丘:지명. 앞에서 나옴)에 집을 버리는 보시를 한 왕순(王珣)·왕민(王珉:둘다 王導의 손자)이 복전(福田)을 구하듯이 하고 여막을 숲 언덕에 두면서 종병(宗炳)과 뇌차종(雷次宗:둘다 유송 사람인데 불교에 귀의했음)이 깨끗한 사(社:모임·단체)를 맺는 데 그칠 따름이겠는가! 삼가 짧은 글로 인용하여 긴 들보가 이룩되도록 도울 뿐이리라.

고수레, 동쪽에 떡을 던지리니, 호광(毫光:불타 이마에서 내뿜는 빛인데 부처의 자비를 상징)은 널리 시방 세계를 한가지로 비추노라. 아득히 산을 바라보며 청라계(나선형의 상투임)를 지었으니 손가락질하는 가운데 향기로운 샘은 고요하니 숨겨졌네.(拋梁東 毫光普照十方同. 遙山環作靑縲髻 隱寂香泉指顧中)

고수레, 남쪽에 떡을 던지리니, 봉우리 위 푸른 산기운은 옥이슬의 떨어짐이라. 가까운 갯벌 나그네를 건네주고자 부르고 불러, 닿은 곳이 나루인데 부처의 공력이 참여하리.(拋梁南 峰頭玉露滴靑嵐. 招招近浦行人渡 着處津梁佛力參)

고수레, 서쪽에 떡을 던지리니, 층층의 시루 바위는 높지만 별자리 가지런하네. 살갗의 와닿는 한 치 구름이라도 비를 일으키기에는 족하니, 늙은 용은 한가로이 바리때 속에 깃든다네.(抛梁西 層嵓巘象緯齊. 膚寸雲能興雨足 老龍閒却鉢中棲)

고수레, 북쪽에 떡을 던지리니, 풍비를 짝하며 윤번으로 꼿꼿이 지키리. 좋은 기운은 멎은 적이 없음을 알며 정해주니, 어필(御筆)에는 오색의 구름이 밝게 감도리라.(抛梁北 豊碑遙對相輪直. 定知佳氣歇無時 宸翰昭回雲五色)

고수레, 위로 떡을 던지리니, 자비로운 큰 구름은 늘 우러러 소원하리. 머리 조아려 다섯 자 못을 기파천에 드리니, 성인의 수명과 한가지로 가이없네.(抛梁上 慈意大雲常願仰. 稽首耆婆尺五天 聖人六壽同無量)

고수레, 아래로 떡을 던지리니, 상마며 서직이 들녘에서 기름 흐르듯 열리리. 너희들은 어찌 얻은건대 탐욕과 진에(성내는 것)가 있으랴, 밭갈고 우물파는 자는 절로 밝은 세상이로세.(抛梁下 桑麻黍稷開膏野. 爾曹安得有貪瞋 自是熙熙耕鑿者)

엎드려 소원하나이다. 상량한 이후에 비바람도 염천도 없이 천룡(天龍)은 법(가르침)을 지켜주시며 총어(鍾魚)는 엄숙하고도 씩씩하여 길이 대방장(大方丈)의 선거(禪居)를 정해주시고, 소나무와 노송나무는 울창하니 무성하여 길이 작은 봉래(蓬萊)의 선경(仙境)을 꾸며주소서.

난해한 불교 용어와 고사성어가 많지만, 추사는 풍화로 시달리면서도 이와 같은 상량문을 정성껏 지었다. 살아서 돌아감을 기대하지 않고 오직 조상을 위해 또는 인생을 정리한다는 각오 아래 이것을 쓰고 다듬고 고치며 몇날 며칠 밤을 소요했으리라.

시구 중에서 '풍비요대상륜직(豊碑遙對相輪直)'의 풍비가 궁금한데 예산의 북쪽이라면 온양·신창(新昌)·아산(牙山) 등지이고 언뜻 부여풍(扶餘豊)이 떠오르기도 한다. 추사 시대에도 그런 비석이 있었는지 모르지만, 알 수가 없는 일이다. 또 기파천(耆婆天)은 일명 명천(命天)으로 장명천신(長命天神)이 주한다고 한다.

어쨌든 추사의 이 정성어린 상량문을 얻어 상량식을 올렸고 화암사가 완성된 셈인데, 그 자리에는 같은 월성위 자손인 집안이 모처럼 모두 모였을 터이다.

그리고 이 〈상량문〉을 전후한 서독도 분명히 있을 터이나 발견되지가 않는다. 다음의 서독은 《완당집》에는 상희에게 보낸 일곱번째로 수록돼 있으나, 사실은 〈제4신〉으로 고증되고 병오년(1846) 봄에 쓴 것이다. 따라서 화암사 상량문보다는 앞선 글이다.

'별도로 자세히 써보낸 하나하나는 모두 죄가 머리끝까지 통하고 허물이 산처럼 쌓여 자취를 없앨 수 없는 꼴인데 어찌 오늘에 이것을 얻을 수가 있었겠는가. 오직 감격의 눈물이 얼굴을 가릴 뿐이며 말이나 글자로선 설명할 수가 없는 것일세. 하물며 또 서투른 글씨가 특별히 지극한 신권(宸眷: 임금의 은혜)을 받자와 치본(紙本: 종이를 철한 것)까지 내려주셔 왔으니 용의 빛이 큰 바다를 덮은지라 신산(神山: 한라산)도 진동하지 않을 수가 없었네.

요즘엔 눈꼽으로 말미암아 게으름이 바뀔 까닭도 만무였네마는 붓을 잡고 벼룻돌을 대하니 임금님의 영험이 함께 있는 곳이라 열엿새의 공력(工力)을 들이고서 겨우 사본을 얻었으며 편액 셋과 두루마리 셋을 얻었다네. 남은 두루마리 둘은 이 눈꼽과도 같은 어둠 침침한 눈으로선 절대로 계속해서 옮길 수가 없으니 이 길로 돌려보낼 수밖에 없는데, 위탁해서 당헌(棠軒: 宣化堂을 말함)에 바쳐 올리도록 하고 까닭을 사뢰이도록 하게.

오군(吳君)의 편지 중에서 너무나 많이 알아 송구스럽고 두려워서 이를 억지로 권할 수는 없었지만 또한 억지로 하잖을 수 없다 했네마는 이 형편은 별도로 오규일(吳圭一 : 규장각의 잡직)에게도 알렸네.

넉 자 편액을 좋아하는지라 달리 괴롬은 없었지만, 조사할 수 있는 문자로선 일찍이 〈무씨상서도(武氏祥瑞圖 : 후한 환제의 건화 원년(147)에 산동성 가상현 사람으로 무씨 4형제가 그 亡父를 위해 석실 벽면에 새긴 성현의 사적)〉 중의 말을 기록했는데 목련이각(木連理閣) 넉 자 글씨를 올렸고 그 상세함은 오규일의 편지 중에도 있네. 여기선 거듭하지 않았네마는 얻어서 봄이 어떠한가.

그 쓰지 않은 것은 진부(陳腐)한 예사말로서 이를 전아(典雅)한 뜻이 있도록 하자니 극히 어려운데다가 비슷한 것을 뽑아내자니 심히 어긋나며 장애가 되지 않을 수 없었네.

홍두(紅豆)의 의미는 결국 문식(文飾)에 그칠 뿐이지만, 이로써 붓을 들었다면 잊어서는 안될 정신이 있네. 〈홍두시첩(紅豆詩帖 : 홍두는 문자 그대로 붉은 팥인데 청대에는 이것이 상서롭고 또는 특별한 의미가 있었는지 문인 학자가 즐겨 사용했다. 이를테면 혜동은 홍두산방, 전겸익은 홍두산장, 그리고 추사의 잊지 못할 친구 옹수곤은 홍두산인이란 호를 썼다)〉 아래의 소제(小題)로써 써올린 게 있지만, 감히 잠언(箴言)처럼 풍자하는 뜻을 곁들인 것일세. 이미 글씨로써 써올린 게 있으니 말씀으로써 올릴 수가 있는 것으로 말하지 않는 것 또한 감히 못할 일이기에 무엄하게 이와 같은 외람스럽고 망령된 것을 밑에 깔고서 아뢰이니 내 죄는 내가 알며 내가 모르므로 거듭 어찌하겠는가!

두 가지 편액은 모두 서경(장안)의 옛 법으로써 베껴 얻은 것이라 자못 씩씩하고 기이한 힘이 있어 병중에 지었다고 싶지는 않지만,

바로 임금님의 영검이 미친 것이라 신의 도움이 있다 싶은 것이며
서툴고 촌스런 솜씨로선 될 수가 없는데, 이 뜻 역시 별도로 오규
일의 편지에서 언급했네. 만일에 여분(餘分)의 종이가 아니면 이와
같이 마음놓고 힘을 다할 수는 없었을 것이며 이 뒤에도 이것과 같
은 일이 있다면 반드시 여분의 종이를 별도로 갖추는 게 좋을 것이
니, 좋다는 것 역시 이를 오규일로 알게 했네. 이를테면 공첩(空
帖: 백지본) 또한 별권이 있게 되면 좋을 걸세. 큰 붓으로 온 것은
모두 쓰기에는 맞지를 않아서 아울러 돌려보내게끔 했네. 붓 염려
는 하면서 먹 염려는 하지를 않아 도리어 하나의 웃을 일이지만,
약간의 가져온 당묵(唐墨)을 모조리 들여다가 썼네마는 오히려 부
족하다는 탄식도 있어 해추묵과 더불어 약간 합해서 쓸 뿐이네. 장
묵 서너 자루는 차옥광(紫玉光) 종류로서 되는 대로 얻어 인편에
보내주면 어떻겠는가. 박혜백(朴蕙百)은 자못 뛰어나서 청서(靑鼠)
의 빼어난 것을 가려 낭호(狼毫)의 상품을 매며 스스로 그 묘를 얻
었다고 생각하고 혹은 사람이 아니라고 하네마는 근심하지 않아도
되네. 담비 꼬리로 맨 큰 붓에 이르러 본다면, 이를 일컬어 품질이
낭호·청서의 위에 있다고 칭찬하지만 그 말이란 참으로 그릇된
거라고 하지 않을 수 없네. 그런데 이밖에 또 낭호·담비에서 더한
게 있으니 이를 등급으로 헤아릴 수는 없어 한(恨)이고 두루 호주
(湖州: 소주 근처)의 빼어난 여러 붓들을 사용해 보더라도 넓힐 만
한 것이 없으니 그(박혜백)의 안식이라 하겠네. 옛 선백(禪伯: 선의
달인)의 말로서 "집의 밖에도 푸른 하늘이로다" 했지만, 곧 이것이
동인(우리나라 사람)의 세계관(世界觀)과 겹치며 고질로서, 원교는
이 붓을 알지 못했고 다시 왕허주(王虛舟: 이름은 王澍. 자는 若霖.
명나라 때 서가)·진향천(陳香泉: 이름은 陳奕禧. 자는 六謙. 청의 서
가·금석학자)과 같은 여러 거장도 망령되게 붓을 일컫고 있어 그만

자기도 모르게 아연하고 웃음이 나오네.

 수(壽)자는 주자 글씨로 이제 듣자니 을사년(?)에 형악(衡嶽)·연화봉에서 이를 얻었다 하는데, 역시 동쪽으로 온 것이 있으며 그것이 진적(眞蹟)임은 의심할 데가 없네. 원탁(原拓)에 회옹(晦翁)이라는 두 글자가 있었고 모사(摹寫)되고 전해짐에 있어 고르지 않다는 데 이르러선 한탄스럽지만, 이것으로 하여금 배우는 도배(徒輩)들 가운데 모각(摹刻)한 원래의 모체(摹體)를 잃지 않은 세 벌본(本)을 보내니 2본은 서울과 시골에 이를 나누고 1본은 이합(彝閤 : 권이재 합하의 준말)께 전해 올림이 어떻겠는가?

 《해지(海志 : 해국도지)》는 호작(好作)으로서 근일의 소일거리가 되네만 눈꼽이 이렇듯 전과 같지는 못하여 매일의 간독(看讀 : 독서)이 한탄스럽고 초록(抄錄)이 간절하네마는 공책(空册 : 백지로 된 것)과 크게 인찰(印札 : 줄을 친 것)된 두 권을 되도록이면 보내 줄 수 없겠는가?

 두 편액은 만일 눈꼽의 어려움이 이와 같다면 모사로 나아감에 있어 온 종이로선 반수(礬水 : 백반을 탄 물로 종이가 엉기도록 하는 것)가 너무 지나쳐 적합하지 않은 것이며, 붓으로 하여금 도리어 이 종이로선 여의치가 않은 것일세. 비록 각본(刻本 : 인각된 것)이라 할지라도 반드시 좋은 종이여야만 하고, 그런 뒤에 글씨로 각본이 되는 것인데 종이를 꾀하지 않는 자는 글씨도 모르며 이것이 어렵고 난감한 곳일세. 堂편은 齊편보다 더욱 뛰어나고 닮아서 오군으로 하여금 그 '달고 신' 뜻을 알게 함이 어떠한가? 2월 보름 전에는 바다 풍속으로 배를 출발시키지 않는데, 보름의 뒤라도 지장은 없을 걸세. 이제 이것과 따로 하인 하나를 정하여 떠나게 하려는데 과연 바로 닿겠는지, 바다를 건넌 이후로는 심하게 지체되지는 않겠지만.

책문(册文 : 문서 형식의 글)을 만드는 일로서 듣자니 바야흐로 전인(專人 : 특정임무의 사람)으로 상경 운운하는데, 차례로 사면(赦免)의 문서가 아직껏 당도하지 않고 있으니 날이면 날마다 손을 모으며 기다리네. 지난 해에도 역시 2월 초에 와서 다다르는데는 늘 이와 같이 바다로 막혀있는 일이라 초조와 답답증을 이기지 못하고, 축통현(竹筒峴)을 다하는 즐거움은 얻지를 못했었네.

내가 수장하던 처음에는 비등한 벼루가 없었는데 반드시 그 적고 치부하는 데 착오가 있었던 것일세. 오규일에게도 제시토록 별록(別錄) 한 통으로써 보내고 모름지기 효경당(孝經堂) 벼루로 옮겨 보이라며 무아(상무)가 귀향길에 올랐을 때 이를 부쳤네. 따라서 이로 말미암아 즉시 찾아내게 하여 상송(上送)하고 나중에 이것으로 대신 올리는 게 어떠하며 어떠하겠는가! 안현(安峴 : 동네 이름. 권이재가 살았음)께서 가르쳤던 바 몇몇 종(種)의 황대치(黃大癡 : 황공망)의 그림 족자 및 이묵경(伊墨卿 : 伊秉綬. 자는 組似. 1754~1815. 청의 서화가)의 예서 대련 두 가지를 다행히도 부쳤네마는 즉시 안현에 전송(轉送)하고 이변(李㝃 : 이씨 성의 군교)에게 교부(交付)하여 좋다고 하면 좋다하는 대치의 족자 또한 상무가 갈 때 상송한 게 있으므로 아울러 찾아내라 분부하고 상송하게. 또 별록 일지(一紙)가 있는데 역시 이변을 위한 것이고 양해하여 거두도록 하는 게 어떻겠는가!'

이 서독은 을사년(1845) 봄 이후의 것으로 고증되고 있지만, 추사는 이때 거의 방면을 믿었던 게 확실하다. 아마도 영상 권돈인의 힘이 있어 헌종의 마음을 움직였고, 각감(閣監 : 규장각의 待敎 아래) 오규일을 통해 글씨를 써올리라고 했던 모양이다. 추사로선 희망을 가졌고 자타가 사면되리라는 예상을 의심치 않았는데 이것은 실현되지 않았다. 곧이어 영국 군함의 우도 정박이 있어 흐지부지되었던 것인데, 그것보다도 추사의 복귀를 원하지 않는 안김의 방해가 있었다고 여겨진다. 《완당집》에는 오규일에게 보낸 추사의 서독 2편이 있지만 그것은 위의 서독에 나타난 '별록'으로 여겨진다. 물론 사면 운운에 대해선 언급이 없지만 추사의 서화 및 금석학에 대한 전문적 의견이 개진(開陳)된다.

'모든 것은 자네 어른께 보낸 편지에 들어있으니 따로 덧붙여 말하지는 않겠네. 네 인창과 인인니(印印泥 : 글씨체)는 상기도 가슴속에 있을 줄 아네마는 이 바다 밖의 '메마른 나무(枯槁 : 추사 자신을 비유)'로선 매우 감동적일세. 인각(도장 새김)은 더욱 진경(進境)을 나타내니 어찌 머지않아 정목천(程穆倩 : 청의 程邃)·하설어(何雪漁 : 何震)의 오묘한 경지에 도달하지 못하겠는가 ! 늘 양문(陽文 : 正字)에서 더욱 뜻을 더하여 정진해주기 바라며, 천리의 밖인지라 언어 문자로써 누누이 언급할 수는 없어 극히 답답하지만, 다시금 완당(阮堂)이라는 하나의 작은 도장으로써 인편따라 보내주었으면 하며 나머지는 부친(不戩 : 편지의 상용구).

요즘에 자못 깨닫는 것이지만, 무전(繆篆 : 전문의 한 가지)의 옛 법은 이것이 바로 인전(印篆)의 비밀스런 요체(要諦)일세. 대개 한 대의 도장은 다 '무전'의 옛날식인데 이를 밝게 규명한 사람이 없었고 무전을 모른다면 비록 인각한다 할지라도 종정(鍾鼎)의 옛글 자보다는 모두 못할 것일세. 한(恨)이 됨은 이 일안(一案)을 서로 대하고서 상의하지 못한다는 것이고, 자네로 하여금 또 고쳐 나아가는 하나의 경지를 얻는다면 내가 말할 것도 없지만, 또한 전수하지를 않아 자네에게 끝내 이 한 가지 방법을 아는 일이 없게 됨을 한탄할 뿐일세. 이는 마음과 입이 서로 대하지 않고서는 여러 문자로 형용할 수가 없는데, 바닷구름 천리의 기분도 울적하여 버섯처럼 서리고 이루어진 것이라네.
  구한 바 여러 글씨와 난 그림은 소원을 받들어 부응하고 싶지만, 한 조각의 종이도 없는지라 혹시 서너 가지 본(本)의 좋은 종이를 얻을 수 있다면 마땅히 힘써 시험해 보겠네. 병든 팔이라서 백로지(白露紙)처럼 두꺼운 것이 매우 좋지만 반드시 숙지(熟紙 : 고급 품질의 종이)여야만 하고 그런 뒤에야 비로소 써나갈 수 있네. 난 그림은 이곳에 온 뒤로는 절필을 하여 그리지를 않네. 그러나 보내온 뜻은 어찌 외롭지가 않겠는가.'〔제1신〕
  이 서독을 보면 오규일이 문득 문안 편지를 보내면서 추사의 뜻을 물었던 것이고, 임금의 내의(內意)는 비치지를 않아 추사도 무심코 대답했다고 추정된다. 오규일은 경력이 미상인데, 규장각의 각감은 잡직(雜職)에 속하며 지체는 높지 않았다고 추정되나 '인각'을 잘했던 모양이다. 추사보다는 연하이고 추사로선 내각의 '대교'로 있을 때부터 그 아버지를 통해 알았던 것 같다. 어쨌든 오규일은 종이를 보냈던 것이고 그때서야 임금의 내의가 있음을 알렸던 것이다.

  '축군비(鄐君碑 : 한비로서 축군포사도비를 말함)는 지난날 서첩의 겉장에 써서 올릴 적에도 동쪽으로 온 일이 없다는 뜻을 아울러 전달했네마는, 이 각문(刻文)은 한갓 우리나라에서 나오지 않았을 뿐 아니라 중국에도 수장한 사람이 또한 드무네. 연행했을 적에 겨우 한 번 얻어보았지만 탑본이 몹시도 커서 동인의 벽으로선 걸어놓을 수가 없었고 더욱이 글자 모양이 크고 작은 것이 하나같지 않아 서로 어그러질만큼 뒤섞이고 꼬불꼬불 이어져 있는데다가 또 재단하여 자를 수도 없었는데, 자획에 이르러선 여위고 가느다란 것이 금줄(철사) 같고 돌무늬와 이끼는 이것과 더불어 수놓아져 느슨하며 분명하지가 않아 비록 밝은 눈의 사람이라 할지라도 갑자기 줄을 찾기 어렵고 획을 변별할 수 없었네. 다행히 소재(옹방강) 선생께서 몽매함을 하나하나 가르치고 전수해주자 비로소 그 대략을 약간이나마 얻어 볼 수가 있었네. 귀국한 이후로는 자못 능히 떠올려 때로는 임방(臨仿: 흉내내고 모사했다는 뜻)하기도 했네마는 그러나 세상의 눈으로는 크게 놀라는 바가 있는 까닭에 아직 남을 위해 짓거나 하지는 않았지만, 혹은 종이 뒷면에 붓을 시험삼아 끄적였을 뿐이라네. 마음으로는 썩 이를 좋아하지만 남과 더불어 한 가지로 지향(指向)한 적은 없는데, 서첩의 쪽〔頁〕에 베껴올린 것은 곧 "알면 말하지 않는 게 없고 말하면 다하지 않음이 없다"는 뜻으로 감히 본받을 일은 은미(隱微)한 정성이라도 감출 수가 없음이니 이 뜻 역시 세세하니 밝혀 상주해주기 바라네.' 〔제2신〕

위의 서독이 바로 상희에게 써보낸 '별록' 운운에 해당되는 것이며, 구체적인 내용은 상세하지 않지만 편액 글씨를 선정하는데 고심(苦心)이 있었음을 엿보게 한다.

또《완당집》에는 〈신위당관호에게 주다〉는 서독이 3통 수록되고 있지만 그 나머지를 마저 읽겠다.

'두렵고 궁색한 길로서 옛 정의(情誼: 정분)로 세속의 추함을 떨쳐버리는 이 분부가 아니면, 어찌 능히 바다를 건너는 이와 같은 편지가 있으며 진지하고 무거울 수가 있겠습니까? 이 '메마른 나무〔枯槁: 추사 자신을 비하한 것〕'를 돌이켜보면 실로 어찌하여 지금의 세상을 이곳에서 그와 같음을 얻는지 알지를 못합니다. 소식이 있은 뒤 하늘의 바람과 바다의 추위가 더욱 생각되는 겨울 초입에 영감(존칭)의 곤동(梱動: 수사나 병사로서의 활동)이 정안하시며 지킴에도 많은 복자(福祉: 가호)와 갖옷의 보급에도 일찍이 다른 근심은 없습니까? 갖가지로 첨축(詹祝: 진심으로 빈다는 것)하오며, 만약에 바닷구름으로 한 가닥의 호흡을 서로 쏟아낼 수가 있다면 지금에 이르는 이 몸은 헐떡임이 상기도 남아 살아 있음도 왕래나 은혜의 만듦 아닌 게 없으며, 장기(瘴氣)와 습함으로 백 가지의 병이 눈·귀·코·혓바닥을 찾아 침입하고 탈이 됨도 괴롬을 짓지 않음이 없으며 의사도 없고 약도 없는 것 또한 이를 오로지 내맡길 뿐이겠지요?

베풀어주신 많은 염려도 스스로 아시고 좋는 남다른 생각에서 우러난 것이니 어찌 만천가지의 높음과도 같은 감회가 없겠습니까! 나머지는 다음으로 미루고 격식을 갖추지 못했습니다.

시폭(詩幅 : 천에 쓴 시)과 예·해서의 여러 가지는 지금의 세상에서 이를 구하자니 능히 이 경지를 섭력(涉歷)한 사람이 몇이나 되겠습니까. 느티나무가 있는 금마문·숭명전(느티나무가 있다는 건 槐院(承文院)의 상징이며 금마문과 숭명전은 그런 한대의 전각명임)의 명공(名公)일지니 그만 저도 모르게 탐나서 옷깃을 여미고 돌려가며 외웠지만 서울에선 모두 돌려가면서 망령된 평도 있다 하옵는데, 원본을 일일이 대조한 것이고 또한 서투른 예자 안식(眼識)과 병든 팔의 아픔으로선 만가지 생각을 모두 잿더미로 만들었던 것인데 어느 겨를에 분부로써 권하신 뜻을 외로이 깨버리고 어렵게 없애며 굳이 서투르게 지키면 이것이 우러러 알지도 못하는 사이 막히고 모양을 더럽힐까 두려워 일찬(一粲 : 한 가지 반찬인데 一助)으로선 부족한 것입니다.

듣자니 옛 기명(器皿)의 관지(款識)로 한 갑에 세 책이 있다 하는데, 한번 뜻을 바닥까지 살펴보고 이로써 정을 남김없이 할애(割愛)하며 어리석음으로 받들어 살핀 뒤에 돌려보낼까 하오니 어떻겠습니까? 총청의 옛 관지는 바로 예자의 나아감을 좇아 나온 것이며, 예자를 배우는데 이것을 모르면 곧 시류(時流)를 거슬러 올

고고(孤高)의 정신 323

라가는 그릇된 근원이 됩니다. 집의 소장품으로 약간이 있었지만 즐기는 자에게 나눠주고 또 선물할 사람도 있어 지금은 응할 수가 없군요. 흰 머리로써 지킬 흐름에서 낙오되고 이곳에 이르렀으니 약간의 금석 가품(佳品)이라도 머물게 하고 보낼 사람이 없는데, 어찌 욕심이야 따르지 않겠습니까마는 마땅히 딸려야 할 영감에게 도 있어서입니까!

수금(壽琴)의 편액과 와련(瓦聯 : 瓦當의 예자를 탁본하거나 임모하여 만든 대련) 한 벌을 받들어 보내니 역시 보시고 거두시기 바라며, 허소치는 상기도 있는지요? 그 사람은 매우 좋은 화법(畫法)으로서 우리나라 사람의 누습을 깨부수고 없앴을 뿐 아니라 오리물(압록강) 이동에는 지을 만한 이가 없다 싶은데 다행히도 추리(珠履 : 구슬신인데 전와되어 궁신)의 말짜라도 의탁할 만하며 '심몽후비(深蒙厚庇 : 깊이 깨우쳐주고 두텁게 감싸주는 것)'는 영감이 아니고서는 어찌 이 사람을 보고 알아 줄 것이며 저(소치)도 또한 그 있을 곳을 얻는 것입니다. 초의선사 또한 남쪽의 이름난 숙로(宿老)이며 총림(선림) 중에서는 많지가 않은 자인데 지금 '시론(詩論)'을 보니 그 거울됨을 알며 거울과 인계(印契)가 일치되니 심성(甚盛 : 감탄사), 심성이로소외다.

사용하신 붓가지는 강유(剛柔)를 말할 수 없지만, 수의(隨意)로 사용하시는 구별이 없고 오로지 즐기시는데, 이로써 한 가지 작은 붓을 보내드리니 이를 보시기 바라며 이 제품은 극히 좋고 뽑아 가려진 붓인데 다시 정성스런 것이라 붓털이 하나라도 거꾸로이거나 뾰족하니 삐져나온 일도 없습니다. 다행히 이것에 의거하여 모름지기 많이 만드시고 스스로 사용하시되 약간은 또한 갈라서 보내주셨으면 합니다.

대둔사의 편액은 바랐던 대로 이것이 곧 착수되었는지 어떤지요? 절의 중 무리가 바꾸고 완만하니 시일을 끄는 일은 없는지요? 공비(孔碑)의 임모본 두 장은 썩 좋았는데 다만 굳세고 예스런 속뜻이 적었습니다. 대개 한칙비(韓勅碑 : 예기비를 말함)는 극히 임모하기가 어려운데 이는 바로 일곱 사람의 지은 바로서 한 사람의 글씨가 아닌 겁니다. 이 비석은 예가(隸家)의 정법(正法)이긴 하지만 초학자는 마땅히 촉도(蜀道)의 여러 석각이나 북해상비(北海相碑 : 익주 태수 북해상 景君碑의 준말로서 후한 순제의 함안 3년(144)에 건립)부터 먼저 손을 대고, 그런 뒤가 아니라면 속체(俗體)의 그릇됨이 될 겁니다.'〔제1신〕

이 서독은 갑진년(1844) 봄 이후에 씌어진 것이며, 이것으로 불명이었던 추사와 신위당의 연결 고리가 분명해졌다. 즉 추사는 전부터 제자는 아니나 신관호가 전라 좌수사로 왔다는 소식을 듣고 다소의 안면을 이용하여 허소치와 초의선사를 소개한 사실이 확인된 셈이다. 지면 관계상 신위당에 대한 추사의 제2신은 번역하지 않았지만, 요컨대 추사는 서독을 통해 위당의 질문을 친절히 풀이했고 서도에 대해 지도했다.

'수선화'는 서독에서도 소개되었지만, 그것에 관한 시를 여기서 읽는다. 즉 〈수선화가 곳곳마다 있고 있으니 골짝을 채울 만하고 밭두렁 사이 더욱 심한데 고장 사람은 어떤 물건인지도 모르고 보리갈이 때면 괭이로 파버리네〔水仙花在在處處 可以谷量田畝之間尤盛 土人不知 爲何物 麥耕之盡爲鋤去〕〉이다.

푸른 하늘 푸른 바다 하나의 얼굴인데/신선의 인연 이르니 인색도 않다네./호미 끝으로 파헤쳐져 예사롭게 버려진 이 물건은/창 밖의 깨끗한 책상머리 공양일세.

(碧海靑天一解顔 仙緣到底未終慳 鋤頭棄擲尋常物 供養窓明几淨間)

〈수선화〉
한 점의 겨울 마음 송이송이 둥그니/그윽하고 아담한 품위는 차갑고 빼어났다네./매화가 높다지만 뜨락 신세를 면치 못하고/맑은 물 참으로 해탈한 신선만 볼 수 있네.
(一點冬心朶朶圓 品於幽澹冷雋邊 梅高猶未離庭砌 淸水眞看解脫仙)

〈연전에 수선화를 금하다[年前禁水仙花]〉
별주부(거북을 높임)는 일찍이 신산에 이르지 못했지만/옥돌이 곳곳에 솟아 낯이 익더라./하늘 나라 일체의 꽃은 본디 더러움을 타지 않는데/세간에 있으니 또한 온갖 고난일세.
(鼈厮曾未到神山 玉立亭亭識舊顔 一切天葩元不染 世間亦復歷千艱)

공양이란 여기서 하늘이 추사에게 준 은혜, 지금의 말로 선물로서 감사하는 것이리라. 그리고 겨울 마음이란 얼마나 멋진 말인가. 그러면서 애수(哀愁)가 감도는 가구(佳句)이다.

원래 불교란 세상을 싫어한다. 그러면서 염세(厭世)가 아닌 것은 영원한 생명을 믿기 때문이다.

구안(舊顔)이란 추사로서 멀리는 부모님, 관희 형님, 간난이, 그리고 최근에 작고한 부인의 얼굴로 해석할 수도 있다.

그런 얼굴을 그리워하고 있어 염세는 아니며 오히려 만날 수 있다는 소박한 바람이라고 한다면 잘못일까?

불염(不染)은 물들지 않는 것인데 순수하고 소박한 사람일수록 세상은 살기 힘들다. 그러나 사람이란 세상에서 인연을 맺은 모든 사람이 무겁고 귀한 것이다.

추사와도 교유가 있었다고 여겨지는 귤산(橘山) 이유원(李裕元:

1814~1888)은 백사 이항복의 9대손인데 한예(漢隷)가 정교했다. 경수당 신자하를 따랐으며 자하를 위해 쓴 '睿賜養硯山房' 여섯 자의 편액을 만들어 걸었다고 《경수당집》에서 말하고 있다.

동암 심희순(沈熙淳)도 추사에게 의리를 잊지 않고 서독을 보냈던 사람의 하나이다.

'내린 비는 오히려 모자라고 더위는 또 한창 시작하여 한낮의 불바퀴(해)는 벌써부터 견디기 어려울 지경이니 아무리 백 겹으로 포개진 맑은 물줄기라도 역시 번뇌 바다(이 세상)의 한 응달에 지나지 않는 듯싶군요. 마침 영감(존칭)의 체후도 시하(侍下 : 부모를 모신다는 것)에 평안하시다니 손모아 비오며 축하드립니다.

석 장에 이르는 왕성하신 서한은 차경(蔗境 : 가경)처럼 점차로 아름다워져 오늘은 또 어제의 모습이 아니나, 이는 전괄산(箭括山)과 구당협(瞿塘峽 : 둘다 명승)을 들어 비길 수야 없겠지요. (중략) 새 연서(聯書)는 다 볼만한 것이다 뿐이겠소. 이런 것을 보여주니 매우 고맙소. 나비 그림의 병풍은 듣기만 하고 미처 보지를 못했었는데 과연 훌륭한 재사이군요. 이 역시 사대부의 품격이라서 다른 것과는 특별히 다른 점이 있으며 원그림의 조주개〔趙州狗 : 조주화상〕도 예사 비범한 필치가 아니었지요.

석봉의 서첩은 참 아깝구려. 대개 이 글씨는 극히 높은 데가 있는 반면 극히 속된 일면도 있어, 그 공들이고 힘들인 점으로 말하면 산을 깨뜨리고 바다를 거꾸로 돌릴 만하지만, 오히려 동향광(董香光 : 동기창)에는 미치지 못하니 이런 경지에 대해선 모르는 사람과 더불어 말할 수가 없습니다. 그 공력(工力)으로써 문형산(문징명)이나 지지(枝指 : 축윤명)에게는 무릎 꿇지를 않고 곧장 산음과 접하겠다는 망상을 일으켰는지요? 이 또한 우리나라 사람들의 공연히 높은 척 하는 버릇입니다. 문장이나 서화를 막론하고 먼저 이런 희떠운 버릇을 버린 뒤라야만 나가는 길이 마도(魔道)로 치닫지 않게 되겠지요. 최군(崔君)의 글씨는 최근에 이르러 취모(翠毛)나 금부스러기〔둘다 군더더기〕와 같은 게 어찌 그렇게도 많은지요? 나머지는 뒤로 미루고 불비.'

심동암에 대한 '제4신'인데 역시 후진에 대한 추사의 지도와 비평정신이 엿보인다.

심희순은 자가 호경(皥卿)이고 호는 동암(桐庵)인데 저 심상규(沈象奎)의 손자였으며 순조 19년 기묘생(1819)이고 관직은 승지를 지냈다. 《완당집》에는 그의 서독이 모두 28통이나 실려있어 결코 간과할 수 없는 인물이다. 따라서 〈제4신〉에 이어 그 〈제7신〉을 읽어 본다.

'초봄의 편지가 구르고 굴러 저문 봄에야 이르렀소. 그 사이에 큰 눈과 모진 추위는 다 지나가고 지금은 또 버들과 꽃이 하늘거리며 따뜻하온데 산속의 기운마저 늙은 몸에는 거슬리게 느껴지지 않는다오.

시하에 계신 영체(令體)의 활동이 복되고 길하며 존당숙〔沈正誼〕어른께서도 대천(大闡 : 문과 급제)에 오르셨으니 각별히 축하해 마지않습니다. 근래 적막한 환경 속에서 영감의 외롭게 빼어난 몸은 충분히 힘을 모아 나란히 일어날 수 있게 되었으니 우러르는 가운데 옛날의 정회를 느끼며 영화를 만나면 회포도 더하는데 백열(栢悅 : 옛친지의 영예를 자기 일처럼 기뻐하는 것)의 사사로움은 더욱 형용할 수가 없구려. 듣자니 영감의 행차가 서울에 들어가신다 하는데 그 사이 과연 어찌되었는지, 머지않은 망창(莽蒼)의 땅에서 성식(聲息 : 소식)은 연속되지 않으니 궁금한 마음 간절할 뿐입니다.

아우는 또 필로(蹕路 : 어가의 행차)에서 원통함을 부르짖었으나 천지가 아득하여 다만 죽고 싶을 뿐입니다.

하문(下問)하신 '만류(萬流)' 두 글자는 편액의 글자로선 확실히 아름다워 추녀와 서까래 사이에 다른 거리낌은 없을 듯합니다. 구전법(區田法)은 봄 지난 뒤에 다시 시험하여 곁으로 이웃고을 사람들에게까지 미치게끔 되었는지요? 늘 오면 시험만 할 뿐이지, 가르침(성현의)처럼 하지는 않고 "효력이 없다"느니 또는 "특별한 게 없다"느니 하며 마침내는 말살하고 말아 "나의 천자문(유치한 기성관념)만 못하다" 여기는데 바로 우리 풍속의 가장 고질병인 것이지요. 어찌 두레질(논에 물대기)의 노고도 없이 노고를 팽개치고, 도리어 용미거(龍尾車 : 수차)의 빠르고 쉬움과 드러눕는 따뜻한 방의 쌓인 섬으로 만족하는 달가운 마음만 찾으며 서서 일하는 물불을 사용치 않으니 참으로 개탄스러운 일입니다. 반드시 영감과도 같은 마음과 자상한 분이 있어야만 백성이 구제된다고 믿습니다.

이것은 저 소주와 항주 사이에서 반공보(潘功甫 : 청대의 농업개혁자)가 크게 시험한 '구전법'인데, 백성들이 그 혜택을 입었으며 지금 이미 20년이 지나는 사이 오야구루(汚邪甌窶 : 오야는 낮은 지역의 밭이고 구루는 고지대임)가 자못 물 가뭄을 모르며 5~6백 리의 지역이 오붓하게 잘 살지 못하는 자가 없으니 매우 번창하는 일입니다. 눈꼽이 어른거려 간신히 쓰며 불선.'

추사의 서독은 연월일이 빠져 고증하기가 어렵지만, 심동암과의 서신 왕래는 집중적이라 그 왕래가 자주 있었음을 알 수 있다. 아마도 심동암은 제주도와도 가까운 전라도의 현령으로서 부임하고 진정으로 백성을 위해 갖가지의 시책을 시험했다고도 보인다. 또 〈제8신〉을 통해서도 비슷한 내용이 전개되고 있으며 동암은 부모님(아버지는 沈正愚, 동암은 그 양자였음)을 모시고 임지에 부임하여 효성을 다하고 있음이 확인된다.

'처마 그늘은 물들 것만 같고 낮바람은 매우 메마르기만 한데, 간절한 마음으로 한 번 안부를 물으려 해도 병중이라 머뭇거리기만 하고서 못했지만 마침 혜서(惠書)를 받자오니 마치 새벽종이 사람을 깨우쳐 주는 것만 같구려. 일간에 시하하옵는 영체가 평안하신지 빌고 비옵니다.

아우는 이렇다 할 나타난 증세는 없지만 비유한다면 정신과 생각이 매우 날카롭고도 맑지를 못하니 슬프고 가련할 뿐이지요. 성묵(盛墨 : 왕성한 글씨)은 그야말로 하루에 한 관문을 뚫고나갔다 싶은데 지환(知還)·화수(華壽) 두 편액은 그 기굴(奇崛)한 모양새가 초산(焦山)의 문경(門徑 : 초산에 있는 예학명에 견준 것)에 들었으니 이 어찌 예사로운 홍연(汞鉛 : 단약의 원료인데 그런 즉효성 단약에 비유한 것)이라도 가능한 것이겠습니까. '패영청권(珮詠青卷)'과 아울러 이 구슬은 전에 왔던 풍도(馮道)와 양응식(楊凝式 : 둘다 오대 무렵의 관료)의 서화·부채·편액과 함께 돌려드리며, 그 중에서 풍씨의 글씨로 동선(東扇)에 쓴 시 한 편이 매우 사랑스러워 잠시 며칠만 더 두었다가 모사를 마치면 곧 이를 보내리다. 매둥(梅嶝)도 역시 가품인데 왜 장정하거나 가로 족자를 만들지 않습니까? 〈동암기문(桐庵記文)〉은 최군으로 하여금 따로 한 통을 기록하여 인편이 있는 대로 보내주셨으면 합니다.

낙교인(樂交印)은 원석(原石)을 좇아 다시 이를 보니 과연 가품이고 소정(素亭)은 바로 가군(賈君)인데 '연꽃 생일(6월 23일)'에 만든 것이지요. 이런 묵연(墨緣)을 얻은 것은 매우 기이한 일이며 기이한 일입니다. 붓의 아교풀은 자못 굳은 것이 어제부터 이를 시험해 보았더니 앞서의 제품과 비교하여 더욱 좋았으며, 선비 장인(匠人)의 솜씨로선 참으로 같지가 않으리다. 지금 편지를 쓰는 붓도 바로 그 붓일세. 나머지는 불비(不備).'〔제9신〕

'베개 밑에서 오동나무의 빗방울 떨어지는 소리를 들으니 빗방울이 마을과 들녘의 기쁨과도 같은 소리인지라 시원하고 지나기에는 좋은 경지입니다. (그러나) 하늘의 맷돌질하는 불바퀴는 또 어디에 있다는 겁니까?

그 사이의 문안으로 영감께서는 승후(承侯 : 건강이 여전하다는 것)하시며 편지를 받잡고도 병상에 누워 있어 스스로 연묵(硯墨)을 가까이 할 힘도 없는지라 회답이 늦어졌음을 이렇듯 머리 조아려 사과드리며, 혹은 문득 양해하시고 용서해 주시겠지요?

다만 갑자기 서늘해져 영감 체력이 여전하오신지 멀리 우러러 비옵니다. 아우는 병으로 심한 설사를 통의 밑바닥 빠지듯이 하니 진원(眞元)이 크게 탈진하고 겨우 한 가닥 약한 목숨을 지탱하는 터라서 또 무엇으로써 회복을 꾀하면 좋을런지 아득하기만 합니다. 어제 오늘, 며칠 사이에 조금씩 정신을 차려 인사(人事)를 챙기는데 방군(方君)이 마침 와주어 흐뭇하며, 또한 억지로 팔을 놀려 몇 글자를 시험하니 총총. 불비.

따로 보여주신 금함(錦椷)은 삼가 영수했는데 이 세상에도 역시 이런 일이 있을 줄은 생각지도 못했지요. 이는 이른바 흐름을 받들어 은택(恩澤)을 펴고 상감의 은화(恩化)를 선포하는 한 가지 길하고 상서로운 좋은 일로서, 현재의 공덕과 다른 날의 복전(福田)이 되기에 그칠 뿐 아니라 숨은 원한이 시원스레 퍼지고 도리가 바른데로 돌아볼 것이며, 인인(仁人) 군자의 신명(神明)과 벼슬아치의 세밀한 마음으로 미루어 생각한 것이니 장차 호중(湖中)의 생령(生靈 : 백성)이 우러러 당음(棠蔭 : 사또의 治政임)을 알아주고 요순의 덕화 속에서 함육(函育)됨을 볼 것인즉 찬송하고 감탄해 마지않습니다.

착한 땅에 이르러서는 저(그들)가 도산검수(刀山劒樹 : 폭정을 비유) 속에서 살아나온 것만도 이미 생각조차 못하던 일인데, 어찌 거듭 분수 밖의 망령된 계획을 한단 말이오! 그 땅으로선 감히 헤아림에 과중(過重)한 일은 하지 말고 기회를 타 다시 나아가는 게 좋을 것이니 헤아려 주소서.' 〔제14신〕

'창포술(단옷날 마시는 술)이 파랗게 괴고 석류꽃이 불을 뿜는다는 구절은 지금 보내온 부채머리에 씌어져 있는 말인데, 그것이 바로 현재의 절물(節物)이기도 하여 홀연 이 몸이 묵림(墨林)·시경(詩境) 속에 들어간 듯싶구려. 그러니 살펴주신 이 치랍(地臘:단오절)에 영감의 어버이 모신 체후가 위로는 천록(天祿)에 응하여 온갖 아름다움이 물밀듯이 찾아오리니 경하해 마지않사옵니다. 아우는 전과 같이 병들고 어리석어 명절이 돌아와도 알지를 못하며 애호(艾虎:쑥잎으로 만든 호랑이. 단오절의 여인들 머리 장식)와 경단은 아손(兒孫)들의 만듦과 쓰임에 내맡길 따름이라오.

보내주신 편액 글씨는 너무도 좋아서 만일에 다른 데 가는 게 아니라면 곧장 빼앗아 차지하고 싶소. 이것을 한번 풍도·심광언(沈光彦)과 같은 제공으로 하여금 감상케 한다면, 역시 내가 면전(面前)의 헛된 칭찬을 하지 않는다는 걸 입증할 수 있을 텐데 그러지 못하여 한이 되오.

첩에서 임모한 여러 글씨는 하나하나 살펴보았거니와 예학명(瘞鶴銘)은 그 두셋을 터득했지만 그 마무리가 좀 모자란 듯싶었소. 그러나 영감 글씨는 늘 마무리〔結束〕하지 않은 곳에서 그 아름답고 좋은 곳을 보여주며 요즘 사람은 모두 '결속'에 힘들이고 영감 글씨의 좋은 점은 오로지 결속하지 않은 데에 있으니 이로써 절대 스스로 작게 여겨서는 안됩니다.

예학명의 신묘하여 헤아릴 수 없는 점은 결속하지 않은 가운데 결속이 있는 그 점이니 만일 점차로 진도가 있게 되면 결속하지 않아도 저절로 결속이 있을 겁니다. 사람들은 반드시 영감의 성글고 느려짐을 들어 빌미를 삼을 것이나, 이는 모두 뱁새의 소견일 겁니다. 나머지는 심란일 뿐으로 불비.' 〔제17신〕

'신년에 삼가 엎드려 생각컨대 모시옵는 복이 더욱 융성하시고 번영하오며 태형(泰亨 : 주역의 태괘는 건괘가 아래이고 곤괘가 위인데 만사가 형통한다는 뜻)에 오르니 붓을 들면 대길(大吉)이요, 만사가 순조로운지라 뇌까리고 또 뇌까리며 비옵니다.

 (그러나) 둥근 달도 또한 초승달로서 일후(一候 : 닷새)가 더딜 뿐이고 두 유연(由延 : 유순)에 지나지 않건만 마치 하늘 끝의 솜올마냥 멀고 아득하구려!

 새해에 소식도 없이 불쑥 베풀어주신 편지는 곧 받자와 한결 얼굴의 기쁨은 될 수도 있겠으나, 이를테면 졸음 속의 꿈을 깨고 활짝 핀 연꽃을 전별(餞別)로 주시고 맞이한 것만 같습니다. 이즈음 상주도 막히고 정체되니 어찌 눈이며 추위가 심하듯 불쾌하지 않으리까마는, 모든 게 지난 섣달에는 아직 없었던 일이며 다시금 영체의 오색 비단과도 같은 길함과 만 가지 일이 구구하니 염려되옵니다. 아우는 실낱 같은 목숨을 지탱하며 또 새해를 보았습니다만, 이것은 사람으로 무슨 꼴입니까! 스스로 돌이켜 보아도 추할 뿐인데 손이 곱아 줄이옵고, 불비.' 〔제20신〕

 몇 통을 내리 읽었는데, 추사의 서독은 제주도 시절에 당연한 결과로 가장 많이 씌어졌고 주목되는 것은 '척독'으로써 많은 사람들에게 애독되었다는 사실이다. 즉 젊은 사람들에게 많이 읽혔던 것이며 지난날에는 시집과 별도로 척독집도 편집되어 출판되었다.

 예를 들어 의산(宜山) 남병길(南秉吉 : 相吉. 남병철(1817~1863)의 계씨)은 《완당척독》의 서문을 쓰고 있다.

'나는 일찍이 김공 완당의 끼친 바 한묵(翰墨)을 은밀히 사모하며, 그 정화(精華)로 넘친 문사(文辭)와 표문(表文)에서 신묘(神妙)함이 움직이며, 글씨에도 충분히 사람의 문심(文心)을 진동시키고 발동하는 아름답고 균형된 것이 있었는데 무리에서 우뚝한 높고도 예스런 게 아닌 바가 없었으며 어찌 이렇듯 일어날 수가 있었겠는가 싶었다. 나는 정묘년(1867) 여름에 병을 앓아 한 해 겨울을 암자에서 칩거하며 망령스럽게도 그 까닭을 생각하고, 망령된 병의 처방으로 공의 편지를 거두어 모으며 바야흐로 옛날을 본받아 인각했지만……'

추사의 서독이 글씨 못지않게 선비들의 관심을 끌었던 것을 알게 되었다.

그 이유는 이미 여러 편의 서독을 통해 나타났지만 무엇보다도 시대의 앞선 선각자로서 애국과 선견지명이 있었기 때문이리라.

이렇듯 문학으로서도 서한문(書翰文)의 분야가 열리고, 이는 필자의 사견이지만 비록 선어(禪語)를 인용했다고는 하지만 표현을 빌린 일종의 조어(造語)가 적지않이 창작됐다고 여겨진다. 편지를 단지 문안이나 안부, 또는 시후(時候)를 묻는 상투적인 것에서 진일보하여 하나의 철학적인 수상마저 곁들였다는 게 필자의 번역하면서의 소감이다. 논(論)보다도 증거로 심동암에게 보낸 서독을 몇 편 더 소개하겠다.

'〈두 되들이 냄비 안에서 산천이 끓는다〔二升鍋內煮山川〕〉란 글귀는 바로 회선(回仙 : 呂洞賓을 말함. 呂는 口자가 둘이므로 유머러스하게 표현한 것)이 희롱조로 말한 것인데, 그런 놀림을 도리어 받게 될 줄은 뉘가 알았으리오. 곧 편지를 받들어 살핀 바 이 열기(熱氣)로서 번거로움을 물리치고 한가로움을 즐기시니 청량산(靑凉

傘 : 대껍질로 만든 일산)보다 나을 텐데 하물며 '벽과대자(擘窠大字 : 엄지로 눌러가며 쓴다는 것으로 힘찬 글씨)'라면 넉넉히 불바퀴를 꺾어 부수고도 남음이 있겠지요. 영형(令兄)께서 청정을 독차지하고 위아래의 미련하고 자기 분수를 모르는 무리와는 어울리지 않음을 알 수 있으며, 매우 좋은 일입니다.

  큰 편액 석 장은 동인의 설암(雪庵 : 원대의 李雪庵을 가리키며 落·起·走·住·疊·圍·回·藏의 여덟 가지 운필법을 창안하고 특히 벽과대자를 잘 썼다) 액체(額體)의 잘못됨을 벗어났으며, 모름지기 대자(大字)는 이 글씨와도 같아야 합니다. 흔히 일컫기를 "대자는 작은 글자 쓰듯이 하고 소자는 큰 글씨 쓰듯이 한다"는 한마디로 잘못 말하는데, 이는 장장사(張長史 : 張旭)가 천 년 가까이 사람들 눈을 멀게 한 것으로서 홀로 미남궁(米南宮 : 米芾)만이 아와 같은 망령된 것으로 사람을 홀리지 않았습니다. 비록 금자(金字) 《심경(心經)》은 담화한 맛이 있지만 서가는 아니며, 이는 《어니심경(淤泥心經)을 모방해 온 것으로 역시 사람의 마음은 있다 하겠으며 이것과 아울러 돌려드리겠습니다.

  아우는 더위로 말미암아 글씨를 쓸 수 없으며 위장도 막혀 설사를 하니 늙은이가 무엇으로 버팀을 얻겠소. 나머지는 불비.'〔제23신〕

  이어지는 〈제24신〉도 동암의 글씨를 친절히 평하고 깨우쳐 준 내용인데 그 전반부는 생략하고 후반부를 소개하면 다음과 같다.
  '(전략) 대개 물흐르고 꽃피는 기묘(機妙)로써 창문·문설주와 흙과 돌도 땅에서부터 쌓아올리는 공력에 의해 운용하면, 정신과 참된 힘이 붙게 되어 문경과 당의 깊숙한 안까지 들어가기가 어렵지 않으며 점차로 사다리 오르듯 나아가면, 뒤에 오는 영수(英秀 : 준

재)도 구하는 두터운 우러름이 있겠지요.
 옛법으로 글씨는 반드시 그 진본을 얻어야 하며 가짜 옥이나 거짓 금으로 잘못 알아선 안됩니다. 편액 모사는 매우 좋았고 이 글씨는 구양순의 묘법을 얻었는지라 기봉(機鋒)을 남김없이 드러내고 있습니다.
 옛사람은 구양순의 필법을 '금강천왕의 성난 눈'으로 생각했지만 이 글씨는 자못 그러한 필세(筆勢)가 있으며, 절제(節制)와 공들임은 김생(金生)과 더불어 우열을 말할 수 있는데 북조(北朝 : 장강 이남의 남조에 대비시킨 말. 즉 남조의 한족에 맞서는 北魏 등. 씩씩하고 힘찬 필세임)로 곧장 거슬러 올라가는 겁니다. 지금 와서 보여준 것을 보니 착안한 곳이 깊이를 더하여 비슷했고 이는 배움이 얕은 사람에게는 말할 수가 없겠지요. 간신히 쓰며 나머지는 불비.'
〔제24신〕
'하늘에서 기러기 울고 첫서리가 내렸는데 또 이 국화 절기를 맞은지라 지난 불길과도 같은 볶아대는 더위도 오늘의 서늘함이 있게 되리라고는 생각도 못했지요. 서울 편지를 좇아 옮겨진 승함(承械)과 아울러 몇 폭의 화묵(華墨 : 상대편 글씨 미칭)은 큰 위로에 그칠 뿐이 아니고 행서 대련의 여러 글씨도 모두 마음을 놀라게 하여 넋을 진동시키지 않는 게 없었고, 봄에 본 것과 비교하면 단지 한 격(格)만 나아간 것은 아니며 전부터 말한 심전(心傳) 구수(口授)의 묘가 남김없이 행간(行間)에 나타났으니 이는 천기에 말미암은 것이고 사람의 힘으로 말미암은 것은 아니리다. 종승가(宗乘家 : 종교인?)의 말로서 쾌(夬 : 괘이름. 결단을 나타내는데 여기선 조정에 나아가는 것)에 들어감은 대인(大人)의 경지이니 이를 어찌 지도의 능력이 미칠 것이며 찬송해 마지않을 뿐이외다. 나머지는 불선.
 예서로 암(庵)자는 없어 암(盦)자로 가차(假借)하여 위에는 대자로 만들었는데, 옛사람으로서도 이런 일이 있는지는 모르며 첨작(添作)한 겁니까? 서법도 군색함이 심한 데가 있는데 이는 그 종이가 제한된 까닭이겠지요.

　대개 예법은 차라리 소박할 망정 기교가 없고 예스러워도 이상한 것은 아니며, 비록 척백·양두의 험춘함 역시 기(奇:훌륭함. 곧 기교)하지 않고 괴(怪:괴이한 것)하지는 않다 할지라도 기·괴 두 가지 뜻은 서법에서만 두드러진 게 아니라 차른다는 한 가지로써 이를 경계해야 합니다(옛 서법의 기본으로써 技巧를 경계한 뜻).

　방춘번맹(方春番萌)의 네 글자는 좋았지만 역시 기교함을 쫓는지라 사람들이 예자의 옛정신을 보지 못하고 괴이함을 많이 범하고 있으니 이 점에서 예체가 광견다문(廣見多聞)에 미처 미치지 못한다고 생각되며, 비록 괴라는 한 글자에 천변만화(千變萬化)의 깊음이 더한다 할지라도 절대로 금하는 게 옳습니다.

　영남에 귀신처럼 붓을 매는 사람이 있는데, 연전에 그 두세 개를 얻어 썼지만 비록 나라 안의 첫째가는 명수일 뿐 아니라 천하에 없을 하나라 하여도 부끄럽지가 않습니다. 지금 마침 그가 올라왔는데 이것을 돌보자니 황모(黃毛) 한 꼬리도 없는지라 바야흐로 돌려보내자니 심히 아까운 일입니다(내용으로 보아 이 편지는 추사가 방면된 이후인 듯). 영감께서 뜻이 있다면 이 기회를 놓치지 말고 시험삼아 만들어 보라 시켜 봄이 어떻겠습니까? 혹 그렇게 하시면 여력(餘瀝:남은 혜택)이 미칠까 싶어서입니다.

　붓감으로선 이를 엄선케 하셔야만 그 뒤에도 산탁(散卓:붓의 이름. 황정견은 無心散卓을 사용했다 함)입니다. 근래의 우리나라에서 맨 것은 모두 사용하기에 부족하고 북와필(北窩筆)이며 정초자통 붓이며 명월주옥(明月珠玉)이니 하는 것도 붓대에 새긴 것일 뿐 가장 거칠어 사용하는데 견디낼 수 없지만, 이 사람이 만들면 강유

(剛柔)가 자재로 손가락에 맞지 않음이 없는데 헛되게 돌려보내면 아깝습니다.

한비(漢碑)의 여러 종류는 연기나 구름처럼 남김없이 변멸(變滅)되고 하나도 남아있음을 보지 못하는데, 요즘에 말하는 바도 곧 옛날의 하공(下工)이 거듭해서 자기의 착력(着力)을 드러낸 것으로, 바로 이것들에 있습니다. 설사 한둘의 탁본으로 받들음에 부응되고 훌륭한 뜻이 있다 할지라도 단연코 자기만의 것으로 숨겨두지는 못할 것이며, 공첩(空帖)으로 남겨두었다면 해를 거듭하면서 차례로 의당 하나씩 꾀했을 터입니다.

해서의 만듦과 조경(造境)하고 착력한 곳이 매우 깊으나, 다만 이는 일종의 과구(科臼 : 평범), 곧 통행되는 습속(習俗)으로써 단단히 사람의 안목에 고정돼 있어 모르긴 하더라도 감히 산음(왕희지)의 진제(眞諦)를 아는 구양순·저수량의 문경(길잡이)으로선 이와 같지가 않으며, 이와 같다면 엊그제의 고설(瞽說 : 장님과 같은 주장)을 자못 늘어놓는 것입니다. 거듭 시험하시고 생각하심이 어떠할런지요. 감히 고설이언정 스스로 이렇다고 하리다.'〔제27신〕

이상으로써 심동암에게 준 서독은 차례로 모두 번역 소개한 셈이고, 남은 한 통은 오규일에게 준 서독에 곁들여 공동으로 몇사람에게 글씨 평을 한 일부로써 별시(別示)되고 있다. 따라서 이 마지막 서독이 가장 자상하고 공들여 썼다고도 생각되지만, 아쉬운 점은 서독이 씌어진 시기가 끝내 불명이라는 점이다.

그러나 이 서독에서 흥미로운 몇가지 점이 발견된다. 이를테면 서울 편지를 좇아왔다는 말과 영남의 누군지 이름은 불명이나 붓을 잘 매는 사람을 적극 권장하고 있다는 점이다.

또 쾌(夬)괘로서 설명되듯 심동암은 제주도와도 가까운 전라도의 어떤 고을 현령으로 있다가 과만이 되어 서울로 돌아갔고 조정의 벼슬(승지)을 지내고 있는데, 추사로선 이것을 단지 축하만도 아닌 주역의 쾌패로써 일종의 경고를 하고 있는 것이다. 추사가 인식하는 초정은 권이재의 서독에도 나타나고 있지만, 소인이 득세하고 안김의 족벌로서 공공연한 것은 아니지만 비판의 대상이었다. 추사의 염두에는 그런 염려가 늘 있었고 동암과 같은 순수하고 장래가 유위(有爲:기대되는)한 인물이 물들까봐 걱정하고 있었던 거다.

끝으로 이것은 소설적 발상이지만, 신호열씨가 번역한 《완당집》에 없는 심동암에게 준 서독이 세 통 더 있고 내용도 대동소이하지만 '두 유연(유순)'이란 말이 나온다. 이것은 《완당집》〈제20신〉으로 소개한 편지에도 나오는데, 불경에 나오는 말이다. 고대 인도의 거리 단위인데 일설에는 30리라는 말이 있고 어떤 이는 소의 울음소리가 들리는 범위가 1유순이라고 한다. 심동암이 있는 곳을 추사는 2유순이라고 표현한 것이며, 이것이 어쩌면 탐라에서 가장 가까운 추자도를 말하는 게 아닐까, 하는 생각도 든다.

추사는 서독을 통해서 알 수 있듯이 글씨를 통해서이지만 후진 지도에 각별한 신경을 쓰고 있다. 이른바 《갑을록(甲乙錄)》 동인인데 거기에 빠진 사람을 이 기회에 다시 소개한다면 다음과 같다.

이를테면 미파(渼坡) 김계술(金繼述:1820~?)은 자가 성효(聖孝)이고 사자관이었는데 《갑을록》의 동인이다. 추사는 미파의 대련 글씨에 대해 평했다.

'이 글씨 또한 무르익은 곳에 결함이 있고 다만 필기에 볼만한 곳이 있다. 어찌 허술한 착력에 문하의 위아래인 공력이 있겠는가! 필법으로서 이와 같이 갑을의 말석에 듦은 부당한 것이 아니며 그 박력이 크게 모자라는 탓.'

이라고 한다. 연조(年條)나 연령으로 평가를 좌우하지 않았다는 뜻인 듯싶다.

이형태(李亨泰)도 역시 《갑을록》 동인으로 자는 형백(亨伯), 호는 송남(松南)인데 추사는 그의 글씨 대련을 평했다.

'글자 하나하나가 능히 필법에 들었다. 그 까닭은 필법(재래의)에 결함이 있어서이다.'

하며 역시 신랄했으며 이어 언급했다.

'마음을 석암(유용)에 두도록 유의하고 마땅히 빈 곳은 조화시키며 성긴 곳은 늦추어 이를 구하도록 하라. 석암의 글씨는 천마가 하늘을 가듯이 필세가 있는데 세상에서 말하는 패륵(覇勒)은 이를 본받아선 안된다.'

류상(柳湘)의 자는 청사(靑士)이고 호는 우범(雨帆)인데 역시 《갑을록》의 동인이며 추사는 그의 대련 글씨를 평했다.

'이 글씨는 일종의 풍기(風氣)가 꽤나 있어 기뻐할 만하나, 만약에 이것으로 인하여 점차로 정진한다면 도에 들 수가 있으리라.'

소정(小貞) 한응기(韓應耆 : 1831~1892)는 자가 수여(壽汝)인데 관직은 찰방을 지냈다. 《갑을록》의 동인이며 추사는 그의 대련 글씨를 평했다.

'글씨 밑바닥에 지극한 재능과 정념이 있고 역시 적으나마 일종의 높은 기상이 엿보인다. 그러나 근일의 속된 유행도 물들고 있으니, 이 물듦을 안다면 고치는 데 어려움은 없으리라.'

한편 우선 이상적은 갑진년 10월 26일, 홍인군(興寅君) 이최응(李最應 : 1815~1882)이 '주청사'로 연경에 갈 때 통사로서 일곱 번째의 연행을 했으며 이때 〈세한도〉를 가지고 가 청유들에게 보였다. 홍인군은 바로 석파(石坡) 이하응(李昰應 : 1820~1898)의 형님으로 아마도 이때 〈세한도〉를 보고 홍선군에게도 말했을 것으로 생각되며 추사와 석파의 인연은 이것으로부터 비롯되었다고 추정된다.

석파는 글씨를 잘했고 특히 난초를 잘 쳤는데, 추사는 〈석파의 난권에 제함〉에서 이렇게 말했다.

'난초는 그리기가 가장 어렵다. 산수·매죽·화훼·금어(禽魚)에 이르기까지 예로부터 능한 자는 많았으나 오로지 난을 치는 데는 특별히 소문난 이가 없었다. 이를테면 산수화로 송(宋)·원대(元代) 이래로 남북의 이름난 것들이 하나 둘만도 아니련만 왕숙명·황공망이 아울러 난마저 잘했다는 말은 듣지를 못했으며 묵죽화의 문호주(文湖州 : 문징명)도, 매화의 양보지(楊補之 : 명나라의 화가)도 역시 난초마저는 잘하지를 못했다.

대개 난은 정소남(정사초)으로부터 비로소 나타나 조이재(조자고)가 으뜸이 되었는데 이는 인품이 높고도 예스럽고 특출하지 않으면 손대기가 어렵다. 문형산 이후로 강절(江浙)의 사이에서 드디어 크게 유행되었지만, 그러나 문형산은 서화가 매우 많으며 그가 난초를 친 것은 또한 열의 하나가 되지 않으니 그 드문 것을 알 수가 있다. 그러므로 함부로 그려 요즘처럼 휘갈기거나 난잡한 것이 조금도 거리낌없이 다 하게 되어서는 안되는 거다.

정소남이 친 것을 일찍이 본 적이 있는데 지금 세상에 남아있는 것은 고작 일본(一本)일 따름이다. 그 잎과 그 꽃은 근일에 그린 것과는 크게 달라 함부로 본뜰 수도 없을 뿐더러 조이재 이후로는 오히려 신묘와 지름길을 찾을 수는 있으나 방모(仿摹 : 모사하여 수정하는 것)에 이르러선 또한 하루 이틀 사이로선 불가능하다.

근대에는 진원소(陳元素)·중 백정(白丁)·석도(石濤)로부터 정판교(정섭)·전택석(전재)과 같은 이에 이르기까지 본래 난을 전공한 사람인데 인품 또한 모두가 고고하며 무리에서 뛰어났으므로 화품 또한 따라서 입에 오르내리게 된 것이지 화품만을 들어 잘라 말할 수는 없다.
 우선 화품부터 말한다면 형사(形似 : 그린다는 것)에도 달려있지 않고, 치름길에도 달려있지 않으며, 또 화법만을 가지고 들어가는 것을 절대 꺼리는데, 또 많이 그린 뒤라야 가능하고 당장에 부처가 되는 것은 아닌 것처럼 맨손으로 용을 잡으려 해서는 안되는 것이다. 아무리 구천 구백 구십구까지 이르러 갔다해도 그 나머지 일이 가장 원만하니 성취되기 어려우며 구천 구백 구십구는 거의 모두 가능하겠지만 이 하나가 사람의 힘으로선 가능한 게 아니며 역시 사람 능력의 밖에서 생기는 것도 아니다. 지금 우리나라 사람들이 치는 것은 이런 뜻을 알지 못하니 망령된 작품이라 하겠다.
 석파는 난에 대해 깊거니와 대체로 그 천품의 기틀이 청묘(淸妙)하여 서로 엇비슷한 점이 있는 데 있으며 더 나아갈 것은 이 일의 공력(工力)이다.
 나는 매우 아둔한 데다가 지금은 또한 여지없이 뒤집혀진 신세라 '난표봉박'이 되어 그리지 않은 지도 벌써 20여 년이다. 사람들이 혹 와서 구하면 일체 못한다고 사절하여 마치 메마른 나무와 차가운 재가 다시 살아날 수 없을 것 같았는데 석파의 난그림을 보니 하남(河南 : 정명도) 선생이 사냥꾼을 본 생각이 든다.
 그래서 비록 스스로 그리지는 못할 망정 전날의 아는 것들을 들어 가벼이 쓰기를 이와 같이 석파에게 부치는 것이니 모름지기 뜻과 힘을 전일(專一)하여 나감과 동시에 이 퇴물 늙은 송곳으로 하여금 더하지 못할 것을 더하도록 하여 나의 자작(自作)보다 나음이 있게 할 것이며 사람들이 나에게 구하려는 것은 석파에게서 구함이 옳으리라.'
《완당집》에는 석파에게 준 서독이 비록 짤막한 것이나마 7통이 있는데, 이것은 초기의 편집자 이를테면 남병길(南秉吉) 같은 사람이 당시의 실권자 흥선대원군을 위해 서독을 힘써 수집하고 싶었기 때문이리라.
 그 한 통을 읽어보면 다음과 같다.
 '세후(歲後 : 정월)의 한 통 편지가 새해를 엿보는 것 같고 꽃핀 것을 만난 듯하니 기쁨을 알 수 있을 겁니다. 다만 무너지도록 방임(放任)되어 초췌하니, 높게 기울여주신 산사(山寺)의 한 약속을 감당할 수 있을런지요. 역시 뜬세상의 맑은 인연이고 보면 어찌 쉽게 이루어질 것이며 또한 모름지기 기쁨을 좇는 방편으로 스스로도 반드시 고뇌하고 마음을 써야만 하겠지요.
 《난화(蘭話 : 석파의 저술)》 1권에 망령되게도 제하여 이것과 함께 보내드리오니 받아주셨으면 합니다.
 대저 이런 일이란 것은 곧 하나의 잔재주이기도 하지만, 그 마음을 오로지 공부하여 다름이 없다면 성문(聖門 : 유학)의 격물치지인 바 배우는 연유로서 군자의 일거수 일거족(一擧手一擧足 : 평소의 행동 일체)은 도가 아니면 가지를 않는 거지요. 만약에 이와 같이 하면 또한 무엇을 논하든 완물(玩物 : 서화 따위를 즐기는 것)의 훈계가 되어야 하니, 곧 이와 같지 않다면 속된 것에 지나지 않으며 마계(魔界)를 좇아 이르는 것이니 비록 가슴속에 5천 권의 지식과 팔아래 금강력(金剛力)을 가진들 다 이것을 좇아 빠지게 되는 겁니다. 아울러 절기의 인사와 높으신 복을 빌며, 불비례.' 〔제2신〕
 따끔한 일침이다.
 《난화》가 어떤 철학의 저술인지는 몰라도 서화 역시 인격 수양의 한 분야이지 그것에 치우친다면 음(淫)이라 했던 것이며 경계하는 말이었다.
 이어 앞에서도 나왔지만, 을사년(1845) 여름, 영국 군함이 와서 정박하고 섬의 인심이 크게 어수선했는데, 아마도 그 뒤라고 생각되는 병오년(1846)에 걸쳐, 추사는 행동의 자유를 어느 정도 얻었던 것 같다.

추사의 시로 〈영주화북진에 가면서〔瀛洲禾北鎭送中〕〉란 것이 있다. 화북진은 추사가 있던 대정과는 반대쪽이고 역시 우도와 가깝다.

온 마을 아이들이 무얼 보려고 모였는지/귀양살이 신하 모습도 밉상이던가./끝내 백 번 꺾이고 천 번 갈았던 곳으로/남쪽 끝 은혜로운 빛은 물결마저 잠재웠네.

(村裏兒童聚見那 逐臣面目可憎多 終然百折千磨處 南極恩光海不波)

시로선 아무런 시사도 없어 보인다. 더욱이 군함에 대해서는 일체 관계가 없다. 그러면서도 자신의 몰골을 초라하게 여기며 그들에게 아무런 도움도 주지 못하는 자신을 반성하는 게 아닐까?

왜냐하면 증(憎)이라는 글자가 마음에 걸린다. 이 글자는 미워한다는 것이며 증오라고도 해석된다.

불파(不波)라는 말도 시사되는 점이 있다. 물결(파도)이 일지 않는다는 것은 군함이 스스로 물러가 다시 조용해졌다는 의미가 되기 때문이다. 추사의 다른 시 〈섬아이에게 보임〔示島童〕(서문도 겸함)〉을 읽어보면 그것이 대조된다.

'유수암(流水巖)의 강생(姜生)이 내 글씨 몇장을 벽에 붙였는데 그날 아침에 갑자기 무지개가 걸린 듯이 보이고 빛을 내뿜는 듯한 이상함이 있었다. 그래서 보는 자가 놀라 글씨의 정기로 발하는 것이라 생각하며 자랑했다.

이는 산과 골의 정기가 저축되고 어쩌다가 서로 감촉되며 새나온 것이니 어찌 종이에서 무지개가 생겨날 이치가 있겠는가. 이를 써서 섬아이에게 보여주고 의심을 푼다. 오대산 아미봉의 불등(佛

燈) 또한 이런 유의 것이다.'

　　이백과 두보의 광채는 미처 따라잡을 수 없지만/미불의 집 서화도 이와 같은 거라네./어쩌다가 흐르는 물이 마을집 벽을 타고/하늘을 꿰뚫는 북두의 기소(奇瑞)와 비긴 것이겠지.
　　(李杜光芒未可追 米家書畫詎同之 偶然流水村家壁 有此干霄射斗奇)
　영국 군함 이야기는 없고 섬아이들에게 틈틈이 글씨를 가르쳤다는 사실이 증명될 뿐이다. 그리고 단호한 미신 배격이 돋보인다. 영국 군함에 대한 추사의 언급은 중씨(仲氏) 산천에게 보낸 제5신 끄트머리에 약간 언급되고 있을 뿐이다. 추사로선 건드리고 싶지않은 사건이었을까?
　병오년(1846)이 되었지만 추사는 여전히 섬에 매인 몸이었다.
　그리하여 다음의 서독 〈오대산(창렬)에게 주다〔與吳大山(昌烈)〕〉에서 비통한 심정이 엮어지고 있다.
　'하늘가며 땅모퉁이며 어디고 다 가물거리는 게 아득한데 다만 그대에게만 매달리고 치우쳐 옛날의 비와 지금의 구름이 모두 마음 속에서 사위고 굴러가곤 하기를 그치지 않는다오. 곧 인편을 통해 편지를 받고 보니 봄비에 젖은 깊은 밤의 등불 아래 마주 앉아 흥겹게 이야기를 주고받았을 적의 애틋함이 더욱 사람의 마음을 아프게 해주는구려. 봄이 지난 뒤로 벼슬살이가 복되며 평안하고 평탄함으로 나아가서 아들 장가·딸 출가도 이미 마쳤음을 알았거니와 다만 오악(五嶽)의 참된 인연은 그대가 아니면 얻거나 가릴 수 없는 게 아니겠소? 열 자인 부드러운 티끌도 이것과 더불어 얽히고 설키게 되면 기쁨따라 준마에 은안장일진대 어찌 꼭 푸른 짚신에 베 버선을 신고 구차한 생활에 고달픈 날을 보내야만 하는가. 생각하고 생각해도 바로 이곳이라네.

천한 이 몸은 나이마저 쇠잔한 일갑(一甲 : 육십갑자)이 꽉 찼는데 6년을 바다에서 칩거(蟄居)하여 이제껏 버티어 오니 또한 이상한 일이 아니겠는가. 연초에 팔자에도 없는 한 가지 병으로 마음이야 꼭 죽을지 모른다 생각했는데 또 무슨 인연인지 되살아나기는 했네마는 지금까지 칠팔십 일을 신음하는 동안 참된 원기는 크게 앗기고 말아 회복할 여지도 없다네. 더욱이 코와 입의 풍화(風火)는 한사코 덜함이 없고 벌써 3년이나 되었으니 이는 또 무슨 병이고 또한 탈이겠는가.

날마다 코 푸는 일로 세월을 보내는데 그 굳기는 돌과 같고 입술은 시커멓게 타서 한 점의 윤기도 없는데 눈은 짓물러 눈꼽은 끼니 사대 색신(四大色身 : 사대는 사람을 구성하는 地水火風이고 색신은 그런 물질에 불과하다는 것)으로 하나도 온전한 곳이 없으니 어찌 오래 갈 것인가!

지황탕(地黃湯)은 가르쳐 준 방문에 의거하여 시험하고 있으나 지금의 힘으로선 도저히 견뎌낼 것 같지 않네.

내 아우의 병세는 근자에 과연 어떠하던가? 천 리 밖의 편지가 날아와도 모두가 근심 걱정뿐이니 이내 가슴은 더욱 촉발되어 스스로 가누기도 어렵다네. 정신은 흐릿하고 눈은 침침하여 이만 총총, 불선.'

오대산에 대한 서독은 이것 한 통뿐인데 추사는 이 해에 〈오석산 화암사 상량문〉을 짓고 있다. 그리고 막내 동생 상희(相喜)에게 보낸 〈제6신〉을 읽어 보면 다음과 같다.

'해가 새로워지니 바다 위에서 흡사 9년이라네. 가는 자는 굽힘이요 오는 자는 벋어나감이라 하니 굴신(屈伸)이 서로 감응(感應)하며 어긋나지 않는 이치가 있는 것일까? 하물며 이제 큰 경사가 겹쳐오리니 성상의 효도가 두루 강역에 빛을 더하시고 춤추며 발을 구르는 은택(恩澤)은 쏟아져 넘치고 흐르게 됨에서랴. 비록 이 몸이 감험(坎險 : 괘이름)의 곤란한 액운에 빠져 있더라도 역시 광천화일(光天化日 : 빛이 하늘에 뻗치고 찬란해진다는 비유)의 밖은 아닐지니 은밀히 빌고 축수하는 가운데 나눠짐이 있으며 이를 두 손 들어 기뻐 찬양하리라. 사사롭게는 중씨(둘째아우)의 회갑 또한 이때에 돌아올 것이니 흰 머리가 된 아우며 형이 즐거이 모여 기쁨을 얻을 수 있겠는가.

 지난 동지 섣달 이래로 북쪽 배의 들어옴은 있었으나 남쪽 배의 나감은 없어 마침내 오늘에 이르렀거니와 그 사이 편지의 글을 써서는 부치고 써서는 부치곤 했지만 모두 한 가지로 나룻머리에서 지체되었던 모양일세. 구성업(具聖業)과 정원종(鄭元鍾)이 잇대어 오니 두서너 달 동안에 연이어 최근의 소식을 받아볼 수 있었는데, 정씨 편에 부쳐온 것은 불과 열예닐곱 날이 지나지 않은 소식이라서 해를 더하는 슬프고 두려운 일들이 조금은 위안이 되었네.

 지난 겨울의 얼어붙는 심한 추위는 북쪽의 육지에서도 아마 이보다는 지나치지 않았을 터이지만 새해에는 다 좋은 일을 맞아 뜻대로 되었으면 하네. 중씨의 회갑에는 노인이 되었으니 수명이 금석과도 같고 사체(四體 : 팔다리)가 참으로 평강하고 묵었던 여러 병세도 일체 물러가며 새로워지는 소식이 들려오기를 멀리멀리 간절히 뇌까릴 뿐인데, 이미 늙으신 누님과 서모도 또한 각각 하나의 연세를 더하니 기쁘게 축하를 해드리지는 못하네마는 제절이 두루 강녕하신가. 또 서울과 시골의 크고 작은 아이들도 하나같이 잘들 있고 설을 쇠었으리라 믿겠네. 그리고 손자의 돌맞이 상에도 길한 조짐은 많이 나타났을 걸세. 더욱이 어려서의 큰 병을 치른 나머지라고 하니 기특하고 다행스런 일이며 한 살을 더하게 되어 즐겁고 기쁜 일인데 아이 어멈도 또한 순산하고 튼튼한 아이를 연이어 가져 장부인 아들을 낳았는가?

 이 모질게도 참아가며 사는 사람은 또 새해를 맞았네마는 병과 마음은 하나같이 굴러 고질이 되고 앞서 썼던 편지에서처럼 조금도 보람이 없어 더하지도 덜하지도 않는다네. 아이들과 더불어 여러 하인을 거느린 자네도 별일이 없다 하니 이는 다행이며 앞서 쓴 편지도 아직 떠나지를 못하고 있으니 새해 안부를 묻는 소식으로써 대략 몇자를 적어 이와 같이 부치겠네. 어느 날 쓴 것이 앞서 떠날지 모르는 일이지만 오늘의 날씨로선 쉽지도 않을 터일세. 걱정이고 걱정이네만 나머지는, 불선.'

이 편지에서 닥쳐올 큰 경사라 함은 헌종 13년(1847) 왕대비이던 풍양 조씨가 40세가 됨을 계기로 하여 다시 이듬해에 대왕대비(순원대비)도 60세가 됨을 말하는 것이며, 추사는 이런 경사를 맞아 사면이 있기를 기다린 셈이다.

그러나 정미년(1847)도 덧없이 지나간다. 다만 이 해에 허소치가 봄 이후로 무려 세 번이나 바다를 건너와 추사에게 문안을 드리고 있다. 허소치는 추사의 초상화를 그리고 있는데, 역시 여기서 초의선사에게 보낸 서독을 또 읽어보는 게 빠를 것 같다.

'세 번이나 범함이 고기비늘 겹치듯이 이르렀으니, 적막한 바닷가에 하늘꽃이 곳곳에 어지러이 떨어져 있는 것만 같아 바로 기쁨과 환희(歡喜:불교용어로 다시없는 기쁨인데 부처의 가르침을 말함)의 인연일세. 모든 건 털베와 부들옷을 빙자하며 향등(香燈)을 공양하는 청정을 좇고 따르는 데서 생기는 자유자재(공력)인데, 이것으로써 게의 굴과 달팽이껍질의 불길 같은 번뇌의 업을 비교해 보면 한낱 티끌과도 같은 범속(凡俗)으론 하나의 세계에 그치지 않을 뿐더러 진사(震師:초의를 지칭)의 수행이나 행적으론 곧 잔고잉복(殘膏剩馥:중생에게 끼치는 여운)에 지나지 않으리다. 그러나 마디마디가 모두 향(香 : 부처에 대한 공양을 비유)으로서의 진사는 '수미산을 개자(芥子)로 받아들여' 이것을 다 닳게 해야만 할 터인데, 진사 역시 앞뒤에서 서술하고 적은 말이 매우 좋다 할지라도 재차 점정(點定 : 수식, 진보 등)을 더한 게 없음을 마땅히 수긍하고 받아들여야 할 것이며, 또한 곰곰이 보게 되면 헤아림만 무성할 뿐 추미(塵尾 : 조사가 가지고 있는 총채인데 그것으로 결단을 내림)로 다시금 활살(活殺)의 두 가지 선(禪) 올바름을 청해야만 하리라. 글은 한결같은 여시설(如是說)로 굳어져 버렸으니 어찌 천백 가지 갈등과 요즘의 무굴(霧窟)과 묘장(茆障 : 둘다 불교계를 말함)을 떳떳이 쓸어 버릴 수가 있겠소?

선재(善哉)이고 선재로다(불경에서 부처님의 말로 칭찬하실 때 쓰는 것인데, 여기선 훌륭하다는 뜻). 다만 살리고 죽이는 한 가지 본체(本體)는 한 가지 쓰임이라는 게 좀 상량(商量 : 헤아리고 생각하는 것)이 결여되지만 활살은 이를 함께 쓸 수가 있는 거요. 박생은 다섯 가지 더러움(오탁 : 겁탁·견탁(見濁)·번뇌탁·중생탁·명탁(命濁))으로 물든 악한 세상을 바꿀 수는 없더라도 이는 선근(善根 : 천성으로서의 착한 바탕)이 있으며 가장 진실인 그것엔 거짓이 없으므로 존귀할 수 있고, 서도에서도 또한 혜성(慧性 : 지혜로운 성품. 불교의 선근과 대비시켰음)을 함께 무거이 여기는 거라 정진하여 향상(向上)하는 한 구멍을 얻고자 함이 있으므로 마땅히 금할 수가 없는 거요! 뒷기약은 남기지 않고 돌아갔으므로 잠시 알리기를 이와 같이 하고 모두 뒤로 미루며 불선, 나수(那叟).

《이원(泥洹)(다반이원경)》을 초(鈔)하여 부쳐드리니 영수하기 바라오. 이는 하나의 큰 공안(문제)이 있지만, 이번에는 갑자기 받들어 미칠 수가 없으니 또한 서서히 꾀하도록 하세.' 〔제28신〕

여기서의 박생이 누구인지 모르겠으나 선과 유교를 대비시킨 논

(論)을 전개하고 있다. 다음의 서독도 난해하기는 같지만 주장하는 기조(基調)는 같다. 즉 초의선사는 추사의 좋은 호적수였던 것이다.

'병중의 머리맡에서 잇달아 선함(禪椷)을 보니 바로 하나의 혜명(慧命)을 열어주는 신부(神符)임과 동시에 머리를 적시는 감로도 어찌 이보다 낫다 하오리까. 차를 베풀어 주시니 병든 위장을 상쾌히 깨우치고 간절한 느낌은 뼛속에도 사무치는데 하물며 이와 같은 침돈(沈頓)한 속에서랴! 스스로의 기쁨과 솟구치는 훈향(薰香)도 저마다 멀리 보내준 것이니 그 뜻이 좋고 후하며 나를 대신해서 도타운 감사를 해주시구려.
　보내주신 다품(茶品)과 별도로 박생(朴生)이 기증했다는 엽차는 아마도 동파공의 추차아(麤茶芽 : 차의 명칭)의 향긋한 맛에 못지않은 절묘한 가품(佳品)일지니, 행여 나를 위해 거듭 한 꾸러미를 빌겠는데 어떠하오? 내 병이 웬만하다면 특별히 서투른 글씨로써 작환(雀環)의 보답(작은 보답. 참새가 목걸이를 물어다 주었다는 楊寶의 고사)을 할 것이니 아울러 이 뜻을 훈납(薰衲 : 박생)에게도 전하여 곧 이를 꾀하도록 해주시구려. 포장(泡醬 : 간장의 이름)도 매우 좋아 역시 병든 혓바닥을 시원하게 해주고 밑바닥까지 이롭게 해주었네.
　진사(震師)의 명전(銘篆) 행적(行蹟)은 이에 돌려보내오니 이것에 의해 실행해도 무방할 것이며 두 가지 서문도 깎거나 고칠 것은 없는데, 원록(原錄) 중에서 혹 자못 헤아릴 만한 곳이 있더라도 지금의 이 정신으로선 접할 수가 없으며 하나하나 점정(點正)하자니 하루의 일도 아니라 조금 다른 날을 기다렸다가 다시 정정해도 좋고 이대로 행하여도 역시 좋으리다. 선문(禪文)의 문자는 이상한 데가 있어도 이를 보는 사람으로선 역시 살려서 보게 된다오. 성고

(盛藁 : 상대편 원고의 미칭)는 조금 정신이 맑기를 기다려 세밀히 살펴야 하지만, 이는 상세히 반복할 필요도 없는 것이고 흰 머리의 늙은 마견(魔見)으로선 뽑아와도 되는 건 아니외다.

 천한 병자는 벌써 50일이나 마치 엎은 물이 나아가지 못하듯 하여 날마다 큰 냥충의 인삼을 거듭 시험하여 대여섯 근에 이르렀는데, 지금까지 지탱해온 것도 그 힘일까요! 가까스로 횡설수설하며 불선.' 〔제29신〕

 이 서독이 곧 추사가 초의선사한테 보낸 제주도로부터의 마지막이고, 아마도 무신년(1848) 가을쯤의 것이라고 생각된다.

 실록을 보면 병오년(1846) 10월에 풍은부원군(豊恩府院君) 조만영(趙萬永)이 졸했고 다시 정미년(1847) 10월에 조병현(趙秉鉉)이 먼 섬으로 유배되고 있다. 성재(成齋) 조병현은 조만영·인영 형제의 당질인데 대제학·이조판서 등을 역임했고 안김과는 가까운 인물이었다. 그러나 헌종은 때마침 왕비에게 자녀가 없으므로 궁녀로서 빈어(嬪御)를 삼았고 성재가 이것을 반대했다. 그래서 추사의 방면을 가로막았던 벽 일각이 무너졌던 것이다.

 그것보다 추사는 제28신과 제29신에서 초의를 처음으로 '진사(震師)'라 호칭하고 있으며, 박생이 또한 훈납(薰衲)이라 표현된 인물임을 알게 된다. 훈납이란 대둔사에 딸린 단월(신자)로서 역시 사원 소속의 차나무 관리자이며 차도 만들었던 것이다.

 여기서 또 둘째 아우 명희에게 보낸 〈제5신〉을 읽겠는데 바로 제주도에서의 마지막 서독이고 역시 무신년 여름 이후에 씌어진 거다. 산천에 대한 서독은 더이상 없는데, 그는 아마도 신해년(1851) 이후에 졸한 것 같다. 이 점에 대해선 다시 말할 기회가 있으리라.

 '앞서 본주(제주)의 공문서편에 글을 보냈는데, 과연 언제 도착했는가? 삼추도 차례로 이어져 아우님 수갑(壽甲 : 회갑)도 거의 다

되었네마는, 우리는 모두 어려서 부모님을 여읜 나머지라 어찌 예
사로 기뻐하고 경사를 들어 넉넉하니 휘날릴 것이며 또 하물며 이
런 때에 있어서랴!

다만 막내가 바야흐로 상체(常棣)의 잔치(《시경》〈소아편〉의 말. 형
제의 우애를 노래함)와 벌목(伐木)의 술(《시경》〈소아편〉의 말. 벗과 친
지의 잔치로 좋은 술을 노래함)로써 노인의 장수를 큰 술잔으로 축하
하려는 것이니 또 무엇으로 그 정리를 막을 수 있겠는가, 역시 굽
히고서 나아감이 있어야 하겠네.

이를 바다 밖에서 돌이켜보건대 서로 관련시켜 겪거나 주는 일도
없어 막연하네만, 애당초 무슨 정리가 없다든가 혹은 '수유가 하나
적음으로써〔茱萸少一 : 당나라 시인 王維의 시 〈구월구일 산속에서 형제
를 생각한다〔九月九日憶山中兄弟〕〉에서 遙知兄弟登高處 偏揮茱萸少一
人을 인용한 것. 중양절이면 가족이 높은 데 올라가 화목하며 수유의 꽃
가지를 머리에 꽂아주는 풍습이 있는데, 이 역시 형제 우애를 말한 것
임〕' 온 가족이 환희하고 흡족하는 것인데 힘이 있겠는가. 역시 내
처지를 거듭 돌아보더라도 하늘 끝 집안의 하나로써 무엇이 다르
겠는가! 이 몸의 나날은 좌우에게 좋은 형님·좋은 아우로 덕행
과 장수로 하여금 오래도록 형통하고 한없는 수명을 누리고자 오
로지 소원하는 것인데, 길한 일에도 상서로움이 있고 역시 곧 징조
임에서랴!

가을이 되면서 늦더위가 오히려 오만하고 불에 굽듯이 높아져 서
늘한 느낌이란 어린 싹만큼도 전혀 없는데, 수그러들 기운이란 없
으니 북쪽 뭍에서는 거듭 어떠한가? 이런 환절기에 댁내가 하나
같이 평안하고도 좋으며 아우님 제절도 건승한 것이 또한 난로(難
老 : 늙는 것을 막는다인데, 《시경》〈魯頌편〉 伴水장에서 旣飮旨酒永錫
難老(이미 맛있는 술을 마셨으니 영영 늙지는 않으리라)라고 노래했음)

의 술잔을 받을 만한가. 막내는 신중하고 굳센 것이 결단을 닮았다 하겠는데 둘째의 수연(壽宴) 모임을 좇을 것이며 아득히 멀리서 생각만 치달릴 뿐이라 또한 다른 때와는 비교할 수도 없네.

　늙으신 누님과 늙은 서모께서도 다 강녕하시며 서울과 시골의 대소가 제절이 모두 길하고 이익(이로움)이 있는지 따로 적지는 못하네. 나는 요즘 전에 비해 눈꼽이 더욱 심하고 막힌 증좌도 호전되지 않는데, 밥상을 대하여 가까이 하면 구역질이 나서 전혀 목구멍 아래로 내릴 수가 없으니 신기(神氣 : 정신력)도 따라서 점차로 무너져 수습할 수도 없다네.

　이 편지의 계획도 여러 날인데, 지금 비로소 붓을 잡아도 역시 접속하여 옮길 수가 없고 무슨 연유로 이와 같은지 그것을 모르네마는 또한 오직 내맡길 수밖에! 비록 의원과 약이 탐나더라도 또한 약이 없으니 역시 헤아려 어찌해야만 좋겠는가!

　방금 안서방을 비로소 보내기로 했는데 편지를 쓰지 못한 까닭에 천연(遷延)되고 이 대충 쓴 편지에 이르렀지만 이는 글자로서 셈하여 면하자는 거로 무료(無聊)하게 빈손으로 돌아가지 않도록 함일세. 나머지는 길게 베풀거나 가까스로 쓸 수도 없어 다른 사람 또는 집하인이 오게 되면 마땅히 좋을 것이나, 이때 역시 날을 생각하면 현현(懸懸 : 허공중의 것처럼 기약할 수 없다는 것)일세!'

위의 서독은 물론 추사의 지극한 형제애를 강조한 것인데, 시사되는 것도 있다. 즉 추사는 서독의 말미에서도 쓰고 있지만 거의 의욕(意慾)마저 잃고 있으며 고난의 유배 생활도 한계점에 이르고 있었다. 그 이유는 쉽게 추리된다.

추사의 방면에는 우여곡절이 있지만, 추사에게 희망이 생겼던 계기는 권이재의 영상 취임 이후부터인데 그런 희망이 병오년·정미년을 거치면서 지쳤고, 무신년이 되면서 아주 포기 상태에 도달했다고 추정된다. 그것이 다시 희망을 갖기 시작했는데, 같은 무신년의 작품으로 생각되는 〈임지로 가는 모라백을 송별함〔送毛羅伯之任〕〉 4수에서 발견할 수 있다.

성 동켠 작은 못머리에서 하나의 작별이 있으니/푸른 일산 아래 깃대도 높이 멀리 놀면서 떠난다네./천 년 성주의 한가롭던 땅이니/군민을 총관하는 곧 군후로세.
(城東一別小池頭 葱盖弧南博遠游 星主千年間暇地 軍民摠管即君侯)
철통 같은 서쪽 방비에 또 토문이 있고/주책은 분명하여 장한 울타리였네./바다 위 옹어는 깃대 돌림이 고작인데/붉은 인끈은 귤과 유자 동산으로 바뀌었네.
(鐵甕西防又土門 分明籌策壯邊垣 鯛魚海上纔廻節 朱紱今移橘柚園)
삼십칠 도로 경도가 매우 높지만 길은 고르고/하미의 별은 이어져 석진을 지나가네./목노(유자)는 영주 땅을 벗어나지 못하리니/위선을 친다면 회남의 바로 이웃일세.
(極高卅七線途勻 河尾連躔度析津 木奴不過瀛洲植 緯帶淮南可比隣)
담모가 또한 옛날의 탐부이니/유리성은 바닷머리 빈 베개라네./구한(삼한과 여섯 가야)의 풍토지를 보충해야 하는데/다루가치(몽골의 행정관)의 자취를 어찌 구한담.
(聃牟於古亦耽浮 儒李城空枕海頭 要足九韓風土志 魯花遺蹟若爲求)
〔원주: 《수서》에서 耽牟羅는 백제의 바다에 있다 하였고, 《韓文》에선 海外流水耽浮羅之國이라고 했으며, 《당서》에선 儋羅국 왕 儒李都羅가 왔다 했으니, 이는 모두 탐라를 가리키는 것인데 발음이 비슷하여 서로 바뀐 것이다〕

추사도 주를 달았지만 탐라는 성주가 천 년을 다스렸던 땅이고 원나라는 이곳에 총관부(摠管府)라는 것을 두었으며 또 달로화적(達魯

花赤 : 다루가치의 음사) 한 사람을 두어 다스렸던 그런 곳이다. 추사는 그런 탐라를 가지(暇地)라고 했는데 이것은 가지(假地)나 같고 굳이 번역한다면 별정 지역이며, 그래서 목사를 군후(君侯)라고 했으리라.

철옹(鐵甕)은 철통 같은 방비를 말하는데 토문(土門)이라고 했음은 오행 사상으로 흙과 금(쇠)은 짝이 되며, 토는 토극수(土克水)라고 하여 물을 이기기 때문에 사용한 것이다. 옹어(鯛魚)는 고기의 이름인데 《설문》에서 '옹어는 동이에서 난다'고 했으며 전와되어 지금의 강릉(江陵)을 가리킨다고 추사는 주석했다. 원래 탐라는 돌이 많고 땅도 메말라 논이란 게 없었는데, 메밀·보리·콩·조가 생산되는 밭은 개간되어 있었다. 그러나 그런 밭도 경계가 되는 두둑이 없어 힘센 자가 강탈하는 경우가 있어 사람들은 가난에 허덕였다.

고려 때의 김구(金坵 : 1211~1278)는 판관(判官)으로 있으면서 비로소 돌을 모아 담을 쌓게 하고 경계를 만들어 주어 백성이 큰 도움을 받았다고 한다. 한편 탐라의 귤은 금귤·산귤·동정귤·왜귤·청귤의 다섯 가지가 있는데 청귤은 봄이 되면서 열매를 맺고 익지만, 철이 지나면 오히려 말라죽을 때에 이르러 다시 익는다. 《완당집》〈잡지(雜識)〉에도 귤에 대한 설명이 있다.

'동정귤·당금귤·소귤(小橘)·금귤의 4종이 상품인데 귤은 귀한 것으로 종자가 매우 드물어 공물(貢物)로서도 채우지를 못한다. 산귤(山橘)이 가장 많으나 최하품이고 청귤·석금귤(石金橘)은 모두 맛이 좋지 않은 데다가 큰 것은 보지를 못했다. 감자(柑子)·증자(橙子)는 모두 중국이나 일본산만 못하며 유감(乳柑)은 조금 시원스럽지만 역시 신맛이고 동유자는 농익고서 봄을 거친 것이어야 극히 달고 시원스럽다. 감자(감귤)는 향기가 없고 껍질은 청귤과 더불어 약재로 쓴다. 동정귤은 고씨집 사원(私園)에 단지 두 그루가 있고 관원(官園)엔 오직 한 그루가 있는데, 당금귤은 관원에 한

나무가 있을 뿐이다.'

추사의 시에서 위도니 경선이니 하는 말을 쓰고 있다는 데 뜻밖이다 싶은 느낌이 들리라. 그러나 이때는 이미 19세기 중엽으로 추사는 청나라를 통한 최신의 지식도 흡수하여 꾸준히 책을 읽고 있었던 것이다.

하미(河尾)는 곧 하괴(河魁)와 미성(尾星)을 말하며 당시의 천문학은 과학적 근거를 대기는 어렵지만 대체로 별의 출입하는 방위에 따라 지상의 지방(地方)과 대응시키고 있다. 석진(析津) 또한 탐라의 옛 이름으로 성도(星圖)를 보면 석목(析木)이라는 지명이 나오는데 그곳은 곧 연(燕)의 동쪽, 우리나라를 의미한다. 석진과 어떤 관련이 있는 듯싶다. 또 구한(九韓)의 주로 소개된 담모라·탐부라·담라·유리도라·탐라·모라, 그리고 나아가서 신라라고 하듯이 라(羅)라는 글자는 특별한 뜻이 있어 보인다.

무신년(1848) 12월에 추사는 드디어 사면되었다. 이 해에 앞서 말했던 순원대비의 육순·왕대비의 망오(望五:50세를 바라본다는 뜻으로 41세)·순조의 존호(尊號) 추상(시호를 추가로 높임)·대왕대비 존호 가상(加上:산 사람의 존칭을 올림)·익종(효명세자) 존호 추상·왕대비 존호 가상의 여섯 가지 경사가 겹쳤다하여 마침내 특사된 것이다.

추사의 감개는 무량했으리라. 꼭 죽은 사람이 다시 살아난 느낌이었을 것이다. 물론 추사로서는 어느 정도 예기한 일이었다.

'나라에 큰 경사가 있으니 강토를 둘러싼 손뼉치는 소리가 우레와도 같고 해를 넘기면서 더욱 치솟는데 합하(閤下:각하)의 소임은 그것을 보호하여 모두가 축하토록 하는 데 있으니, 그 영광을 위해선 사람을 내보냄에 있어 절대로 기우(氣宇:기상)가 화합적이라 매우 왕성하고 왕성하며 부드러운 것이 은택을 입은 미약한 미물

의 낌새라도 열어주고 충만케 해주며 고무되지 않는 일이 없도록
하셔야 합니다.
　밝으신 하늘의 태양처럼 가르치고 감화하시는 아래 홀로 이 몸만
이 어둡게 칩거하고 있어 온 나라가 한 가지로 경축하는 마당에 감
히 나갈 수는 없습니다만, 하늘과도 같으신 인애의 마음이 혹은 어
찌 빼놓고서 비출 것이며 악독한 죄라도 차게 되면 뚫리게 되는 겁
니다. 이는 비록 스스로 가로막는 수산업해(囚山業海)며 영겁의 무
간지옥(無間地獄)이 있다 할지라도 지장보살이 발원하신 자비 광음
(光音)이 있나니 통하지 않는다면 운이 닿지 않은 데 있으나 국고
척후(跼高蹐厚 : 국천척지와 같음. 극히 황송하다는 비유)가 이와 같으
니 뉘라서 가문의 일로 말미암아 이런 보답을 받아야 합니까? 엎
드려 묻습니다만 '크게 이룩되는 게 손해라서 알맞게 돌리고 차이
가 있게 되면 이를 회복시킨다'로, 기쁨과 근심을 염려하며 결정치
못하고 있다가 경계를 지나쳐서야 비로소 이를 확정한다니 놀랍지
않습니까? 아우는 의원이 진약(進藥)하는 큰 쓸개를 지나간 시절
에 자못 과신했는데 이게 어리석음의 구실이었던 겁니다. 하물며
이제 칠십의 불려갈 나이를 바라보는데 또한 수년 전과 비교하여
조금밖에 더한 게 없다고 하시면 안되며, 어찌 생각만으로써 외곬
로 경계를 않겠다는 겁니까? 다행히도 민첩함이 있다 하여도 이
는 패술(覇術 : 정도 아닌)입니다. 결코 노인의 절선(節宣 : 철따른 몸
조심)의 방법은 아니며 비록 장이 튼튼하고 기억력이 좋다 하더라
도 약로(藥路 : 약 사용)를 함부로 해서는 안되며 하물며 지금 합하
의 한 몸은 합하 스스로만의 것도 아닌 나라로써 의지되는 막중한
터이고 만인의 우러름을 비호(庇護)해 주셔야만 하는데 과연 어찌
하시렵니까? 비록 합하께서 스스로 몸을 낮추어 물러날 마음을
억누르지 못한다 하더라도 이는 득이 아닙니다. 그것이 득이 아니

라면 합하 스스로가 마땅히 심모(深謀)가 있어야 하거늘 하물며 소인이 늘 바라는 것처럼 된다면 어찌 또 합하로서 타인에 비해 악두(嶽斗 : 영수)로서 우러르고 보옥(寶玉) 보듯이 공경할 수가 있겠습니까? 합하의 일동일정(一動一靜)이 관련되고 얽혀있는데 가장 무겁거늘 이번에 들려온 바로선 너무도 경악하지 않을 수 없어 이렇듯 누누이 처음부터 아뢰는 것이며, 다행히 조금이라도 살펴주시기 바랍니다.

지난 해 내려주신 서독에서 강조하셨지만, 소인은 바로 '사정팔당(四停八當)'이라 정론(正論)으로써 거듭 감히 올리는 바이니 굽어살피시고 해외의 구구한 축원을 기쁘게 해주신다면 천행 만행이옵니다.

차의 품격은 과연 승설(勝雪)의 여향이 감돌고 있어 쌍비관(태화 쌍비지관. 완원을 처음 만난 곳)에서 보았던 게 이것인바 동쪽으로 돌아온 이래로 다시 보지를 못했지만, 영남의 사람이 지리산의 중으로부터 이를 얻었고 산승(山僧) 또한 개미가 금탑(金塔)을 모으듯이 참으로 많은 어려움 끝에 얻은 것입니다. 또 필요하시면 제가 명년 봄 재차 중에게 청하겠지만 모두가 깊은 비밀로 관(官)을 겁내며 쉽게는 나올 수가 없답니다. 그러나 그 사람은 중과 오히려 이런 것을 꾀하기를 좋아하고 그 사람인즉, 저의 글씨를 애호하므로 전전하여 바꿀 수 있는 길이 있는 셈입니다.

서독 머리의 작은 인사(印侶)는 바로 손으로 새긴 쇠입니까? 동인(우리나라 사람)으로선 비록 꿈에서라도 일찍 도달하지 못한 것인데 복(濮) 또는 허주당(栩周棠)과 같은 무리라도 반드시 많다고만은 않겠지요. 달포 전의 것과 비교하여 또 진일경하고 있으니 이는 무슨 일이지요?' [이재에 대한 제17신]

여기서 추가로 제주도에서의 시작품 두어 편을 소개한다면 다음과 같다. 먼저 〈우재유허비(尤齋遺墟碑)〉인데, 우재란 송시열(宋時烈)을 말한다. 탐라를 떠나면서 그 비문을 읽는 추사의 모습이 보이는 듯싶다.

지나는 이 말에서 내려 작은 비석 앞에 서니/김환심의 옛집 자취라고 하네./귤밭에서 술잔을 올려 뜻을 밝히니/생강 심던 그 해에는 지금도 눈물 흘리네.
(行人下馬短碑前 金煥心家舊躅傳 一酌橘林明志事 至今彈淚種薑年)
추사로서 노론의 대유 우암 선생의 자취를 보자 무심코 지나칠 수가 없었으리라. 김환심이란, 우암이 숙종 15년 3월 제주도에 유배되자 곧이어 소환되어 동년(1689) 6월 정읍에서 사약을 받고 있으므로 길어야 석 달 남짓 거처한 제주인의 이름인데, 그 뒤에도 우암을 숭배하는 선비가 이곳에 왔을 것이므로 구촉(舊躅 : 촉은 자취)에 비석을 세웠던 것이다. 또 〈동천(사철나무?) 잎이 손바닥만한 크기로서 글씨를 쓸 만하네〔冬天葉大如手掌 可以供書〕〉라는 시도 있다.

산속에도 비·이슬을 가릴 은혜가 깊음을 생각케 하니/가련타 앵무 목의 푸르름은 겨울 마음을 품었네./영주의 좋은 종이로서 천연의 갖추어짐이니/봄 꾀꼬리의 재재거림을 옮길 만하구려.
(想見山中雨露深 生憐鸚綠抱冬心 佳箋贏得天然具 供寫春鶯自在吟)
상견(想見)이란 절로 자아낸다는 것이고, 생련(生憐)은 생명을 가진 가엾은 생물이라고 해석된다. 그런 앵록(鸚綠), 곧 아름다운 앵무새의 푸른 목에도 겨울 마음을 간직한다고 하는 시인의 생각은 어떤 것일까? 굳이 설명할 필요도 없으리라.

지워지지 않는 발짝

'대엿새 배행(陪行 : 관원과의 동행)한 흔쾌함은 유배 10년래의 처음 있는 일일뿐 아니라 비록 10년 이전의 왕성한 장년 때일지라도 역시 일찍이 이와 같은 따뜻함이 있는 건 없었던 일로서, 지금 보니 과연 치난 지금의 나아감이 옛날에도 있었는지, 역시 지금의 나아감이 아닌 옛날일까요? 지금의 나아감을 옛날이라는 까닭은 엎드려 우러르는 금석(今昔)에 족히 하나의 감개가 있어서입니다. 다만 지금의 경지는 능히 이것을 변별하여 따뜻한 '솔바람 부는 푸르름 사이 천석(泉石 : 자연)'에 남은 지금의 경지가 역시 하루의 앞섬은 있다 하더라도, 옛날로서의 나아감이 있는 건 아니겠지요. 비록 옛날의 경지를 탐하여 얻을 수는 있다 할지라도, 역시 지금의 경지로 되지는 않겠지만 머리를 돌려 생각하게 되면 연운(煙雲)의 변환(變幻)이며 '수락석출(水落石出 : 동파의 시로 물은 흘러가고 돌은 드러남이 있다)'로서 밑바닥까지 미쳐오는지라 바로 산양(山陽 : 한라산의 남쪽자락)을 바삐 걷게 되고 황천강(黃泉江)의 산하(山河)를 배회하게 되니 마음은 슬프고 답답하여 의지되지가 않는군요. 전날 꿈에 의지하여 이어지게 하거나 지난 경지의 재현(再現) 역시 되지는 않는 것이며, 이로써 돌아올 날이 있다면 강의 구름이며 강의 나무도 움켜잡아 즐길 수 있으련만, 더욱 굴러서 쓸쓸해지고 멀리 달아나고 말지요.

 가만히 엎드려 생각하면, 산속의 나뭇잎이라도 극에 달한 대지가 흔들리면 남김없이 벗어나서 떨어지는 것입니다.

 겨울로 향하는 이 절기에 체후(體候)가 균안하시며 백 가지의 일에 순조롭고 복이 따르는지요. 서투른 글자는 박군이 탁본으로 매만져(고증하고 수정했다는 것) 이미 작업이 끝난지라 이에 감히 원본과 아울러 올리겠으며, 또 저의 글씨로 '세한(歲寒)' 한 편은 이미 거듭 폈던 것이나 글씨체의 모양이 맹세코 비속(卑俗)으로 흐르지는 않았으므로 또한 송구스럽더라도 하나의 방문(謗文:謗은 榜의 오자 또는 차자로, 벽에 붙이는 종이)으로 초득(招得)하시기 바라며 혹은 이를 균감(勻鑑:정치적 본보기)으로 있게 하셨으면 합니다. 이는 산신령(한라산의)도 노하지 않을 뿐 아니라 웃을 일이지만, 천자는 '벽의 옴〔疥壁:군더더기란 뜻〕'이 기왕에 많았거니와 '부처 머리를 싸는' 황천길의 거칠은 종이 하나의 물건(후자, 즉 세한의 글씨를 말함)이라도 무슨 거리낌일 것이며(前者之疥壁已多 何妨佛頭之包 穢品泉一紙) 역시 감히 우러르건대 고르게 맞아 정하시기를 바라옵고 이는 '산중(산중재상의 준말, 陶弘景(456~556)을 말함)'의 고사(故事)를 갖춘 것입니다.

 금년의 섣달은 처음으로 곧장 하나로부터 바닥에 다다라 이르기까지 시끄럽고 번거로운 게 뒤섞였지만, 티끌이라도 쌓이고 이것이 풀더미처럼 돋아 올려지면 비록 거령선(巨靈仙)의 손바닥이 없다 할지라도 수미산을 당할 수가 있겠지요. 빠개면 쪼갤 수 있는 까닭으로 기령(耆齡:육십 노인)이면 하늘의 은혜가 별처럼 높은데, 경서루(慶西樓)에 입대(入待)하는 작은 보필도 남산(南山)의 번영을 넓혀주는 노래 한 글자도 정성스레 펼치지 못할 뿐더러 산사(山寺)의 기약을 증명할 유광(流光:세월)은 거침없이 달릴 것이니 봉래(한라산의 별명이기도 함)산의 일월이라도 움키며 즐기는 일은 불가능이며, 또 능히 옛 약속을 다시 펴지는 못할 텐데 어찌 인정(사람 마음)의 범위로써 신뢰를 깨는 뿌리가 있건만 고루해지지 않겠습니까! 이에 더하여 북쪽에서는 미처 겪지 못한 심한 추위와 심한 눈이며 사는 곳도 처마는 낮고 깊지가 않은데다가 홑벽이라 곧 하나의 얼음 구덩이와 눈 구덩이가 겹치고 한 조각 양기(따뜻함)도 미치지를 못하니 머리로선 감히 구덩이 밖으로 내밀지를 못하고 손으로선 감히 옷소매 밖으로 내놓지를 못하는지라 필통 속의 벼루와 붓이 모조리 얼었으며 또한 꾀하고 헤아릴 겨를도 없으니 임염(荏苒 : 세월의 흐름인데 곧 결단의 늦어짐)이 저도 모르는 사이 이와 같은 지경에 이르렀지요. 이 해의 일배(一拜)하옵는 초심(初心 : 애당초 먹었던 마음)은 마침내 다하는 일이란 없겠지요.

가만히 궁구하여 얻지 못함이 있다면 묻는 자로선 친소(親疎)로써 막지를 못하는 사람에 이를 뿐더러 이 몸으로선 지금의 문정(門庭)에서 아뢰어 말할 수는 더욱 더 없습니다. 그러나 만약에 공을 새암하여 의심하거나 또는 스스로 정이 있다고 만일 생각하신다면, 비록 감히 가로막거나 그치게 하지는 못한다 할지라도 서로 만나보심이 평안하지 않을 뿐더러 방해됨이 없고 기뻐하는 빛이 있다싶어도 이는 어찌 그렇다 하지 않을 수가 있겠습니까! 지금의 상태로 나아가면 아교풀이 솜을 잡아당기듯이 능히 구부러짐이 있게 되고 이런 무리의 뜻하는 바에 알맞을 것이니 이를 막을 수 있겠습니까! 도리어 거듭 차가운 비웃음이 있으리다.

근래에 균체께옵서 정신과 모습이 백 가지의 행복으로 재건대 군자의 자리하는 바 대인의 경계(境界)라서 생각컨대 반드시 산천의 윤택한 도움으로 초목과 못은 적셔질 것입니다. (그러나) 따뜻한 햇빛으로 비추거나 화목한 기운으로 전답 안을 적셔주고 아래로 솟아나게 하지 못한다면, 어름의 기둥이며 눈의 수레가 되어 근심하고 근심하여 공적은 조롱과 꾸지람이 되리니 바로 공경하는 노래와 소급되는 우러름도 사사로운 정성에는 내맡기지를 못하거늘 소인에게 해가 없다면 추위가 얼마쯤인지 맞히지를 못할 거고 사람의 세상에는 일종의 따뜻한 경계가 있음을 모르니 이는 얼음의 잠자는 누에입니까 아니면 눈에서 사는 쥐입니까!

 비록 집의 둘째 아우는 때없이 학질을 앓는다 할지라도 성냄을 얻게 되면 진원(眞元)의 크게 무너짐을 물리치는데 이 역시 익숙함에서이고, 물 위에서의 배멀미와도 같은 그러함을 회복시켜 끝내는 게 그 욕심으로, 또 이런 근심과 고뇌는 비록 가벼이 일컬을 수 있는 거라 할지라도 역시 불능이겠지요.

 ──한 밀교(진언종)승이 양근(楊根: 지명)에서부터 강을 건너와서 도를 처음으로 전했는데 '십산(十山: 여러 종파)을 참으로 기약하자면 참 과녁은 과녁으로 이기지 못할만큼 더할 데 없이 우뚝해야 하며, 더없는 으뜸은 왕성한 정신과 기운이 달아나지 않고 묵은 허물을 점차로 찾아나가는 게 그 첫째이고 얽매임이 없는 '해탈 삼매'가 그 둘째이며, 곧바로 끊기 전의 용기는 소장(少壯) 때처럼 적지않은 의문을 갖는 게 그 셋째'라고 했지만, 이는 모두가 늙고 쇠약해졌는데 어찌 능히 가릴 수가 있겠습니까. 나는 공이야말로 하나의──성세(聖世: 왕의 대를 높이는 말)간의 인천(人天: 임금)으로서 바로 공과 더불어 아름답게 꾸며 머무를 수 있는──성세를 하나의 둥글게 바꾸는 세계로 나아가서──성세를 갈마들이는 하나의 사업으로 이는 세상엔 없고 상서로운 세상에만 있어 일찍이 문룡해안(文龍海晏: 오색의 문채도 아름다운 용이 나타나자 바다의 물결도 잠자듯 평안해졌다)·위봉하청(威鳳河淸: 위풍당당한 봉황새가 나타나니 황하의 물도 맑아진다. 즉 둘다 세상에선 보기드문 것)에서 머

물었으니, 이미 축하드린 까닭이온데 나로선 차례로 이 산(한라산. 곧 탐라)에 들어오자 입으로선 잇대어 말하지 못하고 손으로선 스스로 손모아 빌수가 없으니 역시 노니는 술(術)이 있어서이고 그것은 이미 몇 번도 아니게 나온 신선놀음이나 선(禪)놀음 또는 유자(儒者)의 놀음이었습니다. 인산지수(仁山智水)며 옥약금추(玉籥金樞 : 옥피리와 금궤인데 도교를 상징하며, 앞서의 것은 공자의 말로 유교를 상징, 또 뒤에 나오는 것은 각각 불교를 상징한다)며 화엄누각은 모두 그 성격이 가깝고 저마다 경지를 좇아 다르지만 산은 일찍이 맛보지 못한 이능(異能 : 특이한 능력)이 있는데다가 이곳엔 죽음마저도 없으니 여산(廬山 : 중국 강서성 구강현에 있는 유불선 모두와 관련되는 명산인데 추사가 사숙한 소동파와도 인연이 있다)에서 얻은 참된 모습인데 또 과연 어찌하시렵니까! 그 으뜸인 하나의 놀이라고 이름지을 수 있는 건 부딪침이고 놀이로 악(惡)이라 이름지을 수 있는 것은 담명(噉名 : 이름을 팔려고 애쓰는 것)하는 놀이입니다.

대체로 산의 안팎에 구룡연(九龍淵)·만폭 팔담은 제1천이 되며 하나의 둔대나 건물은 헐성루(歇星樓)로서 진기한 모습이고 수미탑은 훌륭한 모습인데 괴기한 볼거리는 마하연(摩訶衍)으로서 열흘을 머물러도 싫증이 나지 않으며 영원동(靈源洞) 역시 불과불 보아야 하고 이밖에 그윽한 동굴이며 기묘하게 아로새겨진 돌 하나 내 하나도 있지 않은 곳이 없을 뿐 아니라 스스로도 한결 기뻐할 수 있는 곳을 갖추었는데 담명처(噉名處)가 많음은 만물초(萬物草 : 相의 오자인 듯)가 심하며 이것은 노년에 대지팡이를 짚고 나막신을 신는 노고(勞苦)를 아끼자면 좋아선 안되며 담명의 중독이 됩니다. 산속의 고사(故事)로 이를테면 상악(霜嶽)의 고실(故實 : 고사와 같음)로서 '향기가 내려져 자취를 남겼다'는 건 하나도 전해진 바가 없고 일컫는 바 노춘(盧椿 : 앞에서 나왔음. 53불을 인도하여 유점사를 열었다는 인물)이 산천을 하나로 동이고 묶었다는 기록은 마치 서산(西山)의 패엽경(貝葉經)을 궐내(왕비)에서 하사했다 하듯이 사람으로 하여금 구역질을 가져오며 앵무자개는 매우 훌륭한 자개이지만 바로 양제(洋製 : 외국제)로서 만력(萬曆 : 명나라 神宗 (1573~1619)) 이전에 이 물건이 어느 날 유전(流傳)되고 동방에 나타나 유점사 안에 있었겠습니까!

이때의 뜻으로선 산행의 가마를 해악(海嶽)의 곳에서 이미 돌려보내심과도 비슷하며 끓는 물이 솟아 비오듯이 적시는 곳에서 움직여 나타나는 부처님에 앞서며 인도하거나 멀리 이어진 전각(殿閣)도 없지만 앞으로는 만폭(萬瀑)과 밖으로는 구룡(九龍)의 둥근 대나무 바퀴를 더하니, 갖가지의 신령스런 동굴이며 갖가지의 신들 집을 마침내 거듭 궁구하더라도 어떻게 하면 대인의 모습과 지금의 재관(宰官 : 관리)이신 몸으로 기령(耆齡)을 이룩하심을 나타내는 이것은 하나의 큰 일로써 어찌 작은 인연으로 말미암아 상법(像法)과 말법(末法)의 때묻고 더럽혀진 때이거니와, 이는 거의 미증유(未曾有)의 일입니다. 매번 이 산에서 놀며 돌아온 자를 보고자 생각했지만 아직 듣지를 못하니 역시 이상할 건 없습니다. 옛날의 무후(武侯 : 제갈공명)께 한 늙은 군졸이 이르러, '진나라 때는 오히려 있었다는데 혹은 있는 것입니까'하며 묻자 무후는 대답하여 가로되 '무후가 살았을 때 보았다면 곧 이인은 아니고(見武侯見生時便不異人) 무후가 죽은 뒤에 거듭 보지 못했다면 이 사람과 같다' 했으며 이 말을 옮겨 지었다고 하겠는데 이 산의 공안(公案 : 문제)은 감히 알지를 못하거늘 어떠하시렵니까!

얼마 전에 유생(兪生)이 돌아와 과피(瓜皮 : 외껍질) 두 글자를 물었던 것을 엎드려 받자왔는데 이를 옛날의 정(鼎)으로 가려 정한다면, 비취빛 무늬와 주사(朱砂) 무늬를 밤껍질색 또는 외껍질색 등으로 나누며, 대련 중의 말이 곧 이것을 비슷하게 인용한 겁니다. 이 대련은 어떤 사람의 글씨인지 볼만한 데가 있더군요.

달포 전에 절 나막신이 다 되고 얻지를 못하여 재차 선경(仙扃 : 병영 소속의 목공부인듯)을 두드리고자 용기를 갖고서 갔는데, 바로 그 앞에 햇빛을 (받은) 소나무가 금상(金像)・향등(香燈)과도 같은지라 몇몇 갈색의 부들옷인 선승(禪僧)으로 하여금 먹을 갈도록 시켜도 된다 생각하고 명주를 펴고 오랫동안 가득하니 쌓이고 쌓인 것을 수습했지만, 차례로 대련 쪽과 양목(洋木 : 당나라 포목)의 크고작은 것(폭을 말함)으로 수백 자라고도 셈할 수 있는 것과 치판(紙版)・가로걸이 등을 물리쳤거니와 바로 삼사일 동안에 대말난도(大沫亂塗 : 크게 휘갈기고 어지럽게 칠했다는 것)하여 쓸어버리니 상쾌하며 또 산승(山僧)이 있는데 바람결에 듣고서 오고 희학질하는 무리 약간도 따라와서 따라 응수했지만 먹도 다 써버리고 팔도 풀리지를 않아 좋게 느껴지니 한바탕 웃었지요. 마침 또 '유마경'을 판각하는 중이 와서 스스로 1부를 취했지만 또 1부로써 즉시 (1자 결)내어 글씨로 써올리자마자 하인 하나를 오로지 강상(江上 : 한강 상류란 뜻인데 번동의 이재 별서인듯)에 달리도록 하여 우러러 바치게 했습니다만, 과연 그릇된 것은 없었는지요.

경신주(經㕛注)는 곧 우산(虞山)의 일우윤공(一雨潤公)이라 일컫는 자로 그 하나하나는 모르지만, 불이법문(不二法門)의 묘희국연기(妙喜國緣起)로서 남김없이 맞는지라 자못 넓게 거친 진량(津梁 : 나루터의 다리인데 불법을 가르치기 위한 방편)인데 왕형공(王荊公)의 이른바 문장으로서의 귀신은 이 경문과 '능엄경'이 역장(譯場 : 번역 장면)과 윤문(潤文)으로선 능엄이 뛰어난 데가 있으니, 역시 시대의 오르내림으로서 그럴까요?

이 승한민(僧漢旻)은 운구(雲句)라는 호를 자칭하며 지난 해부터 내왕하며 소인에게도 크나큰 신근(信根 : 신심)과 크나큰 원력(願力 : 발원하는 힘)이 있다면서 비록 제승(諸乘 : 여러 가르침)을 엮거나 거치는 데는 아직 미치지를 못하나 '금강・능엄경'에서는 자못 공력을 들였으며 그 정진하는 정성은 이루 헤아릴 수 없는 원력이 있으며 문하(門下)로 나아가서 친히 뵙겠다는 지성(志誠) 역시 매우 간절하여 처음에는 소인이 갈 때 같이 가고자 했지만, 지금은 이와 같은 일도 없으니 저가 혼자서 의기양양하며 떠난지라 감히 공력(功力) 및 먼저 내용과 아울러 한 통의 편지를 갖추며, 또 하나의 중으로 영기(永奇)란 자는 자칭 남호(南湖)인데 연전(年前)에 아미타와 무량수의 두 경을 인각했지만 역시 이미 옮겨져 강상(江上)에 도달했으리니 생객(生客 : 초면인 상대) 같지만 그렇지는 않습니다. 이 두 중은 크나큰 소원을 발하여《화엄경》을 간행하기를 꾀하니 그 뜻은 역시 칭찬할 만합니다.' 〔권이재에 대한 제21신〕

이 서독은 매우 길며, 내용으로 보아서 무신년에 씌어진 것이다. 담담하면서도 격조가 높은 문장은 권이재에 대한 추사 서독을 읽는 재미라고 하겠다. 간단한 해설을 하면 서독에 나타난 '세한 한편'은 우선 이상적에게 준 것과 같은 '세한도'를 말한다 싶은데, 이것이 과연 그것이라면 추사는 아마도 부본(副本)으로써 동일한 것을 가지고 있다가 이재에게 선물했던 게 아닐까?

그리고 세한도는 추사의 정치적 의도가 짙은 작품이고 아마도 탐라 생활을 통해 얻어진 절규(絶叫)였다. 그리하여 무엇보다도 '세한'을 아꼈고 '부처(여기선 죽은 사람) 머리를 싸는' 싸구려 종이일망정 몇 번이고 그렸던 게 아닐까?

운구(雲句)와 남호(南湖)는 서독에서 간단히 소개되고 있는데, 남호영기(1820~1872)는 저술과 출판도 한 고승이다.《불교사》에서도 계축년(1853) 삼각산에 들어가 미타경・십육관음・연종보감(蓮宗寶鑑)

을 간행했다 했으며 을묘년(1855) 봄에는 광주 봉은사에 이르러 《구연각적초 화엄경(80권)》을 간행했고 추사가 쓴 '경장지전'이라는 편액을 인각했다. 추사와는 전부터 안면이 있고 스님에 대한 시도 있는데 30년의 교유(交遊)가 있었다고 한다.
 '허깨비인 몸에 병은 많고 머무는 세상에 아무런 이익도 주지 못한다.'
하고서 스스로 곡기를 끊고 입적했다. 향년은 54세이고 법랍은 39년이었다.
 운구 스님에 대해선 《불교사》에 언급이 없지만 《완당집》 권7에서 〈운구에게 보이다[示雲句]〉가 있다.
 '제일기가 바로 제이기라는 것은 월천(月泉)화상이 여종을 부인으로 삼는다는 것이요, 제일기는 바로 제이기는 아니라는 건 할거(豁渠)화상이 제이월(第二月 : 여종을 아내로 삼는다는 세상의 흉내란 같지 않다는 비유이고 두 번째 달이란 원각경의 말로서 본다는 건 물체가 있는 것 같기도 하고 없는 것 같기도 하다는 비유)이 하늘 위에 있다고 했다.
 여종으로 부인이 된 것은 양흔(羊欣 : 동진 사람인데 그의 글씨가 서툴러 마치 여종이 마님이 된 것처럼 어색하다는 말)의 글씨를 말하며 제이월이 하늘에 있다는 건 당모(唐摹 : 당나라 때의 모사본)는 진첩(晉帖) 12부에 해당되는데 곧 양흔의 글씨였다. 조사가 서쪽에서 왔다[祖師西來 : 선어]도 바로 당모나 같지만, 진첩의 전삼(前三)·후삼(後三 : 그보다 앞선 3편 또는 뒤의 3편)은 도무지 어쩔 수가 없다.
 금강삼매에 드니, 이리 엄니의 인장을 가졌음이라. 운구는 바로 구름 위에서 보니, 보다 큼이 없는 정상의 눈일세. (參金剛三昧 持狼牙一印. 雲句即雲見 摩醯頂上眼)

홀로 높은 산마루에 앉으니, 수레와 말발굽의 왕래도 끊겼네. 가련하다 한쌍의 발은, 일찍이 사람이 이르지를 못했네.(獨坐高峰頂 輪蹄絶往還. 可憐一雙足 會不到人間)

그림 이치가 선(禪)과도 통함은 왕마힐(왕유)이고, 그림이 삼매에 든 것은 노능가(盧楞伽 : 6조 혜능)·거연(巨然)·관휴(貫休 : 당승이며 得得화상이라고도 함)의 무리가 모두 놀음에 신통해서이다. 그 비결에서 가로되 "길은 끊고자 하니 끊기지 않고, 물은 흐르고자 하니 흐르지 않네"라고 했다. 이는 바로 오묘한 선의 뜻인데 "가다가 물막힌 곳에 이르고, 앉아서 구름이 일어날 때를 보니 일구로세(至於行到水窮處 坐看雲起時一句)." 또 "지경은 신과 융합되니 시와 그림의 이치고, 선의 이치는 되어가는 차례로 모아져 둥글다네. 화엄 누각도 손가락의 한 번 퉁김이니, 해인의 나옴도 보임과 그림자도 아닌 없음일세.(境與神融詩理畵 理禪理頭頭圓攝. 華嚴樓閣一指彈 出海印影現無非)"로서 그림의 이치가 번갈아 나타나는 것이다.'

권이재에 대한 추사의 서독을 하나 건너뛰어 또 읽어 본다.
'겨우 집하인을 좇아 삼가 갖추고 조잡한 감사로 회신하오니 혹은 이보다 앞서 거두어 보셨는지요? 배가 와서 엎드려 이월 초열흘께인 서함을 받자오니 불과 한 달의 가까움인데 소식을 또한 달마다 배서(拜書)하고 보니 종전과 비교하면 오랜 장애가 못을 덮어 지체되었을 때와 차가 있으며, 뜻밖의 기쁨이 나와서 거의 하늘 끝과 비교하면 바다 모퉁이는 지척인 이웃입니다. 봄의 일이신 난산(蘭珊 : 산호 난간으로서 궐내의 행사) 역시 생각컨대 '녹의임원(綠意林園 : 숲과 동산에 신성한 뜻이 있다)'에 '녹지대엽(鹿枝大葉 : 사슴이 뿔을 걸고서 쉬는 가지에 큰 잎사귀가 달렸다로서 둘다 국태민안을 비유)'으로 하나의 비취 둔대를 쌓으셨겠지요.

이때에 섭위(攝衛 : 보위)하옵는 높으신 옥체께옵서 만안하옵시며 근심 걱정이나 말썽도 없으신지, 박복한 서생(추사의 자칭)의 일로 교외의 별서에서 지팡이 짚고 나막신 신는 것마저 쓸쓸하고 어수선하실지니 변변치 못한 공축(拱祝 : 손모아 비는 것)이나마 어쩔 바를 모르나이다.

멀리 있는 저의 매어있는 꼴이란 하나 같습니다만, 지난번에 알렸듯이 돌과 같은 고집과 나무의 어리석음도 떠나고 보니 하루 해의 기나김은 일년과도 같고 백천가지의 실마리는 벌 번데기가 밀물처럼 이르러 더욱 심한데다가 창자는 돌아버려 억누르고자 하지만, 비유하자면 또 앉아있는 법으로 말미암아 다리를 걷게 하는 재주가 없으며 허벅지의 살은 꺼지고 빠져서 두꺼운 짚자리를 벌려놓지 않으면 몸을 의지하여 붙일 수도 없으니 이는 일찍이 섶에서 눕고 흙구덩이 곳에서 얻은 바 방편이 밑바닥까지 이른 것이니 스스로 슬프고 스스로 가엾습니다.

부쳐 내려주신 부채 종이와 둥근 붓 등 여러 물건은 하나하나 삼가 거두었습니다만, 부채의 제(題) 글씨와 그림은 이것이 과연 가품(佳品)인데 구향(甌香 : 미칭)의 필의(筆意 : 글씨에 담긴 뜻)가 있는 데다가 돌을 쓸고 남을 가락이 사람으로 하여금 마음을 큰 감개로 옮겨가게 하리니, 가까운 날 사생을 하시려면 반드시 종남전(宗南田)의 '진사(塡詞)'로 멀리 소급하여 흰 돌바람으로 마르는 냉철한 뛰어남에 미치지를 못하면 광채로선 한 길로 기울어져 족하겠지만, 이로써 동인(우리나라 사람)에게 정수리 침을 놓는다면 비록 이것이 도라 할지라도 역시 백안(白眼)으로 보아넘겨선 안됩니다.

메마른 파초 원고는 절로 초췌함을 미인·향초(香草)에 위탁하여 꽃을 즐기고 급하게 움켜서 가려낸 것인데, 만일 부드럽게 적시고 진액을 돌게 할 수 있다면 어찌 앞에서 말한 바가 아닌 변통(變通)으로써 영고성쇠의 한 가지 이치며 하나의 보기로 이를 갈 수 있습니까! 드나듦(변천·성쇠)이 마음에서 우러나는 진정한 것은 따로 있을지니, 머리에 이고 마음으로 이름철의 차(字)를 찾아 축도하건대 〈원우(元祐)의 죄인〉 글은 마땅히 금해져 굳혀졌지만 동굴의 헛된 도사들 문장 역시 꺼리는 게 있어 감춰지고 다만 산속의 초당에서 이 신령스럽지 못한 것은 심하게 나타나 웃을 노릇인데, 우러르는 존체께옵서 감히 힘써 꾀하지 못할망정 병든 팔의 악필(惡筆)이 더욱 여의치 않다고는 하지만 젊고 장년일 때 모르시던 대담한 낙묵(落墨)은 어째서입니까! 비록 향환(香丸)이라 할지라도 빈 데를 보(補)함은 큰 가르침이 되는데, 바로 긴급한 처방이라 일컫는 것으로서 멀리 본받아 사향(麝香)·소목(蘇木: 둘다 약재)을 서울 안에서 구하고, 이것을 얻으면 다시 정신이 들고 눈도 열리게 되겠지요.

    모름지기 서성(瑞星)은 북극의 땅에서 나오고 30도 안팎의 땅에선 이를 모두 보는데, 비록 이 섬에선 대개 표지(表識)를 세우고서 실측을 얻은 적은 없지만 이 서성을 보고 시험한즉 나오는 것은 극지이고 역시 30도 안팎인데 서성이 나오는 땅은 육칠도에 지나지 않았던 겁니다. 제주성은 한라산의 북에 있는 고로 얻어 볼 수가 없지만, 생각컨대 이 읍은 산의 서남에 가로막는 장애가 없어 매양 추분(秋分)의 새벽 정방(丁方: 남남서와 南微西의 사이)에서 보고 깊은 겨울·초봄에 이르러선 저녁에 보지만, 역시 정방은 차이가 없는데 지금인즉 심호(參弧: 심성의 방위각도가 활등처럼 구부러진 곡선임)가 서전(西轉)하며 별을 따라 숨지만 밤의 마을에서 관측한 것이라 오차(誤差)는 없습니다. 이 몸은 재작년(재재작년의 잘못인

듯) 겨울 섬에 들어온 뒤로 역시 이것을 사는 집의 해당 별의 정각(正角)에서 금방 보았는데, 이것을 본 사람 중에는 혹 보고도 모르거나 혹은 다른 하나의 큰 별을 가리키며 서성이라 하고 혹은 한라산 정상에 올라야 비로소 볼 수 있다며 생각하는데, 사람으로 하여금 웃음을 터트리게 합니다. 나머지는 계속해서 갖추겠습니다.

관도인(貫道印)은 곧 신씨집의 오랜 수장인데(원주 : 영성위 申光緯(영조의 제7녀 和協옹주의 부마. 추사의 증조모 화순옹주는 그 언니가 됨)에 이르러 몸소 이 집에 많은 도장과 고서화를 수장했다) 이것은 고각(古刻)입니다. 동인으로 어찌 이와 같은 예스럽고 아담한 정신을 안배하며, 소인과 더불어 외씨(外氏 : 외가)도 옛날 것이 있었는데, 외씨는 인각(도장) 역시 이 집에 많이 있는 고로 이를 배워 알거나 그 기법을 들었습니다만 물건은 흩어져서 구름과 연기가 되었지요. (그런데) 이 도장 역시 이와 같이 흐르고 떨어져 지금 다행히도 보주(寶廚 : 상대편 서재의 미칭)에 들어가 있다는 겁니까!

이런 옛 물건은 합하의 법안(法眼)이 아니면 골동상 가게 안에서 가려져 얻는 일도 없었을 것이며, 소인도 대략이나마 들은 일이 있고 이를 아는지라 보면 알겠지만 역시 지식으로써 얻는 일이 없으면 비록 이 일이 작고 역시 비유해서 후생의 크나큰 소년(젊은이)이 있다 할지라도 뉘가 이를 계승할 수 있고 능히 빼어나게 열 것이며 이것을 이어 하나의 등불이 되겠습니까!

매번 심심해서 한숨을 금할 수가 없어 하늬바람과 바다의 파도 속에서 문득 이것을 보는데, 가장 근심되며 절로 안정되지 못하는 것은 천한 이 몸이 수장했었던 이 옛날 탑본 한 장이며 상기도 희망으로 의지하여 얻은 기록은 그 윤곽이야 심하게 벗겨졌겠지만 가까스로 남아있는지요. 곧 이것은 옛 탑본으로써 모두 주인색(朱印色)으로 여위거나 엷게 칠해짐을 막은 것인데 지금의 탑본은 완연하게도 인인니(印印泥 : 저수량이 사용했다는 굳센 서법)가 많고 짙은 것이 살도 쪄있으니 다시 두드러지게 발동했다는 겁니까!'〔제23신〕

이 서독에서 독자의 이해를 돕자면, 불과불 '원우죄인(元祐罪人)'을 설명할 필요가 있으리라. 원우란 바로 송나라 철종(哲宗)의 연호(1086~1093)로서, 왜 그때의 일이 인용되고 있느냐가 매우 암시적이다. 원래 군자라면 남을 공격하거나 탓하지 않는 게 기본의 자세이고, 웬만하면 돌려서 말하는 법이다. 그런데 추사는 이 서독에서 정치적인 것을 잠깐 언급했는가 하면 곧 화제를 서성(瑞星) 운운하며 돌리고 있다.

어째서일까? 바로 원우 연간에 붕당이 시작됐다는 게 조선조 사대부의 인식이고, 우리의 선인들도 당파 싸움의 폐단을 논하면서 그 예를 중국에서, 그것도 유교가 일어나는 시기를 택했던 것이다.

이것은 당쟁이 가장 심했던 숙종 이후 영조의 탕평책과도 관련이 있는 것이며, 어쩌면 '실학파'가 그 개혁의 근거를 원우 연간의 일에서 찾았는데 그것이 어느덧 유림 전반의 풍조로 굳어졌다는 게 사실인 듯싶다. 즉 실학파(야인)이든 체제파이든 이 원우를 전제하고 있으며 공방(攻防)을 거듭했다.

역사적 사실도 결국은 인물에서 비롯되는 것이다. 송나라와 조선조는 물론 다르지만, 당쟁의 경과를 보면 너무나도 비슷하다. 송은 개국 이래 거란(契丹)과 서하(西夏)의 세력에 눌렸지만, 중흥의 명군 송인종(재위 1023~1063. 우리의 세종대왕과 견줌)이 나타났고 구양수(歐陽修)·채양(蔡襄) 등 소장의 명신을 간관(諫官)으로서 중용하여 소인이 끼어들지를 못했으며 한기(韓琦)·범중엄(范仲淹)은 장군으로서도 서하의 침입을 잘 막았다. 그런데 문제는 송인종이 후사가 없이 죽자 송태종의 증손 종실(宗實)을 양자로 삼아 영종(英宗 : 1064~1067)

으로 세웠고 황태후가 수렴청정을 하게 된다. 그런데 영종은 태후와 충돌했고, 특히 자기의 생부(生父)로서 이미 죽은 윤양(允讓)을 추증하여 종묘에 모시도록 하자 이것을 옹호하는 한기와 반대하는 사마광(司馬光)으로 당파가 갈라져 싸웠던 것이다.

 그러자 영종은 재위 4년 만에 죽고 태자인 종욱(宗頊)이 뒤를 이어 신종(神宗 : 1068~1085)이 되었는데, 당쟁은 더욱 심해졌고 특히 왕안석(王安石)을 중용하자 왕의 신법당(新法黨)과 이에 반대하는 사마광·소식(蘇軾) 형제 등 구법당은 날카롭게 대립했다.

 왕안석은 개혁 정치가로서 보갑(保甲)·시역(市易)·모역(募役 : 병역)·보마(保馬)·방전(方田 : 토지구획)·청묘법(靑苗法) 등 부국 강병책을 연거푸 시행했으며, 그것이 꼭 나쁜 것은 아니었으나 민심에 어긋나고 지나치게 과격하며 또 운용에 사람을 얻지 못했기 때문에 반대가 치열했던 것이다. 그러나 신종은 안석의 신법을 적극 옹호했으며 반대한 당시의 명사 문언박(文彥博)·정호(程顥 : 명도) 같은 명사를 조정에서 내쫓고 소동파 등 다수의 사람을 유배한다.

 신종은 재위 18년, 평생에 연유(宴遊)를 하지 않고 오직 정치에 힘썼는데 공을 서두른 나머지 정책이 과격했고 사람을 쓰는 데 차별이 심했으며 법도(法度)를 마구 파괴하여 나라에 큰 근심을 남겼다. 그리고 겨우 38세로 죽었다.

 이때 태자 종구(宗煦)는 겨우 열 살이었지만 신종의 모후 선인(宣仁) 고황후가 철종의 태황태후가 되어 역시 수렴청정을 했는데 뛰어난 여성이었다. 이 당시 인종의 명신 한기·부필(富弼)·구양수 등은 이미 죽어 없었지만, 그녀는 문언박·사마광 등을 등용했고 백성의 원망하는 대상인 청묘·보갑법 등 안석의 신법을 모조리 폐지한다. 이리하여 정이(程頤 : 이천)·소식(동파) 등이 모두 방면되고 왕안석의 당(서독에서 나타난 원우의 죄인)은 모조리 배척되는데, 특히 선인태후는 9년 간 정권을 잡으면서 공평한 정치와 외척을 일체 중용하지 않아 후세의 유가들이 모두 칭송하는 것이다.

아마도 추사는 이런 태후와 철종을 염두에 두고 '원우의 죄인'을 말했다 싶은데, 안김의 순원대비도 '아전인수(我田引水)'로서 만족하고 있었을 터이다.

권이재에게 보낸 추사의 서독은 다시 〈제24신〉 〈제25신〉이 있지만 특기할 만한 내용은 없고 탐라에서의 서독도 이것이 전부이다. 다음은 상희에게 보낸 〈제9신〉으로 섬에서 부친 마지막 서독이다.

'성은이 망극하여 큰 물에 둘러싸인 어리석음에도 은혜를 베푸셨으니 오직 하늘과 성상을 축도하오며 아득한 소식의 까닭을 모르겠구나. 돌이켜보건대 이 죄의 잘못이 산과 같이 쌓이고도 이와 같은 남다른 은택을 얻었는데 선친의 일은 지금에 이르기까진 신면(伸免:죄가 풀림)되지 않았으니 하늘에 외치고 땅을 두드릴 따름이며, 비록 산과 같은 은혜와 바다 같은 덕의 안에 있을지라도 어찌 홀로 스스로의 얼굴 모습으로 나설 것이며 스스로 사람의 동아리에 들겠는가.

기쁜 소식은 지난 섣달 열아흐렛날 이곳에 왔었는데, 장계가 정지된 뒤로는 오로지 집하인이 섣달 그믐에서야 와서 잇달아 둘째와 막내의 여러 편지를 보기까지 그림자와 울림으로써 글자 하나 미친 것이 없었으니 이 마음의 초조함이란 발광할 것만 같았으며 검은 갓만 만지작거렸을 뿐일세.

이제 이미 해도 열리고 곡일(穀日:정월 여드레임)에 이르렀네마는 자네도 떳떳하게 이 새로운 축복으로 백 가지의 복이 대길하기를 마음으로써 빌고 또 비네. 서울과 시골의 대소가도 위아래가 함께 형통하는 이로움을 얻을 것이며 늙은 누님과 늙은 서모의 옥수

(屋壽 : 연세) 또한 이것에 하나의 장수를 곁들이시니 강녕하옵시며 밖에서 염려만 멀리 할 뿐이라네.

내 병은 지금에 이르기까지 팔구십 일이 이미 가장 심했지만, 또한 이 해를 지내면서 달로 헤아리건대 나아지지 않은 것도 아니지만 큰 비가 겹치듯 삼아(三栢 : 인삼)로써 말미암아 날에 따라선 두 대접도 먹을 수 있어 해가 열린 이후 비로소 이를테면 죽에 밥을 겹치듯 시험했지만 이렇듯 몇 숟가락 뜨지도 못하니 어찌 점차로 나아져서 먹을 수 있게 될지 모르는데 또 크게 씹을 수가 있겠는가!

두 번째의 소식이 온 뒤로 전의 곳에서 오래 머물러 있을 수도 없는지라 집아이의 정성과 철규(鐵圭 : 인명)의 성실한 부지런으로 서둘러 10년 동안의 묵은 잡다한 일을 이레 안으로 남김없이 가려 처리하고 돌아갈 차비를 차렸는데, 이렛날 대정에서 출발하여 본주(本州 : 제주를 말함)로 향하고 주성의 김아전 집에서 하룻밤 묵었지만 양일에 걸쳐 바람을 무릅쓰며 다녔는데도 더욱 몸이 축나거나 하지는 않았다네.

하포(下浦)에 이르자 계절의 바람은 도무지 일정한 것이 없는데다가 이것은 반드시 여러 말이 크게 같아지기를 기다려야 비로소 행할 수가 있다는 걸세. 이 밤에는 마땅히 바람이 있을 거라며 말하는 것처럼 들리지만, 잠시 부는 바람의 낌새만으로는 망령되게 움직이거나 말할 수가 없고 감히 뜰을 지나 곧바로 한때라도 만들 수가 없으니 갑갑증만 더하다네. 집아이가 들어온 이후로 거듭 나간 배가 없어서 재문(再文 : 인명)의 무리로 먼저 하포에 가게 하고 설 쇰은 면할 수가 없어 돌아온 거라네.

오늘 저녁의 바람도 꼭 있을지는 몰라서 팔룡(八龍)이로 하여금 먼저 배에 붙어가도록 했지만, 과연 어떠할지 아직은 모른다네.

10년을 울 속에서만 앉아 있고 양일간의 고된 행차에 큰 병의 나머지마저 겸하고 있으니 정신은 오락가락하여 자세히 알리지 못하네만 대략 이 몇 자로 적어 보내니 어느 날에나 다시 이 소식을 계속할지는 모르겠네. 고불선.'

방면되어 기뻤다 하기보다 통지가 정작 알려지기까지 또 여러 날이 걸리고 배를 기다리는데도 애를 태운 정경이 잘 나타나 있다. 이 서독과 관련지어 초의선사에게 보낸 〈제30신〉을 읽어보면 그 뒤의 이야기를 알 수가 있다.

'이미 이 행차가 있음은 앞일을 쫓아서 비겼으니 바야흐로 선방(禪房)을 거쳐 묵으려고 했었는데, 곧 착한 중이 와서 소매 속의 위탁받은 범함을 전해주니 마치 침개(鍼芥)의 감응이라도 있는 것처럼 기쁘게 소리내며 읽었는데 옛날을 추억하면 자못 감촉(感觸)됨이 없을 수 있겠는가.

이 몸은 은혜로운 사면을 입게 되었으니 망극한 것이 감격되어 어찌할 바를 모르며, 비록 내일이라 할지라도 즉시 산에 올라가서 손을 잡고 유쾌히 옛일을 말하며 꾀하고 싶지만, 연계(蓮界 : 불문)의 일은 이미 글로써 지은 하나의 설이 있으니 폐 비슷하게 산문(山門)을 찾아가는 번거로움은 없을 걸세. 이번 행차는 어제 돛단배 하나로 소완도(小莞島)에 당도하고 지금은 또 순풍을 만나고서 왔는데, 신령의 굽어보심이 없다면 거의 있을 일은 아니며 왕의 영력(靈力)이 미쳤던 것일세. 나머지는 뒤로 미루고 더 말하지 않으며 이만 줄이오.'

이래서 추사는 방면되어 기유년(1849) 정월쯤 한양에 돌아왔지만, 사실은 죄인의 신분이라 문안에는 들어가지 못하고 금오 별서로 간다. 그래서 추사는 꿈을 꾸었다. 그는 꿈속에서 월성위 궁의 사당을

참배하고, 꿈이라서 이씨 부인도 간난이도 그 옆에 있었다. 또 엎드려 소리없이 통곡하는데,
"아버님 괜찮겠습니까?"
문득 깨닫고 보니 상무, 상우 형제가 언제 나타났는지 곁을 떠나지 않고 있다.
"아냐, 괜찮다. 나 혼자 좀 있다가 나가겠으니 너희들은 나가거라."
얼마동안 엎드려 있었을까? 추사는 문득 생각나는 게 또 있어 사당 한 구석의 쪽마루를 살폈다. 역시 있었다. 두 쪽으로 된 나뭇조각 아래 기름종이에 싼 크로스(십자가)가 있었다. 거의 50년 전 덕보의 아들 돌이의 목에 걸려 있던 것이다.
'이것을 어떻게 하지?'
그래서 그런지 그 자리엔 억만도 덕보의 모습도 보였다. 추사는 그들과 더불어 십자가를 들여다보고 있는 것이다. 마침내 추사는 중얼거렸다.
"이제는 이것을 돌려주어도 되리라. 제 아비·어미의 유품인데 돌려주어 마땅하잖은가!"
그러나 추사는 곧 고개를 저었다.
"아냐, 아직은 때가 아니야."
꿈은 거기까지였다.

실록을 보면 기유년 정월 보름날, 신관호는 금위대장으로 왕의 신임을 받았다. 허소치 역시 무신년 8월, 고부(古阜)의 감시를 거쳐 10월에는 초시와 무과 회시에도 급제했으며 헌종 가까이 있게 되었다. 헌종은 신위당을 통해 추사의 참담한 상황을 알았지만, 임금으로서도 제약이 있었다. 그러므로 동년 3월에는 추사 유배와도 관련이 있

는 이기연·이학수 등이 방면되었지만, 추사는 신면되지 않는다.
  한마디로 안김은 추사를 경계했고, 특히 순원대비가 추사를 싫어했다. 더욱이 추사에게 있어 비운이었던 것은 헌종의 승하였다. 왕은 춘추 23세로 기유년 4월부터 병세가 악화되고 동년 6월 6일에 승하한다. 권이재는 영상으로서 원상(院相 : 새임금을 추대하는 대신)이었는데 순원대비는 거의 독단적으로 철종을 맞는다. 즉 대비는 희정당(熙政堂)에 자리잡고 앉자 다음과 같은 '언문 교서'를 내린다.
  "영묘조의 핏줄로는 돌아가신 금상(今上 : 헌종)과 원범(元範)밖에 없으니, 이제는 원범으로 하여금 종사를 잇도록 하라."
  이 아이디어는 유관(遊觀) 김홍근(金興根)의 머리에서 나왔다고 여겨진다. 유관은 바로 춘산 김홍근의 아우로 역시 모사(謀士)였다.
  그렇다면 원범은 누구인가? 장조(사도세자)는 28세라는 나이로 뒤주 속에 감금되어 굶어죽는 비극을 맞았지만 모두 5남 3녀가 있었다. 이 중에서 혜경궁 홍씨 소생은 2남 2녀인데, 아드님은 10세로 요절한 진종(眞宗)과 정조이다.
  나머지 셋은 숙빈 임씨(林氏) 소생인 은언군(恩彦君) 이인(李裀)과 은신군(恩信君) 이정(李禛) 형제, 그리고 귀인 박씨가 낳은 상계군(常溪君) 담(湛)이란 아드님이 있고 은신군은 당(瑭)·광(瓘) 형제분을 두었다. 그런데 은신군은 숙종의 제6남 연령군(延齡君) 이명(李眀)의 양자로 출계한다. 숙종은 6남 2녀를 두었지만 '장희빈' 문제도 얽혀 있어 성혼(成婚)하여 가계를 잇는 분은 경종·영조를 제외한다면 연령군뿐이었다. 영조의 손자인 은신군이 연령군의 계자(系子)가 됨은 당연한 일이었다.
  그런데 족보를 보면 은신군의 계자로 남연군(南延君)이 뒤를 잇고 있다. 이것은 영조 말에 김귀주(金龜柱)가 세도를 부릴 때 비교적 똑똑한 은신군이 모함을 받아 죽었으며 은신군 일족은 강화에 쫓겨갔다는 설명이다. 그리하여 은신군의 두 아들 당(나중에 풍계군으로 추존)은 은언군의 계자가 되고, 광(역시 철종이 즉위하면서 전계군이 됨)은 은신군의 제사를 모시게 된다.

참고로 남연군은 어떤 계파인가?

전주 이씨로서 능창파(綾昌派)가 있는데 영조 계통의 연령군계와는 다른 파이다. 능창파의 조(祖) 능창대군은 선조대왕의 제5남 정해군(定海君 : 추존하여 元宗)의 아드님으로 인조대왕·능원대군(綾原大君)·능창대군·능풍군(綾豊君 : 정해군의 서자)이 같은 형제이다. 능창은 똑똑한 왕자로 뒷날 인조가 되는 능양대군이 가장 아끼던 동생이며 미혼이었는데 광해군에 의해 피살된다. 반정으로 왕이 된 인조는 특별히 당신의 제3남 인평대군(麟坪大君)으로 능창의 가계를 잇게 해준다. 이리하여 능창파가 생겼는데 인평의 6대손 이병원(李秉源)의 차남 이구가 연령군의 제사를 모시는 계자가 되어 남연군이 되는 것이다. 남연군은 다 알다시피 창응(昌應 : 흥녕군)·정응(最應 : 흥완군)·최응(最應 : 흥인군)·하응(昰應 : 흥선군)의 4형제를 둔다.

한편 이광은 명(明 : 회평군)·경응(景應 : 영평군)·승(昇 : 원범. 곧 철종) 3형제를 두고 있다. 이 가운데 명은 힘없는 왕손으로서 정치적 음모인 역적 모의에 연루되어 죽음을 당했고, 원범만이 살아남았었다. 원범(1831~1863)은 이때 19세였으나 장가도 못들고 관아에 딸린 머슴으로 산에 가서 나무나 하는 처량한 신세였다.

하나의 정리(定理)로 '가난하면 둔해진다'는 말처럼 글공부도 못하고 주위의 멸시를 받으며 자연히 열등감과 바보처럼 되었을지는 몰라도, 항설(巷說)로 전하는 것처럼 천치이고 황음(荒淫)만 일삼았다는 말은 에누리할 필요가 있다.

전계군은 초취 부인이 최수창(崔秀昌)의 따님이고 재취 부인은 염성화(廉成化)의 따님인데, 철종은 바로 후취 소생이었다. 철종의 생모 용성대부인(龍城大夫人)은 이때 생존해 있었던 듯싶다.

원범은 갑작스레 맞아져 기유년 6월 8일〔헌종의 승하로부터 이틀만이다〕, 창덕궁 인정문(仁政門)에서 왕위에 오른다. 19세라면 대왕대비가 수렴청정할 근거가 없는데도 순원대비가 대권을 잡는다.

애당초 순원대비의 결정에 반대가 없었던 것은 아니다. 당시 판중추부사로 옮겨졌던 권이재도 그런 사람의 하나였다. 이재의 반대는 당연한 것이었다. 그는 열강의 침략을 예고하는 잦은 이양선의 출몰을 걱정했고, 현명한 군주 추대만이 난국을 헤쳐 나갈 수 있다고 믿었다. 권이재가 의중(意中)에 두었던 그런 인물은 종실 이하전(李夏銓)이었다고 한다.

하지만 대왕대비는 그야말로 전광석화(電光石火)처럼 대사를 결정·실천하여 안김의 세력 보존에 물불을 가리지 않았다. 철종이 즉위하자 곧 김흥근을 우의정에 등용하고 곧 좌상으로 올린다.

이어 8월에는 조병현에게 약사발이 내려졌고 울화병이 생긴 조인영도 경술년 12월에 졸한다.

헌종의 승하는 추사에게 있어 청천벽력과 같은 일이었다. 다음, 상무에게 보낸 편지가 기유년 생일 직후에 씌어졌다면 추사는 하룻밤 자고 나자 눈앞이 캄캄했을 터이다.

그 편지 내용이란 추사 생일은 6월 초사흘이고 헌종의 승하는 6월 6일인데, 이때 상무는 한양에 없었고 서산의 생가에서 상중(喪中)이었다. 따라서 섬까지 가서 추사와 함께 섬을 나왔던 것은 상우였다. '북에 온 이후로 숨돌려 의지할 소식도 없는데다가 비바람이 이어져 장마로 옮겨졌다마는 멀리 생각을 보내며 걱정되는 일도 많았던 터에 인편으로 네 편지가 이르러 보게 되니 근황은 알았구나. 심한 손패(損敗: 낭패되는 일이나 병과 같은 손실)는 없으며 중수씨

(명희 부인)의 환후 제절도 그 사이 자못 화기(和氣 : 화목)를 결했다는데, 지금 비록 조금은 덜하다 할지라도 안심할 수 없는 염려가 있으므로 말할 수 있는 믿음이 있은 뒤라야 대소가도 날로 모두 좋아질 터이며(頗欠節和今雖少減憧慮可 可言信後 有日大小悉佳) 다시 걱정되는 지장은 없느냐?

나는 3일의 차이로 능히 손실은 없어 다행이고, 지금 강루(江樓 : 금호 별서)에서 열흘째를 만나고 있으니 자못 유쾌하며 수천(水泉)이 크게 좋은지라 조금은 친척이 단란하고 정화(情話)로 10년의 쌓인 회포를 열어 위로받는 가옥으로써 자적(自適)하기에 이르렀다마는, 이곳에서 생일이라 일컫고 의기양양 올리니 바로 오늘이야말로 받들며 말할 수가 있구나. 눈꼽에다 더위까지 당하니 썩 믿을 곳은 못되지만 편지가 와서 하나하나 지어 얻지는 못했다마는, 만일에 이 한 장이라도 다만 평안함을 기탁하여 보내니 여러 곳에 고루 미치도록(보도록) 하여도 될 거다.'

상무에 대한 편지의 투가 훨씬 부드러워졌다는 느낌이지만, 역시 생일을 조촐하나마 집안에서 차렸음을 알만하다. 또 산천 부인의 병인데 흠절(欠節)이란 절제에 결함이 있다는 것으로, 오해를 풀고 확실한 근거를 증명하기 위해 원문을 덧붙였지만 정신적 질환이 있었던 게 아닐까? 그 뒤에 이어지는 글귀로 보아 집안과의 화목이 결여됐다는 것이며, 그러고 보면 산천의 정신적 고뇌는 이만저만이 아닐 것이며 불행한 생애였다.

또 나중의 일로서 상무의 부인 풍천(豊川) 임씨(任氏 : 당시 40세)는 신해년(1851) 5월에 죽는데 상무는 당시 33세였다. 이것 역시 아무래도 부자연스럽고 일곱 살의 차이는 드문 일이다. 그런 상무의 입양을 산천이 주선한 셈인데 여러 가지로 알 수 없는 미묘한 사정이 있어 보인다.

헌종이 승하하자 추사는 계속 금호 별서에 머물고 심상(心喪)을 하면서 독서를 하며 보낸다. 그것은 초의선사에게 보낸 서독으로 증명되지만, 실록을 보면 그 사이 7월 23일 신관호가 유배되고 8월에는 조병현(趙秉鉉)이 사사(賜死)된다. 이것은 안김의 분명한 정치 보복이고 전왕의 상중에 이유야 어떻든 전직 고관을 죽인다는 것은 일찍이 없었던 일이다. 예를 들어 당쟁이 가장 극심하여 임금마저 능멸된 저 영조의 즉위 초만 하더라도 역모를 꾀한 김일경(金一鏡)·목호룡의 처단은 경종의 국장이 끝난 뒤에 실시된 것이다.

헌종의 국장은 기유년 12월 28일인데, 국장이 끝나자 추사는 비로소 권이재와 접촉을 가졌던 것이며 이재의 옥적산방(玉笛山房 : 번동 소재)에서 이미 소개된 〈계첩고(稧帖考)〉를 저술한다.

그런데 순원대비의 권세 아래 추사의 재종 형님 김도희(金道喜)는 어떤 입장이었을까? 추사와 주하는 그 관계가 소원(疎遠)했고 이유는 역시 안김과의 관계에서 비롯된 거라고 믿어진다. 서독도 단 한 통밖에 없으며 그 내용도 다음과 같다.

'엎드려 생각컨대 어제의 선마(宣麻 : 왕의 대신 임명)는 우러러 임금님의 은혜를 머리에 이으시고 마침내 초복(初服)의 각중(角中 : 상중의 갓)을 물리치게 되었으니, 이는 차례로 '뿔관'이 굳혀진 경사이며(상중의 방갓을 벗게 됨을 비유. 곧 보직임) 사모하옵는 여정(餘情)은 가로막혀 머리를 돌릴수록 다할 수가 없군요.

매번 옛날의 어진 사람에게 있고 보는 것입니다만, 분부하시고 일러주셨던 《창언(昌言)》에서의 좋은 계책으로 휴고(休告 : 벼슬아치의 휴가)의 때며 보천욕일(補天浴日 : 임금의 은혜로 時運을 만회한다는 것)의 아름다움이 뒷세상의 백성에게 전하거나 알려주어 옳음을 본뜨는 한 가지가 될 수 있다는 것입니까?

엎드려 마음으로서의 비옵는 일을 이기지 못하여 아뢰이는 것이며, 다시 엎드려 문안드리건대 그 동안에 체후도 균일하시고 영화가 더욱 무성하시며, 들녘의 밖에 있는 변변치 못한 이 몸은 손을 맞잡고 머리를 조아립니다만 성문(聲聞 : 명예)에 미치는 일도 없는데 이에 감히 말을 구실삼으며 나머지는 이곳에 있지도 않사옵니다(다른 뜻이 없다는 것).

곧 조카 녀석들로 말미암아 금원(錦園 : 주하의 소실인듯)의 제문(祭文)을 얻어 읽었는데 그 일은 몰랐으며, 글이란 정(情)에서 비롯되고 정은 글에서 비롯되거늘 풀도 우거지면 시들고 아리따움도 도타울수록 애염(哀艶 : 아름다움이 지나치면 슬프다는 것)한데 사람을 움직여 마음으로써 슬퍼하기엔 충분하나 오히려 제이의(第二義)에 속하는 것이므로 어찌 이와 같은 일이 있으며 훌륭한 글이라는 것입니까! 이는 가장 으뜸인 문사(文辭)로써 마음이 평안하고 몸도 한가로운 것이 아담하고 바르게 마름질되어 글줄 가운데 옥노리개며 환한 얼굴이며 붉은 칠의 붓대며 옛 여군자(女君子)의 규방 풍류와 감개가 있지만, 한 점의 지분(脂粉)이며 여인의 낌새란 없으니 턱아래 가로 석 자의 구레나룻이며 가슴속에 5천 자의 글인들 곧바로 부끄러움이 되어 죽고 싶겠지요. 집안에서 이런 사람이 있었음을 알지를 못했으니, 어찌 모습인들 한 번 찾아서 볼 것이며 늘 난간 속의 하나인데 사람의 무리로 청하여 이 사람을 탄식하며 그리워하고 슬퍼할 것이며, 구슬을 품은 이 사람의 글이 옛일로 끝나더라도 어찌 한 치의 비단과도 같은 마음속에 간직할 수가 있는지 바다의 큼과 산의 우러름이 있은들 헤아릴 수가 없으니 오 보통은 아니고 슬프게도 이상하도다.'

김주하가 우의정이 된 것은 계묘년(1843) 10월인데, 서독에서 휴고(休古)며 보천욕일(補天浴日)이니 하는 말이 나와 이해되지 않았고 어리둥절했다. 휴고는 《한서》에도 그 말이 나오며 전한 무렵 황제가

신하에게 특별히 내린 일종의 휴가이며, 보천욕일도 사실은 같은 의미로서 목욕을 시켰던 것이다. 목욕이라도 지금의 이미지와는 다르고 말하자면 의복과 미녀도 제공되는 특전이고, 만일에 이런 휴가·휴양이 황제로부터 하사되었다면 신하로서 영광이고 신임의 표시이므로 그것이 전와되어 시운(時運 : 팔자)이 바뀌는 뜻이 되었다.

그러나 우리나라에선 그런 전통이 없으며, 서독을 읽어보면 느닷없는《창언》의 말까지 인용되고 있어 이해되지 않았던 것이다. 그런데 추사 서독의 특징으로 추신(追伸)이 본문보다 긴 경우가 많은데 조카들의 말로서 주하가 금원(錦園)이란 여자의 제문을 지었다는 말이 나옴으로써 추사의 서독 본문이 이해된다. 그러나 그래도 수수께끼가 남는다. 그 수수께끼를 설명하기에 앞서 추신을 자세히 읽어보면 알지만, 그것은 알기쉽게 비꼬는 말이고 야유를 하고 있으며 직접적인 비난 대신 반어적(反語的) 표현을 쓰고 있다.

금원은 주하의 애첩으로 그 자체는 알았겠지만 집안의 누구도 몰랐던 존재였는데, 결론적으로 추사는 형님인 김도희를 뒷구멍으로 호박씨 까는 인물로 규탄했다고 해도 틀린 말은 아니다.《창언》의 어진이 말로써 추사에게 유배중 충고를 했다는 것이 추측되기 때문이다.

그런데 서독에 연월일이 없기 때문에 생긴 수수께끼로서 알고보니 김도희는 좌의정에서 일단 물러났다가 국헌(菊軒) 이헌구(李憲求)가 병진년(1856)에 병사하자 다시 그 공백을 메우기 위해 재임용되고 있다. 그러고 보면 이 서독은 추사가 졸하던 해에 씌어졌던 것이며 서독을 다시 읽어보니까 들밖[野外]이라는 두 글자가 발견되고 모든 의문이 해소되었다. 추사가 제주도에 있었다면 바다 밖[海外]이라 표현하고 추사가 방면된 무신년 무렵엔 주하도 정치의 일선에서 물러나고 있었던 것이다.

참고로 도희는 같은 월성위 자손으로 병조판서를 지낸 김노응(金魯

應)의 아들이고, 추사와는 6촌간으로 서독 왕래가 반드시 있었을 터이다. 그런데 아마도 김노경이 탄핵되면서 그 관계는 멀어졌다고 추정되며 추사는 죽음마저 각오한 비참한 구렁텅이에 빠졌을 무렵 도희·덕희(德喜) 형제는 무사했다.

경술년(1850)이 되면서 7월 23일에 이학수는 신면(伸免)되어 도총관을 거쳐 한성 판윤(시장)이 되고 있지만, 추사는 여전히 면죄되지 않는다. 〈가을을 송별하다〉 4수를 읽어보자.

말다툼을 주고받은 편지 비딱하게 보니/서녁 바람도 서글픈 친구 집이로세./늙은 국화는 철 지나도 남았는데/가을꽃이 내일이면 바로 겨울꽃이라네.
(贈言爭看鴈書斜 惆悵西風舊雨家 老菊不隨時節去 寒花明日是冬花)
몇 섬들이 배는 낙엽으로 장식되며 돌아가는데/찬 서리는 사람 머리를 희게 해주는구려./단풍 숲의 옥이슬은 어드메서 찾아볼꼬/기주의 늙은이 시의 마음을 덜어 물리쳤다네.
(落葉裝歸幾斛舟 寒霜留贈白人頭 楓林玉露今無處 減却詩情老夔州)
추운 강에 잉어바람 불지를 않으니/작별한 뒤의 소식도 아득하구려./다시 뜨거워짐은 이제 바라기가 어렵겠지만/둥근 부채 서궁을 원망하며 몇 번이나 부쳤던고.
(寒江斷送鯉魚風 別後音書渺渺中 再熱如今難復望 幾回團扇怨西宮)
능수버들 봄마음은 아직도 축지 않고/한들한들 맵시있게 가을을 보내누나./중동에는 다시 양기가 겹치게 되고/한향을 술잔에 띄우고 옛 둔대를 오르리.
(楊柳春心尙未灰 絲絲猶得送秋回 仲冬更有重陽在 爲泛寒香上古臺)
이 시는 매우 쉽게 이해된다. 쉽다는 것은 기교를 부리지 않고서도 읽는 이의 마음을 움직이고 이해할 수 있어야 한다.

사(斜)는 운자이지만, 언쟁 끝에 답장이 왔다면 바로잡고서 보기가 싫으리라. 그래서 비딱이다. 또 안서(鴈書)니 음서(音書)니 하는 것은 모두 편지를 뜻하는데, 작자는 편지로써 인생을, 특히 지나간 과거를 노래한다고 여겨진다. 또 구우(舊雨)는 글자 그대로 옛날의 비인데 우(雨)를 발음이 같은 우(友 : 벗)로 보면 뜻이 선명해진다.

두보의 〈시소서(詩小序)〉에 나오는 '심상거마지객 구우래금우불래(尋常車馬之客 舊雨來今雨不來 : 줄곧 찾는 손이라도 옛날엔 비를 맞고도 왔는데 수레를 타는 신분이 된 지금은 비를 맞고서 찾아오진 않는다)'에서 인용된 게 분명하다. 그렇다면 노국(老菊), 한화(寒花), 곧 추위 앞에 떠는 꽃도 이해된다. 여기서 늙은 국화·한화·겨울꽃은 추사 자신을 가리키며, 한화란 말은 없지만 스스로의 몰골에 비유하여 만들었다고 생각된다.

곡주(斛舟)는 배의 크기를 말하며 옛날에는 배의 크기를 이를테면 백석배〔百石舟〕·천석배라고 불렀다.

옥로(玉露) 역시 시어로서 두보의 〈추홍팔수시〉의 '옥로조상풍수림(玉露凋傷楓樹林 : 옥과 같은 이슬이 단풍 숲을 상케 하여 쓸쓸하게 만든다)'의 인용이다. 기주(夔州)는 중국 사천성의 고장 이름으로 두보는 바로 안녹산의 난이 일어나자 이곳으로 피난한다. 시정마저 감퇴되고 물리쳐졌다는 것은 두보의 피난 생활이 비참했다는 것인데 그것은 곧 추사의 생활과 겹친다.

잉어바람 역시 이가(李賀)의 시 '문전유수강릉도 이어풍기부용로(門前流水江陵道 鯉魚風起芙蓉老 : 집앞에 흐르는 물은 강릉길과 통하는데, 잉어가 뛰어오르는 여름의 바람이 일어나면 부용(연꽃)은 이미 수확의 때이다)'로서 역시 인생의 흐름을 노래하고 있다.

과거를 돌아본다는 것은 이미 늙었다는 증좌이고 젊은이는 그런저런 생각도 하지 않는 법이다. 재열(再熱)이란 피가 다시 뜨거워지는 것인데 지나간 청춘은 다시 돌아오지 않는 거다. 서궁이란 후궁인데 여기서 순원대비를 원망했다면 비약일까……? 추사도 인간이니만큼 조금은 그런 생각을 했을지도 모른다.

그러나 결코 그럴 수는 없는 것이다. 마음은 언제까지 젊다 하더라도, 아직 늙지 않고 살아있다── 미회(未灰) ──하고 싶어도 자연의 섭리란 늙음을 막지 못한다. 중동(仲冬)은 추위가 가장 심할 때 음력 11월 9일인데 자연도 그렇지만 인생의 모든 것은 고비를 지나면 모진 추위도 누그러진다. 그것이 중양(重陽)으로 설명되고, 다시 봄이 온다는 희망이 있기에 모진 추위도 참는 거다. 이것은 모순같지만 결코 모순은 아니다. 늙음이나 죽음이 한 발짝씩 다가오는데 무슨 희망이 있느냐 할런지 모르지만, 신자라면 극락왕생이 있을 것이고 적어도 일체를 잊을 수 있는 휴식이 있잖은가!

다음의 〈가을날 밤늦은 흥취〉 3수를 읽어보자. 가을도 생각에 따라 다르게도 느껴지는 거다.

　　벼도 누릇해지고 게도 푸릇한 서울에서 지내자니/기러기 나는 (곁)가에 가을 흥취는 끝이 없어라./이곳은 바로 낚싯줄 드리운 곳인데/갈매기도 멋대로 놓아지듯이 졸음이 오누나.
　　(稻黃蟹紫過京裏　秋興無端鴈□邊　最是漁亭垂釣處　任放沙禽自在眠)
　　지붕머리 은하수에 버들별이 비딱한데/내일 아침 기쁨은 촛불로 점치네./좋은 손님 오실 때는 술밥도 많을 테니/길한 조짐은 밤빛에도 희다네.
　　(銀河當屋柳旗斜　喜事明朝占燭華　佳客來時多酒食　夜光生白吉祥家)
　　이끼가 수도 없이 댓돌머리에 나타나니/산집의 첫째인 가을은 짐작되고도 남으리./석류와 국화가 앞서거니 뒤서거니 볼거리는 잇따르고/장원꽃은 풍류와도 어울린다네.

 (碧花無數出堦頭 占斷山家第一秋 榴後菊前容續玩 狀元紅是並風流)
유기(柳旗)는 별이름이고 산가(山家)는 절을 말한다. 장원꽃은 자말리(紫茉莉)의 다른 이름이라고 한다.

또 '중양(重陽)'은 흔히 음력 9월 9일을 말하는데 그 시는 다음과 같다.

 솜옷은 얇은 것이 새벽 서리를 떨구기도 처량한데/푸른 산 단풍은 길도 멀고 한 가닥일세./객지의 서녘바람 나를 저버리지 않으니/외로운 구름 아래 사당은 중양절일세.

 (縣裘凄薄拂晨霜 紅葉靑山一路長 客裏西風還不負 孤雲祠下展重陽)
설명이 필요없으리라. '홍엽청산일로장(紅葉靑山一路長)'이 고달픈 인생을 설명하고도 남음이 있다. 추사의 시세계는 결코 이런 인생의 애상(哀傷)만도 아닌, 넓다는 데 가치가 있다. 동심(童心)을 노래한 〈장난삼아 비를 기뻐하는 아이들에게 차함[戱次兒輩喜雨]〉이라는 것도 있다.

 마을 다리도 삼킬듯이 냇물은 넓게 불었는데/짙은 푸르름은 위아래 곳곳을 부드럽게 해주네./태수의 힘으로도 들경치를 돌리지만/성긴 가지의 나무 몇 그루 신의 휴식을 본받게 하네.

 (村橋吞漲汎村流 上下濃靑處處柔 太守力能廻野色 婆娑數樹效神休)
유(柔)란 강유(剛柔)로 표현되듯 여성적인 것이며 남녀가 우주의 생명력을 창조하듯 어느 쪽이든 불가결이다. 시인은 여기서 마을의 다리를 삼킬 정도의 홍수——곧 남성적 거칠음이라도 곳곳에 남아 있는 푸르름이 오히려 포용(包容)하는 것으로 본다. 제3수 이하도 같은 맥락이다. 태수란 권력의 상징으로서 역시 남성이고 들의 경치(모습)마저 돌려놓을 힘을 가졌다. 그러나 인간이여, 사물의 일면만 보아선 안되는 것이다.

파사(婆娑)는 《시경》의 말로서 옷소매가 하늘거리는 형용인데, 전와되어 잎도 떨어진 나뭇가지의 살랑거림을 뜻한다. 홍수와 같은 자연의 폭력 앞에 겨우 몇 그루만 남은 나무의 앙상한 가지를 보고서 절망하면 안되는 것이다. 그것을 신——대자연의 휴식이라는 의미로 생각한다면, 족한 것이다. 그래서 효(效:효험, 본받을 법, 또는 배울 점)이다.

그것이 또한 동심(童心)이었다. 본문에선 동심이 하나도 나와있지 않다고 의아해할지 모르지만, 동심이란 아이들의 순수한 마음이고 무심(無心)과 같다고 생각하면 이해가 되리라. 무심이란 쉽게, 욕망이 부수되지 않은 마음이다. 어른들은 홍수가 나서 걱정이고 재산의 손실 같은 것도 생각하는데 아이는 미역을 감거나 송사리를 잡는다. 그래서 제목으로 아배희우(兒輩喜雨)라며 못박았던 만큼 굳이 설명이 필요없던 것이다. 다음의 〈칠석날 여러 젊은이와 어울려 화합하고 부질없이 이에 쓰노라. 더불어 교묘함을 다투자는 게 아니라 도리어 수염의 쉼을 부끄러워 하노라[七夕戲和諸少年 漫題于此 匪爲與之鬪巧 還切染鬚之媿]〉는 어떤가.

추사는 늙었으면서도 체면 따위를 버리고 젊은이와 화기애애한 시를 경작(競作)하는 것이다. 이것이 보통의 일인가! 동심으로 돌아갈 수 있는 시인이 아니고선 도달하기 어려운 소탈함이다. 염수(染鬚)는 수염을 물들였다고 오해되기 쉬우나 세월이 가져다 주는 현상을 말한 것이다.

봉황새와 외짝인 난새가 작다는 것은 어째서일까/아마도 은물결을 신선의 버선으로 잘못 가르침일세./천손이라도 다리를 건널 때는 조심해야 하거늘/세상에 괴이스럽지 않음이 없는데 풍랑도 많다네.

  (幺鳳隻鸞可奈何 恐敎仙襪誤銀波 天孫亦要塡橋渡 無怪世間風浪多)
거미가 줄을 엮고 까치가 다리를 놓는다는데/소리없는 은하수에 밤은 고요하니 쓸쓸하리라./병의 뒤끝이라 오래 앉아 있을 수는 없으나/가을이 오니 첫째인 것은 초저녁의 애닯음이라.

  (蜘蛛結網鵲成橋 河漢無聲夜寂寥 不是病餘貪久坐 秋來第一可憐宵)
내용에 있어선 별개 아닌 듯싶으나 특히 제2수를 읽고 나면, 은하수를 바라보는 노인과 젊은이의 다름을 노래했다고 느껴진다.

지금은 그런 풍속도 사라졌겠지만, 농촌에선 중복도 지나게 되면 은하수가 유난히 선명하게 관측되는 것이다. 그래서 저녁이면 바깥 마당에 멍석을 깔고 더위를 피하며 물것을 쫓는 겻불도 놓으면서 문득 하늘을 우러르고 은하수를 발견한다. 아이들이라면 그 숱한 별이 강물처럼 하늘에 길게 걸린 은하수의 신비로움을 느껴 할아버지·할머니에게 옛날 이야기를 조르고 젊은이라면 그런 은하수의 별 가운데 내 별도 있으려니 하며 청운의 희망을 펼친다.

하지만 노인은 다른 것이다. 그 반짝이는 별빛을 보고도 너무나 고요한 쓸쓸함을 금할 수가 없으니 차라리 가련타고나 할까……? 그러나 인간은 사는 연대에 따라 생각이나 시선은 다르면서도 같은 것이며, 그것을 이해하면 요봉척란(幺鳳隻鸞)의 뜻도 비로소 이해된다. 요(幺)는 幺(요)의 속자이고 작다는 뜻.

다음은 〈파리〉라는 시이다.

하늘 끝에 벌레 날아 우레같이 들끓는데/큰 불이 어느 때에 모인 언저리에 닥칠지./가엾다, 네 놈은 뜬세상과 너무도 다정하여/한사코 몰아내면 한사코 덤비느냐.

(天末蟲飛沸若雷 幾時大火聚邊回 憐渠浮世多情甚 抵死驅之抵死來)
파리를 소인으로 비유했다고도 생각되지만, 그런 파리라도 무심코 보지 않았다는데 세심한 마음이 느껴진다.
 여기서 초의선사에의 서독을 읽어보겠다. 추사는 이 무렵 선서(禪書), 이를테면《법원주림(法院珠林)》1백 권을 읽으며 마음의 불길을 끄고 있었다.
 '곧 읍내의 인편으로 범함을 받게 되니 강상(江上)의 산속이란 역시 다른 세상은 아니며 한 하늘로 덮여있는 아래에 나란히 있는 바 침개(鍼芥 : 티끌)가 서로 끌어당기는 상태라 하겠는데, 어찌 경계를 지나서 동떨어져 있단 말이오! 세밑의 한 추위는 벼루의 물을 얼리고 술도 얼릴 만한데 남녘 땅은 비슷하더라도 이렇지는 않을 것이며, 또 하물며 초암(草庵)의 안인데 말이오! 요즘의 노사는 부들 방석과 향등(香燈)의 복을 입어 기쁨도 따르고 경안(輕安)한지 염려되고 염려되오. 이 몸은 연이어 강상에 있지만 연말도 지나고 봄이 되면 흡사 호남에 갈 나막신이라도 매만질까 하오.
 육차(六茶 : 6월에 만든 차)는 이 갈증난 폐를 적셔 주겠지만, 다만 매우 적은 데다가 일찍이 노사와도 차에 대한 약속을 간절히 했었는데 하나의 창(槍)도 기(旂 : 둘다 차의 새싹)도 보내주지를 않으니 한탄스런 일일세. 부디 이 뜻을 그에게 전하고 차상자를 뒤져서 봄에 오는 편에 보내주면 좋겠네. 간신히 쓰며 인편도 바빠서 불식, 완수(阮叟).
 햇것인 차는 어찌하여 돌샘과 솔바람 사이에서 혼자만 마시고 도무지 먼 사람 생각은 하지 않는가. 꼭 아픈 몽둥이 30대는 맞아야 하겠네.
 새 책력을 이에 삼가 보내니 대밭 속의 일월(日月)로 아시기 바라며 호의(縞衣)도 별 탈이 없고 자흔(自欣)·향훈(向薰 : 셋다 인명이고 절 머슴인듯) 역시 잘들 있소? 각각 책력을 보내니 나눠서 전하고 역시 이 먼 소식을 전해주구려. 김세신(金世臣)에게도 책력 하나를 또한 미처가도록.' 〔제32신〕

'세밑의 편지 하나를 해가 지나고서도 아직 소맷속에 넣고 있는데, 그 사이에 봄바람이 문득문득 불어와서 벌써 화조(花朝 : 음력 2월 보름)에 이르렀으니 흘러가는 세월은 법계(法界)도 마찬가지인가. 나무는 움싯움싯, 샘물은 졸졸 흐르는데 선송(禪誦)은 멈추지 않으며 부들방석(초의를 가리킴)은 경안하신가 염려되고 염려되네.

천한 이 몸은 한결같이 목석과도 같은 완고함과 어리석어서 상기도 강상에 머물러 있는데, 이 달 열이틀에 또 계수씨(산천의 부인인 듯)의 상을 당하니 정리가 너무도 슬퍼서 차라리 보지 않은 것만도 못하나 이기자니 어찌하오. 전번에 《법원주림》을 들어 말하기도 했지만, 또 계속하여 《종경(宗鏡)》 완본 1백 권을 얻었는데 이도 하나인 문자의 인연이고 노사와 함께 더불어 고증할 수 없는 게 한(恨)이외다.

또한 한 가지 들려줄 만한 일이 있는데 옹정(雍正) 연간(1723~1735)에 종풍(宗風)이 크게 명랑해져 조사의 어록을 고정(考正)했거니와 대혜(大慧)의 글 따위는 진종(眞宗 : 진전)에 맞지를 않고 투관(透關)의 안목이 없다고 여겨져 어록에도 넣지를 않았던 것이며, 또 다섯 종파가 갈라짐으로써 문호에 갈등이 생겼다 하여 대대적으로 선별하고 위로부터 조서가 내려져 천하의 선림이 받들고 행해지며 두말이 없도록 했던 것인데, 동방의 한 귀퉁이에선 모두 이것이 있는 줄도 모르고 가까이 움직여 '망념광참(妄拈狂參)'했으니 사람으로 하여금 가엾고도 불쌍한 일이었네.

나는 평소 '대혜'를 마땅치 않게 여겼는데 지금 이 실증(實證)을

얻게 되었으니 이 눈도 역시 그르치지 않은 데가 있나 보오. 천 리
가 멀고도 먼데 생각나는 대로 말을 다하지 못하니 답답하네. 마침
가는 인편을 만나 대략이나마 알리며 불구(不具). 화조절, 승련노
인(勝蓮老人).'〔제33신〕

  이 서독은 신해년(1851) 2월 보름날에 씌어진 것으로 날짜가 명기
되어 있다. 그 해 6월에 영상 권돈인은 헌종의 부묘(附廟 : 신주를 종묘
에 모시는 것)에 즈음하여 진종(眞宗)의 신주를 조천(祧遷 : 신주의 격을
낮추어 옮기는 것)하자, 이 조천에 반대한다. 진종은 바로 영조의 첫왕
자인 세자(효장세자)인데 10세로 승하했지만 그 뒤 '장헌세자'의 비극
이 있자 진종으로 추증되었으며 정조는 바로 진종의 계자(系子)가 되
어 왕통을 계승했다.
  순원대비가 어째서 이런 결정을 했는지 실록에는 나와있지 않지
만, 철종의 승통과 관계가 있다. 대의명분으로 진종의 조천은 영조→
진종→정조의 승통을 무시한 것이라 이재가 단호히 반대한 것이고 추
사는 말할 것도 없다. 즉 효장세자와 화순옹주는 연고당(延祜堂) 정
빈(靖嬪) 이씨의 소생으로 추사의 월성위 계통도 무시되는 셈이었다.
순원대비의 생각은 영조→장헌세자→정조의 승통으로 그게 그것 같
지만, 유교의 가정 윤리로 장남과 차남 이하는 다르므로 추사와 이재
가 반대한 것이다.
  반대가 있자 이재는 탄핵되고 파면되었는데, 그 고발자는 바로 저
김우명(金遇明)의 아우로 홍문관 교리였던 김회명(金會明)이고 그는
추사를 이재의 배후 선동자로 공격했다. 이리하여 동년 7월 23일 추
사는 함경도 북청(北青)으로 유배되었는데 낭천(狼川 : 화천)에 부처
(附處 : 현지의 현감에게 신원이 맡겨지는 것)된 이재와는 그 출발 일시
가 달랐다.

먼저 민규호의 〈완당선생 소전〉을 읽어본다.
'철종 신해년 권상국 돈인이 예론으로서 배척되자, 배척한 자는 실제로 공이 이것에 관여했다며 북청으로 옮겼다. 이때 공의 나이는 예순여섯. 두 아우님 역시 늙어 머리는 하얬었다. 공의 손을 움켜잡고 통곡하며 말하지를 못했었는데 친척과 이속(아전·군졸 등)들도 눈을 크게 뜨고 훌쩍거렸으며 슬픈 호곡 소리는 집과 담장을 울렸다. 그러자 공은 정색하며 둘째와 계씨를 돌아보며 말했다.
"보통의 사람이라면 말할 게 없겠지만 글을 읽었다는 자네들마저 그와 같단 말인가!"
그리고 배웅하는 사람들과 담소하며 손을 잡았으며 평소와 다름없는 단정한 태도로 가져갈 책고리를 챙기셨다.'
여기서 권이재에게 보낸 〈제26신〉을 읽어보겠는데, 신해년의 북청길과 관련되며 매우 귀중한 자료이다.

'골짝부터 영마루는 이것이 과연 대인(大人)의 범위로서 경계일까요? 태산과 북두칠성이 임하고 굽어보는 아래 사람 사는 곳에 옥규(玉虬 : 뿔 없는 용. 곧 용의 새끼)의 현상은 멀고 아득하여 애오라지 신룡(神龍)만이 소요하거나 노니는데, 혹은 누에가 변하여 뽕나무 벌레가 되고 수미산은 겨자씨 안에 든다 하는 이 역시 크고 작음은 사리(事理)로써 똑같아 거리낌이 없다는 것일까요?
돌고 도는 변천이란 다함이 없는 것이고 비록 백 가지의 변화와 천 가지의 허깨비는 사람의 힘으로 움켜잡거나 작정할 수 있는 게 아니고 바람에 걸려있는 휑뎅그렁한 곳이니 그에 따른 안정이나 그것으로 하여금 그러하지를 못한다 할지라도, 이는 군자의 다리로서 발뒤꿈치를 붙여 서지를 못한 채 뭇사람으로 쑥 봉(씨)이 구르고 부평초가 정처없이 흐르는 것과 마찬가지로 합쳐져 더럽히는 것입니다. 그것의 차례로써 눈앞의 유행되는 노래(헐뜯음)로 이를 본다면 성은의 자애로움이 하늘과 더불어 감싸주시거나 지극하신 감격으로 방관하는 일도 없을 것이니, 어찌 하물며 이 몸이 영력(靈力 : 여기선 순조의 신령이 보살펴 준다는 것)의 총애를 받들 것이며 삼가 어느 날에 허둥지둥 재를 넘고 존체를 뵙게 될런지 모르지만 방편임에는 다를 게 없으며 수천(水泉 : 황천)의 경계를 지나든 또는 흙바람 부는 깨끗하고 시원스러움이라도 역시 길들이는 데에 달린 것입니다.

눈바람은 포학하기 이를데 없건만 체후가 균안하시며 백령(百靈)이 붙들며 지켜주시니 정신도 왕성하시고 굳세며 모습에도 털 끝 하나라도 훼손이 없으신지, 변변치 못하나마 고개 숙여 축수하오며 잠시라도 감히 안심하고 소홀히 여길 수가 없습니다. 이를테면 인인니(印印泥) 같은 것은 정착(釘着 : 도자기에 서화를 새기는 것)하는 중에 동파 노인이 혜주(惠州 : 해남도)에 갔을 때 아직 흡족하지를 못했거니와 위공(衛公 : 衛宏. 후한의 학자)도 애주(厓州)에 갔을 제 옛사람의 역주(易注)며 초사(抄詞)는 역시 크게 이룩하지는 못했는데, 무엇을 꾀하리까!

약방문도 모두 좋지 않은 게 없을 것이며 이것을 받아 다할 수 있는 곳이라면 한가로움도 부질없이 과(課)해져 흥겨움 아닌 번민만이 남겨져 한층 심해질 뿐이니, 백운(白雲)·부석(浮石)의 승지(勝地 : 地勢가 뛰어난 곳)라도 그윽함을 치게 되며 글월이 이루어져 평안하고 향긋한 바람이라도 티끌이 떠다님을 두루 부채질할 수가 있으므로 삼가고 이는 정리하셔야 합니다. 기상(氣像)이 두드러져 우두머리인 것은 이끼가 낀 낡은 벽으로 하여금 상투적인 것을 빠개며 부수는 것인데, 글자의 제도는 백대 아래에 이르기까지 괴상한 도깨비를 굴복시켜 상념을 거슬러 오르게 할 수 있으며 그 풍채

(風采)는 지나간 옛날의 끝모습까지 뒤쫓을 수 있고 느껴 발동할 수 있다는 데 있습니다.

 가장 자기로서 능히 할 수가 없는 것은 역시 얼마 전 강밖(한강을 벗어났다는 것)으로 추가(楸駕 : 장송 행렬인데 유배와 비유)가 나갔을 때입니다. 큰 비가 쏟아지는 가운데 소문과 소식은 들을 수가 없었고 진태(津逮 : 나룻배가 닿는 건너편)로서 이틀 뒤에 지나지 않을 뿐인데 미처 돌리지 않을 수가 없었으며, 다시 이 행렬을 짓고서 오직 또 아득하고 아득한 곳을 첨망(瞻望 : 손모아 빌며 바란다는 것)하며 포천(抱川) 역점(驛店)에 이르렀는데 가마꾼으로 지나가는 자를 만날 수가 있었으며 비로소 아흐렛날 삼가 소식을 들었습니다. 처음으로 주셨던 소식이 도달한 것은 영(철령)을 지난 이후였습니다만 당음(棠陰 : 사또인데 여기선 이재를 가리킴)께서 사랑하신 나머지의 땅만도 아닐 뿐더러 또한 칭송하고 또한 읊지 않음이 없어 믿고 위탁할 만했습니다(권이재는 일찍이 함경 감사를 지냈다). 이어 낙민루(樂民樓 : 함흥 소재) 아래에 이르렀고 이교(李校 : 이씨 성의 군관) 소장의 서첩을 획득하여 읽었습니다만, 기쁨은 절로 이길 수가 없었으며, 이를테면 새해를 굽어보듯이 활짝 핀 꽃을 만난듯이 이 몸은 유전(流轉)되어 변방의 성채에 있음을 깨닫지 못할 정도였지요. 하물며 지척지간에서 널리 알려져 얼빠진 듯이 우러르는데 망령되게 나의 제지(題識)가 있다면서 올려보이도록 한다고 운운하다니! 그러나 서척(書尺 : 편지)으로서의 왕래는 인연이 없어 마음속으로 허공에 사닥다리를 걸듯이 헤아리지 못했는데, 이교가 판각한 《유마경》이 다다르고 감응(感應)되자 동파가 혜주에 갔을 적에는 천상(天上)에도 있지 않은 계(界 : 한계)를 알았지요. 아울러 편지 하나를 우러러 읽고 생각은 광대하여 머물기에는 작지 않은 상자에 포용하고서 시를 받들겠습니다만, 작은 올빠름도 없고 이 원망이나 비방은 초사(楚辭)의 이별하는 근심이며 시끄러움도 없으리니(《초사》에는 〈離騷〉라는 편이 있고, 여기선 편명처럼 불평불만이 많다는 것인데 그것을 거꾸로 표현했다) 매미가 탁류 속에서 더러운 허물을 벗듯이, 하루살이가 티끌과 흙먼지 밖인 이곳은 그런 까닭으로 감(坎:《역경》의 감괘인데 겹치는 험난·함정을 상징)이면 더욱 형통한다고 했던가요? 어찌하면 그 왕성(旺盛)한 이를 신변에 지니고 하나의 큰 밝음을 지어(만들어) 신주(神呪)와 태상(太上: 태일신)의 신령스런 부적 밑바닥까지라도 다다르며, 고르게 기울어져 다함이 없는 감송(感頌)을 하리까. 나는 소인일 뿐 성동(城東)의 자작나무 껍질 지붕의 집안에서 겨우 허리 굽혀가며 능히 버티고 의지하는 잔구(殘驅)이련만 이십팔수(온갖 별자리)의 큰 물로 가로막고 서른 날(매일. 둘다 비유)의 비바람을 허비하는지요! 문득 황달(黃疸)이 스스로 이르고 난 뒤라 하나의 엄연한 황면노담(黃面老曇: 부처를 비유함. 부황이 생겨 누런 것이 불상과 같다는 것)인데 의원도 약도 없는 고장이라서 절로 반드시 나눠져 죽음 또한 알 수가 없습니다만, 어찌된 인연인지 돌이켜져 며칠이 굴러가자 누르끼한 것이 조금씩 바래면서 없어져 제사에 쓰는 놋그릇처럼 되었으니, 이미 무너졌는데 또 무엇을 바라며 또 무엇에 연연하리까! 동백산(桐柏山) 속에서 우경(耦耕: 둘이서 나란히 밭가는 것. 곧 은퇴)하자던 옛날의 약속도 산이 됨을 겁내어 냇물을 비웃고 꾸짖었다 했지만, 이곳에 이르러 이를테면 살길을 마련하여 서쪽에서 얻은 것을 동쪽에서 빌려주듯 부지런히 지내면서 겨우 자금을 만들었습니다만 둘째와 막내 아우들의 깃털도 늘 부족되니 역시 공허함을 더듬어 나눌 수는 없는 일입니다. 또 이 고장은 황량하기가 입으로선 말할 수가 없고 또 어찌하여 거듭 가게 되었는지를 모르는데 또 이 잔년(殘年: 여생)으로 누구에게 동정을 빌어야 할지 누가 또 이것에 응해 줄 것인지 운수에 따른 것이라 동동할 뿐입니다. 강생(姜生)과 철서(鐵胥)는 모두 능히 몸을 떨쳐가며 따라왔으니 어찌 힘을 다하는 충성이라 하지 않겠습니까!

──동기창의 족자 또한 바로 지극히 좋은 필적이고, 글씨가 모두 운필(運筆)로서 중봉(中鋒)으로 나갔는데 이와 같은 것이 동필(董筆)의 극적(劇跡:뛰어난 필적)입니다. 그러나 후세에서 곧 보게 되는 동필의 진적 여부는 범필(凡筆)로 무리지어 비교한 까닭이며 동필이 된 것인데, 속인이 망령되게 이런 묘(妙)에 공력이 있음을 모르고 가볍게 동필을 흠보고 있지만 따라서 그것이 산음의 정맥(正脈)을 좇고 이것에서 나왔음을 알겠습니까?

담계의 장정(裝幀)으로 상단(上段)이 그릇되지 않은 것인데 곧 그 중년으로 60세 이전의 글씨이며 하단은 아닙니다. 안작자(贋作者)는 헤아릴 수가 없지만 해외(중국 아닌 곧 우리나라) 역시 갖추어져 있는데, 하나의 외떨어진 늙은 눈이라서 엎드려 웃고 웃을 뿐입니다.

이 단(段:부분)은 전혀 가깝게 닮지를 않았는데 곧 깎아버림을 사용하되 어목(魚目:요점)은 사용치 않아 진적과 뒤섞이고 다시 '팔대산인(八大山人)'의 그림 묘미가 겹쳐져 있어 진적은 아닙니다.

화법은 물론 좋지만 자못 팔대산인 그림의 습기(習氣:상투적인 것)를 띠고 있는데다가 원작에는 지름길을 찾는 게 없으니 어찌 습기를 얻은 바 있지 않다고 하리까. 문오봉(文五峰)의 두루마리는 자못 좋은 것이 그 본가의 내풍(來風)을 잃지 않았는데 제지며 낙관 역시 그 수적(手迹)임에는 의심할 데가 없습니다. 문형산(文衡山:문징명)의 서원축(西苑軸) 역시 필법에는 그와 같은 흠각(欠刻)이 좀 많지만, 그러나 비범한 글씨라서 거짓으로 만들자면 그 족자 종이에 막힌 곳이 있으며 심숙원(沈菽園)의 연방소인(延芳小印)은 그 때문에 가라앉았지만 옛날 소장임에는 의심할 데 없습니다. 심은 바로 담계 노인의 앞선 무리로서 풍류와 문채가 한때 빛나고 찬란했지만 담계 노인이 심중(深重)하게 여긴 바 있으나 반드시 수장하지 않았음은 안본(贗本)인 이치에서입니다.'〔제26신〕

이 서독을 세밀히 읽어보면 항설(巷說)로서 일컬어지듯이 김추사는 권이재를 부추긴 게 아님을 알 수 있다. 물론 세밀한 고증과 조언(助言)은 했겠지만, 진종 조천에 대한 예론은 권이재가 주체적으로 제기했던 셈이다. 서독에서도 그 점에 대해선 일체 언급이 없고 계(界)라는 죽고 사는 인간 한계를 강조하며 많은 지면을 소비하고 있는 것이다. 다음의 여러 시는 그런 북청시대의 작품으로 고증 부족으로 예외(例外)도 있으리라. 또 서독에 나오는 강생은 제주도 시절부터 추사를 모셨던 사람이다.

〈철원 윤생에게 주다〔贈鐵源尹生〕〉
궁예산 앞에 백석장이 있는데/하나의 거울처럼 봄물이 넘실거리네./도사는 매일처럼 황정을 캐니/길손에게도 신선 맛을 나눠주네.
(弓裔山前白石莊 一匧春水綠央央 道人日採黃精去 仙味能分野客嘗)
백석장은 장원(농장) 이름인 듯싶은데 윤생을 도사, 곧 은퇴자로 비유했다.

〈장난으로 사투리를 뽑다〔戱拈俚句〕〉
뜰의 오동도 오직 붓인데 하늘거리고/밤의 열기도 낮더위가 돌아와 무덥네./꼬불꼬불 왔으니 침상머리 잠 못 이루고/마주보는 사람도 없어 절로 등파를 찾으리.

(庭梧只管碧婆娑 夜熱還於午熱多 曲來床頭眠不得 向人空自覓藤婆)
파사(婆娑)는 나뭇가지가 흐늘거리는 형용이고 관(管)은 피리라고 할 수 있는데 붓으로 보았다. 그러나 제목으로서도 알 수 있듯이 점잖치 못한 형용이 있는데, 이를테면 향인공(向人空) 즉 마주보는 사람이 비어있다는 뜻으로 등파(藤婆: 죽부인)를 찾고 있는 것이다. 따라서 야열(夜熱)이니 오열(午熱)이니 추사의 외로움을 나타냄과 동시에 남녀의 정을 노래했다.

〈천산을 내려와 절구를 짓다〔下天山絶句〕〉
봄의 묏부리는 해 그림차도 몇 번인데 향갑 속의 호수이고/가물거리는 실비는 강남에도 이 같은 데 없어라./거칠고도 괴이함을 낳는 골짝 어귀인데/천연적인 도화이니 뉘라서 본뜰꼬.
(數圭春岫一奩湖 烟雨江南似此無 生怪巇橫嶔虜處 天然圖畫意誰摹)
흔히 산수(山水)라고 말하지만, 물은 흘러가는 것·죽음을 의미했고 산은 변하지 않는 것·삶과도 연결시키는 게 옛사람의 생각이었던 것 같다.

규(圭)는 여기서 해 그림자를 재는 규얼(圭臬)로 사용되고 거리를 나타내는 말로 해석된다. 그러므로 염(奩)은 여인의 향갑 또는 분갑으로 본 것인데, 호수를 그 속에 수용시켜 산수의 대비(對比)가 절묘하다. 또 강남은 중국의 소주·항주 일대를 떠올리는 게 보통이지만, 추사는 그런 강남에도 없는 것이라며 우리의 것·우리의 강산을 자랑한다.

보통 선비는 반고(盤古) 신화며 '장자' 따위는 잘 알고 있지만 '단군' 신화는 몰랐다. 추사도 단군에 대해 언급한 적은 없었지만, 그러나 기본적으로는 결코 사대(事大)가 아닌 신념에서 비롯되고 있으며 《산해경(山海經)》 따위에서도 볼 수 있듯이 괴기한 동굴 같은 것은

'창조신화'와도 연계된다. 금(嶔)도 골짝 어구를 말하며 신비로운 생명력과도 직결되는 것이다. 다음의 시는 유명한 함흥의 〈만세교 도중(萬歲橋途中)〉이라는 것이다. 이곳까지 이르렀다면 철령도 넘었고 안변(安邊)을 지나 목적지인 북청도 멀지가 않았다.

먼 생각은 진흥왕의 북수하던 해까지 옮겨지는데/솟구쳐 나르는 빼어난 하나의 다락 앞일세./긴 다리에 해넘이는 고개를 돌려볼 만하고/몇 가닥 구름연기 개변(個邊)인 듯하네.
(緬憶眞興北狩年 飛騰綺麗一樓前 長橋落日堪回首 數抹雲煙若個邊)

만세교는 성천강에 걸린 목조 다리로 옛날엔 국내에서 가장 '긴 다리'로 인구에 회자되었다.

그런 긴 다리와 진흥왕의 북수(北狩)를 연결시켰다는 데, 새삼 추사의 왕성한 시정신과 비범한 기교에 감탄한다. 아니 그것은 시를 짓는 솜씨라기보다 눈에 들어오는 강산의 모습을 무심코 보지 않는 시인의 눈이 있었기 때문이다.

면(緬)은 아득하다는 것이고, 전(前)은 앞이지만 비단 아름다운 누각 앞이라는 뜻만은 아니었을 터이다. 개변(個邊)이란 뜻이 어려운데 아마도 광대한 우주 앞에서의 보잘것없는 외로운 인간 존재를 말한 것이 아닐까? 낱개로서의 가장자리, 역시 계(界)와도 통하는 글자이다. 다음은 〈함관령 도중(感關嶺途中)〉이란 시인데, 이 재는 함흥에서 북청으로 가자면 넘어야 할 길이었다.

호관의 외길도 이렇지는 않았을 테지/우거진 온갖 나무가 가지도 얼기설기/재 아래 백성은 남여를 메기도 괴로우리니/영구의 추수도를 일찍이 알손가.
(一路壺關似此無 森沈萬木與枝梧 嶺民但爲藍輿苦 豈識營邱秋樹圖)

호관은 중국의 산이름인 듯싶지만, 상상의 난소(難所)로서 '별세계'를 뜻한다고도 여겨진다. 호는 항아리나 술단지 따위로 주둥이는 비좁지만 그 안이 넓은 것이다. 아무튼 오를수록 험준하고 한이 없다는 뜻이라고 생각된다. 그러면서 고갯길은 사람 왕래도 적어 나무가 울창하고 오르는 데 애를 먹는다. 남여란 양반 또는 관리가 타는 가마로서 상상은 되지만, 실제로 어떤 것인지 자세히 고증되고 있지는 않다. 생각컨대 쪽빛으로 칠한 것이고 둘이 메는 것, 넷이 메는 것 등 구분도 확실치 않다.

추사는 66세의 노인이지만 죄인이었던 만큼 이런 남여를 타지는 않았을 터이다. 그런데 어째서 남여인가! 즉 이영구(李營邱)는 송나라 때의 화가로 〈추수도〉라는 작품이 있는데, 그것과 관련시켜 노래한 것이다. 그림으로서의 〈추수도〉는 산이 험준하고 나무도 쓸쓸하더라도 예술의 세계이므로 그런 그림을 이러쿵저러쿵 말할 뿐이다. 그것과 마찬가지로 현령이나 감사가 이 함관령을 넘으려면 남여를 타고 가야 하는 것인데, 그런 가마를 메는 사람들 고통은 아무도 모를 게 아닌가!

추사는 신해년 7월 23일 북청으로 유배되고 이듬해인 임자년(1852) 8월 14일에 방면된다. 권돈인도 같은 날짜에 풀렸다. 연보를 보면 신해년 9월 16일 침계(梣溪) 윤정현(尹定鉉 : 1793~1873)이 함경 감사로 부임한다. 이어 동년 10월 12일 권이재는 추사와의 서신 왕래를 방해하듯이 낭천에서 순흥(順興 : 황해도)으로 옮겨진다.

즉 추사는 북청에 1년 남짓밖에 머물지 않았는데, 시작(詩作)이 많다. 그 몇 편을 계속해서 읽어보겠다. 먼저 〈해월정 아래의 어촌〔海月亭下漁村〕〉이다.

두 뿔의 황소가 열 십자 수레바퀴를 끄는데/솔을 울려주는 북녘 바람 티끌을 없애주네./고기잡이 마을 서너 집이 너무도 별나고/ 그 사이 어떤 사람이 살고 있나.

(兩角黃牛十字輪 松聲祓除北來塵 漁村三四殊奇絶 住在其間底等人)

이 시는 평범한 것 같지만 의미심장하다. 낯선 이방인 추사로서 북청의 첫인상을 말하는 것 같다. 즉 황소가 뿔 두 개인 것은 당연한데 십자륜은 대체 어떻게 된 달구지일까?

일찍이 연암, 초정 선생도 말했지만 중국에는 있는데 우리나라에 없는 게 수레였다. 그러나 서북도에는 그것이 있었다. 제2구도 동해의 바닷가라면 북풍도 매서운데 해송(海松)이 있었고 공기는 그지없이 맑아 바다와 하늘이 잘 어울렸다. 이것도 시의 짝구이지만 서울의 먼지 많은 거리에 비한다면 얼마나 좋은 곳인가! 발제(祓除)란 깨끗이 씻은 것처럼 밝고 맑은 대기를 설명한다.

그런데 주민은 많지가 않고 고기잡이를 업으로 삼는 것은 알만한데 그 주거는 너무도 기절(奇絶)했다. 당시 우리 국민이 가난했다는 것은 누구나 아는 일이지만, 추사 눈에 비친 그것은 도저히 사람으로서 산다고 할 수 없는 게딱지 같은 돌집이었던 것 같다.

국민이 가난하다는 것은 말할 것도 없이 정치가·벼슬아치의 책임이다. 추사는 거기까지 언급하지는 않았지만, 스스로 탄식하며 어떤 사람이 살고 있을까 하며 묻는다. 단순한 호기심은 아니며 추사는 글이니 서화니 하는 자기 자신이 부끄럽게 여겨져 반성했다고 믿고 싶다. 다음의 시 〈촌집의 벽에 제하다[題村舍壁] 병서〉와 서문에서 그런 것이 증명된다.

길가의 마을 집은 옥수수 가운데 있는데 두 영감 할멈이 희희낙락한다. 그래서 영감 나이가 몇이냐고 물었더니 칠십이라고 했는데, 서울에 올라간 적이 있느냐고 하자 일찍이 관은 기웃거린 적이 없다고 한다. 무엇을 먹고 사느냐 하니 옥수수라고 한다. 나는 남북으로 정처없이 굴러다니고 비바람으로 자못 흔들렸는데(부평초처럼) 영감을 보고 영감의 말을 들으니 그만 멍해져 어쩔 줄을 몰랐다.

 한 그루 늙은 버들에 두어 서까래 집에/흰 머리 영감 할멈의 두 부부 있으니 쓸쓸하리라./고작 석 자의 냇가 길도 벗어나지 못하며/가을바람 옥수수 익는 70년을 보냈네.
 (禿柳一株屋數椽 翁婆白髮兩蕭然 未過三尺溪邊路 玉薥西風七十年)
해설이 필요없다. 추사가 만일 지식인으로서 반성과 통찰이 없었다면 이런 시는 나오지 않는다. 다음은 〈토성 마을에 살면서 제하며 붙이다〔寄題土城村居〕〉이다.

 고기잡이 마을이라 사람 사는 곳이 즐겁고 일년 내내 상쾌하니/비도 알맞게 내리고 보리익는 가을바람 선선하다네./지방 풍속이 강남을 닮아 다툼도 없으니 좋고/바퀴와도 같은 꽃게는 돈을 따지지 않네.
 (漁樂村甕快活年 分龍雨足麥涼天 土風爭似江南好 紫蟹如輪不計錢)
희(甕)는 곧 사는 기쁨이며, 자해(紫蟹)는 꽃게이다. 추사가 보내진 북청을 《여지승람》에서 보니까 고려 때 윤관(尹瓘) 장군이 개척한 6진의 하나라고 했는데, 진흥왕의 '북수비'로서 알 수 있듯이 유감스럽게도 지금껏 공백(空白)으로 남아있는 신라 초기의 북변이었다. 그것이 고구려의 남하로 삼국시대를 거친 셈이지만 고려 때에는 여진족이 동해를 따라 점거했던 것이며, 윤관의 실지(失地)회복이 있었다. 따라서 이곳은 고조선은 물론이고 그 뒤의 역사 사실로 조각조각 남아있는 부여·고구려·말갈·옥저·발해·거란(그들 민족의 발상지가 공교롭게도 모두 두만강 유역에 집중되고 있음)의 흔적과도 무관계가 아닙니다. 그것은 여기서 말하지 않는다 하더라도 추사의 시는 많은 점을 생각케 한다.

《여지승람》을 참고로 하여 추정하면 추사가 보내진 곳은 산들로 둘러싸인 북청 읍내에서 동켠으로 43리 떨어진 바닷가였다. 〈마을안 봉선화 활짝 피어 오색 봉오리 이루니, 공처럼 매우 큰데 남녘 땅에서도 보기 드무네〔村中鳳仙花盛開結成 五色毬甚大 在南地亦希〕〉도 특이한 시제(詩題)이다. 참고로 봉선화는 장마철 안에 피는 여름꽃이며 그것이 구(毬 : 터럭으로 만든 공)처럼 크다는 표현이 주목되며, 역시 북쪽이 원산(原產)인 듯싶다.

　붉은 밭벼는 두어 서까래 집 안에 있는데/지나가던 촌 샌님도 문득 흡족하리./평생에 절개와 부끄러움을 지니기엔 모자랐지만/오색 꽃봉오리는 고요함을 깨고 싶어하네.

　　(紅穤稬中屋數椽 村夫子過便欣然 平生媿乏操持力 五色花毬欲破禪) 이 시는 해석하기가 매우 어렵다. 파아(穤稬)는 밭벼 종류로 사전에 나와있지만, 봉선화와 무슨 관련이 있는지 이해가 되지 않는 거다. 밭벼도 종류가 많은데 일년생인 봉선화와 어떤 공통점이 있는 것일까? 오막살이와 같은 집에도 화초로 심어져 있어 지나가던 촌부자가 문득 미소를 머금었다는 뜻으로 해석할 수 없는 게 아니지만, 역시 '파아'라는 글자가 걸린다. 파아를 밭벼 아닌 것으로 이해되면 그만이지만.

　평생을 괴핍조(媿乏操)라는 형용의, 평생은 추사 자신을 반성하는 것일까? 그래서 초(操)의 다른 뜻인 움켜잡다·뒤쫓다(추종)로 생각하더라도 의미는 미흡하다. 하기야 홍난파의 〈울밑에 선 봉선화〉를 연상한 것은 아니지만, 말은 된다. 즉 봉선화는 가냘픈 존재로서 무엇인지 의지하지 않고선 설 수가 없는 것인데, 그럼에도 선명한 오색의 꽃으로 선(禪 : 고요함)을 깨려는 욕망을 가졌다고 이해되기 때문이다. 어쨌든 추사는 일련의 시를 통해 북청의 인정에도 순응하며 마음의 안정을 되찾는다. 이를테면 〈청어(靑魚)〉란 시가 있다.

바닷배에 실려온 청어가 온 고을에 가득한데/살구꽃 봄비 속에서 장사꾼의 외치는 소리./굽고 보니 해마다 맛보던 그대로인데/햇것이라 눈길을 끌리고 정은 드네.
(海舶靑魚滿一城 杏花春雨販夫聲 灸來不過常年味 眼逐時新別有情)
글자야 어렵지가 않지만, 노파심으로 한마디 한다면 이 북청부터 나진(羅津)에 걸친 일대는 난류와 한류가 만나는 곳으로 풍부한 어장이었다. 사실 우리는 모르고 있지만, 풍부한 어족(魚族) 자원을 추사의 이 시대부터 50년 뒤엔 벌써 고스란히 왜인에게 빼앗기고 만다. 지금은 거짓말처럼 믿어지지 않지만 20세기 초만 하더라도 명태의 대군이 동래 앞바다에 밀려와 그것을 손으로 움켜잡고 지게로 날랐다는 기록이 있다. 청어만 하더라도 비리기 때문에 우리 민족이 좋아했는데 지금은 자취를 감추었다.
다음은 〈북둔에서 도화를 구경하다〔北屯看桃花〕〉이다.

성동의 가까운 곳에/만수풀 꽃은 피어 가지런하네./부처의 탈것과도 같아 깨닫게 되리니/선경이라 미혹하지 않으리.
(城東尺五地 花發萬林齊 佛乘如將悟 仙源了不迷)
석간수는 젖빛 이끼와 합쳐져 어우러지니/동떨어진 산은 나직한 게 그린 눈썹일세./암화처럼 마을 띠집은 깨끗한데/가다가 닿는 데 땅을 빌려 살만하리.
(乳苔叉磵合 眉黛鬲山低 罨畫村茅潔 行當借地棲)

척오(尺五)는 아주 가깝다는 의미이고, 암화(罨畫)는 잡색화(雜色畫)라고 한다. 행당(行當)이 좀 어려운데, 인생에서 가다가 닿은 곳이라는 뜻인 듯싶다. 추사로선 이 땅을 이미 죽어 뼈를 묻을 곳으로 생각했던 셈이다. 〈북원상춘(北園賞春)〉도 같은 맥락의 시라고 이해된다.

이 해 이 동산에서 거듭 봄을 찾으니/날짐승의 흐느낌도 사람을 놀라게 하지는 않네./대부는 높은 곳에 올라 시를 짓고/내사는 계풀이로 술잔을 띄우네.
(此歲此園重覓春 啼禽欸欸不驚人 大夫作賦登高地 內史流觴祓禊辰)
산의 영기를 받아 빚은 한 집에 많은데/꽃기운은 고르게 나눠져 이웃도 족하리./거문고 소리 선선하니 여운이 감돌고/내일이면 산으로 물가로 가세.
(恰受峰光多一屋 平分花氣足三隣 冷冷賀若餘音在 明日山顚又水濱)
이미 생사도 초월하여 담담한 심정이라며 새의 울음소리, 애애(欸欸: 한숨소리)도 놀랄 것이 없다. 대부는 알기쉽게 선비이고 내사는 환관이라고 보고 싶다. 그러나 그게 문제가 아니다. 발계진(祓禊辰)의 뜻만 알면 쉽게 풀린다. 계(禊)는 사전에도 분명한 뜻이 나와있지 않지만, 마을 공동의 액풀이와 풍년을 비는 행사로 이해된다. 술잔을 냇물에 띄우는 것은 〈난정서(蘭亭序)〉에도 나오지만 사실은 동이의 오랜 풍속이었다. 즉 삼월삼짇날〔辰〕 죽은 사람의 명복을 빌기 위해 음식이며 등불을 물에 띄웠는데 《사기》 〈여후본기(呂后本紀)〉를 보면 그녀는 제(濟)나라 출신으로 이런 행사를 했던 것이다. 산의 영기(靈氣)도 우리의 산신 또는 산왕(山王) 신앙과도 통하는 것이며, 그런 복도 이웃과 나누는 게 우리의 미풍양속이었다.

하약(賀若)은 거문고의 가락 명칭이고 동파 시에 '금리약능지하약

시중정합애도잠(琴裏若能知賀若 詩中定合愛陶潛 : 만일에 금으로 하약을 알면 시와도 일치되는데 도연명이 사랑했다)'이라고 하였다. 또 〈북둔상화 출곽구호(北屯賞花 出郭口號)〉도 있다.

서너 집 산성에 아지랭이 갓 걷히니/눈도 부시게 타누나 시내 낀 붉은 노을./얼굴에 변풍이 와 닿으니 술 마신 듯하고/엷게 개인 날씨는 회태와도 가깝다네.

(數家山郭翠微開 炙眼蒸紅夾磵裁 吹面番風如被酒 嫩晴天氣近恢台)

번풍은 몇번 나왔지만 꽃소식을 알리는 바람이고, 눈청(嫩晴)이란 새싹처럼 연푸르게 개인 하늘이다. 회태(恢台)는 음력 4월임.

북둔·산곽·북원은 모두 추사가 있던 곳을 말하며, 그곳은 몇몇의 군졸이 지키는 곳이었다. 아마도 이양선이 함경도 연안에도 출몰하여 그런 해안 초소가 있었는지도 모를 일이다. 다음의 시 〈한와당(漢瓦當)〉도 북청에서의 시로 고증된다. 와당이란 기와의 '마구리'를 말한다.

옛글은 동선에서 증명하기를 알았을 뿐인데/서경(한나라의 장안)의 글자로선 일찍이 드물게 들었을 뿐일세./천추 만세 다함이 없는 건/상기도 뭉게뭉게 먹구름을 토하는 듯싶네.

(知有銅仙證舊文 西京之字罕前聞 千秋萬歲無窮計 尙見熊熊墨吐雲)

최근에 신안(新安) 앞바다에서 고려시대의 도자기가 발견되어 세상 사람을 놀라게 했다. 아마도 추사가 있던 북청 앞바다에도 옛날 발해와 신라의 장삿배, 또는 왜국으로 가던 배가 난파되어 한대의 와당이 발견되었다 해도 이상할 것은 없다. 다만 추사는 동네 아이들이 주워다 준 그런 와당을 보고서 이 시를 읊었다고 여겨진다.

동선(銅仙)은 불상만을 말하기가 무엇해서 동선이라 했던 것이며,

후한의 것으로선 드물어 들어본 적이 없다고 노래했으리라. 웅웅(熊熊)은 빛나다는 뜻인데 뭉게뭉게로 바꾸었다. 아마도 와당이 너무도 선명했던 모양이다. 와당뿐 아니라 돌도끼·돌화살촉 따위도 노래되고 있다. 〈부채의 글씨로써 유치전에게 써주다〔書扇示兪生致佺〕〉를 읽어본다.

　　이천 년 전의 새매가 날아왔다 갔는데/갑작스런 인연이 돌화살에 얽혔구려./식신의 옛성이 지금껏 남아있으니/띠집과 몇 떼기 밭의 그대는 박학하네.
　　(端來飛隼二千年 忽漫浮緣石砮邊 息愼舊城今尙在 博君茆屋數稜田)
식신(息愼)은 고대의 동이를 말하며,《사기》〈공자세가〉에서 '매가 진정(陳庭)에 모여 죽었는데 고시(楛矢)가 꿰어 있었고 화살촉은 돌이었다. 그래서 중니는 설명했다. 매는 멀리서 왔다. 이는 숙신의 화살이다.' 즉 고대의 동이란 동쪽에 사는 활을 잘 쏘는 겨레붙이란 뜻이었다.
　　유치전은 북청에 사는 시골 유생인데 박식했던 모양이다. 우리 속담에도 '북청 물장수 밥먹듯이'가 있는데, 추사는 그런 부정적인 일면이 아니라 그 순박한 인심과 높은 교육열을 칭찬하고 있다. 사실 일제시대 북청은 서울 못지않게 고등교육을 받은 사람이 많고 부유하게 살았는데, 그것도 한강에서 문안까지 물을 져나르며 근검 절약한 피땀의 결과였다.

　　〈김생 우민에게 주다〔贈金生于民〕〉
　　김선화가 뜰 가득 향기를 뿜는데/때까치 울음 속에 여름날은 길기도 하이./연북의 글읽는 소리 해맑게 들리는데/이를 좇아 마을도 배부르고 묵은 가난도 깨뜨러지네.

(金萱花放一庭香 百舌聲中白日長 硏北朗唫淸可聽 村腔從此破天荒)
백설조는 지빠귀(때까치)인데 백일(白日)은 여름날이다. 연북은 김우민의 호인 듯싶은데, 그것을 글자 그대로 북쪽 땅에서도 시읊음〔唫〕은 낭랑했었다는 뜻도 되며 가난을 타파하는 소리로 들렸던 것이다. 촌강(村腔)의 강은 속이 빈 배창자인데 그 뒤의 말 천황(天荒)은 하늘이 주는 갖가지의 재해를 뜻하기 때문이다. 백설조에 대해선 〈백설조를 읊다〔詠百舌鳥〕병서〉 3수를 읽어보면 좀더 내용이 자세하다.

최생(崔生)이 사는 남천(南川)의 강상엔 백설조가 많은데, 이 세 편의 시로써 매개(媒介)를 삼아 이로 하여금 찾고자 하나니, 곧 백설은 매년 하지(夏至)에 이르기까지 소리가 없다가 동지(冬至)로부터 소리가 시작되는데 역시 양조(陽鳥)이다. 하나의 음(陰)이 생겨난 뒤로 소리가 없다는 것은 흡사 음양이 더불어 소식(영고성쇠)을 갖듯이 예사 새로선 미처 갖지 못한 것이다. 선인(先人)의 시로서 백설을 일러 이것에 언급한 게 없고 도리어 헐뜯는 것만이 있어 나는 깊이 느낀 바가 있어 이를 짓고 그 억울한 말을 풀어주는 거다.
　백설은 들에서 얻은 기개가 높고/시골꽃은 망울이 터지고 버들은 물결치네./작은 창살의 햇빛이 오히려 좋은 경치이니/자고 먹고 날고 우는 데 부질없는 수고를 마시구려.
(百舌野中得氣高 村花欲萼柳將濤 小窓白日猶佳境 宿食飛鳴莫漫勞)
온갖 새의 꾀꼴꾀꼴 재잘거림도/소리마다 하늘이 낸 것이라 절로 갖추어졌다네./노인은 기심을 가진 자는 아니지만/새창의 봄바람을 새기듯 무엇보다 정을 두네.
(百種鶯鶯燕燕聲 聲聲貝足自天成 老人不是機心者 雕窓春風最有情)
예사로운 온갖 새도 와서 역시 친하지만/이것이 천기로서 사람과도 반드시 가까워지리./백설 모습이 곧 영고성쇠의 묘에 듦이니/군자의 도가 자라날 때를 성인처럼 아네.
　　(尋常凡鳥亦來親 者個天機必近人 舌相似參消息妙 聖知君子道長辰)

　　서문에서 말했듯이 백설조의 울음에도 천지 자연의 이치가 있다는 것이다. 누구든 알 수 있는 이치를 인간만이 어리석게도 모른다. 그리하여 만일에 늙어서도 그것을 모른다면…… 하고 작자는 자기 반성을 하고 있으리라. 기심(機心)이란 해물지심(害物之心)이라고 한다. 늙을수록 완고해지고 욕심도 더 많은 게 인간인데, 추사는 결코 그렇지가 않다. 초노(雕鵉)란 새를 봄바람처럼 애완(愛玩)하는 사람인듯. 하기야 새를 애호하는 사람, 화초를 가꾸는 사람, 풍월을 읊는 사람…… 등등 모두 같은 마음이 아닐까? 그런 사람이란 남보다 뛰어난 사람도 아니고 보통 평범한 사람에게 많으며 이런 사람은 남과도 쉽게 화합한다. 군자의 도만 해도 그렇다.
　　《역경》의 복괘(復卦)는 일양내복(一陽來復)의 뜻이며 반복하는데 그 도가 있음을 가르치고 있다. '동지'를 양(陽)의 시초라고 했는데 인생도 자연의 일부이며 매서운 엄동설한을 오히려 음(陰)이 물러가고 봄이 오는 시작이라고 보는 데에 고대인의 지혜가 있었다. 이것을 역학적으로 해석하면 진(晉)의 후과(候果)는 《시경》〈빈풍(豳風)〉의 예를 인용하여 므은 月과 같은 것으로서 5월부터 동짓달까지의 7개월을 일양(一陽)이라 해석했으며 청의 왕부지(王夫之)는 곤괘(坤卦)의 초효가 변하여 양(陽)이 되려면 이레, 칠(七)은 소양(少陽)의 수라고 했다. 즉 '담사'로서 칠일내복 천행야(七日來復 天行也), 이유유왕 강장야(利有攸往 剛長也) 복기견천지지심호(復其見天地之心乎)라 했다. 그러니까 시에서의 군자도는 이 천지의 마음을 아는 데 있다고 한 것이다.

〈연무당(鍊武堂)〉

어초에 풍운 진이 화각의 동켠에서 펼쳐지니/여섯 성의 한 길은 활터머리로 통하네./잔산잉수(패망한 산천)는 선춘령의 자취이니/애닯다 그때의 윤시중이.

(魚鳥風雲畫閣東 六城一路垜頭通 殘山剩水先春迹 惆悵當年尹侍中) 타두(垜頭)란 활터의 머리이다. 선춘령(先春嶺)은《고려사》에서 윤관 장군이 두만강을 건넌 7백 리의 곳에 국경을 정했다고 했는데, 그곳이 '선춘령'이고 지금은 어딘지 고증되지 않고 있다. 연변 땅으로서 모처럼의 윤관 장군 공적도 못난 후손(국민) 덕분에 잔산잉수, 곧 패망한 산하가 되었다는 탄식이다. 윤시중은 곧 윤관을 말한다. 보리타작을 하는 것도 군졸의 소임이었다.

〈보리타작 두 절구로 북청 명부(부사)에게 부치다〔打麥二絶 寄北靑明府便面〕〉

복별이 십구사 중에서 고루 비치니/보리는 누렇게 모아져 사방들에 향기롭네./요즘 관가에는 바깥일도 없으니/나뭇가지 살랑대는 아래 낮잠도 늘어졌다오.

(福星十九社中光 大麥坌黃四野香 近日官家無外事 婆娑樹下午眠長) 얼씨구 좋다 개인날 타작마당인데/이삭 길이는 지난해와 얼마나 같을까./도리깨질이 공중에서 연거푸 끊기지를 않으니/하늘 사람도 보리밥이 구수하리다.

(大好新晴碌碡場 兩岐何似去年長 空中不斷連耞響 天上人間麥飯香) 십구사(十九社)는 병영에 딸린 농장 단위로 해석된다. 즉 사가 열아홉 군데 있었던 모양이다. 녹독장(碌碡場)은 타작마당이다. 여기서 바깥일이란 병영 본래의 연안 감시인데 그런 것도 최근에는 없어 낮잠만 자다가 보리타작을 하게 되니 활기를 찾은 모습이 노래된다.

〈이진사가 토성에 돌아오니, 여러 사람이 모두 시를 지어 송별했고 나 역시 뭇사람을 좇아 차하며 부치다〔李進士歸土城 諸人皆賦別 余亦隨衆次寄〕〉 2수

초목이 해가 지날수록 깊어진 널 문짝인데/오이 정과 보리맛이 돌아올 사람을 기다리네./외로운 송별의 뜻은 아득한 곳에 있으니/숙신의 성머리 해넘이를 보네.

(草木年深舊板扉 苽情麥味待人歸 孤唫別有蒼茫處 肅愼城頭看落暉)

낙랑이란 번국 생선에 술까지 맛보았으니/삼태기째 끓여준 것이 과연 부질없는 소식일까./초운의 녹두죽은 우유보다 걸쭉한데/오동 나막신은 거뜬하여 서둘러선 안되네.

(恣喫樂浪番國魚 漫敎煮簣果何如 朝雲綠粥濃於酪 桐屐登登且莫徐)

〔원주: 엊그제 녹두죽을 대접받았는데 매우 맛이 좋았다〕

이 시는 매우 난해한데, 추사의 방면과도 관련이 있는 듯싶다. 제목에 나타난 이진사며 송별연이니 하는 게 마음에 걸린다. 제1수는 그런 대로 해석이 가능하다. 음(唫)은 읊음이고 창망(蒼茫)은 가이없는 동햇가에 서서 숙신의 옛적을 생각하며 해넘이를 본다고 생각하기 때문이다.

제2수에서 낙랑 번국(番國:藩國. 곧 한의 식민지로서의 낙랑임)을 등장시킨 것은 숙신의 짝말이고 차긱(恣喫)은 멋대로 맛보았다는 뜻인데, 추사는 그것을 분명 못마땅하게 여긴다. 그러기에 만교자궤(漫敎煮簣)라고 노래하면서 실증을 무엇보다 중시하는 입장에서 과연 그런 부질없는 일이 있을까 하며 의문을 제시한다. 교(敎)라는 글자는 가르침도 되지만 알린다(소식)는 뜻도 있다. 궤는 삼태기. 따라서 낙랑에서는 흥청망청 생선을 삼태기째로 끓여먹는 호강을 했다는 뜻이 된다.

그리하여 장면을 바꾸어 추사는 자신을 노래한다. 조운(朝雲)은 소

동파의 소실 이름인데 동파를 위해 녹두죽을 끓여준 고사(故事)가 있는 모양이고, 이것은 수일 전 추사가 대접받은 녹두죽과 연관시킨 것이다. 낙(酪)은 우유라고 번역했지만 정확하게는 버터·치즈 종류이다. 우리나라엔 그런 풍습이 없었지만 동이의 여러 종족은 양젖·말젖 등으로 제조된 술·버터 등이 극상(極上)의 영양식이었다. 등등(登登)은 우리말의 등등을 시어로 만들었다고 추정되며, 역시 녹두죽을 먹어서가 아닌, 이진사를 통한 방면 소식을 듣자 읊었다고 생각된다.

앞에서도 말했지만 추사의 방면은 임자년 8월 14일이었다. 이것은 신해년 12월 28일 순원대비의 수렴청정이 거두어짐으로써 나타난 결과였다. 아무튼 순원대비는 대단한 여성으로서 안김을 위해선 물불을 가리지 않았다고 생각되며 그녀가 물러난 까닭도 당신의 막내 동생인 김좌근에게 확실하게 정권을 넘기기 위해서였으리라.

여기서 권이재에게 보낸 추사의 〈제30신〉을 읽어본다. 다른 서독보다 시사되는 내용이 들어있기 때문이다.

'돌아온 이래로 마음은 답답한 것이 근심은 차례로 독(毒)이 위태롭게 퍼져오듯이 초췌한데 또한 물먹은 솜처럼 찍어눌러오니 고양(高揚)되지도 않고 발동되지도 않아 심사(心思)가 불안할 뿐입니다. 까닭없이 손과 팔은 느슨한 것이 나른해져 감은 두루마리라도 거두어 살필 수가 없으며 이를테면 공계(空界)에 솟구치듯이 바람바퀴〔風輪:대지〕가 굴러 먹줄을 잡아끌고 더욱 규확(矩矱:먹줄과 자)은 어긋나서 가슴 안 글자마저도 더더욱 없어져 생각나지가 않는 것입니다.

우러러 대하고자 하는 까닭은, 녹음은 가고 세상은 바뀌는 '적순과진(積旬過辰:세월의 흘러감)' 역시 그 조아린 머리 위 유변(流變)

을 스스로 깨닫지 못하는데 지금에 이르기까지 혹시 사리에 어긋난 역성이며 왜곡된 양찰로서 도리·의체(義諦: 사물의 근본)는 서차의 나아갈 소임으로 서로가 전혀 딸리게 하지 않았건만(全不相屬孼子之任) 저 촉오(觸忤: 웃어른의 노여움을 사는 일. 곧 버릇없는 짓)로 사람의 원한을 샀다면 절로 업신여긴 잘못을 감수하겠지만 이와 같은 일이 곧 있겠습니까!

불신(佛辰)의 기쁨으로 메마른 바람은 그늘을 즐기게 하는데 균체가 여전하시며 백 가지 복이 이를테면 작은 일에도 경솔함이 없고 극히 작은 일에도 화기(和氣)가 따르고 왕성하시며 정신은 굳세고 기력은 높으셔 목화(木火)가 번갈아 오르는데 훈습(熏習: 열기, 고혈압)도 없으신지요? 못난 이 몸은 모름지기 손을 이마에 댈 뿐이온대 서보국(徐輔國: 徐有榘. 호는 楓石, 이조판서를 지냄)이 문병(門屛: 집안)을 좇아 문안왔을 때 와서 근황을 매우 상세히 들었고 더하여 깊으신 위로의 말씀으로 이곳의 남북으로 떠다닌 하나의 체념마저 씻어주셨습니다만, 사람으로 하여금 한탄하고 부러워하는 것이란 이를테면 은혜로 이를 지니고 나무 속에 입정(入定)하는 것이고 신선으로 돌이켜지는 것이니 북해(北海: 북청)와 창오(蒼悟: 남쪽을 말하는데 탐라를 비유)라도 반드시 양 광채라면 하나의 보답은 있을지니 뉘라서 능히 그 우열을 정할 수 있겠습니까!

정희는 옛날과 같은 목석(木石)을 떠나고 더욱이 졸도(卒瘏: 죽을 곤경)를 떠나며 더욱 베풂을 시작하고자 합니다. (그러나) 월초의 부질없는 계획, 곧 산(묘지)을 꾸미는 도면을 모아 다스리며 남의 뒤나 따르는 늙그막의 '차지산맹(差池山盟: 토지 치장)'을 마음먹으니 한림(寒林: 공동묘지와 같은 쓸쓸함)의 비웃음을 해명하기가 어렵겠지요. 그러나 상기도 본받아 뒤쫓을 수는 있는 것이고 오는 자로서 즐기는 바 길을 다함을 미처 알지를 못하니 과연 능히 날짐승이라도 이 인연을 숭상해 줄까요?

　영남의 중으로 성담(聖覃)은 고른 뜻으로 말미암아 나타나는 것을 묻고자 찾아왔기에 나와 더불어 며칠 무료함을 소수(消受:남김없이 받아 없앰)했습니다만, 타제(佗儕:멍해지는 것)의 중이라도 역시 그 대인의 경지로부터 오는 것임을 알았고 특히 뛰어난 곳이 있었습니다.

　──상찬함(象贊函)은 삼가 영수했으며, 석추(石秋)필은 입모(入摸)한 것이나 가느다란 것이 괜찮고 석전(石篆)과 더불어 능히 다툴 만합니다. 무릇 사물의 듦에 있어서는 그 솜씨란 거의 원융(圓融)되지 않고 뒤섞여서 거두어지는 일이란 없습니다. 또는 곧 편지 중에서 인각한 자를 물으셨고 또한 그림을 모사하신 소자인(小字印)은 몇 치 길이의 것을 얻어 살피고 정하셨는지, 우리 동방 2백년래로 이런 도장은 없었으며 이원령(李元靈)이 자못 이 법에 능했지만 근래의 오(吳:오상룡)·한(韓:미상)의 무리 같은 이는 모두 꿈에도 도달하지 못한 곳이며, 설령 훈문(熏聞)하신 적이 있다 하더라도 무엇으로써 이 경지에 도달하며 얻을 수가 있었는지요, 크게 이상타 하리다.

　병 초부터 지금은 이미 30일이 꽉 차서 원기는 마모되어 빈 껍질에 지나지 않습니다만, 속빈 것이 독존(獨存)하듯이 편지를 주셨음에도 파아(稗稏) 벼만 욱 자라 손해가 쌓이듯 차례로 흘겨보듯이 이를 보았는데 하나라도 감히 대꾸를 하지 못하거나 하나라도 감히 쏘지도 못한 채 드디어 오늘에 이르렀고 신기가 아직도 접속치를 못하여 붓은 들었지만 마치 산을 끼고 바다를 넘듯이 하니 무엇으로써 이 지경을 다 양해하시겠습니까.'

　이 서독은 '불신(佛辰)'이란 말로서 계축년(1853) 4월에 씌어졌음을 알게 된다. 더욱이 추사의 처지는 조금도 호전되지 않았고 상무에 대한 집안의 비난마저 있어 추사를 몹시 괴롭혔다.

'한림(寒林)의 비웃음'이란 말이 어렵지만 이것은 석가모니가 성도하시기 이전 고행(苦行)하면서 한림(묘지)에서 분소의(糞掃衣)를 주워 입거나 무덤의 흙굴 속에서 누워계실 때 마을 아이들이 돌이나 흙을 던졌다는 설화인데, 추사 자신은 그것을 유교적 천명(天命)으로 해석했던 셈이다. 그러나 추사의 그것은 운명론자라고 하기보다 '오는 자로서 즐기는 바 길〔玩途〕을 감히 알지를 못하리니(來者未敢知玩途之窮)'라는 말로 강조되듯이 좌절하지 않는다. 그 즐기는 길이란 무엇인가!

예를 들어 '진흥왕비'로서 세 가지가 있는데 ① 북한산비 ② 황초령비 ③ 1915년경 발견된 창녕비(昌寧碑)가 그것이다.

여기선 황초령비를 주로 설명하겠지만 원래 중령보(中嶺堡)라는 산성 터에 있었는데 임자년(1852) 당시의 함경 감사 윤정현(尹定鉉)이 산아래 '중령리'로 옮겨 지명마저도 '진흥리'라고 고쳤다. 황초령은 바로 장진(長津) 고원의 남쪽 끝부분이며 해발 1,225미터인데 동해와 서해의 분수령이며 옛부터 함흥과 압록강 중류(中流)를 연결하는 전략적 요지였다. 광무 4년(1900)에 비각을 중수하면서 추사의 글씨 '진흥왕북수고경(眞興王北狩古竟)'이라는 현판을 걸었는데 추사의 진적(眞蹟)은 아닌 듯싶다.

1912년에 일본인 학자 곤나시 료〔今西龍〕가 조사한 보고에 의하면, 황초령비는 큰 돌조각과 그 아래에 이어진 좌반(左半)의 작은 조각의 두 쪽인데 12행 33자로 추측되는 글자를 새긴 것으로 추측된다고 했으며, 추사의 《금석과안록(金石過眼錄)》에 실린 옛 탑본은 현존(現存)의 제 1 석 아랫부분 제 2 석에 이어진 제 3 석에 해당된다고 한다. 따라서 이 탑본과 현존의 비문을 비교·추정한 결과 원비문은 16×36자로 비어있는 부분을 10자로 계산하여 총 422자라고 했다.

그런데 이 황초령비는 일찍부터 그 존재가 알려졌고 추사에 의하면 차천락(車天輅 : 1566~1615)의 《오대설림(五代說林)》 기록을 인용하여 남병사 신립(申砬) 장군이 풀속에 있는 비문을 처음으로 탑본에 떠서 알려졌다는 것이다. 신립은 황초령을 '선춘령'으로 잘못 알았다 하므로 기록이 정확하지 못함은 물론이다.

이어 학봉(鶴峯) 김성일(金誠一)이 선조 7년(1574) 이 지방을 여행했는데 '황초령은 북청·삼수(三水) 사이에 있고 산은 수십 리에 걸쳐 있는데 근처에 집이 없으며 짧은 비석이 하나 있는데 바로 진흥왕이 세운' 거라고 하였다.

성호 이익도 《성호사설》에서 기록했다. '삼수현에 초방원비(草芳院碑)가 있는데 곧 신라 진흥왕의 순수비다' 했으며 《대동금석서》 역시 비슷한 내용을 적었다. 즉 '초방(草房)원비는 삼수에 있고 진흥왕의 순수는 진(陳) 임해왕(臨海王)의 광대(光大) 2년·진흥왕 29년(568)에 세운 것이다.' 또 《동국문헌비고》에서도 '함흥의 황초령과 단천(端川)에도 역시 순수비가 있는데…… 진흥왕의 순수정계비(巡狩定界碑)는 함흥부 북쪽 초방원(草坊院)에 있다.'

이렇듯 기록이 일치하지 않은 까닭은 실지 답사가 아닌 문헌을 조사한 것을 옮겼기 때문이다. 다만 이계(耳溪) 홍양호(洪良浩 : 1724~1802)의 〈제신라진흥순수비〉 및 추사의 〈신라관경비(新羅管境碑)〉는 세밀하며 주목된다. 먼저 홍양호의 기사이다.

'나는 소시적에 야사(野史)를 보았는데 말하기를, 신라왕이 북순하면서 철령을 지나 옥처에 이르렀으며 정해진 경계에 돌을 세웠다. 우리의 목릉(穆陵 : 선조) 때 신장군 립(砬)이 북병사가 되어 탑본을 뜬 이래로 세상에 전해졌는데, 나는 바로 신씨의 후손에게 두루 물었지만 아는 자가 있지를 않아 매우 슬피 탄식했으며 매번 북백(北伯 : 함경 감사)을 만나거나 새로이 부임하는 자에게 구해오도록

권했지만 종내 얻지를 못했다. 경술년(1790)에 유생(儒生) 한돈(漢
敦)이 통판(通判 : 감사 아래 판관)으로 함흥에 가게 되어 와서 알렸
는데, 나는 이 말을 시험하기로 했다. 또 해가 한 바퀴 돌아 유군
의 편지가 왔는데 가로되, 조정에서 새로이 함흥과 갑산(甲山) 사
이에 장진부(長津府)를 신설했는데 그 안에 황초령이 있고 함흥으
로부터 2백 리 가까운 거리며, 비석이 재 위에 있지만 자빠지고 쓰
러져 산 밑바닥에 위아래로 모두 부러져 오직 반허리만 남아있다.
그 글을 보니 곧 진흥왕의 북순비라서 탁본 하나를 보낸다고 했다.
　내가 비문 글자를 살펴보니 바탕이 예스럽고 푸른 것이 굳센데다
가 문리(文理)는 끊기고 빠져있어 읽을 수가 없었지만, 그 가운데
관직에 따른 배열이 있었다. 가로되 탁부(啄部)・아간(阿干)・대사
(大舍) 등 명칭인데 이는 모두 신라 초기의 지명내지 관호(官號)였
다. 어찌 기이하지 않겠는가! 그 해를 고증했더니 곧 무자년 가을
8월로서, 바로 진흥왕 29년이 되며 중국으로선 곧 육조의 진나라
임해왕 2년이며 지금으로선 1천2백26년이 되니 동방 고적으로 이
것보다 앞선 것이 있지 않았다. (중략) 유군의 옛것을 좋아하는
정성으로 곧 천 년 전의 옛 자취가 열려 발동한 것이니 가위(可謂)
박아(博雅)한 양사(良士)라고 할 터이다. 나는 이에 숨었다 나타난
처음과 끝을 적고 관계 제씨의 채택이 있기를 바란다.'
　다음의 추사 논문과 비교하면 더욱 전후 전말이 분명해진다. 그리
고 추사의 '신라관경비'라는 이것은 권이재의 질문에 대답한 것으로
서, 곤나시는《완당집》권1에 수록된 거라고 했지만 지금 전하는《완
당집》판본(1934년・永生堂 刊)엔 나와있지를 않으며, 이것이《금석과
안록》에 실렸던 것이라고 한다.《금석과안록》은 현재 국내에는 없고,
아마도 일본인 손에 들어갔다고 추정되지만 한말 당시에도 좀처럼 구
할 수가 없는 진서(珍書)였다.

'진흥비는 낭선(郞善 : 선조의 제12자 仁興君의 아들로 이름은 오(俁)이고 대동금석서의 저자)(군)의 때에 하나가 나타났고 유문익공(兪文翼公 : 兪拓基, 1692~1768) 때에 하나가 나타났는데, 마침내 문진(問津)하는 자가 없었습니다. 윤함홍(윤정현)은 광호(光護 : 관직의 미칭)일 때 탁본을 줄여 몇 본 얻었지만 그 뒤 이로 말미암아 관탁(官拓)이 되고 민간의 것은 마침내 매몰되고 말아 형체의 그림자도 없게 된 것입니다.

아우는 지금까지 40여 년 이 비로 고심했고 매번 북으로 가는 자가 있게 되면 널리 수소문하여 찾도록 했지만 끝내 한 사람도 부응한 자가 없으니, 그것을 안다해도 이는 새발의 피입니다. 저 낭선군 때에는 이 비문으로 2단이 있었는데, 유문익공 때에는 이 비문을 단지 이 1단인데다가 하1단은 다시 얻지를 못했던 겁니다. 만약에 하1단을 거듭해서 다시 얻게 된다면 가장 신기한 것이 되고 아마도 꼭 그럴 수는 없겠지요.

대체로 이 비문은 우리 동방의 금석문 조상이 될 뿐 아니라 신라의 국승(國乘 : 나라 위세가 높아지는)한 강토를 봉한 것을 고증할 수 있을지니 겨우 비열홀(比列忽 : 안변)에 미칠 것이며, 이 비석은 그렇지가 않으니 무엇으로써 거듭 황초령보다 그 멀리까지 미쳤음을 안단 말입니까! 금석이 사승(史乘 : 역사서)보다 앞선 것이 있음은 이와 같으며 옛사람이 금석을 보물처럼 중하게 여긴 까닭인데 어찌 한낱 고물(古物)에 그칠 뿐이겠습니까! 또 한 가지 훌륭한 점이 있는데, 이 비석은 중국에 있고 진나라 광대 연간에 된 육조(六朝) 금석이 지금에 이르기까지 남아있는 것과 대략이나마 이 비석의 글씨체와 더불어 서로 닮았고 흡사하다는 것인데, 그것을 보면 한때나마 중외(中外)의 풍기(風氣)가 멀지 않았음을 알 수 있으며 그 당시 신라는 진심으로 중국의 것을 좇고 수법을 배웠다는 것입니다.
 또한 볼 수 있는 것은, 그 글씨체가 예서를 닮았는가 하면 해서를 닮고, 이것이 육조 서법인데 아직은 옛날의 법식을 좇고 체(體)를 깨뜨리지 않아 아름답고도 영묘한 것으로 고증하는데 도움이 되며, 저 급간(及干) 등 관명·인명에 이르게 되자 또한 국승한 것 외에도 매우 많은 것을 상세히 고증할 수 있는 겁니다.
 아우는 이 비의 '고(攷) 1권(《금석과안록》인듯)'이 있습니다만, 글자 하나·획 하나, 지명 하나·관명 하나라도 세밀하지 않은 게 없고 더하여 핵증(核證)하며 한 권의 많음에 이르렀는데 이번에 아뢰이고자 바라는 것은 상기도 초고에 머무르고 아직 정리가 되지 않았으므로, 또한 정리한 연후에 보여드리고 살피시며 따라서 보내드리지 못하오니 양지하시기 바랍니다.
 지금은 이미 비석을 얻었고(찾았고) 또한 황진난무(荒榛亂蕪 : 돌보는 일도 없이 방치되어 황폐했다는 것)한 사이에 두어져 있습니다만, 태하(台下)께서 독귀(纛歸 : 독(토지신)에게 올리는 제사)하시면 반드시 매몰됨을 회복하시고 이로써 진흥대왕의 풍요하신 공을 기려 빛나게 하실 것이며, 한 조각 남은 돌로서 세상에 머물러 있다면 지금은 이미 천 년이 지난 것이라 반드시 연운변멸(烟雲變滅)에 따라 죽는 일이 없도록 하시며 뒷사람으로 살아 있다면 숭식포장(崇飾舖張 : 받들고 꾸미며 크게 벌려 확장함)하는 도는 조금이라도 소홀하거나 두렵게 여기지 않음이 없어야 합니다. 감영 아래 가져오는 자가 있다면 매우 아름다운 일이나, 그 일을 크게 부풀릴 것은 아니며 구원(久遠)토록 꾀하셔야 합니다. 또한 어느 곳에 떨어져 있게 되었는지 모를 뿐 아니라 또한 비석의 고처(故處 : 옛 장소) 곧 강토를 열고서 봉하며 정한 실제의 자취를 다른 곳으로 움직여 옮기는 것인데 역시 순행(巡行)을 해보심이 어떨런지요? 그 옛 장소

로 말미암은 것과 같은 영원하신 계책을 지으심(만드심)이 가장 좋습니다.'
 이 서독은 한낱 고증에 그치지 않고 하나의 추창을 담고 있다는데 감명(感銘)을 준다. 먼저 이것이 씌어진 시기인데 그것은 권이재가 함경 감사로 재임하는 동안(순조 32년(1832) 12월~동 34년(1834) 8월까지)이 분명하며, 그것은 태하께서 독귀(纛歸)하시면 하는 이하의 구절로서 알 수 있다. 독은 토지신이라 번역했는데 '대장군기'라는 의미도 있으며 감사는 병마권을 아울러 가지고 있는 거다.
 아쉬운 것은 《금석과안록》을 현재로선 보기 어렵다는 것인데, 황초령은 신라의 4군주(軍主)와 관련된다. 신라의 4군주는 각각 감문(甘文 : 경상도의 開寧)·한양·비자벌(比子伐 : 창녕)·비리성(碑利城 : 비례홀, 함경도 안변)이 그 관할하는 곳인데, 《삼국사기》에 의하면 신라가 비례홀 주에 군주를 둔 것은 진흥왕 17년의 일로서 당시 일어나기 시작한 고구려에 예(穢) 부족이 들러붙는 것을 견제하고자 군대를 보낸 것이며 아울러 옥저까지 정복하여 황초령비를 세웠다고 해석된다. 그런데 비석을 세운 진흥왕 29년 가을 8월부터 겨우 두 달 뒤인 동년 10월에 비례홀을 폐지하고 남쪽으로 2백 리 남짓한 달홀(達忽 : 고성)로 후퇴한다. 이와 동시에 북한산주도 폐지되고 남천주(南川州)를 지금의 여주·이천에 두고 있는데 이는 고구려 세력의 남하로 신라가 밀렸던 셈이다. 다음은 〈윤침계에게 주다〔與尹梣溪定鉉〕〉라는 추사의 서독이다.
 '백 천 비루(飛樓)에 십리의 긴 다리라, 비록 이 그림으로 그려진 속에 종전의 아침 저녁 밭둑길로 하여금 초록의 반 세상을 둥글게 거두었다 할지라도 반드시 맑은 것은 아니니 하물며 남북으로 엎어지고 자빠져 뾰족함이 아물은 말로(末路)로서는 하나의 승지(勝地 : 좋은 안식처)였으며, 또한 당음(棠陰 : 사또의 높임말)이 힘써 비호해주셨을 제는 자애로운 친절로서 복덕(福德)을 증익(增益)해 주셨으니 실컷 취하고 실컷 배불렀던 것이며 천리길을 돌아와서 밭 사이의 곳에 칩거하니 이것이 누구의 은혜이며 곧 감격으로써 찬송해야 할까요? 엎드려 태하(台下)의 이와 같은 서한을 받잡고 이와 같은 눈보라와 추위에도 견디시며 높고 거룩하신 일상사와 신색(神色: 정신과 모습)도 두루 무고하신지요? 못난 이 몸은 삼가 숲에 돌아와서 머리 끝까지 거슬러 올라가며 베끼고 엮고 있지만 안으로 울화는 옮겨져 이미 빈 껍질마냥 되고 말았으니 능히 남은 고뇌도 없고 역시 남은 미련도 없어야 하련만, 밭머리 사이 옥피리와도 같은 즐거움을 알고 있으니 마음을 설레이는 자로서 어찌하고 어찌하면 좋겠습니까! 친척 아래의 관악산 아래로 돌아오자 고기잡이를 아우님, 나무꾼을 형님으로 꿈만 같이 서로 대하며 세밑도 닥치니 백 가지의 감회가 바닷물 끓듯이 창자를 도는 것만도 모자라 사람의 도리 밖에 있습니다. 은혜로 내려주신 성대한 물품들은 막히고 썰렁한 부엌을 깨뜨려 주시니 감격해 마지않을 뿐이며, 나머지는 따로 머물게 하면서 거듭 갖추지를 못하오니 삼가 엎드려 복받으시기를 빌며 빠르게 돌려드립니다.'

서독으로 보아 추사는 윤침계와 막역한 사이는 아니며, 금석학과 서화에 취미를 가진 침계는 후배로서 선배인 추사에게 관심을 보였다고 생각된다. 연보를 보면 윤침계는 임자년 12월 15일에 함경 감사를 마치고 있다. 따라서 이 서독은 임자년 12월 초 북청에서 돌아온 추사가 관악산 아래의 과천에서 추거 체한의 제약을 받으며 썼던 게 분명하다. 참고로 윤침계가 황초령비의 잔석(殘石)을 산 아래 '중령리'에 옮기고 비각을 세운 뒤 '진흥리'라고 마을 이름까지 바꾸자 진흥왕의 후손이라 일컫는 사람들이 옮겨와서 살게 되었으며, 앞서 말했듯이 광무 4년(1900)에 후손 대표 김택수(金宅洙)가 글을 지어 작은 비석을 세운다.
 또 추사와는 관계없지만, 창녕비는 자연석에 각자한 것이고 거의 마모되어 판독하기 어렵지만 상당한 글자를 읽을 수 있고 내용도 여타의 비문과 대동소이(大同小異)했다. 현재는 진흥비가 모두 박물관에 옮겨졌는데 거의 관심을 끌지 못하고 있으니 한심한 노릇이다.

 추사에겐 여러 조카들이 있는데 상일(商一 : 관희의 아들. 양양 부사를 지냄), 그 아들인 시제(始濟)·태제(台濟) 형제 및 상묵(商默 : 교희의 아들) 등이 있었다. 이들에게 준 서독이 짧으나마 한 통씩 《완당집》에 들어있는데, 특히 추사는 태제를 가장 사랑했던 모양으로 〈재종손 태제에게 주다〉를 읽어보자.
 '어제의 편지는 매우 위안이 되었다. 밤에 비바람이 쳤다마는 이는 겨울로 바뀌는 낌새를 알리는 소식(성쇠)의 한 가지 맛일 거다. 가내가 평안하고 제사 받드는 일도 오래 전에 지났다니 생각되는 감회가 깊구나. 이 몸은 더욱 칩거가 거듭되고 꾸벅거릴 뿐이다.
 보내준 뜻은 하나하나 자세히 다 알았다마는 나로선 너의 결단하고 정한 곳을 따를 뿐이다. 어찌 이를 기다리며 이래라 저래라 할 것이며, 온갖 일을 단단히 부탁하고 싶은 것은 순종하되 오히려 평소의 업신여김이라도 들어 일으키는 가운데 조금이라도 미진(未盡)한 데가 있고 마음의 곳을 나뉘면 이와 같은 고뇌와 혼란이 있을 게 아니냐? 이는 오직 일체를 방하(放下 : 자연의 뜻대로 한다는 것)함이요, 바로 현재의 한 가지 일이라도 홀로인 게 아닐 뿐이니라. 면전(勉旃 : 전은 깃발인데 분명한 태도를 짓는 것)하고 면전하라. 글로서도 '중용'에 이르면 곧 자식이나 아우로서 다 깊이 공경하지만, 다만 그러하지를 않는다면 두려움을 앞세울 것이다. 매번 사람을 보게 되면, 평시엔 자못 스스로의 지조를 갖고서 상황에 임하고도 결코 파괴되지 않는 묘법(妙法)으로 비유한 셈이었다. 그러므로 이 시는 태제의 불그림에 대한 찬사였고 역시 추사의 남다른 애정이라고 보는 게 옳을 것 같다. 이밖에 상언(商彦)은 추사의 6촌 완희(畹喜)의 아들인데 시 두 편이 전한다. 〈상원의 추령을 상언에게 보이다〔上元芻靈示商彦〕〉를 읽어보면 다음과 같다.

해·달·목성·금성·나후성(羅睺星)·계도성(計都星)·영성이라/쌍둥이며 외짝이며 해를 당하면서 쫓는다네./돈 한 닢을 제용 허잽이의 배안에 채워주니/문밖의 아이들은 제용직성이라고 외치네.

(日月木金羅計靈 年雙年隻逐直星 一錢飽與芻靈腹 門外兒童叫直星)

상원(上元)은 정월 보름이고 추령(芻靈)은 짚 따위로 만든 허수아비다. 그런데 시가 매우 어렵다. 제1구를 모두 별이름으로 보고(일곱 별) 해석했는데 영(靈)을 나후성과 계도성의 영성이라고 생각할 수도 있기 때문이다.

육당 최남선 선생의 〈조선상식〉을 보면 성명학(星命學)상 나후성의 운때를 맞게 된 자는 허잽이를 만들어 정월 보름날 액막이를 하는데, 그런 허수아비를 한자로 추령(芻靈)·추용(芻俑)·제용(祭俑)·초용(草俑)이라고 표기했다. 그 중에서 일반적인 것이 제용(祭俑 : 處容)이라 했으며, 이런 허잽이를 만들어 당사자의 옷을 입히고서 며칠 잠자는 머리맡에 두고 그 인형의 정수리·가슴·샅 부분에 동전을 넣어두면 액운을 딴사람에게 판다고 믿었다.

따라서 옛날에는 대보름날 새벽에 가가호호마다 제용을 팔라고 했으며, 이것을 제용치기라 불렀다. 또 아이들이 이때 문밖에서 '제용직성'이라고 외쳤던 것이며 정월 대보름의 풍속이었다고 한다. 시의 내용은 대체로 육당의 설명과 부합되며, 나후성이 곧 '제용직성'이었다. 다만 시구에서 '연쌍연척축년오(年雙年隻逐年午)'가 미상인데, 이것은 아마도 별의 위치로 쌍둥이 또는 외토리로 보인다는 뜻인 듯 싶다. 그리고 제목으로서 알 수 있듯 상언의 질문에 대한 추사의 해설이라고 생각된다. 상언에게는 이밖에도 〈장난으로 상언에게 차하다〔戱次商彦〕〉 3수가 있다.

지붕머리 수양버들 정이야 이미 변했지만/따뜻한 빛을 늘 보니 싱싱하리./사립문 적적하나 봄은 바다와 같아서/나무꾼 아우·형님 모두 섶을 지고 성으로 가네.

(己變屋頭楊柳情 韶光賸看日生生 柴門寂寂春如海 樵弟樵兄盡入城)

백설조 소리는 드높고 들기운을 차지하니/서푼 봄뜻의 가련함을 이기지 못하네./촌 막걸리가 신선주 같으니 고이하지도 않아라./이것이 그때의 사차연이 아니던가.

(百舌鳥高野氣專 三分春意不勝憐 怪他村釀如仙釀 莫是當年謝自然)

봄기운은 촌전택척(寸田宅尺)에 있는데/칠언시 삼 수로 한가로이 살아가네./시험삼아 황정경 글자를 누른 깁에 모사하니/속된 글씨와 거위 떼를 바꾼다는 가르침은 아닐세.

(春氣寸田尺宅於 七言三疊作閒居 試摹黃素黃庭字 不敎鵝群換俗書)

제1수의 1~2구는 추사의 생활정경이다. 소광(韶光)이란 따스한 봄의 햇볕인데 능수버들의 마음과 대비시킨 것이고, 잉(賸)은 더하다이다. 그런 봄은 춘궁기의 사람들로선 쓸쓸하지만, 한편 바다와 같은 넓은 자연의 너그러움(혜택)도 있는 거다. 여기서 나오는 성은 남한, 광주 읍내를 말하리라.

그런데 제2수에서 좀더, 구체적인 것을 알게 된다. 여기서 서푼 봄뜻〔三分春意〕이 의미심장하다. 서푼이란 나무를 해서 성안으로 가져가는 나무값이라고 짐작되는데 봄뜻이란 무엇인가? 그것은 린(憐)

자로 표시되는 가련한 생활이었다. 이 구절로 전수에 나온 초제초형(樵弟樵兄)이라는 뜻도 알 것 같다. 단순하게는 형·아우하면서 나뭇짐을 지고 몇십 리를 가는 마을 사람의 광경이 연상되지만, 주인공이 상언이므로 추사 주변의 생활로 좁힐 수밖에 없다.

완희=상언 부자는 월성위의 자손으로서 족보를 보니까 진사 한 자리도 못한 시골의 농사꾼이었다. 추사의 조부 김이주(金頤柱)의 끝동생이 현감을 지낸 건주(健柱)인데 노선(魯善)·노송(魯誦)·노종(魯鍾)의 3형제를 두었다. 다시 노선은 근희(近喜)·완희·학희·규희(奎喜) 4형제인데 완희 이하는 모두 출계했으며 완희는 바로 둘째인 노송의 양자였고, 노송·완희·상언 3대가 모두 포의(布衣)였다. 당시의 조선 사회에서 할아버지·아들·손자가, 그것도 섣부른 양반이라 하여 농사도 제대로 지을 줄 몰랐다면 그 생활은 서민이나 같은 것이며 오히려 생활력이 없어 더 비참할 수도 있는 것이다. 추사는 그 만년에 바로 이 당질 상언네에 얹혀 있었던 것이며 시를 지은 까닭도 이걸로써 이해된다.

또 사자연(謝自然)은 여도사 이름인데, 가난한 여자로 출가하여 도사가 되고 신선술을 배워 신선이 되었다고 한다. 그런 사자연을 여기서 느닷없이 등장시킨 까닭은, 상언의 어머니도 막걸리를 빚어 팔거나 아들과 더불어 산에서 나무를 해다가 팔았다고도 생각되는 것이다.

이것을 무슨 수치로 알고 체면으로 여기는 게 또한 섣부른 양반인데 추사는 그렇게 생각지 않는 것이다. 물론 집안의 비참한 현실을 떠벌리는 '악취미'의 소유자는 결코 아니었지만, 담담하니 노래했던 것이 아닐까? 백설조는 이미 나왔지만 추사는 그것을 자연의 순리(順理)로서 당당히 노래하고 있다.

제3수는 어떤가? 춘기(春氣)를 봄기운으로 번역했지만, 이것을 궁

끼라고 생각해도 빗나가지는 않으리라. 이어지는 '촌전척택'이 이해
되면 풀리기 때문이다. 이것은 유명한《황정경(黃庭經)》의 말로 '촌
전척택가치생(寸田尺宅可治生)'이란 말을 인용한 것이며, 그 뜻은 세
단전(丹田)의 택(곳)은 각각 한 치의 사이를 두고 있다는 것인데 보통
으로 해석한다면 먹고 살 수 있는 작은 집과 밭만 있으면 족하다는
뜻이다. 이를테면 안빈낙도(安貧樂道)하며 칠언시나 지을 수 있다면
더 바랄 게 없는 것이다. 여기서의 칠언삼첩(七言三疊)의 첩은 거듭
된다는 뜻인데, 이 말 역시《황정경》의 말 '한거예주작칠언 금심삼첩
무태선(閒居藥州作七言 琴心三疊舞胎仙)'이란 말에서 인용된 것이다.
《황정경》은 물론 도교의 경문 이름이지만, 그 이상으로 왕희지가 쓴
글씨로 유명하다. 추사는 누군가의 부탁으로 이《황정경》의 글씨를
눈도 침침하고 팔도 제대로 돌아가지 않건만 상언 모차를 위해 도움
이 되고자 쓰고 있는 거다. 제3수의 4구도 이미 이 책에서 소개한 것
으로 왕희지가《황정경》을 써주고 도사의 거위와 바꾸었다는 전설이
있는데, 추사는 그것을 시로 노래했다. 불교(不敎)는 가르치지 않는
다로 생각해도 무방하다. 추사의 이 무렵 생활은 윤침계에게 준 서독
에서 '어제초형(漁弟樵兄)'이라 했듯이 생활이야 비록 곤궁했지만,
마음은 오히려 담담한 것이 서민들과 허물없이 지냈다. 다음의〈남령
추교거(南令樞僑居)〉역시 통렬한 풍자가 돋보인다.

  남녘 산에는 신선·유자가 강녕을 바라며 줄 서는데/닭이며 개
 도 글을 꾀하니 훌륭한 승지로세./참으로 자기를 아는 이가 세상에
 있다면/바위 곁 푸른 연기로 높은 솔도 맺히리라.
    (南山康直列仙儒 鷄犬圖書定勝區 天下果眞知己有 紫烟巖畔結松樞)
 예나 지금이나 권력 앞에 줄서는 자는 너무도 많다. 여기서 제목인
〈남령추교거〉를 직역한다면 '남산에는 호령하는 높은 벼슬아치가 살

다'인데 이들이 곧 신선이니 선비니 하는 자들이다. 여기선 남산(南山)이란 추사가 있는 과천을 포함해서 '남한' 일대이고, 이들은 살아서의 영화뿐 아니라 명당이니 산세니 하면서 줄을 서는 거다. 실제로 남한 일대에는 권문세가의 분묘가 많고, 이 있다는 것만으로도 풍자가 되리라. 왜냐하면 줄을 서는 까닭은 사후의 강(康) 곧 안강이나 강녕 등 오래 살기 위해, 또는 영화를 누리기 위한 것이고 그것이 풍수지리의 근본 목적이었다.

계견도서(鷄犬圖書) 역시 쉽게 말해서 '서당개 3년이면 풍월을 안다'는 것과 마찬가지로 추사로선 풍자의 대상이었다. 승구(勝區)는 곧 승지이고 명당의 결실인 소나무의 추(樞)는 높다는 것이다. 기묘하게도 추사는 풍수지리에 대하여 언급은 없고 서민에 대한 호감을 노래한 것이다.

〈청계산 나무꾼이 신령한 산삼을 얻었다기에 장난삼아 짓는다
〔淸溪山樵人得靈秬戲作〕〉

사천 년 뒤의 늙은 나무꾼 도끼라/나무를 찍고 천연의 옛글을 가렸다네./신령한 사람 모양인데 때때로 얻으니/머리엔 다섯 잎이라 고운도 넘보리.

(四千年後老樵斤 析木天然辨古文 靈人形時勵斷得 擔頭五葉傲孤雲)

산삼은 영락없는 사람 형체처럼 생겼고 삼아오엽(三秬五葉)이라고도 표현된다. 늙은 나무꾼이 고문을 변별했다는 것이 미상인데, 아마도 세상에는 인지(人智)를 초월한 일도 산삼이 발견되듯 때때로 생긴다는 뜻인 듯싶다. 다음은 〈단양(端陽)〉이다.

단옷날 씨름으로 마을을 휩쓰니 장원이고/천자님 앞에서도 재간을 부렸다네./승패가 뒤섞이니 모두가 기뻐할 만하고/푸른 버들

그늘 안에 온 당이 껄껄 웃음일세.
(端陽角觝盡村魁 天子之前亦弄才 勝敗紛紛皆可喜 綠楊陰裏哄堂來)
단양(端陽)이 곧 단오이고 우리의 명절이며 각저(角觝)는 육당설에 의하면 한자로 각저(角抵)·각력(角力)·각희(角戲)·상박(相撲)·치우희(蚩尤戲)라고 쓰는데 모두 씨름을 나타낸다. 치우에 대해선 이미 나왔지만, 씨름이야말로 동방에서 발생한 것이고 현재까지 우리나라는 물론이고 몽골·일본에 남아있다. 한족에겐 씨름이 없으며 청나라 시대 몽골인이 무예(武藝)의 하나로서 연경에 보급하고(여진족도 동이이므로 씨름은 있었을 터) 성행되었으며 많은 명인이 배출되었다. 일본 씨름은 우리나라에서 건너간 것이 분명한데 씨름을 각력(角力)·상박(相撲 : 스모)이라고 부른다. 일본 씨름은 우리의 그것과 경기 방식이 다르지만, 그 원형은 같았을 것이며 헤이안 시대에 전해지고 에도 시대에 현재와 같은 씨름이 발달된 것이다.
씨름의 한자 표기로 각(角 : 뿔)이란 글자가 붙는데 이것은 겨눔의 뜻이고 씨름을 가리켜 '양수거지 이두상촉 작우투상(兩手據地 以頭相觸 作牛鬪狀 : 양손을 땅에 짚고 머리를 서로 맞대며 소싸움의 모양을 짓는다)'이라고 했으므로 소뿔을 연상했는지 모른다.
괴(魁)는 우두머리인데 조선조에선 과거의 장원을 괴수(魁首)라고 불렀다. 또 천자라는 것은 한무제를 말하며 《사기》〈무제기〉를 보면 한4군을 둔 해에 장안에서 각저놀이를 관람했다는 기사가 보인다. 이는 이미 그 당시의 '고조선'에 씨름이 있었다는 증거이다. 홍(哄)은 여럿이 왁자지껄하거나 또는 크게 웃는다는 뜻이다. 〈장기를 읊다[咏棋]〉도 있다.

국면은 남풍으로 마음이 다습다 차갑다 하는데/옛 소나무 사이 흐르는 물처럼 종횡으로 내맡기리./봉래의 맑고 옅음이니 높이 뜸은 안되고/유자 속의 뚝딱은 가벼운 학의 꿈일세.
　　(局面南風冷噯情 古松流水任縱橫 蓬萊淸淺非高着 橘裏丁丁鶴夢輕)
　임(任)은 내맡긴다로 이 시의 열쇠가 될 것 같다. 즉 장기에서의 흥분을 삼가라는 말이고, 고송유수(古松流水)는 동파시의 한 구절로서 선경(仙境)의 고요함을 표현한 말이었다. 봉래(蓬萊)는 우리나라를 가리키고 그것에 이어지는 청천(淸淺)은 우리 민족의 기질을 설명하는 말로 생각하고 싶다. 즉 우리는 결벽함을 좋아하지만 그것이 지나쳐 성급한 성정(性情) 또한 있는 것이다. 따라서 장기의 패배는 고착(高着) 곧 지나친 장기쪽의 비약에 있다고 한 게 아닐까? 귤리정정(橘裏丁丁)은 장기의 즐거움을 말하는데, 촉나라의 유자밭에서 수확된 유자 가운데 큰 항아리만한 게 있고 그것을 쪼개 보니 그 속에서 두 노인이 바둑을 두고 있었다는《유괴록(幽怪錄)》의 말이 전한다. 정정은 단단한 나무 따위가 부딪치는 의성음(擬聲音)으로 장기쪽을 주고받는 뚝딱 소리로 번역했다. 또 학몽(鶴夢)이 어떤 것인지는 모르지만 학·거북 등은 장수하는 동물로서 장수의 비결은 곧 탐욕을 버리는 데 있으므로, 장기 같은 것은 담담한 심정으로 가볍게 대하라고 충고한다.
　참고로 육당의 고증을 보면, 장기는 중국에서 비롯된 것이고 상희(象戱)·상기(象棊)·상혁(象奕)이라 불렀는데, 상은 장수를 말하며 옛날엔 상이 주체로서 게임을 한 모양이다. 장기란 우리나라 고유의 명칭이고 조선조 중기 이후에 나타난 것이다. 또 우리는 박(博 : 一局戱)이라 쓰고 장기라고 읽었으며, 그것에서 기박(棋博)·박혁(博奕)이란 말이 생겼다.
　중요한 것은 행마법(行馬法 : 말을 쓰는 방식)인데 중국에선 '상희'가 육조 이전과 그 이후의 것으로 구별되어 방식이 달랐으며, 김유신(金庾信)의 상희부(象戱賦)를 통해 알 수 있듯 일월성신(日月星辰)의

쪽이 있고 그것과 현행의 것을 구별하기 위해 특별히 금붕(金鵬)이라고 했다. 그리하여 금붕은 지금의 우리 장기와 모양·행마가 비슷했으며 다만 장수의 위치가 다른 사상마차(士象馬車)와 더불어 최후 선상에 위치했다. 그리하여 마(馬)는 밭 전(田)자로 나가고, 졸(卒)은 상대편 진에 들어가서는 앞뒤로 자유롭게 이동하며, 포(包)는 남을 잡아먹을 다리가 필요하지만 그렇지 않다면 다리가 필요하지 않았었다.

다음은 〈관악산 꼭대기에 올라 최아서와 더불어 읊다〔登冠岳絶頂唫 與崔鵝書〕〉라는 시다.

아득한 묏부리에 한 가닥 버들은 천 오락인데/가랑비로 아련하니 갈매기며 해오라비인듯 또렷하네./배의 돛을 용산 어귀로 돌리고자 하니/하늬바람 밀물도 더디니 탈이랑 없으리라.

(遙岑一抹柳千絲 正是鷗烟鷺雨時 帆身欲上龍山口 無恙西風汐水遲)
최아서가 누군지는 불명이나, 이 시는 관악산 정상에 올라 멀리 아래를 굽어본 것임을 전제로 해석하는 게 정확하다. 그래야만 1~2구의 먼 묏부리의 버들가지처럼 보이는 게 사실은 바로〔正是〕 갈매기 또는 해오라비가 가랑비 속에서 연기처럼 보인다고 했던 것이다. 용산구(龍山口)란 용산 쪽에서 올라가는 등산로 입구를 말한다. 관악산은 바로 과천현에 속하며 추사의 시에서도 자주 나오는 관음사(觀音寺)는 이 산에 있다. 이를테면 〈관음사〉라는 시가 있다.

계곡과 산이 좋은데 언제 사기를 물리쳤을까/산의 푸른 경치 사이 띠풀 이엉으로 작게 지붕을 해 이었네./더위 뒤의 비처럼 처음으로 독좌를 이루고 거두니/누가 서화를 시샘하듯이 청한을 꾀하리오.

(何時却買好溪山 小葺茆茨紫翠間 暑雨初收或獨坐 倩誰圖書此淸閒)
  소즙(小葺)은 작은 지붕이고 묘자(茆茨)는 띠풀 이엉이며 자취(紫翠)는 산의 경치를 말한다. 중요한 것은 독좌(獨坐)인데 이것은 알기 쉽게 처음으로 혼자 좌선을 했다는 뜻이며 본격적인 참선을 이때 시작했다는 증언이다. 추사의 거처는 아마도 관음사에서 멀지 않았다고 추정된다. 그리고 우리는 선입관으로 대개의 사찰이 불각(佛閣)을 갖춘 것으로 알기쉽지만 몇몇 대찰(大刹)을 제외하고선 당시는 가까스로 띠풀의 지붕을 한 암자 규모였던 것이다. 이것으로 불교 탄압을 피부로 느낄 수 있는 것이며 참된 구도 정신이 아니고선 승려 생활도 버텨내지는 못했으리라. 다음은 〈노련이 녹산을 위해 요승이 잘못 찾았다는 그릇된 설로써 이를 보여주고, 고사에 대비코자 산속에 남겨 두노라〔老蓮爲櫟山示之 以妖僧枉尋之邪說 仍留山中以備故事〕〉이다.

  초선은 도읍을 정할 때 참예하지 않았는데/만대의 기틀이라 옥조가 분명했네./한 조각 승가봉 꼭대기 돌이라/진흥왕 옛자취를 의심하여 굽혀 전했네.
  (超禪不預定都時 玉兆分明萬世基 一片僧伽峰頂石 眞興舊蹟枉傳疑)
  노련(老蓮)이니 녹산(櫟山)이니 모두 당대의 승려 이름인데, 중요한 것은 추사가 저 무학대사(無學大師)를 요승이라고 격하시키며(시에선 초선(超禪)이라고 했음) 한양 정도(定都)에 대한 항설을 부인하고 있다는 점이다. 즉 민간에서는 추사가 북한비를 발견하기까지 삼각산의 한 봉우리인 만경대(일명 국망봉)에 무학이 올라 한양을 굽어보고, 그 하나의 맥(脈)을 따라 남으로 가다가 비봉(碑峯)에 이르자 '무학오심도차(無學誤尋到此 : 무학이 이곳을 잘못 찾아 이른다)'라는 돌비석을 만났다는 전설을 믿었는데 이는 역사를 왜곡〔枉〕한 것으로 잘라 말하는 것이다. 무학의 이 전설은 주로 풍수설에서 비롯된 것인데 추사는 이런 풍수를 미신으로서 배격했다.

 철종 4년인 계축년(1853)은 추사의 나이 68세로서 북청으로부터 돌아온 다음해인데 이무렵까지 추사의 두 동생 명희·상희는 추방 상태에 있었던 모양이다. 연보를 보면 추사의 탐라 유배시에도 없었던 명희·상희의 방축(放逐)은 추사의 북청 유배와 동시에 이루어지고 있다. 이것은 추사 3형제에 대한 안김, 특히 순원대비의 증오는 오히려 더했다는 사실을 증명한다. 이 두 동생의 졸년(卒年)이 분명치 않은 것은 그 때문이다 싶은데, 이만용(李晩用)은 그의 《동번집(東樊集)》에서 다음과 같이 기록했다.

 즉 동번이 계축년에 남충현(南充縣)을 지나다가 산천 김명희의 농막을 찾게 되었는데, 백씨 추사공은 이미 사면되어 돌아왔다는 이야기를 듣자 산천은 눈물을 흘리며 기뻐하고 시를 지었다고 한다. 어쨌든 이것으로 보아 추사 일문의 형편은 계속 최악의 상태였던 것이다.

 여기서 권이재에 대한 추사의 서독을 읽겠다. 상당히 장문의 서독인데 다만 그 머리부분의 '진흥비로서 한 번 나타난 것은 낭선군과 유문익공의 두 번에 걸쳐서이고 전자는 2단의 비문이며 후자는 1단뿐인데 만약에 하1단을 얻게 되면 더욱 신기한 것이 되고 ~ 그 글씨체는 또한 예서를 닮았지만 해서와도 비슷하여 바로 육조의 서법인데 아직도 옛날의 규격을 좇고 깨뜨려지지 않아 ~ 초고로 남아 정리되지 않고 있다. 태하께서 독귀(纛歸)하신 뒤 ~ 감영 아래 가져오는 자가 있다면 매우 아름다운 일이나 크게 부풀리는 일이 있어선 안되며 ~ 그 고처(故處)를 지으려면 영원한 계획으로써 하는 게 가장 좋다'고 썼는데 이것은 저 《금석과안록》에 실려 있었다는 내용과 글자 하나도 틀리지 않는다. 더욱이 이 글에 이어지는 '모름지기 서성(瑞星)은 북극에서 나오며 ~ 사람으로 하여금 한라산 정상에 오르게 되고 비로소 이를 본 자가 말한 것으로서 죽순처럼 웃음이 나온다'고 한 권이재에 대한 제23신의 일부가 섞여 있다. 더욱이 이 문장도 여기서 완전히 끝난 것은 아니며 그 서성론(瑞星論)이 계속되고 있어 편자의 잘못인지 판공(板工)의 착각인지 여러 가지를 주워모아 판을 짰다는 판단마저 하게 된다. 그래서 중복되지 않은 부분을 번역했는데, 그 까닭은 매우 중요한 내용이 들어 있기 때문이다.

'옥적(玉笛) 또한 하나의 신기한 만남이고 색다른 인연입니다. 이는 듣건대 김해(金海)에서 나타난 금관가야의 옛 물품으로, 또한 여기에 그칠 뿐 아니라 신라가 이를 '금관옥적'으로써 상자 겉면에 아름답게 새겨서 추증했다고 하는데, 모르는 일이니 어떨런지요? 고악(古樂)은 이미 멸망했고 또한 신령스런 북과 정율(定律)・황종(黃鍾)도 없으니 바른 소리(음정)를 고증할 곳도 없습니다. 순임금이 사옥(詞玉)을 정하시고 관태(琯泰)가 피리의 음률을 시작했는데 모두 뒷사람이 음률을 살핀 까닭이며, 정성자(定聲者)가 만약에 이 저(피리)로 그윽하고 느긋한 가락을 갖도록 한 일이 있다면 지금의 음률로써 짧고 껄끄럽지 않게 정할 수도 있었겠지요.

옛날의 저는 각각 십이율(十二律)이 있었는데, 이 저는 반드시 그렇지만도 아니하며 다만 지금의 저는 대통에 일곱 구멍을 뚫었을 뿐이며 거듭 성인과 백성 무리로 하여금 그 안에서 생각하고 가져왔다면 어떤 음률이었을까요? 음률과 소리로 특히 두드러지게 다른 것은, 음률이라면 황종・대려(大呂) 등 십이율이고 소리라면 궁(宮)・상(商) 등 5성입니다. 이러므로 황종으로 나아가는 궁이 있고 대려로 나아가는 상이 상호간에 돌이켜져 돌아오는데 성민(聖民)을 모르는지라 역시 이 묘는 깊게 풀이되는 재능일까요? 시험삼아 한 번 착상(着想)하는 게 매우 좋겠지요.

《문헌비고》의 연속된 편찬은 매우 성대한 쾌거입니다. 글의 근원은 영묘 때의 신경준(申景濬)의 《지리고(地理考)》에서 말미암은 것이나 우러러 을람(乙覽 : 임금의 독서)을 맞자 곧 편집하여 이룩하라는 명으로 다른 고증과 더불어 마침내 비고 원문이 되었습니다만, 그때는 초고를 면하지 못했고 초고를 마치자 정묘 때를 맞아 이만운(李萬運)이 또한 속찬을 했지만 완성에는 미급했던 것입니다. (그래서) 그 아들이 초고로 말미암은 편집을 하여 지금의 속본이 되었는데 원본 아닌 초본으로 내려온 것이라 면목(面目 : 모습) 또한 비록 공가(公家 : 관가) 문서를 많이 얻은 것은 아니라 할지라도 그 권질(卷帙)은 온전한 백권은 지나며, 만일에 전례(前例)를 좇아 이를 이어 끝내 이룩하지 않았다면 그 모양은 어떤 꼴이 되었을까요!

차례로 생각할 수 있는 것은 총재(당상관) 스스로의 추창이 있고 누구를 위한 분찬(分纂)이 되느냐인데, 비록 유자현(劉子玄)의 견식과 마귀(馬貴)와 정어중(鄭漁仲 : 청대의 학자들)의 재량(才量)은 아니라 할지라도 한 사람이 혼자서 운용할 수 있을지는 감히 알지를 못하거니와 오늘날 만일에 고조우(顧祖禹)·황남뢰(黃南雷)·만사동(萬斯同 : 이상은 명말의 학자로 청초의 학자들) 같은 몇 사람이 있고 또한 거듭 옛 글처럼 나아갔다면 황잡(荒雜)하고 체재(體裁)가 없거나 불완전한 편찬이 더욱 심하지는 않았을 터입니다.

집에 이것이 있어 자못 《지리고》와 같은 그 병폐가 되는 곳을 아는지라 하나하나 들어 개혁하며 거듭 답습해서는 안될 것이니 옛날의 잘못된 예고(禮考)·직관(職官) 등 이를 고증하고 체재를 정해야 합니다. (다만) 서너 가지의 논(論)으로서는 안되며, 가장 포함시켜 고쳐야 할 것은 사람 집의 시조·조생(肇生 : 시조나 같음)으로 신화(神化)된 자취로 나간 것인데 이것을 물이고(物異考) 안에 넣고 매번 교열하면서 황송하고 두려움을 이기지 못하여 놀라는 탄식마저 있게 되니 어찌 그와 같은 일이 허용될 수 있다는 겁니까! 각 사(司 : 담당부서)에 비록 등록(謄錄 : 등사된 기록)은 없다 할지라도 볼 수는 있는 것이니 바로 없는 게 아니라 버린 것이며 다른 곳에서 얻지 않고 거두어들이지 않을 뿐이니 그것은 절실히 필요할 것입니다.

정묘시 초집(抄輯)하여 등록을 1부 만들게 하고서 각 사에 있게 하고 대궐에서도 경인년(1830) 전에 일찍이 약간의 책을 얻어 본 적이 있습니다만, 지금 그 책이 불타 없어진 것 중에 들어가지 않았다면(순조 때 대궐에 자주 화재가 있었음) 아직도 있고 탈은 없는지요, 물을 만한 곳이 없습니다.

《해국도지(海國圖志)》는 바로 필수적인 글인데 만일에 다른 국가로서 우리와 비슷한 몇가지 보배로운 게 있고 홍박(紅舶 : 홍모인의 배. 주로 영국배)이 국경을 침범할 때라면, 거듭 문호에서 치고 물리치는 의리(義理)로 나갈 것이며, 또 어찌 나라를 엿보고 기세를 살피는 자가 있다면 작은 일이라 할 것이며 본뜨고 이를 실행해야만 하는데 우리나라 사람은 매양 마음이 조잡하여 세밀히 관찰하지를 못하니 매우 통탄할 일입니다. 비록 그 선제(船制 : 선박제도)를 남김없이 똑같게 할 수는 없다 할지라도 돛 하나로 하여금 부리는 재주는 넉넉히 본뜰 수 있고 나아갈 수 있는 것인데, 그것이 하나도 없고 마음만 사람에게 있다는 겁니까!

대개 위묵심(魏默深 : 魏源, 1794~1857)의 학문은 근일에 한학(漢學)의 중에서 따로 하나의 문파를 열고 훈고(訓詁)나 공소한 말을 묵수하지 않으며 오로지 실사구시로 주된 것이 됩니다만, 그 경설(經說)은 혜동·대진과도 크게 다르고 또 병담(兵談)을 좋아하는데 일찍이 그 수성편(守城篇) 등 글을 보니 지금의 《해국도지》 중의 추해론(籌海論 : 海防論과 같음)과 수성편은 서로 표리(表裏)가 되며 이를테면 우리의 충무공(이순신)이 왜병을 몰살한 법이 곧 그 법인지라 그만 경탄하고서 신묘(神妙)했습니다. 근일에 또 습슬(襲瑟)이란 사람이 있는데 학문의 조예는 위원과 더불어 서로 갈라진 갈피가 같고 서로 가까운 저서도 있습니다만 몸은 한스럽게도 같치가 않아 두루 그 글을 읽지를 못했는데, 대강(양자강)의 남북에 이와 같은 사람이 매우 많건만 동인은 모두 모릅니다.

번박(番舶 : 차례로 나타나 엿보는 배)이 남북으로 출몰하니 깊은 근심으로도 모자랄 두려움인데, 이런 무리의 1년 중 선척(船隻 : 단・복수)수는 천하・중국에서 떠도는 것에 이르기까지 총수는 만에 가깝지만 모두 근일의 영이(英夷 : 영국) 사태(아편전쟁을 비롯한 일련의 중국 침략사태)처럼 차가운 눈으로 보고 있으니 두드러진 별도의 사단(事端 : 꼬투리)으로 말미암거나 변연(便然 : 외교상의 문제 따위)으로 모자라서가 아니더라도 우리에게는 얽히고 또한 그 열 몇 선척이 미치게 되니 이는 영길리입니까 불란서입니까 시반아(是班呀 : 스페인)입니까 포도아(葡萄亞 : 포르투갈)입니까, 홑매입니까 쌍매입니까! 무슨 배인지 가리지 못하게 되고 결코 한 나라의 배는 아닌데, 설령 번쩍하듯이 잠깐 가릴 수 있을지라도 정책(定策)이 없다면 또한 무엇으로써 이를 대처하며 문정(問情 : 참뜻을 물음)하지 못함으로써 번민이 되고 답답함 비슷한 게 되리니 혹은 이 상타 않고서 누(累) 천백 척에 이르기까지 모두 중국에 가서 하나하나 문정해야 합니까! 이것 역시 걱정이 부족한 것이고 또한 이런 배의 이와 같은 오고감은 지금 비로소 알게 된 것이나 영국 오랑캐로서 향하고 머물러 있는 바는 지도로 이를 보건대 알지를 못하니, 그 그림의 모출(摸出 : 그려냄)은 오래되고 가까운 것이 어떠한지요?

대개 가까이 만든 거라면 의심할 데가 없겠으나 다른 나라는 말할 겨를이 없으며, 오직 우리나라를 좇아 이를 보건대, 중국과 일본의 교계(交界)는 남회인(南懷仁 : 프랑스 선교사)의 〈곤여전도(坤輿全圖)〉에 비교해서 이와 같이 정세한 게 있지 않은데 또 중국의 〈황여전도(皇輿全圖)〉로 나아가 더불어 거의(據議)할 수 있는 것은 아니고 만일에 수삼차의 국경과 남북 동서의 주잡(周匝 : 널리 돌아다니는 것)이 아니고선 무엇으로써 이와 같은 세밀함에 들어가 이를 수 있겠습니까! 이와 같은 주잡의 때가 어느 해 어느 때에 있었는지 모르지만 우리나라는 어찌하여 이렇듯 쓸쓸한지 듣거나 아는 일도 없으니 그만 하나의 웃음이 나옵니다. 또한 영국 오랑캐로서 이런 하나의 지도가 있다면 불랑(佛朗 : 프랑스)·여송(呂宋 : 필리핀)·미리(米利 : 미국) 등의 곳 또한 각자 미루어 헤아린 바 저마다 하나의 지도를 이룩했을 테지만 반드시 이 하나의 영국 지도와 상호 전모(傳摹)하지 않은 그 각자가 주잡할 때 미루어 헤아렸던 그 경계 또한 어찌 한두 차례에 그칠 뿐이겠습니까! 모두가 우리나라 사람의 어둑하고도 알지를 못하는 지금껏 하나의 우연한 깨달음으로 얻어진 그 왕래·출몰과 이런 노려보는 눈에서입니까? 정희는 당초에 본 그 지도로서 크게 놀라고 지금에 이르기까지 매번 망연자실(茫然自失)합니다만, 지금 이 남북으로 번쩍하며 나타난 지도와 비교해보니 도리어 이 석 달의 공으로 헤아리건대 우리나라 사람이 또한 콩알만한 눈으로써 우리의 북계(北界)는 지구의 끝이 되고 경계는 바로 더욱 갈 수가 없는 곳이 되며 적어도 비스듬히 뻗칠 수 있거나 북으로 뻗칠 수 있는데 동으로 나가면 하이(蝦夷 : 새우나 잡아먹는 오랑캐란 뜻으로, 여기선 동쪽 끝으로 생각됨. 일본에서 말하는 에소(蝦夷·북해도)와는 다르고 신숙주의 海東諸國記 지도로선 북해도를 夷島로 표기하고 있음) 외계(外界)로서 곧 미리견

(米利堅 : 미국)과 더불어 멀지가 않은데, 미리견은 근일에 번박(番舶)이 만나고 모이는 곳이 되며 어찌 이런 배의 왕래하지 않음으로써 미리자(米利者 : 미국인)를 알 수 있습니까? 그 머물거나 연계하지 않음으로써 우리나라와 일본 등으로 도무지 뜻을 두지 않는 곳이지만, 내왕 또한 명확히는 알기가 어렵지는 않거니와 만일에 우리로서 뜻이 있다면 어찌하여 지금껏 하나의 소식(흥망)이나 하나의 동정(動靜)이 없겠습니까! 바로 깊은 근심이 부족해서이고 또한 오늘로써 근심은 아직 없지만, 닥쳐올 먼 염려이고 바로 닥칠 사람의 일로서 오늘날 우리들이 아마 해서는 안될 일입니다.

어리석은 견해며 얕은 견식이라도 따로 깊은 근심은 있는 것이며, 번박은 없게 되었는데도 우리나라 사람에겐 있듯이 공연한 소동에 이르러 위로는 방백(方伯 : 감사)으로부터 아래로는 주현의 군수와 거기에 매달린 아전에 이르기까지 폐농(廢農)하고 폐둔(廢遁 : 생업을 버리고 피난하는 것)하는 지경인데 이와 더불어 다 동요하며 하나도 무마하거나 안정시키려는 뜻은 없으니, 그 찢겨져 헤어지고 뿔뿔이 흩어져 골짝·도랑에 있더라도(대책이 없어 시체가 쌓인다는 것) 곧 불쌍함을 알지 못하니 부질없는 나 아닌 세월이나 번박에 허물을 돌아가게 하는 겁니다. 내가 두려워하는 것은 계손씨(季孫氏)의 걱정이 전유(顓臾)에 있지 않고 소장(蕭墻)에 있다는 (계손씨는 춘추시대 노나라 대부로 君家의 존망을 걱정한 인물. 그는 노나라의 속국 전유를 치자고 주장했는데 그의 걱정은 소장, 곧 내부의 혼란에 있었다) 것입니다. 지금 급급하는 백성으로써 소동으로 나가지 않도록 꾀하는 바를, 위로 묘당(廟堂)의 으뜸인 첫번째 주책(籌策)이 되게 하고 유념(有念)하면 비록 천만 번의 번박이라도 백성의 소동이 없고 아니라면 무슨 근심이 있겠습니까! 말하여 매우 아프더라도 그치지를 못하니 가생(賈生 : 전한의 장사왕 태부. 소인의 참소로 자살한 屈原을 애도하는 시로 유명)의 긴 하나의 탄식입니다.
──영국 오랑캐가 중국의 나라 안 우환이 되고 뭐라 말하기 어려운 근심이 된 것은 옛날 명나라의 가정(嘉靖) 연간(1522~1566)에 왜구가 바다를 끼고 침입하여 약탈하면서 내륙 및 강절(江浙 : 강소와 절강)의 사이에 이르기까지 큰 소요(騷擾)가 되었는데, 이를테면 척수(戚帥 : 외척의 장수) 여러 사람이 거듭 숙장(宿將)으로 병을 주둔하거나 위수(衛戍 : 경계)하여 행세하면서 몇 년이 되었는지 모릅니다. 척수로서 지은 바 《기효신서(紀效新書 : 戚繼光(1528~1587) 지음. 무예와 조련을 다룸)》는 왜구를 방어하는 게 되었습니다만, 당형천(唐荊川)·모원의(茅元儀)와 같은 여러 명사는 왜국 문자를 주로 지어 갖추었고 지금 통행되는 《무비지(武備志)》 등 책을 만들었는데 곧 말이 씩씩하고 대체로 장합니다. 이것이 있게 된 당시는 우리 동방에서 이런 일이 있음을 모르고서 임진년에 이르렀고 이후에 비로소 척공의 글을 얻어 간략하니 풀이했는데, 화포(火砲)의 식은 오늘날 중국의 전수된 바와 이를 비교하자니 곤란하고 왕년의 그것은 모르지만 얕고 깊음이나 무겁고 가벼움은 어떻게 거듭 회복되었는지요? 이와 같은 소전(所傳)과 듣게 되는 세상의 견해는 이것이 비록 종이 위나 빈 말에 지나지 않다 할지라도 곧 수수(睢水 : 강이름)와 거록(巨鹿)은 족적(足跡)이 없어도 놀라고 소란스런 소견으로써 세견(世見)이 되는 것인즉 역관(曆官 : 사관)을 요동과 심양(瀋陽) 사이에 주차(駐箚)·유둔(留屯)시켜 몸소 보게 함으로써 놀라 시끄러워지는 일이 없고 그러하지 못하도록 해야 하는데, 우리는 도무지 견제하고 움직이려는 생각이 없습니다.
건륭의 중·말기 이후로 바다의 도둑이 없는 해가 거의 없었고, 나아가서 가경(嘉慶 : 1796~1820) 초에 이르렀는데, 이를테면 절척(浙賊 : 절강의 도둑)·민적(閩賊 : 민은 복건 연안)·봉미(鳳尾)·수

오(水澳) 등지의 도둑이 혹은 안남(安南 : 베트남)·구련(鉤連)·대만과 연합하거나 연결되어 건륭의 탑전(榻前 : 어전) 밖의 걱정으로 크게 되었으니 그때 우리 동쪽에서는 일찍이 무엇을 들었다는 것입니까! 가까워서 혹은 중국 문자로 말미암아 비로소 깨닫고 얻은 게 있으리다. 얕은 소견인즉 이것은 발자국이 없는데 놀라움이 되고 이로 말미암아 중국의 허물이 되는 난리의 조짐을 서서히 헤아리고 세밀히 살펴 찾아야 하는데, 오늘날에 있어서는 한 가지의 일을 결단하고 결단함에 있어 영난(英難 : 영국으로 말미암은 난리)·천유는 매우 닮았고 소창은 불을 보듯 분명하건만 이것은 속국이 되어 불능이라서 절로 평안하다는 것입니까!'〔제32신〕

마지막의 속국이라는 말이 절실하게, 그것도 가슴아프게 와닿는다. 이 서독은 이미 진흥왕비와 서성(瑞星)으로서 문제를 제기하고 있지만, 권이재가 입수했다는 옥피리 역시 주목된다. 이것이 저 삼국의 《사기》나 《유사》에서 기록된 '만파식적(萬波息笛)'은 아니겠으나 당시 우리 것에 대한 관심이 높아지면서 나타난 산물임이 틀림없다. 권이재는 이를 아꼈던 것이며 그의 서재 '옥적산방(玉笛山房)'의 내력도 바로 여기에 있었다. 다만 추사로서도 그 이상의 고증은 하지 못하고 짧게 넘어가고 있다.

다음은 《문헌비고》의 속찬(續纂)인데, 그 고증보다는 추사의 주장이 주목된다. 즉 추사는 《문헌비고》의 편집이 아직도 불만스러웠는데, 그 한 가지로서 지적한 우리나라 성씨의 시조에 얽힌 신화(神化)를 비판한다. 이는 당시로서 혁명적 견해이며 그로서는 승복할 수 없는 것이었다. 즉 확실한 근거가 없는 조상의 사적(事蹟)은 조상 숭배와는 다른 문제로 곧 학문은 아닌 것이다. 그리하여 정확한 기록과 보존이 중요한 것인데 우리는 그러하지 못함을 통탄한다.

추사는 이어 《해국도지》를 소개했고 그것에 나타난 바다의 지킴을 강조했지만, 역시 기본적인 것은 그런 이양선, 곧 번박의 출현에서 아무런 교훈도 얻지 못하는 당국자의 무능을 개탄했다. 교훈은커녕 번박이 나타나든 물러가든 소동마저 일으키고 지도층인 방백 수령이 먼저 도망치고 피난가기에 바빴던 것이다.

끝으로 권이재에 대한 추사의 서독은 3통이 더 있지만, 서독이라기보다 권이재의 문의에 대한 추사의 서화평이고 이미 나왔던 것으로 중복되는 부분이 있어 생략하겠다. 다만 끝으로 덧붙인다면 추사를 경계하는 안김으로서 '해방론(海防論)'과 같은 정책 자문은 받을 수가 없다 할지라도 역사 문헌·문화 유산에 대해선 추사에게 연구할 기회가 주어질 수도 있었는데 그것을 허용하지 못한 협량(狹量)을 새삼 아쉬워할 뿐이다.

추사는 그 최만년에 자주 병을 앓았다. 을묘년(1855)에 추사는 70세였다. 날이 풀리면서 오랜만에 소치 허유가 문안을 드릴 겸 찾아왔다. 노인은 사람이 그리운 법이다. 누군가 찾아오면 무조건 반갑고 붙들고 싶어진다. 그는 초의선사의 편지도 가져왔던 모양이다.

'중이 와서 초의 편지를 전하고 또 차 꾸러미도 얻을 수 있었네. 이곳의 샘물 맛은 바로 관악산의 한 맥에서 흘러나온 것인데 두륜산(頭輪山:초의가 있는 대둔산)에 비하면 갑을(우열)이 어떨는지 모르지만, 역시 공덕의 서너 가지는 있으리다. 곧 보내온 것을 시험하니 물맛도 좋고 차맛도 좋아 바로 기쁨도 한 단계 높은 환희의 인연이구려. 이는 차로 말미암은 것이지 편지로 그런 것은 아니니 그렇다면 차가 편지보다 낫다는 말인가? 더욱이 노사는 근일에 연이어 일로향실(一爐香室)에 죽 머물러 있다는데 무슨 좋은 인연이라도 있다는 거요! 왜 갈등을 부숴버리고 한 막대를 멀리 날려 나와 차의 인연을 같이 아니하는 거요? 또한 근일에 자못 선열(禪

悅)에 대한 자경(藘境 : 가경)의 묘가 있는데 더불어 이 묘체(妙諦)를 함께 할 사람이 없으니 몹시도 노사와 한번 눈썹을 곤두세우며 토론하고 싶거니와 이 소원은 이룰 수 있을지 모르겠소. 약간의 서투른 글씨가 있어 부쳐 보내니 거두어 주기 바라오. 비가 있기 전의 차잎은 얼마나 가려서 따두었는지(한 글자 결). 어느 때나 부쳐 보낸 이 차의 굶주림을 진정할 것인지 날로 바라며, 불선.

향훈(向薰)에게도 한 장을 부치니 전해주면 다행이네.'〔제36신〕

어느 때의 서독인지 모르나, 서독 중의 '모르겠소'와 차의 굶주림을 언제 '진정할 것인지'가 본인도 모를 죽음을 암시하는 구절처럼 들린다. 소치에 대한 언급은 없지만 그는 너무나 미덥고 아끼는 존재라서 그럴 필요가 없었는지……

추사에겐 승려에게 준 시가 많은데 〈차는 이미 쌍계사에 부탁했었지만, 또 광양에서 채집한 김과 함께 부쳐 달라고 관화와 더불어 약속했는데 심부름꾼이 이르고 보니 모두 입과 배를 채우는 것들이라 붓을 놓고 한번 웃는다〔茶事己訂雙溪 又以光陽至前早採海衣 約貫華便之趁辛槃寄到 皆口腹間事放筆一笑〕〉가 있다. 제목으로선 파격이지만, 추사의 성품 그대로 진솔한 그들에 대한 고마움과 자조(自嘲)를 겸한 것이고 을묘년 정초에 씌어졌다는 인상을 받게 된다.

봄빛도 완연한 쌍계사의 명은 인연도 오랜 것인데/옛탑의 광채 마냥 으뜸인 두강이라오./늙은이는 탐도 많아 곳곳의 명산을 토색칠하는데/신반(세찬)도 또 햇김의 향기마저 곁들였네.

(雙溪春色茗緣長 第一頭綱古塔光 處處老饕饕不禁 辛槃又約海苔香)

명(茗)은 차의 이름으로 이미 설명했지만, 차의 이름이란 요컨대 채집하는 시기와 산지에 따라 그 명칭이 붙여지게 마련이며 두강(頭綱)도 같은 거라고 생각하면 된다. 즉《북원다록(北苑茶錄)》의 설명으로 백차(白茶)와 승설(勝雪)은 경칩 이전에 따서 경사(도읍)에 올려보내는 것으로 두강옥아(頭綱玉芽)라고 했다는 것이다. 도도(饕饕)는 도철(饕餮)과 같다고 생각되는데 도는 탐낸다는 것이고 도철은 돈이나 음식을 탐내는 악인을 말한다. 추사는 그런 도철을 도도로 바꾼 것이다. 신반(辛槃)은 정월 초하룻날에 먹는 음식으로 정확한 명칭은 오신반으로 총(葱:파)·산(蒜:마늘)·구(韭:부추)·육호(蓼蒿:여뀌)·개자(芥子)의 다섯 가지였다. 육당의 고증으로선 우리는 세찬(歲饌)이라 하여 해마다 섣달 그믐이면 대궐에서 원로 대신이나 현직 대신, 또는 종실에 쌀·고기·생선 등을 하사했다. 이것이 민간에도 모방되어 쌀·술·담배·어물·고기·생치(산 꿩)·달걀·건시(곶감)·김 등을 주고받는 풍습이 되었다. 물론 이웃간에 오고가는 인정이며 요즘 말하는 뇌물은 아니다. 관화가 누구인지는 모르나 〈관화에게 주다〔贈貫華〕〉라는 시로 짐작될 뿐이다.

　　한 중이 일천 산을 두루 거쳐오니/사나운 용 턱 아래서 천둥 번개를 따버렸네. /솔소리 바람의 힘도 공으로써 서렸을 뿐이니/화엄의 법계로 회향하는 게 좋으리다.
　　　　(一衲千山得得來　獰龍頷下摘颷雷　松聲風力盤空大　好遺華嚴法界廻)
천산득득(千山得得)은 절을 산이라고도 부르듯이 수많은 사찰을 편력한 경력을 말하며 관화는 바로 그런 인물이었다. 꼭 그렇지는 않겠지만, 한 곳에 오래 머물러 있지 못한다는 것은 강력한 개성을 가졌거나 항상 불만이나 반항심을 가졌다고도 해석되리라. 그래서 영룡(獰龍), 곧 사나운 용인데 다행히도 그는 그런 성품을 적(摘), 따버려 없앤 것이다.
　　반공(盤空)이 어려운데, 반은 서리다·어정거리다의 뜻이 있고 불승의 궁극인 공(空)으로 나아가지 못한다고 보았기에 추사는 회향(廻

向)하라고 권한다. 회향은 기독교의 회심(回心) 또는 유교의 동심(童心)과도 같다고 생각되며 알기쉽게 신앙의 전기(轉機)인데 우리 인생의 삶은 사실 쉬운 일이 더 어려운 것이다. 쉽다면 무시하거나 그 본질을 간과(看過)하기 때문이다.

아무튼 차가 주제이고, 차라면 물이 중요하다. 다음의 〈우물물을 긷다〔汲井〕〉란 시를 본다.

옥이 구르는 두레박에 푸른 이슬이 생겨나는데/늙은이 무치개를 마시니 안개도 맑아지네./만일에 철함에서 난 청본을 얻는다면/정무의 신룡이 한 줄을 만드리라.

(轉玉轆轤碧瀇生 老虹飲盡晚霞晴 鐵函若得蘭亭本 定武神龍作一行)

녹로(轆轤)는 두레박이고 벽해(碧瀇)는 푸른 이슬이다. 그런데 여기서 다시 강조하지만 7언시의 키포인트는 그 다섯 번째의 글자에 있는 게 정통이다. 이 시를 보면 碧·晚·蘭·作이다. 이 네 글자를 음미하고 해석하면 시의 온전한 모습이 떠오른다. 이것도 거듭되는 말이지만 한시는 고사성어를 인용하고 난삽한 문자를 나열하고 있다는 게 현대인의 솔직한 감상이고 쉽게 접근하지 못하는 점이리라. 그러나 과연 그럴까? 만일 그렇다면 추사시가 특별히 뛰어난 점도 없을지 모른다. 왜냐하면 시는 절대로 독자가 읽어서 이해되고 공감되어야 하므로. 추사시는 그 점에서 동시대의 사람들과 함께 호흡하며 살아 있고, 노년에 이를수록 쉬워지고 있다는 데 주목할 필요가 있다.

예를 들어 제목에 해설까지 붙여가면서 시에 분명한 목적 또는 신념이 있다는 것, 생활 용어로 노래했다는 점이다. 당시(唐詩)에서 볼 수 있는 자연을 읊은 것도 있지만 〈파리〉〈청어〉〈낮잠〉 또는 〈수선화〉〈백설조〉 등 생활 주변의 것이 쉬운 말로 전개되고 있다. 이런 경향은 동시대의 청나라 시인의 시에서도 발견되지만 추사시는 '근대적'시로 전진하고 있는 것이다.

여기서 제2구의 만(晚)은 그 앞의 노(老)자와 더불어 작자 자신이며, 만하(晚霞)라는 말로서 노년기에 나타나는 기억력 감퇴·두통 따위를 표현한다. 아마도 체면을 내세우는 사람이라면 그런 것을 수치로 여기고 감추거나 적당히 얼버무릴 텐데 추사는 절대로 그렇지가 않다. 그러므로 3~4구에서 철함이니 난청본이니 고사를 인용하면서도 그것은 추사 자신의 다시 돌이킬 수 없는 과거를 말한다면 잘못일까?

여기서 초의선사에 대한 서독을 1통 더 읽어본다.

'이런 불볕 더위는 범을 꿇어엎드리게 하고 용도 길들이겠는데, 아마 당해낼 수가 어려우리다. 모르겠지만, 은지법계(銀地法界 : 법계의 미칭)라면 이선천(二禪天)의 즐거움을 얻을 수 있을지니 세간의 불구덩이·화택(火宅) 같지는 않겠지요. 곧 묻노니 선리(禪履 : 선의 수행)가 깨끗하고도 흡족하여 훈(薰)·흔(欣)의 여러 법려(法侶)도 다 평안하고 좋은지, 멀리서 빌기를 마지않으외다. 노사는 연달아 향실에 머물러 훈수(薰修 : 수도)하며 어떻게 지내는지 염려되고 염려되오.

천한 이 사람은 그 사이에 심한 설사로 진원마저 탈진되고 말았는데 세상살이의 괴롬이란 곧 이와 같은 것일까요? 다행히 명(茗)의 힘으로 말미암아 난촉(煖觸 : 더위)을 얻어 연장시켰으니 바로 일사방공(一四方空)에도 없는 무량공덕일 거요. 가을 뒤에도 잇대어 부쳐 달라는 건 바로 싫증을 모르는 바람이겠으나 향훈의 제품 역시 되는 대로 부쳐주구려. 마침 가는 인편이 있어 대충 적을 뿐이라 장황하게는 적지를 못하며, 고불선. 노완(老阮).

── 대웅전의 편액은 원교(圓嶠)의 글씨로서 다행히도 얻어 보았

는데, 옳고 그름을 천박한 후배로서 능히 변별할 수는 없지만 만약 원교가 자처한 대로 이를 말한다면 전해 들은 것과는 크게 같지 않을 뿐더러 초송설의 상투적 수법에 타락됨을 면치는 못하리니 그만 아연하며 한번 웃을 뿐이오. 이것이 어찌 원교가 스스로 기대했던 것이란 말이오! 더욱 서법이란 지극히 어려운 것이라 쉽게 잘라 말할 수 없는 것임을 알겠구려. 만일에 선종의 말로써 한다면 이는 곧 하나의 하택종(荷澤宗 : 神會가 개창한 선종의 일파로 북선을 말함. 남선에선 이것을 野孤禪이라고 경멸하나, 그것은 견해의 차이이기도 하다)인데 하택이 사자후(獅子吼)하니 사람이 문득 떨고 두려워하는 것은 어째서요?' 〔제37신〕

초의선사에게 보낸 추사의 서독은 이것말고 한 통(제38신)이 더 있는데, 이것은 불볕 더위라는 말이 있어 을묘년 또는 병진년 여름에 씌어졌다고 추정된다. 만일에 병진년이라면 이 더위로 쇠약한 추사는 10월 10일 갑작스런 병으로 며칠 앓다가 영면(永眠)했으리라. 실록을 보면 병진년(1856) 4월, 오대산 월정사의 중건을 위해 승려의 공명첩(空名帖)·승첩(僧帖)을 획급(畫給 : 제한적 발급)했다고 했는데 승려의 왕래는 천주교 탄압과도 맞물려 엄격히 제한되고 있었던 것이다.

또 공명첩이란 절을 중창할 때 그 비용을 염출하기 위해 백 장이고 2백 장이고 특별히 발급해주는 첩지(帖紙 : 관직의 사령장)인데, 이름란이 비어있어 공명첩이다. 관직이란 대개 하급 무인의 자리이며 말하자면 무관(명목상의)이 되려는 자는 돈을 주고 그 관직을 사며 절에선 그 돈으로 사찰을 중수하는 비용으로써 썼던 것이고, 승첩은 승려의 허가증이었다. 여기서 몇몇 승려에 대한 추사의 헌시(獻詩)를 읽어보면 다음과 같다.

〈장난으로 만허에게 주다. 아울러 서문〔戱贈晩虛 並序〕〉
 만허는 쌍계사의 육조(六祖)탑 아래서 차를 공들여 만드는데 비록 차를 가져오고 와서 차로 선물하여 용정두강(龍井頭綱)을 덧붙이는 일은 없다 할지라도 향기는 부엌방 안에 쌓이니 아마도 비할 데가 없고 더할 데 없는 묘미였다. 그래서 찻종 한 벌을 갖추어 선물하며 명(茗)으로 하여금 이를 육조탑 앞에 공양토록 하고 아울러 석란산(錫蘭山) 여래가 금빛 몸의 참된 부처 모습이라는 말은 육조도 금빛 몸의 모습이라는 것과 더불어 한가지인데 《열반경》에서와 같은 등나무 덩굴로 일고여덟 차례 묶고서도 끈끈함에서 벗어나고 결박에서 풀렸다며 근자에 있게 되고 하나같이 사(師: 승려 일반)를 애꾸눈으로 만들어 굳게 지니는 쌍부(雙趺: 부처가 입멸했을 때 관 밖으로 두 발꿈치를 내밀어 보이셨다는 것) 일안(一案)에 이르러선 마음으로 전해지며 생각되더라도 그만 저도 모르게 웃음이 터지는 크나큰 거짓말이며 사 또한 목격했다는 것인가! 승련 노인이 불가의 말로서 적노라.
 열반경의 마설로 헛되이 나이만 먹으니/오직 귀하다면 사의 안지요 바른 선일세./차의 일로서 다시 참선과 배움을 겸하니/사람에게 권하여 차를 마시면 탑의 빛마냥 원만하리.
　　　(涅槃魔說送驢年 只貴於師眼正禪 茶事更兼參學事 勸人人喫塔光圓)

 추사는 비록 불경이라도 맹목적으로 받들지 않고 불합리하다면 악마의 설로 배격한다. 노년(驢年)이란 당나귀 나이인데 12간지에 당나귀는 없으므로 헛된 나이가 된다. 이 시는 차를 찬송한 것이지만, 사(師)는 승려 일반을 가르친다고 해석되더라도 거기서 더 나가 올바른 안지(眼識)를 가졌다면 누구나 사(스승)인 것이다. 요선(堯仙)이란 사람도 추사와 함께 차도 마시고 가까웠던 모양이다.

〈봉녕사에서 요선에게 제하여 보이다〔奉寧寺題示堯仙〕〉
들의 절이 평평하고 둥근데 하나의 구역이라/먼 산에 도무지 부처 머리란 없네./호아의 필력은 멀리도 날아서 왔는데/청효도가 이뤄지니 옛 무본의 자취를 잃었네.
(野寺平圓別一區 遙山都是佛頭無 虎兒筆力飛來遠 淸曉圖成失舊撫)
〔원주 : 절 안에서 산을 바라보니 매우 기이했는데, 호아의 초산청효도를 닮았다〕
호아는 곧 미불의 아들 미우인(米友人)의 별명이며 그에게는 〈초산청효도(楚山淸曉圖)〉란 그림이 있고 개녕사의 모습이 그것과도 방불했던 모양이다. 그러나 이걸로선 개녕사가 어디에 있고 요선이 어떤 인물인지 불명이다. 무본(撫本)이란 특히 금석문을 복원하는 것인데, 섣불리 고치거나 하면 본래의 모습을 잃는 것은 당연하다. 다음은 〈요선에게 차하다 병서〉 2수.

요선에게는 '중홍정(中紅亭)'·'감흥(感興)'의 두 절구가 있는데 시상(詩想)에 침울한 곳이 있고 청묘(淸妙)한 곳도 있으며 허깨비가 드러나는 영롱(玲瓏)한 곳도 있으니 비록 정화(精華) 삼매라 할지라도 이것보다 많을 수는 없었다. 북쪽 땅의 황무지를 개척하면서부터 윤시중(유관)이 시작했고 비록 신기하고 훌륭한 재주와 무예는 목과 등이 서로 굽어보듯 붉은 천자락과 머리띠를 수놓았다 할지라도 시에 생각과 글에 마음이 있어서 낭랑하니 하늘 밖으로 나간 자는 미처 듣지를 못했는데, 이 천지의 맑은 기운이란 남북에서 나눠짐이란 없는 것이며 사람에게 두드러진 원앙의 수와 금바늘을 받아 더불어 그치는 일이란 없는 것이다(特人無鴛鴦繡 罷金針度與耳). 글로서 부질없이 그 두 시를 아울러 기계(杞溪) 문정(門庭)의 대인으로 옮겨 부치도록 했는데 홀연 이 문성(文星 : 문재

를 타고났다는 것)이 와서 찬란하게 비춘 것은 그야말로 무슨 상서
(祥瑞)일까! 이 고장의 사람으로서 만약에 이 하나의 열린 깨달음
의 경지를 아는 이가 있다면, 문앞의 대로는 청천(靑天)과도 같으
리라.
　이렇듯 좋은 시가 한 치 사방의 마음에 있으니/홍취를 만나 촉발
되면 다시 더할 것도 없어라./예사로운 격식은 도리어 촌스럽고/
하늘의 운치가 유통되어 대가로다.
　　(如此好詩方寸內 遇興觸發更無加 尋常格式還村氣 天韻流通便大家)
　천지의 맑은 기운은 사람마다 모두 얻고 있으니/일찍이 남북 어
디에 더하고 덜함이 있겠는가./오직 문밖의 길손이 분분할 뿐이
니/침선이 통틀어 희미하여 집을 모를 뿐이라네.
　　(乾坤淸氣人皆得 南北何曾有減加 只是紛紛門外客 摠迷針線不知家)

　먼저 시를 한마디로 말한다면 요선에 대한 극찬이다. 추사는 좀처
럼 남을 칭찬하지 않는데 어째서 요선이라는 승려에 대해, 그것도 시
문(詩文)에 대해 칭찬한 것일까? 그러고 보니 이 시는 추사가 북청
에서 만난 요선을 추억하며 지은 것이고 개녕사도 북청에 있는 절이
었음을 알게 된다.
　그 열쇠는 서문에 있는 것인데, 서문의 한자 부분의 고사로서 설명
의 필요가 있으리라. 즉 원호문(元好問)의 시로 '원앙수출종군간 막
파금침도여인(鴛鴦繡出從君看 莫把金針度與人 : 원앙 금침의 수는 낭군을
좇는 데서 나왔으니 금바늘을 잡고서 남과는 더불어 꾀하지는 않는다)'에서
인용된 것으로, 전와되어 비법을 전수받았다는 뜻으로 사용된다. 추
사는 그것을 조금 바꾸어 기계 문정(가문)의 어른께 부쳤다고 노래했
는데, 이것은 아마도 요선의 속성(俗姓)이 추사의 어머니 기계 유씨
와 같다 해서 특별한 감회를 가졌던 모양이다. 그러나 그것보다도 천

지나 남북을 나누듯이 차별하는 게 결코 정도는 아니라고 강조한다. 조선조 시대 평안도와 함경도는 '하늘 밖' 즉 만지(蠻地)로서 차별되고 무슨 우월감이기나 한 것처럼 서북도엔 유교가 없느니 시문도 없느니 하고 있지만 그런 것은 모두 편견이라고 노래하는 것이다. 요선에 대한 추사의 칭찬은 〈요선의 동정운에 화답하다〔和堯仙東井韻〕〉 2수로 이어진다.

옥천은 샘물을 일곱 사발 시험삼아 마셨는데/성 동켠의 이끼는 나막신 바닥으로 다 닦였네./늙은이는 집안에 쓸쓸히 앉았고/구리병의 물 부적만 오직 관리한다네.
(玉川七椀試泉廻 浣盡城東屐底苔 老子寥寥屋中坐 銅瓶只管水符來)
깨끗한 마음 일곱 자는 아름다운 생각인데/서너 집 벼룻돌 이끼를 깨끗이 씻어주네./군가에 바쳐진 상은 얻지 않고서는 지워지지 않으니/면전에서 술값을 가져오라 재촉하네.
(淸心七字綺思廻 快洗三家硯上苔 賞捧君家消不得 面前催進藿錢來)
〔원주 : 요선은 매일 동쪽 우물에서 큰 대접으로 일곱 번 마셨는데, 이리하여 수과(水課)를 지었고 동정 칠완으로 마음을 깨끗이 한다는 구절이 있어 매우 아름다웠다. 大人은 그것을 더불어 외우게 하고, 이로 하여금 곽전을 내어 술밥을 마련하며 同人을 먹이는 마을 서당의 장원례 故事를 갖추라고 했다. 그래서 大人은 기뻐하고 눈꺼풀이 가득 해질만큼 웃었지만 짐짓 믿어지지 않는 체하였고, 이는 '제 벼가 잘 되었음을 알지 못한다〔大學章句의 말, 莫知其苗之碩〕'는 격이 아닌가. 나의 희작은 앞의 운자에 이어 화답한 것이다〕
요컨대 요선의 시문이 뛰어났다는 것을 노래했다고 이해된다. 대인(大人)이란 말은 글방의 훈장을 가리킨다고 생각되며 그것을 풍자적으로 의인화(擬人化)했다고 여겨지는데 확실치는 않다. 역시 권문이 아니면 인정하지 않으려는 당시의 병폐를 꼬집었다고 보아야 이 시를 풀 수 있을 것 같다.

시에서 옥천(玉川)은 당나라의 노동(盧소)을 말하며 칠완은 그의 다시(茶詩) '칠완끽부득유각 양액습습청풍생(七椀喫不得唯覺 兩腋習習淸風生 : 일곱 사발을 마시지 않는다면 깨닫지를 못하니, 양 겨드랑이 맑은 바람이 생겨 솔솔 와닿네)'을 인용한 것으로, 요선의 칠자(칠언)도 그것 못지않은 가구(佳句)라는 뜻이다. 곽전(藿錢)은 미역에 부과되는 세금인데 술값으로 바꾸었다. 다음은 〈부왕사(扶王寺)〉라는 시이다.

산 구경은 어디가 좋은고 하면/부왕이라는 옛 선림이네./해가 지니 봉우리는 물듦과 같고/단풍도 밝아 동천은 어둡지 않네.
(看山何處好 扶旺古禪林 日落峯如染 楓明洞不陰)
풍경 소린 멀리 가까이 들리는데/날짐승과 더불어 깊고 그윽함을 즐기네./머리머리 절묘함을 차츰 깨치니/신령스런 구역은 도심과도 걸맞네.
(鍾魚來遠近 禽鳥共幽深 漸覺頭頭妙 靈區愜道心)

하나의 절창이다. 부왕사가 어디에 있었는지 모르나 한양 근교에 있었으리라.

〈관음사의 혼허에게 주다〔觀音寺贈混虛〕〉

중을 거느리고 상계에서 머무니/계 하나에 만 가지 인연도 가벼워라./소나무 위로 해는 신계를 열고/산바람은 열정을 없애주누나./창문 안은 오직 산빛이요/절 안은 다만 매미소리일세./깨끗한 마음을 채우는 천구라/가르침은 세상의 눈을 응당 놀라게 하리.
(携僧上界宿 一偈萬緣輕 松日敞神界 山風無熱情 窓中只嶽色 寺裏唯

蟬聲 淸塞心傳句 應敎世眼驚)
혼허는 관음사의 주지로서 추사와는 친밀했으며 나이도 비슷했으리라. 다음의 〈혼사와 더불어 산속에서 믿으며 묵고 법체와 세체에 대해 말 아니 한 게 없으며 또 부채에 게 둘을 써서 주다〔與混師信宿山中 法諦世諦無不說及 又以二偈書示其扇〕〉를 읽어보자.

누각의 한 송이 눈은/화엄 법계의 회향일세./그대는 차운의 글귀를 알리니/목서의 향기에서 온 거라네.
(樓閣雪一朶 華嚴法界廻 知君紫雲句 木犀香中來)
선재동자가 남행하는 게는/시끄럽기가 지렁이 울음일 뿐일세./산 아래 삼십 리에 이르기까지/응당 큰 웃음소리는 들리겠지.
(善財南行偈 紛紛蚓蕨鳴 山下三十里 應聞大笑聲)
자운(紫雲)이란 서기(瑞氣)로서 잡인(雜人)이 얼씬 못할 신령스런 장소를 상징한다. 그것과 마찬가지로 세상의 이러쿵 저러쿵 하는 소리는 저 문수보살을 찾겠다는 신심을 일으킨 선재동자의 용맹심을 가로막기에는 지렁이 소리처럼 미약한 것이다. 추사의 심정을 능히 가늠할 수 있다.

〈옛 글귀를 그대로 제하여 혼허사를 위하다〔仍題舊句爲混虛師〕〉
가파른 산은 하늘까지 곧장 올라간 하늘 사다리인데/오히려 금선이 있으니 격은 하나 낮으리./꼭대기 모습은 홀로 우뚝하니 홀로만 통하고/석실은 겨우 외짝을 얻어 나란히 사네.
(峭空直上上天梯 尙有金仙一格低 頂相單提單透入 石闥纔得隻丁棲)
비사문을 구하고 구하며 거듭 찾고 찾으니/원래 보살의 주처는 깊다네./설법을 만년 푸른 산림 안에서 들으니/풍경 소리도 절로 트이는 때가 있으리.

(毗沙覓覓復尋尋 菩薩元來住處深 聞說萬靑千翠裏 有時自發鍾魚音)

금선은 금선대라는 바위를 말하며 그래서 격이 하나 떨어진다고 했으리라. 또 비사문천(毗沙門天)은 4천의 하나이고 북방의 신으로 불법을 지킨다고 했다.

세상이 모두 자신에게 등을 돌린 듯싶었지만 몇몇의 벗은 변함없이 그를 찾아주었다. 이를테면 박옹(泊翁) 이명오(李明五 : 자는 士緯)도 그런 사람의 하나였다.

〈초여름에 박옹이 마침 이르다〔夏初泊翁適至〕〉
칠십 년을 한묵의 수풀에서 보냈는데/아직도 각심하며 노래 읊네./꽃만 있고 술 없으니 몇 번이나 막혔던고/그대와 정을 말하니 한번 왕래할수록 깊어지네.
(七十年來翰黑林 尙能刻意不休吟 有花無酒幾多阻 對子論情一往深)
평상에 낀 푸른 이끼가 옛날의 비라면/처마를 이룬 나무는 상기도 봄그늘일세./늙어가는 가엾은 인생도 도리어 슬기로우니/문장의 중후함은 뉘라서 거역할꼬.
(及榻靑苔皆舊雨 捎簷佳樹尙春陰 生憐老去還靈慧 陣馬颷輪詎可禁)
탑(榻)은 평상(平床)이며 여름날 그늘에 두고 땀을 들이는 걸상이다. 그것에 푸른 이끼가 끼었다는 건 두 사람의 깊은 우정을 말하리라. 진마표륜(陣馬颷輪)은 문장의 기세가 중후(重厚)한 것을 비유한 말. 그리고 보니 박옹은 추사의 오랜 글벗이고 뛰어난 문장력도 있었다. 〈박옹에게 부치다〔寄泊翁〕〉 3수도 박옹에 대한 추사의 마음을 엿보게 한다.

옹인의 방랑 자취는 참으로/온갖 풍상으로 귀밑만 하얘졌으니./세제를 새로운 뜻으로 참예하니/시이름에 이 일생을 맡겨다오./터력을 살펴 티를 찾아내고/입놀림도 엉뚱한 마음에서 벗어났네./벽돌도 땅에서 비롯된 것이니/구태여 다섯 성을 퉁겨내랴.

　　(甕人眞浪迹 百劫鬢華明 世諦參新義 詩名托此生 檢毛徵異物 弄吻脫奇情 瓴甓自地起 何須彈五城)

　노인의 시가 이르면 시비가 생기고/이 문제를 밝히기가 가장 어렵네〔원주: 노인이 와서 시를 주장하면 나는 장난삼아 시어를 비교했다〕/노역은 갈수록 거침없으니/말단 관리는 더부살이 격일세./바다 하늘도 먼 꿈이 되었는데/옛날의 산사 밤은 다정도 했네./석 되 술을 마련할 수만 있다면/백성을 부러워한들 무엇하겠소.

　〔원주: 이때 술을 금하는 일이 있어 노인의 시로 술을 전별하는 작품이 있음〕

　　(翁詩來輒訟 此案最難明 老氣逾無敵 微官偶寄生 海天曾遠夢 山夜舊多情 如辦三升醞 何須羨百城)

　믿음직한 노인의 시가 지금껏 있으니/한 가닥의 광명을 뚫을 수 있네./깨달음의 기틀은 본디 곤경에서 얻어지니/명예도 크게 어리석은 태생일세./봄빛도 아름다운 고래 소리 높은 곳에/꽃도 붉은 백옥의 정이로세./강물은 만고를 두고 흐르는데/뉘가 오언의 성을 관리할꼬.

　　(尙賴翁詩在 能通一線明 悟機元困得 聲聞太憨生 春麗鯨鏘處 花紅玉白情 江河流萬古 誰管五言城)

　옹인(甕人)은 소견이 좁은 사람, 추사 자신을 말하리라. 세제(世諦)란 세상을 사는 요체(要諦)인데, 추사는 시작(詩作)을 하면서 일생을 보내리라고 체념하는 것이다. 그런 시인이 되려면 터럭마저도 세밀히 살피는 관찰력이 필요하지만, 농문(弄吻: 입놀림)을 삼가고 기정(奇情) 곧 엉뚱한 마음에서 벗어나야 한다고 자성(自省)한다. 그러나 천성은 어쩔 수 없는 영옥(瓴甓: 하찮은 벽돌)이고, 따라서 다섯 성

〔五成〕으로도 족한 것이다. 여기서의 오성은 타고난 재능을 비유한 것이고, 저 이백의 시 '천상백옥경 십이루오성(天上白玉京 十二樓五星)'에서 인용했다고 생각된다.

송(訟)은 소송이며, 소송이란 시비를 따지는 것이다. 또 노기(老氣)는 노역(老逆 : 노인의 자격지심)이라고 보았지만, 이런 노역 앞에선 말단의 시골 관원은 기생목(寄生木)처럼 아무런 가치도 없다는 뜻일까? 해천(海天)은 제주 유배인데 그것도 먼 지나간 꿈이고 더욱이 그 이전인 산사(山寺)에서 밤을 새며 정담을 나눴던 일도 지나고 보면 같은 것이다. 현실로서의 따뜻하게 데운 막걸리 석 되가 백 섬을 가진 것보다도 부러운 일이니까. 판(辦)은 갖춘다는 것.

그리하여 추사는 제3수에서 이 시의 정리를 한다. 시비·애증(愛憎)이 있다 하더라도 신뢰되는 것은 박옹의 시이고 반성마저 가져다 준다. 경창(鯨鏘)이란 고래의 울음소리라고 번역했지만 옥돌과 쇠붙이가 부딪치는 소리이기도 하다. 따라서 홍화(紅花)와 백옥(白玉)과 짝을 맞추었다고 생각된다. 그리고 만고를 두고 흐르는 강하는 문장을 말한 것이며, 오언성(五言城)이란 당의 시인 유장경(劉長卿)이 오언시를 잘 지어 당시의 사람들이 그를 일컬어 '오언장성'이라고 한 데서 비롯된 말이다. 그리운 벗도 왔다가 가면 마음은 더없이 허전한 추사였다.

《여름밤의 첫 모음〔夏夜初集〕》
　문 닫고 들어앉아도 마음은 늘 만리 밖/구름날고 물 가는 걸 뉘라서 막을까/여름날 외로운 꽃은 상기도 남아 측은한데/봄산의 갖가지 새 지저귐도 다 겪었다네.
　　(閉戶常存萬里心 雲飛水逝有誰禁 尙憐夏日孤花在 閱寵春山百鳥吟)
　푸른 눈동자가 흰자위로 돌이켜지는 것을 보았으니/글자 하나는

일찍이 천금과도 바꾸었다오./시인의 의발은 전해온 지도 오래인
데/바로 하손과 음갱부터라오.

　　(己看靑眸回白眼 曾將一字易千金 詩家衣鉢傳來久 自是宗何與祖陰)
참으로 슬픈 노래이다. 폐호상존(閉戶常存)과 운비수서(雲飛水逝)
가 추사의 현실이었다. 흔한 말로 늘 근신하며 죽을 날만 기다리는
게 추사의 어제 오늘이었다. 맨 끝부분의 추사로서 시의 조종(祖宗)
으로 삼았다는 하손(何遜)은 남조 양나라 사람이고 음갱(陰鏗)은 진
(陳)나라 사람인데 둘다 시문으로 알려졌다.

여기서 유산(酉山) 정학연(丁學淵 : 정약용의 아들)에게 보낸 서독
한 통을 읽어보겠다.

'누런 암꿩이 수놈으로 변하고 벙어리 종도 다시 울렸으며 '몇 번
태어나고 수행해야 매화의 경지에 당도하겠는가'(謝枋得(1226~
1289)의 시 〈武夷山中〉에서 天地寂寥山雨歇 幾生修得到梅花)했지만,
사당에 배알할 제의 관복과 홀(笏 : 명패)일지라도 이는 바로 계족
산(鷄足山) 중의 하나인 금란 가사로서 필경인즉 미륵보살이 세상
에 나타나 사용하기를 기다리는 것이니 물이 이르면 도랑이 이룩
되고 과일도 익으면 꼭지가 떨어지기 마련이라 저마다 그 때가 있
거늘 사람이 스스로 발광·조급하여 잠시 동안을 참지 못하고 공
연스레 갈등하는 게 아니겠소.

근연(朞筵)의 축하는 매양 칠십으로써 하고 매양 감역(監役)으로
써 하는데 선생이 합초(合醮)할 때 뉘가 이를 위해 꼭 그와 같이 되
라고 잘 빌었는지 몰랐구려. 이 무슨 기험(奇驗)이란 말입니까?
그만 놀라고 기뻐서 절도(絶到)할 정도였지요.

북청에 있을 때 부쳐주신 두 통의 편지는 돌아와서도 소매 속에
품고 있으며 비록 즉시 감사하다는 인사는 하지 못했지만 이 마음

이 위로는 정수리를 뚫고 발바닥에 미치는 것을 어찌 다 헤아려 주
실런지요. 오늘 이후로는 선생이 바로 세상을 다시 사는 새 일월이
니 다시는 늙었다거나 병들었다는 등 일컫는 것은 마땅치가 않고
빠른 노와 경쾌한 배로 나는 듯이 왕림하여 새로운 모습을 옛 늙은
이 앞에 나타내 주면 어떠할지 모르겠구려.
 늙은 아우 같은 자는 쇠약하고 삭아 말할 여지도 없지만, 살아서
옥문(玉門 : 한양의 미칭)에 돌아온 것만 다행입니다. 장차 형과 더
불어 한번 보고 싶은데 우선 쌓인 회포를 풀며 일체는 다 물리쳐
주시기 바라오. 머잖아 누옥 안에서 촛불을 켜고 추위도 녹이며 예
전의 일과 묵은 꿈은 깨뜨리기를 빌며, 불비.'

 정유산에 대한 서독은《완당집》에 이 한 통밖에 없지만 많은 것을
시사한다. 먼저 서독 머리의 긴 문장은 추사의 천주교관(天主敎觀)을
나타냈다고 생각되며 그런 신앙의 시비를 떠나, 추사는 유산 역시 파
란 많은 일생을 살았기에 그 처지를 이해하고 위로했다는 점이 두드
러진다. 서독 본문에서 근연(졸筵)이란 사전을 보니까 혼례시 표주박
을 쪼개어 부부가 그 한쪽을 잡고서 술을 나눠 마시는 거라고 했다.
그런데 유산이 그런 혼례를 올렸다면 70이라는 나이도 있지만 아무래
도 이상한 일로서, 추사도 그 편지 머리에 '있을 수 없는 일'들을 나
열하고 다시 칠십으로써 혹은 감역(監役)의 취임 잔치냐고 반문했지
만 합초(合醮)라는 말로 혼인이 틀림없고 축하했다고 생각된다.
 족보를 보면 다산 정약용에겐 학연·학유(學游)의 두 아드님이 있
고, 각각 지현(志顯 : 진사)·지순(志順)이 있었다. 좀더 말하자면 유
산은 감역을 거처 봉사(奉事 : 8품관)를 지내고 있지만, 그 아우님 학
유는 운포(耘逋)라는 호를 가지고 있어 상당한 유학 소양이 있다고
짐작되나 무역(無役)이고 족보로선 그 이상의 정보는 얻을 수 없다.

추사는 종교를 떠나서 인생의 근본적 천성으로써 유산을 이해하고 편견없이 대했다. 종교란 인간이 도달할 고도의 정신세계이기도 하지만, 왕왕 일부의 종교가로서 빠지기 쉬운 독선·광신(狂信)은 경계해야 한다. 추사의 다음 시 〈과우즉사(果寓即事)〉는 거짓없는 이 무렵의 순수한 그의 마음이었다.

뜨락의 복사꽃 우나니/하필이면 실비 속에서냐./주인은 병에 잠긴 지 오래인데/감히 봄바람에도 웃지 못함이로세.
(庭畔桃花泣 胡爲細雨中 主人沈病久 不敢笑春風)

감상은 결코 아닌 순수한 인간의 마음으로 보고 싶다. 시도 결국에는 작자 마음의 표백(表白)이고 보면 남들에게 보이기 위한 분식(粉飾)이나 허세(虛勢)란 부질없는 일이다. 다음의 〈닭울음[鷄鳴]〉은 어떨까.

젊어서는 닭이 울어야 잠자리에 들었는데/늙어지니 누운 채 닭울음 기다려지네./삼십여 년 일을 뒤채며 돌이키니/닳아 없어지지 않음은 다만 저 두어 소리.
(年少鷄鳴方就枕 老年枕上待鷄鳴 轉頭三十餘年事 不道銷磨只數聲)

평범한 시어 속에 노년의 생활이 집약된다.

〈오수재가 남한에 있었을 때를 추억하다[憶吳秀才時在南漢]〉
현절사 앞의 옛놀이를 적나니/백년의 일도 시름을 이길 수 없네./엷은 구름 가랑비도 여전한 곳에/좋은 국화에 시든 난초면 또 한 번의 가을이네.
(顯節祠前記舊遊 百年世事不勝愁 淡雲微雨依然處 佳菊衰蘭又一秋)

나무에는 정서풍인데 국화에는 제때의 서리니/발에 드리워진 가을 그림자도 맑은 시 마을일세./좋은 경지가 도리어 시름도 더하니 가련타/하늘가를 바라보니 애가 끊기네.
  (木正西風菊正霜 一簾秋影澹詩坊 翻憐佳境還愁絶 却向天涯欲斷腸)
  현절사(顯節祠)는 병자호란 때의 삼학사 홍익한(洪翼漢)·윤집(尹集)·오달제(吳達濟) 세 사람을 제향하는 사당이다. 그런데 열상(洌上) 홍경모(洪敬謨)의 《남한지》에 의하면 시에서 노래되는 '오수재'란 오달제를 말하는 것 같다.《남한지(헌종 12년, 1846년 刊)》를 보면 남한산성과 관계되는 열사는 김상헌(金尙憲)·정온(鄭蘊:호는 桐溪·자는 輝遠)·홍익한(호는 花圃·자는 伯承·향년 52세)·윤집(호는 林溪·자는 成伯·향년 불명)·오달제(자는 李輝·향년 29세) 다섯 사람이고 모두 척화(斥和)로 알려졌는데 오달제만이 광주인(廣州人)이었다. 그리하여 남한에서 제향을 올릴 때 청음 김상헌 이하 4명은 광주인이 아니었지만 현절사에 함께 모시고 배향했다는 것이다. 또 본문에서 담운미우(淡雲微雨)와 가국쇠란(佳菊衰蘭)은 청음 김상헌의 시 '담운미우소고사 국수난쇠팔월시(淡雲微雨小姑祠 菊秀蘭衰八月時)'의 '환골탈태'라고 한다. 다음의 시도 남한산성과 관계된다.

  〈개원선방에서 감회를 옛날의 비와 지금의 구름가에 부치니, 그만 한가로운 시름이 촉발되어 부질없이 제하고 통판에게 보이다
  〔開元禪房於古雨今雲之際 不覺觸忤閒愁漫題示通判〕〉
  선방이래야 푸른 하늘아래 한 손아귀인데/높다란 온조성 열수의 머리일세./설숙을 만난 지도 삼십년이고/구름 가득 유유히 백천의 고비를 지냈구려./춥고 따뜻함은 단하의 부처가 빌리기 좋아하며/법식은 모름지기 노지우로 요긴하리./소매 속의 화포는 넉넉한가 모자라는가/유각춘은 여전히 옛날의 현인일세.
  (靑天一握此禪樓 溫祚城高洌水頭 三十年來逢雪宿 百千境過逝雲悠

煖寒好借丹霞佛 法食要須露地牛 記取袖中和炮未 依然春脚古賢侯)
　《남한지》에 의하면 개원사(開元寺)는 남한의 동문 안에 있는데 불경을 많이 수장했고 또한 무게가 2백여 근의 큰 놋쟁반이 넷 있으며 하나에 쌀 몇 섬을 담을 수 있고, 연못이 있는데 금잉어를 길렀다. 남한산성엔 절이 모두 아홉 개나 있지만 까닭이 있었다. 즉 인조 갑자년(1624)에 남한을 대대적으로 수축할 제 승려 각성(覺性)이 팔도도총섭이 되어 축성했는데, 그때 팔도의 승려로 징집된 사람들의 식사와 숙소를 성안 각 사찰에 배당했던 것이다. 그래서 망월(望月)·옥정사(玉井寺)가 설치되고 나머지 일곱 절도 차례로 만들어졌는데 동림(東林)이 가장 나중이고 영원사(靈源寺) 또한 늦게 설치되고 그 소임은 모두 수성(守城)하는 데 있었다. 참고로 성밖의 절로선 청계사(淸溪寺)가 고려 때의 이곡(李穀)이 원당(願堂)을 둠으로써 시작되고 경치가 가장 좋았으며 백종사(百種寺)는 금단산(黔丹山)에 있었는데 이때 벌써 폐지되고 있었으며 봉은사(奉恩寺)는 순회세자(順懷世子 : 明宗의 아드님, 1564년 졸)의 원당이었다. 매년 9월 20일이면 그 기제를 올렸고 위답이 많았다.
　요는 개원사인데 전설이 있다. 인조의 정축년(1625)에 하나의 조각배가 서호(西湖 : 현 양화나루 근처)에 떠밀렸는데 배 안에 사람이란 없고 다만 '대장경'을 담은 함이 있었으며 '중원개원사개간(中原開元寺開刊)'이란 일곱 자가 씌어 있었다. 나라에선 그 불경이 중국의 개원사에서 출간된 것이고, 우리나라에 같은 이름의 절이 있나 알아본 뒤 그것을 사명(寺名)으로 했다는 것이다. 그 뒤 현종의 병오년(1666)에 불이 나고 개원사 화약고의 불길은 자못 왕성했는데, 문득 역풍이 불어 불이 꺼졌다.
　숙종의 갑술년(1694) 겨울에도 불이 나서 다섯 칸 누각이 몇 개나 잿더미로 변했지만 갑자기 큰 비가 쏟아붓듯이 와서 불은 저절로 꺼지고 누각에 수장된 군물(軍物) 일체가 무사했고 상한 사람이 하나도 없어 모두 이상히 여겼다는 명찰(名刹)이었다. 그리고 통판(通判)이란 유수(留守)·중군(中軍) 아래의 판관(判官)을 말하며 문무의 5품관 이상이 보임되었다. 추사로 하여금 시름을 가져온 것이 무엇인지는 모르나 그의 조부 김이주·김노영·김노경이 모두 광주 유수를 거쳤던 것이다.

온조성(溫祚城)은 곧 남한산성이고 열수(洌水)는 한강의 옛이름이다. 즉 백제 시조 온조왕이 낙랑·말갈의 세력을 피하여 한산(漢山)으로 도읍을 옮겼는데 그것이 곧 하남 위례성(慰禮城)이었다. 한산은 지금의 광주(廣州)인데 백제는 남한산이라 했고 고구려는 한산군, 신라는 한산주·남한산주·한주(漢州)·신주(新州)라 했으며 고려는 광주·회안(淮安)이라 했다는 것이다. 위례는 당시의 말로 사방을 둘러쌓다는 뜻으로 위리(圍哩)라고 했다는 것이다. 동사(東史)로서 충청도 직산(稷山)에도 온조가 비로소 살았다는 '위례'가 있는데 그것과는 구별된다. 신라 진흥왕이 이곳을 정복했다는 것은 이미 추사도 밝혔지만, 신라에선 군대의 영(營)을 정(停)이라 했고 진흥왕 29년에 '신주정'을 폐지하고 남천정(南川停)을 두었다.

그러나 고구려에 밀렸다가 진평왕(眞平王) 26년(604)에 다시 북진하여 '한산정'을 둔다. 이어 문무왕 4년(654)에 '남한산성'이라 고치고 그 관할을 한산주 또는 남한산주라 했던 것이며, 경덕왕(景德王) 16년(757)에 주현을 정비하면서 '한주'라고 하며 관할로 1소경(小京)·1군(一郡)·28현(47개 고을)을 두었다. 1소경이란 중원경(中原京: 충주)이고 28현은 한양(漢陽)·교하(交河)·장제(長堤: 김포 등지)·율진(栗津: 공암 등)·당은(唐恩: 진위 등)·송악·개성·우봉(牛峰: 장단 등)·내소(來蘇: 파평 등)·토산(兎山: 伊川 등) 등이었다. 대체로 지금의 경기·충청·황해도 일부까지 포함되는 광대한 영역이었다.

그리고 왕건 태조가 한주를 '광주'라 바꾸며 12도를 정할 제 관내도(關內道)라 했던 것이며, 천녕(川寧:여주)·죽주(竹州:죽산)·이천(利川)·과천·지평(砥平)·용구(龍駒:용인)·양근(楊根)은 그 관할이 되었다. 예종(睿宗) 때 관내도의 양주·광주의 관할을 합쳐 중원·하남의 2도가 되고 '양광충청주도'라고 했지만 그 중심지는 광주였다. 이어 명종(明宗) 때 2도로 쪼개어 중원·하남은 '충청도'가 되고 관내는 '양광도(楊廣道)'가 되어 역시 광주에 딸렸다. 그리고 충숙왕 원년(1314)에 이것을 하나로 합쳐 양광도라고 했지만, 공양왕 때 다시 쪼개어 경기 좌우도가 되었다.

조선조의 세종 때 1목 1도호부 1군 5현을 두었는데 곧 여주목·이천부·양근군·지평·음죽(陰竹)·양지(陽智)·죽산·과천현이 그것이었다. 또 세조 원년(1455)에는 좌우전후보(輔)라는 것을 두었는데 이를테면 양주는 후보(後輔)·수원은 전보(前輔)·광주는 좌보(左輔)·원주는 우보(右輔)가 되어 서울을 돕게 했으며 중종 6년(1511)에 구읍을 회복시켜 광주에 목사를 두었던 것이다. 그리고 인조 4년에 남한의 옛성을 수축하여 읍치(邑治)를 그곳에 두었고 한말까지 계속된다.

시에서 말하는 온조성은 한산 아래 있었는데 곧 금단산(黔丹山) 아래였다. 그러나 장소는 확실치가 않으며 류형원의 《반계수록》에 의하면 광주의 일장산성(日長山城)이 곧 신라 문무왕 때 쌓은 것으로 그것이 남한산성인데, 문무왕은 백제의 옛 도읍을 근거로 산성을 쌓았다고 하였다. 일장산성은 산세가 높고 새벽엔 해돋이를 볼 수 있으며 저녁엔 해넘이를 볼 수가 있었다. 또 남한에는 옛날부터 의씨가 살았는데 한자로 얼씨(闑氏)라고 하였으며, 그것이 현재 많이 사는 석씨(石氏)의 조상이라고 한다.

설숙(雪宿)은 설두(雪竇)대사인데,《조선불교사》에 의하면 설두는 그 법명이고 휘는 유형(有炯)이라고 했다. 속성은 완산 이씨인데 순조 24년(1824) 전라도 옥과(玉果)현에서 태어났고 고종 26년(1889) 향년 66세로 입적했는데 설파(雪坡)·백파(白坡)·설두의 3세로 이어지는 근세 선학의 대성자였다.

제2수의 단하(丹霞)는 중국의 지명인데 법식(法食)이란 일중식(日中食)이라고도 하며 부처의 가르침을 비유한 말이다. 즉 《삼매경》에서 '불여법혜 보살설사시식 오시위법식(佛與法惠 菩薩說四時食 午時爲法食:부처님은 은혜로서 법을 주셨는데, 보살은 네 때의 먹거리로 설법하며 오시의 것은 법식이라고 한다)'이라고 했다. 노지우(露地牛)는 한데 놓아 기르는 소란 뜻이지만 일체의 번뇌와 장애가 없는 경지를 비유한 것이다. 또 화포(和炮)는 포화(飽和)로서 백성으로서의 즐거움은 마치 배불리 먹는 것과 같다는 의미였다. 또 유각춘(有脚春)이란 송나라의 종경(宗璟)이 태수가 되어 백성을 사랑하면서 선정을 베풀었는데 당시의 사람들이 종경을 가리켜 '유각양춘(有脚陽春)'이라고 했다. 즉 봄날의 따뜻한 기운이 만물에 미치는 것과 같다는 칭찬의 말이었다.

〈김생 여균의 옻오름을 조롱하다〔嘲金生如筠漆痂〕〉
한낮의 산머리 갓 그림자가 돌아오니/누런 게는 속절없이 연지 찍은 얼굴을 새암하네./인생에서 소상의 점을 얻는 이익을 보니/옻밭의 늙은 벼슬아치를 만났는가.
　　(卓午山頭笠影回 蟹黃空敎面脂猜 人生贏得瀟湘點 會見漆園老吏來)
흙속에 사는 누런 게가 아름다운 여인을 새암한다면 분수를 모르는 것이 되리라. 소상(瀟湘)은 대나무인데 검은 점이 박혀있으며 담뱃대로 사용되는 사치스런 외래품이고, 영득(贏得)이란 이익이다. 그리고

칠원노리(漆園老吏)란 장자(莊子)를 말하는데 옻도 역시 이익을 가져다 주는 산물이고 사치품에 속한다. 그렇다면 추사는 김여균에게 칠가(漆痂 : 옻이 올라 부스럼 딱지가 생김)와 같은 황당한 장자의 생각을 좇는다고 비웃는 셈이다. 학문이란 단계가 있는 것이고 탁오처럼 일정한 경지에 이르고 나서야 장자도 선학도 이해된다.

다음의 두 시 〈국오상인에게 주다〔贈菊塢上人〕〉와 〈동록 정혼성 문집 뒤에 제하다〔題鄭東麓渾性文集後〕〉는 비록 유학과 불교의 상반되는 입장을 읊었지만 기조(基調)는 같다고 하겠다.

법유라도 역시 세상의 맛으로 참예하면 없는가/욕망과 둘 아님은 문수보살이 증명했네./산골 띠집에서는 모르나니/권문에 부귀도가 도리어 걸려있음을.

(法乳亦參世味無 欲將不二證文殊 未知茆屋溪山處 還掛朱門富貴圖)

국오상인(菊塢上人)이 누군지는 모르나 상인이란 호칭을 붙인 것을 보면 추사로서 경애(敬愛)하는 인물이라고 추정된다. 법유(法乳)란 부처의 가르침인데 그것도 세미(世味), 곧 인간의 욕망이 가미되면 무가치한 것이며, 그것은 이미 문수보살의 불이법문(不二法門)인 두 가지로 차별되는 게 아닌, 근본은 하나라고 갈파(喝破)되었다. 차별이란 곧 인간 마음이 만들어 낸 것이며 불법에선 그런 것을 모두 초월한 공(空)에 있는 것이다. 그것과 마찬가지로 산속 오막집에서 솔바람이나 계곡 소리를 듣는 탈속(脫俗)의 선인(仙人)으로선 권문세가의 사람이 오히려 부귀도를 걸어놓는 심정이란 결코 이해되지 않으리라. 즉 여기에도 차별은 있는 것이고 진실로 욕심을 버렸다면 그런 것은 문제가 아니라고 추사는 주장한다. 정동록의 문집을 평한 시도 마찬가지로 해석된다.

차고의 시품(詩品)은 채진의 놀음인데/열 자 황진에서도 머리를 내밀지 않네./후파는 하나의 판향을 전수받아 신뢰가 있는 것이고/현정에는 옛날의 기추 적정이 있었네.

(鷓鴣詩格采眞遊 十尺黃塵不出頭 賴有侯芭傳一瓣 玄亭寂寂古岐州)

먼저 문자 해석부터 하면, 만당의 시인 정곡(鄭谷)은 자고새를 읊은 시가 일세를 풍미하여 자고라면 정씨를 가리키는 말이 되었다. 또 《장자》〈천운편〉에 '고자알시채진지유(古者謁是采眞之遊)'라 했는데 이는 참으로 탈속한 사람을 가리킨다. 그렇다면 황진(黃塵)은 세속을 말하는 것이고 그런 세속에서 두각을 나타내지 않는 사람이 참된 사람이라 할 수 있으리라. 후파(侯芭)는 현정(玄亭:楊雄)의 제자로서 판향(瓣香)으로서 그것이 설명되고 스승과 하나같아 신뢰가 있다는 것이다. 양웅의 사상도 결국에 있어 적적(적정)을 구한 사람으로서, 고요하고도 조용한 게 그 진면목이었다. 즉 국오나 정동록이나 도달한 경지는 표현만 다를 뿐 같았음을 암시한다. 다음의 〈납일희제(臘日戲題)〉와 〈눈밤에 문득 읊다〔雪夜偶吟〕〉는 어떨까?

납일 아침의 눈못은 좋은 징조인데/명년 보리농사 즐거움 한량없네./늙은이 또한 오늘은 장차 기쁘리니/동산 숲은 모두 다 백호빛을 내뿜네.

(臘朝雪澤驗嘉祥 麥事明年樂未央 老子且將今日喜 園林都放白毫光)

납일(臘日)은 동지가 지난 세 번째 술일(戌日)인데 1년 중에 가장 추운 날이다. 이날 아침 눈을 뜨고 보니 못도 눈에 파묻혀 있어 마음은 푸근해지고 보리농사가 대풍임을 예감한다. 늘 우울하던 노인 또한 오늘이 기뻐지는데 어째서일까? 고요한 장차의 휴식을 예감하기 때문이다. 차장(且將)이란 말이 의미심장하다. 백호(白毫)는 설명의 필요가 없는 부처님 이마의 흰 터럭인데 그것이 있음으로써 자비·광명을 느끼는 것이다.

　퇴락한 집에도 술이 있고 등불이 있다면/수선화는 피어 영롱한 구슬 같아라./예사로운 눈의 의미도 다방면에 걸친 것이니/시의 경지는 흐릿한 것이 공허한데 그림 경지도 한가지로세.
　（酒綠燈靑老屋中 水仙花發玉玲瓏 尋常雪意多關涉 詩境空濛畫境同）
이 시는 원주로서 '수선화는 천엽(千葉)'이고 이곳의 수선화는 모두 천엽이라고 했다. 천엽이란 자연의 조화는 예사로우면서도 예사롭지 않다는 게 시 또는 그림의 경지라고 한다. 그 까닭인즉 마음의 조화라고 보면 잘못일까? 근대의 문장은 생략(省略), 군더더기를 없애는 데 두고 있지만 한시의 세계는 그런 마음의 여운(餘韻)을 표현하는 데 있고, 글자에 얽매이지 않기를 독자에게 부탁하고 싶다. 추사로선 그런 문자를 초월하고 선과도 혼연일체가 되어 있었다. 추사가 도달한 선경(禪境)이란 어떤 것인가. 다음은 〈중에게 나아가 보이고 명사를 증명하다〔示雲衲仍證明史〕〉이다.

　다섯 천축도 손바닥 안에 있어/여덟 물 세 봉우리를 오고간다네./발뒤꿈치를 보여 초인을 전했다는 말일랑 믿지 마소./금신은 탈없이 석란산에 누워 계시다오.
　（五天竺在掌中間 八水三峰往復還 莫把示跗傳祖印 金身無恙錫蘭山）
여기서 나오는 문자는 이미 설명된 것들이다. 다만 팔수삼봉(八水三峰)을 굳이 설명한다면 여러 불전에서 팔대하(八大河)로 그 으뜸을 항하(恒河 : 갠지스)라고 하는데 찾을 수는 있으리라. 또 삼봉은 삼신산으로 생각할 수도 있다. 하지만 그런 것을 안다는 자체와 불타의 가르침과 무슨 관련이 있는가? 소박한 대중은 그런 것을 몰라도 얼마든지 성불할 수 있고 진리에 도달할 수가 있는 거다.

또 역사로 볼 때 명나라는 가장 열악(劣惡)한 시대였고 백성은《금병매》《수호지》따위로도 알 수 있듯이 타락했으며 선비는 당쟁을 일삼았다. 그것을 선학으로 국한시켜《명사》를 돌이켜보면《전등록》등에 의해 잘못 전해진, 전혀 엉뚱한 석존이 관 속에서 발뒤꿈치를 보였다는 설이 명대를 통해 선림에서 지배적으로 믿어졌다. 그것이 시에서 말하는 조인(祖印) 두 글자이다. 이것을 부인하는 것은 결코 불도를 모독하는 게 아니며, 오히려 진실을 밝히는 것이며 금신(金身: 법신)으로 탈없이 석란산에 와불(臥佛)로 존재하는 거다. 유교에도 그런 것이 있다. 그것은 추사의 여러 변설(辨說)을 통해 알 수 있지만, 그는 유교 역시 사승(師承)에 의한 학문의 계승을 존중하는 정통주의자였지만 불합리한 것은 비록 주자학설(간접적으로 채침설(蔡沉說)을 비판했음)이라도 인정치 않았었다. 그것은 젊어서부터 일관된 학문·사상이었다.

《예림갑을록》동인으로 소정(小貞) 한응기(韓應耆 : 1821~1892)는 자를 수여(壽汝)라 했는데 그의 글씨를 평하여 추사는 '글씨의 바탕으로 지극한 재능과 정(마음)이 있는데 역시 일종의 끼로서 기초(奇峭)가 있다. 이것은 요즘의 속습(俗習)에 물든 까닭이고 그 이유도 재정(才情)이 있음으로서이다'라고 했다. 아닌 게 아니라 소정은 고동(古東) 이익회(李翊會 : 1767~1843)·자하 신위·추사 김정희에게 배워 재주는 있었으나 자만심이 있어 공부가 모자랐고 속투(俗套)를 가까이 했던 모양이다.

다음은〈한생 응기가 자하서권을 가지고 와서 한마디 청하므로 나는 요점을 추사하여 보여주다〔韓生應耆以紫霞書卷 要余一語走寫以示〕〉란 시이다. 주사는 바삐 써준다는 뜻이지만 스승의 글씨를 가지고 와서 평해 달라는 것은 예술 이전에 인간성 문제였다.

천품이 뛰어나서 솜씨는 신인데/푸른 노방에서 전세의 인연을 말하는 꼴일세./백년 이후의 까마득한 뜻으로/비취와 고래이니 누구에게 나루를 물을꼬.

 (天品超然腕底神 碧蘆舫裏說前因 百年以後蒼茫意 翡翠鯨魚孰問津)

노방(蘆舫)은 갈대배인데 거기서 전생의 인연을 말한다는 건 무슨 의미일까? 아마도 추사는 한심한 느낌마저 들었으리라. 그러나 제자이니 겉으로 드러내지는 않았다고 생각된다. 비취와 고래는 대조되는 말이지만, 고래는 또한 크고 씩씩한 사내의 기상(氣象)을 뜻하기도 했으리라. 그러나 백 년 뒤에 소정은 나를 뭐라고 평할까? 그래서 창망(蒼茫)인데, 추사도 모르는 일이고 따라서 나루를 묻는다고 했으리라.

추사의 제자로선 이산(耳山) 이계옥(李啓沃 : 서가)이 있고 하석(霞石) 박인석(朴寅碩)이 있었는데, 그는 하석의 〈고촌모애도(孤村暮靄圖)〉를 평했다.

'이것은 심청문(沈靑門)의 필의가 있고 꼭은 아니라도 그 암부(暗符)가 있어 입문하게 되리라. 가로 아지랑이가 가장 어려운데 채색엔 변환이 반드시 있어 뜻이 좋았고 이 폭으로선 치말(置末)에 부당성이 있다. 전폭 중에서 횡하(橫霞)가 한 가지 방법인데, 한 폭의 안목이 되었으니 전혀 변환하는 뜻이 없어졌다. 이른바 하나의 음묵(飮墨)을 만난 것이다.'

또 전기(田琦 : 1825~1854)가 있는데, 그의 자는 위공(瑋公)이고 호는 고람(古藍) 또는 두당(杜堂)이라고 했다. 조희룡의 《호산외사》에 의하면 고람은 '풍채가 빼어나고 유정고균(幽情古筠)한 것이 진당(晉唐)의 그림 속 인물과도 같았는데 말쑥하고도 간결한 산수화를 그렸으며 원나라 사람의 묘경에 이르렀고 원나라를 배우지 않고서 원나라 사람 그대로였다(여기서 원나라 사람이란 조맹부·황공망·우집·오진을 말하리라). 시가 또한 기발한 것이 깊이가 있었고 안력(眼力)과 필력은 오리물 동쪽에서 사람은 말할 수 있되 그 예술은 말할 수 없다'며 극찬했다. 조희룡은 또 그의 《석우망년록》에서 이렇게도 적었다.

 '시화를 어찌 쉽게 말로써 할 수가 있겠는가! 시로써 그림에 들어가고 그림으로써 시에 들어간다. 이는 대개 하나의 이치이지만, 지금의 사람으로 혹 시는 되더라도 그림이 나아가 무슨 물건이 되는지는 모른다. 원수원(袁遹園 : 원매)이 말했던 바 '해는 밟고 밟아도 그림을 알지를 못했는데 옛사람은 숭상했다'고 하였다. 시화는 상호간에 일깨워주는 이치가 있고 고람 전기로서 가장 믿을 수가 있었다. 전기는 묘령(약관)으로서 산수와 옥루(屋樓)를 그렸는데 사승(師承)이란 없이 원나라 사람의 묘경에 가깝도록 만들었던 것이며 또한 시로 말하면 깨끗한 것이 월등하여 속세를 벗어났는데 모두 외우고 전할 만했다. 이것이 곧 그림으로서 시에 들었다고 하는 까닭이다. 또 말하기를 "나는 산초(山樵 : 柳最鎭, 1791~1869)와 더불어 시화를 논했는데 말이 오묘한 곳에 다다르자 그만 자기도 모르게 헌거(軒渠 : 웃는 형용)하며 크게 웃었지만, 그때 고람은 곁에 있었고 〈헌거도〉를 그렸다. 나는 그것을 글로 지어 기록했는데 다음과 같았다. "두 사람이 헌거하며 크게 웃으니 약산(藥山)의 달이 웃는 것만 같고 그 소리는 구십 리 밖의 동쿤 집에 있다고나 할까! 그때 곁에 황화(黃花 : 국화)가 있었는데 반쯤 외면하듯이 웃는다. 옛날의 호계(虎溪)는 세 번 웃고 하나의 선(禪)을 얻었지만, 지금의 초당(草堂)은 세 번 웃음에 황화가 함께라네. 그림의 수명이 5백 년이라면, 같은 그림 속에서 긴 세월의 웃음을 만들 수 있는 게 아닐까! 만일에 그림 속의 자로 웃음을 구하는 자가 있다면, 그 소리는 듣지 못하더라도 그 입을 벌리고 눈썹을 모으는 건

볼 수 있으리라. 그리고 황화의 웃음은 바람을 맞아 고개를 쳐들 테지."'

이상은 조희룡이 본 고람의 화풍인데 산초는 그의 《초산잡저(樵山襍著)》에서 기록했다.

'전기가 죽기 석 달 전의 추운 밤인데 서로 마주쳐〈오당화구도(梧堂話舊圖)〉를 지었다. 예자(隸字)의 작은 조각 하나를 선염(渲染)하면서 열중했지만 점획이 굳세면서도 똑바르고 곧장 종이 뒤까지 뚫을 기세라서, 나이 겨우 서른으로 요절하거나 병으로 쓰러질 상(相)은 없었다. 조화는 필경 이물(異物)이 되고, 애당초 재예(才藝)는 인간 수복의 누림과는 반드시 같지가 않다지만, 이로 하여금 빠른 나이에 복을 쪼개고 닳아서 부러지게 하는 걸까? 애당초 그 나머지로서 반드시 향기를 높여주거나 오랜 물방울로서 두지 않고 부질없이 늙어 문드러지거나 똥구덩이로 같이 돌아가게 하지는 않는 게 아닐까!

마침 사람으로 상전(相傳)되는 게 있어 보았는데 시험삼아 연안진용(烟顔塵容)을 씻어낸듯이 완완(宛宛 : 굽혔다 폈다 하는 것)하며 움직이는 것만 같았고 남은 먹조각 하나라도 얻기가 가장 어려웠다. 세월이 오래되고 심하게 침노되어 아마도 작은 항아리를 덮는 데 쓰였겠지만 인용된 글씨가 그 곁에 있어 뒷사람이 이를 보면 밝은 그 재능이 어렵게 간직되고 늘 얻는 것보다 쉽지가 않았다. 이어 산초는 그 잔고(殘稿)에 대해 적었다. '이것이 과연 전기의 시란 말인가! 우연히 아이의 난질(亂帙) 중에서 보았지만, 펴보니까 서로 지교(知交)가 있던 사이에서 굴러다니다가 주워 철(掇)한 것으로 문드러져 끊기거나 뒤섞여 본디 모습을 잃고 있었으나, 역시 그 수미(鬚眉)는 생각할 수 있었다. 아무래도 해득되지 않는 부분은 지은이의 심혈을 쏟은 어려움을 잃은 염려는 있지만, 그러나 절묘한 가락은 가냘픈 현(絃)처럼 이어지고 구슬처럼 따뜻하고도 매끄러웠으며 밝은 꽃마냥 아리따웠다. 섭렵한 분야는 다방면에 걸쳤지만, 처량할만큼 깨끗하고 우뚝한 음운(音韻)을 간직했는데 그러면서도 가장 돋보이는 것은 제화(題畫) 소지(小識)였고 마침내 짧은 생을 마치니 사람으로 하여금 슬프고 애석했다. 만일에 수명을 빌려 문징중(文徵仲 : 문징명)·심계남(沈啓南 : 심주)의 시·서·화 3절의 유전(流傳)과도 같은 가지런함을 갖추게 했다면, 역시 이와 같았을 터이다. 서른에 얻은 게 5백 년과도 필적하니 재주가 여기서 그쳤다한들 다시 무슨 한이 있으리오! 나는 읽으면서 가만히 읊조렸고 치미는 향기와 은은한 먹자취가 눈속에서 삼삼하여 눈물이 하염없이 흐름을 막을 수 없었다.''

또 오경석(吳慶錫 : 1831~1879)의 《천죽재차록(天竹齋劄錄)》에 의하면 다음과 같다.

'고람과 학석(鶴石 : 劉在韶, 1829~ ?)은 금란(金蘭)의 우의를 맺었는데, 고람은 두당(杜堂) 형이라 일컫고 학석은 형당(蘅堂) 아우라고 했다. 또 같은 하나의 아호가 있었는데 가로되 이초(二艸)라고 했으며 이초란 杜·蘅을 가리켰다. 당시 고람은 약포(약종상)를 마련했는데 그 뜻도 함축된 것이며, 늘 약을 싼 여백에 서화를 그렸었다. 전고람은 시화가 뛰어날 뿐 아니라 감별에 정통했다. 전예행해(篆隸行楷) 필법에 이르러선 절묘하여 앞서는 이가 없었다. 조이제(趙彝齋 : 조맹견)·가경중(柯敬仲 : 柯九思)을 즐겼고 매번 명적(명필)을 대했지만 어루만지고 사랑하기를 미친듯이 외치거나 까무러칠 정도였으며 묘발(苗髮)에 이르기까지 궁구하여 분석했고 근원까지 거슬러 올라가서 상세히 교정했다. 그러므로 그 기예는 정밀한 것이 앞서 나아갔던 것이고 위로 옛사람을 따라잡을 수 있었으며 절정에 다다랐다. 아깝게도 중년에 이르기도 전에 갑자기 죽

고 말았으니 그 유전되는 게 극히 적다.'

　추사 역시 이 천재적 기린아(麒麟兒)에 대해 절찬을 아끼지 않았을 터이지만, 그 평을 몇 마디 소개하면 다음과 같다. 즉 고람의 대련 글씨 '한장서촉단과금　자배남당락묵화(閑將西蜀團窠錦　自褙南唐落墨花)'에 대해, '이 1행은 바로 가장 뛰어나게 좋고 비록 이른바 법기(法氣)가 있다고 하겠으나 좌측 한 줄은 너무도 커서 정리가 되지를 않았고 껍질 속까지 들어가지를 못했다. 이것은 분행(分行)·포백(布白)에 있어 미처 착의(着意)가 없고 횡결(橫決)이 거두어지지 않음이 있어서인데, 自자 위로 삐침이 굵다 싶게 느껴지게 쓰러져 있어 아깝게도 전혀 먹의 속뜻이 없기 때문이다. 제6과 제7자가 갈고리처럼 전절(轉折)되고 통틀어 떨어지듯 착지(着地)가 꺼져 있으므로 우측 1행을 위에 두도록 생각해야 하리라'고 했다. 주로 글자의 포치(구성)를 지적한 평인 듯싶다. 또 대련 글씨로 '고금백납탄청산 명첩쌍구탑경횡(古琴百衲彈淸散 名帖雙鉤榻硬黃)'을 평하여 '흠뻑 취하듯 미세한 점까지 정진하는 게 비단 시의 묘체일 뿐 아니라 서가로서 가장 깊은 착안을 더해야 하는 것인데 아니면 정미(精微)해질 수가 없다. 먼저 할 일은 감방(酣放 : 몰두. 흠뻑 취함)인데 아니면 첫 착수가 거칠고 안목이 어지러울 뿐이다. 이 글씨는 자못 보취(步驟)한 데가 있어 현위(弦韋 : 활시위. 전와되어 완급이라는 뜻)를 찼다고 하겠으며 옛날의 미전(米顚 : 미불) 글씨로서 '위자로미견 공자시기상(爲子路未見 孔子時氣像)'이란 글귀가 있지만 그 뜻을 얻었다고 하겠으며 철저하게 깨쳤다고 하리라'고 했다. 추사는 또 고람의 〈추산심처도(秋山深處圖)〉를 가리켜 '쓸쓸할만큼 말쑥하고 고요한 것이 간결하며 자못 원나라 사람의 풍치를 갖추었다. 그러나 근일에 갈필(渴筆 : 건필)을 즐겨 사용하고 석도(石濤)·남전(南田) 등 제가와 같은 것이 없는데, 거듭 이 두 사람이 구하던 것을 좇아 이를 구하고 원인(元人)의 신수(神髓)를

얻었을 뿐더러 그 면목을 널리 취했으니 뉘라서 이와 같다고 하랴'
했으며 또 〈천리추회도(千里秋懷圖)〉는 '필의가 지극히 좋았고 장기
(匠氣)를 없애려는 게 꼭 필요하고 가장 좋은 거다. 다만 적묵(積墨)
한 곳에 다시 아래로 일전(一轉)했는데 어찌 조지백(曹知白 : 조윤형)
의 문경(門徑)이라도 꺼려하겠는가' 하였다.

또 노천(老泉 : 자도 같음) 방윤명(方允明 : 1827~1880)은 매화와 난
초를 잘 그렸고 글씨는 추사와 흡사했다. 《갑을록》 동인은 아니지만
추사의 지도를 받았다고 생각되며, 대원군이 국정을 잡았을 때 사람
이 난초 그림을 청하면 가까이 있는 노천에게 이를 그리도록 했으며,
한말에 석파(흥선대원군)의 난초 그림이 유행되었는데 그것은 모두 노
천의 작품이라고 한다.

혜산(蕙山) 유숙(劉淑 : 1827~1873)은 화원인데 역시 《갑을록》 동인
이고, 운계(雲溪) 조중묵(趙重默 : 생졸 불명)은 추재 조수삼(趙秀三)
의 손자로 역시 추사의 지도를 받은 화가였다. 그리고 학석 유재소
(劉在韶 : 1829~?)는 서화가로서 초상화를 잘 그렸다. 종산(鍾山) 홍
기주(洪岐周 : 1829~?)는 제자는 아니지만 글씨를 잘 썼고 추사를 사
숙(私淑)했다. 역매(亦梅) 오경석은 앞에서도 나왔지만 그 4형제 경
석·경윤(慶潤)·경림(慶林)·경연(慶然)이 모두 서화를 잘했고 그
아드님 위창(葦蒼) 오세창(吳世昌 : 1864~1953)은 《근역서화징》을 남
겨 서화사 연구에 공헌했다. 오역매는 또한 연경에 수차 갔었는데 금
석문자에 관심을 두어 이를 다수 수집한 것으로 유명하다. 소당(小
棠) 김석준(金奭準 : 1831~1915)은 앞에서도 잠깐 나왔지만, 추사는
그의 글씨를 높이 평가했다.

'지금 사람의 속된 글씨는 모두가 헛된 교만으로 오로지 높이 나는
시류(時流)만 숭상하며, 초서에 이르러선 마침내 하나의 가내안정

(家內安定)의 부적 같은 것이 되어 버렸다. 소당 홀로 침정(沈靜)한 가운데 필력을 얻었고 비록 안평원(안진경)을 배우긴 하더라도 그 넓고 거칠은 기를 수렴했으며, 이를테면 문약(文弱)한 사람으로 깊이 안진경의 글씨를 터득했다. 내 서투른 뜻으로 말한다면 이것을 안서(顔書)의 위에 두고 남궁(南宮)을 돌이켜 물리치는 까닭이며 동사백(董思白 : 동기창)만이 홀로 이 묘제(妙諦)를 뽑아낼 수 있었던 것이다.'

《완당집》에는 김석준에게 준 서독이 4통 전하는데, 그것을 읽어보면 소당은 추사 만년의 가장 아끼던 제자였음을 알게 된다. 이를테면 〈제1신〉의 '그대가 오니 꽉 찬 것 같았는데 그대가 가니 텅 빈 것 같네. 그 가고옴이 차고 비는 묘한 이치와 서로 통함이 있단 말인가. 그대는 매번 《역경》을 읽지 못한 것을 유감으로 삼는데, 그 이행과 동정은 절로 대역(大易)의 변동하는 속에 들어있으니 백성은 날마다 쓰면서도 모르고 지내는 거라네. 떠난 뒤의 근황은 과연 어떠한가? 어떤 책을 보며 어떤 법서(글씨본)를 임모하며 어떤 사람과 더불어 서로 만나며 어떤 차를 마시며 어떤 향을 피우며 어떤 그림을 평론하며 또 어떤 것을 마시고 먹고 있는가! (하략)'

소당 김석준은 저 김계술의 조카인데 나기(羅岐 : 1828~?)의 《벽오당유고》를 보면 지두서(指頭書)를 잘 썼던 모양이다.

'내 벗 소당자는 임지(臨池) 30년에 전·주·예·해·초서를 배우고 참된 골수를 터득했다. 고금·해내(海內 : 국내)를 통한 사람으로 오직 휘호(揮毫) 한 가지 예서로 상상의 범위 밖에서 현묘한 이치에 따른 것이 있다면 장자의 〈제물론〉인데 천지와 소당의 손가락 하나는 닮았고 바로 몸을 천지인 삼재(三才)로 보였으며 머물고 움직임에 있어서도 역시 그러했다. 심획(心畫)은 손으로 전하는 것인데, 손의 방법이란 손가락에 있고 손가락 머리에 먹물을 묻히는 것

이다. 그리고서 한 번 비궤(棐几 : 왕희지의 글씨 전통)하는 것인데
먹사용은 짙거나 묽지도 않고 손가락을 똑바로 치우치는 일 없이
세운다. 그렇건만 그 획은 어찌나 굳세고 힘찬 것이 크게 은포수
(銀浦水)를 걸친 듯하며, 그 점은 어찌 하늘꽃의 꽃술이 흩날리듯
하며 그 모양은 복희의 그림을 펼치듯 그 체(體)는 진새(秦璽)가
나타나듯 할까! 꺾인 곳은 부추가 늘어지듯 휘둘렀다면 비단이
나부끼듯, 혹은 질풍에 담장이 흔들리듯, 혹은 별자리처럼 찬란하
니 무르익듯, 혹은 난새와 봉황이 높다랗게 날듯이, 혹은 명마 녹
이(騄駬)가 치달리듯이, 혹은 발의 구슬이 흔들리듯이, 혹은 부기
(釜錡 : 솥과 쇠뇌틀)가 줄서듯이, 혹은 창검이 늘어서듯이, 혹은 구
름과 연기가 피어오르듯이 한단 말인가! 안근(顏筋 : 안진경의 뼈대
있는 글씨)과 류골(柳骨)도 헛된 이름아래 바람으로 나부끼듯 만고
를 두고 남겨진 새발짝마냥 옳음에서 구한 실제의 것이었다. 옛날
에 손가락 그림을 뱃속에서 들었는데 지금 지화지(指畫紙)를 보니
까 이것은 관성후(管城侯 : 붓의 별칭)를 좇은 것이고 높은 누각에
묶여있는 것이었다. 당당한 묵지법은 대개 소당부터 비롯된 것이
고 그대에게 여덟 폭 병풍 글씨를 청하리라.'
묵지법을 소당이 시작했다는 것은 좀 과장된 느낌이 있지만, 김석
준에게 보낸 추사의 〈제2신〉 일부를 소개한다면 다음과 같다.
'(전략) 왕어양(王漁洋)이나 원수원이나 동현재나 유석암에 이르러
서도 바로 좇을 한계를 세울 것은 없으니, 만일에 잘 배워서 이 네
사람을 통하기만 한다면 그 역시 대단한 것일세. 지금 사람들이 잘
배우지도 않으면서 도리어 본바탕인 풍광(風光)을 허물한다면 너
무도 본연(本然)은 아니지만. 다만 자기의 몸을 돌이켜 빛을 돌려
야 하며 다른 집에다 대고 금을 헤아리며 모래를 헤아리는 따위는
말아야 하네.

다섯 손가락으로 힘을 가지런히 한 연후라야 비로소 현비(懸臂)·현완(懸腕)으로 나아가 서로간에 기대고 힘입으며 짝으로 거두고 나란히 일으키며 어느 한쪽도 폐(廢)할 수는 없는 것일세. 세상 사람들은 손가락과 팔의 사이를 세밀히 징험하지를 못하고 단지 허공에 매달아 말을 만들어 내는데, 만약에 그 묘한 곳을 뚫기로 한다면 힘써 행하는 것이 어떠하냐에 달린 것이며 본받음이나 짐작·헤아림으로선 이루어질 수 없다네. 나는 24세 이후에 비로소 지완(指腕)의 법을 터득하고 자못 여러 해에 걸쳐 고행과 공부를 들이고서야 점차로 열에 대여섯 정도는 얻었네마는 모두 다섯 손가락 속에서 산처럼 일어나고 물결처럼 샘솟아 좋지 않을 수가 없었네. 이는 곧 처음으로 익히고 공부하는 자로서는 건너뛰거나 망령되게 나아가선 안된다는 것일세.

　지금 혹은 곁에서 보는 자가 있고 나의 손가락 놀림이나 팔놀림을 보고서 궁구하려 한다면 언설(言說)과 행동이 서로 걸맞지가 않을 터이네. 나는 오직 웃음으로써 그 곁에서 보는 게 거짓은 아니고 실은 거짓으로 만나는 게 참된 경지라고 대답할 것이니, 서로가 죽은 어구(語句)에 얽매임으로써 상투라고 보기 때문일세. 묵법(墨法)이 곧 다름아닌 그것인데 시험삼아 종이 위의 글자를 보면, 다만 먹일 뿐인데 어찌하여 먹을 얻는 데 크게 힘쓰지 않으면 안되는 것일까! 옛사람은 먹 만듦이 붓 만듦보다도 더욱 어렵다고 했네마는, 붓이라면 오히려 뜻한 대로 만들 수 있지만 먹은 뜻대로 할 수가 없으니 이정규(李庭珪 : 오대 남당의 墨工) 부자가 홀로 천고에 으뜸인 까닭이라네.'

위창 오세창에 의하면 소당의 글씨 특장(特長)은 북초 예법(隸法)에 있었다고 한다. 북예는 그 글씨체가 씩씩하고 쉽게 완둔(頑鈍)이 이루어지는 까닭에 용필의 공정(工程)이 해명되지 않았었고 혹은 그

피상적 선입감으로 이를 싫어했다. 그러나 오리물 이동의 예자를 쓰는 이로 소당이 그 효시(嚆矢)가 되었다. 그리고 사실은 기교에 흐른 남조의 글씨보다는 북조의 글씨가 소박하고 원류(源流)에 가까웠던 것이다. 그런 의미로서 추사의 〈제4신〉은 주목된다. 이 서독은 '동짓달이 이미 지났으니……'하는 첫머리로 보아, 또는 소당의 나이로 추정하여 을묘년(1855 : 당시 소당은 25세)으로 보고 싶다.

 '(전략) 동인으로선 신라 때의 글씨가 중국과 더불어 병칭되었는데 모두들 오로지 구양순 법부터 들어가 익혔네. 본조(조선조)에서는 '진체'라는 게 나타나 면목이 크게 달라졌지만, 그 진체라는 것도 필경인즉 바로 이후주(李後主 : 오대 남당의 李煜)가 쓴《필진도》임을 모르고 비궤(왕희지 전통)의 진본으로서 알았으니 어찌 크게 달라지지 않을 수 있었겠는가! 내 집에서 소장했었던 동기창 글씨로 당나라 사람의 칠언율시를 쓴 것이 있었는데, 동쪽으로 온 지가 거의 2백 년 가까이 되고 세상에서 통행되는 것과는 크게 다르니 만일에 녹의(綠意 : 젊음의 뜻)로 거두어진 병부첩(兵符帖)과 비교한다면 부득불 머리 하나는 양보해야만 하겠지만 동서(董書)의 어려움이란 이와 같다네.

 동기창 글씨는 오로지 저수량 필법을 좇아 손을 대고 들어갔지만, 안평원도 역시 처법(褚法)을 배워 그 신수를 얻은 것일세. 그러므로 동서는 안서(顔書)에 가장 가깝고 전・주자의 기(氣)로써 들어가 옛 그대로인 올바름과 험경(險勁 : 가파르고 굳센 것)한 뜻이 있지만, 지금 사람들은 다만 곱고 화려하다고만 하는 것은 모두 가짜를 만드는 자들이 이런 것도 모르고 함부로 그 모습만을 그려 낼 정도이니 이것을 보고서라네.

 세상 사람들은 전혀 감별하는 안목이 없어 가짜를 진짜로 아니 마침내 곱고 아름답다고 할밖에 더 있겠는가! 장득천(張得天 : 청의 서화가)은 평생을 두고 동기창 글씨를 익혔지만 겨우 열의 두셋을 얻었을 따름이며, 그 공중에서 붓을 곧장 떨어뜨려 바로 신령한 곳에 참예하기란 사람의 힘으로 가능한 바가 아니오, 특별히 하늘 사람의 마음과 손을 갖춘 사람이라야 방불하다고 이르겠네. 우리나라 글씨로선 한석봉을 가장 일컫는데, 석봉의 필력도 동기창에 비하면 가볍기가 바로 새의 깃털 하나이지만 세상에서 이를 아는 사람이 뉘 있겠는가. 양자강 남북에 가서 물어보면 마땅히 이를 인가(印可)할 사람이 있을 걸세.

 지금 자네가 임모하고 본뜬 것을 보니 자못 깊이 들어간 곳이 있고, 세상에서 동기창을 익히는 안본(贗本)으로 단지 하나의 분바른 태(態)만 있는 것과는 같지가 않으니 매우 기쁜 일이네. 요즘 사람들이 쓴 글씨를 보면 다 능히 허화(虛和)로서 미적거리며 사뭇 악착한 뜻만 많고 별로 나아간 경지가 없으니 한탄일세. 이 글씨로서 가장 귀하게 여기는 것은 바로 허화한 곳에 있으니 이는 사람의 힘으로 당도할 수 있는 곳은 아닐세. 반드시 일종의 천품(天品)을 갖추어야만 능한 것이며, 법이 갖추어져 지극한 기(氣)가 이르게 되면 한 경지가 모자라는 차이가 있더라도 점차로 정진(精進)되며 스스로 가고자 아니해도 곧장 뼈를 뚫고 밑바닥까지 통하게 될 것일세.'

70고령의 추사로서 서도가 어떤 경지에 도달했으며 어떤 심경(心境)에 있었는지 이 서독으로 분명해졌고, 또 조금도 가식(假飾)이나 거짓도 없다는 데 감탄한다.

 추사의 제자는 아니지만 향수(香壽) 정학교(丁學敎 : 1832~1914)는 소당과 동시대에 활약했고 전예해초가 모두 절묘했는데 '광화문'의 액자는 그의 필적이었다. 또 우당(藕堂) 윤광석(尹光錫 : 1832~ ?)은 《갑을록》 동인으로 유석암의 필미(筆味)가 있다고 추사는 평했으며,

우창(雨蒼) 이용림(李用霖 : 1839~ ?)은 우선 이상적의 아들이었다.
끝으로 추사의 특색있는 시 몇 편을 소개한다면 다음과 같다.

〈강촌 독서(江村讀書)〉
　잉어바람 거센데 기럭 연기 비끼니/몇 그루 능수버들 네댓 집을
가렸네./무슨 일로 소라 등잔 깜박이는 불빛 밑에/고기잡이 노래
보다 글 읽는 아이 소리가 많네.
　　　(鯉魚風急鴈烟斜 數柳橫遮四五家 底事枯蚌燈火底 漁歌也小讀聲多)
이어풍(鯉魚風)이란 5월의 바람으로 사오가(四五家)라는 글자와 더
불어 암시적이다. 민족의 장래는 아이들에게 있는 것이고 씩씩한 잉
어처럼 그 기상이 불과 네댓 집의 마을에 살아있다면 희망은 있는 것
이다. 고방(枯蚌)은 조개껍질인데 소라로 바꾸었다. 그리고 그 희망
이란 다름아닌 아이들의 글 읽는 소리가 아닐까? 조개 껍질로서 역
시 북청 때의 작품으로 추정된다. 다음은 〈홀로 앉아 벽 사이의 여러
젊은이에게 보이다[獨坐示間壁諸少年]〉이다.

　감히 눈썹을 낮추며 젊은이를 섬기랴/홀몸으로 갑자기 법창선이
되었네./동켠 방 왁자한 웃음소리 어찌 저리 극성인고/아마도 기
쁜 일 눈앞에 널린 게지.
　　　(未敢低眉事少年 單丁忽作法昌禪 東房喧笑緣何劇 嬉好知應滿在前)
체면상 소년(젊은이)에게 한자리 접고 들어갈 수 없는 게 기성 관념
이라면, 그러면서도 젊은이에게 따뜻한 이해심을 보인 추사였다. 이
작품도 역시 북청 시대의 작품이 분명하며, 서북도의 민심은 내외의
차별이니 흉허물 없는 게 특징이었다. 추사가 거처하던 방은 일찻집
으로서 동쪽 방은 마을 청년의 집회소였다고 추정된다. 그리하여 추
사는 담담하니 인간 본성의 때묻지 않은 순박함을 노래하고 있는 거

다. 다음은 〈흉년으로 술을 금하니 마을 젊은이는 모두 떡을 사가지고 꽃구경을 갔다. 오늘따라 바람이 심한데 심심하니 홀로 앉아 문득 붓을 잡고 바람과 떡에만 국한시켜 제하노라〔荒年禁酒村少皆買餠看花去 今日風甚獨坐無聊 泥筆率題偏屬風餠〕〉 2수이다.

젊은이는 본디 헤아리거나 하지 않고 써버리니/비가 오건 바람이 불건 상하는 일이 없다네./떡을 사고 꽃구경 하니 도리어 갖추어져 족하고/운문에서 선을 그만두자 또 공양일세.
　(少年元不費商量 雨雨風風大毋傷 買餠看花還具足 雲門禪罷又公羊)
늙은이는 바람을 싫어하여 바깥 출입을 않는데/저들은 하나 같이 의기등등하네./와당 같은 큰 떡으로 새콤하지도 않으니/꽃 아래 둘러앉아 목이 메도록 먹으리.
　(老者避風不出門 任渠村氣一騰騫 瓦當大餠囊無澁 環坐花前滿口吞)
금주령은 조선조 시대 자주 시행된 것이지만, 이 작품 역시 북청때의 작품이다. 사족(蛇足)이지만 법을 지키지 않는 것은 어느 시대나 권세가와 그 앞잡이들로서 호랑이 위엄을 빌린 여우들이었다. 금주령이 있자 소박하니 이를 지키고 떡을 사갖고서 꽃구경을 가는 순박함은 지금 이 시대를 통해 눈씻고 볼래야 볼 수가 없으니 공감이 가는 것이다. 불비상량(不費商量), 내일을 생각지 않고 써버리는 게 젊은이의 특성이다. 그러나 젊은이는 비바람에도 상하지 않는 복원력(復元力)도 있으며 동시에 허물도 많다는 뜻이리라. 꽃구경에는 술이 필수적이지만 떡으로 대용(代用)하며 만족한다는데 순박함이 있다. 운문선은 선종의 일파이고 공양춘추는 새로운 춘추 해석이다. 젊은이가 그런 전통 아닌 새것을 찾는다고 약간의 비평을 한 듯싶지만, 사실은 그 전의 술 아닌 떡으로 만족한다는 구절이 있어 추사는 그럴 수도 있다고 읊은 것이다. 추사의 문장은 언제나 그렇지만 독특한 반어법(反語法)을 사용한다. 그렇다고 아무런 신념도 없는 무골호인은 아니다. 꽃앞에 둘러앉아 목이 메도록 삼킨다는 말에 추사의 뜻이 있는 거다. 역시 추사는 운문선이나 공양춘추는 마땅치가 않았다. 삽(澁)이란 떫다는 뜻인데 새콤하다로 바꾸었다.

또〈촌에서 살며 병이 심했는데 다만 류생이 문병하러 와서 처방을 주어 효험을 보았는데, 그 뜻이 갸륵하여 이와 같은 글로써 주고 아울러 그 동군에게 부치다〔村居病甚惟柳生問疾而來授方而效 其意可嘉書贈如此並屬其桐君〕〉4수를 읽어보자.

옷조차 이기지 못한 청약한 하동인데/육기의 사이에서 일찍부터 미묘함을 연찬했네./실낱 같은 늙은이의 웃기는 목숨인데/차·생강·붉은 누룩으로 근근이 의지된다네.
　　(河東淸弱不勝衣 六氣之間早硏微　生笑老夫如縷命 茶薑紅麯與相依)
　창욱과 회소는 모두 배앓이를 했지만/천추의 법묵으로 초서를 드날렸네./근일에 통탈로서 새로운 뜻을 규명하니/뭇 흐름을 단절시킨 그대는 더욱 능하구려.
　　(顚旭顚素皆肚痛 千秋法墨草書騰　近因桶脫究新義 絶斷衆流君更能)
　중경과 숙화의 법인을 전하니/분분하던 비결과 시부도 야호선일세./동쪽 사람은 더더욱 거짓에 잘 속으니/3백 년에 입문을 집집의 신주처럼 받들었네.
　　(仲景叔和法印傳 紛紛訣賦野狐禪　東人最又迷訑甚 家祝入門三百年)
　하나하나의 달팽이도 작은 오막집은 허용되니/문안의 삶이 시골살이보다 꼭 트여있지는 않네./그대 집 노부처는 쇠도 능히 녹이리니/오백 청풍은 반 권의 글이로세.
　　(一一蝸牛小許廬 城居未必敵村居　君家老佛能銷受 五百淸風半弓書)
　이 시는 과천에 돌아오고서의 작품인데 류생(柳生)은 미상이다. 동

군(桐君)은 황제(黃帝) 때의 의원으로 금석과 초목의 성질과 맛을 잘
알아 《약성(藥性)》이란 저술이 있는데, 류생의 아버지가 그런 호를
사용했다고도 해석된다. 또 하동은 '하동 류씨'를 가리킨 것이다.
 육기(六氣)·통탈(桶脫)은 이미 앞에서 나온 말이고 추사는 이때
이 말로서 심한 설사병을 앓았다고 짐작된다. 장중경(張仲景:《傷寒
論》의 저자)·왕숙화(王叔和:《脈經》의 저자)도 이미 소개했던 인물이
다. 이들은 모두 고명한 의학자인데, 우리는 《의학입문》이라는 엉터
리 의서를 3백 년 동안 신주처럼 받들었다는 한탄이며, 제4수에 이르
러 '동군'에 대해 노래한다.
 소수(銷受)란 말도 자주 나오는 용어인데, 이를테면 더위를 없앤다
(녹인다)면 소하(銷夏)란 말을 쓴다. 소수는 그런 뜻이고, '오백 청
풍'이라는 말로 동군이 아들을 보내주어 배탈도 고쳐주고 더위도 잊
게 해준 것을 칭찬했지만 시가 되자면 한마디 풍자의 말을 던질 만하
다. 그래서 청풍, 곧 유유히 은둔 생활을 보낸다고 했던 것이며 반규
(半륙:半卷)의 글이라고 농으로 비웃는다.
 이 시의 속편이라고 할 〈류군이 노인을 공양하는 '난반법'을 부엌
사람에게 가르쳐 주었는데, 그것이 병든 입에 잘 맞아 이어서 제하여
주다〔柳君以其供老爛飯法授厨人 甚宜病口 續題贈之〕〉가 있다.

  푹 익은 밥은 냄비 안에서 산천마냥 붉어지니/소먹이는 가르침
 이 지나쳐 저와 한가지로 웃네./뼈골은 천연의 서희 솜씨인데/그
 대 집 식단 중에서 옮겨놓았구려.
   (爛飯山川鍋內紅 剩敎牛飼笑渠同 天然沒骨徐熙手 移就君家食譜中)
 난반(爛飯)은 된죽인데 아마도 조금 붉게 태웠던 모양이다. 또 어
쩌면 추사의 병은 가을 단풍이 물들기 시작한 늦가을에 있었는지도
모른다. 산천(山川)이란 두 글자가 그것을 암시한다. 우사(牛飼)는

소먹이는 사람, 또는 쇠죽 쑤듯이 한다는 뜻이며 쇠죽 역시 푹 삶아 주는 게 원칙이므로 난반과 짝이 된다. 서희(徐熙)는 오대의 남당 사람인데 산수화가로 몰골법(沒骨法)을 잘했다. 몰골법이란 윤곽이나 선을 그리지 않고(생략하고) 바로 채색하는 방식인데, 글자대로라면 골기(骨氣)를 없앤 것이다. 죽으로 말한다면 수분이 부족하여 눌었고 설컹거렸던 모양이다. 식보(食譜)는 식단(食單)이다. 다음은 〈주필하여 용산으로 돌아가는 범희에게 주다〔走筆贈範喜歸龍山〕〉이다.

못 위쪽 인가는 거울 속 같은데/문앞에 이르고 보면 흰 연꽃이 피어 있으리./생선국에 쌀밥 먹는 곳에는 어찌해서/돌아오지 못하고 다만 배웅되는지.

　　(池上人家鏡裏如 門前開到白芙蕖 爲何飯稻羹魚處 好不歸來但送渠)
나무 없으니 매미도 없으련만 매미가 거듭 매미를 낳아/매미 소리 삼백 리에 서로 이어졌네./온갖 소나무 그늘에서 도리어 심하게 대답하니/모진 생각에 읊조림은 높아지고 저녁 하늘 대하네.

　　(無樹不蟬蟬復蟬 蟬聲三百里相連 萬松陰裏還應甚 酷想高唫向暮天)
먼저 김범희(金範喜)는 추사의 8촌 동생으로 진사였다. 족보를 보니 김홍경의 아드님 4형제 한정(漢禎)·한신(漢藎 : 월성위)·한좌(漢佐)·한우(漢佑)의 막내 계통으로 겸주(謙柱)·노철(魯喆)·만희의 순서로 계승된다. 시에서 지상(池上)이라고 했는데 백년 전까지만 하더라도 용산부터 양화진(楊花津) 사이에 호수가 있었고 영등포 일대는 곳곳에 늪이 있는 습지대였다. 여의도·밤섬 따위로 짐작되듯 한강(용산강)과는 별개인 호수가 있었던 셈이다. 그곳을 못〔池〕으로 형용했던 것이며 그 물은 거울처럼 잔잔했다.

백부거(白芙蕖)의 거도 연꽃인데 흰 부용과 함께 연꽃이란 말을 강조한 셈이고, 추사는 연꽃 이상의 것을 함축했다. 바로 죽음을 예감

하는 것으로서, 이것은 제주 유배 이후 줄곧 염두에 있었던 생각이었
다. 호불귀래(好不歸來)는 사실 돌아가지 못함을 한탄한 말인데 그것
을 돌아오지 못한다로 바꾸고 있다. 안김을 꺼려서 그런 말을 썼지만
얼마나 처절한 시인의 마음인가! 그것은 제2수에서 절규, 그야말로
절창으로 노래된다.

설명이 필요없지만 매미 소리로 바꾸었다는 데 시인의 뛰어난 솜씨
가 엿보인다. 매미는 그 며칠을 살며 한껏 존재를 외치기 위해 그것
에 몇 갑절 되는 준비를 하며 태어나는 것이다. 삼백 리(三百里)라고
번역했는데 이것은 마을[里]이 이어져 있다는 게 정확한 해석이다.
그렇긴 하더라도 이 제2수는 얼마나 어두운 이미지가 계속되는 것일
까? 매미는 그렇다 하고 음리(陰裏)·모천(暮天) 등 늙음과 죽음이
연상된다. 향(向)도 '향하다'이지만 또 '앞일'이란 뜻도 있는 것이
다. 다음의 〈나는 매양 잠이 들어 호숫가 절에서 평상을 빌렸는데,
태허의 염불도 천 번이면 곧 새벽이 된다. 마을의 잠자리는 매양 닭
으로서 새벽의 한계가 되는데 부질없는 붓으로 혼허노사와 태허의 참
선 요지를 보이다〔余每少睡借楊湖寺 太虛念佛千聲 乃曉勝似 村枕每以鷄
爲曉限 漫筆示混師要太虛參〕〉를 읽겠다.

　　아미타불 일천 번 외니/차씨 불당 안이 비로소 밝는다네./부들
빛 옷에 향등 역시 조는 듯한데/마을의 새벽은 장차 닭울음에 부쳐
억눌리리.

　　　(阿彌陀佛一千聲 慈氏閣中天始明 蒲褐香燈睡味厚 柱將村曉付鷄鳴)

결국인즉 불교는 아미타여래 관세음보살을 열심히 외우는 게 근본
이지만, 그것도 새벽을 알리는 닭울음에 압도되는 게 세상을 사는 중
생에게는 절실한 것이다. 특히 제3구의 '蒲褐香燈睡味厚'가 절창인
데 추사는 아마도 제4구의 닭울음으로 다음 세대에 희망을 걸었다고

생각된다.

 즉 잦은 이양선의 출몰과 관리의 부패는 안김의 족벌 정치를 궁지에 빠트린다. 그래서 조정에서도 뒤늦게나마 원산(元山)과 홍주(홍성)에 새로이 진(鎭)을 설치하고 갑인년(1854)에는 광주(남한)와 수원의 유수를 대신으로 격상했지만, 도의는 땅에 떨어졌고 풍류를 아는 기생도 자취를 감추며 갈보라는 게 나타났는데, 말세의 풍속인 남색도 이 철종시대에 유행한다.
 "말세야, 말세!"
 저 고려의 공민왕은 미소년을 총애하여 피살되고 있는데, 그 뒤의 역사는 설명할 것도 없다. 뛰어난 지도자(임금) 아래 그와 같은 폐습을 고치는 경세가(經世家)·정치가는 나타나게 마련인데 정조·순조·헌종을 거치면서 인물이 점차로 작아지고 있음을 보게 된다. 그것이 바로 역사이며 만인소(萬人疏)니 팔도소(八道疏)니 하는 것이 사람들의 잠을 깨우기 시작했지만 너무도 뒤늦은 감이 있었다. 추사의 절규는 이 한편의 시에 있었다!
 이런 어수선한 속에서 한 해가 저물고 병진년(1856)이 되었다. 추사와 친밀했던 국헌(菊軒) 이헌구가 별세하고 김도희가 다시 좌의정으로 등용되는데, 그것이 병진년 5월의 일이다. 추사는 그때 이미 소개한 〈재종형 도희에게 주다〉라는 통렬한 편지를 쓴다. 편지를 여기서 곱씹어 보면 거기에 담긴 말과 그 참뜻을 알게 되리라.
 이 무렵 상유현(尙有鉉)이란 사람이 추사를 찾아뵙고 그 참담한 생활을 보자 〈추사방견기(秋史訪見記)〉를 썼다. 그리하여 다음의 두 대련 '춘풍대아능용물 추수문장불염진(春風大雅能容物 秋水文章不染塵 : 크고 똑바른 인품은 봄바람과도 같아 능히 만물을 받아들이고, 문장은 가을 물과도 같이 차갑고 맑아 세상의 속된 것에 물들지 않았네)'과 '대팽두부과강채 고회부처아여손(大烹豆腐瓜薑菜 高會夫妻兒女孫 : 두부를 크게 삶고 외김치를 곁들였는데, 성대한 잔치에 높으신 두 양주(부부)는 손녀를 두었더라)'을 썼다. 두 번째의 대련이 눈길을 끈다. 추사의 인간적 슬픔이 조금은 여기에 나타났다고 보기 때문이다.

권승열(權承烈)옹은 대한민국의 초대 경찰총장으로 이재 권돈인의 고손(高孫)인데《완당집》에 후기를 썼다. 그 일부분은 다음과 같다. '대개 선생과 우리 고조는 행동에 있어 형제분과 같았고 우리 가문에선 대대로 선생의 부인에 대한 남다른 데가 있음을 유염(濡染 : 물들다, 모범삼다)하고 오히려 존숭했었다. 약관으로서 비로소 선생을 뵈었던 종손 위당(韋堂 : 復仁의 손자로 출계한 寶善 승열의 조부) 공은 곧 선생을 그지없이 사모했었는데 분개하듯이 말했었다. "나로서 한(恨)인 것은 늦게 태어나고 남겨진 모습에 작은 깃대나마 나아가서 미처 나타내지 못한 데 있었다"고.'

어쨌든 추사는 병진년 10월 초이렛날 봉은사의 '板殿'이란 편액을 휘호했고 그 사흘 뒤인 10월 10일에 향년 71세로 영면한다. 이는 곧 죽을 때까지 붓을 놓지 않았다는 증언이고, 품안에는 처음으로 연행했을 때 저 담계 옹방강이 주었다는《금강경》이 간직되어 있었다고 한다.

덧붙인다면 이듬해인 정사년(1857) 4월, 유당 김노경은 비로소 관작이 복구(추사도 포함)되고 8월엔 순원대비가 69세로 졸한다. 그녀는 마치 안김 수호의 집념을 죽는 날까지 지켰다고 여겨지며 그 최대의 방해물로 추사를 증오했다고도 생각된다. 그리고 무오년(1858)에는 추사의 3년상을 맞아 초의선사가 빈소를 찾아 스스로 제문을 짓고 조상했다. 그 제문이 어떤 것인지 전하지 않지만, 추사의 영향은 나라가 어려울수록 기억되었던 것이다. 〔大尾〕

著者 後記

　추사의 품안(세계)은 참으로 넓어 이 글을 쓰고 나서도 미진한 점이 너무나도 많아 부끄럽고 오히려 아쉬움마저도 없지 않아 있다. 그것은 주로 나 아닌 남에 대해 모자라는 점이 있고, 그럼에도 작자 나름의 마름질을 하려 했기 때문이리라. 더욱이 추사 김정희는 나와 남을 초월한 공의 입장이라서 다루기에 훨씬 조심스러웠다. 과연 얼마만큼 추사의 모습을 정확히 정립(定立)하고 재현하며, 그의 발자취에서 배울 수 있느냐 하는 문제였다. 그러므로 저자는 독자와 더불어 배운다는 입장에서 추사라는 하나의 높은 산을 등반하며 필연적인 우리의 겨레, 강토, 정신까지 총망라하려고 했다.

　즉 세 가지의 문경(門徑)이 그것인데 첫번째가 주자학으로 배태(胚胎)된 퇴계와 율곡학 이해와 송우암의 예론(禮論)을 알 필요가 있었다. 두번째는 금석학을 통한 우리것의 발견과 역사 인식이 그것인데, 그것은 당연히 고증과 분석이 따라야만 했다. 세 번째가 불교에 대한 기울어짐과 그의 숱한 시작품 연구인데, 이상의 세 가지가 어우러져 추사체라는 하나의 서화로 귀일(歸一)된다는 추사의 인격 및 세계 파악이 이 작품의 주안(主眼)이었다.

　물론 이 세 가지를 끌고 나감에 있어 필요 이상 광범위해져 독자에게 혼란을 주었다고도 반성되지만 추사를 이해하려면 현대인으로서 필요불가결의 과정이었다. 왜냐하면 추사가 도달한 세계는 그 이상이고 고차원의 것이었기 때문이다. 또한 그럼으로써 후생(後生)인 독자로서 독서하는 삼매(三昧)가 되고 충분히 소화할 수 있다고 믿은 것이다. 추사 자신도 〈자제소조(自題小照)〉란 글에서 말하고 있다.

'옳은 나도 역시 나요, 그른 나도 역시 나이다. 옳은 나 역시 옳고 그른 나 역시 옳은데, 옳고 그름의 사이에서 내가 될 수 없기 때문이다. 제주(하늘의 구슬)는 주렁주렁인데 뉘라서 대마디 속의 나를 붙들어 줄꼬. 우습다, 우습다!

(是我亦我 非我亦我. 是我亦可 非我亦可. 是非之間 無以爲我. 帝珠重重 誰能執相 於大摩尼中. 呵呵)'

이 말은 우주(세계) 속에서 자신의 위상(位相)을 찾으려는 추사의 몸부림이고 우리 후생 또한 절실한 문제이다. 그러므로 우리는 추사를 통해 우리의 실상(實相)을 냉철히 파악하고, 다음 단계로 도약할 수가 있는 것이다.

추사는 또 이렇게 말했다.

'담계는 옛 경서를 즐긴다 하였고, 운대는 남이 말한다 해서 수긍하지 않고 또한 말하지도 않는다고 하였다. 두 분 말씀이 나의 평생을 다하고도 남음이 있다. 어찌 해천의 일립(나그네, 또는 선비)이 되어 원우의 죄인이 될 것인가!

(覃溪云嗜古經 芸臺云不肯人云亦云. 兩公之言盡吾平生. 胡爲乎海天一笠 忽似元佑罪人)'

결론적으로 말한다면 한말의 망국은 말(주장)로 비롯된 것이다. 지도자인 선비들이 당쟁을 한 것도 말 때문이고, 말이 많다면 모래알처럼 흩어져 저마다 자기 주장만 하게 된다.

담계가 옛 경전을 즐겼다는 것은 전통을 묵수(墨守)한 것이 아닌 전통의 존중이고, 운대가 남의 말을 수긍하지 않았다는 것은 저마다 잘 난 체 하는 중설(衆說)을 좇지 않았다는 뜻이다. 또 그가 말하지 않았다는 것은 침묵내지 소극적 처세를 했다는 게 아니고 묵묵히 자기의 소임을 다했다는 뜻이다.

유교를 전근대적이며 낡았다고 생각하는 것은 사이비 학자의 그릇된 지식이고, 본문에서도 설명되었지만 유교의 정신은 나 아닌 상대편의 입장에서 생각하는 것인데, 백성을 배불리 먹이며 불안없는 상태로 살아가도록 하는 데 있는 것이다!

지극히 단순하다. 그러면서도 천고불역(千古不易)의 진리다.

봉건제도가 나빴다면 그런 제도를 묵수하고 자기 욕심만을 앞세웠던 권력자에게 있는 것이지 공맹의 가르침이나 더더구나 민중의 허물은 아니었다.

추사가 말한 원우(元佑)는 송철종(宋哲宗)의 연호인데 저 구양수나 사마광, 혹은 왕안석이나 소동파가 활약한 시대로 쟁쟁한 인물이 있었다. 동시에 말이 많았던 시대로, 당쟁이 극성을 부렸고 결국은 송휘종(宋徽宗)을 거쳐 남송이 되며 송은 멸망한다.

조선은 어떠했는가? 조선은 그런 말마저도 활발치 못하고 그저 잘못된 길을 치달아 시간만 허송하다가 한말(韓末)을 맞는다.

사람에게 운이 있듯이 나라에도 운이 있는 것이다. 그것은 천명(天命)으로, 그 일주에는 반드시 기회가 있고 뛰어오를 운이 있는데 그것마저 잃게 되면 결과는 뻔했다. 거기에 바로 추사, 나아가선 우리나라의 불운이 있었다.

추사의 숭배자와 예산 사람들은 이것을 못내 아쉬워하며 추사의 자당 유씨 부인이 24개월 임신한 끝에 아드님을 낳았다는 전설을 만들고 이를 굳게 믿어 의심치 않았던 것이다. 그것이 상징하는 바 소원이란 무엇인가!

일찍이 청나라의 변법(變法 : 개혁)을 주장한 양계초(梁啓超 : 1873~1929)는 이런 말을 했다.

"애당초 예로부터 지금에 이르기까지 일찍이 하나의 인재도 낳지 못한 나라가 있다고 한다면, 고려 등이 바로 그와 같은 나라이다.(抑自古及今 未嘗一産人材之國 則亦有矣 若高麗等是也)'

이것은 물론 편견이지만, 또한 그런 소리를 들을 만도 했다. 양계초의 이 말은 우리나라가 일본에 먹히고 있음에도 하나의 지도자, 하나의 인재도 별로 발견되지 않는다는 것인데 이는 우리가 스스로 자초한 결과였다. 우리는 우리의 것도 모르고 또한 조금 똑똑하다 싶으면 성토하고 죽였으니 인재가 태어나고 자랄 리가 없었다.

한말의 지사(志士)들은 나라를 잃고 나서야 그것을 절감했지만 이미 때는 늦었다. 그래서 그 당시의 젊은이들이 뼈저리게 바란 것은 지도자, 그때의 말로선 민족의 영웅이었다.

그렇다면 21세기를 눈앞에 둔 지금은 한말의 그것과는 다르다는 것일까? 국민 모두가 교육을 받아 각성하고 훨씬 잘 살고 있다는데 말이다.

한 번 뒤지고 만 왜국과는 수십 년의 격차가 있을 뿐 아니라 좋은 것 나쁜 것 가리지 않고 경박한 사상을 마구 수입하고, 뒤늦게 잠을 깬 중국에게도 압도되고 있는 현실이다. 아니, 국민이 단결하여 모처럼 가난을 벗어던지고 테이크 업(이륙)했는데 여전히 말의 홍수이고 이익 다툼으로 급속히 실속(失速)하여 추락의 위험마저 있다. 그러면서 우리것의 소중함을 모르고 우리것과 남의 것을 분별도 못한 채 오히려 조선조 시대보다도, 아니 그 이전의 찬란한 고려·삼한 시대보다도 정신적으로 뒤떨어져 있는 게 아닌가 싶은 염려마저 하게 된다.

병자년 겨울, 저자 씀

참고 서적(무순)

東國輿地勝覽(盧思愼 外)	明文堂 刊(영인본)
星湖僿說(李瀷 저)	〃　　〃
朝鮮上古史鑑(安在鴻 저)	民友社 刊
淮南子(劉安 저)	
朝鮮女俗考(李能和 저)	東洋書院(1932년 간)
擇里志(李重煥 저 李翼成 역)	乙酉文化社(1976년 판)
朝鮮佛敎史(최남선 교열·李能和 편)	
桑村集(金東成 편역)	
南漢志(洪敬謨)	朝鮮古書 刊(1911년〔한문〕)
雅言覺非(丁若鏞 저)	
芝峰類說(李睟光 저)	
연려실기술(李肯翊 저)	민족문화추진회(국역본) 1967년 간
熱河日記(朴趾源 저)	
중국기독교사(楊森富 저)	商務印書館(대만) 민국 67년간
史記(사마천 저)	
漢書(반고 저)	中洲古籍出版社(북경판)1991년 간
五洲衍文長箋散稿(李圭景 저)	영인본·明文堂 간
槿域書畫徵(오세창 저)(한문)	
文獻備考	明文堂(영인본)
阮堂集(上·下)	新誠文化社 판(한문판)
완당집 권9·권10의 詩로 辛鎬烈 　국역본 참조	
歷代名畫記(張彦遠 저)	東洋文庫·平凡社(日文)
世說新語(劉義慶 저)(한문)	북경 中華書局 판 참조
海東詩選(한문판)	世昌書舘(1956년 판)
年表(璿源譜)	震壇學會·을유문화사(1971년판)
武田義雄全集 중 권7~권10	角川書店 1980년 판

茶經(陸羽) 畫論(古原宏伸 편) 日本切支丹宗門史(레온·파제스) Jehd-City of Emperors by Sven Hedin(1932년 판) 기타《大學》《周易》《中庸》《詩經》《朱子全書》《구당서》《신당서》《후한서》 등 참조	明德出版社 岩波書店(日文版)

완당 김정희 선생 연보

나이	연 대	기 사
1	1786·병오 정조 10년	6월 3일 충남 예산군 신암면 용궁리에서 탄생. 아버지 경주 김씨 유당 김노경(金魯敬 : 1766~1838) 어머니 기계 유씨(1768~1801)의 장남.
3	1788·무신	중씨 산천(山泉) 명희(命喜) 탄생.
7	1792·임자	번암 채제공(蔡濟恭 : 1720~1799)이 추사의 입춘첩을 보고 글씨의 천재성을 발견함. 이보다 앞서 초정 박제가도 추사의 글씨를 칭찬했다고 한다.
8	1793·계축 정조 17년	김노영, 개성 유수로 좌천됨. 이때쯤 추사는 월성위 궁의 양자가 된다. 양부 김노영·양모 남양 홍씨(1747~1806)였다. 사촌 형님으로 관희(觀喜 : 魯明의 아들. 1772~1797), 교희(敎喜 : 중부 魯成의 아들. 1780~1843), 육촌 형님 도희(道喜 : 당숙 魯應의 아들. 좌의정. 1783~1860) 등이 있었다.
9	1794·갑인	정월에 김노영 함경 종성으로 유배. 2월, 중부 노성 졸(41세). 계씨 상희(相喜)가 태어난다.
11	1796·병진	8월에 조모 해평 윤씨(68세) 별세.
12	1797·정사	7월, 양부 김노영 졸. 10월, 관희 졸. 12월, 조부 김석주 졸. 연거푸 상을 당하였고, 특히 관희 형의 죽음은 추사에게 타격을 준다. 추사의 순수한 성격은 이때 형성된다. 관희의 아들로 상일(商一 : 1794년생)이 있음.
15	1800·경신	추사는 관례를 올리고 원춘(元春)이란 자를 가졌으며 그것을 전후하여 박제가에게 사사함. 6월, 정조의 승하. 순조 즉위. 경김의 정순대비(추사의 115촌 대고모) 수렴청정함. 영상은 만포(晚圃) 심환지(沈

나이	연 대	기 사
16	1801·신유 순조 원년	煥之：1730~1802). 2월 초, 박제가 3차 연행. 이때 초정은 석묵서루에서 옹방강과 교유함. 2월에 신유사옥 일어나고 이승훈·정약종 순교, 다산 정약용(丁若鏞：1762~1836) 유배됨. 4월, 김노경 음관으로 선공감 부정이 되고 8월에 추사의 생모 유씨(34세) 졸함. 9월, 박제가 정다산과 가깝다는 이유로 함경 종성에 유배. 안김 김조순(金祖淳：1765~1832)의 딸로 왕비 책봉. 이 해에 추사는 한산 이씨와 혼인했다고 추정됨.
20	1805·을축	정월에 대왕대비 정순왕후 승하, 홍천 현감이던 김노경 친척 대표로 국장을 치른다. 이어 김노경의 문과 급제. 다시 10월과 11월에 보름 간격을 두고 연암 박지원(朴趾源：1737~1805)·초정 박제가 양 선생 서거.
21	1806·병신	2월, 추사의 초취부인 한산 이씨(1786~1806) 졸. 5월, 안김의 김이교(金履喬：1763~1832) 등의 탄핵으로 경김의 김관주(金觀柱)는 사사되고 그 일족이 절도에 유배되는 등 몰락한다. 그러나 추사 가문만은 월성위 김한신(金漢藎：추사의 증조부. 1720~1758)이 영조의 장공주 화순옹주에게 상했으므로 특별히 제외되고 무사했다. 화순옹주는 순조의 친고모로서 외척이었음. 8월, 양모 남양 홍씨 졸.
23	1808·무진	재취부인 예안 이씨(1787~1842)를 맞음. 이때를 전후하여 자하 신위(申緯：1769~1847)의 지도를 받는다.
24	1809·기사	생원시에 급제. 호조참판이던 김노경이 동지부사로 연행하고, 추사는 그 자제 군관으로 따라감.
25	순조 10년	정월에 태화쌍비지관에서 운대 완원(阮元：1764~

완당 김정희 선생 연보 499

나이	연 대	기 사
	1810・경오	1849)을 처음으로 만나고 사제의 의를 맺는다. 이어 담계 옹방강(翁方綱 : 1733~1818)과도 사제의 의를, 그의 두 아들 옹수배・수곤 형제 및 야운 주학년(朱鶴年 : 1760~1838) 등과도 결의 형제가 된다. 3월에 추사는 귀국함. 이 짧은 연행의 경험이 그의 일생을 통한 학문의 일대 전기가 되고 이후 30여 년의 변함없는 교유를 청유들과 갖게 된다.
26	1811・신미	8월 19일, 추사는 옹담계의 79회 탄신을 맞아 수자향(壽字香)을 종일토록 살라 스승의 건강과 장수를 빈다. 9월, 옹수배(翁樹培 : 1763~1811) 졸. 주야운이 자작의 추산소정(秋山小幀)을 보내왔다.
27	1812・임신	6월, 홍경래의 난 평정. 8월, 추사로부터 80회 탄생 예물을 받은 옹담계는 '詩龕'이란 편액과 행서의 대련 '始松柏之有心 而忠信以爲寶'를 써보낸다. 또 옹수곤(翁樹崑)도 감사하는 시첩을 보내왔고 '紅豆山莊'이라는 편액을 써보낸다. 자하 신위도 왕세자 책봉사의 서장관으로 연행했는데, 추사는 그 송별시 〈송자하입연〉 10수를 짓는다. 자하는 추사의 소개로 옹담계와 사제의 의를 맺는다. 주야운은 또 구양수・황정견과 추사의 초상화를 그려 보내준다.
28	1813・계유	김교희・김도희, 그리고 이재 권돈인(權敦仁 : 1783~1859) 문과 급제.
30	1815・을해 순조 15	옹수곤(30세) 졸, 유자로 인달(引達)을 남김. 옹방강은 편지로써 추사의 경학 질의에 응답. 또 담계의 제자 섭지선(葉志詵 : 1779~1862)과 알게 되고 변함없는 서신을 교환. 또 이때부터 추사의 필명이 청유에게 알려져 우리나라 금석에 관심이 높아진다.

나이	연 대	기 사
31	1816·병자	김경연(金敬淵)과 공동으로 북한산의 '진흥왕순수비' 발견(7월). 10월, 옹방강이 '복초재시집' '소재필기' '조송설 천관산시 진적' 탑본 등을 보내줌. 11월, 김노경 경상 감사가 됨. 〈성산석권시〉 '실사구시설' 등 집필. 또 이 무렵 자식이 없는 부인의 권고로 소실을 맞았다고 추정됨.
32	1817·정축	봄에 대구로 내려가 특히 경주 일대를 답사. 경주 무장사의 비조각을 찾아내고 비 측면에 옹담계 부자의 이름을 새긴다. 6월, 운석 조인영(趙寅永: 1782~1830)과 재차 북한산에 올라가 순수비의 미해독 글자를 실사하고 〈진흥2비고〉 〈신라진흥왕릉고〉 등을 집필함. 황산 김유근(金逌根: 1783~1830)·권돈인·조인영·김정희 등이 이른바 4인방으로 친밀하게 교유하며 산유하고 시부를 읊는다. 12월, 서자 상우(商佑) 태어남.
33	1818·무인	전년에 이어 섭지선은 다수의 금석 탑본을 보내줌. 1월 26일 옹방강 졸(86세). 김노경 이조참판·예문관 제학이 됨.
34	1819·기묘	4월, 추사 문과 급제. 동시 급제로 조인영이 있었다. 김노경은 예조판서·좌부빈객 등을 역임하며 왕실과 월성위 가문과의 유대는 더욱 도탑기만 했다. 섭지선은 계속 옹담계의 유품을 정리하면서 많은 탑본과 귀중본 등을 보내주고 있어 추사로선 전도가 양양했다. 규장각 대교[정식 임용이 아닌, 이를테면 견습직임]에 발탁.
35	1820·경진	10월, 한림시에 급제. 또 이 무렵을 전후하여 초의 의순(草衣意恂[승려]: 1786~1866)과 교유했으며 진

나이	연 대	기 사
		정한 마음으로서의 벗이 된다. 초의와는 서로 계발하는 바가 있었다고 믿어지며 특히 추사의 정신 바탕을 구축하는 데 영향이 있었다. 동리 김경연 졸.
36	1821·신사	3월, 김노경 이조판서. 규장각(내각) 대교 겸 예문관 검열로서 추사는 승정원(은대)의 도승지이던 신위와 자주 만나 시·서화·차·동경(銅鏡) 등에 대해 이야기를 나눈다.
37	1822·임오	청유 주달(周達)과 서간 왕래. 주달은 옹담계의 문인인 듯. 섭지선과 마찬가지로 많은 글씨·탑본 등을 보내준다. 물론 추사도 그것에 답례한다. 10월, 김노경은 동지사로 재차 연경에 가게 되고 그 자제 군관으로는 산천 김명희가 따라갔다. 이때 금석학자이고 청의 대관이던 오숭량(吳崇梁 : 담계의 제자. 1766~1834)과 거듭 우정을 다짐하고 유희해(劉喜海)와도 사귄다. 추사는 오난설과는 구면인데 아마도 이때를 전후하여 난초 그림에 관심을 갖는다.
		12월, 홍문관 부수찬이던 권돈인이 예제(禮制) 문제로 갑산에 유배됨. 이것에 관련된 추사의 시작품이 있다.
38	1823·계미 순조 23년	등전밀이 그의 선친 등석여(鄧石如 : 전각자. 1743~1805)의 묘지명을 김노경에게 부탁(노경도 글씨가 뛰어났음)했는데 추사가 쓰게 된다. 섭지선은 '개통포사도비' '곽군비' 등 다수의 탑본을 보내주고 '미남궁(미불)첩' 동기창의 서화 합금(집에 올렸다는 것)을 보낸다. 8월, 추사는 정식으로 규장각 대교가 됨. 권돈인은 유배에서 풀리고 그의 '허천소초'에 소기를 부친다.
39	1824·갑신	청유 이장욱(李璋煜)과의 서독 왕복. 청유 왕희손(王

나이	연 대	기 사
40	1825·을유	喜孫)과의 서독 교환. 추사의 글씨가 입신의 경지에 들었다는 청유들의 칭찬과 그 글씨를 구하려는 사람이 많았다. 오난설이 자신의 시초(詩鈔)와 부인 장금추(蔣錦秋)가 그린 〈매화도〉 2폭을 보낸다. 이때 추사는 난초를 그렸고 그의 작품은 오난설을 통해 청국에도 알려져 오난설의 부인이 매화도를 보낸 것이다. 7월, 김노경은 병조판서가 되고 12월, 신위는 대사간이 된다.
41	1826·병술 순조 26년	정월에 장심(張深)이 '인각사비' 탑본의 답례로 '초산주정명' '초산예학명' 등을 산천에게 보냈는데 추사와도 알게 되어 서독 왕래가 있었다. 오숭량도 〈부춘매화시(富春梅花詩)〉를 그림 주제로 삼아 '매감도' '매시선(扇)' 등을 보내와 각각 그것을 주제로 한 시를 짓는다. 6월, 추사는 충청우도 암행어사가 되어 비인 현감 김우명(金遇明)을 봉고파직한다. 그러나 이것이 두고두고 추사 일문을 정치적 함정에 빠뜨리는 계기가 된다. 12월, 김노경 회갑.
42	1827·정해	정월, 이장욱으로부터 《대동원(대진) 선생 문집》 등이 온다. 대진은 실증학의 대가로 송·명대의 유학이 공·맹의 유학과는 어긋난다는 점을 고증한 학자이다. 추사가 그의 저술로부터 영향을 받았음은 분명하다. 오숭량의 회갑 기념으로 추사는 〈난설기유16도〉를 짓는다. 4월에 김황산은 평안 감사가 되고 추사는 부교리가 되는데 이때쯤부터 경김에 대한 안김의 시샘으로 관계가 미묘하게 달라진다. 그 원인은 효명세자가 대리청정을 하면서 추사 등을 무겁게 썼다는 데

나이	연 대	기 사
43	1828 · 무자	대한 반동이었다. 12월, 조인영은 예조판서가 됨. 효명세자가 주변의 김로(金鏴)·홍기섭(洪起燮)·조병영(趙秉永) 등을 요직에 발탁. 김황산과 순원왕비는 이런 움직임에 잔뜩 경계하며 그 일각을 형성하는 추사 일문을 표적물로 삼는다. 그리하여 김노경은 광주 유수·평안 감사 등 중앙에서 외직으로 좌천된다. 권돈인은 성균관 대사성이 됨(9월).
44	1829 · 기축 순조 29년	옹인달(옹수곤의 아들)의 편지를 받음. 추사를 '義父'라고 부른다. 섭지선은 계속 많은 문헌을 보내주고 그 변함없는 의리에 감탄한다. 왕희손도《광아(廣雅: 음운학 관계)》를 보내준다. 추사는 평양을 만유하고 고구려 석벽의 석각을 발견(가을). 이어 묘향산과 금강산 등지를 탐승하고 귀경. 많은 시가 제작됨.
45	1830 · 경인	완상생(阮常生), 추사에게 편지를 보낸. 완원의 아들로 지방에 나가있는 완원과의 서신 내왕을 주선했던 모양이다. 주위필(朱爲弼:1770~1840)도 직접 만든 먹을 보내주며 연경의 옛벗들이 이제 1~2년이면 추사가 다시 연경에 올 수 있다는 희망을 가지고 학수고대한다는 말을 전한다. 추사는 6월에 승정원 부승지가 되는데 윤상도(尹尙度) 옥사가 발생한다. 안김이 은밀히 추진한 정치 공작의 일환으로, 8월에는 김우명에 의해 김노경이 탄핵된다. 이것은 동년 4월 왕세자의 승하와 관련이 있는 것으로, 10월에 김노경은 마침내 고금도로 보내져 위리안치된다. 추사 부부는 매일처럼 통곡하며 아버지의 무사함을 빌었는데 그 참담한 심정은 뭐라 말할 수 없는 것이었다. 또 섭지선의 친상으로 연경을 비운 사이 옹인달의 방탕으로 석묵화루 소장의 금석탑

나이	연 대	기 사
		본·고서화 등이 산일.
46	1831·신묘 순조 31년	정월, 유희해의 《해동금석원》 이룩됨. 7월, 연행하는 이상적 편에 추사는 〈묘향사탑비〉 탁본을 유희해에게 기증. 눌인(訥人) 조광진과의 서독 왕래(7통). 완원 간행의 《황청경해》를 이상적 편에 기증받음.
47	1832·임진	추사, 2월과 9월의 양차에 걸쳐 격렬한 상소문을 올림(〈사직겸 진정소〉 참조). 10월 23일 중모 정씨 졸. 〈중모 숙부인 정씨 제문〉 지음. 10월, 권돈인 함경 감사가 됨. 황초령 순수비에 대한 문의(권이재에게 보낸 서독). 《예당 금석과안록》 집필 시작.
48	1833·계사	9월, 김노경 유배에서 풀려남.
49	1834·갑오	6월, 주학년의 부음을 들음. 8월, 권돈인 과만으로 함경 감사에서 돌아옴. 11월 13일 순조 승하·헌종 즉위. 순원대비 수렴청정. 12월, 오숭량 졸.
50	1835·을미 헌종 원년	정월, 조인영 이조판서가 됨. 섭지선이 옹인달의 방탕으로 담계 소장의 귀중한 문헌이 산일된 전말과 연경의 청유들 근황을 알려옴. 7월, 김노경 판의금부사로 복직.
51	1836·병신	2월 22일, 정약용 졸(75세). 4월, 추사 성균관 대사성이 됨. 이어 7월에는 병조참판이 됨. 10월, 동지정사인 신재식(申在植)을 송별하기 위해 조만영·송치규(宋稚圭)·조인영·김유근·권돈인·이지연(李止淵)·추사 등이 모였는데 추사는 그 송별시를 자필로 쓰고 〈신취미대사 잠유시첩〉을 꾸민다.
52	1837·정유	정월, 왕희손이 장혜언(張惠言 : 1761~1802)의 《주역우씨의(周易虞氏義)》《주역우씨소식》《주역 순씨구

나이	연 대	기 사
		(荀氏九家)》《주역 정순의(鄭荀義)》 등을 보내줌. 추사의 〈주역우의고〉 참조. 3월 30일, 김노경 졸(73세). 동 3월 김조근(金祖根)의 따님으로 왕비 책봉. 7월, 권돈인 병조판서가 됨.
53	1838·무술	4월, 권돈인 경상 감사로 좌천. 이 무렵 김유근은 중풍으로 쓰러져 안김은 위기감을 느낀다. 8월, 권돈인은 왕희손에게 장문의 〈해외묵연〉을 보냈는데 사실은 추사의 대필이었다. 동 8월, 허소치가 처음으로 초의선사의 소개로 월성위 궁을 찾아옴. 추사, 초의와의 서독 왕래.
54	1839·기해	5월, 추사 형조참판이 됨. 6월에 김우명은 대사간이 된다. 6월 25일부터 7월 14일까지 추사 문하로서 金秀哲·許維(소치)·李漢喆·金繼述·李亨泰·柳湘·韓應耆·李啓沃·朴寅碩·田琦·劉淑·趙重默·劉在韶·尹光錫 등의 서화에 대해 추사가 평을 했는데, 그것을 《예림갑을록》이라는 책으로 꾸몄다. 7월, 권돈인 이조판서, 10월에는 조인영이 우의정이 된다.
55	1840·경자 헌종 6년	6월에 추사는 대망의 동지부사로 예정됨. 그러나 6월 30일에 김홍근(金弘根:1788~1842)이 대사헌이 되면서 김우명과 더불어 추사 일문을 탄핵한다. 즉 7월 4일에 윤상도(尹尙度)의 옥사를 재론하면서 먼저 사망한 김노경을 탄핵하고 그 일당으로 추사 형제를 공격, 7월 11일엔 김정희·명희를 사관록에서 이름을 삭제한다. 당연히 동지부사 예정도 취소된다. 추사는 금호 별서로 물러가서 죄를 기다리는 몸이 되었는데 이때를 전후하여 먼 조카뻘인 상무를 월성위 궁 계자로 맞았다고 추정된다. 8월 초, 추사는 예산의 향저

나이	연 대	기 사
		로 내려갔는데 그 사이 국문을 받고 죽게 된 것을 조인영이 적극 주장하여 모면케 했다고 한다. 그리하여 8월 20일, 죽음이 하나 감해져 제주도로 유배하고 위리안치한다는 가혹한 조치가 취해진다. 유배 도중 남원에서 〈모질도〉를 그린다. 10월쯤 제주도로 압송되었는데 그 배웅에는 초의선사와 허소치도 있었음이 서독에서 증명된다. 추사는 아전이었던 송계순(宋啓純)의 집 대정(大靜)에 안치되는데 자세한 내용은 중씨 명희에게 보낸 서독에 나온다. 김유근은 동년 12월에 56세로 졸하고 이어 순원대비도 수렴청정을 거둔다.
56	1841·신축 헌종 7년	정월, 추사의 사촌 매부 이학수(李鶴秀), 이기연(李紀淵: 추사의 옥사를 유리하게 만듦)도 각각 추자도와 북변으로 유배됨. 2월에 허소치가 제주도에 오고, 6월에 떠나기까지 극진한 간호를 한다. 추사는 최초의 반 년 남짓 동안 풍토병인 학질병과 다리의 신경통, 급격한 시력 저하 등으로 말할 수 없는 고생을 한다. 그러나 도민은 순박하고 친절했으며, 추사도 차츰 기력을 회복한다. 특히 경자년 12월, 영국 군함 2척이 추사의 대정 유배처 앞바다인 가파도(加波島)에 나타나 농우를 약탈하는 일이 있자 도민이 동요되었는데, 이때 장병사 인식(寅植)과도 알게 된 듯 다소의 원조를 받게 되었으며 나라를 걱정하는 서독을 특히 권돈인에게 써보내고 있다. 4월에 조인영은 영의정이 됨. 상무에게 보낸 서독 등이 있음.
57	1842·임인	11월 6일 좌의정 김홍근 졸. 동 11일 권돈인 우의정이 됨. 동 13일 추사의 부인 예안 이씨 졸(55세). 〈부인 예안 이씨 애서문〉을 지음. 〈영모암 편배제지

나이	연 대	기 사
58	1843·계묘	발(扁背題識跋)〉을 지음. 정월에 이상적이 청국의 최신 서적 등을 보내준다. 2월 28일, 사촌 형님 김교희 졸(63세). 교희에게 보낸 추사의 서독 참조. 7월, 신임 제주 목사 이용현(李容鉉)의 막하(식객)로 허소치가 다시 제주도에 옮. 소치는 읍성과 대정 사이를 오가며 추사를 극진하게 위로한다. 10월에 권돈인은 좌의정이 되고 추사의 6촌 형님 김도희는 우의정이 됨. 추사, 초의선사를 통해 백파(白波)대사와 왕복 토론을 함〔백파에게 보낸 서독 참조〕.
59	1844·갑진 헌종 10년	이상적이 《황조경세문편》을 보내줌. 봄에 허소치 출륙함. 추사 그 편에 전라 우수사인 신관호(申觀浩:1811~?)를 소개시켜 준다. 신관호에게 준 추사의 서독 참조. 가을에 추사는 변함없는 이상적의 의리를 감사하기 위해 〈세한도〉를 그려주고 아울러 제발한다.
60	1845·을사	정월에 권돈인은 조인영과 교대하여 영상이 됨. 권이재에게 보낸 서독에서 추사는 '수선화'에 대해 논한다. 5월, 영국 군함 우도(牛島)에 와서 정박하고 관민이 크게 당황함. 상희에 대한 추사의 서독 참조.
61	1846·병오	6월 3일, 추사 회갑. 중씨 명희에 대한 추사의 서독 참조. 〈화암사 상량문〉을 지음. 또 '無量壽閣 詩境軒'의 편액을 씀. 9월, 추금(秋琴) 강위(姜瑋) 제주도로 추사를 찾아 뵙는다.
62	1847·정미	봄 이래 허소치가 세 번째로 제주도에 옴. 초의와의 서독 왕래.
63	1848·무신	12월 6일, 추사는 9년만에 유배가 풀리고 한양에 돌

나이	연 대	기 사
64	1849·기유	아옴.〈별모라백지임〉지음. 정월, 허소치는 신관호의 추천으로 어전에 나가 헌종을 뵘. 이때 추사의 글씨와 안부에 대해 하문을 받는다. 3월에 이기연·이학수도 방면됨. 그러나 6월 8일, 23세이던 헌종이 승하함으로써 추사의 재기 기회는 사라졌다. 안김은 철종을 영립하고 순원대비가 다시 수렴청정을 한다. 7월, 신관호 유배되고 허소치도 낙향. 10월, 완원 졸(86세). 추사는 권이재의 옥적 산방에서《계첩고》를 지음.
65	1850·경술 철종 원년	홍선군 이하응, 소당(小棠) 김석준(金奭準:1831~1915)·정학교(丁學敎:1832~1915) 등 후진을 지도.
66	1851·신해	7월에 홍문관 교리 김회명(김우명의 아우)의 탄핵으로 권돈인은 낭천(화천), 추사는 함경도 북청으로 유배됨. 9월, 윤정현(尹定鉉:1793~1874) 함경 감사가 됨. 추사는 황초령 북수비를 고증함.
67	1852·임자	권돈인·추사의 귀양이 풀림. 이때부터 관악산 아래(아마도 과지초당)에 살면서 근처의 봉은사 승려들과 교유하며 만년을 보냄. 형암 심희순(沈熙淳) 및 규재 남병철(南秉哲), 그리고 이당 조면호(趙冕鎬)에게 준 서독 참조.
71	1856·병진	10월 10일 추사, 향년 71세로 졸한다. ＊연보와 소설은 작품 구성 관계상 다소의 차이가 있을 수 있음.

인명 색인
〔범례〕 국적·자·호·저서·기사·생몰 순.

ㄱ 강기(姜夔) 남송. 元章·白石.《난정고》《絳帖評》6권《續書譜》1권. 1158 ~1231.

강성(江聲) 청. 叔澐·艮庭.《尙書集註音疏》12권《易漢學》8권. 1731~1798.

강세황(姜世晃) 조선. 光之·豹庵. 1713~1791. 난죽을 잘했다(鹿門 趙威鳳의 외손자).

강영(江永) 청. 愼修. 호는 불명.《禮書綱目》80권《近思錄集註》12권. 청대의 주자학자. 1681~1762.

강위(姜瑋) 조선. 慈紀·秋琴. 金澤榮·黃玹과 더불어 한말 3대 시인의 하나. 1824~1884.

강이오(姜彛五) 조선. 聖淳·若山. 매화를 잘 그림. 1788~?(강표암의 손자).

강희맹(姜希孟) 조선. 景淳·菊塢 또는 私淑齋.《論畫說》. 1424~1483(강인재의 아우).

강희안(姜希顔) 조선. 景愚·仁齋. 화·시·서 3절. 생육신. 1419~1466.

강희제(康熙帝) 청.《강희자전》《大淸會典》《佩文韻府》《歷代題畫詩類》《全唐詩》《周易折中》22권《春秋傳說彙纂》38권. 1655~1722.

건륭제(乾隆帝) 청.《四庫全書》《十三經注疏》. 1711~1799.

경방(京房) 전한.〈납갑법〉〈재이설〉주장. 기원전 78~38.

계복(桂馥) 청.《說文義證》.

고개지(顧愷之) 동진. 자 長庚. 화가. 345~406.

고계(高啓) 명. 季迪·靑丘子.《高太史大全集》. 시인. 1336~1374.

고봉한(高鳳翰) 청. 西園·南村 또는 南阜.《峴文》《南阜詩鈔》. 시서화, 전각에도 뛰어났고 특히, 指頭畫法에 능했다. 1682~1743.

고사기(高士奇) 청. 澹人·江村.《江村鎖夏錄》. 1645~1704.

고순(顧蒓) 청. 希翰·南雅.《思無邪室遺集》. 시서화가 모두 뛰어남. 1765

~1823.

고염무(顧炎武) 청. 寧人·亭林.《日知錄》32권《音學五書》39권. 1613~1682.

고적(高適) 당. 자 達夫. 西川節度使·渤海侯. 詩人. 702~765(崔致遠과 交遊).

공광림(孔廣林) 청. 衆仲·驛軒.《詩聲類》1권《春秋公羊通義》13권《大戴禮記補》13권《禮學卮言》6권《經學卮言》6권. 1752~1786.

공민왕(恭愍王) 고려. 顓·怡齋.〈達摩折葦渡江圖〉〈童子普賢六牙白象圖〉〈天山大獵圖〉등. 1330~1374.

공부(孔俯) 조선. 伯恭·漁村. 서가. 檜山寺無學大師碑(1510)·韓山의 李穡묘비(1533).

공소부(孔巢父) 당. 자 弱翁. 唐德崇 때의 어사대부.

공영달(孔穎達) 당. 자 仲達.《五經正義》.

공자진(龔自珍) 청. 爾玉·定庵. 시인. 1792~1842.

곽박(郭璞) 서진. 자 景純.《楚辭注》《山海經注》《爾雅注》《葬經》. 276~324.

곽희(郭熙) 송.《林泉高致》. 宋神宗(재위 1068~1085) 때 사람.〈山水訓〉〈畫意〉〈畫訣〉〈畫題〉〈畫格拾遺〉의 5편이 전함. 곽사(郭思)는 그의 아들. 화공으로 蘇軾·黃庭堅과 교유.

구마라습(鳩摩羅什) 先秦.《大品般若》. 344~413.

구양수(歐陽修) 송. 永叔·醉翁.《周易童子問》《詩本義》《尚書本義》《新唐書》《五代史》《集古錄》. 1007~1072.

구양순(歐陽詢) 당. 자 信本 관 率更令. 皇甫誕碑·化度寺碑·九成宮醴泉銘·溫彦博碑. 547~641. 歐陽通(서가)은 그의 아들임.

권근(權近) 조선. 可遠·陽村.《양촌집》《入學圖說》. 1352~1409.

권돈인(權敦仁) 조선. 景羲·彝齋 또는 草堂老人. 1783~1859.

권상하(權尙夏) 조선. 致道·遂菴.《寒水齋集》34권. 1641~1721.

권중화(權仲和) 조선. 容夫·東皐. 서가·정치가. 檜巖寺懶翁禪師碑. 1322~1408.

권필(權韠) 조선. 汝章·石洲. 시인. 1568~1612.

금보(琴輔) 조선. 士任·梅村. 李退溪碑碣.
기대승(奇大升) 조선. 明彦·高峰. 1527~1572.
기윤(紀昀) 청. 曉嵐·石雲.《閱微堂筆記》《四庫全書總目提要》2백 권. 1724~1805.
기정진(奇正鎭) 조선. 大中·蘆沙.《노사집》. 1737~1816.
길장(吉藏·嘉祥大師) 당.《中論疏》《百論疏》《十二門論疏》. 549~623.
김계술(金繼述) 조선. 聖孝·渼坡. 서가(추사 문인).
김광수(金光遂) 조선. 成仲·尙古堂.《尙古子生壙記》. 1696~?
김굉필(金宏弼) 조선. 大猷·寒暄堂. 1454~1504.
김구(金絿) 조선. 大柔·自庵.〈花單·花田別曲〉. 서가. 仁壽體의 창시. 1488~1534.
김농(金農) 청. 壽門·冬心. 화가·금석학자. 1687~1763.
김대문(金大問) 신라.《花郞世記》.
김대성(金大城) 신라. 불국사·석굴암의 조영. 707~751.
김류(金瑬) 조선. 冠玉·北渚.《북저집》. 1571~1648.
김방경(金方慶) 고려. 자 本然. 글씨도 잘함. 1212~1300.
김부식(金富軾) 고려. 立之·雷川.《삼국사기》. 시인. 해서를 잘함. 1075~1152.
김상숙(金相肅) 조선. 季閏·坯窩 또는 草樓. 종요체를 모방, 稷下體를 고안. 1717~1792.
김상용(金尙容) 조선. 景擇·仙源 또는 楓溪. 二王서법을 본뜨고 특히, 篆書에 뛰어남. 1561~1637.
김생(金生) 신라. 해동의 으뜸 서가. 昌林寺碑·朗空大師 白月碑(집자). 711~791.
김석준(金奭準) 조선. 姬保·小棠.《紅藥樓(속)懷人詩錄》《육적시선》. 1831~1915(김계술의 조카).
김시습(金時習) 조선. 悅卿·梅月堂 또는 東峰.《금오신화》. 1434~1493.
김안로(金安老) 조선. 怡叔·希樂堂.《龍泉談寂記》. 1481~1537.
김양기(金良驥) 조선. 千里·肯園. 화가(단원 김홍도의 아들).
김원행(金元行) 조선. 伯春·渼湖 또는 雲樓.《미호집》. 1702~1772.

김유근(金逌根) 조선. 景先·黃山.《황산화석첩》. 묵죽을 잘 그림. 1785~1840.

김육진(金陸珍) 신라. 鍪藏寺碑.

김응환(金應煥) 조선. 永受·復軒. 화가. 1742~1789. 개성 사람.

김인문(金仁問) 신라. 자 仁壽. 예서를 잘함. 태종무열왕비를 씀. 629~694.

김인후(金麟厚) 조선. 厚之·河西 또는 澹齋. 顔柳의 법을 터득함. 1510~1560.

김일손(金馹孫) 조선. 季雲·濯纓.《탁영집》. 김해 김씨. 1464~1498.

김자수(金自粹) 고려. 純仲·桑村. 추사의 중시조.

김장생(金長生) 조선. 希元·沙溪.《疑禮問答》8권《添注家禮覽》3권《喪禮備要》1권. 1548~1631.

김재로(金在魯) 조선. 仲禮·淸沙.《金石錄》원편 226책·속 20책인데 산일되어 39책만 전한다고 했는데, 그것마저 국내에는 없음. 1682~1759.

김정(金淨) 조선. 元冲·冲庵·翎毛를 잘 그렸다. 1486~1521.

김제(金禔) 조선. 季綏·養松堂 또는 醉眠. 연안 김씨. 人物·山水·牛馬·翎毛·草蟲을 다 잘했음.

김조순(金祖淳) 조선. 士源·楓皐.《풍고집》. 墨竹畫. 1765~1822.

김종직(金宗直) 조선. 季昷·佔㷙齋.《점필재집》. 서화를 잘했다(김숙자의 아들). 1431~1492.

김좌명(金佐明) 조선. 一正·歸川. 蜀體(송설체)를 잘함. 안동의 權太師廟碑陰. 1616~1671.

김진흥(金振興) 조선. 興之·松溪.《송계각체 篆帖》. 1621~ ?

김집(金集) 조선. 士剛·愼獨齋. 1574~1656(김장생의 아들).

김창숙(金昌肅) 조선. 仲雨·三古齋. 고서화·금석 애호자. 1651~1673.

김창업(金昌業) 조선. 大有·稼齋 또는 老稼齋. 산수화가. 1658~1721.

김창협(金昌協) 조선. 仲和·農巖 또는 三洲.《江都忠烈錄》《농암집》. 1651~1708.

김창흡(金昌翕) 조선. 子益·三淵. 성리학자·시인. 1653~1722.

김한신(金漢藎) 조선. 자 幼輔. 和順公主에 尙하여 月城尉가 됨. 서법이 홀름했다. 1720~1758.

김현성(金玄成) 조선. 餘慶·南窓. 문장과 서화에 능함. 松雪體를 썼다. 1542~1621.

김홍도(金弘道) 조선. 士能·檀園 또는 丹邱. 1760~ ?

ㄴ 나걸(羅杰) 조선. 자 仲興. 《筆經》. 朱溪 羅烈(1731~1803)의 아우.

나빙(羅聘) 청. 호 兩峰. 〈鬼趣圖〉. 1733~1799.

남공철(南公轍) 조선. 元平·金陵 또는 思穎. 《금계집》《歸恩堂集》《고려명신전》. 서화 감식, 금석의 전각이 능했다. 1760~1840.

남병철(南秉哲) 조선. 子明·圭齋. 《규재집》《推步續解》. 박학하고 글짓기에 능했다. 지구본·四時儀·水車를 만듦. 1818~1863.

ㄷ 단옥재(段玉裁) 청. 若膺. 懋堂. 《說文解字注》《六書音均表》《古文尙書撰異》. 1735~1815.

당인(唐寅) 명. 伯虎·六如居士. 시인·화가. 1470~1523.

당태종(唐太宗) 당. 李世民. 溫泉銘·晉祠碑. 왕희지 글씨의 수집으로 유명. 597~649.

대조영(大祚榮) 발해. 고구려인. 발해 시조. ?~719.

대진(戴震) 청. 東原. 《聲韻考》《方言疏證》. 1722~1777.

도잠(陶潛) 동진. 자 淵明·靖節선생(시호). 시인. 365~427.

도종의(陶宗儀) 명. 九成·南村. 《輟耕錄》《書史會要》 10권 《說郛》 100권. 생몰 미상.

동기창(董其昌) 명. 玄宰·思白. 《南北二派論》《畫禪室隨筆》. 서화가·수집가로 저명. 1555~1636.

동원(董源) 남당. 자 叔達. 수묵화와 靑綠 색채화를 그렸다고 전함. 남종화의 祖.

동중서(董仲舒) 전한. 《賢良對策》. 濟學派의 춘추학자.

두목(杜牧) 당. 牧之·樊川. 만당의 시인. 803~852.

두보(杜甫) 당. 子美·少陵. 《貧交行》《兵車行》. 712~770.

등석여(鄧石如) 청. 漢印篆刻家. 1743~1805.

ㄹ 류공권(柳公權) 당. 자 誠懸. 진·행·초서의 대가. 772~860?
류득공(柳得恭) 조선. 惠甫·惠風.《二十一都懷古》. 1749~1807.
류신(柳伸) 고려. 행·초서를 썼다. 松廣寺 佛日普照國師碑(1211).
류진공(柳辰仝) 조선. 叔春·竹堂.〈崇禮門〉을 씀. 양녕대군이 썼다 함은 잘못[晝永編]. 1497~1561.
류종원(柳宗元) 당. 子厚·柳柳州(관명에 의해).《류하동집》《龍城集》. 중당의 시인. 773~819.
류최진(柳最鎭) 조선. 美哉·學山不齋 또는 山樵·鼎庵.《樵山襍著》. 1791~1869.
류혁연(柳赫然) 조선. 晦爾·野塘. 송설체에 능하고 대나무를 잘 그렸다. 1616~1680.
류형원(柳馨遠) 조선. 德夫·磻溪.《東史綱目》. 1622~1673.

ㅁ 마융(馬融) 후한. 자 季長.《春秋三傳略同說》. 78~166.
매요신(梅堯臣) 송. 聖兪.《宛陵集》. 1002~1062.
모기령(毛奇齡) 청. 大可·西河.《桂枝集》. 經史와 音韻학자. 1623~1716.
모장(毛萇) 후한. 毛詩 박사.
문공유(文公裕) 고려. 普賢寺創寺碑. 1084~1156.
문동(文同) 송. 與可. 묵죽의 조. 1018~1079.
문종(文宗) 고려. 자 燭幽. 三川寺 大智國師碑(어필). 인물화도 그렸음. 1019~1083.
문징명(文徵明) 명.《甫田集》. 1470~1559.
문천상(文天祥) 남송. 履善·文山.《正氣歌》. 1236~1282.
미불(米芾) 송. 元章·鹿門居士 또는 海嶽外史. 미남궁이라 불림. 아들 米友仁과 더불어 米法山水를 창시. 1051~1107.

ㅂ 박규수(朴珪壽) 조선. 瓛卿·瓛齋.《헌재집》. 서가(연암의 손자). 1807~1876.
박세당(朴世堂) 조선. 季肯·西溪.《辨思錄》. 주자학을 비판한 것으로 유명. 1629~1703.

박세채(朴世采) 조선. 和叔·南溪.《남계집》《六禮疑說》《心學至訣》《理學通錄》. 1631~1695.
박연(朴堧) 조선. 垣夫·蘭溪. 律呂에 밝고 글씨도 잘했다. 1378~1458.
박제가(朴齊家) 조선. 次修·楚亭 또는 貞蕤. 3차에 걸쳐 연행했고 善畫工書라는 평을 들었으며 청유들과 시를 다수 주고받았다.《정유고략》《북학의》등이 있다. 1750~1805.
박종훈(朴宗薰) 조선. 舜歌·豈溪.《詩文雜著》2권. 전해서가 능했다. 1773~1851.
박지원(朴趾源) 조선. 仲美·燕巖.《열하일기》11권.《연암집》《課農少抄》. 平遠山水를 그렸고 행서·소해는 뜻을 얻었을 때 즐겨쓰곤 했다. 1737~1805.
박팽년(朴彭年) 조선. 仁叟.《천자문》. 송설체를 잘했는데《용재총화》에서 경학·문장·필법이 모두 뛰어났다고 함. 1417~1456.
반고(班固) 후한.《兩都賦》《白虎通義》《漢書》. 32~92.
방포(方苞) 청. 鳳九·靈皋 또는 望溪.《獄中雜記》《禮記析疑》《喪禮惑問》《三禮義疏》. 1668~1749. 桐城派의 祖.
방효유(方孝孺) 명. 希直·遜志齋 또는 正學先生.《遜志齋集》. 1357~1402.
백가(白加) 백제. 威德王 34년(588) 왜국에 그림 기술을 전함.
백거이(白居易) 당. 樂天·香山居士 또는 醉吟先生.〈장한가〉〈비파행〉. 1772~1832.
백광훈(白光勳) 조선. 彰卿·玉峰.《옥봉집》. 시를 잘 짓고 초서에 능했다. 1537~1582.
백파거선(白波巨旋) 조선. 1772~1846. 승려.
범성대(范成大) 서진. 致能·石湖居士.《석호집》《吳船錄》.
범엽(范曄) 동진. 자 蔚宗.《후한서》. 398~445.
범중엄(范仲淹) 송. 希文·高平. 990~1053.
법식선(法式善) 청. 開文. 時帆. 1752~1813. 몽골 사람.
봉연(封演) 당. 자 端肅.《봉씨 문견기》. 726~?
부견(符堅) 선진. 고구려에 불교를 전함. ?~385.

|ㅅ| **사마광**(司馬光) 송. 자 君實, 溫公이라고도 함. 《자치통감》 294권. 1019~1086.

사마상여(司馬相如) 전한. 자 長卿. 《子虛賦》《上林賦》.

사마의(司馬懿) 위. 자 仲達. 179~251.

사마천(司馬遷) 전한. 자 子長. 《사기》. 기원전 145(135)~ ?

사방득(謝枋得) 남송. 君直·疊山. 《文章軌範》 7권. 애국시인. 1226~1289.

사신행(査愼行) 청. 悔餘·初白. 《敬北堂詩集》. 1650~1720.

사영운(謝靈運) 유송. 시인. 도연명과 병칭. 385~433.

사혁(謝赫) 남조. 《古畫品錄》. 생몰 미상.

사혜련(謝惠蓮) 유송. 謝法曹라고도 함. 397~433.

산도(山濤) 서진. 자 巨源. 《山公啓事》. 205~283.

상수(向秀) 서진. 子期. 죽림 7현의 하나.

서거정(徐居正) 조선. 子元·四佳亭. 《사가집》. 서가. 1420~1488(권양촌의 외손자).

서건학(徐乾學) 청. 原一·健庵. 《通禮通考》《憺園集》. 장서가. 1631~1694.

서명균(徐命均) 조선. 平甫·嘯皐. 서가. 1680~1745.

서무수(徐懋修) 조선. 仲勗·秀軒. 서가(명균의 아들). 1716~ ?

서송(徐松) 청. 星伯. 地理·金石學.

서위(徐渭) 명. 文淸·天池 또는 靑藤. 1521~1593. 서화가·시인.

서정경(徐禎卿) 명. 昌谷. 《迪功集》. 1479~1511.

서홍순(徐弘淳) 조선. 敬三·湖山 또는 晉史. 통칭 서진사.

석도(石濤) 청. 본명 朱若極. 《畫語錄》. 1641?~1717.

석기준(釋機俊) 고려. 斷俗寺大鑑國師碑(1172).

석담징(釋曇徵) 고구려. 그림과 공예가 뛰어났음. 610년, 왜국에 건너가 造紙·먹·색채 및 연자방아 전수. 法隆寺 벽화를 그림.

석도선(釋道詵) 신라. 풍수설의 祖. 827~898.

석도안(釋道安) 선진. 314~355.

석도잠(釋道潛) 자 法深. 286~376.

석만우(釋卍雨) 고려. 호 千峰. 해서를 잘함. 1357~ ?

석법현(釋法顯) 동진. 《佛國記》. 337?~422?
석영업(釋靈業) 고려. 斷俗寺神行禪師碑. 불탑 가운데 가장 오래된 것임. 행서(812년 세움).
석원효(釋元曉) 신라. 海東宗 창시. 《화엄경소》 등. 617~686.
석유정(釋惟政) 조선. 사명당·송운대사. 행초서를 잘했고 書松雲이라고 서명함.
석의상(釋義湘) 신라. 海東 화엄종의 祖. 624~702.
석의천(釋義天) 고려. 휘 照. 대각국사. 《釋苑詞林》《天台四敎義》. 1055~1101.
석일연(釋一然) 고려. 《삼국유사》. 1206~1289.
석탄연(釋坦然) 고려. 호 默庵·大鑑國師. 《聖敎序》의 참된 정신을 전했다고 함(원교·자하의 말). 1070~1159.
석혜근(釋惠勤) 고려. 호 懶翁. 보제존자. 산수화와 필적이 있었음. 1320~1376.
석혜초(釋慧超) 신라. 《往五天竺國傳》. 704~?
석혼수(釋混修) 고려. 了圓·幻庵. 시문과 필적이 뛰어남. 1320~1392.
석휴정(釋休靜) 조선. 玄應·淸虛. 서산대사. 詩偈가 상쾌하고 필적이 굳세었다. 1520~1604.
선조(宣祖) 조선. 필적이 있었고 묵죽을 그렸다. 난초를 처음으로 쳤다고도 함(추사설). 1552~1608.
설경수(偰慶壽) 고려. 天佑·慵齋. 그 형님 偰長壽(1341~1399)와 더불어 원의 귀화인. 형제가 모두 진체를 썼다.
설직(薛稷) 당. 자 嗣通. 화조·인물·잡화에 능했고 학그림이 유명. 육절병풍의 학그림은 그로부터 시작. ?~713.
설총(薛聰) 신라. 聰智·氷月堂. 이두 창시. 655~?
성석린(成石璘) 조선. 自修·獨谷. 양주의 健元陵碑(1408). 眞草가 절묘했고 왕우군 필법을 계승했다고 했음. 1338~1423.
성석용(成石瑢) 조선. 自玉·檜谷. 필법과 문장을 겸비. 1352~1401(독곡의 아우).
성수침(成守琛) 조선. 仲玉·聽松堂 또는 竹雨堂. 필법이 소박하며 굳셈.

1493~1564.
성염조(成念祖) 조선. 子敬. 서가. 1398~1450.
성임(成任) 조선. 重卿·安齋. 진·초·예서가 모두 묘법이 있었다. 1421~1484.
성친왕(成親王) 청. 건륭제의 제11자. 어머니는 조선족 출신. 서가. 1752~1823.
성혼(成渾) 조선. 浩源·默庵 또는 中溪. 성리학자. 서법도 뛰어남.
세종(世宗) 조선. 〈훈민정음〉 제정. 난죽을 그림. 1397~1450.
소세양(蘇世讓) 조선. 彦謙·賜谷 또는 退休堂. 松雪體를 잘함. 1486~1562.
소식(蘇軾) 송. 子瞻·東坡. 시문·서화의 대가. 1036~1101.
소연(蕭衍) 양. 무제. 《觀鍾繇書十二意》.
소옹(邵雍) 송. 堯夫. 시호 康節. 《皇極經世書》. 1011~1077.
소철(蘇轍) 송. 子由·穎濱. 《춘추전》《시전》《노자해》《欒城集》. 1039~1112.
손과정(孫過庭) 당. 虔禮. 《書譜》.
손성연(孫星衍) 청. 자 淵如. 《尙書今古文注疏》. 1753~1818.
손순효(孫舜孝) 조선. 敬甫·勿齋 또는 七休. 화죽. 1427~1497.
손이양(孫詒讓) 청. 자 仲容. 《周禮正義》.
솔거(率居) 신라. 진흥왕 때 사람. 皇龍寺 벽화로 소나무를 그렸는데 새가 날아왔다고 함.
송문흠(宋文欽) 조선. 士行·閑靜堂. 예서를 잘함. 1710~1752.
송시열(宋時烈) 조선. 英甫. 尤庵 또는 尤齋. 《朱子大全箚疑》. 1607~1689.
송익필(宋翼弼) 조선. 雲長·龜峰. 글씨를 잘함. 1534~1599.
송인(宋寅) 조선. 明仲·頤庵. 서법에 능하고 시문이 뛰어남. 1517~1584.
송치규(宋穉圭) 조선. 奇玉·剛齋. 유학자. 1759~1838.
순상(荀爽) 후한. 《순상역주》 12권.
순욱(荀勖) 서진. 公曾. 다재다능하며 서화가 정묘했다. ?~289.
순제(順帝) 원. 도간티무르. 1320~1370.
시윤장(施閏章) 청. 尙白·愚山. 《學餘堂文集》. 1618~1683.

신관호(申觀浩)　조선. 國賓·威堂. 1811~?
신명연(申命衍)　조선. 實夫·靄春. 서화와 시문, 그리고 활도 잘 쏘았다. 1809~?
신명준(申命準)　조선. 正平·少霞. 〈墨水山圖〉. 1803~1842.
신위(申緯)　조선. 漢叟·紫霞. 《경수당집》. 시문에 능하고 화죽이 뛰어났다. 글씨는 옹방강체를 썼다고 함. 1769~1847.
신익성(申翊聖)　조선. 君奭·東淮 또는 樂全堂. 서화가. 1588~1644.
신익전(申翊全)　조선. 萬汝·東江. 《동강집》. 1605~1660.
신장(申檣)　조선. 濟夫·巖軒. 大字를 잘 쓰고 옛 서법을 간직. 1382~1433.
신종호(申從濩)　조선. 次韶·三魁堂. 글씨를 잘함. 1456~1497.
심덕잠(沈德潛)　청. 確士·歸愚. 《唐詩別裁》《明詩別裁》. 1673~1769.
심사정(沈師正)　조선. 頤叔·玄齋. 산수화가. 1707~1769.
심상규(沈象奎)　조선. 穉敎·斗堂. 1766~1838.
심약(沈約)　양. 자 休文. 《四聲譜》. 441~513.
심전기(沈佺期)　당. 자 雲卿. 시인. 656~714.
심주(沈周)　명. 啓南·石田. 화가. 1427~1509.
심희순(沈熙淳)　조선. 皞卿·桐庵. 1819~?

[O] 안견(安堅)　조선. 可度·玄洞子 또는 朱耕. 《산수첩》.
안사고(顔師古)　동진. 자 籀. 《漢書注》. 581~645.
안정복(安鼎福)　조선. 百順·順菴. 《東史綱目》. 1712~1791.
안지추(顔之推)　당. 자 介. 《顔氏家訓》. 531~602.
안진경(顔眞卿)　당. 자 淸臣. 통칭 顔魯公. 709~784.
안향(安珦)　고려. 초명 裕·晦軒. 1243~1306.
야율초재(耶律楚材)　원. 晉卿·湛然居士. 《西遊錄》. 1190~1244.
양계단(楊契丹)　수. 화가. 《涅槃變》 등.
양만리(楊萬里)　남송. 廷秀·誠齋. 유학자·시인. 1121~1206.
양사언(楊士彦)　조선. 應聘·蓬萊 또는 海客. 1517~1584.
양성지(梁誠之)　조선. 純夫. 訥齋. 《東國圖經》《八道地理志》. 1415~1482.

양수경(楊守敬) 청. 惺悟. 阮元의 〈남북서파론〉 반대. 1839~1915.
양시(楊時) 남송. 中立·龜山. 유학자.
양웅(楊雄) 전한. 子雲. 《太玄》《法言》. 기원전 55~기원후 18.
엄한붕(嚴漢朋) 조선. 道卿·晩香齋. 초·예서. 1685~1759.
여조겸(呂祖謙) 남송. 伯恭·東萊. 유학자.
염약거(閻若據) 청. 百詩·潛邱. 《古文尙書疏證》. 1636~1704.
염입덕(閻立德) 당. 화가. 동생 입본(立本) 역시 그림이 뛰어남. ?~656.
영조(英祖) 조선. 호 養性軒. 〈仙人圖〉. 1694~1776.
예찬(倪瓚) 원. 元鎭·雲林. 화가. 1301~1374.
오가기(吳嘉紀) 청. 賓賢·野人. 시인. 1618~1684.
오경석(吳慶錫) 조선. 元秬·亦梅. 금석학자·서가. 1831~1879.
오도현(吳道玄) 당. 玄宗 때의 대화가. 〈鍾馗圖〉.
오숭량(吳崇梁) 청. 蘭雪·蓮華博士. 1766~1834.
오준(吳竣) 조선. 汝完·竹南. 三田碑. 1587~1666.
오증(吳澄) 원. 幼淸. 《草廬精語》. 1249~1333.
오진(吳鎭) 원. 仲圭·梅花道人. 화가. 1280~1354.
옹방강(翁方綱) 청. 正三·覃溪 또는 蘇齋. 금석과 서법의 대가. 1733~1811.
옹정제(雍正帝) 청. 《書經傳說彙纂》21권 《詩經傳說彙纂》21권. ?~1735.
완원(阮元) 청. 伯元·雲臺. 《鍾鼎彝器款識》《皇淸經解》 간행. 1764~1849.
완적(阮籍) 서진. 嗣宗 일명 阮步兵. 210~363.
왕감(王鑑) 명. 圓照·湘碧. 화가. 1598~1677.
왕망(王莽) 전한. 巨君. 新을 건국했다가 23년에 죽음.
왕명성(王鳴盛) 청. 鳳喈·西莊. 《尙書後案》. 1722~1797.
왕발(王勃) 당. 子安. 시인. 648~675.
왕부(王符) 후한. 《潛夫論》. 마융과 동시대인.
왕사진(王士禛〔士禎〕) 청. 子眞·阮亭 또는 漁洋山人. 1634~1711.
왕세정(王世貞) 명. 元美·鳳州. 시인. 1526~1590.
왕수인(王守仁) 명. 伯安·陽明. 《傳習錄》. 1472~1528.
왕숙(王肅) 서진. 子雍. 鄭玄說에 반대.

왕시민(王時敏)   명. 遜志·煙客. 화가. 1592~1680.
왕안석(王安石)   송. 介甫·半山 또는 臨川先生. 1021~1086.
왕염손(王念孫)   청. 懷祖·石臞. 《廣雅疏證》.
왕유(王維)   당. 摩詰. 화가·시인. 701~761.
왕인지(王引之)   청. 伯申. 《經義述聞》《經傳釋詞》. 1766~1833.
왕지환(王之渙)   당. 季陵. 盛唐의 시인. 688~742.
왕찬(王粲)   위. 仲宣. 시인. 177~217.
왕창령(王昌齡)   당. 少伯. 盛唐의 시인. 700?~755?
왕필(王弼)   위. 輔嗣. 《老子注》《論語集解》. 221~249.
왕헌지(王獻之)   동진. 子敬. 왕희지의 아들. 344~386.
왕희지(王羲之)   동진. 逸少. 《樂毅論》《黃庭經》〈蘭亭叙〉〈聖教序〉. 303~361.
요내(姚鼐)   청. 姬傳. 桐城派의 계승자. 1732~1815.
우길(于吉)   전한. 《太平淸領書》.
우번(虞翻)   서진. 《老子注》《論語注》《虞氏易》.
우세남(虞世南)   당. 伯施. 隆聖道場碑(실전), 孔子廟堂碑. 558~638.
우집(虞集)   원. 伯生·道園. 《도원학고록》. 1272~1348.
원매(袁枚)   청. 子才·簡齋 또는 隨園老人. 시인. 1716~1797.
위원(魏源)   청. 默深·良園. 《春秋公羊古微》《子思子章句》《古微堂詩文集》. 1794~1857.
유덕(劉德)   전한. 河間獻王.
유봉록(劉逢祿)   청. 申受. 《公羊何氏釋例》. 1776~1829.
유안(劉安)   전한. 《淮南子》.
유용(劉墉)   청. 崇如·石庵. 1719~1804.
유우석(劉禹錫)   당. 夢得. 中唐의 시인. 772~842.
유척기(兪拓基)   조선. 展甫·知守齋. 금석 취미와 필적이 있었다. 1691~1767.
유한지(兪漢芝)   조선. 德輝·綺園. 1760~?
유향(劉向)   전한. 《新序》《說苑》《戰國策》《列女傳》《列仙傳》. 기원전 77~7.
유흠(劉歆)   전한. 《七略》. ?~10.

유희해(劉喜海) 청. 《海東金石苑》.
육구연(陸九淵) 남송. 子靜·象山. 1139~1191.
육기(陸機) 서진. 士衡. 시인. 짝구와 화려한 수사법으로 알려짐. 261~303.
육유(陸游) 남송. 務觀·放翁. 시인. 1125~1209.
윤근수(尹根壽) 조선. 子固·月汀 또는 畏庵. 서법이 단정했고 혹자는 영화체(우군체)로 일컬었다. 1537~1616.
윤덕희(尹德熙) 조선. 敬伯·駱西 또는 蓮圃. 말그림으로 알려짐. 1685~?.
윤두서(尹斗緖) 조선. 孝彦·恭齋. 서화가. 尹善道의 증손, 낙서의 아버지. 1668~?.
윤선거(尹宣擧) 조선. 吉甫·美村. 《家禮源流》을 兪棨와 공동 저술. 서화를 다 잘했다. 1610~1669.
윤순(尹淳) 조선. 仲和·白下 또는 鶴陰. 서가. 1680~1741.
윤신지(尹新之) 조선. 君又·玄洲. 海嵩尉. 1582~1657.
윤언이(尹彦頤) 고려. 尹瓘의 아들로 시문이 능했음. ?~1149.
윤정현(尹定鉉) 조선. 鼎叟·梣溪. 금석학자. 1793~1874.
이경윤(李慶胤) 조선. 季吉·駱坡鷄林正. 山水화가. 아우 竹林守 英胤은 翎毛를 잘 그림. 1545~?.
이광사(李匡師) 조선. 道甫·圓嶠. 《원교서결》. 1705~1777.
이규보(李奎報) 고려. 春卿·白雲山人. 《東國李相國集》. 1168~1241.
이단세(李亶細) 조선. 耘岐·疋齋 또는 疋漢. 시인·서가. ?~1790.
이덕무(李德懋) 조선. 懋官·烱庵 또는 靑莊舘. 《청장관전서》《紀年兒覽》《宋史補傳》. 篆·籒字에 능했고 거미를 잘 그렸다. 1742~1793.
이백(李白) 당. 太白·靑蓮居士. 시인. 701~762.
이사훈(李思訓) 당. 建見. 대장군을 지내어 이장군이라고도 함.
이삼만(李三晩) 조선. 允遠·蒼巖. 하동의 七佛庵 편액, 전주판 7서, 전주 濟南亭 편액.
이상적(李尙迪) 조선. 惠吉·藕船. 《海鄰尺素》. 1803~1865.
이상좌(李上佐) 조선. 公祐·學圃. 산수·인물화가.

이색(李穡)　고려. 穎叔·牧隱.《목은집》. 1328~1396.
이서구(李書九)　조선. 洛瑞·惕齋 또는 薑山.《奎章全韻》. 1754~1825.
이수장(李壽長)　조선. 仁叟·貞谷.《泥金臨 鍾王帖》. 1661~1733.
이암(李嵒)　고려. 古雲·杏村. 文殊院 장경비(1327). 송설체를 잘했고 묵죽도도 그렸다. 1297~1364.
이언진(李彦瑱)　조선. 虞裳·松穆館. 速筆이면서 균형잡힌 글씨. 1740~1766.
이옹(李邕)　당. 호 北海. 서가.
이용(李瑢)　조선. 淸之·匪懈堂. 安平大君. 서·화·금에 모두 뛰어남. 1418~1453.
이우(李俁)　조선. 碩卿·觀瀾亭.《大東金石帖》. 각 체에 뛰어났고 詩文도 능함. 1637~1693.
이윤영(李胤永)　조선. 胤之. 丹陵 또는 淡華齋. 전예서에 뛰어남. 산수·인물, 특히 연꽃을 잘 그림. 1714~1759.
이이(李珥)　조선. 叔獻·栗谷.《聖學輯要》《小學集註》《擊蒙要訣》. 아우 李瑀(玉山)도 琴書詩畫로 뛰어남. 1536~1584.
이익(李瀷)　조선. 子新·星湖.《星湖僿說》〈홍범설〉. 1682~1763.
이인로(李仁老)　고려. 眉叟. 雙明齋.《破閑集》《쌍명재집》. 초·예서를 잘함. 1152~1220.
이인문(李寅文)　조선. 文郁·有春 또는 古松流水舘道人. 화가. 1745~1821.
이재(李縡)　조선. 熙卿·陶庵.《四禮便覽》《語類抄節》《近思尋源》. 1680~1746.
이정(李楨)　조선. 公幹·懶翁 또는 懶窩. 불화를 그림. 1578~1607.
이정구(李廷龜)　조선. 聖徵·月沙.《월사집》. 1564~1635.
이제신(李濟臣)　조선. 夢應·淸江.《청강집》. 시문이 능하고 글씨를 잘했다. 1536~1582.
이제현(李齊賢)　고려. 仲思·益齋.《익재집》. 1287~1367.
이조묵(李祖默)　조선. 絳茶·六橋.《육교집》. 1792~1840.
이택(李澤)　조선. 澤之. 大字를 잘 썼다. 1509~1573.

이하응(李昰應) 조선. 時伯・石坡. 흥선대원군. 《석파난화》. 1820~1898.
이항복(李恒福) 조선. 子常・素雲 또는 白沙. 《백사집》. 필적이 호탕하고 그림 솜씨도 있었음. 1556~1618.
이해룡(李海龍) 조선. 海叟・北嶽. 글씨를 잘했음.
이황(李滉) 조선. 景浩・退溪. 《주자서절요》《聖學十圖》. 서법이 굳세었다. 1501~1570.
임사홍(任士洪) 조선. 而毅. 촉체를 잘함. 시흥의 盧思愼묘비. 1445~1506.
임포(林逋) 송. 君復. 시호 和靖先生. 967~1028.

[ㅈ] **장대**(張岱) 명. 宗子・陶庵. 《陶庵夢憶》. 1597~1680.
장문도(張問陶) 청. 仲冶・船山. 시인. 1764~1814.
장사전(蔣士銓) 청. 心餘. 藏園. 《忠雅堂詩文集》. 1725~1785.
장승요(張僧繇) 오. 6세기 사람.
장언원(張彦遠) 당. 자 愛賓. 《역대명화기》《法書要錄》.
장욱(張旭) 당. 당현종 때의 서가. 草聖・張顚이라고 불림.
장유(張維) 조선. 持國・溪谷. 서가. 1587~1638.
장유병(張維屛) 청. 子樹・南山. 시인. 1780~1859.
장재(張載) 송. 子厚・横渠. 《易說》《西銘》. 1020~1077.
장지(張芝) 동진. 草書의 창시자. 금초라고 불림.
장혼(張混) 조선. 元一・而已广 또는 空空子. 서가. 1759~1828.
저수량(褚遂良) 당. 孟法師碑 등. 596~658.
전겸익(錢謙益) 청. 受之・牧齋 또는 蒙叟. 장서가・시인. 1582~1664.
전대흔(錢大昕) 청. 曉徵・竹汀. 《潛硏堂詩文集》. 문자・음운・문사・관제・금석학에 두루 정통. 1728~1804.
전재(錢載) 청. 坤一. 籜石. 서화가・시인. 1708~1793.
정경세(鄭經世) 조선. 景任・愚伏堂. 《朱文酌解》. 필법이 단정. 1563~1633.
정구(鄭逑) 조선. 道可・寒岡. 《禮記喪禮分類》《心經發揮》. 1543~1620.
정난종(鄭蘭宗) 조선. 國馨・虛白堂. 圓覺寺碑 씀. 1433~1489.
정도소(鄭道昭) 북위. 伯僖. 鄭義卞碑 등 다수.

정사초(鄭思肖) 남송. 所南. 뿌리없는 난초화. 1242~1318.
정선(鄭敾) 조선. 元伯·謙齋 또는 蘭谷. 산수화가. 1676~1759.
정섭(鄭燮) 청. 克柔·板橋. 시서화 3절. 1691~1764.
정약용(丁若鏞) 조선. 美鏞·茶山. 《牧民心書》. 1762~1836.
정염(鄭礷) 조선. 土濂·北窓. 화가. 1506~1549.
정이(程頤) 남송. 正叔·伊川. 《易說》.
정지상(鄭知常) 고려. 之元·南湖. 시인·매화 그림, 글씨로 東山眞靜先生碑가 있음. ?~1135.
정창손(鄭昌孫) 조선. 孝中. 필법이 일대의 모범. 1402~1487.
정척(鄭陟) 조선. 明之·整庵. 전각과 篆隷가 뛰어남. 1390~1475.
정현(鄭玄) 후한. 康成. 經學의 통일자. 127~200.
정호(程顥) 남송. 伯淳·明道. 1032~1085.
제갈량(諸葛亮) 촉한. 孔明. 〈출사표〉. 글씨도 잘함. 181~234.
조광진(曹匡振) 조선. 正甫·訥人. 서가. 1772~1840.
조맹견(趙孟堅) 원. 子固. 매화·난초·대나무·수석을 잘 그림.
조맹부(趙孟頫) 원. 子昂·松雲道人. 1254~1322.
조면호(趙冕鎬) 조선. 藻卿·怡堂 또는 玉垂. 생몰 미상.
조수삼(趙秀三) 조선. 芝園·秋齋. 1761~1849.
조윤형(曹允亨) 조선. 稚行·松下·서화가. 1725~?
조익(趙翼) 청. 雲松·甌北. 《二十二史箚記》. 1727~1814.
조인영(趙寅永) 조선. 羲卿·雲石. 금석학자. 1782~1850.
조희룡(趙熙龍) 조선. 致雲·又峰 또는 壺山. 1797~1859.
종요(鍾繇) 위. 151~230.
주돈이(周敦頤) 송. 茂叔·濂溪. 《太極圖說》《易通》. 1017~1073.
주이준(朱彛尊) 청. 錫鬯·竹垞. 《曝書亭集》. 1629~1709.
주학년(朱鶴年) 청. 호 野雲. 화가. 1760~1840.
주희(朱熹) 남송. 元晦·晦庵. 《論語精義》《通鑑綱目》. 1130~1200.
죽향(竹香) 조선. 호 琅玗. 묵죽화. 시인.

|ㅊ| 차천락(車天輅) 조선. 復元·五山. 글씨를 잘함. 1556~1615.
채옹(蔡邕) 후한.《熹平石經》. 分隷를 함. 132~192.
채제공(蔡濟恭) 조선. 伯規·樊巖. 1720~1799.
채침(蔡沈) 남송. 仲默·九峰.
초의의순(草衣意恂) 조선.《東茶記》. 1786~1866.
최경(崔涇) 고려. 思清·謹齋. 인물화로 입신.
최북(崔北) 조선. 聖器 또는 七七. 호 星齋. 향년 49세.
최수성(崔壽峸) 조선. 可鎭·猿亭. 서화·음률에 통함. 1487~1521.
최치원(崔致遠) 신라. 孤雲. 시문이 능했고 글씨를 잘함. 雙溪寺 眞鑑國師碑. 857~915.
최흥효(崔興孝) 고려. 百源·月谷. 예서를 잘함. 강릉의 참판 崔致雲碑 씀.
축윤명(祝允明) 명. 希哲·枝山. 1460~1526.

|ㅌ| 탕우증(湯右曾) 청. 西厓.《怀清堂集》. 1656~1722.

|ㅎ| 하소기(何紹基) 청. 子貞·東洲. 서가. 1799~1873.
하안(何晏) 위.《論語集解》.
하휴(何休) 후한. 公羊학자.
한수(韓脩) 고려. 孟雲·柳巷 또는 柳庵. 초예를 잘함. 1333~1384.
한유(韓愈) 당. 退之·昌黎先生.《불골표》《原人·原道·原性篇》. 768~824.
한응기(韓應耆) 조선. 壽汝·小貞. 서가. 1831~1892.
한호(韓濩) 조선. 景洪·石峯. 서가. 1543~1605.
허균(許均) 조선. 端甫·蛟山 또는 白月居士. 꺾인 나뭇가지의 그림을 잘함. 1569~1618.
허목(許穆) 조선. 和甫·眉叟. 篆書가 동국 으뜸. 1595~1682.
허신(許愼) 후한. 자 叔重.《說文解字》15권.
허유(許維) 조선. 摩詰·小癡. 나중에 練이라고 개명. 1809~1892.
호위(胡渭) 청. 朏明.《易圖明辨》10권. 1633~1714.
홍대용(洪大容) 조선. 德保·湛軒.《담헌집》. 1731~1783.

홍양호(洪良浩)　　조선. 漢卿·耳溪.《이계집》. 1724~1802.
홍우길(洪祐吉)　　조선. 成汝·靄士 또는 春山. 서화가. 1809~?
황기로(黃耆老)　　조선. 鮐叟·孤山. 동국 草聖이라고 함.
황종희(黃宗羲)　　청. 太仲·梨洲.《明儒學案》《宋儒學案》. 1609~1695.

소설 추사 김정희 10

初版 印刷●1997年 12月 10日
初版 發行●1997年 12月 15日
著　者●權　五　奭
發行者●金　東　求
發行處●明　文　堂
　　　　서울특별시 종로구 안국동 17~8
　　　　대체　010041-31-0516013
　　　　전화　（영）733-3039, 734-4798
　　　　　　　（편）733-4748
　　　　FAX 734-9209
　　　　등록　1977. 11. 19. 제1~148호

●낙장 및 파본은 교환해 드립니다.
●불허복제·판권 본사 소유.

값 7,000원
ISBN 89-7270-531-4 04810
ISBN 89-7270-038-X（전10권）